JUDITH MCNAUGHT

DER RAUSCH EINER NACHT

Roman

Deutsche Erstausgabe

WILHELM HEYNE VERLAG
MÜNCHEN

HEYNE ROMANE FÜR ›SIE‹
Nr. 04/268

Titel der Originalausgabe
REMEMBER WHEN

Aus dem Amerikanischen
von Marcel Bieger

Printed in Germany 1999
Umschlagillustration: Super Stock Bildagentur/München
Umschlaggestaltung: Nele Schütz Design, München
Satz: Pinkuin Satz und Datentechnik, Berlin
Druck und Bindung: Elsnerdruck, Berlin

ISBN 3-453-14690-5

http://www.heyne.de

Für St. Judas (den Bruder des Jakobus natürlich),
den Schutzpatron der unmöglichen Dinge.
Du hast bei diesem Buch eine Menge Überstunden
leisten müssen – vielen Dank!

Danksagung

Das ist jetzt hier die Seite, auf der Schriftsteller mit ein paar Worten den Menschen danken, die sich während der Entstehung des betreffenden Romans als hilfreich oder außerordentlich tolerant erwiesen haben.

Beim vorliegenden Buch, das eine halbe Ewigkeit in Anspruch genommen hat, reicht diese Seite beim besten Willen nicht aus, den folgenden Personen auch nur annähernd gebührend für ihre enorme Unterstützung, ihre Hilfe und ihr Verständnis zu danken.

Ich kann nur hoffen, daß euch allen klar ist, wie wichtig ihr mir wart und immer noch seid, und damit spreche ich insbesondere an …

… Dr. John M. Lewis, Beschützer der Herzen anderer und Hüter des meinen;

… Keith Spalding, immer und ewig mein allerbester Freund;

… George Bohnenburger, derjenige, der auf komplizierte Fragen zu den abwegigsten Themen immer gleich eine Antwort parat hat;

… Betty Mitchell, die Architektin von Träumen;

… Bruce Monical, Künstler, Ratgeber und ganz besonders lieber Freund;

… Mark Strickler, der geduldigste Freund;

… Jim Hime, der die Konzepte von Gründlichkeit und Integrität neu definiert.

Und mein Dank geht natürlich auch an John und Whitney Shelley und Clay McNaught – dafür, meine Familie *und* meine Freunde zu sein.

Kapitel 1

Houston, 1979

»Diana, bist du noch wach? Ich möchte gern mit dir reden.«

Sie hielt in dem Bemühen inne, die Lampe neben ihrem Bett auszuschalten, und ließ sich in die Kissen zurücksinken. »Ja, gut«, rief Diana.

»Was macht der Jet-lag, Schatz?« fragte ihr Vater und trat langsam zu ihrem Bett. »Fühlst du dich immer noch erledigt?« Robert Foster war dreiundvierzig, groß, breitschultrig und in der Ölbranche von Houston tätig. Sein Haar war frühzeitig ergraut, und normalerweise strahlte er großes Selbstvertrauen aus. Aber nicht so heute abend.

Er wirkte jetzt ausgesprochen nervös, und Diana kannte auch den Grund dafür. Obwohl sie erst vierzehn Jahre zählte, war sie doch nicht so töricht zu glauben, ihr Vater sei nur zu ihr gekommen, um sich nach den möglichen Folgen des Jet-lags zu erkundigen. Nein, Robert Foster wollte sich vor allem mit seiner Tochter über ihre neue Stiefmutter und Stiefschwester unterhalten, die Diana heute nachmittag zum erstenmal kennengelernt hatte, nachdem sie von einer Reise nach Europa mit einigen Schulfreunden zurückgekehrt war. »Danke, mir geht's gut«, teilte sie ihm höflich mit.

»Diana ...«, begann er, um gleich innezuhalten.

Stumm hockte er sich auf die Bettkante und nahm ihre Hand in die seine. Dann setzte er von neuem an. »Ich kann mir gut vorstellen, wie sonderbar es dir erschienen sein muß, am heutigen Tag nach Hause zurückzukehren und feststellen zu müssen, daß ich inzwischen wieder geheiratet habe.

Glaub mir bitte, ich hätte mit Mary niemals den Ehebund geschlossen, ohne dir vorher eine Chance gegeben zu haben, sie besser kennenzulernen, wenn ich nicht überzeugt, nein, absolut sicher gewesen wäre, daß ihr beide euch über kurz oder lang ins Herz schließen würdet. Sie ist dir doch sympathisch, oder?« fragte er besorgt, und sein Blick suchte ihr Gesicht ab. »Du hast gesagt ...«

Diana nickte, auch wenn sie nicht verstehen konnte, warum er eine Frau geheiratet hatte, die er noch nicht lange und sie überhaupt nicht kannte. In den Jahren seit dem Tod ihrer Mutter war er einige Male mit etlichen wirklich attraktiven und sehr netten Frauen aus der Houstoner Gesellschaft ausgegangen. Bevor es zwischen ihr und der jeweiligen Schönen ernster werden konnte, hatte er sie stets seiner Tochter vorgestellt und darauf bestanden, daß sie drei einige Zeit zusammen verbrachten. Und nun hatte er sich tatsächlich neu vermählt, und zwar mit einer Lady, die Diana nie zuvor zu Gesicht bekommen hatte. »Mary scheint wirklich ganz nett zu sein«, antwortete sie zögernd, »ich begreife nur nicht ganz, warum du es so eilig hattest, mit ihr vor den Traualtar zu treten.«

Er machte ein verlegenes Gesicht, aber seine Antwort kam ihm ohne Zweifel direkt aus dem Herzen: »Im Leben erfährt man nur selten Momente, in denen alle Instinkte einem etwas sagen wollen, auch wenn das mitunter jeglicher Logik widerspricht, anderen Plänen deutlich im Wege steht oder den Mitmenschen sogar verrückt erscheinen mag.

Wenn dir ein solcher Moment widerfährt, dann tu genau das, was dein Instinkt dir sagt. Hör auf ihn, und ignoriere alles andere. Wirf in diesen Sekunden sämtliche Logik über Bord, pfeif auf alle Konsequenzen, vergiß die Komplikationen und spring einfach ins kalte Wasser.«

»Und genau das hast du getan?«

Ihr Vater nickte. »Schon ein paar Stunden nachdem ich Mary kennengelernt hatte, wußte ich, daß sie die Richtige für mich ist, und auch für dich, die Frau, nach der ich immer gesucht habe. Und als sie mir dann ihre Tochter Corey vorstellte, war mir gleich klar, daß wir vier eine wirklich tolle und glückliche Familie abgeben würden.

Doch mein Instinkt hat mich auch gewarnt: Wenn ich Mary zu lange Zeit ließe, sich die Sache zu überlegen, würde sie bestimmt anfangen, über alle möglichen Schwierigkeiten und Hindernisse zu grübeln und mir am Ende einen Korb geben.«

Die Liebe zu ihrem Vater und ihr gesunder Menschenverstand sagten Diana, daß so etwas absolut unvorstellbar wäre. Die Frauen, mit denen Robert Foster früher ausgegangen war, hatten alle möglichen Anstrengungen unternommen und sehr viel Geduld aufgebracht, um das Interesse dieses Mannes zu erwecken und am Leben zu erhalten. »Mir ist es immer so vorgekommen, daß jede Lady, mit der du dich getroffen hast, mit Freuden ja gesagt hätte.«

»Nein, mein Liebes, die meisten von ihnen waren nur scharf auf das, was ich ihnen in puncto finanzieller Sicherheit und gesellschaftlicher Stellung bieten konnte. Nur die allerwenigsten haben wirklich mich gewollt.«

»Woher weißt du denn, daß Mary nur dich will?« fragte Diana und versuchte sich vorzustellen, wie sie seinen Antrag verneint hätte.

Ihr Vater grinste, und seine Augen strahlten vor Wärme und Zuneigung. »Dessen bin ich mir vollkommen und absolut sicher. Sie will mich als Menschen und wird das auch in Zukunft wollen.«

»Aber wieso hast du dann befürchtet, sie könnte dich womöglich ablehnen?«

Sein Lächeln wurde noch breiter. »Weil ihre Persönlichkeit Geldgier und Statusbewußtsein nicht kennt. Mary ist eine sehr intelligente Frau, aber sie und Corey haben bislang ein einfaches Leben in einer Kleinstadt geführt, wo niemand superreich ist, zumindest nach unseren Houstoner Maßstäben. Sie hat sich ebenso rasch in mich verliebt wie ich mich in sie, und schon nach einer Woche war sie bereit, mich zu heiraten. Aber als ihr dann bewußt wurde, was für ein Leben wir hier führen, fing sie an, sich langsam zurückzuziehen.

Sie hat sich große Sorgen darum gemacht, daß ihre Tochter und sie nicht in unsere Kreise passen würden, daß sie beide sich gesellschaftlich unmöglich benehmen oder ihnen ein schlimmer Patzer unterlaufen würde, an dessen Ende du und ich ziemlich blamiert dastünden. Und je länger Mary darüber nachgedacht hat, desto überzeugter wurde sie davon, uns nicht genügen zu können und vielleicht auch zu schaden.«

Robert streckte eine Hand aus und strich seiner Tochter eine Locke ihres kastanienbraunen Haars von der Wange. »Stell dir das nur mal vor: Mary war gewillt, allen Reichtum und alle Sicherheit, die ich ihr bieten kann, zu ignorieren – all die Dinge, hinter denen meine früheren Beziehungen so sehr her waren –, und das nur, um mich nicht als Ehefrau und dich nicht als Mutter zu enttäuschen. So etwas ist ihr nämlich überaus wichtig.«

Diana war ihre neue Stiefmutter zwar schon gleich sympathisch gewesen, als sie ihr heute nachmittag vorgestellt wurde. Aber die Zärtlichkeit in den Augen ihres Vaters und die Liebe in seiner Stimme, wenn er von Mary sprach, ließen ihr diese Frau um so lieber werden. »Ich glaube, ich mag sie sehr«, gestand sie ihm.

Erleichterung breitete sich auf seiner Miene aus. »Ich habe gewußt, daß du sie in dein Herz schließen würdest. Sie mag dich nämlich ebensosehr. Mary hat mir gesagt, du seist sehr süß und so ausgeglichen. Sie meinte, eigentlich hättest du alles Recht gehabt, hysterisch zu reagieren, als du heute nachmittag nach Hause zurückgekehrt bist und hier eine Stiefmutter angetroffen hättest, von der du noch nie etwas gesehen oder gehört hattest. Aber wart's nur ab, bis du deine neuen Großeltern kennengelernt hast«, fügte er begeistert hinzu.

»Corey hat mir schon erzählt, die beiden seien sehr nett«, entgegnete Diana und ließ im Geist all die Informationen Revue passieren, die ihre neue Stiefschwester ihr am ersten Tag, den sie zusammengewesen waren, mitgeteilt hatte.

»Ja, das sind sie wohl. Bei den beiden handelt es sich um gute, aufrichtige und hart arbeitende Menschen, die viel lachen und einander immer noch sehr zugetan sind. Coreys Großvater versteht eine Menge von Gartenpflege, ist Amateur-Erfinder und hat es als Zimmermann zu einigem Ruf gebracht. Ihre Großmutter hat eine starke künstlerische Ader und betätigt sich gern mit den Händen. Und jetzt«, sagte er und wirkte wieder etwas angespannt, »erzähl mir bitte, was du von Corey hältst.«

Diana schwieg für einen Moment und dachte darüber nach, wie sie ihre Gefühle für die neue Stiefschwester am besten in Worte kleiden konnte. Dann beugte sie sich vor, schlang die Arme um die Knie und lächelte. »Na ja, sie unterscheidet sich schon irgendwie von den anderen Mädchen, die ich kenne ... Corey ist freundlich und ehrlich, und sie sagt geradeheraus, was sie denkt. Meine neue Schwester ist noch nie aus Texas herausgekommen, sie gibt sich nicht cool oder hochnäsig, dabei hat sie schon viele Dinge getan oder erlebt, von denen ich keine Ahnung habe ... Ach so, ja, sie hält dich übrigens für so eine Art König«, fügte sie feixend hinzu.

»Was für eine gescheite, scharfsinnige junge Dame.«

»Ihr leiblicher Vater hat sich aus dem Staub gemacht, als Corey noch ein Baby gewesen ist«, fügte Diana hinzu. Die Vorstellung, daß ein Elternteil zu so etwas fähig sein konnte, ernüchterte sie doch sehr.

»Seine Verantwortungslosigkeit und wohl auch Dummheit sind mein Glück, und ich bin gewillt, dafür zu sorgen, daß Mary und Corey sich glücklich fühlen werden. Möchtest du mir dabei helfen, es den beiden hier so angenehm wie möglich zu machen?« fragte er lächelnd und erhob sich.

»Da kannst du drauf wetten«, nickte sie.

»Behalt aber im Hinterkopf, daß Corey viel von dem vermissen mußte, das dir selbstverständlich vorkommt.

Laß es also langsam angehen, und führ sie geduldig in alles ein.«

»Ja, das werde ich tun.«

»So spricht mein Mädchen!« Robert Foster beugte sich über sie und küßte sie auf den Kopf. »Ich wette, Corey und du werdet die besten Freundinnen.«

Er ging zur Tür, drehte sich aber überrascht wieder um, als seine Tochter sagte: »Corey würde dich gerne Dad nennen.«

»Das wußte ich ja gar nicht«, entfuhr es ihrem Vater, und seine Stimme klang rauh, weil so viele Gefühle in ihm hochdrängten. »Mary und ich haben gehofft, daß Corey vielleicht eines Tages dazu bereit wäre, bis dahin aber noch sehr viel Zeit vergehen könnte ...«

Er betrachtete seine Tochter eine Weile und fragte dann zögernd: »Wie würde das denn bei dir ankommen, ich meine, wenn Corey Dad zu mir sagt?«

»Ziemlich gut«, antwortete sie grinsend. »Immerhin habe ich es ihr vorgeschlagen.«

Am anderen Ende des Flurs hockte Mary Britton Foster auf der Bettkante ihrer dreizehnjährigen Tochter und wußte nicht mehr so recht, was sie noch an Small talk vorbringen konnte. »Also hattest du heute einen netten Tag mit Diana?« fragte sie Corey zum drittenmal.

»Klaro.«

»Und es hat dir auch gefallen, mit ihr heute nachmittag zum Haus der Haywards zu gehen und mit den anderen Kindern auf deren Pferden zu reiten?«

»Mom, wir sind Teenager. Du sollst uns nicht mehr Kinder nennen.«

»Tut mir leid.« Mary tätschelte gedankenverloren das Bein ihrer Tochter, das sich unter der Decke abzeichnete.

»Und als Haus kann man das auch eigentlich nicht bezeichnen. Das Gebäude ist so groß, daß man schon eher von einem Motel sprechen müßte.«

»Tatsächlich? So groß?« neckte sie Corey.

Ihre Tochter nickte. »Ungefähr so riesig wie unser neues Haus.«

Der Umstand, daß sie von Dianas und Roberts Heim als ›unserem Haus‹ gesprochen hatte, bedeutete Mary viel und erleichterte sie sehr. »Haben die Haywards denn auch einen Stall neben ihrem Haus?«

»Sie nennen das Stallungen, aber im Grund ist es dasselbe wie ein Stall. Nur daß die Stallungen von außen wie ein Steinhaus aussehen – und drinnen ist es so sauber wie in einem richtigen Haus. Die Haywards haben sogar einen jungen Mann angestellt, der in den Stallungen lebt und sich um die Pferde kümmert. Man nennt ihn Pferdepfleger, und er heißt Cole. Die anderen Mädchen halten ihn für einen Traumtypen. Er ist gerade aus dem College zurückgekehrt, in ... ach, jetzt hab' ich vergessen, wo er studiert, aber ich glaube, es ist hier in Houston.«

»Sieh mal einer an«, sagte ihre Mutter und schüttelte verwundert den Kopf. »Jetzt muß man schon einen Collegeabschluß vorweisen, nur um in einem Stall, äh, ich meine natürlich Stallungen, einen Job als Pferdepfleger zu bekommen.«

Corey hätte fast laut losgeprustet. »Nein, als ich sagte, er ist aus dem College zurückgekehrt, meinte ich, daß er jetzt Semesterferien hat. Er muß bald zurück, weil dann das neue Semester anfängt. Aber die Pferde sind einfach traumhaft!« rief das junge Mädchen und wechselte damit zu dem Thema, das sie am allerbrennendsten interessierte. »Ich darf noch mal reiten, nächste Woche auf Barb Haywards Geburtstagsparty. Barb hat mich dazu eingeladen – ich glaube aber, Diana hat sie darum gebeten. Heute habe ich einen ganzen Haufen Freundinnen von Barb und Diana kennengelernt. Ich glaube, sie haben mich nicht sonderlich gemocht, aber Diana meinte, das bilde ich mir nur ein.«

»Aha, verstehe. Und was hältst du so von Diana?«

»Nun, sie ist ...« Corey hielt inne und dachte nach. »Diana ist cool. Sie hat mir gesagt, sie hätte sich immer eine Schwester gewünscht. Vielleicht ist sie deshalb auch so nett zu mir. Diana ist überhaupt nicht hochnäsig oder eingebildet. Sie hat sogar gesagt, ich dürfe mir alle Klamotten von ihr ausborgen, die mir gefallen.«

»Das ist aber wirklich sehr nett von ihr.«

Corey nickte. »Und als ich ihr gesagt habe, daß ich ihre Frisur toll fände, meinte sie, wir könnten uns ja gegenseitig die Haare machen und alles mögliche ausprobieren.«

»Und hat sie, äh, hat sie vielleicht über sonst jemanden etwas gesagt?«

»Über wen denn?« fragte ihre Tochter in gespielter Ahnungslosigkeit.

»Zum Beispiel über mich, als ob du das nicht ganz genau wüßtest!«

»Hm, mal nachdenken ... Ach ja, jetzt fällt es mir wieder ein: Sie meinte, du hättest etwas Tückisches an dir und einen bösen Blick. Diana fürchtet, du wirst sie zwingen, zu Hause zu bleiben und den Fußboden zu schrubben, während ich mich auf Bällen vergnüge und mit Prinzen tanze. Ich habe ihr geantwortet, daß sie das ganz richtig erkannt habe, aber ich wollte dich fragen, ob sie den Glasschuh wenigstens auch tragen darf, wenn sie im Haus putzt.«

»Corey!«

Der Teenager lachte übermütig, beugte sich vor, umarmte Mary und erzählte ihr endlich die Wahrheit. »Diana hat gesagt, du seist sehr nett, und sie würde dich mögen. Dann hat sie noch gefragt, ob du sehr streng wärst. Ich habe ihr geantwortet, manchmal schon, aber dann bekämst du ein schlechtes Gewissen und würdest Berge von Plätzchen backen, um alles wiedergutzumachen.«

»Hat sie wirklich gesagt, sie mag mich?«

Corey nickte zustimmend. »Ihre Mutter ist gestorben, als sie erst fünf war. Ich kann mir wirklich nicht vorstellen, wie mein Leben aussehen würde, wenn ich dich nicht hätte, Mom ...«

Mary umarmte ihre Tochter, drückte sie an sich und

legte ihre Wange an das blonde Haar des Mädchens. »Diana fehlt so einiges, was du bekommen hast, vergiß das nicht. Einen Schrank voller Kleider und ein großes eigenes Zimmer zu besitzen ist noch lange nicht dasselbe wie eine Großmutter und einen Großvater zu haben, die dich lieben und dir soviel beibringen können wie damals, als wir bei ihnen gelebt haben.«

Coreys Lächeln erstarb. »Ich glaube, ich werde die beiden furchtbar vermissen.«

»Ich auch.«

»Heute nachmittag habe ich Diana von ihnen erzählt, und sie wollte sie gern kennenlernen. Darf ich sie irgendwann mal nach Long Valley mitnehmen, damit sie meine Großeltern sehen kann?«

»Ja, sicher. Oder wir könnten Robert bitten, sie hierher zu uns einzuladen.«

Die Mutter erhob sich und wollte gehen, aber Coreys zögernde Stimme hielt sie zurück. »Mom, Diana hat gesagt, ich könne Robert Dad nennen. Glaubst du, das wäre ihm recht?«

»Ich wette, das würde ihm sehr gut gefallen!« Unvermittelt wirkte Mary etwas traurig und fügte dann leise hinzu: »Vielleicht möchte Diana ja auch irgendwann Mom zu mir sagen.«

»Morgen«, erklärte der Teenager mit einem wissenden Lächeln.

»Was ist morgen?«

»Morgen wird sie damit anfangen, Mom zu dir zu sagen.«

»Ach, Corey, ist sie nicht wundervoll?« rief die Mutter, und Tränen traten ihr in die Augen.

Ihre Tochter verdrehte die Augen, widersprach aber nicht. »Eigentlich habe ich ihr das ja vorgeschlagen, und sie hat nur gemeint, daß sie das gern tun würde.«

»Du bist eben auch wundervoll!« lachte Mary und küßte ihre Tochter. Dann knipste sie das Licht aus, verließ das Zimmer und schloß die Tür hinter sich.

Corey lag wach, dachte über das Gespräch mit ihrer Mutter nach und fragte sich, ob Diana wohl schon schlief. Nachdem sie einige Augenblicke darüber gegrübelt hatte, sprang sie aus dem Bett und zog sich einen einfachen karierten Flanellmorgenmantel über das Nachthemd, auf dessen Vorderseite die Aufschrift prangte: RETTET DIE SCHILDKRÖTEN.

Auf dem Flur war es stockfinster, als sie sich zum Zimmer ihrer neuen Stiefschwester entlangtastete. Ihre Fingerspitzen berührten endlich den richtigen Türrahmen, und sie hob die Hand, um anzuklopfen. Doch im selben Moment flog die Tür auf, und Corey stieß einen unterdrückten Schrei aus.

»Ich war gerade auf dem Weg zu dir, um festzustellen, ob du noch wach bist«, flüsterte Diana, trat einen Schritt zurück und wies einladend in ihr Zimmer.

»Hast du heute abend ein Gespräch mit deinem Vater gehabt?« fragte Corey, hockte sich auf die Bettkante und bewunderte die cremefarbenen Spitzenrüschen am Hals und an den Ärmeln von Dianas hochtailliertem zartrosafarbenen Nachthemd und die zierlichen Stickereien auf den dazu passenden, gefütterten Pantoffeln.

Diana nickte und hockte sich neben sie. »Ja. Und du mit deiner Mom?«

»Klaro.«

»Ich glaube, sie haben befürchtet, wir beide würden uns nicht mögen.«

Corey biß sich auf die Unterlippe, und dann platzte es aus ihr heraus: »Bist du dazu gekommen, deinen Vater zu fragen, was er davon hält, wenn ich ihn Dad nenne?«

»Ja, bin ich, und er war begeistert«, antwortete Diana leise, damit diese gemütliche kleine Pyjamaparty für zwei nicht durch ein elterliches Verbot ihr vorzeitiges Ende fände.

»Bist du dir sicher?«

»Ja. Offen gesagt, das ist ihm sogar ziemlich nahe gegangen.« Diana starrte auf ihre Hände im Schoß, atmete tief durch und hob dann wieder den Kopf, um ihre Stiefschwester anzusehen: »Und hast du deine Mutter gefragt, ob sie etwas dagegen hätte, wenn ich Mom zu ihr sage?«

»Ja.«

»Und was hat sie dazu gemeint?«

»Daß du ganz wundervoll bist«, antwortete Corey und verzog das Gesicht, um vorzutäuschen, daß sie sich dieser Meinung überhaupt nicht anschließen könne.

»Hat sie denn sonst noch etwas gesagt?«

»Nein, das ging nicht«, entgegnete ihre Stiefschwester, »weil ihr nämlich Tränen der Rührung gekommen sind.«

Die beiden Mädchen sahen einander in schweigendem Lächeln an und ließen sich dann wie durch Gedankenübertragung beide gleichzeitig auf den Rücken fallen.

»Ich glaube«, sagte Diana, »das Ganze könnte wirklich richtig und echt cool werden.«

Corey nickte in vollkommener Zustimmung. »Total und absolut cool«, erklärte sie.

Doch als sie später wieder in ihrem eigenen Bett lag, konnte sie es immer noch nicht so recht glauben, daß sich mit Diana alles so gut entwickelt hatte.

Am frühen Morgen dieses ereignisreichen Tages war sie davon überhaupt nicht überzeugt gewesen und hätte das kaum für möglich gehalten. Nachdem ihre Mutter nach zwei Wochen Dianas Vater geheiratet und sie mit ihrer Mutter in sein Haus nach Houston gezogen war, hatte Corey doch ziemlichen Bammel davor gehabt, ihrer Stiefschwester zu begegnen. Nach dem wenigen, das sie bereits über Diana herausgefunden hatte, mußte sie davon ausgehen, daß sie beide sich so gründlich voneinander unterschieden, um dadurch eine spontane Abneigung zu entwickeln.

Diana war nicht nur als Tochter eines reichen Vaters und in diesem Riesenhaus aufgewachsen, sie war auch ein Jahr älter als Corey und hatte in der Schule nur die besten Noten. Als Corey einen Blick in das sehr feminin eingerichtete Zimmer ihrer Stiefschwester geworfen hatte, bekam sie gleich Krämpfe. Wenn sie alles zusammenzählte, was sie über dieses Wesen gehört und gesehen hatte, konnte sie nur zu dem Schluß gelangen, daß Diana widerlich perfekt und absolut snobistisch sein mußte. Und sie war sich noch sicherer, was dieses reiche Mädchen über Corey denken würde: daß es sich bei ihrer neuen Stiefschwester um ein Landei, ein Trampel und eine Schlampe handelte.

Ihr erster Blick auf Diana, als sie am Nachmittag ins Haus getreten war, hatte ihre schlimmsten Befürchtungen bestätigt. Das Mädchen war zierlich und hatte eine schmale Taille, schlanke Hüften und schon richtige Brüste – Corey kam sich dagegen wie ein deformierter, flachbrüstiger Koloß vor. Ihre Stiefschwester war gekleidet wie eines der Models aus dem Magazin *Seventeen* und trug einen gelbbraunen Minirock, eine cremefarbene Strumpfhose, eine hellbraun und blaukarierte Weste und darüber einen eleganten hellbraunen Blazer mit Clubwappen – Corey dagegen hatte Jeans und ein Sweatshirt an.

Doch trotz ihrer felsenfesten Überzeugung, in ihrer neuen Schwester eine eingebildete Snobistin vor sich zu haben, war es Diana gewesen, die das Eis gebrochen hatte. Sie hatte Coreys handbemaltes Sweatshirt mit dem Pferd auf dem Vorderteil bewundert und auch als erste zugegeben, daß sie sich immer schon eine Schwester gewünscht habe.

Später am Nachmittag hatte Diana sie zu den Haywards mitgenommen, damit Corey dort mit der neuen Kamera, die Robert ihr geschenkt hatte, Bilder von den Pferden schießen konnte.

Diana schien es auch überhaupt nichts auszumachen, daß ihr Vater Corey eine so tolle Kamera geschenkt hatte oder daß sie ihn von nun an mit ihr teilen mußte. Falls sie den Eindruck gewonnen hatte, bei Corey handele es sich um ein tumbes Landei, dann ließ sie sich davon nichts anmerken. Nächste Woche wollte sie Corey zu Barb Haywards Geburtstagsparty mitnehmen, bei der alle Mädchen reiten würden. Diana meinte, ihre Freundinnen würden sich sicher auch mit ihr anfreunden. Corey hoffte, daß sie damit recht behalten würde.

Doch die neuen Freunde und die mondäne Umgebung waren eigentlich nicht so wichtig wie der Umstand, eine Schwester bekommen zu haben, die ungefähr im gleichen Alter wie sie war und mit der sie viel Zeit verbringen und über alles mögliche reden konnte. Corey war sich auch bewußt, daß sie Diana einiges beibringen konnte. Zum Beispiel hatte ihre Stiefschwester, zumindest nach Coreys Meinung, ein furchtbar behütetes Leben geführt. Bevor sie zu den Haywards gegangen waren, hatte Diana ihr gestanden, noch nie auf einen richtig hohen Baum geklettert zu sein und noch nie Beeren von einem Strauch gepflückt und gleich gegessen oder flache Steine so über einen See geworfen zu haben, daß sie mehrmals über die Wasseroberfläche gehüpft waren.

Corey seufzte erleichtert und schloß die Augen.

Kapitel 2

Cole Harrison blickte über die Schulter nach Diana Foster, die an der unteren Hälfte der Stalltür lehnte, die Hände hinter dem Rücken verschränkt hatte und ihrer neuen Stiefschwester dabei zusah, wie sie mit den anderen Mädchen im Ring ritt, die zu Barbara Haywards Geburtstagsparty gekommen waren. Er nahm eine Bürste und einen Striegel zur Hand und blieb auf dem Weg zu den Boxen bei dem jungen Mädchen stehen. »Soll ich ein Pferd für Sie satteln?«

»Nein, vielen Dank«, antwortete sie, und ihre helle Stimme klang so förmlich und erwachsen, daß er sich ein Grinsen verkneifen mußte.

Seit zwei Jahren arbeitete Cole als Pferdepfleger auf dem Grundstück der Haywards. Meist während der Semesterferien, aber auch ab und zu während des Studiums. In dieser Zeit hatte er genug gesehen und gehört, um sich eine Meinung über die Töchter der Ultrareichen in Houston bilden zu können. Zu diesen Beobachtungen gehörte vor allem die, daß die dreizehn- und vierzehnjährigen Mädchen, die mit Barbara Hayward befreundet waren, nichts anderes im Kopf hatten als Jungs und Pferde – und daß sie ganz versessen daran arbeiteten, es auf beiden Gebieten zu Expertentum zu bringen. Im Zusammenhang mit ihrer Verrücktheit nach Jungs und teilweise auch darüber hinausgehend stand die Besessenheit, mit der sie sich um ihr Aussehen, ihre Kleidung und um ihre Stellung gegenüber den Eltern kümmerten. Die Gemütslage der Mädchen reichte vom albernen Kichern bis zum mürrischen Schmollen. Obwohl sie mitunter sehr charmant sein konnten, verhielten sie sich doch oft genug egoistisch, eingebildet und schnippisch.

Einige von den kleinen Ladys plünderten bereits die Hausbar ihrer Eltern, die meisten von ihnen trugen viel zuviel Make-up, und allesamt versuchten sie, mit Cole zu flirten. Letztes Jahr noch waren ihre diesbezüglichen Bemühungen auf amüsante Weise unbeholfen gewesen, aber seit einigen Monaten wurden sie immer kühner. Mittlerweile fühlte er sich schon wie das Sexobjekt einer Bande von jungsvernarrten und frühreifen Mädchen.

Die ganze Sache wäre ja nicht weiter schlimm gewesen, wenn die Mädchen es dabei belassen hätten, zu kichern und rot anzulaufen, doch seit kurzem hatten sie entdeckt, wie man sich verlockend in Pose setzte und wie man auffordernde Blicke warf. Vor einem Monat hatte eine von Barbaras Freundinnen sich an die Spitze der Jägerinnen gestellt und Cole frech heraus gefragt, was er denn von Zungenküssen halte. Haley Vincennes, die bislang die Anführerschaft in der Clique innegehabt hatte, hatte ihre Position gleich mit der an Cole gerichteten Bemerkung zu verteidigen gewußt, daß er ›einen knackigen Hintern‹ habe.

Bis vor einer Woche, als Diana Foster ihre neue Stiefschwester zu den Stallungen mitgebracht hatte, um sie Barbara vorzustellen, hatte Cole die zierliche Brünette nur selten zu sehen bekommen. Dabei war sie ihm immer wie eine angenehme Ausnahme zum Rest der Halbwüchsigen vorgekommen. Von ihr ging eine sympathische Ausstrahlung aus, und sie schien mit sich selbst im Gleichgewicht zu sein; er spürte auch, daß sich in ihr Tiefen verbargen, an denen es den anderen Mädchen mangelte. Diana besaß Haar von der Farbe dunklen Kupfers und ein Paar sehr großer grüner Augen mit überaus langen Wimpern. Sie blickten klar und leuchtend in die Welt, die sie umgab, und wenn sie Cole ansahen, fühlte er sich wie verzaubert. In diesen ausdrucksstarken Augen blitzten Intelligenz und Temperament, aber von ihnen ging auch soviel Reinheit und Liebenswürdigkeit aus, daß der Pferdepfleger stets zurücklächelte, wenn Diana ihn ansah.

Als er die Stute abgebürstet hatte, klopfte er ihr aufs Hinterteil, verließ die Box und schloß das schwere Eichentor hinter sich. Auf dem Weg zum Schrank, wo er Bürste und Striegel ablegen wollte, stellte er verblüfft fest, daß Diana immer noch da war. Die junge Lady stand wie vorhin an der Tür, hatte die Hände hinter dem Rücken verschränkt und verfolgte besorgt die ausgelassenen Aktivitäten auf dem Reitring und dem angeschlossenen Dressurplatz.

Diana starrte so intensiv in eine Richtung, daß der Pferdepfleger sich nach links beugen mußte, um herauszufinden, was sie denn so beschäftigte. Zunächst sah er nur die ungefähr zwanzig Mädchen, die sich lachend und schreiend dabei zusahen, wie sie eine Acht ritten oder mit ihren Tieren über niedrige Hindernisse sprangen.

Dann bemerkte er Corey, die ganz allein am Ende der Reitbahn auf einem Pferd hockte. Dianas Stiefschwester rief Haley Vincennes ein Kompliment zu, als diese mit drei anderen Mädchen vorbeiritt. Aber Haley starrte einfach durch sie hindurch, so als sei dieses Lob vollkommen bedeutungslos. Dann sagte sie etwas zu ihren Freundinnen, die sich daraufhin zu Corey umdrehten und zu lachen anfingen. Das Mädchen ließ die Schultern hängen, wendete ihr Tier und ritt aus dem Ring hinaus. Die anderen hatten sie zwar deutlich geschnitten, aber sie sah aus, als habe man sie mit einem strengen Befehl des Platzes verwiesen.

Dianas Finger verhakten sich hinter ihrem Rücken noch fester, und Cole entdeckte, daß sie sich auf die Unterlippe biß. Sie kam ihm vor wie eine Vogelmutter, die traurig erkennen muß, daß ihr Küken sich außerhalb des Nestes nicht besonders gut machte. Dianas offensichtlicher Kummer über die Not ihrer Stiefschwester überraschte und beeindruckte Cole, und er erkannte, daß ihre Hoffnung, Corey werde von den anderen akzeptiert werden, soeben verflogen war.

Er war letzte Woche hiergewesen, als Diana ihre Stiefschwester zum erstenmal mitgebracht und sie Barbara und einigen ihrer Freundinnen, die gekommen waren, um sich das neue Fohlen anzusehen, vorgestellt hatte. Cole erinnerte sich noch an das erdrückende Schweigen, das dem gefolgt war. Er hatte auch die feindseligen und hochmütigen Blicke gesehen, als die Mädchen, die sich schon in der baldigen Debütantinnenrolle übten, erfuhren, woher Corey stammte. Sofort hatten sie sie als minderwertig abgestempelt.

An jenem Tag hatte Diana das falsche Lächeln der Mädchen nicht erkannt. Sie empfand es als gutes Zeichen, daß Corey in den Kreis ihrer reichen Freundinnen aufgenommen werden würde. Der Pferdepfleger hatte jedoch da schon gewußt, daß ihr in dieser Hinsicht eine große und dauerhafte Enttäuschung bevorstand. Als er jetzt ihre sorgenvolle Miene betrachtete, spürte er, daß sie zu ähnlichen Schlußfolgerungen gelangt sein mußte.

Die Intensität der Enttäuschung, die sich auf ihren ausdrucksstarken Zügen zeigte, bewegte ihn so sehr, daß er sie von ihrem Kummer ablenken wollte. »Corey scheint eine ziemlich gute Reiterin zu sein. Ich glaube, Sie müssen nicht mehr auf sie aufpassen oder sich Sorgen machen, ihr könne etwas zustoßen.«

Diana drehte sich halb zu ihm um und schenkte ihm ein beruhigendes Lächeln. »Ich habe mir gerade keine Sorgen gemacht, sondern nur nachgedacht. Wissen Sie, wenn mich etwas beschäftigt, legt sich bei mir schon mal die Stirn in Falten.«

»Ach so«, sagte Cole, und um ihren angeknacksten Stolz nicht weiter zu verletzen, tat er so, als würde er ihr das glauben. »Das geht einer ganzen Menge Menschen so.« Er überlegte, was er sonst noch sagen konnte. »Wie steht es denn mit Ihnen? Mögen Sie Pferde?«

»Sehr sogar«, antwortete sie in ihrer eigentümlichen, halb steif erwachsenen und halb liebenswerten Art. Ohne die Hände hinter dem Rücken zu lösen, drehte sie sich ganz zu ihm um und war offensichtlich gewillt, sich mit ihm auf ein Gespräch einzulassen. »Ich habe den Pferden Äpfel mitgebracht.« Diana nickte in Richtung eines größeren braunen Sacks, den sie neben der Tür abgestellt hatte.

Da es ihr anscheinend lieber war, die Tiere zu füttern, statt auf ihnen zu reiten, ließ das nur auf eines schließen, und Cole fragte vorsichtig: »Sie können aber reiten, oder?«

Zu seiner großen Überraschung nickte die junge Lady. »Ja.«

»Dann wollen wir mal sehen, ob ich das alles richtig mitbekommen habe«, entgegnete er lächelnd. »Wenn Sie hierherkommen, klettern Sie auf kein Pferd, auch wenn all Ihre Freundinnen reiten, richtig?«

»Richtig.«

»Aber Sie können reiten, und Sie mögen Pferde sehr, korrekt?«

»Korrekt.«

»Und Sie haben Pferde so in Ihr Herz geschlossen, daß Sie ihnen sogar Äpfel mitbringen, richtig?«

»Schon wieder richtig.«

Er schob die Daumen in zwei Gürtelschnallen und sah sie neugierig an. »Ich fürchte, jetzt muß ich passen.«

»Ich mag Pferde eben einfach viel lieber, wenn ich mit beiden Beinen fest auf dem Boden stehe.«

Sie feixte dabei leicht verlegen, und das war so anstekkend, daß der Pfleger mitgrinste.

»Sagen Sie jetzt nichts, sondern lassen Sie mich raten: Ein Pferd hat Sie einmal abgeworfen, und das hat ziemlich weh getan, richtig?«

»Zum drittenmal richtig«, antwortete sie. »Ich bin gegen einen Zaun geflogen und habe mir dabei das Handgelenk gebrochen.«

»Die einzige Möglichkeit, eine solche Angst zu überwinden, besteht darin, sich gleich wieder auf einen Pferderücken zu setzen«, belehrte er sie.

»Genau das habe ich getan«, versicherte sie ihm mit ernster Stimme und einem belustigten Funkeln in den Augen.

»Und was geschah dann?«

»Ich habe mir eine Gehirnerschütterung geholt.«

Cole knurrte der Magen, und er dachte unwillkürlich an die Äpfel. Dummerweise besaß er einen unstillbaren Appetit, mußte sich aber mit einem schmalen Geldbeutel begnügen. »Ich bringe den Sack hier lieber nach hinten, bevor jemand drauftritt oder darüber stolpert«, erklärte er, nahm die Äpfel, trug sie in den rückwärtigen Teil und war festen Willens, sich einen Anteil davon abzuzwacken.

Als er am Ende der langen Reihe von Boxen an der des in Ehren altgewordenen Buckshot vorbeikam, schob dieser seinen Kopf heraus, reckte den Hals, um die Äpfel zu erreichen, und sah den Pfleger hoffnungsvoll und fragend zugleich an.

»Du kannst kaum noch laufen und bist halbblind, aber dein Geruchssinn ist noch tadellos«, erklärte Cole ihm grienend, holte einen Apfel aus dem Sack und gab ihn dem alten Hengst. »Erzähl aber bloß deinen Stallkameraden nichts davon. Ein paar von diesen Früchten gehören nämlich mir.«

Kapitel 3

Der Pfleger legte gerade frisches Heu in die leeren Boxen, als einige der jungen Reiterinnen in den Stall marschiert kamen. »Diana, wir müssen mit dir wegen Corey reden«, verkündete Haley Vincennes.

Cole ließ die Arbeit für einen Moment ruhen, hob den Kopf und erkannte sofort, daß die Mädchen-Jury gleich ihr Urteil bekanntgeben würde. Und er wußte, daß es nicht gut ausfallen würde. Diana schien das auch zu spüren, und sie versuchte gleich, sie davon abzubringen, indem sie liebenswürdig und mit Überzeugungskraft erklärte: »Ich weiß genau, daß ihr Corey mögen werdet, sobald ihr sie erst etwas besser kennengelernt habt, und dann sind wir alle die besten Freundinnen.«

»Dazu wird es nie kommen«, entgegnete Haley arrogant und endgültig. »Keine von uns hat etwas mit einer aus irgendeinem Bauernkaff gemein, von dem wir noch nie etwas gehört haben. Ich meine, hast du das Sweatshirt gesehen, das sie letzte Woche getragen hat, als du sie hier angeschleppt hast? Corey sagte, ihre Oma habe ihr den Pferdekopf darauf gemalt.«

»Mir hat er gefallen«, erwiderte Diana trotzig. »Coreys Großmutter ist nämlich eine echte Künstlerin.«

»Künstler malen auf Leinwand und nicht auf Sweatshirts, als ob du das nicht wüßtest. Und ich verwette das Taschengeld eines Monats darauf, daß die Jeans, die Corey heute anhat, von der Stange ist, womöglich aus einem Kaufhaus wie Sears!«

Ein Chor von Gemurmel und Gelächter bewies, daß die anderen Mädchen derselben Ansicht waren. Dann meldete sich Barb Hayward zu Wort und gab damit den Ausschlag für ein einstimmiges Urteil, obwohl sie ein wenig ängstlich klang, als sie den Stab über Corey brach: »Ich kann mir einfach nicht vorstellen, Diana, wie sie zu uns passen könnte. Genauso wenig wie zu dir.«

Cole verzog vor Mitleid mit Corey und Mitgefühl für die arme Diana schmerzlich das Gesicht. Er war sicher, daß die Brünette dem Druck ihrer Freundinnen nicht würde standhalten können.

Aber das zierliche Mädchen ließ sich nicht einschüchtern und entgegnete, ohne auch nur für eine Sekunde die Freundlichkeit in ihrer Stimme zu verlieren: »Es tut mir wirklich leid, wenn ihr alle so denkt.« Sie sprach Haley direkt an, von der Cole bereits wußte, daß sie die Anführerin der Clique und die Biestigste in dieser Ablehnungsfront war. »Ich hätte allerdings nie geglaubt, daß ihr Coreys Konkurrenz so fürchtet und ihr deshalb nicht einmal eine Chance geben wollt.«

»Was für eine Konkurrenz?« wollte Barb wissen. Sie wirkte verblüfft, aber auch besorgt.

»Bei den Jungs. Ich meine, Corey ist ziemlich hübsch, und sie hat eine angenehme Art. Ist doch wohl ganz natürlich, daß die Jungs an ihr kleben, wohin sie auch geht.«

In der Box, ein gutes Stück den Gang hinunter, hörte Cole endgültig damit auf, Heu zu verteilen, stützte sich auf die Heugabel und grinste bewundernd, als ihm Dianas Strategie aufging. Wie er in den zwei Jahren, die er hier tätig war, gelernt hatte, waren Jungs für diese Mädchen das Allererstrebenswerteste und Wertvollste überhaupt. Die Vorstellung, daß Corey noch mehr junge Männer zu ihrer Clique locken würde, mußte ihnen unwiderstehlich erscheinen. Der Pfleger fragte sich aber, ob diese Möglichkeit nicht von der Furcht verdrängt werden würde, daß Corey damit auch eine Bedrohung darstellte und ihnen die Jungs ausspannen könnte, mit denen sie bereits fest gingen? Doch Diana parierte geschickt auch diese Ängste: »Selbstverständlich hat Corey längst einen Freund, in ihrer Heimatstadt, und deswegen hat sie überhaupt kein Interesse daran, sich hier noch einen zuzulegen.«

»Ich glaube, wir sollten Corey vielleicht doch eine Chance geben und einige Zeit damit verbringen, sie besser kennenzulernen, ehe wir endgültig beschließen, sie nicht in unserer Gruppe dabeihaben zu wollen.« Barb hatte gesprochen, sehr ernst und sehr zögernd, wie ein Mädchen, das den Unterschied zwischen Richtig und Falsch kennt, dem es aber am nötigen Mut mangelt, sich zum Anführer aufzuschwingen.

»Jetzt bin ich aber wirklich froh!« rief Diana vergnügt. »Aber ich wußte, daß ihr mich nicht hängenlassen würdet. Denn wenn ihr das getan hättet, hätte ich euch alle sicher sehr vermißt. Dann hätte ich meine besten Kleider nicht mehr mit euch teilen und euch nicht nächsten Sommer mit nach New York nehmen können.«

»Uns vermißt? Uns nicht mitnehmen können? Was soll das denn heißen?«

»Nun, das heißt, daß Corey meine beste Freundin sein wird, und beste Freundinnen müssen zusammenhalten.«

Als die anderen den Stall verlassen hatten, um zur Party zurückzukehren, kam Cole aus der Box geschlendert, und Diana schaute ihn erschrocken über seine Anwesenheit an.

»Eins müssen Sie mir unbedingt verraten«, griente er mit Verschwörermiene. »Hat Corey in ihrer Heimatstadt wirklich einen Freund?«

Die junge Lady nickte langsam. »Ja.«

»Tatsächlich?« bohrte er mit unüberhörbarem Zweifel nach, als er das schlechte Gewissen in ihren Augen sah. »Und wie heißt er?«

Diana biß sich auf die Unterlippe. »Ist irgendwie ein komischer Name.«

»Wie komisch?«

»Versprechen Sie mir, das niemandem zu verraten?«

Entzückt von ihrem Gesicht, ihrer Stimme, ihrer Treue zu Corey und ihrer Klugheit, malte er mit dem Zeigefinger ein X auf seine Brust, um anzuzeigen, daß er fest sein Wort gab.

»Er heißt Sylvester.«

»Und Sylvester ist wer?« fragte er.

Sie wandte den Blick von ihm ab, und als sie die Lider senkte, warfen ihre hochgebogenen schwarzen Wimpern Schatten auf ihre Wangenknochen. »Ein Schwein«, gestand sie leise.

Diana war kaum zu verstehen gewesen, und Cole war sich so sicher gewesen, daß es sich bei Sylvester um einen Hund oder eine Katze handelte, daß er jetzt glaubte, sie nicht richtig verstanden zu haben. »Ein Schwein?« fragte er verblüfft. »So wie in ›Grunz Grunz‹ oder wie Ferkel?«

Diana blies die Wangen auf. »Eigentlich mehr ein Eber«, gab sie dann zu und sah ihn wieder mit ihren grünen Augen an. »Corey hat mir erzählt, daß er riesig ist und ihr wie ein Cockerspaniel auf Schritt und Tritt hinterherläuft. Bei ihr zu Hause natürlich.«

In diesem Moment sagte sich der Pfleger, daß Corey sich wirklich glücklich schätzen konnte, eine zwar zierliche, aber nichtsdestoweniger sehr starke Kämpferin wie Diana Foster an ihrer Seite zu wissen, die ihr klug und beharrlich geholfen hatte, die soziale Kluft zu überbrükken. Der Teenager bekam natürlich nichts von den Komplimenten mit, die er ihr in Gedanken machte, statt dessen fragte Diana: »Gibt es hier etwas zu trinken? Ich habe nämlich ziemlichen Durst.«

Cole lächelte. »List und Überzeugungskraft sind harte Arbeit, nicht wahr? Und nichts bereitet einem mehr Durst, als gegen ein halbes Dutzend junger Ladys ankämpfen zu müssen, die die Nase ziemlich hoch tragen, oder?«

Sie verdrehte nur die Augen und feixte. Dieses Mädchen hat wirklich Mumm in den Knochen, sagte er sich. Dabei wirkte sie auf so einzigartige Weise sanft und weich, daß niemand ohne weiteres auf ihre Entschlossenheit und ihren Mut schloß. »Natürlich«, erklärte er ihr und nickte in Richtung rückwärtiges Ende des Stallgebäudes. »Bedienen Sie sich ruhig.«

Am Ende des Gangs fand Diana rechts einen kleinen Raum, von dem sie annahm, das sei Coles Unterkunft. Ein schmales Bett befand sich darin, militärisch korrekt gemacht, sowie ein alter Schreibtisch nebst einer alten Schreibtischlampe. Bücher und Zeitschriften lagen ordentlich gestapelt auf dem Schreibtisch, und eins davon war aufgeschlagen. Gegenüber dem Raum und auf der anderen Seite des Gangs befand sich ein Badezimmer und dahinter eine winzige Küche, ausgestattet mit einem Ausguß, einem kleinen Herd und einem Mini-Kühlschrank wie dem, den ihr Vater zu Hause unter seiner Bar stehen hatte.

Diana nahm an, daß der Kühlschrank bis zum Rand mit Cola, Limonade und Soda angefüllt sein würde und jedermann zur Verfügung stand. Doch als sie ihn öffnete, entdeckte sie darin nicht mehr als eine Packung Hot dogs, eine Tüte Milch und eine Schachtel Corn-flakes.

Es verwunderte sie doch sehr, feststellen zu müssen, daß jemand seine Corn-flakes im Kühlschrank aufbewahrte, und noch mehr überraschte sie der Umstand, daß er nicht mehr Vorräte aufbewahrte. Verwirrt schloß sie den Kühlschrank wieder und füllte sich am Ausguß einen Pappbecher mit Wasser. Nachdem sie getrunken hatte, ließ sie den Becher in den kleinen Mülleimer fallen und erblickte darin zwei Apfelbutzen …

Die Äpfel, die sie für die Pferde mitgebracht hatte, waren alt, weich und unansehnlich gewesen. Sie konnte sich nicht vorstellen, daß jemand einen davon essen würde, ganz zu schweigen von zweien – außer, der Betreffende hatte Hunger verspürt. Sehr, sehr großen Hunger.

Der kaum gefüllte Kühlschrank und die gegessenen Äpfel beschäftigten sie immer noch, als sie vor einem Palomino Quarterhorse stehenblieb und es streichelte. Dann kehrte sie zum Stalleingang zurück, um nachzusehen, wie es Corey inzwischen erging. Drei der Mädchen unterhielten sich mit ihr vor der Reitbahn.

»Überlegen Sie, ob Sie zu ihr gehen sollten?« fragte Cole. »Nur für den Fall, daß sie Hilfe braucht?«

»Nein, Corey kann schon auf sich allein aufpassen. Sie ist ein tolles Mädchen. Das werden die anderen schon früh genug herausfinden. Davon abgesehen glaube ich nicht, daß es ihr recht wäre, wenn sie den Eindruck gewinnen würde, ich … wollte die Dinge für sie geradebiegen.«

»Sie sind doch ein richtiger Schutzengel«, scherzte der Pfleger, erkannte dann aber, daß er sie damit in Verlegenheit gebracht hatte, und fügte hastig hinzu: »Und wenn die anderen nun zu dem Schluß gelangen, sie doch nicht zu mögen?«

»Dann wird sie sich eben eigene Freunde suchen und sicher viele finden. Aber eigentlich sind diese Mädchen keine richtig guten Freundinnen von mir, ganz besonders Haley nicht. Und Barbara im Grunde auch nicht. In Wahrheit komme ich nur wegen Doug hierher.«

Cole starrte sie an und dachte dabei an Barbaras ungewöhnlich hochaufgeschossenen und hageren Bruder. »Doug ist Ihr Freund?«

Sie warf ihm einen eigenartigen Blick zu und ließ sich auf einem der Heuballen am Eingang nieder. »Er ist ein Freund, aber wir gehen nicht miteinander.«

»Ich dachte mir schon, daß Sie ein bißchen zu kurz für ihn sind«, scherzte er gutgelaunt, weil ihre Gesellschaft ihm immer besser gefiel. »Was für ein Mensch ist denn der Junge, mit dem Sie gehen?« wollte er wissen und griff nach einem roten Plastikglas, das er vorher auf das Fensterbrett gestellt hatte.

»Ehrlich gesagt habe ich keinen festen Freund. Wie steht's denn mit Ihnen? Haben Sie eine feste Freundin?«

Cole nickte und nahm einen Schluck Wasser.

»Und was für ein Mensch ist sie?«

Er stellte einen Fuß neben ihrer Hüfte auf den Heuballen, lehnte sich mit einem Unterarm aufs Knie und blickte durch das Seitenfenster, durch das man das Haus sah. Diana gewann den Eindruck, daß er mit seinen Gedanken weit fort war.

»Sie heißt Valerie Cooper.«

Für einige Zeit trat Schweigen ein.

»Und?« wollte Diana dann wissen. »Ist sie blond oder dunkel? Groß oder klein? Hat sie blaue oder braune Augen?«

»Sie ist groß und blond.«

»Das wäre ich auch gern«, gestand sie sehnsüchtig.

»Was, blond?«

»Nein«, entgegnete sie, und der Pfleger lachte. »Ich möchte groß sein.«

»Nun, wenn Sie in der nächsten Zeit keinen enormen Wachstumsschub in Planung haben, sollten Sie es lieber mit blond versuchen«, riet er ihr amüsiert. »Ich schätze, in Ihrem Fall dürfte blond etwas leichter zu erreichen sein.«

»Und was für eine Farbe haben ihre Augen?«

»Blau.«

Diana schien fasziniert zu sein. »Gehen Sie schon lange miteinander?«

Cole wurde etwas verspätet bewußt, daß er sich hier nicht nur auf ziemlich vertrautem Fuß mit einem Gast seines Arbeitgebers unterhielt, was allein schon vollkommen inakzeptabel war, sondern daß dieser Gast erst vierzehn Jahre zählte und das Gespräch dafür eine entschieden zu private Wendung genommen hatte. »Seit der High-School«, antwortete er daher nur, richtete sich auf und wandte sich zum Gehen.

»Lebt sie hier in Houston?« drängte Diana, weil sie spürte, daß das Gespräch beendet war, und gleichzeitig hoffte, das möge nicht der Fall sein.

»Sie besucht die UCLA in Kalifornien. Wir sehen uns, wann immer das möglich ist. Hauptsächlich während der Semesterferien.«

Die Geburtstagsparty zog sich über Stunden hin. Als Höhepunkt wurde draußen auf dem Rasen eine Riesentorte aufgefahren. Während Barbara ihre Geschenke auspackte, bekam jeder ein Stück von dem Kuchen ab. Danach begaben sich alle ins Haus, und die Dienerschaft räumte draußen auf. Diana hatte sich gerade der Gruppe angeschlossen, als ihr auffiel, wieviel von der Geburtstagstorte übriggeblieben war. Sie mußte an die einsamen Würstchen in Coles fast leerem Kühlschrank denken. Aus einer Laune heraus kehrte sie zu dem Tisch zurück und schnitt ein großes Stück vom Rand ab, der mit besonders viel Zuckerguß bedeckt war. Und damit verschwand sie in den Stall.

Cole reagierte so begeistert auf den Schokoladenkuchen, daß er fast schon komisch wirkte.

»Sie sehen das größte Schleckermaul auf der ganzen Welt vor sich, Diana!« rief er entzückt und konnte die Augen nicht von dem Teller und der Gabel wenden.

Schon auf dem Weg zu seiner Kammer machte er sich über das Stück Torte her. Diana blickte ihm kurz hinterher und wurde sich zum erstenmal eines ungewöhnlichen Umstands bewußt: Sie kannte tatsächlich Menschen, die nicht jeden Tag genug zu essen bekamen.

Als das Mädchen den Stall verließ, nahm sie sich fest vor, von nun an immer ein Futterpaket zu den Besuchen bei den Haywards mitzubringen. Doch gleich spürte sie instinktiv, daß sie dabei sehr behutsam vorgehen mußte, sonst würde Cole glauben, sie hielte ihn für eine Art Wohlfahrtsempfänger.

Diana wußte nicht viel über Männer, die aufs College gingen, aber Stolz hatte sie schon kennengelernt. Und irgend etwas in ihrem Innern sagte ihr, daß der Stallbursche mit einer gehörigen Portion Stolz gesegnet war.

Kapitel 4

»Das Leben ist einfach wunderbar!« teilte Corey ihrer neuen Schwester zwei Monate nach Barbara Haywards Geburtstagsfeier mit. Sie sprach im Flüsterton, um die Eltern nicht zu wecken, die bereits schlafengegangen waren. Die beiden Mädchen lagen unter dem Plumeau auf Dianas Bett und hatten sich etliche Federkissen mit Spitzenbesatz in den Rücken geschoben. Bewaffnet mit ausreichend Riesensalzbrezeln, waren sie schon seit einiger Zeit damit beschäftigt, sich über alles mögliche auszulassen.

»Ich kann es kaum erwarten, wenn du morgen endlich Omi und Opi kennenlernst. Wart's nur ab, wenn sie nächste Woche wieder abreisen, wirst du unwiderruflich verrückt nach ihnen sein. Dann hältst du sie bestimmt für deine eigenen Großeltern und kannst dir gar nicht mehr vorstellen, jemals ohne sie gelebt zu haben.«

In Wahrheit wünschte sich Corey nichts sehnlicher, als daß alles sich so entwickeln würde. Schließlich wollte sie Diana etwas für all das zurückgeben, was die neue Schwester für sie getan hatte.

Im letzten Monat hatte die Schule wieder begonnen, und die beiden Mädchen waren inzwischen die besten Freundinnen. Corey konnte sich in allem hundertprozentig auf sie verlassen. Diana half ihr bei der Auswahl der Kleider, richtete ihr das Haar zu allen möglichen Frisuren und führte sie auch sicher durch das anstrengende gesellschaftliche Wirrwarr in der Schule. Und schließlich hatten sogar Dianas Freundinnen ihren Widerstand aufgegeben und sie in ihrem innersten Kreis akzeptiert. Corey mußte allerdings erkennen, daß einige von diesen Mädchen immer Snobs bleiben würden.

Den ersten Monat hatte Corey in einem Zustand von Dankbarkeit und wachsender Ehrfurcht vor ihrer neuen Schwester verbracht. Diana verhaspelte sich nie, fürchtete sich nie davor, einmal etwas Falsches zu sagen, riß kaum jemals einen blöden Witz, über den keiner lachte, und machte sich auch sonst nie zur Närrin. Ihr dichtes kastanienbraunes Haar glänzte stets wie frisch gewaschen, ihre Haut war makellos rein, und sie besaß eine perfekte Figur. Sogar wenn sie aus dem Pool stieg, ihr Haar tropfnaß am Kopf klebte und alles Make-up weggewischt war, sah sie immer noch aus wie eine der Schönen in den Werbespots im Fernsehen. Diana saß sich nicht einmal Falten in die Kleidungsstücke!

Es hatte nicht lange gedauert, da dachten und sprachen die Mädchen von ihren jeweiligen Stiefelternteilen wie von richtigen Eltern. Und nun hielt Corey es an der Zeit, ihre Schwester auch mit Großeltern ›auszustatten‹.

»Wenn du Omi und Opi erst einmal kennengelernt hast«, erklärte sie ihr, »wirst du rasch verstehen, warum jeder sie für so toll hält. Omi hat die besondere Gabe, so gut wie alles mit den Händen machen zu können, und regelmäßig kommt dabei ein kleines Kunstwerk heraus. Sie versteht sich aufs Nähen, aufs Stricken und aufs Häkeln. Wenn sie im Wald spazierengeht, kehrt sie mit ein paar ganz normalen Zweigen, Blättern und anderem Zeugs zurück und verwandelt das mit ein paar Spritzern Klebstoff und ein bißchen Farbe in die wunderbarsten Gegenstände. Omi stellt die Geschenke selbst her, mit denen sie ihre Familie und Freunde beglückt – sie preßt sogar ihr eigenes Geschenkpapier. Das verziert sie dann mit kleinen Beeren und so, und alles sieht wunderhübsch aus. Mom ist übrigens genauso. Wann immer ihre Kirche einen Flohmarkt veranstaltet, kommen die Leute aus der ganzen Stadt angefahren, um etwas von dem zu kaufen, was Mom und Omi gespendet haben.«

Corey rückte ein zerdrücktes Kissen gerade. »Einmal ist ein Mann aus Dallas, dem dort eine Geschenk-Boutique gehört, zu einem solchen Basar nach Long Valley gekommen und hat sich die Arbeiten der beiden von allen Seiten angesehen. Er meinte, sie hätten wirklich ein Riesentalent, und er wollte, daß sie noch mehr davon herstellten, um das dann in seinem Laden zu verkaufen. Aber

Omi hat ihm gesagt, das würde ihr keinen Spaß machen, so laufe das nicht. Und Mom hat ihm entgegnet, wenn sie von der Arbeit käme, sei sie oft so müde, deswegen könne sie ihm nicht garantieren, ihn regelmäßig beliefern zu können.

Ach ja, Omi ist auch eine fantastische Köchin. Sie steht auf Biokost, du weißt schon, selbstgezogenes Gemüse und nur natürliche Sachen. Großmutter hat im Garten auch ihre eigenen Blumen, nur weiß man nie, ob sie damit den Tisch dekoriert oder sie einem auf dem Teller serviert. Aber sie ist in allem, was sie anfängt, wirklich großartig.«

Sie legte eine kleine Pause ein, weil ihr vom vielen Reden die Kehle ganz trocken geworden war. Nach einem Schluck aus der Coke-Dose fuhr sie fort: »Opi dagegen liebt die Gartenarbeit. Ständig experimentiert er herum, um seine Früchte und Pflanzen noch größer und besser zu machen. Besonders steht er aber darauf, Dinge zu bauen.«

»Was denn zum Beispiel?« wollte Diana fasziniert wissen.

»Wenn du ihm Holz in die Hand gibst, kann er daraus alles anfertigen. Wie zum Beispiel kleine Schaukelstühle für Babys, Gartenschuppen, die wie ein richtiges Haus aussehen, oder winziges Mobiliar für ein Puppenhaus. Omi bemalt seine Werke dann, weil sie halt diese künstlerische Ader hat. Mensch, das Puppenhaus, das er für mich gebaut hat, mußt du dir unbedingt ansehen! Es hat fünfzehn Zimmer, richtige kleine Dachziegel und sogar Blumenkästen an den Fenstern.«

»Ich freue mich wirklich schon drauf, die beiden kennenzulernen. Sie scheinen wirklich großartig zu sein«, entgegnete Diana, aber Corey ging längst etwas anderes durch den Kopf. Schon lange störte es sie, eigentlich schon seit dem Tag von Dianas Rückkehr aus Europa, als sie einen ersten Blick in deren Zimmer hatte werfen können.

»Meine Liebe«, begann Corey mit gespielt strenger Stimme und ließ den Blick kritisch durch das makellos aufgeräumte und ordentliche Zimmer wandern, »hat dir noch nie jemand gesagt, wie schädlich es sein kann, seine Bude so tipptopp zu halten?«

Statt damit zu kontern, wie unordentlich und schlampig es in Coreys Zimmer aussah, biß Diana nur ein kleines Stück von ihrer Brezel ab und sah sich nachdenklich in ihrem Raum um.

»Wahrscheinlich hast du recht«, stimmte sie zu. »Nun, das könnte daran liegen, daß ich Symmetrie und Ordnung sehr zu schätzen weiß. Oder aber daran, daß ich unter obsessiven Zwangshandlungen leide.«

»Hä?« machte Corey. »Was soll denn das sein?«

»Verrückt.« Diana hielt in ihrer Erklärung inne, um sich mit dem Daumen die wenigen Krümel von den Fingerspitzen zu reiben. »Meschugge.«

»Du bist doch nicht bekloppt!« erklärte Corey voll Mitgefühl und weil sie nichts auf ihre Schwester kommen lassen wollte. Sie biß herzhaft in ihre Brezel, die unter diesem Ansturm entzweibrach. Die eine Hälfte landete auf der Decke ihrer Nachbarin. Wenn Diana Gebäck aß, zerfiel das nie.

Grienend klaubte Diana das Brezelstück zusammen und gab es Corey zurück. »Obsessive Zwangshandlungen bedeutet, daß ich unter der Neurose leide, alles ordentlich zu halten und in Reih und Glied aufzustellen. Damit will ich Kontrolle über meine Umgebung erhalten. Das rührt wohl daher, daß meine Mutter gestorben ist, als ich noch klein war. Und wenige Jahre später mußten wir dann auch noch meine Großeltern begraben.«

»Was hat denn der Tod deiner Mutter damit zu tun, daß du deine Schuhe geradezu alphabetisch sortiert aufstellst?«

»Nun, dahinter steckt die unbewußte Überlegung, wenn ich alles so ordentlich und adrett wie möglich arrangiere, wird mein Leben auch so verlaufen, und nichts Schlimmes kann mir mehr widerfahren.«

Corey glaubte, ihren Ohren nicht zu trauen. So etwas

Absurdes hatte sie ja noch nie gehört! »Wo hast du denn den Blödsinn her?«

»Von dem Therapeuten, zu dem Dad mich nach dem Tod meiner Großeltern gebracht hat. Der Seelenklempner sollte mir helfen, nach dem Ableben so vieler Verwandter in so kurzem Zeitraum die richtige Trauerarbeit zu leisten.«

»Was für ein Spinner! Statt dir zu helfen, erzählt er dir solchen Mist, der dir nur noch mehr Angst einjagt und dich dazu bringt, dich selbst für gestört zu halten!«

»Na ja, eigentlich hat er es nicht mir erzählt, sondern meinem Vater. Ich habe nur an der Tür gelauscht.«

»Und was hat Dad ihm entgegnet?«

»Er hat dem Mann ins Gesicht gesagt, daß er schleunigst selbst einen Seelenklempner aufsuchen solle! Weißt du, in River Oaks schleppen die Eltern ihre Kinder immer zum Therapeuten, wenn sie glauben, ihr Nachwuchs stekke in Schwierigkeiten. Und ebenfalls dann, wenn sie der Ansicht sind, ihr Sohn oder ihre Tochter könnte eines Tages Probleme bekommen. Alle haben auf Dad eingeredet, daß er das auch mit mir tun müsse, und so ist er dann mit mir zum Seelenklempner hin.«

Corey verdaute das einen kurzen Moment und kehrte dann zu ihrer Ausgangsüberlegung zurück. »Als ich dich eben damit aufgezogen habe, wie ordentlich hier alles ist, wollte ich eigentlich damit sagen, daß ich es bemerkenswert finde, wie gut wir beiden miteinander zurechtkommen, obwohl wir doch so grundverschieden sind. Manchmal sehe ich mich als hoffnungslosen Fall, den du unter deine Fittiche genommen hast. Ich kann nie so werden wie du. Meine Großmutter hat immer gesagt, ein Leopard kann seine Flecken nicht loswerden, und aus einem Schweineohr kann man keine Seidentasche schneidern.«

»Ein hoffnungsloser Fall?« protestierte Diana. »Schweineohr? Aber so ist das doch gar nicht! Ich habe so viel Neues von dir gelernt, und du besitzt Talente, die mir vollkommen abgehen.«

»Nenn mir nur eines«, entgegnete Corey skeptisch. »Ich weiß, daß es nicht meine Brüste und auch nicht meine Schulnoten sein können.«

Ihre Schwester kicherte und verdrehte die Augen. Doch dann antwortete sie ernst: »Nun, zum Beispiel bist du sehr abenteuerlustig, was ich von mir nun wirklich nicht behaupten kann.«

»Eines meiner Abenteuer wird mich sicher noch ins Kittchen bringen, bevor ich achtzehn geworden bin.«

»Nein, bestimmt nicht!« widersprach Diana. »Ich meine damit, wenn du dir etwas in den Kopf gesetzt hast, dann ignorierst du die Gefahren vollkommen und tust es einfach. Wie neulich, als du auf das Gerüst von diesem neuen Hochbau geklettert bist, um aus dem dritten oder vierten Stock Bilder zu schießen.«

»Da bist du doch mit hinaufgeklettert.«

»Ja, aber das wollte ich eigentlich nicht. Ich hatte solche Angst, daß meine Beine gezittert haben.«

»Du hast es trotzdem getan.«

»Das will ich ja gerade damit sagen. Ohne dich wäre mir nicht im Traum eingefallen, auf ein Baugerüst zu steigen. Manchmal wünsche ich mir sehr, ein bißchen mehr wie du sein zu können.«

Darüber mußte Corey etwas länger nachdenken.

Nach einigen Sekunden trat wieder das schelmische Funkeln in ihre Augen. »Nun gut, wenn du wirklich etwas mehr wie ich sein möchtest, dann fangen wir am besten mit deinem Zimmer hier an.« Sie griff hinter sich, bevor Diana auch nur eine Ahnung hatte, was jetzt angesagt war.

»Wie meinst du das?«

»Sagt dir der Begriff Kissenschlacht etwas?«

»Nein, wie …« Der Rest ihrer Frage ging in einem dikken Daunenfederkissen unter, das direkt auf ihrem Kopf landete. Corey hechtete bereits zum Bettende und ging dahinter in Deckung, weil sie einen Racheanschlag fürchtete.

Doch ihre Schwester saß nur ganz ruhig da, knabberte an ihrer Brezel und hatte das Geschoß auf ihre Knie gelegt. »Ich kann einfach nicht fassen, daß du das getan hast«, erklärte sie und studierte ihre Schwester mit eindeutiger Faszination.

Corey ließ sich von dem ruhigen Tonfall täuschen und kam aus ihrer Deckung. »Warum nicht?«

»Weil du mich damit zwingst – *Vergeltung zu üben!*«

Diana warf ihr Kissen so schnell und zielte so gut, daß ihre Schwester keine Chance erhielt, wieder hinter dem Bettende zu verschwinden. Lachend besorgte sich Corey sofort neue Munition, und Diana ließ sich ebenfalls nicht lange bitten.

Als fünf Minuten später die besorgten Eltern die Tür aufrissen, bekamen sie zunächst nur einen Schneesturm aus Daunenfedern zu sehen. Erst als sich der etwas gelegt hatte, entdeckten sie ihre Töchter, die mitten im Zimmer auf dem Boden kauerten und vor Lachen nach Luft japsten.

»Was, um alles in der Welt, geht hier vor?« wollte Mr. Foster wissen, klang aber eher besorgt als erzürnt.

»Kiffenflacht!« antwortete Diana atemlos. Eine Feder klebte zwischen ihren Lippen, und die entfernte sie umständlich mit zwei Fingern.

»Nein, du mußt sie ausspucken!« belehrte ihre Schwester sie prustend und führte ihr das dann vor. Mit Pusten und der Zungenspitze befreite sie sich von den Federn an ihrem Mund.

Diana lernte schnell, und als sie den Ausdruck auf dem Gesicht ihres Vaters sah, erlitt sie einen unwiderstehlichen Kicheranfall. Während rings um Mr. Foster herum Federn herabflogen, sein Gesicht umschwebten und auf seinen Schultern landeten, stand er stocksteif in Pyjama und Morgenmantel da und starrte seine Töchter fassungslos an. Seine neue Frau neben ihm versuchte das Kunststück fertigzubringen, streng zu erscheinen und sich gleichzeitig das Lachen zu verbeißen.

»Wir räumen alles auf, bevor wir schlafengehen«, versprach Diana.

»Nein, tun wir nicht«, widersprach Corey unerbittlich. »Zuerst mußt du eine Nacht in dieser Bescherung verbringen. Wenn dir das gelingt, besteht eine geringe, sehr geringe Chance, daß mit viel Übung einmal eine solche Schlampe wie ich aus dir werden wird.«

Diana lag immer noch auf dem Boden, drehte den Kopf in Coreys Richtung und kämpfte dagegen an, daß das Kichern sie wieder überkam. »Ach, das glaubst du also?«

»Du hast eine kleine Chance«, erklärte ihre Schwester feierlich, »aber nur, wenn du dir wirklich, wirklich, wirklich Mühe gibst.«

Robert Foster schwante nichts Gutes, als er von diesem Plan hörte. Die Mutter legte ihm rasch eine Hand auf den Unterarm, zog ihn aus dem Zimmer und schloß hinter ihnen die Tür. Auf dem Flur sah er sie verwirrt an. »Die Mädchen haben eine Riesenbescherung angerichtet. Meinst du nicht, sie sollten das heute noch aufräumen?«

»Morgen reicht das immer noch«, entgegnete sie erheitert.

»Diese Kissen waren aber sehr teuer. Daran hätte Diana wirklich vorher denken können. Es ist unverantwortlich, Schatz, so kostspielige Stücke mutwillig zu zerstören.«

»Bob«, sagte sie sanft, hakte sich bei ihm ein und dirigierte ihn den Gang hinunter in Richtung Schlafzimmer, »Diana ist das verantwortungsbewußteste Mädchen, das ich kenne.«

»Ich habe sie ja auch dazu erzogen. Für einen erwachsenen Menschen ist es wichtig, sich der Konsequenzen seiner Handlungen im voraus bewußt zu sein und sich entsprechend zu verhalten.«

»Liebling«, flüsterte sie, »sie ist noch ein Teenager.«

Mr. Foster erwog diese Eröffnung, bis seine Mundwinkel sich plötzlich zu einem Grinsen hoben. »Da hast du natürlich recht, aber hältst du es wirklich für richtig, wenn sie auch noch lernt zu spucken?«

»Das ist sogar absolut notwendig«, lachte seine Frau.

Robert küßte sie auf den Mund und flüsterte dann: »Ich liebe dich.«

Mary küßte ihn ebenfalls. »Und ich liebe Diana.«

»Ich weiß, und dafür liebe ich dich noch mehr.« Er legte sich aufs Bett und zog sie auf sich. Seine Hände wanderten über ihr Seidenneglige. »Und du weißt hoffentlich, daß ich Corey liebe.«

Seine Frau nickte, während ihre Rechte sich heimlich auf den Weg zu den Kissen am Kopfende machte.

»Ihr beiden habt das Leben von uns zweien ganz schön verändert«, murmelte er.

»Danke«, entgegnete sie ebenso leise und richtete sich ein Stück auf, bis sie auf seinem Bauch hockte. »Und jetzt wollen wir mal sehen, ob wir deine Meinung nicht ändern können.«

»Meine Meinung? Wozu denn?«

»Zu Kissenschlachten!« lachte sie und zeigte ihm gleich, was sie darunter verstand.

Ein Stück weiter den Flur hinunter, genauer, in Dianas Zimmer, hörten die beiden Mädchen einen dumpfen Knall. Beide sprangen wie ein Mann aus dem Bett und stürmten den Gang entlang.

»Mom! Dad!« rief Diana und klopfte heftig an die Schlafzimmertür. »Ist bei euch alles in Ordnung? Wir haben so ein merkwürdiges Geräusch gehört!«

»Alles in Ordnung!« antwortete die Mutter gepreßt von drinnen, »aber ich könnte hier schon etwas Unterstützung gebrauchen.«

Die Mädchen sahen sich verwundert an. Dann drehte Diana vorsichtig den Türknauf herum und öffnete langsam die Tür. Die beiden Schwestern blieben wie vom Donner gerührt auf der Schwelle stehen. Mit offenen Mündern starrten sie erst ihre Eltern und dann einander an …

… bevor sie erneut ein Lachanfall überkam.

Auf dem Boden, nur undeutlich durch einen Daunenfederschneesturm zu erkennen, beugte sich der Vater über die Mutter und drückte ihre Unterarme auf den Teppich. »Sag sofort ›Armer schwarzer Kater‹«, verlangte er streng von ihr.

Seine Frau wand sich vor Lachen und war unfähig zu sprechen.

»Sag ›Armer schwarzer Kater‹. Vorher lasse ich dich nicht los.«

Da Mary gegen seine Stärke nicht viel ausrichten konnte, sah sie ihre Töchter an, versuchte, wieder zu Atem zu kommen, und brachte endlich, von mehrmaligem Prusten unterbrochen, hervor: »Ich glaube ... fest daran ... daß Frauen zusammenhalten ... müssen ... besonders in ... Zeiten ... wie diesen ...«

Und zu dritt fielen sie über Robert her. Die Bilanz der Schlafzimmerschlacht lautete 12:2. Zwölf Federkissen waren als Opfer zu beklagen, während zwei mit Schaumstoffüllung relativ unbeschadet überlebten.

Kapitel 5

Diana platzte vor Neuigkeiten, als sie ihre Schulbücher vom Beifahrersitz des neuen BMW schnappte, den Dad ihr letzten Monat zu ihrem sechzehnten Geburtstag geschenkt hatte, und die Stufen des stattlichen Anwesens im georgianischen Stil hinaufrannte, in dem sie zeit ihres Lebens gewohnt hatte.

In den zwei Jahren, in denen erst ihre Stiefmutter und dann ihre Stiefgroßeltern hier in River Oaks eingezogen waren, hatten sich das Haus wie auch das Grundstück im Erscheinungsbild deutlich gewandelt. Lachen und Gespräche hatten das frühere Schweigen und die Leere verdrängt. Wunderbare Düfte drangen aus der Küche. Blumen blühten in verschwenderischer Pracht im Garten und verbreiteten ihre Farben in Form von Gebinden und Gestecken überall im Haus.

Allen gefiel das neue Aussehen, die neue Atmosphäre und die vergrößerte Familie – allen bis auf Glenna, der Haushälterin, die Diana nach dem Tod von deren Mutter aufgezogen hatte. Und dieser Perle begegnete nun die junge Lady als erste im Foyer des Anwesens. »Glenna, ist Corey da?«

»Ich glaube, sie ist draußen im Garten bei den anderen. Es gibt ja noch soviel über die Party morgen abend zu bereden.« Die Haushälterin wischte in aller Gründlichkeit den Ausziehtisch aus Walnußholz ab, richtete sich dann auf und betrachtete ihr Werk. »Als deine Mutter noch gelebt hat, wurden der Partyservice und der Florist angerufen, um eine Fete auszurichten. Die gute Frau hat solche Arbeiten lieber den *Spezialisten* überlassen«, fügte sie spitz hinzu. »So halten es ja auch alle anderen Häuser der oberen Zehntausend. Nur bei uns muß das anders sein.«

»Stimmt, wir machen das anders«, entgegnete Diana und setzte rasch ein Lächeln auf. »Dafür sind wir jetzt auch Trendsetter.« Sie eilte durch die riesige Diele zur Rückfront des Hauses. Glenna kam mit ihr und fegte im Vorübergehen irritiert hier und da nichtexistierende Staubkörner von Tischen und Stühlen.

»Früher, wenn wir eine Party gegeben haben, mußte alles nur hübsch aussehen und lecker schmecken«, fuhr die Haushälterin unwirsch fort. »Aber heutzutage reicht das nicht mehr. Da muß alles *frisch* sein, *selbstgezogen* und aus *biologischem Anbau.* Selbstgezogenes und Selbstangebautes ist was für Bauern. Nun kommen deine neuen Großeltern ja vom Land, und wahrscheinlich ist ihnen nicht bewußt, was ...«

Für Glenna hatte das ganze Unglück an dem Tag begonnen, an dem Dianas neue Verwandtschaft den Haushalt übernommen hatte.

Die Stiefgroßeltern und die neue Enkelin waren sich von der ersten Begegnung an von Herzen zugetan gewesen. Nachdem die Mädchen mehrere Monate lang abwechselnd in River Oaks und Long Valley, dem Heimatort von Rose und Henry Britton, verbracht hatten, hatte Robert einen Architekten und einen Bauunternehmer damit beauftragt, das Gästehaus des Anwesens auszubauen und zu renovieren. Von da an dauerte es dann nicht mehr lange, bis Rose ein Gewächshaus und Henry seinen eigenen Gemüsegarten erhielten.

Als Lohn für soviel Großzügigkeit erhielt Robert nun frisches Obst und Gemüse, das auf seinem eigenen Grund gewachsen war. Und überhaupt bekam er nun einen deutlich erweiterten Speiseplan, und die Mahlzeiten wurden an den unterschiedlichsten Orten serviert.

Mr. Foster hatte nie gern etwas in der Küche des Hauses zu sich genommen. Der Raum war mehr dazu eingerichtet, einer Armee von Partyservice-Mitarbeitern Arbeitsfläche zu bieten, die zu größeren gesellschaftlichen Anlässen ins Haus bestellt wurden. Mit den weißgekachelten Wänden, der überdimensionierten Einrichtung aus rostfreiem Stahl und der eintönigen Aussicht aus dem einzigen Fenster war Robert die Küche immer als rein funktionaler, steriler und wenig einladender Ort vorgekommen.

Bis Mary und ihre Familie in sein Leben getreten waren, hatte Robert sich auch mit der wenig abwechslungsreichen Kost seiner Köchin Conchita zufriedengegeben und alles stets so rasch wie möglich in der starren und formalen Atmosphäre seines Eßzimmers zu sich genommen. Niemals wäre es ihm früher eingefallen, in seinem angenehmen, aber langweiligen Garten unter einem Baum zu sitzen und zu speisen. Oder am Rand des Pools, dessen Ausmaße die Kriterien für ein olympisches Schwimmbecken erfüllten. Der damalige Architekt hatte ihn wenig fantasievoll mitten in den Garten gesetzt und mit einem Wust von Beton umgeben.

Doch seit einiger Zeit hatte für Mr. Foster ein neues Leben begonnen. Seine Umgebung hatte sich sehr verändert, und er bekam abwechslungsreichere und auch köstlichere Speisen vorgesetzt. Beides behagte ihm sehr. Die Küche, die er früher so gemieden hatte, war zu seinem Lieblingsraum avanciert; denn hier fand man nun nichts mehr von sterilen weißen Kacheln und blitzblank geputzten Stahlflächen.

An der einen Seite hatte Henry durch Zwischendecken und hohe Wandfenster einen Wintergarten geschaffen. In dieser gemütlichen und lichtdurchfluteten Ecke hatte man Sofas und Sessel aufgestellt, und so war eine richtige Lounge entstanden, in die sich alle zurückzogen, um auf das Dinner zu warten. Mary und Rose hatten die Möbel mit handbemalten Stoffen bezogen und dazu passende Kissen angefertigt. Und damit nicht genug, hatten sie den ganzen Raum mit Topfpflanzen begrünt.

Am anderen Ende der umgestalteten Küche hatten die Frauen die weiße Kachelwand mit Reihen von bunten handbemalten Kacheln durchbrochen. Eine weitere Wand bedeckten braune Ziegelsteine, die man von einem Abbruchhaus besorgt hatte. Sie bildeten einen hohen und weiten Bogen über den Herden, und über diesen hatte man Kupfertöpfe und Gußstahlpfannen in allen Formen und Größen aufgehängt.

Roberts Frau und ihre Familie hatten sein Haus total umgestaltet. Sie hatten dem Garten eine atemberaubende natürliche Schönheit und den Innenräumen einen einladenden Charme verliehen. Ob die Großeltern und Mary nun gerade an originellen Tischmatten oder raffinierten Bilderrahmen arbeiteten, Zierrat bemalten, Obstschalen vergoldeten oder Geschenkpapier bedruckten, stets erfüllten sie ihr Tun mit Hingabe und Liebe zum Detail.

Als Mary ein Jahr mit Robert verheiratet war, hatte sie ihr offizielles Debüt als Gastgeberin organisiert und zu einem Garten-Luau geladen, einem Fest mit hawaiianischen Spezialitäten. Die Party bereitete sie natürlich selbst vor, und die Idee dazu war ihr gekommen, weil sie den verwöhnten und der vielen Feiern oft überdrüssigen Geschäftspartnern und Freunden ihres Gatten etwas Originelles und Neues bieten wollte.

Mary und Rose verzichteten bewußt darauf, einen professionellen Partyservice zu betrauen, und überwachten persönlich die Zubereitung und das Arrangement der Speisen. Alles wurde nach ihren eigenen Rezepten gebraten oder gekocht. Dazu würzte man mit Kräutern aus Henrys Garten. Am Abend der Feier brannten Fackeln auf den Tischen, und in diesem romantischen Licht wurden die Gänge serviert. Die in Eigenarbeit applizierten Leinentischdekken schmückte man mit Blüten von Henrys Blumenbeeten.

Gemäß dem Hawaii-Thema des Abends hatten Mary und Rose Hunderte Orchideenblüten aus ihrem Gewächshaus besorgt. Diana, Corey und vier ihrer Freundinnen erhielten die ehrenvolle Aufgabe, daraus Kränze zu flechten. Mutter und Großmutter beschlossen weiterhin, am Abend jeder Lady ein kleines lackiertes Schmuckkästchen zu überreichen, dessen Deckel sie mit Orchideen in den Farben der Kränze bemalten. Die beiden Frauen waren der Ansicht, daß selbst die in jedem erdenklichen Luxus schwimmenden Millionäre von Houston die Einzigartigkeit der selbsthergestellten Tischdekorationen, die selbstangebauten Nahrungsmittel und die Veränderungen zu schätzen wissen würden, die sie im und am Haus vorgenommen hatten, um seiner Strenge und Nüchternheit Farbe und Wärme zu verleihen.

Zwei Stunden vor Beginn des Luau inspizierte Mary den Garten und das Haus, um dann in den Armen ihres Gatten in Tränen auszubrechen. »Ach, Liebling, warum hast du mich das nur tun lassen?« jammerte sie. »Alle werden denken, ich hätte dein wunderschönes Haus mit selbstgemachtem Schnickschnack ruiniert. Deine Freunde sind weitgereiste Persönlichkeiten und an Fünf-Sterne-Restaurants, formelle Bälle und kostbare Antiquitäten gewöhnt. Und was biete ich ihnen? Eine Hinterhof-Grillparty mit Schrebergarten-Spezialitäten!«

Tränen tropften auf sein Jackett, als sie sich an ihm festhielt und ihr Gesicht an seine Brust preßte. »Sie werden denken, du hättest irgendein Landei geheiratet!«

Robert streichelte ihr über den Rücken und lächelte sie an. Auch er hatte sich alles angeschaut und mit den Augen eines Außenstehenden die vielen Veränderungen wahrgenommen. Was er da sah, erfüllte ihn mit Stolz und freudiger Erwartung. Mr. Foster war der festen Überzeugung, daß Mary und ihre Eltern dem Begriff ›Heim‹ eine ganz neue und intensivere Bedeutung verliehen hatten. Sie hatten die Räume und den Garten neu definiert und mit kreativer Hand verändert, aus dem Unpersönlichen etwas Persönliches und aus dem Alltäglichen etwas Schönes und Bedeutungsvolles gezaubert.

Er war überzeugt, daß die Gäste sensibel genug waren, um die Einzigartigkeit und Schönheit von Marys Neuerungen erkennen und würdigen zu können. Seiner Ansicht nach würden die Ladys und Gentlemen sowohl von seiner Frau als auch von ihrem Werk begeistert sein.

»Du wirst sehen, sie kommen aus dem Staunen nicht heraus, mein Liebling«, flüsterte er ihr ins Ohr. »Wart's nur ab.«

Mr. Foster sollte recht behalten.

Die vornehme Gesellschaft Houstons war entzückt über das Essen, die Dekorationen, die Blumen, die Gartenanlagen, die neue Inneneinrichtung und am allermeisten über die unaffektierte Anmut und Freundlichkeit der Gastgeberin. Viele seiner Bekannten hatten vor Monaten noch mit Kopfschütteln reagiert, als sie erfahren mußten, daß Robert einen Teil seines Gartens umgepflügt hatte, um darauf Gemüse anzubauen. Dieselben Freunde verschlangen nun geradezu gierig die Früchte dieser Bemühungen und baten darum, sich die Anlage einmal genauer ansehen zu dürfen.

So verbrachte Henry mehrere Stunden damit, im Mondschein Besichtigungstouren durch den Garten zu arrangieren. Während er mit den Gästen durch die Reihen seiner organisch gedüngten Biogemüsebeete schritt, berichtete er den Herren mit soviel ansteckender Begeisterung von seiner Arbeit, daß noch vor Ende der Party mehrere der Leute ankündigten, bei sich zu Hause auch einen Biogarten anzulegen.

Marge Crumbaker, die Gesellschaftskolumnistin der *Houston Post*, die an dem Fest teilnahm, berichtete in der nächsten Ausgabe von den Reaktionen der Gäste auf das Luau.

Während Mrs. Robert Foster III. (die frühere Mary Britton aus Long Valley) diese wunderbare Party leitete und persönlich für das Wohl der Gäste sorgte, legte sie eine Anmut, eine Gastfreundschaft und eine Aufmerksamkeit an den Tag, die sie schon jetzt in die erste Reihe von Houstons Gastgeberinnen stellt.

Ebenfalls anwesend waren Mrs. Fosters Eltern, Mr. und Mrs. Henry Britton, die so nett waren, etliche der faszinierten Gäste durch den neuen Garten, ins Gewächshaus und in die Werkstatt zu führen, die Bob Foster auf dem Gelände seines Anwesens in River Oaks hat errichten lassen. Viele der Besucher entpuppten sich danach als glühende Anhänger der Gartenarbeit und der handwerklichen Betätigung … Ach, wenn wir alle doch nur ein bißchen mehr Zeit hätten!

Heute, ein Jahr später, mußte Diana an die gelungene Feier denken, während Glenna ihre endlose Litanei von Beschwerden über die für morgen angesetzte Party abließ. Die Sechzehnjährige hätte sich normalerweise über soviel Genörgel geärgert, sagte sich aber, daß die Haushälterin weit davon entfernt war, ihre Stiefmutter und deren Eltern nicht leiden zu können. In Wahrheit ärgerte sich Glenna nur darüber, als Kopf dieses Haushalts abgesetzt worden zu sein.

Eigentlich war Diana auch gar nicht in der Stimmung, sich Klagen anzuhören, denn für sie gestaltete sich das Leben einfach wunderbar und war angefüllt mit Menschen und Aktivitäten, mit Liebe und Lachen, mit …

»Ich wäre die letzte, die mit dem Finger auf jemanden zeigen würde, der nicht aus einem vornehmen Hause stammt«, wetterte Glenna gerade, »doch wenn Mrs. Foster nicht aus irgendeinem verschlafenen Provinznest kommen würde, wüßte sie auch, auf welche Weise die Reichen und Mächtigen gewisse Dinge in die Hand nehmen.

Letztes Jahr, als dein Vater mir sagte, daß die Eltern seiner Frau hierherziehen wollten und er sie im Gästehaus unterbringen wollte, dachte ich bei mir, daß es wohl kaum noch schlimmer kommen könnte. Doch wer begreift mein Entsetzen, als ich mitansehen mußte, wie dein neuer Großvater anfängt, den Garten umzugraben, und dann auch noch einen Komposthaufen anlegt! Damit nicht genug, macht er sich zusätzlich über die Garage her und verwandelt sie in eine Werkstatt und ein Gewächshaus! Bevor ich wieder zu Atem kommen konnte, hatte deine neue Großmutter Gras ausgestochen und Kräutersamen in die freie Erde gesetzt. Ja, wo leben wir denn? Und schließlich begann die Frau auch noch, mit eigenen Händen zu töpfern! Es kommt mir wie ein Wunder vor, daß die Klatschtante, diese Marge Dingsbumskirchen, die an der Party teilgenommen hat, uns nicht am nächsten Tag in ihrer Kolumne Körnerfresser oder Dorfdeppen genannt hat!«

»Glenna, das ist wirklich unfair von dir, und das weißt du auch«, erwiderte die Sechzehnjährige, blieb stehen und legte die Schulbücher ab. »Jeder, der Mom oder Opi oder Omi kennenlernt, hält sie für wunderbar und einzigartig, und das sind die drei auch. Hast du denn noch nicht mitbekommen, daß wir in Houston richtig berühmt geworden sind? Und zwar für das, was Mom ›Zurück zur Natur‹ nennt? Deswegen schickt ja auch das Magazin *Southern Living* morgen ein Team vorbei, um Bilder von unserer Party zu schießen.«

»Mir schwant eher, daß sie uns der Lächerlichkeit preisgeben wollen.«

»Nein, die Reporter halten uns nicht für verrückt oder zurückgeblieben«, entgegnete Diana und schob die Hintertür auf. »Bei *Southern Living* hat man die Bilder von unserer letzten Party im *Houston Chronicle* gesehen, und jetzt wollen sie dort einen Fotobericht über unsere Art zu leben und Feste auszurichten bringen.«

Sie beherrschte sich gerade noch, weil ihr einfiel, was Dad gesagt hatte. Im Umgang mit der Haushälterin sollten sie Geduld und Verständnis aufbringen. Also lächelte Diana Glenna jetzt an – auch deshalb, weil sie wußte, daß ihr Vater und sie für die Frau zu einer Art Familie geworden waren, die einzige, die sie hatte.

»Daddy und mir ist klar, wieviel schwieriger das für dich sein muß, vier zusätzliche Personen zu versorgen, besonders wenn diese Leute auch noch ihre Hobbys mitgebracht haben und vieles Unbekannte anstellen. Mein Vater und ich machen uns Sorgen, daß du dich überarbeiten könntest, und deswegen überlegt er, ob du nicht jemanden als Hilfe für dich anstellen solltest.«

Bei solchem Lob löste sich ein Großteil der Verdrossenheit in Luft auf. »Ich brauche keine Hilfe. Bis jetzt bin ich ja bei dieser Familie ganz gut allein zurechtgekommen, oder?«

Das Mädchen tätschelte ihr den Arm und begab sich nach draußen, weil sie endlich Corey finden wollte. »Du warst immer wie eine Mutter für mich. Daddy und ich hätten früher ohne dich nie zurechtkommen können, und auch jetzt würde uns das wohl kaum gelingen.« Der letzte Teil entsprach nicht hundertprozentig der Wahrheit, aber als sie die Freude und Erleichterung auf Glennas Gesicht entdeckte, wußte sie, daß die kleine Notlüge wohl gerechtfertigt gewesen war.

Endlich war Diana allein und hielt inmitten des Chaos und dem Gewimmel von Hilfskräften für die anstehende Party nach ihrer Schwester Ausschau.

Früher war der drei Hektar große Garten zwar geräumig, aber kaum eines zweiten Blickes wert gewesen. Im

Zentrum lag der Pool, hintendran das Gästehaus. Zur Linken der Tennisplatz und zur Rechten die Garage für sechs Wagen, die durch eine Porte cochère, einen überdachten Durchgang, mit dem Haupthaus verbunden war. Diana hatte hier schon als kleines Kind gespielt, die Anlage aber stets als etwas leer und öde empfunden. So ähnlich war es ihr auch in dem Riesenhaus ergangen. Doch auf wunderbare Weise hatte sich alles verändert.

Trotz ihrer Freude und Zufriedenheit über den Wandel, der über ihr Zuhause und ihre Familie gekommen war, sorgte sie sich doch ein wenig über den Stand der Vorbereitungen im Garten. In weniger als vierundzwanzig Stunden würden die Presseleute kommen, und noch war hier nichts fertig. Tische und Stühle standen irgendwo in der Gegend herum. Sonnenschirme lagen auf dem Boden und warteten darauf, aufgestellt und gespannt zu werden. Großvater stand auf einer Leiter und hämmerte an einem Aussichtsturm herum. Großmutter zankte sich gerade mit zwei Gärtnern darüber, wie man am besten die Magnolienzweige abschnitt, die als Dekoration auf die Tische gelegt werden sollten. Und ihre Mutter las zwei Mädchen, die für eine Woche angestellt worden waren, die Liste der zu erledigenden Dinge vor.

Diana hatte Corey noch immer nicht erspäht, als ihr Vater mit der Aktentasche in der Hand und dem Jackett über dem Arm aus der Garage erschien.

»Hi, Daddy«, begrüßte sie ihn, stellte sich auf die Zehenspitzen und küßte ihn auf die Wange. »Du kommst heute aber früh nach Hause.«

Er legte ihr einen Arm um die Schultern und ließ den Blick über das Tohuwabohu wandern. »Ich dachte, ich mache eher Feierabend, um nachzusehen, wie weit die Vorbereitungen zur Schlacht gediehen sind. Wie war's denn heute in der Schule?«

»Ganz okay. Sie haben mich zur Klassensprecherin gewählt!«

Er drückte sie erfreut an sich. »Das ist ja großartig. Jetzt darfst du aber auch all deine Wahlversprechen nicht vergessen, von wegen, was du alles ändern und verbessern willst und so.«

Mr. Foster sah sie mit einem Lächeln an und drehte sich dann zu seiner Frau und seiner Schwiegermutter um, die ihn bereits entdeckt hatten und mit breitem Strahlen und großen Schritten auf ihn zueilten. »Also, Frau Präsidentin, irgendeine dunkle Stimme sagt mir, daß ich jetzt gleich zur Arbeit zwangsverpflichtet werde. Warum seid du und Corey eigentlich nicht irgendwo eingeteilt worden?«

»Man hat uns aufgetragen, niemandem zwischen den Füßen rumzustehen und uns möglichst unsichtbar zu machen«, entgegnete seine Tochter. »Ich bin auch nur rasch nach Hause gekommen, weil Barb Hayward uns zum Reiten eingeladen hat.«

»Ich glaube, deine Schwester hat sich im Badezimmer eingeschlossen«, erklärte die Mutter, »um dort einen Film zu entwickeln.«

»Pah, ich wette, sie will lieber mit zu den Haywards«, entgegnete Diana. Damit sprintete sie ins Haus zurück. In Wahrheit wußte Diana, daß Corey gern mitkommen würde; allerdings nicht zum Reiten, sondern wegen Spencer Addison, der sich gewöhnlich gutunterrichteten Kreisen zufolge heute nachmittag bei den Haywards aufhalten sollte.

Coreys Zimmer lag direkt gegenüber dem Dianas. Beide Räume waren in Größe und Schnitt identisch und verfügten über ein eigenes Badezimmer, einen separaten Ankleideraum und einen begehbaren Kleiderschrank. Doch damit endeten auch schon die Gemeinsamkeiten. Die Räume unterschieden sich so radikal voneinander wie die Persönlichkeiten, Angewohnheiten und Interessen ihrer Bewohnerinnen.

Mit ihren sechzehn Jahren war Diana zierlich, ausgeglichen und mit großem femininen Charme gesegnet. Immer noch brachte sie nur die besten Noten nach Hause, verschlang Unmengen Bücher und neigte dazu, alles hübsch und adrett zu haben. Seit ihrer Kindheit hatte sie darüber hinaus Organisationstalent und eine gewisse Reserviertheit Fremden gegenüber hinzugewonnen.

Ihr Zimmer war mit französischen Antiquitäten ausgestattet, darunter ein wunderbar bemalter Wandschrank und ein Himmelbett mit gelbem Chintz. Dem gegenüber stand ein Sekretär, an dem sie ihre Hausaufgaben machte. Auf ihm fand sich kein Stift oder Block am falschen Platz.

Diana betrat ihren Raum, legte die Schulbücher ordentlich ab und begab sich dann in ihren begehbaren Kleiderschrank. Hier zog sie den roten Baumwoll-Sweater aus, faltete ihn zusammen und legte ihn auf die freie Stelle zwischen Dutzenden anderer, identisch gefalteter Sweater, die nicht so sehr nach Stil oder Ärmellänge, sondern vielmehr nach Farben und Tönen sortiert waren.

Als nächstes war die marineblaue Hose an der Reihe, die sie auf einen Hosenbügel hängte und dann zwischen den anderen blauen Hosen und Shorts unterbrachte. Nun spazierte sie barfuß an der weißen Abteilung entlang und entschied sich für eine Bundfalten-Shorts. Nächste Station waren die Sweater-Fächer, wo sie einen marineblauen Polopullover mit weißen Litzen heraus- und sich gleich über den Kopf zog. Nachdem sie ihr Outfit mit weißen Sandalen komplettiert hatte (die befanden sich gerade ausgerichtet in einer langen Reihe auf dem Boden), setzte sie sich an ihren Schminktisch und fuhr sich mit einer Bürste durchs Haar. Automatisch griff ihre freie Hand nach dem pinkfarbenen Lippenstift und zog nach. Danach betrachtete sie ihr Werk im Spiegel.

Das Gesicht, das ihr da entgegenblickte, kam ihr außerordentlich gewöhnlich und unauffällig vor, und obwohl sie ja doch deutlich älter geworden war, hatten ihre Züge sich kaum verändert. Dieselben grünen Augen und dunklen Wimpern, die noch genauso aussahen wie früher. Selbst ein Hauch von Lidschatten ließ sie schon übertrieben grell geschminkt aussehen und hatte leider keineswegs den Effekt, sie hervorzuheben. Ihre hohen Wangenknochen waren grundsätzlich nicht übel, aber schon ein wenig Rouge ließ sie aussehen, wie einem Malkasten entsprungen. Flüssiges Make-up schien auf ihrer Haut keinen Unterschied zu hinterlassen, und so verzichtete sie auch darauf.

Diana hatte ein winziges Grübchen im Kinn, das sich hartnäckig weigerte, zu verschwinden oder wenigstens kleiner zu werden. Am besten gefiel ihr noch das Haar. Vom vielen Waschen und Bürsten wirkte es füllig und glänzend, aber sie zog einfache Frisuren vor, die nicht stundenlange Vorbereitung erforderten und sich auch leicht pflegen ließen. Außerdem glaubte sie, daß solche Frisuren ihr am besten standen.

Sie dachte an die schwüle und heiße Luft draußen und strich das Haar schließlich mit ein paar geschickten Handbewegungen zu einem Pferdeschwanz zurück. Nun wurde es aber Zeit, Corey zu finden, um ihr von den tollen Neuigkeiten zu berichten.

Die Tür zum Zimmer ihrer Schwester stand offen, aber als Diana hineinschaute, war von ihr nirgendwo etwas zu sehen. Die Badezimmertür war jedoch geschlossen, und so bewegte sie sich vorsichtig auf Zehenspitzen durch den Dschungel aus Klamotten, Schuhen, Schals, Fotoalben, Kameraausrüstungen und diversem Krempel, der jeden Quadratmillimeter des Bodens zu bedecken schien.

»Corey? Bist du da drin?«

»Komme gleich, nur einen Moment noch«, antwortete ihre Schwester aus dem Bad. »Ich muß nur noch den Film zum Trocknen aufhängen. Anscheinend habe ich ein paar gute Aufnahmen von Spencer gemacht, wie er letzte Woche im Club Nacht-Tennis gespielt hat. Ich glaube, die nächtliche Fotografiererei gefällt mir immer besser.«

»Nun beeil dich aber, ich muß dir etwas Tolles erzählen«, drängte Diana und wandte sich von der Tür ab. Insgeheim mußte sie lächeln.

Coreys Begeisterung für das Fotografieren hatte vor zwei Jahren begonnen, als Dad ihr ihre erste Kamera geschenkt hatte. Aus dem anfänglichen Knipsen hatte sich ein richtiges Hobby entwickelt, das ihre ganze Freizeit in Anspruch nahm.

Ein Jahr später war ihre Begeisterung für Spencer Addison hinzugekommen. Corey hatte ihn auf einer Party kennengelernt, und aus der anfänglichen Schwärmerei hatte sich eine richtige Besessenheit entwickelt. Fotos von ihm hingen an ihrem Spiegel, an ihrem Pinboard und natürlich überall an den Wänden: Spence bei sich zu Hause, Spence auf Partys, Spence bei Sportveranstaltungen und einmal sogar Spence in seinem Wagen im McDonald's Drive In.

Trotz des Umstands, daß Spencer ein Footballstar in der Southern Methodist University war und dort mit unglaublich attraktiven Kommilitoninnen ausging, die ihn wegen seines guten Aussehens und seines sportlichen Könnens anhimmelten, glaubte Corey fest daran, daß Glück, Hartnäckigkeit und Beten ihr eines Tages dazu verhelfen würden, daß er der Ihre wurde und auch blieb.

»Ja, ich hatte recht«, sagte sie, als sie aus dem Badezimmer kam und einen langen, feuchten Streifen in der Hand hielt. »Sieh dir nur diesen Schnappschuß an, wo er gerade serviert.«

Diana griente sie an. »Warum gehen wir nicht einfach rüber zu den Haywards? Da kannst du ihn in natura bewundern.«

Corey strahlte wie die Sonne selbst. »Er ist übers Wochenende nach Hause gekommen? Bist du dir da auch ganz sicher?«

Bevor Diana eine Antwort geben konnte, sauste ihre Schwester schon ins Badezimmer zurück, hängte den Film auf, sauste wieder heraus und setzte sich vor den Ankleidespiegel.

»Was soll ich bloß anziehen? Bleibt mir noch genug Zeit, um mir die Haare zu waschen?« Dann fragte sie noch einmal, und zwar in einem Tonfall, als müßte sie sterben, wenn Diana sich geirrt hätte: »Bist du dir wirklich ganz und hundertprozentig sicher, daß er dort ist?«

»Ja. Doug Hayward hat zufällig erwähnt, daß Spence nach dem Dinner zu ihnen kommen wolle, um Dougs neues Polo-Pony auszuprobieren. Kaum hatte ich davon erfahren, bin ich gleich zu Barb gegangen und habe ihr mit ein wenig Nachhilfe eine Einladung für uns beide für heute abend entlocken können. Danach habe ich getankt, und nach dem Essen kann es dann gleich losgehen.«

Corey wußte, daß ihre Schwester nicht gerne ritt und es ziemlich langweilig für sie sein mußte, den anderen beim Traben und Galoppieren zuzusehen und selbst herumzustehen. Trotzdem kam sie immer gern mit zu den Haywards, weil Corey gerne ritt. Und jetzt hatte ihre Schwester ihnen sogar eine Einladung zu Barb ergattert, und das nur, weil Spence anwesend sein sollte.

»Du bist die tollste Schwester auf der Welt!« rief sie und umarmte sie aus einem Impuls heraus.

Diana umarmte sie ebenfalls und löste sich dann von ihr. »Nun mach voran, damit wir zu Abend essen und dann zu den Haywards können, bevor Spence eintrifft. Wenn du nämlich schon da bist, wird es für niemanden so aussehen, als ob du hinter ihm her wärst.«

»Ha, du hast recht«, entgegnete Corey und war zutiefst von der Voraussicht ihrer Schwester beeindruckt. Ganz gleich, was sie unternehmen wollte, Diana unterstützte sie dabei immer nach Kräften. Aber sie behielt auch stets einen kühlen Kopf und suchte nach Mitteln und Wegen, Corey davor zu bewahren, sich zu blamieren oder in einen Schlamassel zu geraten. Diana war wirklich gut darin, alle möglichen Eventualitäten vorauszusehen. Corey verhielt sich allerdings oft so impulsiv, daß sie trotzdem mehr als einmal in der Tinte saß – und ihre Schwester dann meist mit ihr.

Auch ließ sich nicht verhindern, daß die eine oder andere ihrer danebengegangenen Eskapaden früher oder später ihren Eltern zur Kenntnis gelangte. Wenn es wieder einmal so weit war, machte Mom in der Regel keine große Affäre daraus und erklärte nur, daß ja eigentlich niemandem geschadet worden sei.

Dad hingegen sah es nicht so locker, wenn seine Töchter zum Beispiel im Yellowstone Nationalpark verlorengingen, bloß weil Corey unbedingt einen Sonnenaufgang mit Elch fotografieren wollte. Auch zeigte Mr. Foster sich alles andere als begeistert, als er aus der Zeitung erfahren mußte, daß man seine Töchter von einem Lastenaufzug hatte herunterholen müssen. Sie hatten sich auf dem dreizehnten Stockwerk eines noch nicht fertiggestellten Wolkenkratzers befunden und offensichtlich dem zweieinhalb Meter hohen Bauzaun und dem daran befestigten Schild »ZUTRITT STRENGSTENS UNTERSAGT!« keine Beachtung geschenkt.

»Während du dich fertigmachst«, erklärte Diana beim Hinausgehen, »verschwinde ich kurz in der Küche und schaue nach, was ich Cole zu essen mitnehmen kann.«

»Wem?« fragte Corey, deren Gedanken ausschließlich um die aufregende Aussicht kreisten, gleich Spence sehen zu können.

»Cole Harrison. Kennst du doch, der Stallbursche bei den Haywards. Doug hat gesagt, er sei von der Reise zurück«, antwortete Diana mit einem eigenartigen Unterton in der Stimme. »Wenn sich nicht viel geändert hat, wird er wieder Hunger leiden.«

Corey starrte ihr nach und war von der unüberhörbaren Aufregung im Tonfall ihrer Schwester wie gelähmt. Nicht einmal hatte Diana auch nur den zartesten Hinweis von sich gegeben, daß sie heimlich etwas für den Stallknecht bei den Haywards übrighaben könnte. Allerdings gehörte sie auch nicht zu den Menschen, wie zum Beispiel Corey, die mit allem gleich herausplatzten, was ihnen gerade durch den Kopf ging.

Sobald der Gedanke von Diana und Cole sich erst einmal in ihr festgesetzt hatte, konnte sie ihn nicht mehr loswerden. Unter der Dusche, als sie das Shampoo im Haar zu flockigem Schaum verrieb, versuchte sie, sich die beiden als Pärchen auszumalen. Aber schon die bloße Vorstellung war einfach zu lächerlich.

Diana war zart, hübsch und beliebt. Sie konnte durchaus unter den reichen Jungs auswählen, die ähnlich in Reichtum aufgewachsen waren wie sie. Junge Männer, wie etwa Spence Addison, die sich nie in der Öffentlichkeit daneben benahmen, die gebildet und gewandt waren und die mit siebzehn oder achtzehn schon die halbe Welt gesehen hatten. Jünglinge, die in Country Clubs groß wurden, Golf und Tennis spielten und ab dem sechzehnten Lebensjahr zu formellen Dinners Smoking trugen.

Als Corey später in ein Badetuch eingewickelt vor dem Spiegel saß und sich mit der Bürste durch das lange blonde Haar fuhr, grübelte sie immer noch darüber, was ihre Schwester an jemand wie Cole finden konnte, der weder das Auftreten noch das Charisma eines Spence besaß. Ihr Schwarm sah in seinem blauen Sportjackett mit khakifarbener Hose, im weißen Tennisdreß oder im weißen Dinner-Jackett einfach göttlich aus. Ganz gleich, was er trug oder tat, Spence wirkte immer wie ein Traum, oder wie ein ›Blaublütiger‹, wie Oma die reichen Jungs in Houston zu nennen pflegte. Mit seinem hellbraunen Haar, seinen stets lachenden bernsteinfarbenen Augen und seinem umwerfenden Äußeren stellte Spence schlichtweg das Idealbild eines gutaussehenden, gepflegten und gewandten jungen Mannes dar.

Cole dagegen stellte das genaue Gegenstück dar: pechschwarzes Haar, sonnenverbranntes Gesicht, kantige, harte Züge und Augen vom kühlen Grau eines stürmischen Himmels. Corey hatte ihn noch nie in etwas anderem als ausgeblichenen Jeans und T-Shirt oder Sweatshirt gesehen. Sie konnte sich nicht vorstellen, wie er im weißen Dreß mit Diana im Club Tennis spielte oder in einem Smoking mit ihr auf einem Ball tanzte.

Natürlich hatte sie schon einmal davon gehört, daß Ge-

gensätze sich anzogen, aber in diesem Fall fielen die Unterschiede wohl doch etwas zu extrem aus. Einfach unmöglich, daß die süße, praktische und anspruchsvolle Diana auf solchen rohen Sex-Appeal und solche Macho-Ausstrahlung hereinfiel. Der Bursche konnte ja noch nicht einmal freundlich sein! Gut, er hatte einen tollen Körper, aber er neben der kleinen, zierlichen Diana? Wenn die beiden miteinander ausgingen, würde er wie ein Turm über ihr aufragen.

Soweit Corey das beurteilen konnte, hatte ihre Schwester sich noch nie in jemanden richtig verliebt oder für einen Mann geschwärmt. Nicht einmal für Matt Dillon oder Richard Gere. Da schien es doch ausgeschlossen zu sein, daß sie auf jemanden wie Cole abfahren sollte, dem es so offensichtlich egal war, was er anzog oder wo er die Nacht verbringen würde. Natürlich durfte man ihm keinen Vorwurf daraus machen, daß er sich nicht mehr leisten konnte. Vielleicht war er ja auch ein prima Kerl. Nur – für Diana war er absolut ungeeignet.

Das Mädchen hielt gerade ihre hellbraune Reithose in der Hand, als ihr einfiel, daß Cole Barb und den anderen in der Clique ebenfalls nicht gleichgültig zu sein schien. Im Grunde war er sogar das Objekt von vielen ihrer sexuellen Fantasien, und sie stellten gern Spekulationen über ihn an.

Barb hatte sogar erklärt, gegen Cole sähen die anderen Jungs, die sie kannten, wie Weicheier aus. Und Haley Vincennes hatte sogar behauptet, der Stallbursche sei ›sexy‹.

Corey war über das alles so verwirrt, daß sie für einen Moment ganz vergaß, für wen sie sich heute abend schön machen wollte. Als Spence ihr wieder einfiel, spürte sie sofort erneut das brennende Verlangen und die entzückte Freude wie beim erstenmal, als ihr Blick auf ihn gefallen war – und das hatte sich nicht geändert.

Kapitel 6

Corey war so aufgeregt, daß sie kaum einen Bissen herunterbekam. Als ihrer Großmutter das auffiel und sie das Mädchen danach befragte, verstummten abrupt alle Gespräche am langen Eichentisch. Jeder, bis auf Diana, sah sie sofort besorgt an.

»Du hast ja kaum etwas angerührt, Corey. Fehlt dir etwas, mein Liebling?«

»Nein, alles ist okay. Ich habe nur keinen richtigen Hunger.«

»Du hast es wohl sehr eilig, oder?« fragte ihre Mutter.

»Ich? Wie kommst du denn darauf?« entgegnete Corey ganz Unschuld.

»Weil du alle zwei Sekunden auf die Uhr schaust«, bemerkte der Großvater.

»Ach, das ist nur, weil Diana und ich heute abend noch zum Reiten zu den Haywards wollen«, erklärte sie und fühlte sich sehr unbehaglich, so im Mittelpunkt der allgemeinen Aufmerksamkeit zu stehen. »Doug hat nämlich ein neues Polo-Pony, und wir wollen ihm dabei zusehen, wie er im Ring mit ihm arbeitet. Mr. Hayward hat eine Flutlichtanlage errichten lassen, damit man die Pferde auch im Dunkeln zureiten kann, wenn es nicht mehr so heiß ist.«

»Ein neues Polo-Pony also!« rief der Vater mit wissendem Lächeln, den Blick auf ihr frischgewaschenes Haar und das sorgfältig aufgetragene Make-up gerichtet. »Ich vermute mal, du willst einen besonders guten Eindruck auf das Pferd machen, wenn es dich zum erstenmal zu sehen bekommt.«

Um endlich ihre Ruhe zu haben, hatte Corey kräftig in ihr Hähnchen gebissen. Jetzt schluckte sie das Stück halb gekaut herunter und sah ihren Vater verwirrt an. »Wie kommst du denn auf so was?«

»Na ja, dein Haar sieht aus, als hättest du den ganzen Tag im Schönheitssalon verbracht. Außerdem trägst du Lippenstift und dieses pinkfarbene Zeugs auf den Wangen. Und was sehe ich denn da?« Er verbiß sich ein Grinsen und studierte ihre Augen. »Ist das da etwa Mascara?«

»Ich glaube nicht, daß etwas falsch daran sein sollte, sich hin und wieder für das Familien-Dinner fein zu machen!«

»Ganz und gar nicht, mein Liebes«, stimmte er ihr sanft zu. Dann teilte er seiner Frau im Plauderton etwas mit, was eigentlich an seine Stieftochter gerichtet war. »Liebes, ich habe heute im Club zu Mittag gegessen und bin dabei zufällig Spencers Großmutter über den Weg gelaufen. Sie hatte gerade mit ein paar Ladys Bridge gespielt.«

»Wie geht es Mrs. Bradley denn?« warf Diana hastig ein. Spence war bei seiner Großmutter aufgewachsen, und Coreys Schwester glaubte zu wissen, worauf Dad hinauswollte. Sie wollte ihr die Peinlichkeit ersparen, noch länger von den anderen aufgezogen zu werden. »Ich habe sie seit Monaten nicht mehr gesehen.«

»Ihr geht es ausgezeichnet. Sie schien heute bester Laune zu sein. Und kennt ihr auch den Grund dafür?«

»Für eine Dame in ihrem Alter besitzt sie noch erstaunlich viel Energie, nicht wahr, Mom?« versuchte Diana verzweifelt das Thema zu wechseln.

Doch ihr Vater war nicht gewillt, sich so leicht ablenken zu lassen. »Der Grund dafür ist, daß Spence überraschenderweise übers Wochenende nach Hause gekommen ist, um ihren Geburtstag feiern zu können.«

»Er ist ja auch wirklich ein ganz wunderbarer junger Mann«, warf Großmutter ein. »So charmant und so sensibel.«

»Und aufs Polospielen versteht er sich auch«, fügte Großvater hinzu und sah seine Enkelin direkt an. »Die Haywards betrachten ihn ja längst als willkommenen Freund des Hauses.«

Vier amüsierte Augenpaare fixierten nun Corey – außer Diana.

»Das Problem mit dieser Familie ist, daß jeder sich zuviel darum kümmert, was die anderen tun und denken!«

»Du hast ja recht, Corey«, sagte Großmutter und klopfte ihr liebevoll auf die Schulter. Dann erhob sie sich, um Glenna dabei zu helfen, das Geschirr abzuräumen. »Wenn man einen nervösen Magen hat, sollte man sich nicht zum Essen zwingen. Warum gehst du nicht nach oben und ziehst den Lippenstift nach, damit du wieder so hübsch aussiehst wie vorhin, als du zum Dinner heruntergekommen bist?«

Erleichtert verließ Corey ihren Platz und trug ihren Teller zum Ausguß. Einen Moment später war sie schon auf der Treppe. Sie warf Diana einen Blick über die Schulter zu. »Sagen wir, in fünfzehn Minuten?«

Ihre Schwester nickte, dachte aber vor allem an Cole. »Omi, kann ich die Reste von den Hähnchen zu den Haywards mitnehmen?«

Großmutter sagte sofort ja, aber die anderen am Tisch sahen sich erstaunt an. »Diana«, meinte ihr Vater dann verwundert, »was sollen die Haywards denn mit unseren Essensresten anfangen?«

»Ach, das ist doch nicht für die«, entgegnete sie, öffnete die Kühlschranktür und nahm ein paar Äpfel und Orangen heraus, »sondern für Cole.«

»Kohl?« wiederholte Mr. Foster ahnungslos. »Wie das Gemüse, das wir oft essen?«

Diana lachte laut. »Nein, Cole, mit C, wie bei deinem Freund Cole Martins«, erklärte sie mit Hinweis auf einen reichen Rancher. Dann begab sie sich zum Vorratsschrank und inspizierte den Inhalt. »Dieser Cole arbeitet bei den Haywards als Pferdepfleger und lebt da auch. Aber er ist so dünn. Ich glaube, er hat nicht viel und will sein bißchen Geld nicht für Essen vergeuden.«

»Der arme alte Mann«, nickte Großvater voller Mitgefühl, in der irrigen Annahme, die Sorge seiner Enkelin beziehe sich auf einen Rentner.

»Er ist kein alter Mann«, widersprach Diana, während sie die Reihen mit den eingemachten Früchten und Gemüsen studierte. »Cole redet zwar nicht gern von sich, aber ich habe herausgefunden, daß er aufs College geht und immer schon arbeiten mußte, um die Gebühren aufzubringen.«

Sie drehte sich zu den anderen um und sah, wie ihre Großmutter bereits Hähnchenbrust und Beilagen in Plastikbehälter packte. »Omi, kann ich auch ein paar von den eingemachten Pfirsichen und etwas von der selbstgemachten Marmelade mitnehmen?«

»Ja, aber natürlich.« Mrs. Britton wischte die Hände an einem Handtuch ab und trat zu ihrer Enkelin, um ihr bei der Auswahl behilflich zu sein. Schon hatte sie eine Papiertüte zur Hand und stellte drei Einweckgläser hinein.

»Letztes Mal habe ich ihm von deinen eingelegten Erdbeeren mitgebracht, und er war ganz begeistert. Cole meinte sogar, die seien noch besser als Süßigkeiten. Und das von ihm, wo er doch so ein Süßmaul ist.«

Großmutter war ganz gerührt über dieses Lob von einem hungrigen Fremden. Spontan stellte sie vier Gläser Erdbeermarmelade in die Tüte, und damit nicht genug, holte sie auch noch die Porzellanplatte vom Küchenschrank. »Wenn er so gern Süßes mag, sollte er mal diese Blaubeer-Muffins probieren. Sie enthalten keinen Zukker und sind zudem fettarm zubereitet – also sehr gesund.« Omi packte ein halbes Dutzend davon in die Tüte. »Ach ja, und diese Haselnuß-Brownies, die ich gestern gebacken habe, dürften ihm ja dann wohl auch schmecken.«

Als Mrs. Britton eine zweite Tüte besorgte, hielt Diana sie auf. »Omi, ich möchte nicht, daß er glaubt, wir wollten an ihm ein gutes Werk tun.« Sie lächelte entschuldigend und fügte rasch hinzu: »Ich habe Cole davon überzeugen können, daß du geradezu süchtig danach seist, alles mögliche einzumachen. Und daß wir nach jeder Mahlzeit immer bergeweise übrighätten und es doch wirklich zu schade sei, all die guten Sachen wegschmeißen zu müssen.«

Großvater war aufgestanden, um sich noch einen Kaffee zu besorgen. Er grinste darüber, wie geschickt seine

Enkelin alles eingefädelt hatte, und legte ihr einen Arm um die Schultern. »Entweder hält der Mann uns für Verrückte oder für Verschwender.«

»Wahrscheinlich beides«, murmelte Diana und bekam nichts davon mit, wie ihre Eltern abwechselnd sich und ihre Tochter ansahen und sich dabei zunickten. »Ich hielt es für besser, wenn er so über uns denkt. Dann kommt er sich bestimmt nicht wie ein Wohlfahrtsempfänger vor«, fügte sie hinzu, faltete das obere Ende zusammen und nahm die schwere Tüte mit beiden Armen entgegen.

»Ich höre heute zum erstenmal von diesem jungen Mann«, erklärte ihr Vater. »Erzähl uns doch etwas über ihn.«

»Tja, was soll ich da sagen? Er ist ... eben anders, jedenfalls als die sonstigen jungen Männer, die man so kennenlernt.«

»Wie anders?« wollte Mr. Foster genauer wissen. »Ist er ein Rebell, ein Revoluzzer oder einfach nur jemand, der grundsätzlich gegen alles ist?«

Diana blieb in der Küchentür stehen, weil sie darüber noch nie richtig nachgedacht hatte. Nachdem sie die Tüte auf den rechten Arm geschoben hatte, antwortete sie: »Am ehesten würde ich ihn für einen Rebellen halten, aber einer von der positiven Sorte. Eigentlich ist er auch mehr ...« Jetzt entdeckte sie, wie aufmerksam die anderen sie anstarrten. »Na, eben anders, im Sinne von etwas Besonderes. Ich kann euch das auch nicht genauer erklären, es ist eben einfach so. Und überhaupt unterscheidet er sich von allen jungen Männern, die ich bislang kennengelernt habe. Cole wirkt irgendwie älter und erfahrener. Eigentlich läßt er sich mit niemandem vergleichen«, schloß sie, winkte dann der Familie rasch zu und eilte nach draußen. Sie konnte diesen erwartungsvollen und neugierigen Blicken nicht schnell genug entkommen.

»Tschüs allerseits!« Und damit war sie fort.

Nach einigen Momenten des Schweigens faßte sich Mr. Foster als erster wieder und sah der Reihe nach seine Frau und seine Schwiegereltern an. »Ich glaube, die anderen Jungs, die sie kennengelernt hat, gefallen mir besser.«

»Ja, der hier ist aber ganz anders«, wiederholte die Großmutter die Ausführungen ihrer Enkelin.

»Genau deswegen bin ich mir ja so sicher, daß ich ihn nicht mögen werde.«

»Robert«, redete Mary beruhigend auf ihn ein, »dieser Cole ist der erste Mann, an dem unsere Tochter etwas mehr Interesse zeigt, und gleich wirst du eifersüchtig. Genauso hast du auch im letzten Jahr reagiert, als Corey anfing, nur noch von Spence zu reden.«

»Daran habe ich mich ja mehr oder weniger gewöhnen müssen«, erwiderte er leicht brummig. »Ich hätte mir damals nie vorstellen können, daß ihre Schwärmerei länger als einen Monat anhalten würde. Aber mittlerweile läuft das schon seit einem Jahr so. Ich finde, es ist nur noch schlimmer geworden.«

»Sie glaubt, daß sie in ihn verliebt ist«, bemerkte seine Frau.

»Das hat sie schon an dem Abend geglaubt, als sie ihm zum erstenmal begegnet ist. Heute spricht sie ja schon davon, daß sie ihn heiraten will. Hast du in der letzten Zeit mal einen Blick in ihr Zimmer geworfen? Man könnte meinen, sie brauche überhaupt keine Tapete mehr, so viele Bilder von ihm hängen an der Wand. Corey hat ihren Raum in einen Tempel für diesen Spence verwandelt. Also wenn das nicht absolut albern ist!«

Großvater Britton konnte seinen Schwiegersohn gut verstehen, fühlte er sich doch ebenfalls ein wenig zurückgesetzt, weil auf einmal neue Männer in das Leben seiner Enkelinnen getreten waren. »Corey kommt schon darüber hinweg«, erklärte er. »Fünfzehnjährige Mädchen verguk-ken sich nun einmal in Jungs. Aber das ist noch lange keine Liebe, auch wenn sie das fest glauben.«

Seine Frau vollendete gerade die Skizze für ein ebenso einfaches wie elegantes Muster für die Kacheln in den Gästebadezimmern. »Henry, falls du es schon vergessen haben solltest, als ich mich in dich verliebt habe, war ich auch erst fünfzehn.«

Robert dachte gerade über etwas anderes nach. Er starrte auf die Tür, durch die Diana gerade verschwunden war, und meinte schließlich: »Sagt mal, habt ihr das auch bemerkt, oder ist das nur mir so vorgekommen ... aber wenn ich mich nicht irre, haben sich vorhin Dianas Wangen gerötet, als sie von dem Stallburschen gesprochen hat.«

»Er ist College-Student«, verbesserte seine Frau ihn leise und legte eine Hand auf seine Linke, um sie festzuhalten. Robert entkrampfte gleich und lächelte verlegen. »Ach, es ist doch nur, weil ich so große Pläne für die Mädchen habe. Da möchte ich nicht, daß sie zu früh nur noch Jungs im Kopf haben und viel zu jung heiraten, um dann irgendwann festzustellen, was sie alles verpaßt haben.«

»Für Corey brauchst du keine Pläne mehr zu schmieden«, sagte Großmutter. »Das hat sie schon selbst besorgt. Sie will Spence heiraten, und sie will eine berühmte Fotografin werden.«

»Ich hoffe, nicht in dieser Reihenfolge«, murmelte Mr. Foster.

Mrs. Britton ging nicht darauf ein. »Und was Diana angeht, kann ich mir gut vorstellen, daß sie sich zu einer hervorragenden Innenarchitektin, Architektin oder sogar Schriftstellerin entwickelt. Die junge Dame ist auf all diesen Gebieten sehr begabt, aber sie scheint sich noch Zeit lassen zu wollen, sich für eins davon endgültig zu entscheiden. Ich sehe es nicht gern, wenn Talente sich bei einem jungen Menschen nicht richtig entwickeln können.«

»Ihre wahre Begabung ist schon erblüht«, warf ihr Vater ein. Als alle ihn fragend ansahen, verkündete er voller Stolz: »Sie mag ja das künstlerische Auge ihrer Mutter geerbt haben, aber von mir hat sie den Verstand. Im Lauf der Zeit wird Diana schon herausfinden, auf welche Weise der sich am besten einsetzen läßt. Überhaupt hat sie sich schon immer fürs Geschäftliche interessiert.«

»So etwas ist immer gut«, bemerkte Mary mit einem leichten Lächeln.

»Wer was vom Geschäft versteht, meistert das Leben besser«, erklärte Großvater.

Die beiden Frauen sahen sich an und standen auf. »Die Sonne geht in einer halben Stunde unter, Mom, und ich könnte gut deinen Rat bei der Auswahl der Tischdekorationen gebrauchen.«

Mrs. Britton zögerte einen Moment und sah dann zu den Männern. »Möchtet ihr zwei vielleicht noch frische Erdbeeren mit Joghurt zum Nachtisch?«

»Ich bekomme nichts mehr runter«, antwortete Mr. Foster.

»Ich auch nicht«, schloß sich Mr. Britton an und klopfte sich auf den Bauch, um anzuzeigen, daß der absolut gefüllt sei. »Du hattest vollkommen recht mit diesen rein natürlichen, fettarmen Speisen, Rosie. Sobald man sich erst einmal daran gewöhnt hat, schmecken sie nicht nur gut, sondern man wird auch satt. Die Hähnchen heute waren echt Spitzenklasse, doch, das meine ich ernst. Geht ihr zwei ruhig nach draußen und unterhaltet euch darüber, wie alles noch schöner gemacht werden kann.«

Als die beiden Männer allein waren, schwiegen sie zunächst und warteten darauf, daß die Außentür ins Schloß fiel. Danach sprangen sie sofort auf. Robert lief zum Kühlschrank und holte eine große Dose Vanilleeiscreme heraus, während Henry Britton aus dem untersten Fach der Vorratskammer einen gedeckten Apfelstrudel zog. Glenna hatte ihn am Vormittag beim Bäcker besorgt und dort für die beiden versteckt.

Großvater saß schon mit dem Kuchen und einem großen Messer am Tisch und fragte seinen Mitverschwörer: »Ein großes Stück, Robert, oder ein ganz großes?«

»Ein ganz großes.«

Henry schnitt zwei riesige Stücke ab und legte sie auf die Teller, während sein Schwiegersohn den Eislöffel tief in die Dose stieß und eine ordentliche Portion herausbeförderte.

»Ein Bällchen oder zwei, Schwiegervater?«

»Hm, zwei«, antwortete der.

Die beiden machten sich über ihren Nachtisch her und blickten erst auf, als die Haushälterin in der Küche erschien und alles zusammenräumte.

»Du bist eine Heilige, Glenna.«

»Nein, ich bin eine Verräterin.«

»Dafür ist dein Job hier sicher, solange ich lebe«, grinste Mr. Foster.

»Eure Frauen würden mich sofort rauswerfen, wenn sie wüßten, wozu ihr beiden mich zwingt.«

»Dann würden wir dich gleich wieder einstellen«, entgegnete Henry und schloß genießerisch die Augen, während er den Geschmack von verbotenem Fett und Zukker auf der Zunge zergehen ließ. Seinem Schwiegersohn war anzusehen, daß er sich ebenfalls wie im Paradies fühlte.

»Ich dachte schon, Mary und Rose würden uns heute abend überhaupt nicht mehr allein lassen«, bemerkte Robert schließlich. »Und mir kam der schreckliche Gedanke, wir müßten warten, bis sie eingeschlafen seien, ehe wir die Küche plündern könnten.«

Draußen auf dem Rasen standen die beiden Frauen mit dem Rücken zur Küche und besprachen gerade, wo man morgen die Tische für die Party aufstellen sollte.

»Ich glaube, damit wäre alles geklärt«, meinte Rose schließlich. »Warte, ich hole Robert und Henry, damit die ihre Meinung dazu äußern können.«

»Noch nicht«, entgegnete ihre Tochter. »Die zwei sind bestimmt noch nicht mit ihrem Dessert fertig.«

Rose stemmte indigniert die Fäuste in die Hüften. »Was hat Glenna ihnen denn heute besorgt?«

»Gedeckten Apfelstrudel.«

»Wir sollten uns eine neue Haushälterin suchen. Als

Conchita noch bei uns war, hat sie Glenna immer hübsch aus der Küche ferngehalten.«

Mary seufzte und schüttelte den Kopf. »Glenna tut doch bloß, was die beiden ihr auftragen. Davon abgesehen würden unseren Männern bestimmt tausend Gründe einfallen, warum wir sie doch behalten sollten. Und wenn man mal von diesen heimlichen Nachtischen absieht, haben wir sie beide doch auf eine gesunde Diät gesetzt. Ich weiß, daß Robert sich beim Frühstück und beim Mittagessen strikt daran hält.«

Sie fing an, einen der schweren Tische zu verrücken, und kam dabei nur zentimeterweise voran, bis Großmutter ihr zu Hilfe eilte. »Gestern hat Roberts Arzt ihm mitgeteilt, daß seine Cholesterinwerte deutlich gesunken seien«, sagte Mary.

»Und wie steht's mit seinem Blutdruck?«

»Ach, frag besser nicht.«

Kapitel 7

Der Reitring befand sich auf einem sanften Hang und lag dreißig Meter rechts von den Stallungen. Ein weißes Gatter umgab die Anlage, und nachts sorgten hier Flutlichtlampen auf hohen Masten für beinahe taghelle Beleuchtung. Die Schatten jenseits der Bahn wirkten darunter noch dunkler.

Von ihrem Aussichtspunkt am Stalleingang verfolgte Diana, wie Spence abstieg und den schönen Fuchs am Außenrand entlangführte, damit er abkühlen konnte. Er sagte etwas zu Corey, die neben ihm ging und daraufhin in helles Lachen ausbrach. Diana lächelte froh, weil der Abend für ihre Schwester so gut verlief.

Statt Spence mit Doug und Barb Hayward, deren Vater und einer seiner zahllosen Freundinnen, die ihn überallhin begleiteten, teilen zu müssen, gehörte er heute Corey ganz allein. Es hatte sich herausgestellt, daß die Haywards zur Geburtstagsfeier eines Verwandten mußten, und so war Spence allein zurückgeblieben.

Auch Dianas Abend entpuppte sich als angenehm, hatte sie Cole doch ebenfalls ganz für sich. Ihn so oft wie nur möglich sehen zu können, ohne daß er eine Absicht dahinter vermuten konnte, stellte die zweitschwierigste Aufgabe dar, die sie in ihrem Leben vollbringen mußte. An erster Stelle stand natürlich ihr Bemühen, die Gefühle, die sie für ihn hegte, vor ihm wie vor aller Welt geheimzuhalten.

So gut wie jede von Barbs Freundinnen schwärmte für den Pferdepfleger. Er war groß, breitschultrig und sonnengebräunt und hatte schmale Hüften. In kurzen Jeans und einem Hemd mit Viertelärmeln kam sein Körper besonders gut zur Geltung, und alle seine Muskelpartien drückten Kraft und Sex-Appeal aus. Natürlich kam er aufgrund seiner gesellschaftlichen Stellung, seiner geringen Barschaft und seiner niederen Tätigkeit hier im Stall niemals für sie auch nur in Frage. Aber gerade das ließ ihn in den Augen der Mädchen noch attraktiver erscheinen.

Außerdem weigerte Cole sich, vor ihnen etwas von seinem sonstigen Leben preiszugeben, und nun umgab ihn in ihren Augen etwas Geheimnisvolles und Faszinierendes.

Des weiteren gab er sich den jungen Ladys gegenüber unnahbar, und das trieb sie fast zur Raserei.

Ganz zu schweigen davon, daß er ihr Aussehen, ihr Geld und ihre kleinen Spielchen überhaupt nicht zur Kenntnis zu nehmen schien. Und damit wurde er erst recht zur echten Herausforderung.

Da man ihn durch keinen Trick und kein Locken dazu bringen konnte, über sich zu erzählen, verbrachten die Mädchen endlose Stunden damit, über seine Familie und seine Freunde zu spekulieren. Und sie erfanden die wildesten Geschichten, warum er seine Vergangenheit vergessen oder am liebsten begraben wollte.

Natürlich unternahmen sie alles Erdenkliche, um seine Aufmerksamkeit zu erringen. Manchmal flirteten die Mädchen mit ihm, dann wieder präsentierten sie sich in engsitzenden Hosen und sehr knappen Tops, und schließlich baten sie ihn, sich einen (natürlich vollkommen heilen) verstauchten Knöchel oder ein verrenktes Handgelenk genauer anzusehen. Die Mutigsten unter ihnen ließen sich sogar beim Absteigen gegen ihn fallen.

Diana hatte alle diese Bemühungen genau verfolgt und dabei natürlich vor allem auf Coles Reaktion geachtet. Bald war ihr eins bewußt geworden: Je offensichtlicher der Versuch, desto stärker seine Abwehr. Harmlosere Übeltäterinnen behandelte er wie Kinder. Der junge Mann machte sich über sie lustig und behandelte sie in einer Weise von oben herab, daß die Betreffende am liebsten vor Scham im Boden versunken wäre. Mädchen, die es ärger trieben, wurden auf noch unerträglichere Weise bestraft: Mehrere Wochen lang begegnete Cole ihnen kühl und distanziert.

Beide Abwehrtaktiken erzeugten auch die Notwendigkeit, dafür zu sorgen, wieder Gnade vor seinen Augen zu finden. Dies trug ebenfalls dazu bei, ihn noch unwiderstehlicher und begehrenswerter zu finden.

Während der vergangenen zwei Jahre hatte praktisch jedes Mädchen, das zur Clique gehörte, irgendwann einmal den anderen erklärt, daß Cole irgend etwas getan oder gesagt habe, mit dem er sein ganz besonderes Interesse an ihr zum Ausdruck gebracht hätte.

Im April dieses Jahres hatten neun der Mädchen schließlich bei einem Einsatz von zehn Dollar darum gewettet, welche von ihnen es schaffen würde, als erste von ihm geküßt zu werden. Diana hatte sich nicht daran beteiligt und erklärt, er sei einfach nicht ihr Typ, sich dann aber bereiterklärt, die Wettkasse zu verwalten. Insgeheim betete sie darum, es möge niemals dazu kommen, daß sie die neunzig Dollar an eine Siegerin auszahlen mußte.

Irgendwann im Frühjahr dann, als die Mädchen alle

über Nacht bei den Haywards blieben, hatte Barb behauptet, ihr sei es am Abend zuvor gelungen. Eine halbe Stunde lang berichtete sie den Freundinnen sehr fantasievoll, aufreizend und schlüpfrig, wie sich aus dem ersten Kuß weitere ergeben hätten und was dann sonst noch alles erfolgt sei.

Als Diana schon glaubte, sich das keine Sekunde länger mehr anhören zu können und sich übergeben zu müssen, hatte Barb sich lachend aufs Bett zurückfallen lassen, gelacht und laut ›April! April!‹ gerufen. Sofort war sie von den anderen dafür mit Unmengen Popcorn beworfen worden.

So schrecklich Diana sich auch gefühlt hatte, als Barb in glühenden Farben ihr angebliches Petting beschrieb, so war es ihr doch gelungen, sich vor den anderen nichts davon anmerken zu lassen. Niemals würde sie sich vor den Mädchen eine solche Blöße geben, damals nicht und auch heute nicht.

Diana drehte sich vorsichtig zu ihm um. Cole füllte gerade in der letzten Box den Futtertrog auf. Sie wußte, daß er in einer Minute damit fertig sein und dann zu ihr an den Eingang kommen würde. Diana hatte überhaupt viel mehr über ihn in Erfahrung bringen können als all die anderen Mädchen zusammen. Und das vor allem deswegen, weil sie als einzige eine Menge Zeit mit ihm verbracht hatte.

So hatte das Mädchen genau beobachtet, wie das Sonnenlicht sein schwarzes Haar wie poliertes Ebenholz schimmern ließ; oder sie hatte erlebt, wie ein plötzliches breites Lächeln alle Härte und Kantigkeit aus seinen Zügen nehmen und seine Augen in flüssiges Silber verwandeln konnte …

Diana hatte seine Hände an ihren Hüften gespürt, wenn er plötzlich hinter ihr auftauchte und sie spielerisch auf die Seite stellte, um freie Bahn zu haben. Sie hatte auch schon seine Wutanfälle erlebt, wenn er einen von Dougs Freunden hinauswarf, den er im Stall beim Rauchen erwischt hatte, und ihm dann eine Strafpredigt verpaßte, die sich gewaschen hatte – von wegen, daß er die Pferde in Feuergefahr gebracht habe.

Das Mädchen hatte gesehen, wie er dabei mithalf, einen ganzen Wurf Kätzchen zur Welt zu bringen und dabei die Mutter streichelte und ihr ermutigend zusprach. Und Cole hatte ein anscheinend Totgeborenes lange genug mit zwei Fingern massiert, um es zum Leben zu erwecken.

Natürlich war auch Diana vor den Fantasien nicht gefeit, mit denen die Mädchen voreinander angaben. Doch für sie gab es da zwei entscheidende Unterschiede: Das Mädchen war klug genug, nicht zu versuchen, ihre Träume in die Realität umzusetzen; und sie hatte von Anfang an akzeptiert, daß die lockere Freundschaft, die sie mit ihm verband, alles war, was sie je von ihm erwarten konnte.

Diana machte sich klar, daß sie nie erfahren würde, wie es sein würde, seine Lippen auf den ihren zu spüren, von ihm in den Arm genommen zu werden oder zu erleben, wie er sie an sich preßte. Das alles bedauerte sie zwar ein wenig, wußte aber gleichzeitig, daß es halt unmöglich war. Davon abgesehen war sie gewitzt genug, eins zu begreifen: Wenn er je auf die Idee käme, sie zu küssen, würde sie wahrscheinlich nicht in der Lage sein, damit fertig zu werden oder ihn abzuwehren.

Cole hielt sich nie lange mit Small talk oder Strategien auf und behandelte Diana wie seinesgleichen. Doch wußte das Mädchen, daß sie dem Bild nicht entsprach. Selbst wenn sie im Vergleich zu ihm nicht so naiv und unwissend gewesen wäre, klafften zwischen ihnen riesige Unterschiede.

Der Pferdepfleger war offen, direkt, bedenkenlos und erdverhaftet. Diana hingegen kannte sich als reserviert, vorsichtig und hoffnungslos ordentlich.

Sie fuhr BMW, trug immer die chicsten Klamotten, dazu passende Accessoires und fuhr am liebsten auf geraden, asphaltierten Straßen.

Er fuhr Motorrad, trug Jeans, lief mit einer alten Duffel-Tasche herum und fuhr im übertragenen wie im wörtlichen Sinne am liebsten querfeldein.

Obwohl Diana vom Verstand her alles klar war, verspürte sie doch ein wenig Sehnsucht, als sie Corey und Spence nebeneinander spazieren sah. Ihre Schwester forderte geradezu das Unglück und eine große Enttäuschung heraus, wenn sie diesem jungen Mann weiter so hinterherlief. Aber sie war wenigstens bereit, ein Risiko einzugehen. Genau das konnte und wollte Diana nicht.

Cole hatte jetzt alle Pferde versorgt und kam zu ihr. »Ich hoffe doch sehr, Ihr häufiges Seufzen hat nichts mit Addison zu tun«, bemerkte er trocken.

Das Mädchen fuhr zusammen, und ihre Gefühle überschlugen sich, weil er ihr unvermittelt so nah gekommen war. Coles Stimme klang so dunkel und verlockend wie die Nacht, und er roch nach Seife und frischem Heu. Der Student ragte hoch über ihr auf – so unbezwingbar und kantig wie die Berge im Texas Hill Country im Westen des Landes.

»Was wollen Sie damit sagen?«

Er trat neben sie und stellte einen Fuß auf die niedrigste Planke des Gatters. Dabei nickte er in Richtung des Pärchens, das langsam auf sie zugeschlendert kam.

»Damit will ich sagen, daß es mir sehr leid täte, wenn etwas zwischen Sie und Corey treten würde. Sie beide stehen sich näher als jedes natürliche Schwesternpaar, das ich je kennengelernt habe. Und selbst ein Blinder könnte mit seinem Krückstock erkennen, daß sie ihn ganz allein für sich haben will.«

»Ist das wirklich so offensichtlich?« fragte Diana zurück, sah im Halbdunkel zu ihm hinauf und gab sich alle Mühe, nicht zu bemerken, daß sein Ärmel ihren Oberarm berührte.

»Das fällt einem nicht sofort auf, aber spätestens nach dreißig Sekunden«, entgegnete er leicht spöttisch. »Wenn Spence hier ist, muß man Corey nur ansehen, um zu wissen, was in ihr vorgeht.«

Über dieses Thema wollte Diana eigentlich nicht reden, aber etwas anderes wollte ihr nicht einfallen, wenn er so nah bei ihr stand. So starrte sie lieber weiter auf das Pärchen. »Spencer ist ein hervorragender Reiter.«

Der Pferdepfleger zuckte die Achseln. »Ja, er ist nicht schlecht.«

Diana kannte den jungen Mann seit ihrer Kindheit und war nicht gewillt, diese Herabsetzung seiner Fähigkeiten einfach hinzunehmen. »Spencer ist wirklich gut und nicht nur ›nicht schlecht‹! Alle sagen, daß aus ihm ein Profipolospieler werden könnte.«

»Was für ein Tausendsassa!« entgegnete Cole in einem ätzenden Tonfall, wie sie ihn noch nie von ihm gehört hatte. »Ein Football-Hero am College, ein baldiger professioneller Polospieler und auch, was die Mädels angeht, von olympiareifer Qualität.«

»Warum haben Sie das jetzt gesagt?« fragte Diana, denn sie sorgte sich um ihre Schwester.

Er lächelte spöttisch. »Ich habe ihn hier noch nie ohne eine oder mehrere Schöne aufkreuzen sehen. Und von der oder denen läßt er sich dann bewundern und anbeten. Heute abend haben Sie und Corey diese wundervolle Aufgabe übernommen.«

»Ich?« platzte es aus dem Mädchen heraus. Sie starrte ihn an und wußte nicht, ob sie schimpfen oder lachen sollte. »Ich soll ihn anhimmeln?«

Er betrachtete ihre Miene und gab dann mit einem verlegenen Grinsen zu: »Offensichtlich habe ich mich da geirrt.« Cole blickte wieder zu den beiden, die es noch immer nicht eilig zu haben schienen, zum Stall zurückzukehren. »Ich hoffe nur, daß er Ihrer Schwester nicht das Herz bricht. Addison hat es ihr mächtig angetan. Heute abend hat sie eine ganze Filmrolle verknipst. Immer nur ihn, in allen möglichen Situationen und Posen.«

»Das hat doch noch nichts zu bedeuten«, wehrte sie wider besseren Wissens ab. »Sie wissen doch, wie ernst Corey das Fotografieren nimmt. Zur Zeit stellt sie gerade eine Action-Serie zusammen, und da Spence heute abend das neue Pferd ausprobieren wollte ...«

»Ihre Schwester hatte schon fast den ganzen Film verschossen, noch bevor er überhaupt aufgesessen hat.«

»Oh«, machte Diana nur und biß sich auf die Unterlippe. Vorsichtig fragte sie dann: »Meinen Sie, Spence hat mitbekommen, was sie für ihn empfindet?«

Wenn der Pferdepfleger ehrlich war, mußte er mit einem lauten und deutlichen Ja antworten. Aber er wollte das Mädchen nicht noch mehr bekümmern, und da er nun erfahren hatte, daß sie nicht zu den Heerscharen von Addisons Bewunderinnen gehörte, hielt er es für angebracht, auch etwas Gutes über den jungen Mann zu sagen. »Wenn er das noch nicht entdeckt haben sollte, so scheint es ihn zumindest nicht weiter zu stören. Oder aber er ist Gentleman genug, ihre Gefühle nicht verletzen zu wollen.«

Cole stützte sich mit beiden Ellenbogen auf dem Gatter auf, und er und Diana verfielen für eine Weile in ein gemeinsames, aber nicht unangenehmes Schweigen. Schließlich meinte der Student: »Wenn schon Addison nicht der Glückliche ist, bei wem schlägt denn bei Ihnen zur Zeit das Herz schneller?«

»George Sigourney«, antwortete sie wie aus der Pistole geschossen.

»Aha, und ist dieser George auch eine Sportskanone wie Spence? Oder eher ein verwöhnter reicher Schönling?«

»Mr. Sigourney leitet die Zulassungsstelle an der Southern Methodist. Er hat meinen Zulassungsbescheid unterschrieben und deswegen mein Herz dazu gebracht, etwas schneller zu klopfen.«

»Aber, Diana, das ist ja wundervoll!« rief er mit einem Lächeln, bei dem ihr das Herz stehenzubleiben drohte. »Warum haben Sie mir denn früher nichts davon erzählt?«

Weil ich alles andere vergesse, wenn ich mit dir zusammen bin, dachte das Mädchen, sagte aber laut: »Ich habe auf den passenden Augenblick gewartet.«

Er sah sie eigenartig an, sagte aber nichts mehr dazu. »Haben Sie sich denn schon für ein Hauptfach entschieden?«

Als das Mädchen den Kopf schüttelte, ahmte er den Tonfall eines alten Erwachsenen nach, der einem verwirrten Kind helfen will. »Keine Bange, meine Kleine. Sie haben noch sehr viel Zeit, sich das reiflich zu überlegen.«

»Danke«, entgegnete sie mit einem schiefen Grinsen. »Und wie steht's mit Ihnen? Haben Sie sich schon entschieden, was Sie mit Ihrem Leben anfangen wollen, wenn Sie groß geworden sind?«

Er grinste ebenfalls und störte sich nicht an ihrer Frechheit. »Klar doch.«

»Und was wollen Sie dann machen?«

»Reich werden«, antwortete er vollkommen ernst.

Diana hatte bereits herausgefunden, daß er am College Finanzwissenschaften studierte, aber was er damit später anfangen wollte, war bislang sein Geheimnis geblieben. »Haben Sie denn schon so etwas wie einen Plan ausgearbeitet?«

»Ich habe ein paar Ideen, ja.«

Das Pärchen verließ jetzt endgültig die Reitbahn, und Corey wußte, daß die schöne Zeit mit Spencer zu Ende ging, auch wenn er noch nicht gesagt hatte, daß er jetzt fort müsse. Sie suchte krampfhaft nach etwas Klugem oder Witzigem, das sie von sich geben könnte, aber wie stets, wenn er in der Nähe war, wollte ihr überhaupt nichts Gescheites einfallen.

»Ich muß jetzt gehen, weil ich nämlich Lisa versprochen habe, sie um neun abzuholen.«

»Ach so«, entgegnete sie finster, und ihre Hochstimmung verpuffte angesichts dieser bestürzenden Neuigkeit. »Also Lisa.«

»Magst du sie etwa nicht?« fragte er und wirkte ehrlich überrascht.

Corey konnte es einfach nicht fassen, wie dumm die Spezies Mann manchmal war. Es war nicht so, daß sie Lisa

Murphy nicht mochte, sie konnte sie vielmehr absolut nicht ausstehen. Und sie wußte, daß Lisa dieses Gefühl durchaus erwiderte.

Vor einem Monat hatte die ganze Familie Foster eine Wohltätigkeits-Pferde-Show in der Nähe von San Antonio besucht. Corey war ebenso überrascht wie begeistert gewesen, dort Spence anzutreffen. Glücklicherweise hatte sie ihre Kamera dabei, und ihr gelangen ein paar wirklich sensationelle Schnappschüsse von ihm, und auch von ein paar der Pferde.

Als Lisa ihr Roß in den Stall zurückführte – sie war mit dem Blauen Band in der langsamen Gangart ausgezeichnet worden –, begleitete Spence sie. Corey folgte den beiden, allerdings im Sicherheitsabstand, und hoffte, noch ein paar Blicke auf ihn werfen zu können.

In der großen Stallhalle wimmelte es von Pferden, Pferdepflegern, Trainern, Besitzern und Reitern. Corey war sich sicher, in dieser Menge nicht aufzufallen. Sie tat so, als würde sie sich die einzelnen Tiere ansehen, und schlenderte den Gang entlang. Dabei blieb sie mal hier und mal dort stehen, als wolle sie einem der Reiter oder Besitzer eine Frage zu seinem Tier stellen.

Sie befand sich fast gegenüber Lisas Box, als Spence dort herauskam, um seiner gegenwärtigen Flamme eine Coke zu besorgen. Corey drehte sich rasch um, und er bemerkte sie nicht. Dafür aber Lisa.

Die Reiterin stürmte gleich aus der Box und baute sich wütend vor Corey auf. »Warum mußt du nur so eine Landplage sein!« zischte sie mit leiser, aber schneidender Stimme. »Merkst du denn nicht, was für eine Närrin du aus dir machst, wenn du Spence überall hinterherläufst? Nun verzieh dich, und laß dich hier ja nicht wieder blicken!«

Verlegen und gekränkt kehrte Corey in die Arena zurück und gesellte sich zu ihrer Familie auf den Rängen. Aber sie hielt die Kamera für den Fall bereit, daß Spence noch einmal auftauchte. Später konnte sie sich dazu gratulieren. Ihren Schwarm bekam sie zwar an dem Tag nicht mehr zu sehen, dafür aber Lisa, wie sie beim nächsten Durchgang von ihrem Pferd abgeworfen wurde. Und dann landete sie auch noch mit dem Hinterteil im Matsch. Ihr Hut flog davon, und alle Haare hingen ihr im Gesicht. Corey gelangen von dieser Szene mehrere sehr schöne Aufnahmen. Eine davon gefiel ihr so gut, daß sie an ihrer Zimmerwand einen Ehrenplatz erhielt, obwohl Spence darauf gar nicht zu sehen war …

Corey fiel jetzt auf, daß der junge Mann immer noch auf eine Antwort wartete. Sie zuckte die Achseln und sagte leise: »Lisa ist nicht gerade meine Lieblingsfreundin.«

»Und warum das?«

»Ich glaube nicht, daß das wichtig ist.«

»Doch, jetzt möchte ich es aber hören.«

»Also gut, Lisa ist falscher als eine zweiköpfige Schlange!«

Spence lachte laut auf, legte ihr, was selten genug vorkam, einen Arm um die Schulter und drückte sie kurz an sich. Coreys Verstand sagte ihr natürlich, daß das kaum mehr als eine brüderliche Berührung war, aber der Rest von ihr war so entzückt, daß sie beinahe etwas höchst Interessantes übersehen hätte.

Diana stand neben Cole am Gatter, und sein Arm war ihrem so nahe, daß sie sich fast berührten. Und mehr noch, der unglaublich attraktive, aber sehr unzugängliche Pferdepfleger der Haywards schien ganz ins Gespräch mit ihr vertieft zu sein.

Früher hätte Corey das für unmöglich, für undenkbar gehalten. Aber als sie die beiden jetzt zusammenstehen sah, wurde ihr sofort klar, daß ihre Schwester sich in ihn verliebt hatte – mochten die beiden auch noch so schlecht zueinander passen und hatte Diana sich bislang auch nie etwas davon anmerken lassen.

Corey zermarterte sofort ihr Gehirn, wie sie den beiden noch ein paar Minuten des Zusammenseins verschaffen konnte. Und ihr fiel die perfekte Lösung ein, beinhaltete diese doch, daß sie auch noch etwas länger mit ihrem Schwarm zusammensein konnte. »Spence«, fragte sie ihn sofort, »könntest du mich wohl zu Hause absetzen?«

Er sah erst die beiden am Gatter und dann sie an. »Wollte Diana dich denn nicht mitnehmen?«

»Ja, das hatten wir ursprünglich vor«, antwortete sie, grinste ihn dann aber mit Verschwörermiene an und nickte in Richtung ihrer Schwester. »Ich möchte den beiden da aber nicht den Abend verderben.«

Er sah sie an, als sei er nicht ganz sicher, was das alles zu bedeuten hatte. Sein Blick fiel dann aber auf Diana und den Stallknecht, und seine Miene verwandelte sich von schierer Ungläubigkeit zu amüsierter Skepsis. »Du willst damit doch wohl nicht andeuten, Diana könnte an Cole Harrison interessiert sein, oder?«

»Würdest du das denn für ausgeschlossen halten?«

»Für absolut ausgeschlossen.«

»Warum, nur weil er im Stall arbeitet?« Corey hielt den Atem an und betete darum, daß ihr Idol sich nicht als eingebildeter Snob erweisen würde.

»Nein, das ist es nicht.«

»Warum hältst du es dann für unmöglich?«

Spence schaute noch einmal zu ihrer Schwester hin und grinste dann. »Diana ist das letzte Mädchen auf der Welt, das auf den dunkelhaarigen, schweigsamen Typ abfahren würde. Mich wundert nur, daß du das nicht weißt. Davon ganz abgesehen würde er sie in eine peinliche Lage bringen.«

»Wie kommst du denn auf so was?« wollte sie wissen, obwohl sie das heute selbst gedacht hatte, als ihr zum erstenmal der Verdacht kam, ihre Schwester hätte Gefühle für Cole entwickelt.

»Dank meiner umfassenden Kenntnis von Frauen«, antwortete er ohne das geringste Schamgefühl. »Und aufgrund meines exzellenten Scharfblicks.«

»Scharfblick?« entgegnete sie empört, weil sie daran denken mußte, wie Lisa Murphy ihn zwischen ihre Krallen bekommen wollte. »Wie kannst du Scharfblick für dich in Anspruch nehmen, wenn du an Lisa auch nur irgend etwas besonders findest?«

»Wir reden hier über Diana und nicht über Lisa«, erinnerte er sie freundlich, aber bestimmt.

Da Spence offensichtlich nicht glauben wollte, daß ihre Schwester romantische Gefühle für Cole hegte, suchte Corey fieberhaft nach anderen Gründen, warum er sie jetzt nach Hause fahren sollte, damit Diana ein ungestörter Abend blieb; schließlich sah man ihr an, wie sehr sie die Gesellschaft des Pferdepflegers genoß. In ihrer Not platzte Corey mit dem erstbesten heraus, das ihr in den Sinn kam.

»Okay, aber zwing mich nicht, viel mehr zu verraten, sonst ist die ganze Überraschung verdorben: Diana ist vor ein paar Jahren von einem Pferd abgeworfen worden, und seitdem hat sie sich nicht mehr auf einen Sattel getraut.«

»Das weiß ich doch längst.«

Corey wollte nicht allzuweit von der Wahrheit abweichen und antwortete deswegen: »Cole redet ihr schon seit längerem gut zu, es wenigstens noch einmal zu probieren. Aber du kennst ja meine Schwester. Sie möchte nicht, daß jemand mitbekommt, wenn sie Angst hat oder nervös wird.«

Jetzt begriff ihr Schwarm und setzte ein breites Grinsen auf. »Aha, Diana läßt sich also heimlich Reitstunden geben«, schloß er ihren Ausführungen gemäß richtig und lag dennoch vollkommen falsch. »Das finde ich großartig.« Er nickte in Richtung seines weißen Jeep Cherokee. »Dann pack deine Sachen zusammen, ich fahre dich.«

Corey nickte und lief gleich zu ihrer Schwester, damit die nicht unbedacht Einwände vorbrachte und so ihren ganzen Plan zerstörte. »Spence hat gesagt, er setzt mich zu Hause ab«, erklärte sie und sah Diana dabei so flehentlich an, daß Cole sich ein Grinsen verbeißen mußte. »Jetzt kannst du ruhig noch bleiben, so lange du willst.«

Die Schwester starrte sie nur verlegen und beunruhigt

zugleich an. Ohne Corey als ›Anstandsdame‹ konnte und wollte sie nicht länger mit dem Pferdepfleger herumstehen. Andererseits brachte sie es auch nicht übers Herz, ihre Schwester um das Vergnügen zu bringen, von ihrem Angebeteten heimgefahren zu werden.

»Okay«, sagte sie schließlich und nahm sich vor, gleich von hier zu verschwinden, sobald die beiden weg waren.

Cole nahm die Zügel des Fuchses und führte den jüngsten Bewohner des Stalls in seine Box zurück. Diana sah derweil zu, wie ihre Schwester und Spence in den Wagen stiegen. Sie wartete, bis die Rücklichter des Jeeps hinter einer Kurve verschwanden, und begab sich dann in den Stall, um ihre Handtasche und die Wagenschlüssel zu holen.

Am Ende der Halle stand der Pfleger in einer Ecke und leerte die Papiertüte, die sie mitgebracht hatte, in den Ausguß neben seinem kleinen Kühlschrank. Diana ging nach einem Moment des Zögerns zu ihm, um sich von ihm zu verabschieden. »Tschüs, und vielen Dank, daß Sie sich Zeit für mich genommen haben.«

»Oh, Sie können noch nicht gehen«, entgegnete er, und ihr schlug das Herz bis zum Hals. »Wenn Sie jetzt schon fahren, überholen Sie die beiden womöglich noch«, fügte er mit einem wissenden Lächeln hinzu. »Damit verwirren Sie Addison und bringen Ihre Schwester in die allergrößte Verlegenheit. Warum bleiben Sie nicht noch ein bißchen und teilen diese leckeren Sachen hier mit mir?«

Diana sagte sich, daß sie einfach einen Umweg fahren und so der Gefahr aus dem Weg gehen könnte, den beiden zu begegnen. Aber da Cole anscheinend nicht auf diese Idee gekommen war, nahm sie seine Einladung mit einem glücklichen Lächeln an. »Ich habe schon gegessen, aber ein Plätzchen geht wohl noch rein, und so kann ich Ihnen wenigstens Gesellschaft leisten.«

»Wir nehmen das Essen einfach auf den Schoß«, sagte er, und damit war der Schreibtisch in seiner Kammer gestrichen.

»Da fällt mir bestimmt etwas Besseres ein«, rief sie und machte sich schon auf die Suche.

Cole hatte das Hähnchen und das Gemüse bereits in die Mikrowelle geschoben und besah sich nun den Rest der gespendeten Lebensmittel. Schließlich füllte er seinen Teller mit den guten Sachen und trat hinaus auf den Mittelgang.

»Alles bereit«, verkündete das Mädchen und streckte sich, um den Lichtschalter zu erreichen. »Ein wenig gedämpfteres Licht gibt dem Ganzen viel mehr Atmosphäre, glauben Sie mir.« Sie tauchte den Stall in Dunkelheit, und der Pfleger staunte nicht schlecht über das, was die junge Lady zusammengezaubert hatte.

In weniger als zehn Minuten hatte Diana aus drei Strohballen und einem Brett einen Tisch gebaut und diesen mit einem rot, gelb und orangefarben gestreiften Badetuch gedeckt, das sie aus dem Kofferraum ihres Wagens besorgt hatte. Weitere Strohballen bildeten nun eine L-förmige Bank. Den Tisch zierten zwei Kerosinlampen und eine Schüssel aus rostfreiem Stahl, die sie mit Hibiskusblättern und Orangenblüten gefüllt hatte.

»Das ist wirklich sehr schön«, sagte er.

Diana wehrte sein Lob mit einem Achselzucken ab. »Meine Mutter und meine Großmutter sind davon überzeugt, daß Atmosphäre und Präsentation zu siebzig Prozent ein gelungenes Dinner ausmachen.«

»Wenn ich das hier sehe, kann ich ihnen nur zustimmen«, erklärte der Pfleger, stellte sein Essen und einen Teller mit Plätzchen auf den Tisch und ließ sich an ihm nieder. Das Konzept von ›Präsentation‹ war ihm vollkommen unbekannt, zumindest soweit es die Eßkultur betraf. Anscheinend hatte er noch viel über die kleinen Tricks und Raffinements zu lernen, die bei den Reichen und Erfolgsverwöhnten offensichtlich an der Tagesordnung waren. Allerdings ging es ihm zur Zeit mehr darum, diesen Reichtum erst einmal zu erwerben. Später würde er sich immer noch den gesellschaftlichen Schliff verpassen lassen können, ohne den man bei den oberen Zehntausend wohl nicht auskam.

»Sie haben mich zutiefst beeindruckt«, bemerkte er und streckte vorsichtig seine langen Beine unter dem ›Tisch‹ aus. Diana ließ sich auf dem Ballen links von ihm nieder.

»Warum sagen Sie das?« fragte das Mädchen und biß eine winzige Ecke aus ihrem Plätzchen.

»Weil Sie eine äußerst bemerkenswerte Person sind.« Eigentlich hatte er das lieber für sich behalten wollen, aber jetzt, wo es heraus war, stellte er fest, daß er ihr das längst hätte sagen sollen. Es entsprach ja auch wirklich der Wahrheit. Neben vielem anderen mußte man sie als sehr gescheit und angenehm unaffektiert bezeichnen. Das Mädchen sprach leise und besaß sogar Witz. Dabei kam ihr Humor so leise daher, und das in Begleitung einer sanften, musikalischen Stimme, daß er oft genug zuerst gar nichts davon mitbekam und erst im zweiten Moment ihre scherzhafte Bemerkung erkannte.

Am besten gefiel ihm aber an ihr, daß die reich geborene Diana Foster nicht die mindesten Schwierigkeiten im gleichberechtigten Umgang mit ihm, dem gesellschaftlich tief unter ihr stehenden Pferdepfleger, zu haben schien.

Wenn das Mädchen zu ihm sprach, dann mit ehrlicher Freundlichkeit und mit deutlichem Interesse, ohne dabei mit ihm flirten zu wollen. In den Jahren, die er nun schon für die Haywards arbeitete, hatte jede von Barbaras Freundinnen sich ihm zu nähern oder ihn zu reizen versucht. Cole war stets klug genug gewesen, jedem dieser Manöver sofort auszuweichen und sich auf nichts einzulassen.

Die Taktik dieser jungen Ladys war oft noch recht plump, und für gewöhnlich durchschaute er ihre kleinen Tricks sofort. Oft genug mußte er heimlich über ihre Bemühungen lachen. Was ihn jedoch irritierte und manchmal richtiggehend ärgerte, war der Umstand, daß diese verwöhnten Gören zu glauben schienen, sie könnten ihre

›Verführungskünste‹ gefahrlos an diesem Stallburschen erproben. Keine von ihnen schien je auf die Idee zu kommen, daß ihr Verhalten gewisse Gegenreaktionen provozieren könnte. Seiner Meinung nach hatte man es versäumt, diese jungen Dinger früh genug übers Knie zu legen. Heute war es leider schon zu spät für solche erzieherischen Maßnahmen, mochte ihren Eltern auch manchmal der Sinn nach einer Ohrfeige stehen.

Aber Diana Foster stellte in diesem wie in so vielen anderen Punkten eine willkommene Ausnahme dar. Diesen Eindruck hatte Cole schon bei ihrer ersten Begegnung gewonnen, und daran hatte sich seitdem nichts geändert. Heute zum Beispiel hatte sie ihn damit verblüfft, daß sie nach seinem ehrlichen Kompliment errötet und verlegen geworden war.

Jetzt rief sie in dem Versuch, seinem prüfenden Blick zu entgehen, nach einem der Kätzchen, das er zur Welt gebracht hatte, und es hüpfte gleich zu ihr.

»Ja, sag mal, Samantha, du bist aber gewachsen!« lobte sie das gelbbraune Kleine, nahm es auf den Arm und gab ihm ein kleines Stück von ihrem Gebäck.

Ein kleiner schwarzweißer Hund mit langem zotteligen Fell, der keiner auf der Erde anzutreffenden Rassen anzugehören schien, lief Diana schon den ganzen Abend hinterher, und er erhielt natürlich auch ein Stück von dem Plätzchen.

»Mach Männchen, Luke«, befahl sie ihm, und als er sofort gehorchte, erhielt er eine weitere Belohnung.

»Wie viele Haustiere haben Sie denn zu Hause?« fragte der Pfleger. Sie streichelte das zottelige Fell des Hundes, als handele es sich dabei um kostbaren Zobelpelz.

»Gar keine.«

Das verwunderte Cole. Als der Wurf Kätzchen gekommen war, hatte das Mädchen sich die ganze Zeit intensiv mit ihnen beschäftigt und bei jedem späteren Besuch mit ihnen gespielt. Diana hatte auch dafür gesorgt, daß jedes Junge ein Zuhause erhielt. Nur für Samantha nicht. Sie hatte Cole vielmehr dazu überredet, dieses Junge zu behalten.

Und im letzten Winter war sie eines Tages mit einem elend aussehenden Hund in den Armen aufgetaucht und hatte den Pfleger ebenfalls dazu gebracht, ihn im Stall zu behalten.

»Ich helfe Ihnen auch, einen Namen für ihn zu finden«, hatte sie dagegengehalten, als Cole sich zunächst dagegen gewehrt hatte, ihn bei sich aufzunehmen. »Was halten Sie von Luke?«

»Für mich sieht er mehr nach Streuner oder Flohfänger aus«, hatte er gemurrt.

»Wenn er gebadet und gekämmt ist, sieht er bestimmt wie ein Luke aus.«

Der Pfleger hatte einfach nicht dem Blick aus ihren grünen Augen widerstehen können. Also hatte er den Hund am Nacken gepackt, möglichst weit von sich fortgehalten und dann eine Metallwanne und Seife gesucht.

Aufgrund dieser Vorkommnisse hatte er natürlich angenommen, daß sie ihr Zuhause bereits in ein Tierasyl verwandelt hatte.

Er beschloß, bei diesem Thema zu bleiben, damit ihre plötzliche Verlegenheit sich wieder legen konnte. »Sagen Sie mal, Kätzchen, hat Ihnen noch niemand gesagt, daß Wohltätigkeit im eigenen Zuhause anfängt?« fragte er und redete sie dabei mit dem Spitznamen an, mit dem er sie belegt hatte, nachdem sie mit Samantha und Luke zu ihm gekommen war.

Diana stellte das Katzenjunge auf den Boden zurück und setzte dafür den Hund auf ihren Schoß. Dann sah sie den Pfleger fragend an: »Was meinen Sie damit?«

»Warum ist es an mir hängengeblieben, für diesen heimatlosen Köter Ersatzfamilie zu spielen? Warum haben Sie ihn nicht mit nach Hause genommen? Ich hatte damals natürlich angenommen, daß Sie bei sich schon zu viele Streuner hätten und sich deswegen mit den nächsten Kandidaten an mich gewandt haben.«

Sie zog ein Bein an, setzte sich darauf und drehte sich so, daß sie sowohl Luke wie auch Samantha kraulen konnte. »Mein Vater ist furchtbar allergisch gegen Katzen und Hunde. Sonst hätte ich dich ohne Umweg gleich mit zu uns genommen«, erklärte sie dem Hund, der ihre Behandlung sichtlich genoß. »Dann hättest du auch in meinem Bett schlafen können.«

Was für ein glücklicher Hund! Dieser Einfall schlich sich auf so leisen Sohlen durch sein Bewußtsein, daß er erst nach einem Moment bemerkte, welche Richtung seine Gedanken mittlerweile eingeschlagen hatten. Er beobachtete das Wechselspiel von Licht und Schatten an der Wand hinter ihr. Beide tanzten so fröhlich, daß die Dunkelheit keine Gelegenheit erhielt, sich festzusetzen …

Diana besaß die gleiche Fähigkeit. Allein schon durch ihre Anwesenheit hellte sie ihre Umgebung auf. Eines Tages würde sie eine sehr beeindruckende Frau sein, sagte er sich, und eine wunderschöne dazu.

Das Mädchen hatte dunkles, kupferrotes Haar, und ihre weiße, frische Haut war weich wie Seide. Jedesmal, wenn sie in den zurückliegenden zwölf Monaten hierher gekommen war, hatte er geglaubt, sie sei noch ein Stückchen schöner und ihre Augen noch etwas grüner geworden. Diana war klein und zierlich, knapp unter einem Meter sechzig, und reichte ihm gerade bis an die Schulter. Doch in ihren gelben Shorts und dem dazupassenden Top mit V-Ausschnitt sah sie aus wie eine Göttin. Die langen, wohlgeformten Beine, die vollen Brüste und die schmalen Hüften unterstrichen diesen Eindruck noch.

Außerdem konnte sie ihn mit ihren Augen ansehen, daß er wie gebannt war. Sein Blick wanderte von ihren dunklen Wimpern zu der Schwellung ihres Busens, kehrte dann zu den sanft geschwungenen Wangenknochen zurück und verharrte schließlich auf den vollen Lippen …

Mit einemmal wurde ihm klar, daß er an einem unschuldigen Mädchen die weiblichen Züge bewunderte. Sofort lenkte er sie und sich mit einem neuen Thema ab, ärgerte sich aber insgeheim noch eine ganze Weile über seine Gedanken und sein Verlangen.

»Eigentlich ist es doch ziemlich lächerlich, daß Sie sich immer noch weigern, ein Pferd zu reiten«, erklärte er härter als beabsichtigt. Hund, Katze und Mädchen sahen ihn gleichermaßen erschrocken an. Aber Cole war noch viel zu wütend auf sich, kam er sich doch wie ein Perverser vor, und auch seine nächste Bemerkung klang ziemlich barsch: »Haben Sie denn keinen Mumm in den Knochen?«

Diana konnte es gar nicht fassen, daß er in einem solchen Ton mit ihr redete. Sie spürte, wie ihr Tränen in die Augen stiegen, und gleichzeitig wollte sie aufspringen, die Hände in die Hüften stemmen und von ihm eine Erklärung verlangen. Doch sie tat weder das eine noch das andere, sondern sah ihn nur lange an und sagte schließlich: »Ich bin kein Feigling, wenn Sie das meinen.«

»Nein, so habe ich das wirklich nicht gemeint«, entgegnete er rasch und kam sich wie der letzte Idiot vor. Diana Foster war vom Scheitel bis zur Sohle eines der mutigsten, freundlichsten und unabhängigsten weiblichen Wesen, das er je kennengelernt hatte. »Wenn ich ganz ehrlich sein soll, ich habe mir die Augen ausgeheult, als ich zum erstenmal abgeworfen worden bin«, log er in dem Versuch, es wiedergutzumachen.

»Ich habe nicht geweint«, erwiderte sie und stellte sich einen kleinen Jungen mit dunklem, lockigem Haar vor, der vor sich hinweinte und sich die kleinen Fäustchen an die Augen preßte.

»Wirklich nicht?«

»Nein, so etwas tue ich nicht. Ich habe auch nicht geweint, als ich mir das Handgelenk gebrochen hatte, und genausowenig später, als Dr. Paltrone das Gelenk gerichtet hat.«

»Nicht einmal ein kleines Tränchen?«

»Nicht ein einziges.«

»Sie sind ja ein tapferes Mädchen.«

»Eigentlich nicht«, seufzte sie. »Ich bin nämlich vorher ohnmächtig geworden.«

Cole warf den Kopf in den Nacken und lachte laut. Danach sah er sie so freundlich und liebevoll an, daß Dianas Herz gleich wieder laut zu klopfen begann. »Bleiben Sie bitte so, wie Sie sind«, sagte er mit heiserer Stimme. »Kommen Sie bloß nicht auf die Idee, sich verändern zu müssen.«

Das Mädchen konnte es kaum fassen, daß diese Nacht Wirklichkeit war. Oder daß Cole so mit ihr redete und sie auf diese Weise ansah. Diana hatte keine Ahnung, wie es dazu hatte kommen können, sie wußte nur, daß dieser Abend kein Ende nehmen sollte. Jedenfalls jetzt noch nicht. »Na ja, darf ich denn wenigstens noch ein kleines bißchen wachsen?« entgegnete sie ebenfalls heiser.

Das Mädchen legte den Kopf schief und sah ihn von unten herauf an, so als wolle sie ihn einladen, seine Lippen auf die ihren zu legen. Cole entging das natürlich nicht, und er versuchte, sich nicht provozieren zu lassen. »Ja, diese kleine Ausnahme sei gestattet, aber sonst besser keine. Eines Tages wird ein glücklicher junger Mann Ihren Weg kreuzen und erkennen, was für einen kostbaren Schatz er vor sich hat.«

Seine fröhlich vorgebrachte Voraussage, daß eines Tages ein anderer Mann ihr Herz erobern würde, traf sie wie ein kalter Wasserguß und löschte ihre gute Laune und ihr inneres Glühen. Diana richtete sich wieder gerade auf und setzte den Hund ab. Aber sie konnte Cole nicht böse sein, und eigentlich war sie auch viel zu neugierig darauf, von ihm mehr darüber zu erfahren.

»Und wenn ich das bei diesem jungen Mann nicht denke?«

»Doch, warten Sie's nur ab.«

»Na ja, bis jetzt ist mir das jedenfalls noch nicht passiert. Ich bin sowieso weit und breit das einzige Mädchen, das nicht bis über beide Ohren in jemanden verliebt ist und glaubt, den und keinen anderen heiraten zu wollen.«

Diana hob eine Hand und zählte ihre Freundinnen an

den Fingern ab. »Corey ist in Spencer verliebt – Haleys Herz schlägt für Peter Mitchell – Denise will unbedingt Doug Hayward – Missy hat nur Michael Murchison im Sinn …« Sie winkte wegwerfend und schloß: »So könnte ich noch endlos weitermachen.«

Sie klang richtig betrübt, und der Pfleger fühlte sich verpflichtet, sie aufzumuntern und das Thema nicht in einer solchen Stimmung zu beenden. »Ach, kommen Sie, es wird doch wohl noch ein paar Mädchen in Ihrem Alter geben, die genug Verstand im Kopf haben, um über das Hier und Jetzt hinaus in die Zukunft blicken zu können.«

Cole war vorhin aufgefallen, daß Diana Barb nicht aufgezählt hatte. Insgeheim hielt er sie für recht einfältig, um nicht zu sagen blöde. Doch er wollte ihr nicht Unrecht tun und fragte nach der Tochter seines Arbeitgebers, weil die vielleicht ja die Ausnahme von der Regel darstellte. »Wie steht es denn mit Barb? Hat sie denn keinen, den sie unbedingt jetzt heiraten möchte?«

Das Mädchen verdrehte die Augen. »Doch, Harrison Ford.«

»Das hätte ich mir denken können«, murmelte er.

»Aber dann gibt es ja noch Sie«, sagte Diana, weil irgend etwas sie dazu anstachelte, Valerie ins Spiel zu bringen, auch wenn sie damit seine Aufmerksamkeit vollkommen von ihr ablenken würde.

»Was soll denn mit mir sein?«

Er schaute so begriffsstutzig drein, daß Dianas Herz neue Hoffnung schöpfte. Während ihrer Unterhaltungen in den letzten beiden Jahren hatte sie viel über die wunderschöne Blondine aus Jeffersonville gehört, die in Kalifornien an der UCLA studierte. Diana wußte, daß die beiden sich Briefe schrieben und mehrere Male im Monat miteinander telefonierten. Hin und wieder gelang es ihnen auch, sich zu sehen, am ehesten während der Semesterferien im Sommer, die seine Flamme zu Hause verbrachte. »Ich meinte eigentlich Sie und Valerie.«

»Ach so.« Er nickte mehrere Male, aber mehr bekam

sie nicht von ihm zu hören. Ihre Neugier wuchs im gleichen Maße wie ihre heimliche Hoffnung, und so setzte sie nach: »Haben Sie in der letzten Zeit von ihr gehört?«

»Ja. Ich habe sie vor ein paar Wochen gesehen, während der Frühjahrssemesterferien.«

Vor Dianas geistigem Auge tauchte sofort ein ebenso lebendiges wie unwillkommenes Bild von Cole und Valerie auf, die sich auf einer idyllischen Lichtung unter einem sternenbedeckten Himmel wild und leidenschaftlich liebten. Irgendwie paßte eine Szenerie in der freien Wildnis besser zu seinen kantigen, herben Zügen.

In einem Moment der Schwäche hatte Diana sich in der Zentralbibliothek von Houston die entsprechende Studentenjahrbuchausgabe von der UCLA vorgenommen. Darin bekam sie Valerie zu sehen, und darüber hinaus erfuhr sie, daß die Studentin in ihrer Verbindung sehr aktiv war. Einem vagen, leicht scherzhaften Hinweis war zu entnehmen, daß sie etwas mit dem Captain der Un-eigenen Fußballmannschaft hatte. Davon abgesehen war Valerie nicht nur größer und schöner als Diana, sondern auch älter und erfahrener. Sie besaß das Gesicht und die Augen einer nordischen Prinzessin – und ein Lächeln wie aus einer Zahnpastareklame.

Diana hatte verzweifelt versucht, diese Frau nicht zu hassen. Aber an Valerie ließ sich einfach kein Makel finden. Bis auf ihre Noten. Endlich hatte Diana eine Gemeinsamkeit mit Cole gefunden. Er besaß ebenso wie sie einen hervorragenden Notendurchschnitt.

»Wie hat Valerie denn bei den Semesterabschlußarbeiten abgeschnitten?« fragte Diana und haßte sich dafür, sich in solche Niederungen der Hinterhältigkeit hinabzubegeben.

»Sie muß eine Nachprüfung machen.«

»Das ist aber schade«, sagte das Mädchen. »Heißt das denn, daß sie den ganzen Sommer über büffeln muß und Sie, wenn Sie nach Hause fahren, keine Möglichkeit haben, Valerie zu besuchen?«

»Ich fahre nur nach Hause, wenn ich sie sehen kann.«

Davon war Diana ausgegangen. Sie wußte zwar relativ wenig über sein Leben, bevor er nach Houston gekommen war, hatte aber doch bereits herausgefunden, daß er aus einer texanischen Kleinstadt mit Namen Kingdom City stammte und bis auf einen Großonkel und einen fünf Jahre älteren Cousin keine Familie mehr besaß.

Das Mädchen hatte auch die Erfahrung machen müssen, daß man nicht tiefer in ihn dringen und mehr über die Einzelheiten seiner Herkunft erfahren konnte. Wenn sie das dennoch versuchte, erhielt sie entweder eine ausweichende Antwort, oder aber das Gespräch, mochte es auch noch so nett verlaufen sein, kam zu einem vorzeitigen Ende.

Cole setzte die Colaflasche an den Mund, und Diana beobachtete, wie das Licht der Lampen die braune Haut seines Halses beleuchtete und die harten Konturen seines kantigen Kinns und seines festen Unterkiefers mit Gold überzog. Aber die Flammen waren zu schwach, um das Mitternachtsschwarz seines dichten Haars wiederzugeben. Diana hoffte, Valerie würde die Hingabe und Treue Coles zu schätzen wissen. Sie konnte auch nur darum beten, daß diese Frau sich es nicht in den Kopf setzen würde, ihn in einen lammfrommen, braven Schoßhund zu verwandeln und ihm alles von der ihm innewohnenden wilden Kraft zu nehmen. Irgend etwas war an diesem Mädchen mit dem Zahnpastalächeln, das nicht zu Cole paßte. Mehr noch, sie war bestimmt die Falsche für ihn. Natürlich sollte man sich solchem Wunschdenken nicht hingeben, aber wenn einen das überkam, konnte man nicht viel dagegen tun, oder?

Der Pfleger setzte die Flasche ab, studierte verwundert ihren strengen und fast schon tadelnden Gesichtsausdruck und fragte: »Verzeihen Sie bitte, aber habe ich versehentlich Ihre Cola genommen?«

Diana erwachte sofort aus ihren Tagträumen und schüttelte heftig den Kopf. Höchste Zeit zu gehen. Eigentlich hatte sie den richtigen Moment schon längst überschritten. Irgendwie arbeiteten ihr Verstand und ihre Selbstkontrolle heute nacht nur auf Sparflamme. »Ich helfe Ihnen rasch aufzuräumen«, entgegnete sie, war schon aufgestanden und stellte Teller und Besteck zusammen.

»Ich muß zwar eigentlich für die Abschlußprüfungen arbeiten«, sagte er, während er die Lampen ausblies und die Dekorationsschüssel nahm, »aber für eine Partie Pinockel bleibt immer noch Zeit.«

Er schaltete die Stallbeleuchtung ein, und das harte Licht verscheuchte die letzten romantischen Fantasien in ihr.

Diana hatte ihm das Kartenspiel, das sich auch zu zweit spielen ließ, im letzten Jahr während einer der ebenso seltenen wie wunderbaren Nachmittage beigebracht, wenn sie mit Corey hierherkam und niemand sonst zugegen war. Ihre Schwester kümmerte sich dann um die Pferde, und Diana fand Gelegenheit ...

Aber das war jetzt alles vorüber, erkannte das Mädchen. Sie durfte Cole nicht wiedersehen, weil es ihr kaum noch gelang, ihre Fantasien über ihn zu zügeln. Nicht mehr lange, und sie würde ihrer gar nicht mehr Herr werden. Wenn der Pfleger heute abend versuchen würde, sie zu küssen, würde sie alle Bedenken über Bord werfen und es ihm gestatten. Es ihm gestatten? Nicht viel fehlte mehr, und sie würde ihn von sich aus küssen! Irgendwie war es in den letzten Wochen dazu gekommen, daß sie große Gefahr lief, ihm ihr Herz zu schenken. Und damit würde sie sich auf etwas einlassen, das sie nicht mehr kontrollieren könnte. Nein, das Risiko war viel zu groß.

»Sie spielen mir langsam zu gut«, entgegnete sie feixend.

»Von wegen, bestimmt nicht für einen Kartenhai wie Sie.«

»Tut mir leid, aber ich muß jetzt wirklich los.«

»Verstehe.« Cole klang etwas enttäuscht, und Diana mußte sich zusammenreißen, um nicht doch noch der

Versuchung nachzugeben und ein bißchen länger zu bleiben. Das Mädchen kämpfte immer noch mit sich, als er sich umdrehte und in seiner Kammer verschwand. Als er wieder herauskam und sich eine Jacke übergezogen hatte, um die junge Lady zum Auto zu begleiten, hatte sie bereits alles Geschirr in den Ausguß gestellt und ein freundliches, aber unverbindliches Lächeln aufgesetzt. Diana gratulierte sich dazu, nach außen Fassung bewahren zu können. Cole öffnete ihr die Wagentür. »Ach, ich habe übrigens ein paar begeisterte Erzählungen der jungen Damen gehört«, sagte er, als er sich wieder zu ihr umdrehte. »Es ging um die tolle Geburtstagsparty, die Ihre Eltern vor ein paar Wochen für Sie gemacht haben.«

Diana war immer noch von dem wundervollen Lächeln seiner Mundwinkel so gefangen, daß sie nichts Intelligentes darauf entgegnen konnte. »Ich bin sechzehn geworden.«

»Ja, ich weiß«, antwortete er mit einem breiten Grinsen. »Da, wo ich herkomme, gibt man einer jungen Dame zu ihrem sechzehnten Geburtstag etwas ganz Besonderes.«

Einen Kuß! Er wird mich küssen! All ihre Verteidigung brach unter dem Gewicht ihrer nervösen Freude zusammen. Sie senkte den Blick von seinen leuchtendsilbernen Augen zu seinem sinnlichen Mund. »Was bekommt ein Mädchen bei Ihnen denn zu ihrem Sechzehnten?« fragte sie atemlos.

»Na, ein Geschenk!« rief er und zog die Linke hinter dem Rücken hervor. Diana war gar nicht aufgefallen, daß er die ganze Zeit über dort etwas verborgen gehalten hatte. Sie öffnete die Augen wieder ganz und mußte sich an der Wagentür festhalten, weil ihre Knie so wacklig waren. Dann starrte sie unglücklich auf das große, eigenartig geformte Päckchen in seiner ausgestreckten Hand.

Offensichtlich hatte er das Geschenk selbst in Zeitungspapier eingewickelt und mit etwas zugebunden, das verdächtig nach einem Schnürriemen aussah.

Der Pfleger schien für ihre inneren Nöte blind zu sein,

denn er hielt ihr das Päckchen näher hin und forderte sie auf: »Nur zu, machen Sie es schon auf.«

Diana erinnerte sich ihrer guten Manieren, lächelte und zog an einem Ende des weißen Schnürsenkels.

»Es ist leider nicht viel«, warnte er sie und hörte sich plötzlich etwas unsicher an.

Das Zeitungspapier fiel beiseite, und ein Stofftier kam zum Vorschein: eine lebensgroße weiße Katze mit einer rosafarbenen Zunge, grünen Augen und einem Schild um den Hals, auf dem zu lesen stand: »Ich heiße Pinkerton.«

»Sie hatten sicher schon Dutzende von Plüschtieren, und viel exotischere als das hier«, erklärte er mit Unbehagen, als das Mädchen nicht auf das Geschenk reagierte. »Und wenn ich es recht bedenke, sind Sie vermutlich schon zu alt für so was.«

Cole hatte in beiden Punkten recht, aber das war ihr in diesem Moment vollkommen egal. Um Geld zu sparen, verzichtete der junge Mann auf alles mögliche, darunter sogar auf etwas Richtiges zu essen. Aber er hatte von seinen bescheidenen Mitteln etwas abgeknapst, um ihr ein Geschenk zu besorgen.

Noch immer sprachlos nahm sie das einfache, für sie aber unbezahlbar kostbare Stofftier aus seiner Hand und hielt es so vorsichtig, als handele es sich dabei um feinstes Porzellan.

Der Pfleger starrte auf die Katze, und ihm kam zu Bewußtsein, wie billig ein solches Spielzeug in ihren Augen wirken mußte. »Das ist nur ... etwas, das mir aufgefallen ist. Nehmen Sie es als Symbol ...«, versuchte er sich zu verteidigen. Er schwieg aber verblüfft, als Diana den Kopf schüttelte, das Plüschtier an ihre Brust drückte und es mit beiden Armen festhielt.

»Danke, Cole«, flüsterte sie und legte die Wange an das Fell der Katze. Lächelnd sah sie ihn mit strahlenden Augen an. »Vielen Dank.«

Gern geschehen, dachte er, aber die Wärme ihrer Reaktion schien ihn für einen Moment seiner Sprache und seines Denkvermögens zu berauben. Schweigend schloß er hinter ihr die Wagentür und sah den Rücklichtern hinterher, bis der Wagen um eine Kurve bog und seinen Blicken entschwand.

Kapitel 8

Diana war schon drei Stunden fort, als Cole endlich seine Fachbücher schloß und den Notizblock beiseite schob. Seine Schultern schmerzten, weil er die ganze Zeit vornübergebeugt gesessen hatte, und er hatte das Gefühl, in sein Gehirn passe nichts mehr hinein. Der Student wußte, daß es keinen Sinn hatte, noch länger zu büffeln. Er war so gut vorbereitet, daß er die Abschlußprüfung mit Bravour bestehen könnte, aber gute Noten waren nie sein vorrangiges Ziel gewesen. Er suchte nach Wissen und Kenntnis über die Dinge, die ihm weiterhelfen würden, sein Ziel zu erreichen.

Cole rieb sich, so gut es ging, die Schulterblätter, lehnte sich dann auf dem Stuhl zurück und schloß die Augen, um ihnen Ruhe zu gönnen. Dabei dachte er an den Brief seines Onkels. Das Schreiben war heute morgen angekommen und enthielt gute Neuigkeiten. Sogar ausgezeichnete. Er lächelte, während er den Rücken bewegte, um die Verspannung zu lösen.

Vor vier Jahren war eine Bohrfirma an Onkel Calvin herangetreten und hatte ihm einen Vertrag angeboten. Zehntausend Dollar wollten die Leute für das Recht zahlen, auf dem Grund seines Großonkels Testbohrungen durchführen zu dürfen.

Beim erstenmal waren sie auf kein Öl gestoßen, aber nach drei Jahren zurückgekehrt, um für weitere fünftausend Dollar neue Bohrungen zu unternehmen. Dabei hatten sie ein Erdgasvorkommen entdeckt, dessen Größe jedoch den Aufwand nicht lohnte. So war die Firma endgültig abgezogen, und Cole und Calvin hatten diesen Traum begraben.

Doch vor ein paar Monaten war eine größere Firma bei seinem Onkel aufgetaucht. Man wollte es auf einem anderen Stück seines Landes versuchen. Cal erklärte ihnen, sie würden nur ihre Zeit verschwenden, und Cole hatte ihm damals zugestimmt. Aber offensichtlich hatten Onkel wie Neffe falsch gelegen. Im heutigen Schreiben teilte Calvin ihm nämlich mit, daß die zweite Bohrfirma fündig geworden sei und nicht nur das Öl, sondern auch das Geld von nun an kräftig sprudele.

Cole öffnete die Augen wieder und griff nach dem dikken Umschlag, in dem sich der Brief seines Onkels und eine Kopie des Vertrages befanden, den die Firma aufgesetzt und Calvin zur Unterschrift vorgelegt hatte.

Nach den privaten Berechnungen seines Onkels würde er im kommenden Jahr zweihundertfünfzigtausend Dollar verdienen. Cole wußte, daß er in seinem ganzen Leben als Rancher nie soviel Geld auf einem Haufen gesehen hatte. Was für eine Ironie, dachte der junge Mann, daß von allen Harrisons Calvin Patrick Downing derjenige war, der diesen warmen Regen am wenigsten genießen würde. Von Natur wie auch von seiner Überzeugung aus war sein Onkel ein ausgemachter Geizhals. Selbst eine Viertelmillion würde daran nichts ändern.

Statt zwei Dollar auszugeben und seinen Neffen telefonisch über die tollen Neuigkeiten zu informieren, hatte er ihm lieber den Brief und die Vertragskopie mit der ganz normalen Post geschickt. Nicht als Eilbrief und nicht als Einschreiben.

Als Grund für die Übersendung des Vertrags gab er in dem Schreiben folgendes an: »Die Bohrfirma sagt, es handele sich dabei um einen Standardkontrakt, und an dem könne man nichts mehr ändern. Ich denke mir, es hat überhaupt keinen Zweck, einen blutsaugerischen Anwalt aufzusuchen, der sich dieses ganze Fachchinesisch durchliest und mir dann genau das gleiche erklärt.

Deswegen habe ich mir gedacht, an Deiner Universität gibt es doch auch eine juristische Fakultät. Geh doch mal zu einem von den angehenden Winkeladvokaten dort und sag ihm, er soll sich den Wisch durchsehen. Wenn das nicht geht, dann lies ihn Dir gründlich durch und sag mir dann, ob Du glaubst, diese Leute von der Southfield Exploration haben ein paar Tricks und Fallen eingebaut.«

Ja, das war sein Onkel, wie er leibte und lebte. Jeden Cent zweimal umdrehen und zusehen, ob man nicht irgendwo noch etwas einsparen konnte.

Calvin schnitt fleißig Gutscheine aus den Anzeigen in den Zeitungen, schnitt sich selbst die Haare, flickte seine Jeans und konnte fuchsteufelswild werden, wenn die Preise für Nahrungsmittel oder Kaninchendraht angestiegen waren. Mehr als alles andere auf der Welt haßte er das Geldausgeben.

Aber den ersten Scheck über zehntausend Dollar, den die Bohrfirma ihm überreicht hatte, hatte er bereitwillig in Cole investiert, damit dieser das College besuchen konnte.

Und den zweiten Scheck über fünftausend Dollar hatte er ebenfalls seinem Neffen überlassen.

Als rebellischer junger Mann hatte Cole oft die vierzig Meilen bis zur Ranch seines Onkels per Autostopp zurückgelegt und dort die Wärme und das Verständnis gefunden, die sein leiblicher Vater ihm nicht geben konnte. Calvin hatte als einziger die Frustration seines Neffen verstanden und an seine Träume geglaubt – und dafür liebte Cole ihn. Aber der Großonkel hatte es nicht bei teilnahmsvollen und ermutigenden Worten belassen, sondern ihm auch das viele Geld gegeben, damit der Junge sich eine richtige Zukunft aufbauen konnte – in der ihm alle Möglichkeiten offenstanden – und nicht in Kingdom City versauern mußte. Deswegen verspürte der Junge eine besondere Loyalität seinem Onkel gegenüber und fühlte sich ihm zur Dankbarkeit verpflichtet.

Der Kontrakt setzte sich aus fünfzehn in juristischer

Fachsprache abgefaßten Seiten zusammen. Calvin hatte mit Bleistift ein paar Bemerkungen an den Rand geschrieben, und Cole mußte oft genug über die Bauernschläue des alten Mannes schmunzeln.

Sein Onkel hatte die Schule nach der zehnten Klasse verlassen und sich eine Arbeit gesucht. Aber er war immer schon ein besessener Leser gewesen, der sich die fehlende Bildung selbst beigebracht hatte. Vermutlich war er belesen genug, um auf einem College einen Ehrenabschluß erringen zu können.

Cole hatte dennoch nicht vor, seinem Onkel jetzt schon zu raten, den Vertrag zu unterzeichnen. Zuerst wollte er die Dokumente einem erfahrenen, praktizierenden Anwalt vorlegen, am ehesten jemandem, der sich in der Ölbranche auskannte. Calvin war zwar alles andere als auf den Kopf gefallen, aber in diesem Fall würde er sich auf ein Gebiet begeben, das für ihn einfach eine Stufe zu hoch war.

Nach vier Jahren in Houston hatte Cole genug darüber gehört, gelesen und sonstwie erfahren, wie es in der Petrobranche zuging. Auch wußte er, daß so etwas wie ein unabänderlicher Standardvertrag nicht existierte. Und wenn die Bohrfirma diesen Kontrakt aufgesetzt hatte, würde er auch so abgefaßt sein, daß in erster Linie ihre eigenen Interessen gewahrt würden.

Morgen, wenn Charles Hayward von seiner Geschäftsreise nach Philadelphia zurückkehrte, wollte Cole ihn nach dem Namen des Anwalts in Houston fragen, der sich am besten mit dieser Materie auskannte. Sein Arbeitgeber hatte sein Vermögen in der Ölbranche gemacht und würde bestimmt jemanden kennen, an den Cole sich wenden konnte. Vermutlich würde er dem Pferdepfleger auch selbst mit Rat und Tat zur Seite stehen.

Anders als die meisten anderen aus der Oberschicht, die Cole bei seiner Arbeit hier kennengelernt hatte, war Charles Hayward weder aufgeblasen noch überheblich noch egozentrisch. Mit seinen fünfzig Jahren arbeitete er immer noch hart, hatte nichts von seiner Energie verloren, war direkt und behandelte seine Angestellten und Mitarbeiter fair.

Charles hatte genaue Vorstellungen davon, was er von seiner Umgebung erwarten durfte, und darunter fielen nicht nur die Angestellten, sondern auch seine Familie und die Pferde im Stall. Wenn jemand diesen Erwartungen nicht entsprach, hatte er auf seinem Grund und Boden nichts mehr verloren, sei er nun Angestellter, Roß oder Jagdhund. Die anderen aber behandelte er mit Respekt.

Wenn Charles nicht auf Reisen war, kam er jeden Abend in den Stall, spazierte an den Boxen entlang, verteilte Möhren und klopfte den Tieren auf den Hals. Im Lauf der Zeit hatte er große Bewunderung für Coles Wissen und seinen Umgang mit Pferden entwickelt, und daraus hatte sich sogar so etwas wie eine Freundschaft zwischen den beiden entwickelt. Oftmals blieb Charles nach seinem Rundgang noch auf einen Kaffee bei Cole und wurde bald zu dessen väterlichem Freund. Cole erhielt von ihm Rat und Einblick in die beiden Dinge, die ihn am allermeisten interessierten: die Geschäftswelt und das Geld.

Wenn sie auf diese Themen zu sprechen kamen, erwies sich der Ältere als unterhaltsamer, erfahrener und eindringlicher Erzähler. Soweit Cole das feststellen konnte, besaß der Mann eigentlich nur eine schwache Stelle, und das war seine Familie.

Haywards erste Frau und Kind waren vor fünfundzwanzig Jahren bei einem Flugzeugabsturz ums Leben gekommen. Sein Schmerz hatte damals so tief gesessen und so lange angehalten, daß seine Bekannten und Freunde sich sogar heute noch hinter seinem Rücken darüber unterhielten.

Vor siebzehn Jahren hatte Charles zum zweitenmal geheiratet, und seine neue Frau hatte ihm innerhalb von zwei Jahren einen Sohn und eine Tochter geschenkt. Hayward verwöhnte die drei über die Maßen. Er gab seiner zweiten Frau und den Kindern alles, was es für Geld zu kaufen gab, und er schien zu glauben, daß sie irgendwann all seine Hoffnungen und Erwartungen erfüllen würden, wenn sie das nicht schon längst taten.

Cole hätte ihm gern gesagt, wie grundfalsch er damit lag. Auf diesem einen Gebiet besaß er größere Einsicht als sein Mentor, und er hätte ihm schmerzlich die Augen darüber öffnen können, welche Resultate man damit erzielte, Kindern jeden Wunsch zu erfüllen und die Augen vor dem Treiben einer Frau zu verschließen, die ihn bei jeder sich bietenden Gelegenheit betrog.

Cole bekam hier im Stall mehr mit, als so manchem der Hausbewohner lieb sein konnte. Und aus eigener Beobachtung wußte er, daß es sich bei Jessica Hayward um eine ungemein attraktive, verdorbene, unzufriedene und sexgeile vierzigjährige Schlampe handelte.

Die fünfzehnjährige Tochter Barbara stand so sehr unter der Dominanz ihrer Mutter, daß sie nie die Möglichkeit erhalten hatte, ein eigenes Rückgrat zu entwickeln. So gehörte sie zu den Menschen, die ständig der Führung und Anleitung durch andere bedurften. Die vielen Kleider, Geschenke und sonstigen Dinge, die Charles wie ein Füllhorn über sie ausschüttete, halfen ihr auch nicht weiter, ein eigenes Selbstbewußtsein zu bilden. Niemals hatte sie sich für etwas anstrengen müssen.

Bei Sohn Doug handelte es sich um einen sehr charmanten, verantwortungslosen und gutaussehenden Sechzehnjährigen. Cole glaubte, daß sich am ehesten noch aus dem Jungen etwas machen ließe. Trotz seiner oft frivolen Unreife blitzten doch gelegentlich Charles Haywards Energie oder dessen scharfer Intellekt in ihm auf. Seine Noten waren durchschnittlich, doch wie er Cole einmal anvertraut hatte, erhielt er von seinen Freundinnen nur Bestbewertungen.

Der junge Mann sah auf seine Uhr. Keine Stunde mehr bis Mitternacht. Er streckte die Arme aus und gähnte.

Dann erhob er sich und unternahm einen letzten Kontrollgang durch den Stall, um nachzusehen, ob alles in Ordnung war.

Kapitel 9

Jessica Hayward trat vom Laufband in ihrem Fitneßraum, der zur Schlafzimmersuite gehörte, und schlang sich ein Handtuch um den Hals. Sie trug dünne weiße Shorts und ein engsitzendes rotweißes Top. Als sie ins eigentliche Schlafzimmer zurückkehrte, fühlte sie sich überhaupt nicht müde, sondern ruhelos und allein. Ihr Mann sollte erst morgen von einer Geschäftsreise zurückkehren, aber selbst wenn Charles sich im Haus aufgehalten hätte, wäre er kaum in der Lage gewesen, ihr das zu geben, was sie jetzt brauchte.

Die Frau in den mittleren Jahren wollte Sex, heißen, harten, leidenschaftlichen und fordernden Sex, bei dem sich der Verstand ausschaltete. Der Sinn stand ihr überhaupt nicht nach diesem lauwarmen, rücksichtsvollen und regelmäßig absolut langweiligen Getue, das Charles Liebe und Erotik nannte. Jessica verlangte es nicht nach Liebe und zärtlicher Sinnlichkeit, sondern nach Sex, bei dem einem die Schädeldecke wegflog. Und das konnte ihr Mann ihr nicht geben.

Aber Cole …

Jessica ärgerte sich darüber, daß sich ihre Fantasien und Gelüste um diesen arroganten, dahergelaufenen Macho drehten, der ihrer sozialen Stellung nicht einmal entfernt nahekam. Sie trat an die Bar, die im begehbaren Kleiderschrank eingebaut war, und nahm eine teure Flasche Chardonnay aus dem Kühler. Die öffnete sie und füllte sich ein goldgerandetes Glas. Damit trat sie ans Fenster, von dem aus man auf den hinteren Garten und die Stallungen blicken konnte. Die einsame Frau schloß die Augen und stellte sich Cole vor. Seine breiten und muskelbepackten Schultern, seine glatte, schweißfeuchte Haut und wie er in der rohen, unermüdlichen und animalischen Art in sie eindrang, die ihr am allerliebsten war.

Ihre Schenkel spannten sich bei der köstlichen Vorstellung an. Sie stürzte den Inhalt des Glases in einem Schluck hinunter und entfernte sich von dem Fenster. Dann schleuderte sie das Handtuch in eine Ecke, nahm die Weinflasche aus dem Behälter, besorgte ein zweites Glas und machte sich auf den Weg.

Die Tür zum Zimmer ihrer Tochter war geschlossen, aber Licht drang durch den unteren Ritz auf den Flur. Jessica bewegte sich vorsichtig daran vorbei und schlich dann die Treppe hinunter.

Die Nacht draußen war heiß und schwül, und der Duft der Gardenien lag in der Luft, die in den Beeten entlang des Wegs zum Stall blühten. Mondlicht beschien die Steinplatten unter ihren Füßen, aber sie hätte den Weg zwischen den Eichen auch blind finden können. So oft hatte sie ihn in ihren Fantasien beschritten, und einige Male war sie ihn auch wirklich entlanggegangen. Jessica hielt die Flasche und die Gläser in den Händen und stieß die Seitentür mit ihrem Hinterteil auf. Wie angenehm kühl das Air-conditioning für ihre feuchte Haut war.

Die Frau machte sich nicht erst die Mühe, das Licht einzuschalten, und schlich durch den Hauptgang, bis sie vor der Tür zu seiner Kammer ankam. Die stand etwas auf, und sie konnte sehen, wie er sich das Hemd auszog und in eine Ecke warf. Im sanften Licht der Lampe auf seinem Schreibtisch bewegten sich die Muskeln an seinen Schultern und an seinem V-förmigen Rücken. Als er an den Gurt seiner Hose griff, hielt Jessica den Atem an.

Doch dieses kaum hörbare Geräusch schien ihm nicht entgangen zu sein, denn er fuhr sofort herum und starrte sie zuerst erschrocken und dann verärgert an. »Sie haben mich zu Tode erschreckt, Jessica!«

Die Frau hielt Flasche und Gläser hoch und spazierte

in sein Zimmer, als ob sie hier zu Hause wäre. »Ich habe bei dir noch Licht gesehen, und da wir anscheinend beide heute nacht nicht einschlafen können, dachte ich mir, wir könnten uns gemeinsam die Zeit vertreiben.«

»Um es gleich zu sagen, ich bin ziemlich müde und werde sicher keine Schwierigkeiten mit dem Einschlafen haben.«

»Na, du mußt mir nicht gleich den Kopf abreißen.« Jessica hockte sich auf die Kante seines Schreibtischs und schlug die langen Beine übereinander. Eine Sandale hing herab und wurde nur noch von den lackierten Zehen gehalten.

»Wir haben uns eine Ewigkeit nicht mehr gesehen, und da dachte ich, ich sollte dich besuchen gehen, mehr nicht«, erklärte sie und füllte die Gläser.

»Das soll wirklich alles sein?« entgegnete Cole sarkastisch. Ihr sehr knappes Top, die kurzen Shorts und das verführerische Lachen waren ihm nicht entgangen. Sofort griff er nach seinem Hemd, aber Jessica schüttelte den Kopf und lächelte ihn streng und entschlossen an.

»Warum denn wieder anziehen, Liebling. Du gefällst mir sehr gut so, wie du jetzt aussiehst.«

»Jessica«, entgegnete er hart, »wir wollen das doch nicht alles noch einmal durchmachen. Die Sache ist vorbei, gegessen, zu Ende. Außerdem habe ich Ihnen gerade gesagt, daß ich müde bin.«

»So respektlos darf man aber nicht zu seiner Chefin reden«, sagte sie, glitt vom Schreibtisch und versuchte, ihm über die Wange zu streicheln.

»Verdammt noch mal, lassen Sie das!« fuhr er sie barsch an und riß den Kopf zurück. Zur Zeit war das die einzige Fluchtmöglichkeit, die ihm offenstand. Wenn ihm keine andere Möglichkeit mehr bleiben sollte, würde er sie mit körperlicher Gewalt hinauswerfen. Doch widerstrebte es ihm, sie zu berühren. Schließlich wußte er nicht, wie sie darauf reagieren würde. Gut möglich, daß sie dann wieder einen ihrer Wutanfälle bekam, oder schlimmer noch, daß ihre Lust dadurch erst recht angeregt würde.

Er befand sich in der Falle. Hinter sich das Bett und vor sich Jessica. Es gab keinen anderen Weg, als sie hochzuheben und vor die Tür zu setzen. Die Frau erkannte natürlich, daß er ihr nicht entwischen konnte, und sie bewegte sich langsam und mit siegesgewissem Lächeln auf ihn zu.

»Jessica!« warnte er mit grollender Stimme. »Sie sind verheiratet, Himmel noch mal!«

»Das ist mir bekannt«, entgegnete sie, zog sich das Top aus und warf es über ihn hinweg aufs Bett.

»Ich mag Ihren Ehemann«, sagte er und versuchte erfolglos, ihr auszuweichen.

Sie sah ihn mit großen Augen an und griff hinter sich, um den BH zu öffnen. »Komisch, ich mag ihn auch.«

Wenn seine Lage nicht so unangenehm und aussichtslos gewesen wäre, hätte er darüber lachen müssen: Eine sehr attraktive Frau führte vor ihm einen Striptease auf, nutzte ihren Körper, um ihn an der Flucht zu hindern, während sie ihm gleichzeitig erklärte, daß sie ihren Mann liebte, dem sie doch gerade Hörner aufsetzen wollte.

»Ich bin jetzt nicht in der Stimmung für einen Striptease«, erklärte er hart.

»Wart's nur ab«, verhieß sie ihm und ließ die BH-Träger an den Oberarmen hinabgleiten.

»So etwas wie eheliche Treue ist Ihnen vollkommen fremd, was?« Er hielt die Träger fest, damit sie nicht weiterrutschen konnten.

»Wenn Charles in der Stadt ist, bin ich ihm immer absolut treu«, entgegnete sie mit lüsternem Blick und fuhr mit beiden Händen in seine dichte Brustbehaarung. »Aber heute hält er sich auswärts auf. Du hingegen bist hier, und ich langweile mich.«

»Dann suchen Sie sich doch ein Hobby.« Er hielt ihre Hände fest.

Sie lachte kehlig, schlang ihm die Arme um den Hals

und fing an, den Unterleib an seinen Oberschenkeln zu reiben.

Cole ließ sich davon nicht erregen und spürte auch sonst kein Verlangen nach ihr. Doch allmählich verlor er die Beherrschung. »Ich warne Sie«, sagte er gefährlich leise, packte ihre Hände und riß sie von sich, »machen Sie uns keine Unannehmlichkeiten.«

Sie leckte sich langsam über die Lippen, lachte tief und verstand ihn vorsätzlich falsch. »Nun, ich würde nicht sagen, daß das unangenehm ist. Ziemlich hart ist es, aber noch nicht ...«

Die Neonröhren im Stall verbreiteten unvermittelt ihr blendendes Licht. Jemand war gekommen, und Cole legte Jessica rasch eine Hand auf den Mund.

»Cole?« rief Charles Hayward mit seiner tiefen, freundlichen Stimme. Er schien etwa zehn Meter von der Kammer entfernt zu sein. »Ich habe hier noch Licht gesehen und dachte, ich könnte mir den neuen Fuchs mal ansehen. Was halten Sie von ihm?«

»Komme gleich!« rief der Pfleger und nahm die Hand von Jessicas Mund.

»Oh, mein Gott, ich muß hier raus!« flüsterte die Frau. Sie stand wie erstarrt da.

Dann fing sie an zu zittern. Normalerweise hätte Cole Mitleid mit ihr gehabt, aber schließlich hatte sie ihn und sich selbst gerade in große Gefahr gebracht. Der Pfleger wußte von den zurückliegenden nächtlichen Besuchen seines Chefs, was er jetzt tun würde. Charles käme gleich in die winzige Küche, um sich eine Tasse Nescafé zu machen. Und er würde von seinem Angestellten erwarten, sich zu ihm zu gesellen, damit sie sich unterhalten und das neue Pferd betrachten konnten.

Seit mehreren Jahren hielt Hayward das nun so, und unter anderen Umständen hätte Cole sich auch darüber gefreut, besonders wenn ihr Gespräch sich vertiefte und eine Vielzahl von Themen beinhaltete. Sein Chef war ein sehr gebildeter Mann, der sich für vieles interessierte und sich auf dem laufenden hielt ... Nur mußten sie ja nicht unbedingt über die nächtlichen Abenteuer seiner Frau diskutieren.

»Hören Sie«, flüsterte Cole zu Jessica, nahm ihr Top und drückte es ihr in die Hand. »Er geht jetzt gleich in die Küche gegenüber.«

»Aber dann versperrt er mir ja den Weg!« keuchte sie. »Ich sitze in der Falle!«

Cole ging darauf nicht ein. »Geraten Sie mir bloß nicht in Panik«, ermahnte er sie eindringlich, weil er ihr ansah, daß sie wahnsinnige Angst hatte. »Ich gehe jetzt hinaus und schließe die Tür hinter mir. Dann kann er Sie nicht sehen.«

»Ich muß zurück ins Haus!«

»Cole?« rief sein Chef. »Wollen Sie auch einen Kaffee?«

»Nein, danke!« antwortete er laut und zog sich bereits zur Tür zurück. Dabei bewegte er sich so, daß sein Körper Jessica verbarg. Die halbnackte Frau stand noch immer voller Hysterie da und preßte das Top an ihre Brust.

Der Pfleger ließ sie zurück und schloß die Tür. Dann marschierte er mit blankem Oberkörper in die kleine Küche, wo Charles gerade heißes Wasser in einen Becher goß.

»Na«, begrüßte ihn der ältere Mann mit erwartungsvoller Miene, »was halten Sie von dem neuen Polo-Pony?«

»Nicht schlecht«, antwortete Cole und zwang sich dann zu einem flauen Kalauer. »Ich weiß zwar nicht, wie das Pony Polo spielt, aber als Pferd macht es einen ziemlich guten Eindruck.«

Das Tier war nur ein paar Boxen weiter untergestellt, und Cole befürchtete, Jessica würde in ihrer Angst herausgestürzt kommen und ihr Heil in der Flucht suchen. Hayward hätte schon blind und taub sein müssen, um sie dann nicht zu bemerken.

»Sie sollten sich mal den vorderen Lauf der braunen Stute ansehen«, schlug er seinem Boß daher rasch vor und setzte sich schon zu der Box am anderen Ende des Stalls in Bewegung.

Charles wirkte dankenswerterweise gleich besorgt genug, um seinem Pfleger zu folgen. »Was stimmt denn nicht mit ihrem Vorderlauf?«

»Sie hat sich heute bei einem Sprung daran verletzt.«

»Wer hat die Stute geritten?« wollte Hayward gleich voller Mitgefühl für das Sprungpferd wissen, auf dem er selbst am liebsten saß.

»Barbara«, antwortete der Pfleger.

»Das hätte ich mir denken können«, knurrte Charles erbost. »Ich gebe mir ja weiß Gott alle Mühe, Verständnis und Milde für sie aufzubringen, aber dieses Mädchen taugt eigentlich zu gar nichts. Den ganzen Tag telefoniert sie nur mit Jungs. Tja, auf dem Gebiet beweist sie wahre Meisterschaft, aber auch nur auf dem.«

Cole hielt es nicht für geboten, darauf zu antworten. Er öffnete den schweren Eichenholzverschlag, und sein Chef folgte ihm in die Box. Er reichte dem Pfleger seinen Kaffeebecher und ging dann vor dem Tier in die Hocke, um sich das bandagierte Bein der Stute anzusehen.

»Der Lauf ist nicht geschwollen«, bemerkte er. »Die Salbe, die Sie da fabrizieren, stinkt zwar wie die Pest, wirkt aber wahre Wunder. Ich würde Ihnen immer noch dazu raten, Tierarzt zu werden.«

Damit erhob Charles sich wieder, viel früher, als Cole lieb sein konnte, und klopfte der Stute auf die Seite. »Mir ist noch nie ein Mann begegnet, der besser mit Pferden umgehen konnte.«

»Die Tiere wären aber nicht mehr so glücklich mit mir, wenn ich ihnen Wärmeröhren in die Nüstern schieben würde«, entgegnete der Pfleger und warf einen vorsichtigen Blick auf das Ende des Mittelgangs.

Das Herz blieb ihm fast stehen, als Jessicas Kopf in der Türspalte seiner Kammer erschien. Einen Moment später flitzte sie wie ein Blitz zur Seitentür. Sie hielt immer noch das Oberteil an ihren Busen und schien wohl keine Gelegenheit gefunden zu haben, es überzustreifen. Vielleicht war ihr das in ihrer Panik auch gar nicht eingefallen.

Cole stellte sich hastig breitbeinig in den Eingang und hinderte Charles am Herauskommen. Dabei traf er den Mann mit dem Kaffeebecher an der Brust, und der Kaffee spritzte auf Haywards Hemd.

»Verdammt noch mal ...«, begann sein Boß, beherrschte sich dann aber und wischte sich die Tropfen vom Hemd.

»Tut mir sehr leid«, sagte der Pfleger.

»Ach, macht nichts. Ich kann mir ein frisches anziehen. Warum legen Sie unsere Neuerwerbung nicht an die lange Leine und lassen sie etwas herumlaufen? Ich habe mir das Pony nur eine halbe Stunde lang ansehen können, denn mehr Zeit blieb mir nicht auf der Auktion in Memphis.«

Cole drehte sich um und machte sich auf den Weg. Charles sah ihm einen Moment befremdet hinterher. »Hören Sie, stimmt irgend etwas nicht? Sie wirken heute abend reichlich nervös.«

Der Pfleger schüttelte den Kopf und wartete auf seinen Chef. Während er Charles zu der Box folgte, hoffte er, daß Jessica die Flucht gelungen war. Eigentlich konnte nun nichts Schlimmes mehr passieren, und darüber hinaus hätte er wenigstens für heute nacht Ruhe vor ihren Nachstellungen.

Doch er freute sich zu früh.

»Das ist aber eigenartig«, meinte Hayward, als sie sich kurz vor der Kammer befanden. »Ich habe doch deutlich gesehen, wie Sie vorhin die Tür geschlossen haben.«

»Wahrscheinlich ist sie von selbst wieder aufgesprungen«, begann Cole, hielt dann aber den Atem an, als Hayward zu dem Raum ging und mit verwirrter Miene hineinspähte, als habe er dort etwas gesehen.

»Oh, Sie hatten wohl Besuch, als ich hereingeplatzt bin«, sagte Charles. »Und jetzt ist die junge Schöne auf und davon ... oder versteckt sich hier irgendwo.«

Der Pfleger entdeckte jetzt, worauf sein Chef starrte – auf einen weißen Spitzen-BH, der neben dem Bett auf dem

Boden lag. Doch bevor Cole etwas sagen oder unternehmen konnte, fiel Charles etwas viel Verräterisches ins Auge. Seine Miene wechselte von Verblüffung zu Vorwurf und zu heller Wut.

»Sind das da nicht meine Weingläser?« fragte er streng, trat dann rasch ein und nahm die Flasche in die Hand, um das Etikett zu lesen. »Und das ist Jessicas Lieblingswein ...«

»Ich habe mir die Flasche ausgeborgt«, erklärte der Pfleger hastig. »Nein, ich habe sie gestohlen ...«, fügte er noch hinzu, um das Unvermeidliche zu verhindern.

Doch Hayward stampfte schon zum Seiteneingang, riß die Tür auf und spähte in die Nacht, wo er gerade noch mitbekam, wie etwas, das sich in der Dunkelheit weiß abhob, durch die Hintertür ins Haus verschwand.

»Sie elender Schweinehund!« brüllte Charles und fuhr herum. Seine Rechte traf Coles Kinn mit einer Kraft, die er dem älteren Mann nicht mehr zugetraut hätte. »Sie verdammter Dreckskerl!«

Jessica glaubte sich schon in Sicherheit. Sie war ins Haus gelangt und rannte jetzt die Treppe zum Schlafzimmer hoch. Doch als sie aus dem Fenster schaute, entdeckte sie ihren Mann, der zornbebend vom Stall herangelaufen kam.

»Oh, mein Gott!« keuchte sie und zitterte wie Espenlaub. Ihr ganzes behagliches Leben in Luxus und Reichtum drohte zusammenzubrechen. »Was soll ich bloß tun?« jammerte sie und sah sich voller Angst nach einem Weg um, der Katastrophe zu entgehen.

Ein Stück weiter den Flur entlang drehte Barbara ihre Stereoanlage noch weiter auf, und plötzlich kam Jessica die rettende Idee.

»Liebes!« rief die Mutter, als sie in das Zimmer ihrer Tochter stürmte und gleich hinter sich abschloß.

Das Mädchen blickte erschrocken von dem Magazin auf, in dem sie gerade gelesen hatte, und ihre Miene wurde immer besorgter. »Mom, was ist denn geschehen?«

»Du mußt mir helfen, mein Schatz. Tu nur das, was ich dir sage, und stell keine Fragen. Ich revanchiere mich auch bei dir, ehrlich.«

Kapitel 10

Dallas, 1996

»Guten Tag, Mr. Harrison, und meinen herzlichen Glückwunsch«, rief der Wächter, als Coles Limousine durch den Haupteingang fuhr und auf das fünfzig Hektar große ultramoderne Firmengelände von Unified Industries gelangte, das sich nicht unweit von Ross Perots E-Systems befand. Eine vierspurige Straße erstreckte sich durch die sanfte Hügellandschaft, führte durch die Parkanlage und vorbei an dem großen Springbrunnen und dem künstlich angelegten See. Bei angenehmen Temperaturen ließen sich die Angestellten, die in den sieben weitflächigen, spiegelverglasten Bürogebäuden arbeiteten, gern an seinem Ufer nieder, um hier ihr Mittagessen zu sich zu nehmen.

Der schwere Wagen passierte das Hauptverwaltungsgebäude der Firma, fuhr an den Forschungslabors entlang, vor dessen Eingang gerade drei Männer in weißen Kitteln erregt miteinander diskutierten, und hielt vor einem Hochhaus, das ein davor in den Rasen eingelassenes Schild als ›Management‹ auswies.

»Herzlichen Glückwunsch, Mr. Harrison«, grüßte die Empfangsdame, als Cole im fünften Stockwerk aus dem Fahrstuhl kam.

Er nickte ihr nur kurz und gedankenverloren zu und stürmte durch den Empfangsbereich, der von den Büros durch eine teakholzgetäfelte Wand getrennt war, auf der das Firmenlogo von Unified prangte. Besucher, die einen Termin hatten, warteten hier auf blaßgrünen Ledersofas und an Mahagonitischen und konnten den überlangen, dicken Orientteppich und die Accessoires mit eingelegtem Perlmutt und Messingbeschlag bewundern.

Doch Cole hatte dafür keinen Blick übrig und bog hinter der Teakholzwand gleich nach rechts ab, um über den langen, teppichbelegten Flur zu seinem Büro zu gelangen. Nur am Rande seines Bewußtseins nahm er wahr, wie unnatürlich still hier heute alles war.

Als er am Hauptkonferenzraum vorbeikam, trat Dick Rowse, der Leiter der Anzeigen- und Public-Relations-Abteilung, heraus und sprach ihn an. »Cole, könnten Sie wohl einen Moment hereinkommen?«

Kaum hatte Harrison den Raum betreten, knallten die Sektkorken, und vierzig Mitarbeiter brachen in Applaus aus, um den jüngsten Coup der Corporation zu feiern – die Übernahme einer Elektronikfirma mit fetten Regierungsaufträgen und einem neuartigen Computerchip, der sich noch in der Testphase befand.

Um Cushman Electronics, das den Brüdern Kendall und Prentice Cushman gehörte, hatte eine regelrechte Schlacht stattgefunden. Mehrere große Firmen hatten sich an einer feindlichen Übernahme versucht, und wenn man der Presse Glauben schenken durfte, hatte man dabei mit harten Bandagen gekämpft. Unified Industries war als Sieger aus diesem Getümmel hervorgegangen, und die Medien überschlugen sich in ihrer Berichterstattung.

»Glückwunsch, Cole«, rief Corbin Driscoll, der Leiter der Finanzplanung, und drückte ihm ein Glas Sekt in die Hand.

»Eine Rede!« begeisterte sich Dick Rowse. »Wir wollen eine Rede hören!« beharrte er im Tonfall von jemandem, der sich verpflichtet fühlt, dafür zu sorgen, nur lachende, glückliche Gesichter um sich zu sehen – und der schon ein Glas zuviel getrunken hatte. Seine Bemühungen waren jedoch ein vollkommener Fehlschlag, weil eine solche Form von jovialer Kameraderie zwischen den Abteilungsleitern und dem Firmenchef bei Unified einfach nicht üblich war.

Cole warf ihm einen ungeduldigen Blick zu, gab dann aber notgedrungen nach und hielt mit geschäftsmäßigem Lächeln seine kurze Ansprache.

»Ladys und Gentlemen, wir haben gerade hundertfünfzig Millionen Dollar für den Erwerb einer Firma ausgegeben, die uns kaum die Hälfte davon wieder einbringen dürfte, wenn es uns nicht gelingt, deren Computerchip richtig zu vermarkten. Ich schlage daher vor, daß wir uns alle etwas einfallen lassen, wie wir bei einem Fehlschlag unsere Verluste so niedrig wie möglich halten können.«

»Schade, ich hatte auf einen Ausspruch gehofft, den man der Presse andienen kann«, meinte Rowse. »Mein Telefon kommt überhaupt nicht mehr zur Ruhe, seit die Übernahme vor zwei Stunden bekanntgegeben wurde.«

»Dann denken Sie sich eben etwas aus. Schließlich ist es Ihre Aufgabe, Dick, die Medien mit Material zu versorgen, und nicht meine.« Damit verließ Cole die Versammlung und begab sich in sein Büro. Dick Rowse stand wie ein begossener Pudel da, und den anderen war die Lust am Feiern vergangen.

Innerhalb weniger Minuten hatte sich der Saal geleert, und nur Dick, seine neue Stellvertreterin, Gloria Quigley, und Corbin Driscoll blieben zurück.

Die blonde und perfekt gekleidete Gloria, mit ihren dreißig Jahren das neueste und jüngste Mitglied der Führungsetage, fand als erste ihre Sprache wieder und erklärte seufzend: »Was für eine kalte Abfuhr. Die ganze Wall Street ist aus dem Häuschen, weil es Unified gelungen ist, Cushman sowohl Matt Farrells Intercorp wie auch zwei weiteren großen Firmen aus den Händen zu reißen. Wir hier sind voller Begeisterung, die mittlere Ebene tanzt auf den Schreibtischen, und die Pförtner wissen vor Freude nicht, wo sie sich lassen sollen. Nur den Mann, der das alles eingefädelt und erfolgreich durchgeführt hat, scheint sein Erfolg überhaupt nicht zu interessieren.«

»Oh, und ob ihn das interessiert«, widersprach Rowse. »Wenn Sie schon sechs Monate hier wären, wüßten Sie, daß Sie einen für seine Verhältnisse geradezu euphorischen Cole Harrison erlebt haben. Ehrlich gesagt, so glücklich und ausgelassen habe ich ihn noch nie gesehen.«

Gloria starrte die beiden Männer ungläubig an. »Wie verhält der Boß sich denn, wenn er unglücklich ist?«

Corbin schüttelte den Kopf. »Das werden Sie lieber nicht erleben wollen.«

»Ach, kommen Sie, so schlimm kann er doch nicht sein«, erwiderte Gloria.

»So?« Corbin zeigte auf sein modisch geschnittenes, gepflegtes graues Haar. »Als ich vor zwei Jahren angefangen habe, für Cole zu arbeiten, hatte ich noch kein einziges weißes Haar.« Die beiden anderen lachten, und er fügte hinzu: »Dieses hübsch große Anfangsgehalt und die sonstigen Vergünstigungen, die Sie hier erhalten, bekommen Sie nicht nur einfach so, daran sind leider auch ein paar Sonderbedingungen geknüpft.«

»Welche denn?«

»Na, zum Beispiel einen mitternächtlichen Anruf von Cole, weil er gerade eine neue Idee hat und Sie sich unverzüglich dransetzen sollen«, sagte Rowse.

»Und Sie sollten besser schon mal üben, innerhalb einer Stunde Ihren Koffer zu packen und zum Flughafen zu fahren«, fügte Corbin hinzu. »Und das vorzugsweise am Wochenende, weil unser lieber Boß noch nie etwas von Kalendern oder Uhren gehört hat.«

»Auch am Wochenende!« rief Gloria in gespieltem Entsetzen. »Dann schalte ich wohl besser sofort den Anrufbeantworter ab, wenn ich freitags von der Arbeit komme!«

»Gut, daß Sie davon angefangen haben«, entgegnete Rowse mit einem breiten Grinsen, griff in seine Tasche und zog ein kleines schwarzes Gerät heraus. »Ein Geschenk für Sie. Der passende Ersatz für den Anrufbeantworter und gleichzeitig sichtbares Symbol dafür, daß Sie in dieser Firma eine Position von einiger Wichtigkeit bekleiden.«

Gloria öffnete automatisch die Hand, und Dick legte den Pager hinein. »Willkommen bei Unified Industries«, erklärte er in gespielter Feierlichkeit. »Und wenn ich Ihnen einen guten Rat geben darf, gehen Sie von jetzt an nur noch mit diesem Ding hier ins Bett, und das jede Nacht.«

Alle lachten darüber. Gloria hatte natürlich gewußt, daß einiges auf sie zukommen würde, als sie sich hier beworben hatte. Doch gerade die Herausforderung hatte für sie den Ausschlag gegeben, sich für Unified zu entscheiden.

Bevor Gloria ihre PR-Firma in Dallas aufgegeben hatte, um für Cole Harrison zu arbeiten, hatte sie jeden Artikel, der sich auftreiben ließ, über diesen ebenso aggressiven wie rätselhaften Geschäftsmann gelesen. Ihr neuer Boß hatte es vollbracht, vor seinem dreißigsten Geburtstag ein sehr großes und sehr profitables Firmenkonglomerat zusammenzukaufen, und sich damit einen legendären Ruf erworben.

Aus persönlicher Erfahrung hatte sie mittlerweile herausgefunden, daß Cole als Arbeitgeber von seinen Angestellten sehr viel und vor allem äußerste Exaktheit verlangte. Er legte ihnen gegenüber eine distanzierte und ungeduldige Haltung zutage, die vor allem darauf angelegt war, jede Form von Vertraulichkeit im Ansatz zu ersticken. Darin bildete auch die Führungsetage keinen Unterschied, und die Manager und Abteilungsleiter begegneten ihm in einer Mischung aus Vorsicht und großem Respekt.

Harrison schien es auch nicht im mindesten zu berühren, wie viele Feinde er sich schuf. Und sein persönliches Bild in der Öffentlichkeit schien er nicht einmal zu kennen. Doch tat er alles, um seine Firma zu schützen und deren Ruf zu erhalten.

Seine persönliche ›Marotte‹, wie man das innerhalb des Hauses zu nennen pflegte, war der Kundenservice. Infolge der von Harrison gesetzten hohen Standards erfreute sich Unified eines Kundenservices, der zu Recht bei der Konkurrenz seinesgleichen suchte. Und der traf auf jede einzelne Firma zu, die sich unter dem Dach der Muttergesellschaft befand. Egal ob es sich bei einer Neuerwerbung um ein Pharmaunternehmen, eine Fast-food-Kette oder eine Textilfabrik handelte, zu den ersten Aufgaben Coles gehörte es stets, dort dafür Sorge zu tragen, daß die hohen Kundenservice-Anforderungen Unifieds erfüllt wurden.

»Für jeden in der Geschäftswelt stellt Harrison ein vollkommenes Rätsel dar«, dachte Gloria laut, »und das trifft auch auf die Leistungsträger in diesem Hause zu. Niemand scheint ihn etwas besser zu kennen. Ich interessiere mich seit der Übernahme von Erie Plastics vor zwei Jahren für ihn als Persönlichkeit. Ein Freund hat mir übrigens erzählt, daß in Volkswirtschaftsseminaren an den Universitäten seine Übernahmetechniken analysiert und diskutiert werden.«

»Na ja, bei Erie Plastics verlief die Sache nicht ganz so kompliziert. Ich kann Ihnen ja mal, wenn Sie möchten, kurz berichten, wie Cole da vorgegangen ist, und man muß wirklich keinen Doktortitel in Volkswirtschaft haben, um das zu verstehen.«

Sie sah ihn gespannt an. »Ich bitte sogar darum.«

»Im Grunde genommen hat Cole damit die Konkurrenz aus dem Felde geschlagen, daß er mehr Geld und Zeit ins Spiel gebracht hat. Wenn andere Unternehmen beschließen, eine Firma zu übernehmen, wägen sie sorgfältig den Wert dieser Erwerbung gegen ihre Aufwendungen an Zeit und Geld ab. Wenn die Aufwendungen den gesteckten Rahmen übersteigen, zieht das Unternehmen sich zurück und versucht, seine Kosten zu minimieren. So wird das überall auf der Welt gehandhabt, und so treten auch Coles Konkurrenten auf.

Während die Übernahmeschlacht in vollem Gange ist, rechnen diese Unternehmen immer wieder aus, wieviel sie das bis jetzt alles gekostet hat und ob der zu erwartende Zugewinn diese Kosten noch übertrifft. Und gleichzeitig versuchen sie, den nächsten Zug der Mitbewerber aufgrund ihrer Bilanz von Kosten und Zugewinn vorauszuberechnen.

Unser Boß geht ganz anders vor. Wenn er eine Firma unbedingt haben will, hört er nicht auf, bis sie sich in seinem Besitz befindet – ganz gleich, wie hoch seine Kosten ausfallen. Seine Gegner scheinen das langsam begriffen zu haben, und deswegen fürchten sie ihn noch mehr als früher. Wenn Cole heute bekanntgibt, die Firma XY zu erwerben, zieht der Großteil der Konkurrenz sich freiwillig zurück und überläßt ihm den Laden. Denn sie wissen genau, was ein Wettstreit mit ihm sie kosten würde.

Kurz gesagt, das ist Coles schärfstes Schwert, und weil er es so ausgezeichnet zu führen versteht, bekommt er in der Regel auch das, was er will.«

»Wie war das denn nun bei Erie Plastics? Dieser Übernahme verdankt er doch seinen legendären Ruf.«

Corbin nickte. »Nun, bei dieser Firma gab es fünf Unternehmen, die Erie Plastics umworben haben. Wir waren übrigens die ersten, die ihr Interesse bekundet hatten. Eries Vorstand hatte unserem großzügigen Angebot bereits prinzipiell zugestimmt. Doch als dann die Mitbewerber auf den Plan traten, kam dem Vorstand die Idee, uns gegeneinander auszuspielen und so die Summe kräftig zu erhöhen.

Die Kaufsumme und die Konzessionen, die Erie verlangte, wuchsen in solche Höhen, daß drei kleinere Bewerber das Handtuch warfen. Damit blieben nur noch Intercorp und Unified im Rennen. Doch zu der Zeit trat eine andere Plastikfirma mit einem günstigen Übernahmeangebot an Intercorp heran. Dieses Unternehmen gefiel Intercorp besser als Erie, und damit stieg man ebenfalls aus dem Wettstreit aus.

So war nur noch Unified übrig. Noch am selben Tag, an dem Intercorp seinen Ausstieg bekanntgegeben hatte, schlug Cole zurück und bot Erie eine Summe, die deutlich unter seinem ursprünglichen Angebot lag. Die Firma beschwerte sich und gab überall an der Wall Street bekannt, was für ein mieses Spiel wir betreiben würden. Erie konnte damit zwar einiges an Mitgefühl gewinnen, aber keinen neuen Bewerber. Firmenübernahmen sind nämlich kein Kinderspiel und wollen mit großem Aufwand betrieben werden. Außerdem stand Cole ja noch im Ring – wie ein Schwergewichts-Champion mit erhobenen Fäusten, bereit, den nächsten k.o. zu schlagen, der seine Finger nach Erie ausstreckte.

Tja, und das war's dann auch schon. Unified erhielt eine Plastikfirma für den Bruchteil ihres Wertes, und Cole erhielt eine Menge negativer Presse und machte sich noch mehr Feinde.«

»Gegen seine Feinde kann ich nur wenig unternehmen«, sagte Gloria, »aber ich bin fest entschlossen, an den Public Relations einiges zu verbessern.«

»Unser Boß schert sich nicht darum, wie groß die Zahl seiner Feinde anwächst. Ihn interessieren nur Unified und der Sieg. Und genau darauf wollte ich gerade eben hinaus: Cole Harrison hätte jeden Preis bezahlt, ganz gleich wie hoch, um Erie Plastics seinem Firmenimperium einzuverleiben. In einem solchen Spiel zu siegen ist ihm genauso wichtig wie der Gegenstand, hinter dem er her ist. Vielleicht sogar noch wichtiger.«

»Eine so eingeschränkte Sichtweise erwartet man eigentlich eher bei einem Versager als bei einem unglaublich erfolgreichen Geschäftsmann.«

»Damit hätten Sie natürlich vollkommen recht, wenn Cole nicht neben seiner erstaunlichen Hartnäckigkeit noch über eine zweite besondere Gabe verfügte«, antwortete Rowse und goß sich an der eingebauten Bar ein Glas Scotch ein.

»Und was für eine bemerkenswerte Gabe soll das sein?«

»Die der Voraussicht«, erklärte der Mann. »Unser Boß sieht gewisse Dinge voraus – Trends, Wechsel im Konsumentenverhalten, neue Bedürfnisse – und vermag daraus

Kapital zu schlagen, lange bevor die Konkurrenz dahintergekommen ist.«

»Sie hören sich nicht so an, als würden Sie ihn dafür bewundern«, bemerkte Gloria ein wenig verwirrt.

»Ich bewundere aufrichtig seine Talente, aber nicht den Menschen Cole Harrison«, erklärte Rowse in aller Offenheit. »Was immer ihn angeht, erledigt er mit einer Art kompliziertem Plan, den nur er allein kennt. Damit treibt er alle Wall-Street-Analytiker in den Wahnsinn. Die scheitern nämlich regelmäßig daran, seine Manöverzüge einzuschätzen und seine Vorhaben zu ergründen. Und der Vollständigkeit halber sei hinzugefügt, daß er uns alle verrückt macht, weil wir nie wissen, was ihm jetzt schon wieder durch den Kopf gehen mag.«

»Hört sich nach einem interessanten Mann an«, bemerkte Gloria und zuckte gleich wegen ihrer abweichenden Meinung entschuldigend die Achseln.

»Wie kommen Sie darauf, daß Cole ein Mann ist?« entgegnete Rowse spöttisch. »Meiner Meinung nach haben wir in ihm einen mannshohen Roboter, versehen mit künstlicher Intelligenz und einem achttausend Dollar teuren Anzug vor uns.«

Als die beiden anderen lachten, mußte er auch grinsen. »Sie mögen das amüsant finden, aber ich habe Beweise gesammelt, die meine Theorie untermauern. Cole Harrison spielt weder Tennis noch Golf. Er interessiert sich für überhaupt keine Sportart, und er besitzt keinerlei Privatleben. Falls er wirklich einen Freund haben sollte, so hat den noch niemand zu sehen bekommen. Seine frühere Sekretärin hat mir erzählt, wenn er überhaupt Privatanrufe erhalte, dann nur und ausschließlich von Frauen.« Rowse warf Gloria einen leicht vorwurfsvollen Blick zu. »Alle Frauen scheinen ihn nämlich interessant zu finden.«

»Damit hast du deine Robotertheorie gerade selbst abgeschossen, Dick«, grinste Corbin.

»Das ist nicht gesagt«, entgegnete Rowse. »Wir wissen doch gar nicht, wozu die neueste Robotertechnologie imstande ist. Womöglich ist man schon in der Lage, einen männlichen Roboter herzustellen, der mit allem ausgestattet ist …«

»Ich unterbreche diese wirklich lehrreiche Diskussion nur ungern«, log Gloria und stellte ihr Glas auf den Tisch zurück, »aber ich habe hier einen Job zu erledigen, und den sollte ich jetzt besser angehen. Mr. Harrison mag sich nicht um sein öffentliches Image kümmern, aber sein Ansehen draußen im Lande ist leider auch mit dem seiner Firma verknüpft. Und wir werden dafür bezahlt, beides zu verbessern. Da er heute gerade im Hause weilt, sollten wir ihn dazu überreden, eine Pressekonferenz zum Cushman-Deal abzuhalten.«

»Das können Sie gleich wieder vergessen«, winkte Rowse ab, »ich habe es schon versucht.«

»Dann wollen wir ihm gemeinsam auf den Pelz rükken. Wäre doch gelacht, wenn wir beide seine ›supergute Stimmung‹ nicht ausnutzen könnten.«

»Mich hat er vorhin schon vor versammelter Mannschaft abgekanzelt. Aber lassen Sie sich nicht davon abhalten, vielleicht haben Sie ja Anfängerglück. Obwohl ich nicht weiß, ob Sie überhaupt zu ihm vordringen können.«

In Coles Büro zu gelangen war gar nicht einmal so schwer. Viel schwieriger erwies es sich, seine Aufmerksamkeit zu erringen, erkannte Gloria, kaum daß sie Zutritt zum Allerheiligsten erhalten hatte. Erst einmal blieb ihr nichts anderes übrig, als stumm die Einrichtung aus Glas und Chrom, aus silbergrauem Teppichboden und burgunderrotem Mobiliar in sich aufzunehmen.

Dann saß sie weitere zehn Minuten vor seinem Schreibtisch und versuchte, ihn davon zu überzeugen, eine Pressekonferenz zu geben. Cole unterzeichnete derweil Dokumente, besprach etwas mit seiner Sekretärin, führte Telefonate und ignorierte Gloria ansonsten vollkommen.

Unvermittelt fiel dann sein Blick auf die junge Frau.

»Was haben Sie gerade gesagt?« fragte er, als gebe er ihr den Befehl fortzufahren.

»Ich …« Gloria zuckte unter seinem kalten Blick zusammen und sammelte dann allen Mut: »Ich habe gerade versucht, Ihnen klarzumachen, daß eine Pressekonferenz zum jetzigen Zeitpunkt nicht nur als freundliche Geste, sondern als absolute Notwendigkeit angesehen werden muß. Die Medien stellen die Cushman-Übernahme bereits als ein Massaker dar. Die Verlierer haben sich schon beschwert, bevor die Schlacht überhaupt vorüber war.«

»Ich ziehe in die Schlacht, ich gewinne. Die andere Seite verliert. So einfach ist das.«

Gloria sah ihn direkt an und entschied sich zu einem Verzweiflungsschritt, der sie möglicherweise den Job kosten würde. »Nach Aussagen Ihrer Opponenten und nach Meinung vieler Wall-Street-Größen spielen Sie unnötig brutal und nehmen keine Gefangenen. Die Zeitungen malen ein Bild von Ihnen, das Sie als beutegierigen Wolf zeigt, der aus Sport, aber nicht aus Hunger tötet.«

»Ein sehr farbiges Bild, Miß Quigley«, entgegnete er mit schneidendem Spott.

»Das stammt nicht von mir«, erwiderte sie und fühlte sich unter seinem Tonfall immer unbehaglicher.

»Dann will ich Sie einmal über die Fakten aufklären: Cushman Electronics wurde vor sechzig Jahren von einem Genie gegründet. Aber seine Erben sind von einer Generation zur nächsten immer bequemer und geistig träger geworden. Die heutigen Nachfolger, die den Vorstand unter sich aufgeteilt haben, sind in Luxus und Reichtum aufgewachsen und durften die besten Schulen besuchen. Trotz des Umstands, daß sie ihre Firma den Bach haben hinuntergehen lassen und die Interessen ihrer Aktionäre sträflich vernachlässigten, sind sie immer noch so sehr von ihrer eigenen Unfehlbarkeit überzeugt, daß sie einfach nicht begreifen konnten, wie ihnen geschah.

Diese Leute sind fest davon ausgegangen, daß irgendein alter Herr aus ihrer Studentenverbindung als Rettungsengel erscheinen und ihnen die nötige Finanzspritze verpassen würde. Die wollten sie dann entweder unter sich aufteilen oder dazu benutzen, weitere Übernahmeversuche abzuwehren. Aber kein Retter in der Not ist erschienen, niemand hat sich für sie stark gemacht.

Statt dessen haben sie ihre Firma an mich verloren – einen Emporkömmling, der am falschen Ende der Gesellschaftshierarchie geboren wurde. Das demütigt diese Herren ungeheuer und beleidigt in ihren Augen allen Status und all ihre Kultur. Deswegen haben sie auch an der Wall Street Zeter und Mordio geschrien. Sie und ich haben uns nicht zu einem Teekränzchen zusammengefunden, sondern uns in einer harten Schlacht gegenübergestanden. In einer solchen gibt es aber nur Sieger und Verlierer, und die Cushmans haben sich als schlechte Verlierer erwiesen.«

Harrison sah sie an, als erwarte er, daß die junge Frau nun ihren Fehler einsehen und sich zurückziehen würde. Aber Gloria blieb sitzen und weigerte sich, ihm klein beizugeben.

»Nun?« fragte er ungeduldig

»Man kann eine Schlacht auch so führen, daß der Sieger danach nicht wie ein blutlüsterner Barbar aussieht. Und die Public Relations verstehen sich als Schlüssel zu einem positiveren Bild.«

Damit hatte sie allerdings recht, wie auch Cole sich eingestehen mußte, aber er war nicht in der Stimmung, das zuzugeben. Harrison hatte aus bescheidenen Anfängen ein Firmenimperium geschaffen, das sich aus durchgehend profitablen Unternehmen zusammensetzte. Dabei hatte er oft genug gegen selbstgefälligen Geldadel wie die Cushman-Brüder zu Felde ziehen müssen, und aus jeder Schlacht war er siegreich hervorgegangen. Dabei hatte sich in ihm die Überzeugung festgesetzt, daß diese Leute ihn am meisten dafür haßten, sich in ihren Reihen festzusetzen. Daß er ihnen dabei auch das eine oder andere abgenommen hatte, spielte nur eine zweitrangige Rolle. Der

Schaden, den er ihren Guthaben und Aktienpaketen zufügte, war schon ärgerlich genug, viel empörender empfanden sie, daß er ihrem Gefühl der Überlegenheit den Boden unter den Füßen entzogen hatte.

Rein persönlich empfand Cole die Verdrossenheit seiner Gegner eher zum Lachen, und es amüsierte ihn ebenso, daß er bei jeder Übernahmeschlacht als keulenschwingender Plünderer gebrandmarkt wurde, während seine Opfer in der Presse als die reinsten Unschuldslämmer erschienen und man seine Konkurrenten als edle Ritter auf stolzen Schimmeln darstellte.

In Wahrheit beschäftigten diese ›noblen Widersacher‹ scharenweise Anwälte, Buchprüfer und Finanzberater, die für sie die Drecksarbeit erledigten, während sie selbst höchstens hinter den Kulissen agierten. Wenn die Firma, denen ihr Begehren galt, dann am Boden lag und kaum mehr als symbolischen Widerstand leisten konnte, betraten sie offen das Schlachtfeld und ließen sich als Gentlemen feiern. Nach einem kurzen Scheingefecht erwiesen sie dann dem Gegner alle Ehren und stießen ihm ihr Schwert in den Leib, um dann das Schlachtfeld wieder zu verlassen und die schmutzigen Aufräumarbeiten wiederum ihren Anwälten und Buchhaltern zu überlassen.

Im Gegensatz zu diesen Vornehmtuern mußte Cole wie ein Berserker oder ein Straßenkämpfer erscheinen, der nur am Sieg interessiert war und nicht an seiner Reputation oder daran, Freunde zu gewinnen. Als Folge davon hatte er im Lauf der Jahre viele Feinde gesammelt, aber nur sehr wenige gefunden, die auf seiner Seite standen. Er galt allgemein als erbarmungslos, was sicher teilweise den Tatsachen entsprach, und als skrupellos, womit man ihm allerdings unrecht tat.

Doch gleich wie, nichts davon konnte ihn aufregen. Erbitterte lebenslängliche Feinde, ungerechtfertigte Angriffe in den Medien und der Ruf eines unbarmherzigen, raffgierigen Ekels erschienen ihm als der Preis, den man eben für den Erfolg entrichten mußte. Cole bezahlte ihn, ohne mit der Wimper zu zucken. Damit glich er den anderen entschlossenen Visionären, denen es ähnlich wie ihm in den vergangenen beiden Jahrzehnten gelungen war, eine reiche Ernte einzufahren.

»Ende der Achtziger hat man Matt Farrell und Intercorp ähnlich beschimpft«, erinnerte er Gloria. »Und heute steht er als der Tausendsassa der Wall Street da.«

»Ja, das stimmt, rührt aber zu einem Gutteil von ausgezeichneter Publicity-Arbeit her. Zum Beispiel hat er unter spektakulären Umständen diese sehr beliebte Erbin geheiratet und es auch sonst verstanden, sich in der Öffentlichkeit ein positives Profil zu geben.«

Der Boß blickte an ihr vorbei zur Tür und nickte John Nederly zu, dem Chefbuchhalter seines Unternehmens. Der Mann trat ein, und Gloria spürte, daß ihre Zeit bei Cole für heute um war. Sie fühlte sich geschlagen und erhob sich.

»Wann möchten Sie diese Pressekonferenz denn einberaumen?«

Im ersten Moment glaubte sie, ihren Ohren nicht trauen zu dürfen. »Ich … sobald wie möglich. Wie wäre es mit morgen? Bis dahin können wir uns ausreichend vorbereiten.«

Er unterzeichnete gerade einige weitere Papiere, die seine Sekretärin ihm hereingereicht hatte, blickte jetzt aber auf und schüttelte den Kopf. »Geht nicht. Heute nacht fliege ich nach Los Angeles und bin erst am Mittwoch wieder da.«

»Na gut, dann eben Donnerstag?«

Cole spitzte die Lippen. »Donnerstag und Freitag halte ich mich in Jeffersonville auf – Familienangelegenheiten.«

»Und Samstag?« fragte sie leicht frustriert.

»Der paßt.«

Glorias stiller Triumphschrei wurde augenblicklich von der Sekretärin abgewürgt, die neben ihn trat, in seinem Terminkalender den Samstag aufschlug und auf eine handschriftliche Notiz hinwies.

»Ich fürchte, der Samstag ist ganz schlecht«, erklärte sie. »Da müssen Sie nach Houston.«

»Nach Houston? Was soll ich denn *da?*« Er klang irritiert, und die Vorstellung schien ihm nicht zu behagen.

»Den White Orchid Ball besuchen. Vor dem Ball findet eine Versteigerung statt, und dafür haben Sie die Klineman-Skulptur gestiftet. Man will Sie dort natürlich für eine so großzügige Spende ehren.«

»Schicken Sie jemand anderen hin.«

Gloria sprach sich dagegen aus, und alle sahen sie überrascht an. »Ich habe die Sache arrangiert. Der Klineman stellt das wertvollste Stück auf der Versteigerung dar.«

»Und auch das mit Abstand häßlichste«, erklärte Cole so ehrlich überzeugt, daß Gloria fast gekichert hätte.

»Warum haben Sie die Skulptur dann überhaupt gekauft?« fragte sie schon, ehe sie sich zurückhalten konnte.

»Man hat mir dazu geraten, Klineman sei eine Investition, und tatsächlich sind seine Arbeiten in den letzten fünf Jahren beträchtlich in ihrem Wert gestiegen. Leider gefällt die Skulptur mir deswegen keinen Deut besser. Soll jemand anderer nach Houston reisen und die Ehrung in meinem Namen entgegennehmen.«

»Nein, da werden Sie sich wohl persönlich hinbemühen müssen«, beharrte Gloria. »Als die PR-Abteilung Ihnen vorschlug, für die Auktion etwas zur Verfügung zu stellen, haben Sie sich zu einer sehr großzügigen Spende entschlossen. Der Erlös geht übrigens an die Amerikanische Krebsgesellschaft, und Sie können sich darauf verlassen, daß die Medien der ganzen Nation über den Ball berichten werden. Ich würde sagen, das Timing ist perfekt, um etwas für Ihr Image zu tun. Und wenn wir dann noch nächste Woche die Pressekonferenz geben …«

Harrison hörte mitten in seiner Unterschrift auf und starrte sie an. Aber auf die Schnelle fiel ihm kein Argument ein, mit dem er die Logik ihrer Ausführungen anfechten konnte. Und insgeheim war er auch froh darüber, wie entschlossen Gloria ihren Job anging und sich des fürstlichen Gehalts als würdig erwies – und das trotz seiner Unlust und mangelnden Kooperationsbereitschaft. »Gut«, entschied er deswegen kurz und knapp.

Damit war ihre Zeit endgültig vorüber, und sie verließ das Büro, blieb aber an der Tür stehen. »Die Medien werden den Cushman-Deal aufbauschen«, erklärte Gloria ihrem Boß. »Wenn Sie Gelegenheit haben, sich die Nachrichten anzusehen, würde ich die gern mit Ihnen durchsprechen, damit wir uns die geeignete Strategie für die Pressekonferenz zurechtlegen können.«

Als er ihr antwortete, hörte er sich an, als stünde er kurz davor, die Geduld mit ihr zu verlieren: »Ich schalte die Nachrichten beim Packen ein.«

Die Frau verließ endgültig den Raum, und Cole lehnte sich in seinem Sessel zurück. Der Chefbuchhalter grinste unmerklich und sagte, als die Tür sich hinter ihr geschlossen hatte: »Ziemlich hartnäckig, was?«

»Ja, kann man sagen.«

»Und sie hat tolle Beine.«

John kam nun auf sein eigentliches Anliegen zu sprechen. »Hier sind die Vollmachten, die Ihr Onkel für die Vorstandssitzung unterzeichnen soll.« Er legte seinem Chef ein paar Papiere auf die Glasplatte des Schreibtischs, die auf einem Gestell aus asymmetrisch zusammengefügten Chromröhren ruhte. John hatte diese Konstruktion immer schon an verbeultes Blechspielzeug erinnert.

Er räusperte sich, bevor er fortfuhr. »Cole, ich möchte hier nicht wie ein Unglücksbote erscheinen, aber Ihr Onkel sollte Ihnen wirklich seine Anteile am Unternehmen übertragen, statt jedesmal eine Vollmacht auszustellen. Ich weiß, daß Sie in seinem Testament als Alleinerbe seiner Anteile aufgeführt werden, aber glauben Sie mir, manchmal liege ich nachts schweißgebadet wach, während ich mir vorstelle, welche Katastrophe uns erwartet, wenn der gute Mann im Alter vielleicht senil oder ähnliches werden sollte und sich weigert, die Vollmacht auszustellen.«

Harrison sah ihn nur kurz an und steckte die Papiere in seinen Aktenkoffer. »Sie haben sich umsonst um den Schlaf gebracht.« Er drehte sich mit seinem Schreibtischsessel und sammelte die Dokumente ein, die er dort bereitgelegt hatte. »Cals Verstand ist noch immer so scharf wie eine Rasierklinge.«

»Das mag ja sein«, gab der Chefbuchhalter sich noch nicht geschlagen, »aber er ist schon über siebzig, und ältere Menschen lassen sich leicht dazu überreden, etwas Seltsames zu tun und damit großen Schaden anzurichten.

Erst im letzten Jahr hat eine Gruppe von Kleinaktionären einer Chemiefirma in Indiana beschlossen, einen Geschäftszusammenschluß zu blockieren, den der Vorstand durchsetzen wollte. Diese Leute haben sich an eine Rentnerin in Kalifornien gewandt, die von ihrem Mann ein dikkes Aktienpaket dieses Unternehmens geerbt hatte, und ihr eingeredet, wenn der Vorstand seinen Willen bekäme, würden ihre Anteile nur noch einen Bruchteil wert sein und sie verlöre einen Haufen Geld. Als sie die ältere Dame auf ihre Seite gezogen hatten, sind die Opponenten mit ihr nach Indiana, wo sie dann gegen den Zusammenschluß votierte und damit die ganze Angelegenheit zum Scheitern brachte. Einige Wochen später hat die Witwe dann ihren Irrtum eingesehen und dem Vorstand einen Brief geschrieben, in dem sie erklärte, zu diesem Abstimmungsverhalten gezwungen worden zu sein.«

Cole starrte einen Moment auf die Ablage und drehte sich dann langsam zu seinem Buchhalter um. Aber statt nachdenklich geworden zu sein, grinste er ihn nur an und packte ungerührt weiter Akten ein.

Calvin Downing war sein Großonkel mütterlicherseits, und Cole stand ihm näher als jemals seinem leiblichen Vater. Daher wußte er, wie lachhaft Johns Befürchtungen waren. »Nach meinem besten Wissen und Gewissen ist es noch niemals jemandem gelungen, mich eingeschlossen, meinen Onkel von etwas zu überzeugen, das er nicht wollte. Auch Verlockungen oder Zwang fruchten bei ihm nichts. »Genausowenig kann man ihn auch an einem Vorhaben hindern, wenn er sich erst einmal dazu entschlossen hat.«

Als der Chefbuchhalter immer noch skeptisch dreinblickte, berichtete Harrison ihm von dem ersten Beispiel, das ihm in den Sinn kam: »Vor zehn Jahren habe ich wie mit Engelszungen auf ihn eingeredet, seine Ranch aufzugeben und nach Dallas zu ziehen. Kurzum, er hat sich beharrlich geweigert. Die folgenden fünf Jahre habe ich ihn dann davon zu überzeugen versucht, sich auf der Ranch ein schönes neues Haus zu bauen. Aber er meinte, das alte sei noch gut genug und ein neues nur Geldverschwendung.

Zu jener Zeit hatte er mindestens schon fünfzig Millionen auf der Bank, lebte aber immer noch in der zugigen Bude, in der er bereits das Licht der Welt erblickt hatte.

Vor zwei Jahren hat er sich entschlossen, seinen ersten richtigen Urlaub anzutreten. Es war übrigens auch sein letzter, viel zu teuer, wie Sie sich denken können. Sechs Wochen war der gute Mann fort, und in der Zeit habe ich einen Bauunternehmer beauftragt. Der rückte mit einer Armee von Zimmerleuten und anderen Handwerkern an und hat auf der Westseite der Ranch ein wunderschönes Anwesen errichtet.« Cole hatte alles in seiner Aktentasche verstaut und erhob sich. »Wissen Sie, wo Cal heute lebt?«

John hörte den ironischen Unterton heraus und gab daher die richtige Antwort: »Immer noch in der zugigen Bude?«

»Richtig.«

»Was treibt er denn so ganz allein in seinem Geburtshaus?«

»Na ja, so ganz allein ist er nicht. Schon seit Jahrzehnten lebt eine Haushälterin bei ihm, und er beschäftigt ein paar Rancharbeiter, die ihm zur Hand gehen. Und wie verbringt er seine Zeit? Nun, die eine Hälfte vom Tag streitet er sich mit den Arbeitern herum, weil sie nicht alles so tun, wie er sich das vorstellt, und die andere Hälfte liest er. Das war immer schon seine Lieblingsbeschäftigung. Er verschlingt tonnenweise Bücher.«

Diese letzte Auskunft paßte so gar nicht in das Bild, das der Buchhalter sich von dem Großonkel gemacht hatte. Als jemand, der von der Ostküste kam, hegte er natürlich einige Vorurteile gegen Texaner. »Was liest er denn?«

»Alles, was ihm in die Finger kommt. Wenn ihn ein Thema besonders interessiert, und davon hat es in seinem Leben eine Menge gegeben, besorgt er sich soviel wie möglich darüber. Solche ›Phasen‹ halten in der Regel drei oder vier Jahre an, und in der Zeit studiert er alles darüber, dessen er habhaft werden kann. Irgendwann hat er einmal ein besonderes Faible für Biografien über berühmte Feldherren und Kriegshelden entwickelt und dann über buchstäblich jeden gelesen, vom frühesten Altertum bis in unsere Zeit.

Danach war, glaube ich, Mythologie an der Reihe, gefolgt von Psychologie, Philosophie, Geschichte, Western und schließlich Krimis.«

Cole hielt einen Moment inne und notierte sich etwas in seinem Schreibtischkalender, ehe er fortfuhr: »Seit einem Jahr sind Magazine und Illustrierte seine große Leidenschaft. Er liest sie alle, vom *GO* über den *Playboy* bis zu *Ladies' Home Journal* und zur *Cosmopolitan.* Cal meint, diese Zeitschriften stellen die ehrlichste Wiedergabe des kollektiven Zustands dar, in dem sich unsere moderne Gesellschaft befindet.«

»Tatsächlich?« entgegnete John vorsichtig und hoffte, sich nichts von seinem Unbehagen über die exzentrischen und obsessiven Vorlieben sturer alter Millionäre anmerken zu lassen, die dummerweise über enorme Anteile an Unified Industries verfügten. Und die in einem Anfall von Altersstarrsinn wie ein Sturmwind in Unifieds komplexe Strukturen von Verträgen und Unterverträgen, Joint-ventures und begrenzten Partnerschaften fahren konnten. »Hat Ihr Onkel denn aus diesen Magazinen schon irgendwelche Lehren über den Zustand unserer Welt ziehen können?«

»Allerdings.« Cole lächelte ihn ironisch an, warf noch einen Blick auf seine Uhr und machte sich auf den Weg zur Tür. »Laut Cal hat meine Generation auf flagrante Weise alle Regeln und Gebote der Moral, der Menschenwürde und der Ethik gebrochen und sich darüber hinaus von der persönlichen Verantwortung verabschiedet. Des weiteren haben wir uns schuldig gemacht, eine Generation von Kindern heranzuziehen, die von diesen Regeln und Geboten nicht einmal eine Vorstellung hat. Kurz zusammengefaßt glaubt Cal, aus der Lektüre seiner Illustrierten schließen zu müssen, daß es mit Amerika drastisch abwärts geht. Genauso wie schon vor Zeiten die Zivilisationen der Griechen und der Römer, obwohl sie doch große Reiche aufgebaut hatten, schließlich an Wertemangel eingegangen sind. Damit wir uns nicht falsch verstehen, ich gebe hier nur die Worte meines Onkels wieder.«

John begleitete ihn zur Tür. Aber bevor Cole sein Büro verließ, drehte er sich zu dem Mann um und sagte: »Sie haben vollkommen recht. Cal sollte mir endlich seine Anteile überschreiben. Diese offene Flanke unseres Unternehmens hätte ich schon vor Jahren schließen müssen, aber aus einer Vielzahl von Gründen habe ich das immer vor mir hergeschoben. Ich sehe meinen Onkel diese Woche noch, und dann bespreche ich alle Fragen mit ihm.«

»Sie wollen Fragen mit ihm besprechen?« fragte der Buchhalter besorgt. »Meinen Sie denn, es treten Probleme auf?«

»Nein«, antwortete Harrison nur, denn er hatte nicht vor, einem Fremden die Rolle zu erklären, die Cal in seinem Leben gespielt hatte und immer noch spielte. Er konnte John auch nicht begreiflich machen, was er seinem Onkel schuldete und welche Liebe er für ihn empfand. Selbst wenn er das Bedürfnis verspürt hätte, darüber zu reden, wie sollte er einem Anwalt und Buchhalter nahebringen, daß allein sentimentale Gründe ihn bislang daran gehindert hatten, seinen Onkel aufzufordern, ihm das Aktienpaket zurückzugeben, das er ihm vor vierzehn Jahren überlassen hatte.

Zu jener Zeit war Unified Industries kaum mehr als ein vager und fantastischer Traum des jungen Mannes gewesen, aber Cal hatte seinen Vorstellungen und kühnen Visionen stets aufmerksam zugehört. Mehr noch, der Onkel hatte seinem Neffen geglaubt, diese Pläne eines Tages in die Realität umzusetzen, und ihm eine halbe Million Dollar als Startkapital geliehen. Diese Summe setzte sich zu einem großen Teil aus all seinen Profiten aus den Öl- und Gasfunden auf seinem Grund zusammen; die restlichen zweihunderttausend nahm er als Kredit bei einer Bank auf.

Cole hatte sich auf Grundlage dieser fünfhunderttausend eine dreiviertel Million Dollar bei einer Bank in Dallas besorgt und als Sicherheit die weiteren Einnahmen seines Onkels hinterlegt.

Ausgerüstet mit soviel Kapital, einem scharfen Verstand und jeder Menge Insiderkenntnissen, die er aus den Gesprächen mit Hayward und den Millionären, die bei ihm verkehrten, gewonnen hatte, betrat der junge Mann die glatte Bühne der Wirtschaft und der Finanzen. Mit der eineinviertel Million wollte er in eine der risikoreichsten, gleichzeitig aber profitabelsten Branchen einsteigen – der Förderung von Öl und Gas.

Er erinnerte sich gut an die Firma, die zweimal vergeblich auf dem Boden seines Onkels gebohrt hatte, und beschloß, sich Anteile von dem zweiten Unternehmen zu besorgen, das schließlich fündig geworden war.

Southfield Exploration gehörte einem gewissen Alan Smith, der seine Firma mehr schlecht als recht führte. Dieser sehr von sich eingenommene dreiunddreißigjährige Mann, der sich selbst als ›Prospektor in der dritten Generation‹ bezeichnete, liebte nichts mehr, als dort auf Öl oder Gas zu stoßen, wo andere Unternehmen erfolglos geblieben waren.

Diese Herausforderung trieb Smith unablässig an. Es ging ihm mehr um das Adrenalin eines solchen Erfolgs als darum, große Profite zu machen und die sich vermehren zu lassen. Als Ergebnis dieser Einstellung, die ihn ständig neue Bohrungen angehen ließ, war seine Kapitaldecke recht dünn, und als Cole mit seiner Million bei ihm auftauchte, war er nur zu bereit, ihn als Partner bei sich aufzunehmen. Allerdings hatte Alan es nicht so eilig damit, seinem neuen Kompagnon die komplette finanzielle Kontrolle des Unternehmens zu überlassen. Doch Cole blieb hart wie Granit, und am Schluß hatte Smith keine andere Wahl.

Cal hatte seinem Neffen die fünfhunderttausend Dollar als eine Art Gefälligkeitskredit überlassen, aber das wollte Coles Stolz nicht zulassen. So bestand er darauf, ihm die Summe nicht nur zurückzuzahlen, sondern ihn auch als gleichberechtigten Partner zu behandeln, und ließ von einem Anwalt entsprechende Verträge aufsetzen.

In den folgenden drei Jahren gelangen Smith mehrere vielversprechende Treffer, und er stritt sich immer häufiger mit Cole, der ihm schlichtweg untersagte, sein Unternehmen wie vorher in zu vielen Projekten zu verzetteln, mochten die Objekte auch noch so vielversprechend erscheinen. Als die beiden dann irgendwann überhaupt nicht mehr miteinander klarkommen konnten, ließ Cole sich von Alan mit fünf Millionen auszahlen, und die beiden gingen im Frieden auseinander.

Mit der Zustimmung seines Onkels setzte Cole diese Summe für den Kauf von drei sorgfältig ausgewählten, kleineren Fabriken ein. Er versorgte jede dieser Firmen mit einem neuen Management und neuen Maschinen, schrieb für alle drei den Kundenservice groß und hob durch verschiedene Maßnahmen die Moral der Handelsvertreter. Sobald eines dieser Unternehmen eine hervorragende Bilanz vorweisen konnte, verkaufte er es.

Während seiner Freizeit studierte Cole den Aktienmarkt und analysierte die Philosophien erfolgreicher Broker und Anleger. Dabei gewann er die Erkenntnis, daß die Meinungen der Experten radikal voneinander abwichen und sie sich oft genug nicht einmal in einem Punkt einig waren. So gelangte er zu dem Schluß, daß Glück und das richtige Timing für dieses Geschäft mindestens ebenso wichtig waren wie Erfahrung und gründliche Berechnungen – vielleicht sogar noch bedeutender.

Da Cole sich bislang auf sein Glück und sein Gespür für Timing verlassen konnte, glaubte er, sich auf dem Gebiet der Großinvestitionen versuchen zu dürfen.

Nach drei Jahren hatte er aus den fünf Millionen, mit denen Smith ihn herausgekauft hatte, fünfundsechzig Millionen gemacht. Während dieser Zeit hatte sein Partner Cal ihm nur eine einzige Bedingung gestellt: Er sollte Travis Jerrold, seinen anderen Neffen, in einem seiner Unternehmen unterbringen.

Travis war fünf Jahre älter als Cole, wohnte in einer Kleinstadt am anderen Ende von Texas und war dort in einer Werkzeugfabrik beschäftigt, die sich nicht mehr lange halten würde. Travis besaß einen College-Abschluß, hatte eine nette Frau, Elaine, die Cole sehr sympathisch war, und zwei mißratene Kinder, Donna Jean und Ted, die Cole überhaupt nicht mochte. Er hatte Travis zwar erst einmal gesehen, und das war auch schon viele Jahre her, aber ihm gefiel der Gedanke, daß sein Cousin als Familienmitglied eine gewisse Loyalität mitbringen würde. Und so erklärte er sich mit Cals Bedingung einverstanden.

Entgegen der Meinung aller Experten kaufte er sich in eine kleine Firma mit Namen Hancock ein und verbesserte dort gleich die Produktpalette. Darüber hinaus verdreifachte er die Anzahl der Handelsvertreter, brachte die Qualitätskontrolle auf den neuesten Standard und gab ein Vermögen für eine dauerhafte Werbekampagne aus. Binnen zweier Jahre wurden Hancock-Computer überall im Land im Einzelhandel verkauft und hatten sich dank ihrer Zuverlässigkeit und leichten Bedienung einen guten Namen gemacht. Als das alles erledigt war und der Laden lief, setzte Cole Travis als neuen Präsidenten von Hancock ein und ließ ihm weitgehend freie Hand. Seine Frau Elaine brach daraufhin vor Dankbarkeit in Tränen aus, und sein Cousin erlitt einen Nervenzusammenbruch.

Travis erwies sich als guter Griff für das ›Familienunternehmen‹. Wo es ihm an Fantasie mangelte, machte er es durch Loyalität, Entschlossenheit und strikte Befolgung aller Anweisungen seines Cousins wett. Als Cole vier Jahre später die Entwicklungs- und Forschungsabteilung von Unified schuf, stellte er Travis dort als Leiter ein.

Kapitel 11

»Ich bin ein großer Fan von Ihnen, Miß Foster«, sagte die Kosmetikerin in der Maske von CNN, als sie Dianas glänzendes schulterlanges Haar langsam und gleichmäßig bürstete. »Meine Mutter, meine Schwester und ich lesen alle Ihr Magazin von der ersten bis zur letzten Seite, und das Monat für Monat.«

Die Maske bei CNN unterschied sich bis auf ihre Größe kaum von der anderer Fernsehsender: Zwei lange Tische zogen sich an den Wänden des schmalen Raums entlang, an denen im Abstand von knapp zwei Metern Stühle aufgestellt waren, und darüber waren hell bestrahlte Spiegel angebracht. Vor jedem Stuhl hatte man ganze Batterien von Fläschchen, Dosen, Lippenstiften, Eyelinern, Lidschatten, Bürsten, Pinseln und Kämmen aufgebaut.

Manchmal waren alle Plätze mit Sendergästen besetzt, die für ihren Auftritt geschminkt wurden. Aber heute nachmittag hatte man nur Diana zu einem Interview eingeladen, und die Maskenbildnerin an ihrer Seite sprühte vor Begeisterung.

»Zum Geburtstag meiner Schwester haben wir das Rezept Ihrer Großmutter für einen Vanillepuddingkuchen ausprobiert. Den haben wir mit frischen, glasierten Blaubeeren belegt, ganz so wie bei der Abbildung in Ihrem Magazin. Den Tisch haben wir dann mit Unmengen von Pfingstrosen dekoriert, und das Geschenkpapier haben wir mit Aufklebern in Form dieser Blumen verziert. Auf meinem Geschenk waren es goldene, und meine Mutter hat silberne genommen. Beide sahen wirklich wunderhübsch aus.«

»Freut mich zu hören.« Diana lächelte ihr abwesend zu, ohne von der Lektüre der dringenden Memos abzulassen, die im Lauf des Vormittags im Fax in ihrem Hotelzimmer angekommen waren.

»Meine Mutter hat Dad endlich dazu bringen können, den kleinen Trick Ihres Großvaters anzuwenden, mit dem man besonders große und saftige Erdbeeren ziehen kann, und es sind tatsächlich Riesendinger geworden! Und wie die erst geschmeckt haben! Als mein Vater die Abbildung in Ihrem Magazin zuerst sah, meinte er, das hätten Sie mit Trickfotografie so hinbekommen, und wahrscheinlich handele es sich bei den Erdbeeren um entsprechend präparierte Äpfel. Aber hat der vielleicht gestaunt, als dann tatsächlich die Riesenerdbeeren dabei herausgekommen sind! Jetzt hat er vor, eine Kompostkiste zu bauen, wie Ihr Großvater es im Magazin demonstriert hat. Und seitdem liest mein Dad *Foster's Beautiful Living* genauso begeistert wie wir!«

Diana spürte, daß es wieder an der Zeit wurde, darauf zu reagieren, und lächelte der jungen Frau ein weiteres Mal zu, ehe sie sich an die zweite Seite des Fax vom Büro der Foster Enterprises in Houston machte. Diese freundliche Geste war alles, was die Maskenbildnerin brauchte, um sich zum Weiterreden bewegen zu lassen.

»Praktisch jeder, den ich kenne, liest Ihr Magazin. Wir sind ganz wild auf die vielen Ideen, die Sie darin ausbreiten, und die Fotos, die Ihre Schwester macht, sind einfach großartig. Und wie Ihre Mutter über Sie alle schreibt, da bekommt man gleich das Gefühl, die ganze Familie zu kennen. Als Corey ihre Zwillinge bekam, haben wir uns gleich zusammengesetzt und diese süßen Stiefelchen für sie genäht. Sie wissen doch, die Schühchen, die wie Laufschuhe aussehen. Ich hoffe, Ihre Schwester hat sie auch erhalten.«

Diana hob den Kopf und lächelte zum drittenmal. »Da bin ich mir ganz sicher.«

Die Kosmetikerin trug eine dünne Schicht Rouge auf die hohen Wangenknochen der Frau auf und trat dann einen Schritt zurück. »So, fertig«, erklärte sie mit leisem Bedauern. »Im wirklichen Leben sehen Sie noch hübscher aus als auf dem Cover Ihres Magazins.«

»Vielen Dank«, sagte Diana, legte die Faxe beiseite und schaute zu der Maskenbildnerin.

»Ihnen bleiben noch zehn Minuten, dann kommt man Sie abholen und führt Sie ins Studio.«

Als die Frau gegangen war, sah Diana Cindy Bertrillo an, die PR-Chefin ihres Blattes. Cindy hatte sie hierher nach Atlanta, dem Sitz von CNN, begleitet und die ganze Zeit danebengesessen, während Diana für das Interview geschminkt worden war.

»Gibt's noch mehr Faxe?« fragte Diana, während sie knappe Instruktionen auf zwei der Memos schrieb und sie Cindy reichte, damit sie nach der Rückkehr ins Hotel nach Houston übermittelt wurden.

»Nein, das war alles«, antwortete die PR-Chefin. Mit ihrem kurzgeschnittenen schwarzen Haar, der übergroßen Brille und ihren raschen, energiegeladenen Bewegungen wirkte die zweiunddreißigjährige PR-Managerin wie jemand, der ständig nach Verbesserungen und Neuerungen für das *Foster's* Ausschau hielt. Ein Eindruck, der durchaus den Tatsachen entsprach.

Diana warf einen Blick auf ihre Uhr und verzog das Gesicht. »Ich hasse Interviews. Sie halten mich immer viel zu lange von der Arbeit ab. Morgen erwarten mich sechs Meetings, die Buchhaltung will mit mir die Kostenaufwendungen für das nächste Quartal durchgehen, und ich muß mit dem Verlag den Vertrag für das neue Buch über die Couchtische unter Dach und Fach bringen. Wegen dieses blöden Interviews hänge ich mit allem zurück.«

Cindy kannte sich mit Dianas selbstmörderischem Terminplan aus. Mit ihren einunddreißig Jahren hatte ihre Chefin es zu mehr als bloß einer erfolgreichen Geschäftsfrau gebracht. Sie wurde überall gefeiert und galt vielen als Idol, auch wenn ihr das nicht recht war. Diesen sensationellen Erfolg hatte sie nicht nur ihrem fotogenen Aussehen zu verdanken, sondern auch ihrer bemerkenswerten Fähigkeit, nach außen hin stets ruhig und überlegt zu wirken, selbst wenn rings um sie herum das Chaos ausgebrochen war und ihre Nerven eigentlich blank liegen mußten.

Entgegen Dianas Wunsch, ungestört zu bleiben und sich nur um ihre Arbeit zu kümmern, war sie dank ihrer klassischen Züge und ihrer natürlichen Eleganz zu einem gesuchten Objekt für Journalisten und Fotografen geworden, und die Talk-Shows im Fernsehen rissen sich um sie.

Cindy lächelte mitfühlend, während sie das von sich gab, was sie in solchen Situationen immer zu sagen pflegte: »Ich weiß, aber die Fernsehkameras lieben Sie, und Interviews helfen sehr, die Auflage zu steigern.« Sie legte den Kopf schief, um zu überprüfen, wie der butterblumengelbe Anzug Dianas zu ihrem kastanienroten Haar und den grünen Augen paßte, und kam zu dem Schluß: »Sie sehen wirklich großartig aus.«

Ihre Chefin verdrehte die Augen und ging nicht weiter auf das Kompliment ein. »Versuchen Sie bitte, Großmutter und Mom stärker bei den Interviews einzusetzen, meinetwegen auch Großvater, damit ich nicht mehr so oft ran muß. Omi und Mom stellen doch eigentlich das Foster-Ideal dar. Sie sind die Seele und der Geist unseres Konzepts, und tatsächlich kann man sagen, sie leben das Magazin.

Auch Corey sollte öfter ins Fernsehen. Schließlich schießt sie die ganzen Bilder. Dank ihres Talents sieht unsere Zeitschrift doch erst so großartig aus. Ich bin nicht mehr als die Galionsfigur. Na gut, ich kümmere mich um die Buchhaltung und so weiter, aber wenn ich irgendwo bei einem Interview sitze, komme ich mir immer total fehl am Platz vor. Davon abgesehen fehlt mir einfach die Zeit dazu.«

Als Diana sich endlich alles von der Seele geredet hatte, entgegnete die PR-Chefin freundlich, aber bestimmt: »Die Medien verlangen aber nach Ihnen, Diana. Außerdem …«, sie seufzte und setzte ein unglückliches Lächeln auf, »außerdem können wir Ihre Großmutter kaum noch bei Live-Sendungen einsetzen. Im Alter wird sie immer direkter und nimmt kein Blatt mehr vor den Mund. Ich habe Ihnen das noch gar nicht erzählt, aber letzten Monat hat man sie in einer CBS-Talk-Show in Dallas gebeten, die Unterschiede zwischen *Foster's Beautiful Living* und unserem größten Konkurrenten, *New Style,* darzulegen.«

Cindy wartete mit hochgezogenen Brauen und der Andeutung eines Grienens darauf, daß die Neugier ihrer Chefin geweckt wurde. Diana schwante nichts Gutes, als sie die verräterische Miene ihres Gegenübers sah. »Was hat Omi denn darauf geantwortet?«

»Sie meinte, als sie einmal die Angaben in *New Style* zum Bemalen einer Lampe befolgt habe, hätte sie beinahe das ganze Haus in Brand gesteckt.«

Diana blieb vor Entsetzen das Lachen im Halse stekken.

»Und dann hat sie noch gesagt, der Putz an ihren Wänden sei leckerer als der Hochzeitskuchen von dem Blatt.«

»Großer Gott!« stöhnte Diana, mußte dann aber doch kichern.

»Wenn das Interview live gesendet worden wäre, hätten die offenen Worte Ihrer Großmutter uns eine fette Klage eingebracht«, erklärte Cindy und war wieder ernst. »So mußte ich mich dem Interviewer zu Füßen werfen und ihn anflehen, diese Passage nicht in der Aufzeichnung zu verwenden.« Sie beugte sich vor und fuhr in Verschwörermiene fort: »Er hat sich schließlich erweichen lassen, aber wenn ich das nächstemal in Dallas bin, muß ich mit ihm ins Bett.«

»Das hört sich fair an«, entgegnete Diana, konnte ihre ernste Miene aber nur eine Sekunde lang aufrechterhalten, ehe sie beide in lautes Gelächter ausbrachen.

»Omi sagt so etwas nicht aus Boshaftigkeit«, erklärte Diana danach. »Sie ist nur zu dem Schluß gekommen, daß sie in ihrem Alter nicht mehr ihre Zeit mit höflichen Lügen verschwenden kann, oder so ähnlich jedenfalls.«

»Ja, das hat sie mir in Dallas auch gesagt. Aber gut, ich kümmere mich darum, daß Ihre Mutter und Corey verstärkt Shows wahrnehmen. Und wenn möglich lasse ich auch Ihre Großeltern zum Zuge kommen. Vor allem TV-Specials schweben mir da vor, wo sie ihre wunderbaren Dinge vorführen können. Diese Sendungen sind immer ein Hit. Aber sobald es um Talk-Shows oder richtige Interviews geht, kann ich Sie nicht ganz aussparen. Schließlich will das Publikum gerade Sie sehen.«

»Können Sie nicht irgend etwas zuwege bringen, damit die Menschen im Lande ihre Meinung ändern?«

»Lassen Sie eine Gesichtstransplantation an sich vornehmen, dann wäre mir das vielleicht möglich«, grinste die PR-Verantwortliche. »Machen Sie sich häßlich, werden Sie fett, geben Sie sich im Fernsehen zickig, arrogant oder von oben herab. Das Publikum bemerkt so etwas sofort, und dann geht es mit Ihrer Popularität rasch den Bach hinunter, allerdings auch mit Ihrem Magazin.«

»Vielen Dank, Sie sind mir wieder einmal eine große Hilfe.«

»Was kann ich denn dafür, wenn man Sie wie eine Ikone verehrt? Habe ich vielleicht etwas damit zu tun, daß man Sie für Amerikas oberste Haus- und Garten-Göttin hält?«

Diana verzog das Gesicht, weil Cindy den Ausdruck zitiert hatte, den ein CBS-Talkmaster letztes Jahr bei einem Interview mit der Magazinherausgeberin geprägt hatte. »Erzählen Sie bloß keinem, daß ich seit zwei Jahren nicht mehr dazu gekommen bin, zu Hause eine richtige Mahlzeit zu kochen. Oder daß ich einen Innenarchitekten beauftragt habe, mein Apartment neu einzurichten, weil mir einfach die Zeit dazu fehlte.«

»Selbst unter der Folter würde ich kein Wort davon preisgeben«, scherzte Cindy, wurde dann aber wieder ernst und hockte sich vor ihr auf die Tischkante. »Hören Sie, Diana, darüber haben Sie in den letzten Monaten häufiger dumme Bemerkungen gemacht, und davon werde ich langsam nervös. Als Sie mit dem Magazin angefangen haben, kamen Sie mit etwas wirklich Neuem auf den Markt, und der Erfolg hat sich fast von selbst eingestellt.

Leider hat sich das in den letzten beiden Jahren dramatisch verändert. Ich muß Ihnen sicher nicht erzählen, wie groß und stark die Konkurrenz geworden ist und daß große Häuser mit viel Geld im Rücken uns den Erfolg madig machen wollen. Und Sie können sich selbst denken, wie weit die andere Seite gehen würde, um *Foster's Beautiful Living* von seiner Spitzenposition zu verdrängen. Eine ganze Reihe bedeutender Verlage sind damit beschäftigt, ihre eigenen Magazine auf dem Markt durchzusetzen und ihre eigenen ›Ikonen‹ aufzubauen.

Wenn die Konkurrenz auch nur einen Schwachpunkt an Ihnen entdeckt, werden sie den unverzüglich über alle Medien verbreiten, um so das Foster-Ideal anzukratzen. Ganz gleich wie erfindungsreich und talentiert Ihre Mutter und Ihre Großmutter sein mögen, und gar nicht erst zu reden von der Arbeit der vielen Helfer und Assistenten, Sie stehen im Mittelpunkt, und für die Frauen Amerikas verkörpern Sie das Foster-Ideal.

Ich weiß, daß Sie sehr viel um die Ohren haben. Und mir ist auch klar, wie sehr es Sie nervt, daß Ihr Privatleben und Ihre Arbeit kaum noch voneinander zu unterscheiden sind. Aber solange Dan Penworth und Sie nicht geheiratet haben und in einem eigenen Haus leben, das voll von den schönen Dingen ist, die wir im Magazin vorgestellt haben, können Sie es sich nicht erlauben, auch nur den kleinsten Witz darüber fallenzulassen, wie selten Sie noch dazu kommen, selbst etwas im Haushalt zu erledigen.

Wenn die Konkurrenz davon Wind bekommt, zerreißt man Sie in der Luft und stellt Sie überall als Betrügerin hin.«

Diana warf den Kopf in den Nacken und rang darum, sich von ihrer Verärgerung über diese Worte nicht zu viel anmerken zu lassen. »Ich leite ein großes, expandierendes Unternehmen. Da bleibt mir keine Zeit, Tapetenmuster oder ähnliches zu entwerfen.«

Cindy erstarrte. Ihre Chefin schien den Tränen nahe zu sein. Zum erstenmal erkannte sie, daß Diana, die sonst stets wie die Verkörperung von Vitalität, Optimismus und Ruhe wirkte, kurz vor einem Zusammenbruch stand. Eigentlich kein Wunder, wenn man an die enorme Verantwortung dachte, die auf ihren Schultern lastete. Ihr Terminkalender war so randvoll, daß für ein Privatleben keine Zeit mehr vorhanden war.

Selbst ihren Verlobten ließ sie nun schon seit zwei Jahren auf die Hochzeit warten, die ganz im Zeichen des Foster-Ideals abgehalten werden sollte.

»Tut mir leid«, sagte Cindy mit einem bedauernden Lächeln. »Ich wollte Ihnen nicht zu nahe treten, ganz bestimmt nicht. Wissen Sie was, jetzt besorge ich Ihnen erst einmal einen Kaffee.«

»Ja, danke, das wäre sehr schön.«

Die PR-Chefin verließ die Maske und zog die Tür hinter sich zu. Diana drehte sich zur Wand und schaute in den Spiegel. Nach einem Moment schüttelte sie belustigt den Kopf, als sie an die Launen des Schicksals denken mußte. »Sag mir doch«, fragte sie ihr Spiegelbild, »was ist nur passiert, daß ein nettes Mädchen wie du so enden konnte?«

Die Frau im Spiegel reagierte darauf mit einem schiefen Grinsen; denn die Antwort lag auf der Hand. Nach dem unerwarteten Herzversagen ihres Vaters vor acht Jahren hatten die Umstände und die Verzweiflung sie dazu getrieben, sich dieser Herausforderung zu stellen und die Risiken auf sich zu nehmen, um die Familie zusammenhalten zu können. Viel Glück und das richtige Produkt zur rechten Zeit hatten die Familie weitergebracht, als sie es sich je erträumt hatte. Das richtige Timing, das Glück und vielleicht ein wenig himmlischer Beistand von Robert Foster.

Nachdem ihr Vater begraben war, hatte sein Anwalt der Familie eröffnet, in welchem Zustand sich Roberts Vermögen zum Schluß befand. Endlos lange hatte er den trauernden Hinterbliebenen aufgezählt, wie die Situation auf dem Anleihenmarkt aussehe und welche fatalen Folgen die jüngste Baisse an der Börse gehabt habe ...

Diana war als einzige in der Lage gewesen, die Bedeutung hinter seinen Worten zu erfassen: Wenn alle Schulden ihres Vaters beglichen waren, blieb der Familie nichts mehr bis auf das Haus, in dem sie lebte. In dem verzweifelten Bemühen, alles aufrechtzuerhalten, war Diana auf die Idee verfallen, das in Houston allgemein anerkannte Gespür der Familienmitglieder für schöne Dinge in klingende Münze umzusetzen. Irgendwie gelang es ihr in diesen ersten Monaten, ein Konzept für ein Magazin zu erstellen und die Kredite zu erhalten, die sie für den Start benötigte. Und im Lauf der Zeit erwuchs aus der spielerischen Verbreitung des einzigartigen Lebensstils ihrer Familie ein Multimillionen-Dollar-Unternehmen.

Kapitel 12

Cole stand mit blankem Oberkörper vor dem Waschbekken aus grauem Marmor. Er hatte sich das Gesicht eingeseift und setzte den Rasierer an, während er den Fernsehnachrichten lauschte. In dem Arbeitszimmer neben seinem Schlafzimmer war ein Großbildschirmgerät in die Wand eingelassen worden.

Sein Koffer lag offen auf dem Bett und enthielt bereits alles, was er für seine Geschäftsreise nach Los Angeles benötigte. Michelle mixte ihnen beiden im Eßzimmer Drinks. Auf CNN kündete ein Sprecher gerade den nächsten Interviewpartner an:

»Vor einigen Jahren entwickelte Diana Foster ein Konzept, die ›Hobbies‹ ihrer Familie zu vermarkten. Daraus entstand nicht nur *Foster's Beautiful Living,* sondern auch ein bedeutendes Houstoner Unternehmen, das unter der Führung von Miß Foster auf mehreren Ebenen um sich greift, darunter Fernseh-Specials und die Herstellung und der Vertrieb von Haushaltsprodukten, darunter wohl am bekanntesten die biologisch abbaubaren Reinigungsmittel.«

Cole rieb sich mit einem Handtuch das Gesicht ab. Als er den Namen gehört hatte, hatte er sich noch nicht viel dabei gedacht, als dann aber auch noch der Begriff ›Houston‹ fiel, drehte er den Kopf zum Bildschirm. Nein, das konnte kein Zufall sein. Harrison trat direkt vor das Gerät und wischte sich dort die letzten Reste Rasierschaum ab.

Langsam entstand auf seinem Mund ein ebenso erfreutes wie ungläubiges Lächeln, als die Kamera eine Großaufnahme von Dianas schönem Gesicht zeigte.

Der Interviewer fuhr fort, sie seinen Zuschauern vorzustellen. »In den beiden vergangenen Jahren ist Miß Foster auf dem Cover solcher Blätter wie *People* oder *Working Woman* erschienen. Artikel über sie erschienen in fast allen großen Zeitungen, von der *New York Times* über den *Enquirer* bis zum *Star. Working Woman* stellte Diana als Musterbeispiel dafür vor, was eine weibliche Führungskraft leisten kann und sollte. Und *Cosmopolitan* stellte die Titelgeschichte unter die Überschrift: SCHÖNHEIT, VERSTAND UND BRAVOUR.«

Der Mann wandte sich jetzt an seinen Gast. »Miß Foster, ein Nachrichtensprecher betitelte sie einmal als die ›Hohepriesterin des häuslichen Wohlbehagens‹. Trifft das Ihrer Meinung nach zu?«

Diana lachte, und Cole erinnerte sich gleich wieder an diesen sanften, musikalischen Klang. Nach all den Jahren erfüllte ihn der Anblick ihrer bezaubernden Augen und ihres strahlenden Lächelns immer noch mit Wärme. »Natürlich fühle ich mich geschmeichelt«, antwortete sie. »Allerdings kann ich das Kompliment nicht annehmen. *Foster's Beautiful Living* ist ein Familienunternehmen, und alle haben daran ihren gehörigen Anteil. Ich selbst stelle nur eine von mehreren dar.«

»Sie waren zweiundzwanzig, als Sie beschlossen, das auf den Markt zu bringen, was bislang nur bei Ihnen in Houston als ebenso eigenwilliger wie bemerkenswerter Lebensstil Ihrer Familie bekannt war. Was hat Sie damals den Versuch wagen lassen? Vielleicht jugendlicher Optimismus? Oder wurde Ihnen manchmal schon ein wenig flau im Magen, wenn Sie an die Risiken dachten, ein vollkommen neues Projekt zu veröffentlichen?«

»Ich hatte damals nur vor einem Angst«, antwortete sie ganz ruhig. Cole mußte grinsen, weil er den unterschwelligen Humor in ihrer Stimme gut kannte. »Aber diese eine Furcht hat mich in den ersten beiden Jahren oft genug um den Schlaf gebracht.«

Der Interviewer fiel auf ihre ernste Miene herein. »Und was war das für eine Furcht?«

»Zu scheitern!« lachte sie. Ihr Gesprächspartner grinste immer noch, als sie fortfuhr: »Ich sollte an dieser Stelle wohl zugeben, daß der Reichtum meiner Familie teilweise von Banküberfällen und Viehdiebstählen herrührt. Bis Anfang dieses Jahrhunderts war der bekannteste unter meinen Vorfahren ein professioneller Spieler, der schließlich wegen Kartenbetrugs in einem Saloon in Fort Worth erschossen wurde.«

Harrison stand barfüßig vor dem Gerät, hatte die Hände in die Seiten gestemmt und griente vor sich hin. Diana hatte sich ihre Offenheit und ihren Witz bewahrt.

Michelle betrat mit einem Tablett voller Drinks und Horsd'œuvres das Arbeitszimmer. »Was ist denn so komisch?« wollte sie wissen, als sie das Tablett abgestellt hatte und sich die Falten aus ihrer Seidenhose strich.

Harrison schüttelte den Kopf, ohne den Blick von der Frau zu wenden, die er als Teenager kennengelernt hatte.

»Das ist doch Diana Foster«, entfuhr es Michelle. Sie stammte aus einer guten Familie in Dallas, die Geschäftsverbindungen nach Houston unterhielt. Als solche wußte sie, wer in den oberen Zehntausend beider Städte welche Leiche im Keller vergraben hatte. »Sie hat sich die Reputation ihrer Familie zunutze gemacht, sich einige Kredite besorgt und ein kleines Unternehmen gegründet, an dem ihre gesamte Verwandtschaft beteiligt ist. Niemand hätte das für möglich gehalten, aber daraus hat sich eine Riesenfirma entwickelt. Als die kleine Foster damit angefangen hat, haben viele nur mit dem Kopf geschüttelt. Aber mittlerweile hat sie eine Menge Konkurrenz bekommen und sich viele Feinde gemacht.«

Cole wollte sofort wissen, was sie damit meinte.

»Schatz, wir befinden uns hier in Texas, falls du das schon vergessen haben solltest. Hier funktioniert das ›Good Old Boys‹-Netzwerk noch. In Texas gilt ›Macho‹ immer noch als etwas Heiliges, und der Mythos von der männlichen Überlegenheit lebt in diesem Staat unverändert fort. Hier verwöhnen die Männer noch ihre Frauen und Töchter, sagen ihnen aber auf der anderen Seite auch immer noch, wo es langgeht. Von weiblichen Wesen erwartet man in Texas nicht, daß sie sich auf die eigenen Füße stellen. Und wenn es eine doch einmal versucht, dann nimmt man das duldsam hin, aber wehe, sie hat damit auch noch Riesenerfolg.«

Während Harrison noch darüber nachdachte, wie unbestreitbar recht sie damit hatte, fuhr Michelle schon mit den Fingern durch seine Brustbehaarung. »Diana Foster ist außerdem schön, unverheiratet und eine richtige Dame. Du kannst dir jetzt sicher vorstellen, daß meine Geschlechtsgenossinnen sie noch weniger leiden können als die hiesigen Machos.«

Cole sah auf ihre langgliedrigen, gepflegten Finger mit den zinnoberroten Nägeln hinab, die jetzt seine Brust massierten. »Schließt du dich da mit ein?« fragte er, auch wenn er sich sicher war, daß die Antwort ›nein‹ lauten würde. Michelle war mit ihren zweiunddreißig Jahren viel zu erfahren, zu intelligent und zu gebildet, um ihre Zeit damit zu vergeuden, eifersüchtig auf das Aussehen einer anderen Frau zu sein. Davon abgesehen hatte sie schon jemanden gefunden, der ihr dritter Ehemann werden sollte. Diana stellte also keine Gefahr für sie dar.

»Nein«, erklärte sie denn auch, hob den Kopf und sah ihm in die Augen, »aber ich würde keine zehn Sekunden meinen Platz mit dem ihren tauschen wollen. Nach einem Vater und zwei Ehemännern weiß ich, was es heißt, verwöhnt und bevormundet zu werden.«

Michelle war außerordentlich attraktiv, sehr direkt und im Bett eine wahre Wildkatze. Cole fühlte sich nicht nur sexuell und geistig von ihr angezogen, er mochte sie auch sehr gern. Er schloß seine Hände hinter ihrem Rücken und zog sie an sich. »Warum gehen wir nicht miteinander ins Bett, damit ich dich verwöhnen und dir zeigen kann, wo es langgeht?«

Sie schüttelte den Kopf, lächelte ihn aber verführerisch an.

»Na gut«, erklärte er mit heiserer Stimme, »dann laß uns ins Bett gehen, und du verwöhnst mich und zeigst mir, wo's langgeht.«

Michelle hatte sich noch nie die Gelegenheit entgehen lassen, mit ihm zu schlafen. Selbst unter schwierigsten Umständen war sie dazu bereit. So überraschte es ihn sehr, als sie auch jetzt den Kopf schüttelte und ihn fragte: »Warum heiratest du mich nicht lieber?«

Coles Miene änderte sich nicht, als er ›nein‹ flüsterte und rasch seine Lippen auf die ihren drückte, um jeden Protest zu ersticken.

»Ich könnte dir Kinder schenken«, brachte sie danach etwas atemlos hervor. »Weißt du, ich hätte sehr gern Kinder.«

Harrison zog sie noch fester an sich, entgegnete: »Ich

aber nicht, Michelle«, und küßte sie mit einer feurigen Leidenschaft, die im offenen Widerspruch zur Kälte seiner Worte lag.

Kapitel 13

Das Telefon am Empfang läutete, Tina Frederick hob gleich ab und meldete sich mit der freundlichen, lebhaften Stimme, die allen Mitarbeitern des Hauses eigen war und ihre Arbeitseinstellung wiedergab. *»Foster's Beautiful Living.«*

»Tina? Cindy Bertrillo hier. Ist Diana schon vom Lunch zurück?«

Die PR-Chefin hörte sich so angespannt und verzweifelt an, daß die Empfangsdame sich sofort umdrehte und in der Lobby Ausschau hielt. »Nein, sie ist wohl noch bei Tisch.«

»Sobald Diana hereinkommt, teilen Sie ihr unbedingt mit, daß ich mit ihr sprechen muß. Es ist wirklich wichtig!«

»Gut, das werde ich.«

»Tina, Sie sind die erste, der Diana begegnet, wenn sie das Haus betritt. Verlassen Sie also unter gar keinen Umständen Ihren Platz, solange Sie ihr die Nachricht nicht gegeben haben.«

»In Ordnung, ich bleibe hier.« Als Cindy aufgelegt hatte, fragte sich Tina, was denn so Dringendes anliegen mochte. Aber ganz egal, um was es sich handelte, Diana würde damit fertig werden und nicht gleich wie die PR-Chefin in Panik verfallen. Da war die junge Frau sich ganz sicher.

Alle zweihundertsechzig Angestellten von Foster's Enterprises im Houstoner Bürogebäude bewunderten den Humor und die Ruhe ihrer Chefin. Von der Poststelle bis hinauf zur Führungsetage rühmte man Dianas Höflichkeit und Respekt für jeden, der unter oder mit ihr arbeitete. Auch wenn sie unter Streß stand oder einen sehr langen Tag hinter sich hatte, vergaß sie nie, jeden ihrer Mitarbeiter mit einem freundlichen Lächeln oder ein paar aufmunternden Worten zu bedenken.

Deshalb fuhr Tina auch erschrocken von ihrem Sitz hoch, als Diana einige Minuten später durch die Drehtür stürmte, eine Zeitung unter dem Arm geklemmt hatte und, ohne innezuhalten, am Empfang vorbeimarschierte.

»Miß Foster ...«, rief Tina ihr hinterher, aber die Chefin sah nicht einmal in ihre Richtung.

Diana lief an den Schreibtischen der Sekretärinnen und an den Managementbüros entlang, ohne auch nur ein Wort oder einen Blick zu verlieren. Ihr Gesicht war leichenblaß und ungewöhnlich angespannt. Sie stürmte auch an der Art-Abteilung vorbei, ohne wie gewöhnlich ein paar nette Worte über die letzte oder die kommende Ausgabe zu verlieren, und blieb erst vor dem Fahrstuhl stehen. Als dessen Türen sich öffneten, stürzte sie geradezu hinein.

Sally, Dianas Sekretärin, sah, wie ihre Chefin aus dem Aufzug kam, und sammelte sofort alle telefonischen Nachrichten zusammen, weil die Herausgeberin die normalerweise stets sofort zu sehen wünschte.

Doch Diana lief an dem Schreibtisch vorbei, als sei er unsichtbar, und verschwand in ihrem Büro. Sally erhob sich und eilte ihr mit den Notizen hinterher. Dabei entdeckte sie, daß alle Sekretärinnen Blicke auf die Bürotür der Chefin warfen.

Sally ließ sich nicht abschrecken und folgte der Herausgeberin bis ins Büro, weil die Telefonzettel doch von einiger Wichtigkeit waren. »Mrs. Underwood hat wegen des White Orchid Ball angerufen«, las sie gleich die erste Nachricht laut vor. »Sie läßt ausrichten, die Halskette mit den Amethysten und Diamanten, die Sie bei der Auktion vorführen werden, sei wirklich spektakulär, und wenn Sie nicht unbedingt wollten, daß Dan Penworth sie für

Sie ersteigere, würde sie ihren Mann Paul schon dazu kriegen.«

Als keine Reaktion erfolgte, sah Sally Diana an. »Na ja, war wohl nicht ganz so dringend. Scheint sich um eine Art Scherz zu handeln.«

Die Sekretärin wartete, weil ihre Chefin normalerweise darüber gelächelt hatte, aber jetzt nickte Diana nur knapp. Dann schleuderte sie die Zeitung auf den Schreibtisch, zog die kirschrote Jacke ihres Business-Anzugs aus, hängte sie achtlos über die Rückenlehne ihres Schreibtischsessels und fragte mit gesenktem Kopf und angespannter Stimme: »Sonst noch Anrufe?«

»Ja. Der Brautsalon hat angerufen und mitgeteilt, daß einige traumhafte Modelle aus Paris eingetroffen seien, die Sie sich sicher gern ansehen würden.«

Die Herausgeberin schien zu versteinern. Dann fing sie sich wieder etwas und trat an die Glaswand mit ihrem weiten Ausblick auf die sonnige Skyline Houstons.

Sally wartete schweigend, während ihre Chefin die Arme vor der Brust kreuzte und sich die Arme rieb, als würde sie frieren. »Noch mehr?« fragte sie dann so leise, daß die Sekretärin etwas näher treten mußte.

»Ja, ein Anruf von Bert Peters. Es gibt da ein Problem mit den Foto-Layouts für die nächste Ausgabe. Das Team gebe aber sein Letztes. Er wollte nur, daß das heutige Produktions-Meeting von fünfzehn auf sechzehn Uhr verschoben wird.«

Dianas Stimme sank zu einem Flüstern herab. »Sagen Sie den Termin ab.«

»Absagen?« Sally glaubte, nicht richtig verstanden zu haben.

Diana schluckte. »Verlegen Sie das Meeting auf morgen früh, acht Uhr.« Nach kurzem Schweigen sagte sie: »Wenn meine Schwester sich noch im Haus aufhalten sollte, möchte sie bitte zu mir kommen.«

Die Sekretärin nickte und nahm den Hörer vom Telefon am Schreibtisch ab. Sie hatte eine ungefähre Ahnung, wo Corey zur Zeit sein würde. »Ihre Schwester ist unten in der Herstellung und hilft am Layout mit«, erklärte sie Dianas Rücken. »Bert meint, sie hätten jetzt eine Lösung gefunden.«

Sally gab nach unten durch, daß Corey zur Chefin heraufkommen solle, und legte dann auf. Besorgt betrachtete sie die reglose und starre Gestalt der Herausgeberin. Menschen, die Diana nicht gut kannten, ließen sich von ihrem frischen Aussehen, ihrer sanften Stimme und ihrer unaufdringlichen Eleganz normalerweise zu dem Fehlschluß verleiten, die junge Frau sei eine von den verwöhnten reichen Töchtern der vornehmen Gesellschaft, die den ganzen Tag mit Wohltätigkeitsveranstaltungen verbrachte, hin und wieder in der Firma vorbeischaute, gelegentlich an einem Meeting teilnahm und die Abende im Schönheitssalon oder im Fitneßstudio verbrachte, damit sich nur ja keine Fältchen auf ihrer Haut bilden konnten.

Doch diejenigen wie Sally, die tagtäglich mit ihr zusammen arbeiteten, wußten, daß es sich bei Diana um eine unermüdliche Arbeiterin handelte, die mit einem endlosen Vorrat an Energie und Enthusiasmus gesegnet zu sein schien.

Wenn allmonatlich die Deadline näherrückte, kam es häufig vor, daß das Team bis Mitternacht arbeiten mußte. Wenn dann alle so erschöpft waren, daß sie sich nur noch in einen Sessel fallen lassen konnten, erschien Diana – deren Verwaltungstätigkeit sie oft genug bis spät in die Nacht in ihrem Büro festhielt – gern mit einem aufmunternden Lächeln und ausreichend Kaffee und Sandwiches in der Herstellung.

Am folgenden Morgen erschien die Belegschaft dann meist etwas später und mit verquollenen Augen und Watte im Hirn. Diana hingegen wirkte auch dann frisch und ausgeruht und fand ihren Mitarbeitern gegenüber anerkennende und teilnahmsvolle Worte dafür, daß sie in der vergangenen Nacht so lange durchgehalten hatten. Irgend jemand fühlte sich dann bemüßigt, auf den offensichtlichen Unterschied zwischen ihnen und der Chefin hinzuweisen, der Streß und Schlafmangel anscheinend nichts anhaben konnten. Diana lächelte darüber, auch wenn die Bemerkung nicht sonderlich komisch war, und entgegnete, daß auch sie eines Tages die Folgen zu spüren bekäme. Damit war die Sache erledigt, und man wandte sich wieder der kommenden Ausgabe und den Problemen zu, die unvermeidlich mit ihr verbunden waren.

Wenn Sally daran dachte, daß Diana sich nie auch nur die Spur von Pessimismus gegönnt hatte, selbst wenn sie vor Riesenproblemen stand, und daß die Chefin sich mit einem Dutzend verschiedener Projekte und hundert Detailfragen gleichzeitig befassen konnte, ohne den Faden zu verlieren, kam es sie schon etwas eigenartig an, daß diese Frau doch über zwei Schwächen verfügte.

Diana bestand auf einer bestimmten festgefügten Routine, und sie hinterließ ihr Büro stets in einem Zustand absoluter Ordnung. Fehlte eins von beiden, geriet sie in die größte Verwirrung und war der Panik nahe.

Die Chefin konnte fest wie ein Fels inmitten des Chaos und der Unordnung der Herstellung stehen, wenn sich dort auf den Böden und Schreibtischen Entwürfe und Verworfenes türmten, und Entscheidungen treffen, die sich stets als richtig erwiesen. Aber sie konnte an ihrem Louisquatorze-Schreibtisch keinen einzigen klaren Gedanken fassen, wenn auf dem keine perfekte Ordnung herrschte oder etwas nicht dort lag, wo es hingehörte.

Vergangene Woche hatte Diana, bevor sie zu einem Arbeitsessen mit dem Syndikus des Unternehmens aufbrach, am regelmäßigen, montäglichen Budget-Meeting teilgenommen. Dabei hatte sie in einem Streit zwischen zwei ebenso begabten wie temperamentvollen Grafikern die Schiedsrichterin gespielt, dem Oberbuchhalter genaue Instruktionen erteilt und auch noch das Kleingedruckte eines Vertrags studiert, den Sally ihr zur Unterschrift vorgelegt hatte.

Das alles hatte sie in perfekter Konzentration bewältigt, aber als es dann daran ging, ihren Namen unter den Vertrag zu setzen, konnte sie den goldenen Füllfederhalter nicht finden, der sich normalerweise in ihrer Aktenmappe befand. Von da an hatte sie nichts mehr von dem Meeting mitbekommen.

Der Oberbuchhalter hatte ihr zwar seinen Stift gegeben, und mit dem unterzeichnete sie auch das Dokument, aber danach kramte sie in ihrer Aktentasche das Unterste nach oben. Als der Füllfederhalter nicht auftauchte, durchwühlte sie ihre Handtasche.

Die beiden sich anfeindenden Künstler wandten sich schließlich an sie und wollten wissen, ob sie einen Kompromiß vorbringen könne, um den Streit zu schlichten. Doch Diana sah sie nur verwirrt an und fragte: »Wobei ging es denn bei Ihrem Streit?«

Sally war irgendwann hinter das Geheimnis ihrer Chefin gekommen: Diana war ein Gewohnheitstier, die alles, was sie umgab, mit absoluter Ordnung belegen mußte. Jeden Freitagmorgen ließ die junge Frau sich um halb acht im Houston Hotel & Health Club eine Massage verabreichen, mochte draußen auch die Welt einstürzen. Danach besuchte sie ihren Schönheitssalon, um sich pediküren und maniküren zu lassen. Punkt zehn Uhr erschien sie dann im Büro, um dem Vertreter eines Autoservices die Wagenschlüssel zu geben. Dort wusch man das Fahrzeug, tankte es auf und brachte es noch vor der Mittagspause zurück, mußte sie doch häufig zu einem Arbeitsessen.

Regelmäßig am ersten und am fünfzehnten eines Monats schrieb sie die Schecks für ihre persönlichen Rechnungen aus, ganz gleich, wo sie sich gerade aufhielt oder auf welchen Tag diese Termine fielen. Sonntags morgens um zehn ging sie in die Kirche. Und wenn sie während der Arbeitswoche vom Mittagessen zurückkehrte, wandte sie sich als allerererstes stets an ihre Sekretärin, um zu erfahren, wer angerufen hatte. Erst dann wollte sie wissen, welche Termine für den Nachmittag angesetzt waren.

Heute jedoch hatte Diana weder das eine noch das andere getan, und Sally verspürte große Unruhe. Sie schielte auf die Zeitung, die auf dem Steuben-Kristallfrosch gelandet war, und betrachtete dann die rote Jacke, die unordentlich an einer Schulter vom Schreibtischsessel hing.

»Diana?« fragte sie schließlich vorsichtig. »Ich möchte Ihnen ja nicht zu nahe treten, aber ist irgend etwas vorgefallen?«

Im ersten Moment glaubte die Sekretärin, sie habe sie nicht gehört oder wolle darauf keine Antwort geben. Doch unvermittelt hob Diana den Kopf und drehte sich zu ihr um. Ihren großen grünen Augen war anzusehen, daß etwas sie zutiefst durcheinandergebracht hatte. »Ja, ich glaube, das kann man sagen«, entgegnete sie kaum hörbar.

Während Sally nur hilflos dastehen konnte, nickte die Herausgeberin in Richtung Zeitung. »Ich habe es auf die Titelseite vom *National Enquirer* gebracht.«

Die Sekretärin trat an den Schreibtisch und nahm das Blatt in die Hand. Ihre Sorge war längst einer Empörung darüber gewichen, was man ihrer geliebten Chefin angetan haben mochte. Auch wenn sie sich für gewappnet hielt, trafen sie die Schlagzeile und die darunter veröffentlichten Bilder doch wie ein Schlag in die Magengrube:

AUS DER TRAUM
DIANA FOSTER VON IHREM VERLOBTEN
SITZENGELASSEN

Ein Riesenfoto zeigte den gutaussehenden Verlobten, Dan Penworth, am Strand – Seite an Seite mit einer kurvenreichen Blondine. Als Unterzeile stand dort zu lesen:

Dan Penworth, der Verlobte von Diana Foster, befindet sich gerade mit seiner frischgetrauten Frau in den Flitterwochen, dem achtzehnjährigen italienischen Model Christina Delmonte, einer Tochter aus begütertem Hause.

Sally überflog den Artikel, und sie hatte das Gefühl, ihr Magen würde sich umdrehen:

Gestern hat Christina Delmonte in Rom der Herausgeberin des Magazins FOSTER'S BEAUTIFUL LIVING, Diana Foster, den Bräutigam weggeschnappt …

Seit einiger Zeit steht das Blatt unter starkem Beschuß der Konkurrenz, die darauf verweist, daß Miß Foster sich hartnäckig zu weigern scheint, in den Stand der Ehe zu treten und Mutter zu werden, obwohl sie doch nicht müde wird, in ihrem Magazin die Vorzüge und Segnungen von beidem zu predigen …

»Dieses Wiesel!« stöhnte die Sekretärin. »Dieser hinterhältige Schleimer, dieser …« Sie hielt inne, als Corey hereinkam. Die Schwester wirkte etwas gestreßt, schien aber noch keine Ahnung von dem Desaster zu haben.

»Ich glaube, wir haben das Layout-Problem geklärt«, verkündete Corey. Doch das Lächeln verging ihr, als sie von ihrer Schwester nur die Rückansicht zu sehen bekam und Sallys entsetzte Miene bemerkte. »Was ist denn los?«

Zur Antwort hielt die Sekretärin ihr die Zeitung hin. Corey las die Schlagzeile und den Artikel. Einen Moment später zischte sie: »Dieser Mistkerl! Dieser …«

»Feigling!« warf Sally ein.

»Dreckskerl!« empörte sich Corey.

»Idiot!«

»Vielen Dank, ihr beiden«, unterbrach Diana sie mit Tränen in den Augen und einem gezwungenen Lächeln. »In Momenten wie diesen zählt Loyalität sehr viel für mich.«

Die Schwester und die Sekretärin sahen sich nur an. Dann verließ Sally das Büro und zog die Tür hinter sich zu. Corey lief sofort zu Diana. »Das tut mir so leid«, flüsterte sie und umarmte die Schwester.

»Mir auch«, entgegnete Diana so kläglich und verwirrt wie ein Kind, das man für etwas bestraft, das es gar nicht angestellt hat.

»Komm«, drängte Corey, zog Diana vom Fenster fort und zum Schreibtisch. »Zieh die Jacke wieder an, schnapp dir deine Handtasche, und dann nichts wie raus hier. Wir fahren nach Hause und erzählen der Familie davon, damit sie es zuerst von uns hört.«

»Nein, ich kann doch nicht früher gehen«, widersprach Diana und hob das Kinn ein kleines Stückchen. Aber sie wirkte immer noch tief getroffen. »Ich werde doch nicht weglaufen! Bis heute abend wird jeder in der Firma davon gehört oder gelesen haben. Dann erinnern sie sich, daß ich früher fort bin, und werden denken, ich hätte mich nicht getraut, ihnen unter die Augen zu kommen.«

»Schwester«, entgegnete Corey streng, »wohl nirgendwo auf der Welt gibt es einen Chef, der von seinen Mitarbeitern mehr geliebt und bewundert wird als du. Ich wette, der Belegschaft geht das alles sehr nahe.«

»Ich will aber kein Mitleid von ihnen«, erklärte Diana und bekam sich langsam wieder unter Kontrolle. Zumindest nach außen wirkte sie fast wieder so wie sonst.

Corey kannte sie gut genug, um zu wissen, daß jeder weitere Widerspruch zwecklos war. Diana besaß sehr viel Stolz und Mut, und beides würde ihr helfen, diesen Tag zu überstehen, mochte sie in ihrem Innern auch noch so zerstört sein.

»Okay, aber du machst heute keine Überstunden. Ich rufe Mom an und sage ihr, daß wir beide zum Abendessen kommen. Wenn wir Glück haben, hat die Familie es noch nicht von anderswo erfahren.«

Corey rechnete schon halb damit, daß Diana auch das ablehnen würde, aber die sagte nur: »Danke für deine Unterstützung.«

Kapitel 14

Als sie am Abend ihr Büro verließ, wußten natürlich alle Bescheid. Wohin sie auch ging, überall wurde sie von mitleidsvollen Blicken empfangen – von den Angestellten, die sich noch im Haus aufhielten, vom Sicherheitsdienst und sogar vom Wächter auf dem Parkplatz.

Während Corey unten im Wagen wartete, lief Diana rasch in ihre Wohnung hinauf, weil sie sich umziehen wollte. Auf dem Anrufbeantworter häuften sich die Nachrichten. Reporter, Freunde und entfernte Bekannte, die sich schon seit ewigen Zeiten nicht mehr gemeldet hatten. Die junge Frau spürte, daß sie alle nur gierig auf irgendwelche Details waren. Diana ärgerte sich jetzt noch mehr über Dan und fühlte sich zutiefst gedemütigt.

Kaum hatten die beiden Schwestern das Haus in River Oaks betreten, mußten sie nur in die betrübten und verwirrten Mienen der Familienmitglieder blicken, um zu wissen, daß die Neuigkeit bereits ihren Weg hierher gefunden hatte.

»Wir haben es in den Nachrichten gehört, während ihr auf dem Weg hierher wart. Ich kann es einfach nicht fassen, daß Dan dir so etwas angetan hat, und dann noch auf eine solche Weise. Er hätte dir doch wenigstens telefonisch oder mit einem Telegramm Bescheid geben können«, sprach Mom im Namen aller, die am Tisch Platz genommen hatten.

Diana starrte auf ihre Hände und spielte mit dem vierkarätigen Diamantring – ihrem Verlobungsring. »Dan hat vorgestern aus Italien angerufen, aber wir hatten gerade alle Hände voll zu tun, und so konnte ich den Anruf nicht entgegennehmen. Letzte Nacht bin ich erst um Mitternacht aus dem Büro gekommen. Bei dem Zeitunterschied zwischen hier und Italien hätte ich ihn gut von zu Hause aus erreichen können, aber ich war viel zu müde. Ich bin mit dem Hörer in der Hand eingeschlafen.

Heute morgen bin ich etwas später aufgestanden, und

kaum war ich in der Firma, sind gleich ein Dutzend Probleme auf mich hereingestürzt. Wahrscheinlich wollte Dan mich von seinem Schritt informieren, aber ich bin einfach nicht dazu gekommen, ihn zurückzurufen ...« Bitter fügte sie hinzu: »So ist es meine eigene Schuld, wenn ich aus der Zeitung von seiner Hochzeit erfahren muß ...«

»Mach dir bloß keine Vorwürfe, junge Dame!« rief Großvater teilnahmsvoll und verschob vorsichtig sein Bein, an dem er sich erst kürzlich hatte operieren lassen. »Er war noch mit dir verlobt und hat trotzdem eine andere geheiratet. Ihn müßte man mit der Bullenpeitsche behandeln.«

»Ich habe Dan Penworth sowieso nie gemocht«, erklärte die Großmutter.

Diana freute sich, daß alle so zu ihr hielten, aber sie war dennoch den Tränen gefährlich nah. Nur Omi Britton schien nicht mitzubekommen, daß sie mit ihren Tiraden alles andere als Trost spendete. »Dan war neben einigem anderen auch viel zu alt für dich. Was will ein zweiundvierzigjähriger Mann schon mit einer Neunundzwanzigjährigen, frage ich euch?«

»Offensichtlich nicht sehr viel«, murmelte die Enkelin. »Außerdem bin ich schon einunddreißig.«

»Aber mit neunundzwanzig hast du dich verlobt«, beharrte Großmutter.

»Und seine Neue zählt gerade erst achtzehn Jahre. Aber vielleicht ist das ja seine Glückszahl.«

»Diana«, warf Mrs. Foster vorsichtig ein, »ich weiß, es ist sicher nicht der richtige Zeitpunkt, um philosophisch zu werden, aber ich habe mich immer schon gefragt, ob ihr beiden wirklich zueinander paßt.«

»Mom, bitte! Als wir uns verlobt haben, warst du sehr mit Dan als zukünftigem Schwiegersohn einverstanden.«

»Ja, das stimmt. Aber als du ihn dann zwei Jahre lang hast zappeln lassen, habe ich mir doch so meine Gedanken gemacht.«

»Zappeln lassen!« empörte sich Omi Britton. »Für das,

was dieser Schuft getan hat, sollte man ihn an einem Galgen zappeln lassen!«

»Ich wollte eigentlich auf folgendes hinaus«, sagte die Mutter, »wenn zwei Menschen sich wirklich lieben, wenn alles zwischen ihnen stimmt und einer Hochzeit keine objektiven Schwierigkeiten entgegenstehen, dann haben sie es meist viel eiliger damit, vor den Traualtar zu treten, als unsere Diana hier. Ihren Vater habe ich schon nach zwei Wochen geheiratet.«

Die junge Frau lächelte schief. »Aber nur, weil er dir die Pistole auf die Brust gesetzt hat.«

Während des Abendessens saß sie nur an ihrem Platz und schüttelte unablässig den Kopf. Diana rührte kaum etwas an, weil ihr Magen rebellierte. Die anderen ließen sie in Ruhe und schienen zu verstehen, was in ihr vorging.

»Ich wünschte, ich könnte einfach für einen Monat verschwinden, bis Gras über die ganze Geschichte gewachsen ist«, erklärte sie schließlich nach dem Dessert.

»Tja, das geht aber leider nicht«, entgegnete Großmutter unbeabsichtigt hart. »Dieser Lump hat dir seinen üblen Streich nur wenige Tage vor dem Orchid Ball gespielt. An dieser Feier nehmen wir jedes Jahr teil. Wenn du dich jetzt dort nicht blicken läßt, werden sich alle die Mäuler zerreißen.«

Diana wurde richtiggehend übel, als sie sich vorstellte, auf dieser größten und bedeutendsten Veranstaltung des Jahres in Houston den neugierigen Blicken der vornehmen Gesellschaft ausgesetzt zu sein. »Die Leute werden sich auch die Mäuler zerreißen, wenn ich mich da blicken lasse.«

»Was für ein Jammer, daß du nicht am Arm eines neuen Verlobten auf dem Ball erscheinen kannst«, sagte Großvater. Solche nicht zu verwirklichenden Vorschläge waren sie eigentlich nicht von ihm gewöhnt. »Das würde den Lästerern schnell den Mund schließen.«

»Ja, warum tauche ich eigentlich nicht gleich mit einem Ehemann auf?« rief Diana und erstickte fast an ihrem nervösen Lachen. »Dann denken alle, ich hätte Dan abgestoßen und nicht er mich.« Sie erhob sich. »Ich ziehe mich jetzt um und gehe dann schwimmen. Wahrscheinlich bleibe ich die ganze Nacht am Pool.«

Coreys Mann, Spence, hielt sich auf Geschäftsreisen außerhalb der Stadt auf, und so begleitete Corey ihre Schwester. Als die beiden sich später auf den Liegen am Beckenrand ausgestreckt hatten, betrachtete sie Diana intensiv und wurde dabei immer nachdenklicher. »Ich habe ja nicht damit gerechnet, daß du den heutigen Schock in ein paar Stunden verdaut hättest, aber mir kommt es so vor, als würde dir Dans Tritt jetzt noch mehr zu schaffen machen als vorher.«

»Ehrlich gesagt denke ich im Moment mehr ans Geschäft als an mein Privatleben«, gab Diana zu, ohne den Blick vom sternenübersäten Himmel zu wenden. »Um ganz genau zu sein, ich sorge mich um den Schaden, den mein gescheitertes Privatleben unserem Geschäft zufügen wird.«

Corey drehte sich auf die Seite und stützte den Kopf auf eine Hand. »Was meinst du damit?«

»Als wir damals angefangen haben, wollte ich dich nicht mit Bilanzen und Zahlen behelligen. Deswegen haben wir ja auch beschlossen, daß du dich um die künstlerische Seite kümmerst, während ich die Buchhaltung und so weiter übernehme.«

»Was stimmt denn nicht mit der finanziellen Seite?« bohrte Corey nach, als ihre Schwester eine Weile schwieg.

»Wie du sicher mitbekommen hast, hat man uns in diesem Jahr schon mehrmals unter Feuer genommen, weil mein Leben nicht unbedingt dem Foster-Ideal entspricht. Jedesmal, wenn die Konkurrenz eine solche Kampagne entfacht hat, sind uns ein paar Anzeigenkunden abgesprungen. Und die Abonnentenzahl stieg dann für eine Weile nicht an oder ging sogar leicht zurück. Gut, wir haben uns von jedem dieser Schläge relativ rasch wieder erholen können, aber nach dem, was Dan mir jetzt angetan hat, befürchte ich weit dramatischere Einbrüche.«

»Ich glaube, du überschätzt den Einfluß des *Enquirer*

auf unsere Leserschaft«, entgegnete Corey energisch, doch mit wenig Überzeugungskraft in der Stimme. Diana war eine fähige Geschäftsfrau und besaß auch sicher Talent dazu. Sie ging meist vorsichtig und umsichtig vor, aber sie hatte sich noch nie den Kopf über ein Problem zerbrochen, das gar nicht vorhanden war.

»Heute abend fanden sich auf meinem Anrufbeantworter mehr Meldungen als gewöhnlich. Vorhin beim Umziehen habe ich ihn abgehört. Die Geschichte ist bereits in den Abendnachrichten von CBS und NBC gesendet worden.«

Corey sank der Mut, und gleichzeitig ärgerte sie sich, daß man die Privatsphäre und den Stolz ihrer Schwester so sehr verletzt hatte. Sie wollte aber lieber nicht auf Dianas persönliche Probleme eingehen, sondern lieber weiter über die zu befürchtenden geschäftlichen Gefahren reden. Die schienen ihre Schwester auch viel mehr zu beschäftigen.

»Glaubst du wirklich, daß dieser Presserummel sich negativ auf unser Magazin niederschlagen wird?«

»Dan hat die Verlobung nicht gelöst, Corey, sondern mich wegen einer anderen sitzengelassen. Unsere Leserschaft setzt sich überwiegend aus Frauen zusammen, und der große Erfolg unseres Unternehmens gründet sich auf der Überzeugung dieser Frauen, daß der Foster-Weg der richtige ist. Mit ihm kommen Schönheit und Harmonie ins Heim, und die Frauen, die unsere Tips befolgen, erhalten dafür sehr viel Anerkennung und Dankbarkeit.«

»Na ja, stimmt. Die Leserzuschriften beweisen das.«

Diana drehte sich jetzt auf die Seite und sah ihre Schwester an. »Dann beantworte mir doch einmal eine Frage: Wenn du eine Frau wärst, die neues Leben in ihre Familie und in ihre Beziehung bringen will, würdest du dann dein Vertrauen in die Versprechungen einer Magazinherausgeberin setzen, der gerade der Verlobte weggelaufen ist, um sich mit einem achtzehnjährigen italienischen Model zusammenzutun?

Glaub mir, unsere Konkurrenz wird jeden verfügbaren

Tropfen Benzin in dieses Feuer gießen, um den Skandal möglichst lange am Kochen zu halten. Ich komme diesen Leuten doch wie gerufen: Mit meinen einunddreißig Jahren bin ich unverheiratet, ohne Kinder und ohne Haushalt. Solange ich wenigstens mit Dan verlobt war, konnte man darüber hinwegsehen. Schließlich ging man ja davon aus, daß ich fest vorhatte, das zu praktizieren, was wir in *Foster's Beautiful Living* anpreisen.

Aber jetzt habe ich nicht einmal mehr den Verlobten, und wie stehen wir nun da? Wie jemand, der die weibliche Hälfte der Bevölkerung für blöd genug hält, sich von irgendeinem Fantasy-Lebensstil das Geld aus der Tasche ziehen zu lassen. Wart's nur ab, unsere Auflage rutscht in den Keller.«

Corey fühlte sich schlichtweg überfordert, die Auswirkung von Dianas Pech auf die Bilanzen des Unternehmens auch nur zu erahnen. Ihr Gehirn weigerte sich, darüber intensiver nachzudenken, und ihre künstlerische Seite beschwerte sich sofort, daß die Kultur immer zurücktreten müsse, wenn Buchhalter oder Finanzberater das Wort ergriffen.

Viel mehr erschreckte sie aber der Umstand, daß Diana sich bestürzter über die möglichen Konsequenzen auf ihre Firma zeigte als über den persönlichen Verlust, den sie gerade erlitten hatte.

»Jetzt sag du mir mal was«, begann sie zögernd. »Was beschäftigt dich in deinem Innern gerade mehr – die Finanzen des Unternehmens oder die Untreue deines Verlobten?«

»Du meinst, jetzt, in diesem Moment?«

»Ja.«

»Ich … sorge mich mehr um die Firma.«

»In dem Fall solltest du vielleicht froh darüber sein, Dan nicht geheiratet zu haben.«

»Warum, weil er mich dann vermutlich auch betrogen hätte?« fragte Diana verwundert.

»Nein, weil ich glaube, daß du so richtig und wirklich

gar nicht in Dan verliebt gewesen bist. Ich habe darüber nachgedacht, wie es mir wohl ergehen würde, wenn Spence mir so etwas antun würde. Höchstwahrscheinlich geriete ich dann außer mich vor Schmerz und Wut, aber ich würde nicht über meine Arbeit nachdenken.«

Sie erwartete, daß Diana jetzt widersprechen oder protestieren würde. Als ihre Schwester weder das eine noch das andere tat, fühlte Corey sich überhaupt nicht beruhigt. Diana richtete sich auf, zog die Knie bis an die Brust und schlang die Arme fest darum, so als wolle sie sich in einen Ball verwandeln. »Ich glaube, ich bin gar nicht in der Lage, jemanden so zu lieben wie du deinen Spence.«

Corey starrte sie jetzt in höchster Sorge an.

An jenem ersten Nachmittag, an dem sie sich kennengelernt hatten – Diana war gerade aus Europa zurückgekehrt und mußte feststellen, daß sie unvermittelt an eine Stiefmutter, eine Stiefschwester und Stiefgroßeltern gelangt war –, hatte sie auf Coreys eher kühle Begrüßung mit ruhiger Wärme reagiert – und nicht mit einem hysterischen Anfall, wie sie es eigentlich von ihrer neuen Schwester erwartet hatte, die sie insgeheim schon als verwöhnte, verzogene und zickige Göre abgetan hatte.

Als sie Diana jetzt ansah, fielen ihr die Worte wieder ein, die sie an diesem ersten Tag gesagt hatte. »So, du hast also auch eine Großmutter?« – und das mit Blick auf Coreys handbemaltes Sweatshirt. Sie hatte die Arbeit bewundert, statt sich hochnäsig darüber lustig zu machen.

Als Corey ihr von den Großeltern berichtet hatte, hatte Diana zum Himmel geschaut, die Arme hochgehoben und sich langsam im Kreis gedreht. »Eine Mutter, eine Schwester, eine Omi und einen Opi – ich glaube, das wird wirklich cool!«

Für Corey war es ganz gewiß eine ›coole‹ Zeit geworden, und Diana hatte daran einen nicht geringen Anteil gehabt. Ihre neue Schwester mit der fragilen Schönheit, dem ansteckenden Lächeln und der angeborenen Freundlichkeit hatte Corey den Weg geebnet und durch dick und dünn zu ihr gehalten. Diana war damals wie heute der liebenswürdigste und hilfreichste Mensch in ihrem ganzen Leben.

Wenn sie jetzt mit ansehen mußte, wie das Selbstwertgefühl und das Selbstvertrauen ihrer Schwester ins Bodenlose abgesackt waren und sie sich nicht einmal mehr für in der Lage hielt, einen Menschen wirklich lieben zu können, war das Corey schier unerträglich. Die Art, wie Diana sich selbst heruntermachte, beschäftigte Corey viel mehr als Dans Betrug oder die möglichen Konsequenzen für das Geschäft.

»Diana«, erklärte sie deutlich und bestimmt, »was du da gerade gesagt hast, ist absoluter Blödsinn.«

»Vielleicht nicht.«

»So etwas darfst du nicht einmal denken! Hast du dir schon einmal überlegt, daß du seit Dads Tod nur Arbeit im Sinn hattest? Daß du nur ganz selten einmal mit einem Mann ausgegangen bist? Und daß du dich vielleicht unbewußt damit zufriedengegeben hast, jemanden wie Dan zu ›mögen‹ oder auch ›gern‹ zu haben, statt einen Mann zu finden, den du wirklich ›lieben‹ könntest?«

Diana zuckte die Achseln. »Was immer ich getan habe oder getan haben mag, hat sich als Fehler erwiesen. Und die Folgen muß nicht nur ich, sondern vor allem die Firma tragen.«

»Du wolltest den verkehrten Mann heiraten. Das ist das einzige, was du falsch gemacht hast.«

»Ich wünschte, ich wäre schon mit dem Richtigen verheiratet.«

Kapitel 15

»Verdammt noch mal, Cole!« explodierte Calvin, schob sich aus seinem Sessel und stampfte durch das kleine Wohnzimmer zum offenen Kamin. »Du verschwendest meine Zeit mit deinem Gerede von Vollmachten und Anteilseignern, wo mich doch nur eins interessiert, nämlich dein Baby im Arm zu halten. Man kann wohl kaum sagen, daß ich damit zuviel von dir verlange. Erst recht dann nicht, wenn man bedenkt, was ich alles für dich getan habe!«

Mit erbarmungsloser Entschlossenheit und ausgezeichnetem Timing wechselte der Onkel seine Taktik von Drohung zu Schuldgefühlen bis zu Zwang. Der Neffe hörte ihm erst mit unbeteiligtem Schweigen und dann mit wachsendem Zorn zu, weil diese Tirade alles übertraf, was der alte Mann bei früheren Gelegenheiten zu diesem Thema vorgebracht hatte.

»Wenn ich nicht gewesen wäre, würdest du noch immer auf dem Grund und Boden deines Vaters hocken, genauso wie es schon sein Vater und sein Großvater getan haben. Und den lieben langen Tag würdest du Rinder zusammentreiben und mehr schlecht als recht über die Runden kommen. Statt dessen kannst du es dir heute in einem eigenen Rolls-Royce und einem Privat-Jet bequem machen.« Zur Unterstreichung seiner Worte tippte Cal sich mit dem Zeigefinger an die Brust. »Ich war und bin derjenige, der immer an dich geglaubt hat, Junge. Mir hast du es zu verdanken, daß du das College besuchen konntest. Und als dein Pa nichts davon hielt und mir nicht mal zuhören wollte, habe ich dir mein ganzes Geld von diesen Ölbohrungen gegeben, damit wenigstens einer in der Familie eine anständige Ausbildung erhält!« Der Onkel hielt in seinem wütenden Monolog inne und lief in die Küche. »Zeit für meine Medizin«, entschuldigte er sich kurz. »Aber du bleibst schön da sitzen. Ich bin nämlich noch lange nicht fertig und komme gleich wieder.«

Cole sah zu, wie er den alten, ausladenden Sessel umrundete und sich an dem Tisch voller Magazine vorbeischob. Er schwieg auch jetzt. Kein besonders angenehmer Tag lag hinter dem jungen Mann, und nach allem, was der Abend bis jetzt gebracht hatte, stand ihm auch kein schöner Ausklang bevor. Er war mit den Verhandlungen an der Ostküste ein paar Stunden früher fertig geworden und hatte sich schon gefreut, dadurch etwas mehr Zeit mit seinem Onkel verbringen zu können. So hatte er seinen Piloten angerufen und ihm aufgetragen, die Maschine zu betanken und alles für den Flug nach Texas bereitzumachen.

Von da an war alles schiefgelaufen.

Das Wetter war schlecht, der Flug verlief sehr rauh, und die Flugaufsicht riet ihnen, eine breite Sturmfront weiträumig zu umgehen, die sich über Arizona gebildet hatte. Der neue Kurs kostete sie eine Stunde und zwang sie, in El Paso zu landen, weil der Treibstoff nicht mehr ausreichte. Dorthin hatte es dank des Unwetters auch andere Flugzeuge verschlagen, und durch das erhöhte Luftverkehrsaufkommen verloren sie eine weitere Stunde.

Als sie dann endlich Ridgewood Field anflogen, versuchte Cole bereits zum sechstenmal entnervt, seinen Onkel telefonisch zu erreichen, um ihn zu bitten, ihn am Flugplatz abzuholen. Doch wie schon bei den vorangegangenen fünf Malen bekam er nur die Bandansage zu hören, daß der Anschluß vorübergehend gestört sei.

Der Service der Telefongesellschaft in dieser Gegend war immer schon frustrierend unzuverlässig gewesen. Cal hatte es sich seit langem zur Angewohnheit gemacht, von der Telefonrechnung für jeden Tag ein Dreißigstel des Betrags abzuziehen, an dem sein Apparat wieder einmal nicht funktioniert hatte. Cole sagte sich nun, daß die Telefongesellschaft darauf in der üblichen Weise reagiert und seinen Anschluß abgeschaltet haben mußte.

Als Cole aus dem Flugzeug stieg, empfing ihn eine schwüle Hitze, die sich wie feuchte Watte über ihn stülpte. Er beschloß gleich, sich hier am Mini-Flughafen einen Leihwagen zu nehmen und zur Ranch hinauszufahren.

Ridgewood lag fünfundvierzig Meilen nördlich von Kingdom City, und von dort waren es noch einmal vierzig Meilen Richtung Osten bis zum Hof seines Onkels. Der hiesige Flughafen war vor dreißig Jahren quasi mitten im Nirgendwo errichtet worden. Er wurde hauptsächlich von den Ölgesellschaften genutzt, die auf ihm Spezialwerkzeug zur Reparatur der Förderanlagen einflogen, die in dieser Gegend die gesamte Landschaft verändert hatten. Ansonsten flog Texas Airlines die wellige Landebahn zweimal in der Woche mit Frachtgut und einem gelegentlichen Passagier an.

Der Flughafen bestand neben der wenig Mut machenden Landebahn aus einem weißen Metallkasten, der allgemein als Terminal bezeichnet wurde. Im Innern dieses Gebäudes, das über kein Air-conditioning verfügte, konnte der Passagier sich an den Annehmlichkeiten von zwei Toilettenräumen, einem Kaffeeausschank und einem mitgenommenen Schalter erfreuen, hinter dem eine ebenso gutgelaunte wie korpulente Frau einem dabei behilflich war, einen der beiden zur Verfügung stehenden Leihwagen zu vermieten. Das Namensschild wies die Gute als ›Roberta‹ aus, und wenn nicht gerade ein Auto verlangt wurde, füllte sie die Kaffeetassen.

Roberta wischte sich die Hände an der Schürze ab, kramte einen Mietvertrag aus der Schreibtischschublade und stellte Cole höflich, aber bestimmt vor die Wahl: »Möchten Sie lieber den mit dem kaputten Auspuff, oder wäre Ihnen der mit den abgefahrenen Reifen recht?«

Cole schluckte eine ärgerliche Bemerkung hinunter und schrieb seinen Namen auf den Bogen. »Ich nehme den mit dem kaputten Auspuff.«

Die Frau nickte zufrieden. »Eine gute Wahl. In dem arbeitet nämlich das Air-conditioning noch, dann schwitzen Sie wenigstens nicht während der Fahrt.«

Auf dem Weg hierher hatte er das auch tatsächlich genossen, aber als Cal ins Wohnzimmer zurückkehrte und gleich dort anknüpfte, wo er vorhin aufgehört hatte, wünschte Cole sich, er hätte den anderen Wagen genommen und wäre unterwegs mit einer hübschen Reifenpanne liegengeblieben.

»Hör zu, ich mache dir ein Angebot«, verkündete der Onkel und ließ sich in seinem Sessel nieder. »Du präsentierst mir eine Frau, die bereit und willens ist, von dir Kinder zu bekommen, und ich überschreibe dir alle meine Anteile an deinem ersten Hochzeitstag. Andernfalls bekommen Travis' Kinder alle meine weltlichen Güter. So, jetzt weißt du, woran du bist. Die Entscheidung liegt nun bei dir.«

Noch immer eisern schweigend, starrte Cole seinen Onkel ebenso stur an und klopfte leise mit dem zusammengerollten Magazin auf sein Knie, in dem er bis eben gelesen hatte, bevor Cal glaubte, unbedingt seine Wünsche klarstellen zu müssen.

Cole war jetzt sechsunddreißig und gebot über ein multinationales Unternehmen mit einhundertfünfundzwanzigtausend Angestellten und einem geschätzten Wert von zwölf Milliarden Dollar. Alles, sowohl in seiner Firma wie auch in seinem Privatleben, stand absolut unter seiner Kontrolle ... bis auf eine einzige Ausnahme: sein fünfundsiebzigjähriger Onkel, der ihm jetzt tatsächlich damit drohte, die Hälfte dieses Riesenunternehmens seinem anderen Neffen Travis zu überlassen – einem Mann, der ohne Coles ständige Aufsicht nicht einmal in der Lage war, einen Tante-Emma-Laden selbständig zu führen.

Der junge Unternehmer konnte nicht glauben, daß Cal tatsächlich die halbe Firma weggeben würde, für deren Aufbau Cole so hart gearbeitet hatte – und ihm gefiel der Ton nicht, in dem der Onkel seine Drohungen ausgestoßen hatte. Er war gerade zu dem Schluß gelangt, daß Cal nur bluffte, als sein Blick auf den Kaminsims fiel. Bislang hatten dort immer ein halbes Dutzend Fotos von Familienmitgliedern gestanden. Seit seinem letzten Besuch war die doppelte Menge hinzugekommen – allesamt Schnappschüsse von Travis und seinen Kindern.

»Nun?« drängte der Onkel, dessen Ärger sich verflüchtigt zu haben schien. »Was hältst du von meinem Vorschlag?«

»Ich glaube«, gab Cole barsch zurück, »daß dein Angebot nicht nur lachhaft, sondern richtiggehend blödsinnig ist.«

»Willst du damit andeuten, daß du eine Ehe für Blödsinn hältst?« schoß Cal zurück, und seine Stimme klang wieder bedrohlich. »Verdammt noch mal, unser ganzes Land bricht auseinander, und zwar weil es deiner Generation am Respekt vor so ›altmodischen‹ Dingen wie Ehe, Kindern und Verantwortung mangelt.«

Cole weigerte sich, sich auf eine solche Debatte einzulassen, und so zeigte sein Onkel auf den Couchtisch, der wie jede andere freie Fläche in diesem Haus mit Magazinen übersät war. Letty, seine Haushälterin, konnte in ihrem tagtäglichen Kampf um Ordnung den Sieg gegen diese Zeitschriftenberge nicht mehr gewinnen.

»Wenn du mir nicht glaubst, dann wirf doch mal einen Blick in diese Illustrierten. Zum Beispiel hier …« Er nahm die jüngste Ausgabe von *Reader's Digest* vom Tisch, weil er dort am ehesten rankam. Das Magazin gehörte zu seinen Leib-und-Magen-Blättern, und er schien alles zu glauben, was darin abgedruckt war.

»Sieh dir den Artikel mal an!« Er wedelte Cole mit der aufgeschlagenen Seite vor dem Gesicht herum, legte den Kopf zurück, um durch den unteren Brillenrand blicken zu können, und las dann Überschriften aus dem Inhaltsverzeichnis vor: »Wie an unseren Schulen betrogen wird – ein nationaler Skandal.« Er schlug den Artikel auf. »Laut dem, was hier geschrieben steht, geben acht von zehn Oberschülern zu, bei Tests und Klassenarbeiten zu mogeln. Und weiter steht da, daß an manchen High-Schools der moralische Standard so tief gesunken ist, daß die Jugendlichen überhaupt nicht mehr zwischen Richtig und Falsch unterscheiden können.«

»Ich verstehe leider nicht, was das mit unserem Thema zu tun haben könnte.«

»Aha, verstehst du also nicht …« Cal hatte *Reader's Digest* schon fortgelegt und sich mit einem neuen Magazin bewaffnet. »Dann wird das hier wohl eher etwas für dich sein? Weißt du, welche Überschrift der Artikel hat?«

Woher sollte er? Cole starrte seinen Onkel in resignierter Erwartung an.

»Nun, die Überschrift lautet: ›Was Frauen nicht über die heutigen Männer wissen.‹« Entrüstet schleuderte der Onkel das Blatt in eine Ecke und blitzte seinen Neffen zornig an. »Ich würde ja mal wirklich gern wissen, was mit euch jungen Leuten heutzutage los ist. Plötzlich verstehen die Männer die Frauen nicht mehr, und die Frauen nicht mehr die Männer. Und keine Seite begreift die Notwendigkeit, sich zu verheiraten, zusammenzuhalten und zusammenzubleiben und gute, gottesfürchtige Kinder großzuziehen.«

Cole fing wieder an, mit dem Magazin auf sein Knie zu klopfen. Für seine Verhältnisse stand er kurz vor der Explosion. »Ich glaube, ich habe dir schon bei früheren Diskussionen erklärt, daß du dich kaum in der Position befindest, anderen Vorträge über die Segnungen der Ehe und der Kinderaufzucht zu halten, hast du doch weder im einen noch im andern Bereich jemals praktische Erfahrungen sammeln können!«

»Ja, leider, zu meinem immerwährenden Bedauern«, gab der Onkel zwar zu, ließ sich davon aber nicht im mindesten abhalten und zog schon die nächste Zeitschrift aus einem Stapel.

»Jetzt schau dir das mal an.« Er tippte mit dem Zeigefinger auf die Titelseite und hielt sie seinem Neffen direkt vors Gesicht.

Cole warf nur einen Blick auf das Magazin und verzog angewidert das Gesicht. »Der *Enquirer?* Du läßt dir ein solches Revolverblatt kommen?«

»Letty liest ihn gern, aber das tut jetzt nichts zur Sache. Viel wichtiger ist, daß deine Generation jedes Gemeinschaftsgefühl verloren hat und sich nur noch für sich selbst interessiert. Lies nur, wie die jungen Leute heutzutage sich vor allem drücken. Wirf mal einen Blick auf diese hübsche junge Frau hier. Sie hat sich einen Namen gemacht und gehört zu den oberen Zehntausenden von Houston. Mit anderen Worten, die junge Dame ist schwer reich.«

»Ja und?« Cole verschwendete keinen Blick auf das Sensationsblatt, sondern starrte seinen Onkel an.

»Und? Ihr Verlobter hat sie sitzenlassen, für ein halbwüchsiges italienisches Model, das sich halbnackt mit ihm am Strand fotografieren läßt!«

Als der Neffe noch immer keine Anstalten zeigte, sich diesen ›Skandal‹ anzusehen, ließ Cal die Zeitschrift sinken. Doch damit waren ihm noch lange nicht die Argumente ausgegangen. »Er hat sie einfach fallenlassen, ohne ihr Bescheid zu geben. Das arme Ding hatte schon Pläne für die Hochzeit geschmiedet.«

»Hat deine Geschichte auch eine Pointe?« fragte Cole säuerlich.

»Verdammt noch mal, ja! Die Pointe lautet, daß dieser Schuft genauso in Houston geboren wurde und aufgewachsen ist wie das Mädchen, dem er einen Tritt verpaßt hat. Also, wenn jetzt schon Texaner anfangen, so mit Frauen umzuspringen und auf alle traditionellen Werte zu pfeifen, dann geht es mit unserem ganzen verdammten Land aber rapide den Bach hinunter!«

Der Neffe griff sich an den Hinterkopf und fing an, seine Nackenmuskeln zu massieren. Diese Debatte führte zu rein gar nichts. Dabei hatte er dringliche geschäftliche Angelegenheiten mit Cal zu regeln und zu besprechen. Verdammt, er mußte seinen Onkel irgendwie von diesem absurden Thema fortbringen. Früher war ihm das auch oft genug gelungen, aber heute schien Cal geradezu besessen davon zu sein, seinen Neffen in den Ehestand zu treiben. Cole beschlich das ungute Gefühl, daß er heute kein Glück haben würde.

Für einen Augenblick überlegte er, ob der alte Mann vielleicht senil geworden war. Aber er verscheuchte den Gedanken gleich wieder. Cal hatte sich kein bißchen verändert. Er war immer schon stur gewesen, und wenn es sein mußte, konnte er sich wie eine Bulldogge in ein Thema verbeißen. Wie Cole schon John Nederly erklärt hatte, gab es nichts und niemand auf der Welt, das Cal von einem einmal angepeilten Kurs abbringen konnte. Als man auf seinem Land Öl gefunden hatte, hatte er gleich erklärt, daß das viele Geld sein Leben kein bißchen verändern würde. Und, bei Gott, er hatte sein Wort gehalten. Cal drehte immer noch jeden Dollar zweimal um, ehe er ihn ausgab. Er fuhr weiterhin seinen mittlerweile zwanzig Jahre alten Kleinlaster, der noch mit Knüppelschaltung ausgerüstet war. Und auch seine Garderobe hatte sich keinesfalls geändert: Tagein, tagaus trug er Jeans und karierte Hemden. Außer natürlich am Sonntag, wenn er zur Kirche ging. Auch heute noch wälzte er am liebsten die Kataloge von den Billigversandhäusern. Ebenso hatte sich seine Meinung über das Kabelfernsehen nicht modernisiert: Er hielt das für einen teuren elektronischen Unfug, der sich auf lange Sicht gesehen nicht durchsetzen werde.

»Hör mal, ich habe nicht vor, Onkel, mich mit dir zu streiten.«

»Gut so.«

»Ich meine damit, ich will mit dir keine Debatte über den Niedergang Amerikas, den Wert der Ehe oder die Annehmlichkeiten eigener Kinder führen.«

»Gut so!« rief Cal noch einmal und erhob sich aus seinem fadenscheinigen Ohrensessel. »Dann heirate, und sorg dafür, daß deine Frau schwanger wird. Sobald das geschehen ist, erhältst du von mir die andere Hälfte deiner Firma. Von mir aus kannst du die Broadway-Tänzerin zum Traualtar führen, die du vor zwei Jahren mal mitgebracht hast. Du weißt doch noch, die mit den fünf Zentimeter zu langen, knallroten Fingernägeln. Meinetwegen auch die Lehrerin, in die du dich als Schüler verliebt hattest, ganz egal, nur heirate eine Frau. Und laß dir damit keine Zeit, denn die steht uns beiden nicht mehr zur Verfügung.«

»Was soll das denn nun schon wieder heißen?«

»Daß wir diese Diskussion nun schon seit zwei Jahren führen und du immer noch Single bist. Und daß ich kein Baby habe, das ich auf den Knien schaukeln kann. Deswegen setze ich dir hiermit ein Zeitlimit: Du bekommst drei Monate, um dich zu verloben, und drei weitere, um dich zu verheiraten. Wenn du mir nach Ablauf dieser Frist keine Frau präsentieren kannst, werde ich meinen fünfzigprozentigen Anteil an deiner Unternehmensgruppe in einen Trust einbringen und als Begünstigte die Namen von Ted und Donna Jean einsetzen. Travis setze ich zum Treuhänder ein. Damit wird er zu deinem wichtigsten Geschäftspartner, und wenn seine Kinder volljährig sind, darfst du dich darauf freuen, daß Ted und Donna Jean das eine oder andere Wörtchen in deiner Unternehmenspolitik mitzureden haben. Das heißt, natürlich nur, wenn dann überhaupt noch etwas von deiner Firma übrig ist, nachdem Travis so lange mitgemischt hat.«

Der Onkel knallte den *Enquirer* auf den Tisch und jagte noch eine Warnung hinterher für den Fall, daß bei seinem Neffen der Groschen immer noch nicht gefallen war. »An deiner Stelle würde ich mir keine sechs Monate Zeit lassen. Mein Herz ist so schwach, daß es täglich zu schlagen aufhören kann. Nächste Woche lasse ich mein Testament ändern, und wenn ich sterbe, bevor du mir deine Braut präsentieren kannst, fällt alles Travis' Kindern zu.«

Cole kochte so sehr vor Zorn, daß er schon darüber nachdachte, den alten Mann für unmündig erklären zu lassen. Und wenn das nicht klappte, konnte er immer noch das Testament anfechten lassen ... aber das Verfahren würde sich über Jahre hinziehen, und das auch noch mit ungewissem Ausgang.

Seine finsteren Überlegungen wurden von Letty unterbrochen, der Köchin und Haushälterin seines Onkels, die jetzt aus der Küche kam: »Das Abendessen ist fertig.«

Beide Männer hatten sie gehört, aber keiner reagierte in irgendeiner Weise auf die Ankündigung. Onkel und Neffe hatten sich erhoben, standen einander mitten im

Wohnzimmer gegenüber und durchbohrten sich mit ihren Blicken. Zwei große, kantige Männer, die einen knappen Meter und eine ganze Generation auseinanderstanden und keinesfalls dem anderen nachgeben wollten.

»Ist dir schon einmal der Gedanke gekommen«, fragte Cole mit zusammengebissenen Zähnen, »daß man nicht einfach losziehen und sich eine Ehefrau suchen kann?«

Cal deutete nach hinten zu dem Stoß Magazine neben seinem Sessel. »Gemäß den Berichten in diesen Zeitschriften besitzt du fünf der sieben wichtigsten Eigenschaften, die Frauen sich von ihrem Ehemann wünschen. Ich zähle sie dir gern auf: Du bist reich, intelligent, gebildet, hast eine glänzende Zukunft vor dir, und laut Donna Jean bist du ›süß‹, was wohl soviel bedeutet, wie daß du ganz gut aussiehst.«

Im Bewußtsein seines Sieges ließ der Onkel Coles eisigen Blick noch einen Moment über sich ergehen und beschloß dann, der Atmosphäre im Raum etwas von ihrer geladenen Feindseligkeit zu nehmen, die er ja schließlich selbst erzeugt hatte. »Willst du nicht wissen, an welchen zwei Eigenschaften es dir mangelt? Bist du nicht neugierig darauf?«

»Nein!« gab der Neffe so aggressiv zurück, daß er lieber nicht mehr sagen wollte.

Cal hielt damit dennoch nicht hinter dem Berg: »Du verspürst keinen Wunsch nach eigenen Kindern, und selbst ich, der dich besser kennt als jeder andere, hätte Mühe, dich als ›zärtlich und verständnisvoll‹ zu beschreiben.« Als er erkennen mußte, daß sein Versuch, die Stimmung etwas aufzulockern, vollkommen fehlgeschlagen war, ließ er müde die Schultern hängen und sagte leise: »Das Essen steht auf dem Tisch.«

Cole starrte ihm hinterher und hatte das Gefühl, sich außerhalb der Realität zu befinden. Er kam sich betrogen vor und war so voller Verbitterung, daß er die gebeugten Schultern und den schmal gewordenen Körper seines Onkels betrachten konnte, ohne daß ihn die geringste Besorgnis überkam, die sich normalerweise in ihm gerührt hätte.

Cal wirkte einen Moment später nicht mehr ganz so gebrechlich, als sein Neffe mit einem Block und seinem goldenen Füllfederhalter, die er seiner Aktentasche entnommen hatte, in die Küche stampfte und beides vor seinen Onkel auf den Tisch knallte.

»Schreib alles nieder«, forderte er ihn mit Eiseskälte auf. Letty stand am Herd, starrte die beiden abwechselnd an und schien die Kelle mit Chili ganz vergessen zu haben, die sie in der Hand hielt.

Der alte Mann konnte gar nicht anders, als den Stift entgegenzunehmen, hielt dann aber stirnrunzelnd inne: »Was soll ich denn schreiben?«

»Alle Bedingungen deines ›Vertrags‹. Und füg auch alle ›Spezifika‹ hinzu, die meine Zukünftige besitzen muß. Ich möchte nämlich keine unangenehme Überraschung erleben, wenn ich dir nicht die Richtige vorführe. Du sollst nicht in letzter Sekunde abspringen, bloß weil dir an ihr irgendein Pferdefuß aufgefallen ist. Was nicht hier niedergeschrieben steht, gilt später auch nicht.«

Cal setzte eine verletzte Miene auf. »Ich will dir doch keine bestimmte Frau aufzwingen, Junge. Such du dir eine aus, die zu dir paßt, damit bin ich vollkommen zufrieden.«

»Das ist aber verdammt großzügig von dir.«

»Ich möchte nur, daß du glücklich wirst.«

»Und hast du während der letzten Stunde an irgendeiner Stelle den Eindruck gewonnen, dein Starrsinn würde mich in irgendeiner Weise glücklich machen?«

»Im Moment bist du das nicht, aber nur, weil du eine Stinkwut im Bauch hast.«

»Ich bin nicht wütend«, entgegnete Cole mit deutlichem Zweifel, »ich fühle mich nur von dieser Geschichte abgestoßen.«

Cal zuckte unter diesem Vorwurf zusammen, ließ sich aber nicht von dem einmal eingeschlagenen Kurs abbringen. Er versuchte, Block und Stift zu seinem Neffen zurückzuschieben, doch der schlug mit der flachen Hand darauf. »Ich will es schriftlich haben.«

In dem verzweifelten Versuch, die beiden Streithähne abzulenken, ehe sie sich wieder in den Haaren lagen, eilte Letty mit einem Teller dampfender Chilis in jeder Hand zum Tisch und stellte sie vor die Männer ab. »Eßt, ehe es kalt wird.«

»So, du willst das also schriftlich haben?« fragte der Onkel ebenso verblüfft wie erzürnt.

»Das kannst du doch auch später noch erledigen«, warf die Haushälterin ein, »iß jetzt lieber.«

»Ich möchte, daß du dort folgendes niederschreibst: ›Wenn Cole innerhalb von sechs Monaten eine Braut vorweisen kann, überläßt Cal ihm seine Firmenanteile‹.«

»Seit wann ist dir denn mein Wort nicht mehr gut genug?«

»Seit du dich solcher Mittel wie Erpressung bedienst.«

»Jetzt hör aber mal!« empörte sich der Onkel, doch er wirkte ein wenig schuldbewußt. »Ich habe doch wohl noch das Recht zu entscheiden, wem ich meine fünfzig Prozent überlassen werde. Und es steht mir auch zu, mit allen Mitteln sicherzustellen, daß eines Tages dein Sohn von meinem Geld profitieren kann!«

»Ein Sohn?« entgegnete der Neffe gefährlich leise. »Gehört das etwa auch zu der Abmachung? Wie viele Bedingungen willst du denn noch stellen? Weißt du was, ich suche mir am besten gleich eine Frau, die schon mit einem Sohn gesegnet ist, dann mußt du nicht länger warten und dich sorgen.«

Cal warf ihm einen bitterbösen Blick zu und schrieb dann rasch alles auf, was Cole von ihm verlangte. Endlich schob er ihm mit einem indignierten Grunzen den Text zu. »Bitte sehr, da hast du es schriftlich. Keine Klauseln und kein ›Pferdefuß‹.«

Der junge Mann hätte sich am liebsten gleich von seinem Onkel verabschiedet und wütend das Haus verlassen. Doch zwei Dinge hinderten ihn daran. Zum einen wußte er nicht, wo sein Pilot sich gerade aufhielt, und zum anderen konnte er noch immer nicht fassen, daß Cal ihn tatsächlich erpreßt hatte. Ihm fielen gleich ein Dutzend Beispiele für die Unberechenbarkeit seines Onkels ein. Wieder überlegte er, ob er den alten Mann nicht auf seinen Geisteszustand untersuchen lassen sollte, verwarf den Gedanken aber rasch wieder.

Die beiden aßen in angespanntem Schweigen und beeilten sich, den Teller leerzubekommen. Dann erhob sich Cole gleich, begab sich ins Wohnzimmer, schaltete das Fernsehgerät ein und öffnete die Aktentasche. Arbeit war viel lohnender, als sich mit seinem Onkel auf einen neuen Streit einzulassen, der ja doch zu nichts führen würde. Und die Geräusche, die aus dem Apparat kamen, ließen ihn das Schweigen vergessen, das zwischen sie getreten war.

Obwohl er den alten Mann gezwungen hatte, seine Bedingungen schriftlich niederzulegen, war Cole noch lange nicht bereit, sich auf den verrückten Handel Cals einzulassen. Im Moment war er sich allerdings nicht im klaren darüber, was er tun sollte. Ihm war nur klar, daß es in seinem Innern immer noch kochte und daß ihm nur drei Möglichkeiten blieben: das Testament anfechten, seinen Onkel für unmündig erklären zu lassen oder sich rasch eine Braut zu suchen. Aber es widerstrebte ihm, sich mit einer Frau zu verbinden, von der er nichts wußte und die er kaum kannte. Alle drei Optionen erschienen ihm gleichermaßen grotesk, abgeschmackt und mit Streß verbunden.

Cal hatte wieder in seinem Sessel Platz genommen und sich den *Houston Chronicle* vorgenommen. Plötzlich ließ er die aufgeschlagene Zeitung ein Stück sinken und sah seinen Neffen über den oberen Rand an. Seine Miene drückte unschuldige Nachdenklichkeit aus, so als sei zwischen ihnen jetzt alles zur beiderseitigen Zufriedenheit geregelt.

»Ich habe eine ganze Menge Artikel darüber gelesen«, begann der alte Mann, »daß junge Frauen sich heutzutage dafür entscheiden, gar keine oder möglichst spät Kinder zu bekommen. Sie züchten lieber ›Designer-Schweine‹ und jagen ihrer Karriere nach. Sei auf der Hut, daß du nicht an so eine gerätst.«

Cole tat so, als habe niemand etwas gesagt, und studierte weiter seine Akten.

»Und paß auch auf, daß du nicht an einer hängenbleibst, die dir zwar schöne Augen macht, in Wahrheit aber nur hinter deinem Geld her ist.«

In Cole kochte es nicht mehr, es brodelte. »Wie, um alles in der Welt, soll ich herausfinden, wie die wahren Motive einer Frau, mich zu heiraten, aussehen, wenn mir nur so wenig Zeit zur Verfügung steht?«

»Nun, ich denke, du dürftest doch mittlerweile ein Experte in puncto Frauen geworden sein. Da gab es doch einmal vor ein paar Jahren eine Prinzessin, die dir in Europa überallhin nachgereist ist.«

Der junge Mann schaute ihn an, als wollte er ihn zur Salzsäule erstarren lassen. Der Onkel zuckte schließlich die Achseln. »Damit will ich nur sagen, daß du eine Frau nicht in- und auswendig kennen mußt, um festzustellen, ob sie nur hinter deinem Vermögen her ist.«

»Ach, tatsächlich?« entgegnete Cole verächtlich. »Dann erklär du mir doch einmal aufgrund deiner riesigen Erfahrung mit Frauen und Ehe, wie ich herausfinden soll, welche wahren Beweggründe die Frau hat, die mit mir vor den Traualtar treten wird.«

»Schätze, die beste Methode, nicht an eine Abzockerin zu geraten, besteht darin, sich eine Frau zu suchen, die selbst über Vermögen verfügt.« Nach diesen Worten sah er seinen Neffen abwartend an, so als erwarte er von ihm, jetzt Beifall zu klatschen und ihn für seine Weisheit zu loben. Doch Cole ging gar nicht darauf ein, er sah nicht einmal von seinen Akten hoch.

Für eine Viertelstunde herrschte wieder Schweigen zwischen den beiden, das nur vom gelegentlichen Rascheln beim Umblättern der Zeitungsseiten und den Hintergrundgeräuschen des leise laufenden Fernsehers unterbrochen wurde. Dann konnte Cal es nicht länger aushalten und kam auf das Thema zu sprechen, von dem Cole nun wirklich überhaupt nichts hören wollte.

»Hier in der Veranstaltungskolumne von Maxine Messenger steht, daß du am Samstag am White Orchid Ball teilnehmen wirst ... und daß die wertvollste Spende für die dortige Versteigerung von dir stammt. Maxine schreibt, der Ball sei ›Houstons glamourösestes gesellschaftliches Ereignis des Jahres‹. Wenn du dich da umschaust, brauchst du keine Angst zu haben, an eine Abzockerin zu geraten. Tu dich doch auf dem Ball ein wenig um, sicher findest du eine Schöne, die dir gefällt. Später bringst du sie hierher, und ich schaue mir sie und die Heiratsurkunde an. An deinem ersten Hochzeitstag überschreibe ich dir dann meine Hälfte an der Firma, genau so, wie ich es eben auf dem Blatt festgelegt habe.«

Der junge Mann gab auch jetzt keine Antwort, und kurz darauf gähnte Calvin demonstrativ. »Ich glaube, ich lese die Zeitung im Bett zu Ende.« Er erhob sich. »Ist ja schon zehn. Willst du noch lange arbeiten?«

Cole las gerade eine dringende Mitteilung von John Nederly. »Während der letzten vierzehn Jahre habe ich bis spät in die Nacht gearbeitet. Darum dürfen Travis und du euch auch eures Reichtums erfreuen.«

Der Onkel starrte ihn sprachlos an, mußte sich dann aber sagen, daß er gerechterweise nichts erwidern konnte. Langsam und leise verließ er das Wohnzimmer.

Kapitel 16

Cole blickte erst auf, als er hörte, wie die Schlafzimmertür seines Onkels geschlossen wurde. Dann warf er die Akten, die er gerade studiert hatte, mit einer aggressiven Handbewegung auf den Tisch.

Die Papiere landeten auf dem *Enquirer* und verdeckten zur Hälfte das Gesicht der jungen Frau, die von ihrem Verlobten verlassen worden war.

Diana Foster.

Cole erkannte sie jetzt zum erstenmal. Er nahm die Zeitung in die Hand, las den kurzen Artikel und verspürte gleich Mitgefühl mit der Sitzengelassenen. Dann legte er das Blatt wieder auf den Tisch und dachte über Cal nach.

Er wog immer noch düster seine Alternativen ab, als ihm eine Bewegung zu seiner Linken ins Auge fiel. Der junge Mann schaute in Richtung Küche. Letty stand dort mit einem dampfenden Becher in der Hand und einem zögernden Lächeln im Gesicht in der Tür.

Solange er zurückdenken konnte, hatte Letty ihm nach einem Streit mit Cal immer etwas zu essen und zu trinken gebracht. Sie war eine furchtbare Köchin, doch diese Geste war eher dazu gedacht, die Gemüter wieder zu beruhigen.

Die Haushälterin war Anfang Sechzig, hatte ein rundes, einfaches Gesicht, auf dem sich ihre Freundlichkeit widerspiegelte, und sprach mit einem spanischen Akzent, der ihr zusätzliche Sanftheit verlieh. Coles Miene entspannte sich deutlich, als sie zu ihm trat und den Becher vor ihm abstellte.

»Kakao?« riet er gleich richtig. Letty kannte nur zwei Heilmittel gegen schlechte Laune: am Abend Schokolade und tagsüber Limonade. Und dazu immer Kuchen.

»Wo ist denn der Kuchen?« neckte er sie und nahm den Becher und war sich bewußt, daß er ihn austrinken mußte, wollte er die Köchin nicht beleidigen. Der Kakao war schon so eine Art Tradition, und da Cole in seinem Leben nicht viel Familienzusammenhalt erfahren hatte, war ihm dieses Ritual lieb und teuer.

Alle Wärme, die ihm je zuteil geworden war, hatte er hier bei seinem Onkel gefunden. Letty drehte sich um und schlurfte zur Küche zurück. »Im Schrank findest du

Schokoladenkuchen. Ich habe ihn gestern im Laden gekauft.«

Obwohl letztere Information den Kuchen deutlich begehrenswerter machte, verspürte Cole keinen Hunger. »Wenn du ihn nicht gebacken hast, will ich auch nichts davon«, entgegnete er, und sie strahlte über dieses nette, wenn auch nicht ganz ehrliche Kompliment. Die Haushälterin setzte sich wieder in Bewegung, aber der junge Mann schaltete den Fernseher aus und hielt sie zurück. »Bleib doch noch etwas und unterhalte dich mit mir.«

Letty ließ sich vorsichtig in dem Sessel seines Onkels nieder und blieb auf der Kante hocken, so als gehöre sie nicht auf dieses gute Stück. »Du sollst dich nicht mit deinem Onkel streiten.«

»Das sagst du mir schon seit zwanzig Jahren.«

»Kommt dir denn der Wunsch deines Onkels, dich verheiratet zu sehen, so unvernünftig vor?«

»Eine reichlich geschönte Umschreibung, oder?« entgegnete er und bemühte sich, nicht so hart zu klingen.

»Ich glaube, er meint, dich zur Ehe zwingen zu müssen, weil du sonst niemals vor den Traualtar treten wirst.«

»Und ich glaube, daß ihn das nichts angeht.«

Die Haushälterin sah ihm ins Gesicht. »Dein Onkel liebt dich.«

Cole trank einen Schluck Kakao und stellte den Becher etwas zu laut auf den Tisch zurück. »Das ist mir jetzt nur ein schwacher Trost.«

»Es bleibt aber trotzdem wahr.«

»Liebe kann niemals eine Entschuldigung für Erpressung sein, auch wenn Cal nur bluffen sollte.«

»Er blufft nicht. Ich glaube, dein Onkel wird seine Anteile wirklich Travis' Kindern vermachen, wenn du dich nicht vermählst.«

Der junge Mann konnte seine Wut kaum noch beherrschen. »Und ich verstehe nicht, wie er einen solchen Schritt vor mir oder sich selbst rechtfertigen kann!«

Dieser Vorwurf war natürlich nur rhetorisch gemeint,

und er rechnete auch nicht mit einer Antwort. Doch Letty konnte ihm dazu etwas sagen. Sie bat ihn, sich von all der Aufregung Calvins nicht ablenken zu lassen und direkt in sein Herz zu sehen.

»Deinem Onkel sind Geld und Reichtum nicht mehr so wichtig. Ihm geht es darum, etwas von sich zu hinterlassen. Er sucht nach einer Art Unsterblichkeit, und die einzige Möglichkeit dazu besteht darin, in seinem Sohn fortzuleben.«

»Ich bin aber nicht sein Sohn!«

Letty lächelte ihn auf ihre liebenswürdige Weise an. »Doch, in seinen Augen schon.«

»Wenn es ihn nach solcher Unsterblichkeit drängt, dann hat er sie doch schon gefunden, in Travis' Kindern. Und Travis ist genauso sein Großneffe wie ich. Selbst wenn ich eines Tages einmal Kinder haben sollte, so wären die für ihn keine engeren Verwandten als Ted und Donna Jean.«

Die Haushälterin feixte. »Travis' Sohn ist träge und denkfaul. Vielleicht wird er das eines Tages ablegen können, aber so, wie es jetzt aussieht, möchte Calvin ganz gewiß nicht in Ted fortleben. Donna Jean hingegen ist zimperlich und viel zu schüchtern. Auch sie wird eines Tages möglicherweise Selbstbewußtsein entwickeln, aber zur Zeit ...« Sie schwieg und überließ es Cole, den Satz zu beenden.

»Hast du denn eine Ahnung, was ihn zu dieser plötzlichen Besessenheit nach Unsterblichkeit gebracht hat?« fragte der Neffe.

Die alte Frau zögerte einen Moment und nickte dann. »Sein Herz wird immer schwächer, und Dr. Wilmeth kommt öfter als früher zu uns. Der Arzt meint, an seinem Herzen sei nichts mehr zu reparieren.«

In Coles Gehirn überschlugen sich die Gedanken. Zuerst wollte er das nicht wahrhaben, dann suchte er nach Gründen, die für das Gegenteil sprachen, und schließlich schüttelte er den Kopf. Er wußte, wie sinnlos es war, Cal dazu zu bewegen, nach Dallas zu fahren und einen Spezialisten aufzusuchen. Nur einmal hatte er sich, und das auch nur nach monatelangen Debatten, dazu breitschlagen lassen, sich von anderen Ärzten untersuchen zu lassen. Doch er hatte sie alle mit Wilmeth verglichen, und dabei hatten alle schlecht abgeschnitten. Seitdem hatte der Neffe es aufgegeben, einen neuen Vorstoß zu wagen.

Letty atmete schwer, und Tränen standen in ihren Augen, als sie ihn jetzt ansah. »Dr. Wilmeth meint, es sei nur noch eine Frage der Zeit …« Sie erhob sich rasch und floh aus dem Zimmer.

Cole beugte sich vor, stützte die Ellenbogen auf die Knie und versuchte, mit der Furcht und dem Unheil fertig zu werden. Mit hängenden Schultern und verschränkten Händen starrte er auf den leeren Sessel des Onkels, während Erinnerungen an angenehme Abende und lebhafte Gespräche auf ihn einstürmten. Dreißig Jahre lang hatte der junge Mann sich eigentlich nur hier zu Hause gefühlt. Und das alles würde mit Cals Tod ebenfalls sterben.

Wenn Dr. Wilmeth recht hatte, blieb dem Onkel nicht mehr viel Zeit. Er versuchte sich vorzustellen, in Zukunft nicht mehr hier hinaus auf die Ranch zu kommen – und alles in ihm wurde schwarz. Dieser alte Mann und sein Hof waren die Grundfeste für Coles Leben. Gut, er hatte die Cowboystiefel und Jeans seiner Jugend längst gegen italienische Schuhe, maßgeschneiderte Anzüge aus England und maßgeschneiderte Hemden aus ägyptischer Baumwolle eingetauscht, doch unter diesem edlen Äußeren steckte immer noch der junge Mann mit den Rancherklamotten.

In frühen Jahren hatte Cole seine Herkunft verabscheut. Von dem Tag an, an dem er nach Houston gegangen war und dort das College besucht hatte, hatte er hart an sich gearbeitet, alle Cowboywurzeln abzulegen und auszurotten. Er veränderte seinen Gang und seine Sprache, bis niemand mehr ihn für einen breitbeinigen, slangbehafteten Westtexaner halten konnte.

Und nun drohte das Schicksal damit, ihm die letzte Verbindung zu nehmen, die er zu seinen Wurzeln hatte. Der erwachsene Cole wollte ganz verzweifelt alles bewahren, was ihm aus seiner Vergangenheit noch geblieben war.

Die Drohung seines Onkels, alles Travis' Kindern zu vermachen, war vollkommen vergessen, während Cole fieberhaft überlegte, ob das Unvermeidbare nicht wenigstens hinausgezögert werden konnte und wie man Cal den Lebensmut zurückzugeben vermochte, damit er seine letzten Jahre genießen durfte. Oder seine letzten Monate … oder Tage. Coles Gedanken drehten sich jedoch in einem unablässigen Kreislauf von Hoffnungslosigkeit und Hilflosigkeit.

Ihm blieb nur eines übrig, um seinem Onkel Lebensfreude für dessen letzte Zeit zu verleihen.

»Mistkerl!« schimpfte der junge Mann, aber mehr aus Resignation statt aus Trotz. Er würde also jemanden heiraten müssen, und in Texas mit seiner gesetzlich vorgeschriebenen Gütergemeinschaft brachte eine Vermählung zahllose bislang unbekannte finanzielle Risiken für ihn mit sich.

Wer immer die ›Glückliche‹ sein würde, sagte sich Cole sarkastisch, sie würde eine gehörige Portion Humor und Gelassenheit besitzen müssen. Andernfalls stand ihm eine heftige Szene bevor, wenn er ihr eröffnete, daß er auf einem Ehevertrag bestand.

Der Neffe erwog kurz den Gedanken, eine Schauspielerin dafür zu bezahlen, seine Ehefrau zu geben. Aber nein, Cal war viel zu clever und mißtrauisch. Das ließ sich ja auch schon daraus entnehmen, daß er die Heiratsurkunde vorgelegt bekommen wollte. Glücklicherweise bestand der alte Mann nicht auch noch darauf, daß Cole mit einem männlichen Säugling aufwarten mußte, ehe er ihm seine Firmenanteile überschrieb. Er lächelte in sich hinein. Sein Onkel hatte das nicht verlangt, und das bewies, daß sein Verstand nicht mehr so scharf arbeitete wie früher.

Aber auch mit seiner Gesundheit stand es nicht mehr so gut wie früher.

Der junge Mann fluchte leise vor sich hin. Er streckte sich und nahm den Becher mit dem kaltgewordenen Kakao, um ihn in der Küche auszugießen. Dabei fiel sein Blick auf Dianas Bild in der Zeitung. Sie schien ihn anzulächeln.

Schon als Jugendliche hatte man ahnen können, zu welcher Schönheit sie sich einmal entwickeln würde. Doch je länger er ihre attraktiven Züge und ihr selbstbewußtes Lächeln betrachtete, desto schwerer fiel es ihm, diese auffallende Geschäftsfrau mit dem stillen und ernsten Teenager in Einklang zu bringen, den er einmal kennengelernt hatte.

Er rief sich die loyale, intelligente und bezaubernde Sechzehnjährige ins Gedächtnis zurück, die sich auf einen Strohballen gehockt und ihm bei der Arbeit zugesehen oder sich mit ihm über Gott und die Welt unterhalten hatte.

Als sein Onkel heute abend zum erstenmal von der jungen Frau aus Houston gesprochen hatte, die von ihrem Verlobten verlassen worden war, hatte er sich nicht viel dabei gedacht, weil ihm nicht klar gewesen war, um wen es sich handelte.

Aber als er dann den Artikel in der Zeitung überflogen hatte, war ihm bewußt geworden, in welch bedauernswerter Lage Diana sich befand. Er empfand Mitgefühl mit dem jungen Mädchen, das er einmal gekannt hatte, und Entrüstung darüber, wie mit ihr umgesprungen worden war. Mit ihrem Reichtum und attraktiven Aussehen, ihrer Freundlichkeit und ihrer Intelligenz hätte sie eigentlich alles genießen sollen, was das Leben zu bieten hatte. Verdient hätte sie es allemal. Und ganz gewiß sollte sie nicht durch irgendeinen Dan Penworth zum Gespött des ganzen Landes gemacht werden.

Cole seufzte, verdrängte den Gedanken an Diana und stand auf, weil die Konzentration auf das Schicksal einer ehemaligen Sechzehnjährigen mit unglaublich grünen Augen, die zur Chefin eines großen Unternehmens geworden war, ihn nicht von seinen eigentlichen Sorgen ablenken konnte. Mochte ihr auch noch so übel mitgespielt worden sein.

Er wußte, daß das Leben selten das brachte, was man sich erhofft oder ersehnt hatte. Ihm war es nicht so ergangen und Diana auch nicht ... und seinem Onkel erst recht nicht!

In der Küche goß er den Kakao aus und spülte dann den Becher aus, damit Letty nicht entdecken konnte, was er von ihrer heißen Schokolade hielt.

In Wahrheit haßte er Kakao nämlich.

Marshmallows waren ihm ebenfalls zuwider.

Am allerwenigsten konnte er Ärzte ausstehen, wenn sie Krankheiten diagnostizierten, die sie nicht heilen konnten.

Und wo er schon dabei war – eine erzwungene Ehe behagte ihm ebensowenig. Eine solche Verbindung war sowieso von Anfang an zum Scheitern verurteilt.

Cole hatte sich im Lauf des Abends überlegt, daß die geeignetste Kandidatin nicht die ›Prinzessin‹ aus Europa war, die sein Onkel ins Spiel gebracht hatte, sondern Michelle. Abgesehen davon, daß er ihr wirklich am Herzen zu liegen schien, hatte sie offenbar auch keine Schwierigkeiten mit seiner vielen Arbeit und seinen häufigen Reisen. Im Gegenteil, sie war anscheinend gewillt, sich darauf einzustellen – ein Punkt, der für den jungen Mann von entscheidender Wichtigkeit war, auch wenn es sich nur um eine erzwungene Ehe handelte. Angesichts der gebotenen Eile und der sonstigen Umstände konnte er von Glück sagen, über eine so geeignete Aspirantin zu verfügen.

Aber Cole fühlte sich alles andere als glücklich, als er sich auf den Weg zu ›seinem‹ Zimmer machte, das man ihm schon als kleinem Jungen überlassen hatte, wenn er auf der Ranch seines Onkels übernachtete.

Je näher er dem Raum kam, desto größer wurden seine Depressionen. Irgendwann tat ihm sogar Michelle leid, weil er sich ziemlich sicher sein durfte, daß sie sofort mitmachen würde. Cole bedauerte sie, weil sie damit einen schweren Fehler begehen würde. Anscheinend war sie gewillt, sich auch mit wenig von ihm zufriedenzugeben, aber er konnte ihr wahrhaftig nicht mehr geben.

Seine Beziehung mit Vicky Kellogg war genau aus diesen Gründen in die Brüche gegangen. Seitdem hatte er an seinen Lebensumständen nicht viel verändert, und das sollte auch in Zukunft so bleiben. Vicky hatte ihm vorgeworfen, mit seiner Arbeit verheiratet zu sein, und damit hatte sie den Nagel auf den Kopf getroffen. Allerdings hielt er nicht viel von der sinnlosen Suche nach immer neuen Vergnügungen und Attraktionen, wie Vicky und ihre Clique sie betrieben hatten. Er war nach wie vor viel auf Reisen, was der jungen Frau damals schon gegen den Strich gegangen war, und er war auch heute nicht in der Lage, über einen längeren Zeitraum einfach nichts zu tun.

Ja, sagte Cole sich, wahrscheinlich war er immer noch der ›kaltschnäuzige und gefühllose Kühlschrank‹, wie Vicky ihn bei ihrer Trennung beschimpft hatte. Was die junge Frau einfach nicht hatte begreifen wollen, war der Umstand, daß Cole für das Gedeihen seines Unternehmens wie für die Sicherheit von einhunderttausend damit verbundenen Arbeitsplätzen verantwortlich war.

Das Bett unter ihm fühlte sich klumpig an und schien viel zu schmal für ihn geworden zu sein. Er hatte die Tagesdecke beiseite geschoben und lag zwischen den weißen Laken, die nach Sonnenlicht und Sommerwind rochen. Der dünne Stoff schien auf seiner Haut überhaupt kein Gewicht zu besitzen und fühlte sich dank Lettys häufiger Wäsche wie ein Hauch an.

Der junge Mann verschränkte die Hände hinter dem Kopf und starrte an die Decke, wo sich der Ventilator langsam drehte. Allmählich legten sich seine trüben Gedanken und mit ihr die Vorstellung, Michelle oder eine andere heiraten zu müssen. Cals Forderung war nicht nur blödsinnig, sondern regelrecht absurd – genauso wie die Vorstellung, der alte Mann könne das Ende des Jahres nicht mehr erleben.

Cole arbeitete schon seit Monaten achtzehn Stunden am Tag. Heute hatte er sich einen seiner seltenen freien Tage gegönnt, um die Ranch zu besuchen, und gleich Probleme mit dem Wetter bekommen, die seinen Rückflug verschoben. Der Streß und die Anstrengung der letzten Zeit, verbunden mit der Entdeckung, daß es mit der Gesundheit seines Onkels nicht zum besten stand, hatten sein Denkvermögen beeinträchtigt. Mit diesem beruhigenden Gedanken fielen ihm die Augen zu, und ein seit langem nicht mehr gekanntes Gefühl des Wohlbefindens und der Geborgenheit breitete sich in ihm aus.

Cal würde noch zehn Jahre leben. Mindestens. Nun gut, heute abend hatte er nicht mehr ganz so robust ausgesehen ... Aber Cole kam zu dem Schluß, daß es um seinen Onkel nicht so schlimm stehen konnte, wie er in seiner ersten Panik befürchtet hatte.

Er dachte zurück an die früheren Tage, an denen er Cal dabei zugesehen hatte, wie er im glühenden Sonnenschein Gatter oder Zäune repariert oder im Corral hinter den staubigen Rindern hergeritten war, die er zuvor von der Weide getrieben hatte. Mit dem Stetson und den hohen Stiefeln, die ihn noch größer erscheinen ließen, war Cal dem Jungen immer wie ein Riese vorgekommen. Erst als Cole zu seiner vollen Größe von einen Meter fünfundachtzig herangewachsen war, hatte er festgestellt, daß sein Onkel ein paar Zentimeter kleiner war als er.

In Wahrheit war Cal auch nie ein Hüne gewesen und hatte ganz gewiß nicht den kräftigen, muskulösen Körper seines Neffen besessen. Der Onkel war vielmehr schmal und drahtig gewesen und hatte über die erstaunliche Energie und Ausdauer verfügt, die bei der harten Rancherarbeit das Fehlen von Muskelpaketen mehr als wettmachen konnten. Natürlich war der Mann auch nicht geschrumpft, wie Cole als Heranwachsender manchmal vermutet hatte. Und wenn ihn wieder die Arthritis plagte, wie es offensichtlich heute abend der Fall gewesen war, dann ließ er eben die Schultern hängen und wirkte dadurch nur so, als sei er ein Stück eingelaufen.

Auch war Cals Haar nicht über Nacht weiß geworden. Cole hatte ihn nie anders als grauhaarig kennengelernt. Dichtes Haar mit langen Koteletten, die sein schmales, wettergegerbtes Gesicht mit dem kantigen Kinn und den wasserblauen Augen einrahmten. Überhaupt die Augen – mit denen schien er die Welt aus einer ganz anderen Perspektive wahrzunehmen. Entschlossenheit, Intelligenz und Humor standen in ihnen zu lesen. Mittlerweile lagen sie hinter einer Brille, wirkten deswegen aber noch lange nicht stumpf oder matt, und wie früher entging ihnen nichts.

Allerdings hatte sein Körper einiges von seiner einstigen Kraft verloren und war sicher auch etwas erschlafft, weil Cal nicht mehr so viel körperlich arbeiten konnte. Aber die wahre Stärke des alten Mannes hatte stets in seinem Verstand gesteckt. Und wie Cole heute abend zu seinem Leidwesen hatte feststellen müssen, hatte der Geist seines Onkels noch immer die alte Schärfe.

In den nächsten Tagen würde Cal Lösungen für sich selbst und all die anderen Probleme finden. Gleich morgen früh würde er sich auf die Suche nach einem Spezialisten machen und sich nach den neuesten Behandlungsmethoden erkundigen, um etwas gegen das geschwächte Herz des alten Mannes zu unternehmen. Kaum verging ein Tag, an dem nicht irgendein neues, noch besseres Mittel auf den Markt kam oder jemand die Vorzüge eines alten wiederentdeckte, das in Vergessenheit geraten war. Wenn er früher gewußt hätte, wie schlecht es um die Gesundheit seines Ersatzvaters stand, hätte er sich schon längst darum gekümmert.

Cole hatte in seinem ganzen Leben immer für alles eine Lösung gefunden. Das konnte man wohl als seine eigentliche Stärke bezeichnen. Dieses Talent hatte ihm auch zu dem Reichtum und Erfolg verholfen, den er sich früher nie hätte vorstellen können.

Der Schlaf übermannte ihn in dem einfachen, spartanisch eingerichteten Raum, in dem er als Junge davon geträumt hatte, was er als Mann alles erreichen würde. Irgend etwas in der klösterlichen Schlichtheit dieser Kammer hatte ihn zu kühnen Hoffnungen und Plänen ermutigt.

Und heute, da er längst zum Mann herangereift war, schenkte der Raum ihm innere Ruhe und Optimismus. Cole besaß überall auf der Welt Häuser und Apartments, die auf das Edelste und Luxuriöseste eingerichtet waren und über die wunderbarsten Betten verfügten, doch nirgendwo fand er so erquickenden Schlaf wie in dieser schlichten Kammer.

Er sagte sich, daß diesem Raum etwas Geheimnisvolles innewohnte, das für ihn immer schon die Welt geradegerückt hatte.

Der Friede, der ihn überkam, begleitete ihn auch in seinen Träumen – wie stets, wenn er hier war.

Das Fenster stand offen, und ein Mondstrahl drang durch den Spalt zwischen den Vorhängen und verwandelte sie in silberne Seidengewebe, die scheinbar gewichtslos in einer sanften Nachtbrise schaukelten. Die Luft schien hier frischer und duftender zu sein als irgendwo auf der Welt.

Am Morgen, wenn er sich frisch und ausgeruht fühlte, würde er besser nachdenken und Lösungen ersinnen können. Für den Augenblick reichte es ihm vollkommen, daß die vertrauten Wände mit ihren wenigen Bildern an der Wand ihn beschützten und ihm die gewohnte Geborgenheit gaben.

Auf dem Nachttisch stand der alte Wecker und tickte laut und im Rhythmus zu seinem Herzschlag. Das erinnerte ihn an den Lauf der Zeit und daran, daß die Welt morgen ganz anders aussehen würde.

Irgendwann in der Nacht drehte er sich auf den Bauch, und das Laken bewegte sich wie aus eigener Kraft und deckte ihn bis zu den Schultern zu – genau so, wie das immer geschah, wenn er hier die Nacht verbrachte.

Calvin Downing stand neben dem Bett und blickte auf seinen schlafenden Neffen. Tiefe Linien der Anspannung und Müdigkeit hatten sich in Coles Augen- und Mundwinkel gegraben.

Der Onkel sprach zu dem jungen Mann, doch seine Stimme klang noch leiser als das Rascheln der Vorhänge an der Fensterbank. Seine Worte sollten beruhigend wirken und waren voller Liebe für den Neffen, wenn sie auch ein wenig grollend herauskamen. Schon immer hatte er in der Nacht noch einmal nachgesehen, ob bei Cole auch alles in Ordnung war. Und wenn der Junge schlafend dalag, konnte der Onkel ihm all das sagen, was er nicht über die Lippen brachte, wenn Cole direkt vor ihm stand.

»Du hast bereits soviel von dem erreicht, wovon die meisten Männer nur träumen können«, flüsterte Cal. »Und du hast dir und aller Welt bewiesen, daß du alles erreichen kannst, was du dir zum Ziel setzt. Cole, du mußt dich nicht länger selbst vorantreiben.«

Der Schlafende regte sich und drehte den Kopf auf die andere Seite, aber sein Atem ging weiterhin ruhig und gleichmäßig.

»Morgen sieht alles anders aus«, versprach der Onkel ihm, wie er das schon seit Coles Kindheit getan hatte. »Ich habe dich sehr lieb, mein Sohn.«

Kapitel 17

Der Verkehr auf der Interstate zwischen dem Houston International Airport und der Innenstadt war für einen späten Samstagnachmittag ungewöhnlich dicht, doch dem Chauffeur gelang es, den langen schwarzen Mercedes geschickt zwischen den Spuren hin und her zu bewegen, so als vollführe er einen Tanz der Geschwindigkeit, der Motorkraft und des richtigen Timings.

Cole bekam im Fond nichts von den Kunststückchen seines Fahrers mit, studierte er doch eine dicke, detaillierte Analyse über die Schwierigkeiten, die dabei zu erwarten waren, wenn Unified sich mit anderen Unternehmen zusammentäte, um gemeinsam mit den Russen eine Gas-Pipeline durch das Schwarze Meer zu bauen. Er blickte erst von den Akten auf, als der Wagen unter dem grünen Baldachin vor dem Eingang zum Grand Balmoral Hotel anhielt und ein uniformierter Pförtner an seiner Tür auftauchte. Widerstrebend packte Cole die Papiere in die Aktentasche und stieg aus.

Im *Condé Nast Traveler* wurde das fünfzehn Stockwerke hohe Grand Balmoral als herausragendes Beispiel für die vornehm leise Opulenz der alten Welt beschrieben, das über einen ausgezeichneten Service verfüge. Doch als Cole durch die große, kreisrunde Lobby mit den dunkelgrünen Marmorböden marschierte, dachte er an russische Eisenbahnen und den russischen Winter. Den Kristalllüstern oder den luxuriösen vergoldeten Sofas, die mit elfenbeinfarbenen Polstern bezogen waren, schenkte er nicht die geringste Beachtung.

Rechts von der Lobby erhob sich die große Treppe, die zu einem weiten, Mezzanin genannten Zwischengeschoß führte, von dem aus man die gesamte Eingangshalle überblicken konnte. Der White Orchid Ball stand unter dem Thema ›Camelot‹, und zahlreiche Handwerker waren noch damit beschäftigt, auf dem Mezzanin einen Zauberwald zu errichten. Sie verteilten kleine weiße Lichterketten und künstlichen Schnee über das Gebilde, das auf den ersten Blick wie über hundert ausgewachsene Bäume erschien. Auch dafür hatte Cole keinen Blick übrig, während er auf den in Mahagoni gehaltenen Empfang zusteuerte.

Der Hotel-Manager entdeckte den bedeutenden Unternehmer und eilte die Treppe hinunter, um sich ihm vorzustellen. Kaum hatte Cole eingecheckt, als der Manager schon darauf bestand, ihn persönlich zur Regent-Suite hinaufzuführen.

»Wenn wir Ihnen irgendeinen Wunsch erfüllen können, Mr. Harrison, um Ihnen Ihren Aufenthalt hier noch angenehmer zu machen, dann lassen Sie es mich wissen«, erklärte der Mann und verbeugte sich mehrmals beim Hinausgehen.

»Ja, das werde ich«, antwortete Cole geistesabwesend. Die besondere Behandlung, die ihm hier zuteil wurde, beeindruckte ihn genausowenig wie die prächtige Fünf-Zimmer-Suite mit ihrer mauve- und goldfarbenen Einrichtung im Louis-quinze-Stil und dem großartigen Ausblick auf die Houstoner Skyline. Er hatte einen Großteil seines Lebens in Hotelzimmern quer über den Globus verbracht und von dort seine Geschäfte geführt. Deswegen erwartete er überall den besten Service als eine Selbstverständlichkeit.

Cole hatte das Angebot des Managers abgelehnt, seine Garderobe von einem Zimmermädchen auspacken zu lassen. Er gab jetzt dem Pagen, der seine Koffer hochgetragen hatte, ein Trinkgeld, zog sich Jackett und Krawatte aus, knöpfte die Ärmel auf und trat an die Zimmerbar, wo er sich einen Gin Tonic mixte. Mit dem Glas in der Hand öffnete er die Doppeltür zum Balkon und trat hinaus. Draußen herrschten Temperaturen von weit über dreißig Grad, doch von der hohen Luftfeuchtigkeit, die Houston im Sommer in ein Dampfbad verwandelte, war hier oben nichts zu spüren.

Er stellte sich an das Geländer und blickte auf die Stadt, die während seiner Collegezeit seine zweite Heimat gewesen war. In den Jahren danach hatte er sich einige wenige Male aus geschäftlichen Gründen hier aufgehalten, aber nicht eine Nacht hier verbracht. Mit einemmal wurde ihm der große Unterschied zwischen seinem Wegzug vor vierzehn Jahren und seiner heutigen Rückkehr bewußt.

An dem Tag, an dem er am College seinen Abschluß gemacht hatte, war er mit dem Bus aus der Stadt gefahren. Seine gesamte weltliche Habe hatte in einen Nylonsack gepaßt, und er hatte verblichene Jeans, ein T-Shirt und abgeschabte Cowboy-Stiefel getragen.

Heute war er mit seinem Privat-Jet hier angekommen und trug einen siebentausend Dollar teuren Brisoni-Anzug, Schuhe von Cole-Haan zu sechshundert Dollar und eine Aktenmappe, die fünfzehnhundert Dollar gekostet hatte. Während sein Jet zu einem Hangar gezogen worden war, hatte schon eine Limousine mit Chauffeur auf ihn gewartet. Der Fahrer hatte neben der Seitentür auf ihn gewartet und den Motor bereits im Leerlauf laufen lassen, um ihn sofort zum Balmoral zu bringen.

Kurz gesagt, Cole war an zuvorkommende Behandlung ebenso gewöhnt wie an Privat-Jets, Penthouse-Suiten und auffordernde Blicke der Frauen.

Dennoch mußte er jetzt an die zehnstündige Busfahrt zurückdenken, die ihn von Houston nach Jeffersonville gebracht hatte. Er erinnerte sich so deutlich daran, als wäre das erst letzte Woche gewesen. Am Tag nach seinem Abschluß hatte er den ersten Bus in Richtung Norden bestiegen, der ihn zur Ranch seines Onkels bringen würde. Cole hatte sich Cal zuliebe für dieses Beförderungsmittel entschieden, weil der trotz des vielen Geldes, das er mit den Ölfunden auf seinem Land verdient hatte, immer noch das Fliegen für eine unverantwortliche Geldverschwendung hielt. Damals hatte der Neffe kaum mehr als das besessen, was er am Leib trug. Darüber hinaus gehörte ihm noch das, was er in seinem Nylonsack trug. Das mochte recht wenig sein, dafür waren seine Träume aber um so üppiger, mächtiger und ausgereifter. Riesenträume, ausgetüftelt und zig Male durchdacht.

Cole hatte im Bus neben einem alten Mann gesessen, der in mehr oder weniger regelmäßigen Abständen aufstieß, und durch das Fenster die wunderschönen Anwesen in River Oaks betrachtet. In jenem Moment hatte er sich seinen Träumen hingegeben und sich vorgestellt, eines Tages als reiche Persönlichkeit in diese Stadt zurückzukommen.

Und heute war dieser Traum wahr geworden.

Er nahm einen Schluck von seinem Drink und schüttelte den Kopf, als ihm die Ironie des Schicksals bewußt wurde. Tatsächlich war heute eine seiner Fantasien in einer Weise Wirklichkeit geworden, wie er sich das früher nie hätte vorstellen können. Aber das war ihm jetzt ganz egal, interessierte ihn nicht mehr. Dafür war er viel zu sehr mit weitreichenden, globalen Projekten beschäftigt.

Der junge Mann hatte sich selbst bewiesen, was er konnte, hatte sich gegen alle Widerstände durchgesetzt und fand immer noch nicht, daß es jetzt genug war. Cole hatte nicht vor, seine langen Arbeitsstunden zu reduzieren. Im Gegenteil, er trieb sich noch weiter, noch härter an.

Während er auf die Dunstglocke hinausblickte, die über der Stadt hing und aus der nur die Wolkenkratzer herausragten, fragte er sich, wohinter er eigentlich her war und warum er sich immer noch mehr unter Druck setzte.

In Denver fand zur Zeit die alljährliche Aktionärsversammlung von Alcane Electronics statt. Wenn es Coles Unterhändlern nicht gelang, die Mehrheit auf ihre Seite zu ziehen, stand ihm wieder einmal ein harter Übernahmekampf bevor.

In Kalifornien tagten seine Anwälte und Spitzenmanager unablässig mit einem Team von Architekten. Dabei ging es um eine Reihe von Bürogebäuden, die er im Norden dieses Landes und im Bundesstaat Washington errichten wollte, um dort die verschiedenen Firmen seines Konzerns unterzubringen, die auf dem technologischen Sektor tätig waren.

Und wenn sich bei Cals Herz nichts mehr machen ließ … Nein, einfach undenkbar. Nachdem Letty ihm alles erzählt hatte, hatte Cole Cals Hausarzt aufgesucht, und der hatte ihm erklärt, Genaueres ließe sich nicht sagen, und der Neffe solle sich auf das Schlimmste gefaßt machen.

Er warf einen Blick auf seine Uhr. Achtzehn Uhr dreißig. In einer Stunde mußte er zu einem Fernseh-Interview nach unten, und die große Auktion des Balls war für zwanzig Uhr angesetzt. Damit blieb ihm mehr als genug Zeit, zu duschen, sich zu rasieren und sich in den Abendanzug zu werfen. Er beschloß, vorher noch seine Manager in Kalifornien anzurufen, um sich von denen mitteilen zu lassen, wie man bei den Besprechungen vorankäme.

Kapitel 18

Mit aufgesetztem Lächeln, das in ihre Gesichter eingemeißelt zu sein schien, standen Dianas Familie und zwei Freunde etwas abseits in der mittlerweile überfüllten Lobby des Balmoral und gaben sich auch sonst die größte Mühe, vor aller Welt den Eindruck zu erwecken, alles befinde sich in schönster Ordnung. Dabei behielten sie jedoch die Eingangsdrehtüren scharf im Auge, weil sie hofften, daß Diana sich endlich zeigte.

»Die Dekorationen sind ja wieder wunderschön ausgefallen«, bemerkte die Mutter etwas zu verkrampft.

Die anderen schauten sich gehorsam in der Halle um und betrachteten die große Treppe und das Zwischengeschoß. Die Lichter hatte man gedämpft, und das ganze Hotel schien sich in einen Zauberwald mit blinkenden Lampen verwandelt zu haben, deren Schein den künstlichen Schnee zum Glitzern brachte. Eisskulpturen stellten Ritter und edle Damen an verschneiten Weihern dar.

Die Kellner, gewandet in mittelalterliche Trachten, trugen Tabletts voller Weinkelche durch die Menge und wichen geschickt den Personengruppen aus Eis und den künstlichen Schneewehen aus. Das Orchester spielte dazu: ›I Wonder What the King Is Doing Tonight.‹

»Das alles hier sieht wirklich wie die Eröffnungsszene aus *Camelot* aus, nicht wahr, Schatz?« sah Corey ihren Mann an.

Statt direkt darauf zu antworten, legte Spence einen Arm um ihre Hüfte und drückte sie kurz an sich. »Keine Angst, wird schon alles werden, Liebes.«

»Diana hat gesagt, sie wolle zwischen Viertel nach sieben und halb acht kommen«, sagte seine Frau, »und meine Schwester hat sich noch nie verspätet.«

Mrs. Foster bemerkte, daß die Gäste sich langsam in Richtung Zwischengeschoß bewegten, wo die Hauptattraktionen des Abends stattfinden sollten. Dann meinte sie: »Vielleicht ist sie ja zu dem Schluß gelangt, sich hier besser doch nicht zu zeigen.«

Coreys festgefrorenes Lächeln nahm einen erschrockenen Zug an. »Das wäre aber das Dümmste, was sie machen könnte.«

»Diana kommt schon noch«, versicherte Spence den beiden. »Sie ist doch noch nie vor etwas davongelaufen.«

»Ich könnte ihr jedenfalls keinen Vorwurf machen, wenn ihr das doch ein bißchen zuviel wäre«, entgegnete ihre Schwester. »Diana schätzt ihr Privatleben und ihre Würde über alles, und nach dem, was Dan ihr angetan hat, steht sie in der Öffentlichkeit wie ein begossener Pudel da. Wenn ich an ihrer Stelle wäre, hätte ich nicht den Mut, mich heute abend hier blicken zu lassen.«

»Doch, du würdest kommen«, erwiderte ihr Mann aus tiefster Überzeugung.

Corey sah ihn überrascht an. »Wie kommst du denn darauf?«

»Weil du Stolz besitzt«, antwortete er. »Wut in Verbindung mit verletztem Stolz würde dich geradezu zwingen, dich hier zu zeigen und allen ins Gesicht zu sehen. Diana ergeht es ebenso, und deswegen wird sie hocherhobenen Hauptes hier auftauchen.«

»Ja, sie wird kommen«, meinte auch Doug Hayward.

»Wo wir gerade beim Thema sind, da ist Diana ja

schon«, erklärte Spence. Er lächelte seine Frau an. »Und sie hat sich prima vorbereitet.«

Verwundert drehte Corey sich zum Eingang um. Da kam ihre Schwester hereingeschritten, bewegte sich hocherhobenen Hauptes durch die Menge und schien nichts davon zu bemerken, wie die Gäste sich umdrehten und sie anstarrten. Corey war in diesem Moment richtig stolz auf ihre Schwester. Fast hätte sie selbst geglaubt, daß es nie einen Dan und eine gebrochene Verlobung gegeben habe.

Normalerweise kleidete sich Diana bei offiziellen Anlässen in vornehm zurückhaltender Eleganz. Doch nicht so heute abend. Mit einem bewundernden Lächeln ließ Corey den Blick über das Outfit ihrer Schwester wandern. Sie trug ein lilafarbenes Abendkleid mit einem tiefen Schlitz an der Seite und dünnen Trägern. Der Stoff fiel in verschiedenen Bahnen herab, drehte sich um ihren Körper, betonte ihre formvollendeten Hüften und endete kurz oberhalb der Füße in Rüschen. Statt der geschäftsmäßigen Frisur trug sie das Haar heute offen, es fiel in wallenden Locken bis zu den Schultern. Diese Natürlichkeit stand in bezauberndem Kontrast zu dem sehr sexy Kleid.

Corey umarmte die Schwester herzlich. »Ich hatte schon befürchtet, du wolltest lieber zu Hause bleiben.«

»Mir ist nicht einmal der Gedanke daran gekommen«, log Diana, umarmte Corey ebenfalls und lächelte ihrer Mutter und ihren Großeltern aufmunternd zu. In ihrem nervösen und unglücklichen Zustand war sie sehr froh darüber, ihre Familie und auch Doug mit seiner Freundin hier zu sehen, die wie eine Ehrengarde angetreten waren, um sie durch die Klippen dieser Veranstaltung zu geleiten. Diana hätte darüber in Tränen ausbrechen können, beherrschte sich aber, weil der Abend doch noch gar nicht richtig begonnen hatte.

»Du siehst großartig aus«, lobte Spence sie galant und gab ihr einen brüderlichen Kuß. »Das Abendkleid übrigens auch.«

»Wie schön, daß deine Besprechungen in New York einen Tag früher beendet waren und du uns heute abend begleiten konntest.«

Eigentlich war Spence nicht aufgrund eines solchen glücklichen Umstands rechtzeitig nach Houston zurückgekehrt. Dianas Tragik hatte ihn dazu bewegt, die letzten Termine abzusagen. Corey war klug genug, ihrer Schwester nichts davon mitzuteilen.

Doug wandte sich von seiner Freundin ab und betrachtete Diana mit aufrichtiger Bewunderung. »Du siehst fantastisch aus.« Auch er gab ihr einen leichten Kuß auf die Wange, nahm dann ihre Hände, trat einen Schritt zurück und legte die Stirn in Falten. »Deine Finger sind ja eiskalt. Bist du dir sicher, daß du die ganze Meute und auch noch die Presse heute abend ertragen kannst?«

Seine Sorge rührte sie zutiefst, und sie setzte rasch das fröhlichste Lächeln auf, zu dem sie fähig war. »Damit werde ich schon klarkommen«, versicherte Diana ihrem alten Freund aus Teenagertagen. »Ich bin schließlich nicht die einzige, der so etwas jemals widerfahren ist. Das passiert sogar einer ganzen Menge Menschen. Verlobungen werden eben gelegentlich gelöst, und dann heiratet der Betreffende eine andere. Viel seltener kommt so etwas allerdings in der umgekehrten Reihenfolge vor«, fügte sie in einem Anflug von Galgenhumor hinzu.

Doch Hayward lachte nicht darüber, sondern zuckte zusammen, und sie drückte rasch seine Hände, um ihm für sein Kommen zu danken. Doug hatte eigentlich nicht vorgehabt, den Ball zu besuchen. Als frischgebackener Senator von Texas hätte er für eine solche Veranstaltung keine Zeit gefunden. Doch als er erfahren hatte, daß Diana mutig genug war, sich so unmittelbar nach der erzwungenen Trennung der Öffentlichkeit zu stellen, hatte er sich kurzerhand entschlossen, doch ins Balmoral zu kommen und am Tisch der Fosters zu sitzen.

Diana wußte, daß er ihr damit moralischen Beistand leisten wollte. Darüber hinaus würde er seinen beträchtlichen Einfluß in der oberen Gesellschaft Houstons einsetzen, um Verständnis für die Verlassene hervorzurufen. »Vielen Dank, daß du meinetwegen soviel auf dich genommen hast. Anscheinend hat sich nichts geändert. Schon früher hast du Corey und mir immer mit Rat und Tat zur Seite gestanden und uns aus der einen oder anderen verfahrenen Situation geboxt.«

»Ich fürchte, so mancher gutgemeinte Rat von mir hat erst dazu geführt, daß Corey in einen Schlamassel geraten ist«, scherzte er gutgelaunt. »Du hingegen hast mich nur selten um Beistand gebeten, und wenn ich mich recht erinnere, bist du auch nie dank meiner ›Vorarbeit‹ in eine bedrohliche Lage geraten.«

Da hatte er allerdings recht, doch wollte Diana nicht den Eindruck aufkommen lassen, seine Freundschaft sei ihr nicht wichtig gewesen. »Du bist sehr verständnisvoll und lieb«, erklärte sie ihm mit ihrem schönsten Lächeln.

Er ließ in gespieltem Entsetzen ihre Hände los. »Willst du etwa mein sorgfältig aufgebautes Image vom harten Jungen ruinieren? Meine politischen Gegner werden mich als Weichling hinstellen, wenn sie erst herausgefunden haben, wie verständnisvoll und lieb ich bin!«

Corey hörte diesem Geplänkel amüsiert zu, doch nur mit einem Ohr. Besorgt betrachtete sie die Züge ihrer Schwester. Wenn man direkt vor Diana stand, konnte man feststellen, wie blaß sie unter dem sorgfältig aufgetragenen Make-up war, und aus ihren Augen war der gewohnte Glanz gewichen. Sie wirkte wie ein verwundetes Tier.

Spence schien das ebenfalls aufgefallen zu sein, denn er eilte zu einer der Bars und kehrte eine Minute später mit zwei Gläsern wieder. »Trink das«, forderte er seine Schwägerin auf. »Das bringt etwas Farbe in dein Gesicht und gibt dir neuen Mut.«

Diana trank einen kleinen Schluck und schüttelte dann den Kopf, um sich dem Problem zu stellen, dem sie bisher ausgewichen war. Sie konnte nicht wissen, was in etwa einer Stunde geschehen würde, wenn sie zusammen mit ihrer Familie, Doug und seiner Freundin Amy den Ballsaal betrat.

Einige der Gäste waren ihre Freunde, und wenn sie Diana im Lauf des Abends nach Dan fragen würden, dann aus ehrlichem Bedauern und Mitgefühl. Doch bei der Mehrzahl der Anwesenden würde das nicht so sein. Die junge Frau würde mit Hundertschaften von Bekannten oder einfach Neugierigen konfrontiert werden, die sie nicht aus den Augen lassen und mit scheinbar harmlosen Fragen versuchen würden, etwas zu erfahren, über das sie morgen bei Freunden klatschen konnten. Und sicher gab es nicht wenige, die an ihrem Pech ihre helle Freude haben würden.

Diana hatte sich in ihrem Leben immer große Mühe gegeben, sich andere nicht zum Feind zu machen. Doch wußte sie natürlich, daß viele der Familie Foster ihren Erfolg neideten. Und dann waren da natürlich auch noch diejenigen, die sich von Natur aus am Mißgeschick anderer erfreuten.

»Die Medien werden dir heute abend bestimmt keine Ruhe lassen«, meinte Corey grimmig.

»Das ist mir klar.«

»Bleib immer bei Spence und mir. Wir schirmen dich ab, so gut wir können.«

Diana lächelte schief. »Hat dein Mann vielleicht ein Schießeisen dabei?«

»Nein, leider nicht«, grinste Corey. »Das beult seinen Frack nämlich so aus.«

Es gelang ihrer Schwester, darüber zu lächeln, aber ihre ganze Aufmerksamkeit galt dem Mezzanin, und sie betrachtete die dort versammelte Menge wie jemand, der vor ein Erschießungskommando geführt worden ist. »Ich wünschte nur, ich hätte nicht zugestimmt, bei der Auktion die Halskette vorzuführen. Gleich muß ich da hinauf, um sie mir anlegen zu lassen.«

»Gott, das hatte ich ja ganz vergessen!« stöhnte Corey. »Mir ist natürlich eben aufgefallen, daß du heute abend keinen Schmuck trägst, aber du hast bei deinem Erscheinen so gut ausgesehen, daß ich gar nicht mehr daran gedacht habe, was dich heute noch erwartet.«

Seit über hundert Jahren galt der White Orchid Ball und die mit ihm verbundene Wohltätigkeitsversteigerung als das gesellschaftliche Ereignis für die Houstoner Oberschicht. Die Veranstaltung hatte im Lauf der Jahrzehnte etliche Traditionen entwickelt, die meist noch aus der Zeit stammten, als hauptsächlich Öl oder Rinderbarone und neureiche Industrielle in Kutschen vorgefahren waren und mit ihren Ladys bei Kerzenschein getanzt hatten.

Heutzutage war der Ball längst nicht mehr auf die reichsten texanischen Familien beschränkt, aber die Traditionen hatten sich unverändert erhalten, und immer noch galt der White Orchid als eine der weithin erfolgreichsten Wohltätigkeitsveranstaltungen.

Man hatte Diana gebeten, eines der Stücke vorzuführen, das unter den Hammer kommen sollte. Damals hatte sie natürlich noch nichts von Dans Verrat geahnt, und jetzt konnte sie von diesem Ehrendienst nicht mehr zurücktreten, ohne neue Gerüchte in die Welt zu setzen. Allen in dieser kleinen Runde war das nur zu bewußt.

»Trink aus«, forderte Spence sie auf. »Komm schon, nur noch zwei Schlucke.«

Diana gehorchte, weil sie ihre Kraftreserven nicht jetzt schon mit Widerspruch vertun wollte. Sie benötigte alle Energie für das, was ihr an diesem Abend noch bevorstand.

Der Großvater wußte, wie sehr die Enkelin es sich stets zu Herzen nahm, wenn er sich unwohl fühlte, und so verfiel er auf die Idee, sie durch seine eigenen Nöte von den ihren abzulenken. Er tippte mit dem Finger auf sein gestärktes Hemd und jammerte: »Ich hasse es, in einem solchen Affenaufzug herumlaufen zu müssen, Diana. Jedesmal, wenn ich so ein Ding anzuziehen habe, komme ich mir vor wie ein Trottel.«

Die Großmutter sah ihn streng an. »Hör auf, dich zu beschweren. Der Frack steht dir großartig.«

»Nein, darin sehe ich aus wie ein blöder Pinguin.«

»Alle Männer hier tragen Frack.«

»Sie sehen ja auch alle aus wie Pinguine«, gab er brummig zurück. Da seine Frau ihm bei der Durchführung seines Ablenkungsmanövers zu sehr im Weg stand, mußte er es mit einem neuen Thema versuchen und sah Diana hoffnungsvoll an: »Ich glaube, wir sollten im Magazin mal wieder einen großen Artikel über organisches Düngen bringen. Das Thema war immer schon populär. Was hältst du davon?«

Seine Enkelin schien aber nur Gedanken für das zu haben, was ihr bald drohte. »Das wäre toll, Großvater«, antwortete sie, obwohl sie in diesem Jahr schon zweimal etwas darüber gebracht hatten. »Das machen wir«, fügte sie mechanisch hinzu. Die anderen Familienmitglieder sahen sie sofort fragend an.

»Ich glaube, ich melde mich jetzt besser beim Auktionator«, erklärte Diana zögernd. »Was für ein Glück, daß ich heute nicht in der Stimmung bin, viel Geld auszugeben.« Nicht einmal sie selbst konnte über diesen flauen Scherz lächeln. »Zuerst vergesse ich meine Handtasche und muß noch einmal zurück.« Sie zeigte allen ihre kleine, ovale Judith-Leiber-Abendtasche. »Als ich dann hier ankomme, kann ich dem Parkwächter nicht einmal ein Trinkgeld geben, weil ich nicht daran gedacht habe, mein Portemonnaie einzustecken. Alles, was ich dabei habe, sind mein Führerschein und meine Puderdose. Ach ja, an den Lippenstift habe ich gedacht, aber die falsche Farbe eingesteckt.«

Alle lächelten darüber, und sie entfernte sich von der Gruppe. Nur Großmutter Britton wirkte noch besorgter als vorher. Nachdenklich legte sie die Stirn in Falten und erklärte dann düster: »Ich glaube, das Mädchen steht kurz vor einem Nervenzusammenbruch.«

»Wie kommst du darauf?« fragte der Großvater.

»Ich meine damit, daß sie sich sehr, sehr eigenartig verhält«, entgegnete seine Frau, »und das hat sie schon getan, bevor Dan sie wie eine heiße Kartoffel fallengelassen hat.«

»Mir ist nichts Eigenartiges an ihr aufgefallen, Mutter«, sagte Mrs. Foster leicht gereizt über die Wortwahl.

»Dann will ich dir ein paar Beispiele geben. Diana war immer die gründlichste, methodischste, pünktlichste und zuverlässigste Person auf Gottes schöner Welt. Jeden Freitagmorgen geht sie um halb acht zur Massage, und jeden Donnerstagnachmittag um vier hält sie ein Meeting mit der Herstellung ab.« Mrs. Britton legte eine Kunstpause ein, um sicherzugehen, daß sie die Aufmerksamkeit aller um sie herum besaß.

Erst dann legte sie ihre Beweise für die Veränderungen an ihrer Enkelin vor: »Vor zwei Wochen hat Diana ihren Massagetermin schlichtweg vergessen. Letzte Woche war ihr das Donnerstagsmeeting völlig entfallen, und sie hatte auch nicht einmal daran gedacht, ihrer Sekretärin mitzuteilen, daß sie zu dem Zeitpunkt einen Termin mit unserer Hausbank hatte. Woher ich das weiß? Nun, ihre Sekretärin hat mich angerufen, weil sie ihre Chefin nicht finden konnte!«

Spence verkniff sich ein Grinsen, weil er das alles eher für menschlich und bei weitem nicht für einen Grund zur Sorge hielt. »Wir alle haben doch schon einmal einen Termin vergessen, Omi. Das trifft vor allem für die Zeiten zu, in denen wir unter großem Streß stehen. Nach allem, was Corey mir erzählt hat, stand Diana in den letzten Monaten unter enormem Druck, nicht nur wegen des Magazins, sondern auch wegen ihrer Expansionspläne, und, nicht zu vergessen, aufgrund der lieben Konkurrenz. Da ist es doch verständlich, wenn man einmal eine Massage verschwitzt.«

»Vor zwei Monaten«, beharrte Mrs. Britton, »hat sie meine Geburtstagsfeier vergessen.«

»Sie hatte noch viel im Büro zu tun«, erinnerte Mrs.

Foster sie. »Als ich sie dort angerufen habe, ist sie gleich vorbeigekommen.«

»Ja, und kaum da, hatte sie mein Geschenk liegenlassen. Sie ist dann sofort zurück in ihre Wohnung und wollte sich partout nicht davon abbringen lassen.«

»Das ist doch nun wirklich nicht ungewöhnlich für sie«, widersprach Corey. »Du weißt doch selbst, wieviel Mühe sie sich bei den Geschenken für ihre Lieben gibt. Deswegen ist sie zu ihrer Wohnung gefahren, weil du dein Geschenk auch erhalten solltest, das sie mit soviel Liebe ausgesucht hat.«

»Natürlich. Aber in ihrer Wohnung hat sie eine Stunde gebraucht, das Geschenk zu finden, weil sie sich nicht mehr daran erinnern konnte, wo sie es hingelegt hatte.«

Doug und Spence tauschten amüsierte Blicke aus, dann meinte Hayward: »Das liegt darin, daß sie Geschenke bis zu einem Jahr im voraus kauft. Letzten August habe ich Diana bei Neiman's getroffen, und da hat sie mir gesagt, daß sie gerade ihre Weihnachtseinkäufe erledige.«

Corey lächelte. »Im August stellt sie die Liste zusammen, und spätestens im September sind alle Geschenke besorgt. Meine Schwester meint nämlich, daß man danach nicht mehr in aller Ruhe stöbern kann.«

»Und sie schenkt immer tolle Sachen«, erinnerte sich Doug gern. »Letztes Jahr habe ich ihr eine Schachtel Godiva-Pralinen und eine Flasche Champagner geschenkt, aber von ihr erhielt ich einen Kaschmir-Schal. Einige Zeit davor hatte ich ihr gegenüber einmal erwähnt, daß das Stück mir gefalle. Ich wette, Mrs. Britton, daß sie zu Ihrem Geburtstag auch genau das Richtige für Sie hatte.«

»Wie man's nimmt, eine Kiste Zigarren«, entgegnete die Großmutter.

Doug starrte sie verwirrt an, bis der Großvater grinsend die Erklärung bot. »Die Zigarren waren eigentlich für meinen Geburtstag bestimmt. Diana packt ihre Geschenke immer gleich ein, nachdem sie sie gekauft hat. In ihrer Eile, wieder zurückzukommen, hat sie das falsche Päckchen erwischt.«

Doch Mrs. Britton gab sich noch immer nicht zufrieden. »Vor ein paar Wochen, als Diana von der Besprechung mit unseren Druckern in Chicago zurückkehrte, hat sie am Flughafen ein Taxi genommen, um ins Büro zu kommen.«

»Das ist doch wohl vollkommen normal, oder?«

»Tja, ihr eigener Wagen stand aber am Flugplatz. Wenn ihr mich fragt, dann hat diese Frau zu lange zu hart gearbeitet.«

»Na ja, sie hat seit sechs Jahren keinen Urlaub mehr genommen«, bemerkte Dianas Mutter mit leisen Schuldgefühlen und großer Sorge. »Ich glaube, wir sollten sie dazu überreden, sich mindestens einen Monat freizunehmen.«

»Mit Diana ist alles okay«, warf Großvater ein und beendete damit die Debatte, »laßt euch das gesagt sein. Aber sie sollte in Urlaub fahren, und sei es nur aus Prinzip.«

Kapitel 19

Der ›Presseraum‹, ein mit einer Samtschnur abgetrenntes Geviert, befand sich oberhalb der Lobby am Ende des Zwischengeschosses. Ganz in der Nähe war der Ballsaal gelegen, in dem später die Auktion stattfinden sollte. Cole hatte der PR-Abteilung seines Konzerns ein Versprechen gegeben, und das hielt er nun ein, indem er freundlich lächelnd auf die Reporter zuging und sich Mühe gab, ihnen das Gefühl zu vermitteln, er stelle sich gern ihren Fragen.

Der Chef von Unified gewährte den lokalen Vertretern der Fernsehsender CBS und ABC jeweils ein kurzes Interview, ließ sich fotografieren und beantwortete die Routinefragen der Reporter vom *Houston Chronicle* und von *USA Today*.

Als letztes war das ABC-Interview an der Reihe. Cole stand neben Kimberly Proctor, während das runde Licht des Camcorders wie ein Zyklopenauge auf ihn gerichtet war, und lauschte den einführenden Worten der attraktiven blonden Frau, die auf die lange Geschichte des White Orchid Ball und dessen Traditionen zu sprechen kam. Endlich hielt sie ihm das Mikrofon hin.

»Mr. Harrison, wir haben von den Veranstaltern erfahren, daß Sie für die heutige Auktion ein sehr wertvolles Stück gestiftet haben. Wieviel ist Ihre Klineman-Skulptur eigentlich wert?«

»Kommt drauf an, für wen«, entgegnete er trocken. Er hielt das Kunstwerk für eine Monstrosität, aber damals hatte er es günstig erworben, und seitdem war sein Wert auf das Fünffache gestiegen.

Kimberly lachte. »Ich meinte, was müßte man in einer Galerie dafür hinlegen?«

»Eine Viertelmillion.«

»Sie scheinen wirklich ein großzügiger Mann zu sein.«

»Erzählen Sie das bloß nicht dem Finanzamt«, sagte er und entschied dann, das Interview zu beenden. Cole nickte ihr mit einem Lächeln kurz zu und trat dann aus dem Kamerabereich.

Das verblüffte Kimberly, und sie lief ihm hinterher. »Warten Sie, ich ... ich dachte, wir könnten uns später noch zusammensetzen ... um uns ein wenig zu unterhalten.«

»Tut mir sehr leid«, mißverstand er sie bewußt, »aber da müssen Sie sich an unsere PR-Abteilung wenden und dort einen Interview-Termin ausmachen.«

»Ich dachte eigentlich weniger an ein Interview«, sagte sie und sah ihm direkt in die Augen, »sondern eher daran, gemeinsam noch einen Drink zu nehmen ...«

Cole schüttelte entschieden den Kopf und lächelte bedauernd: »Ich fürchte, mir bleiben nicht einmal fünfzehn Minuten Freizeit, bis ich morgen Houston verlasse.«

Kimberly sah sehr gut aus, besaß Stil und war intelligent, aber das alles spielte für Cole keine Rolle. Denn sie war Reporterin, und selbst wenn sie die begehrenswerteste Frau auf der ganzen Welt gewesen wäre, hätte er sie wie die Pest gemieden.

»Vielleicht ein andermal«, fügte er noch hinzu, ließ sie stehen und wußte, daß sie jetzt von den anderen Persönlichkeiten bestürmt wurde, die viel williger auf ihre Fragen reagieren würden.

»Mr. Harrison?« rief einer der Reporter, aber Cole schenkte ihm keine Beachtung und lief weiter, als hätte er diesen Namen noch nie gehört. Nur einmal hielt er vor einem Kellner an und ließ sich von ihm ein Glas Champagner reichen.

Als er die andere Seite der Lobby erreicht hatte, war er von mindestens einem Dutzend Menschen begrüßt worden und hatte zurückgegrüßt, ohne die geringste Vorstellung zu haben, um wen es sich dabei handelte.

Schließlich machte er dann in der Menge doch zwei bekannte Gesichter aus, die ironischerweise ausgerechnet den beiden Menschen gehörten, die ihm unter keinen Umständen begegnen wollten – Mr. und Mrs. Charles Hayward. Sie liefen an ihrem ehemaligen Stallburschen mit eisigen Blicken vorbei und übersahen ihn geflissentlich.

Cole blieb vor dem Raum stehen, in dem die wertvollsten Stücke ausgestellt waren, die später zur Versteigerung gelangen sollten. Er hörte mehrmals, wie sein Name geflüstert wurde, wenn ein Gast ihn erkannt hatte. Doch noch öfter als ›Harrison‹ vernahm er ›Diana Foster‹, in der Regel mit dem Zusatz ›die Ärmste‹ versehen. Ihm fiel auf, daß die meisten Frauen gehässigere Bemerkungen dazu folgen ließen.

So kam er bald zu dem Schluß, daß der White Orchid Ball drei verschiedene sehr wichtige Bedürfnisse erfüllte: Zum ersten bot er den Ehefrauen und Töchtern der Reichen die Möglichkeit, in einer eleganten Umgebung zusammenzukommen, voreinander ihre jüngste Garderobe und ihren neuesten Schmuck vorzuführen und miteinander zu tratschen, während ihre Ehemänner und Väter sich über Golf oder Tennis unterhielten.

Zum zweiten kam hier viel Geld für die American Cancer Society, die amerikanische Krebsgesellschaft, zusammen. Und damit verbunden war der dritte Grund, bot die Veranstaltung den oberen Zehntausend von Houston doch Gelegenheit, ihr soziales Bewußtsein zur Schau zu stellen, indem sie einander bei den vielen extravaganten und teuren Stücken überboten, die von ihnen selbst gestiftet worden waren und bei der Auktion zur Versteigerung kamen.

Cole sagte sich auch, daß der White Orchid Ball allen drei Bedürfnissen in herausragender Weise gerecht wurde.

Bewaffnete Sicherheitskräfte standen vor dem Eingang zu dem Raum, in dem die kostbaren Spenden ausgestellt wurden, und noch während Cole hinsah, kam es direkt neben ihm zu einem Wortwechsel. Ein Fotograf in einem rotweiß karierten Hemd hatte versucht, sich an den Wächtern vorbeizuschleichen.

»Nach neunzehn Uhr haben hier nur noch geladene Gäste Zutritt«, warnte ihn der Security-Mann und verschränkte die Arme vor der Brust.

»Ich bin vom *Enquirer*«, entgegnete der Pressevertreter laut genug, damit alle es mitbekommen konnten, »und der Kram, der heute abend versteigert werden soll, interessiert mich überhaupt nicht. Ich will nur ein Bild von Diana Foster schießen. Die ist nämlich vor kurzem hier eingetroffen, das habe ich selbst gesehen.«

»Ich kann es Ihnen nur noch einmal sagen: Nach neunzehn Uhr haben nur geladene Gäste Zutritt. Tut mir leid.«

Dieser Vorfall zeigte Cole auf recht drastische Weise, in welchen Nöten sich Diana befand, und er empfand Mitleid mit ihr. Er hatte sie kürzlich im Fernsehen gesehen und wußte daher, daß aus dem Teenager von einst eine erwachsene Frau geworden war. Doch in seinen Gedanken war sie immer noch das Mädchen, das mit einem untergeschlagenen Bein auf einem Strohballen gesessen und ihm mit geneigtem Kopf aufmerksam zugehört hatte, ganz gleich, was er von sich gab.

Die Flügeltüren zum Ballsaal, in dem das Bankett und die Auktion stattfinden sollten, waren immer noch geschlossen. Cole warf einen ungeduldigen Blick auf seine Uhr, weil er die ganze Geschichte möglichst rasch hinter sich bringen wollte. Da er den Ablauf aber nicht beschleunigen konnte und außerdem keine Lust hatte, sich mit einem der Gäste zu unterhalten, die angestrengt versuchten, seinen Blick festzuhalten, zog er sich in den Schatten einer kleinen Baumgruppe zurück und verbarg sich hinter den glitzernden Ästen und Zweigen.

Während er einen Schluck Champagner trank, dachte er an die Vergangenheit zurück. Nach seiner Zeit als Pferdepfleger bei den Haywards hatte er rund um den Erdball an Hunderten gesellschaftlichen Veranstaltungen teilgenommen. Mittlerweile langweilten ihn solche Anlässe nur noch. Der heutige Abend hier in Houston bildete jedoch eine Ausnahme. Er kam sich wie ein Eindringling, ein Betrüger oder Hochstapler vor.

Von seinem Versteck im Zauberwald aus besaß er einen guten Blick auf die vorbeiziehende Menge, und während er immer wieder müßig nach der einen oder anderen Gruppe schaute, mußte er sich schließlich eingestehen, daß er in Wahrheit nur darauf hoffte, Diana irgendwo zu entdecken …

Plötzlich gingen mehrere Gäste vor ihm auseinander und gaben den Blick auf sie frei. Da stand sie, unweit der Fahrstühle an eine Säule gelehnt.

Das Wiedererkennen traf ihn wie ein Schock, dann verspürte er große Erleichterung, und schließlich betrachtete er sie, wie ein Mann eine Frau bewundernd ansieht. Ja, das war sie tatsächlich, ›Diana Foster, die Ärmste‹.

Doch er bekam kein gedemütigtes, verhuschtes Geschöpf zu sehen, das sich so klein wie möglich machte, sondern eine Diana, die nichts von ihrer Ruhe und vornehmen Haltung verloren hatte, an die er sich noch so gut erinnern konnte.

Sie trug ein enganliegendes lilafarbenes Gewand, das

ihre festen Brüste und schmalen Hüften betonte, und sie bewegte sich wie eine Königin durch das künstliche Zwielicht des Zauberwalds. Von dem Geschiebe, Gedränge und Getuschel links und rechts von ihr schien sie überhaupt nichts mitzubekommen. Wie eine stolze Guinevere wirkte sie mit ihren zierlichen Zügen, dem schmalen Kinn und den großen, leuchtenden grünen Augen unter den dichten dunklen Wimpern und den exotisch gebogenen Brauen.

Cole sagte sich, daß alles an ihr jetzt wirklich erblüht war, und von dem winzigen Grübchen in ihrem Kinn konnte man kaum noch etwas erkennen. Nur das Haar sah noch so aus wie früher - voll glänzte es in der Farbe von Mahagoni und erstrahlte im Schein der vielen Leuchter besonders glänzend. Eine wunderbare Halskette mit großen, quadratisch geschnittenen rotvioletten Amethysten, die von Diamanten umringt wurden, ruhte um ihren Hals und schmeichelte ihr und ihrem Abendgewand. Der junge Mann sagte sich, daß solche Kleider und ebendieser Schmuck ihr viel besser standen als die Bügelfaltenhosen und konservativen Blazer, in denen sie sich sonst zeigte.

Er blieb im Schatten der Bäume, um ihre Schönheit noch etwas länger genießen zu können. Doch noch viel mehr bewunderte er ihre schwer in Worte zu fassende, gleichsam aber unübersehbare Präsenz, mit der sie aus diesem sich ständig bewegenden Kaleidoskop von Gestalten und Farben eindeutig hervorragte. Fast wollte es ihm erscheinen, als bilde Diana einen ruhenden Pol in diesem Meer von Bewegung.

Sie lauschte gerade aufmerksam einem Mann, der ihr etwas mitteilte. Cole war sich sicher, in ihm Spencer Addison wiederzuerkennen. Als der junge Mann sich jemand anderem zuwandte, trat Harrison aus seinem Versteck, bewegte sich aber nicht gleich auf Diana zu, sondern hoffte, daß sie in seine Richtung schauen würde. Cole wünschte, sie würde ihn gleich erkennen, ihm ihr unvergeßliches

Lächeln schenken und dann zu ihm kommen, um ihn zu begrüßen. Verblüfft stellte er fest, wieviel angespannte Erwartung sich in ihm aufbaute.

Natürlich ließ sich nicht ausschließen, daß sie ihn ebenso wie vorhin die Haywards übersehen würde. Aber irgend etwas sagte ihm, daß es bei Diana anders wäre. Bis jetzt hatte sein alter Jugendtraum, im Triumph nach Houston zurückzukehren, für ihn keine große Rolle mehr gespielt. So verwunderte es ihn doppelt, als er jetzt feststellen mußte, wie wichtig es ihm war, daß Diana heute abend von ihm Notiz nehmen würde – oder besser gesagt, von dem Mann, der er seit damals geworden war.

Wenn er an die eisigen Blicke von Charles und Jessica Hayward zurückdachte, konnte er sich kaum vorstellen, daß die beiden überall herumerzählt hatten, wie erfolgreich ihr ehemaliger Stallbursche inzwischen geworden war. Daher bestand natürlich die Möglichkeit, daß Diana gar nicht wußte, daß es sich bei dem Cole Harrison, mit dem sie sich als junges Mädchen so gern unterhalten und dem sie immer etwas zu essen mitgebracht hatte, um denselben handelte, der gerade vom Magazin *Newsweek* zum Unternehmer des Jahres gekürt worden war.

Die Türen zum Ballsaal wurden aufgestoßen, und die ganze Schar setzte sich wie auf ein geheimes Kommando hin in Bewegung. Schon nach wenigen Sekunden konnte er Diana nicht mehr entdecken. Da er sie nicht aus den Augen verlieren wollte und gern ein paar Worte mit ihr gewechselt hätte, ehe sie im Saal an ihrem Tisch Platz genommen hatte, marschierte er jetzt los. Doch die Flut der Gäste behinderte sein Vorankommen. Als er den Strom endlich hinter sich gebracht hatte, standen nur noch etwa hundert Menschen auf dem Zwischengeschoß. Diana gehörte auch dazu, doch sie unterhielt sich gerade mit Doug Hayward.

Cole verlangsamte seine Schritte und wich zur Seite aus. Dann trank er noch einen Schluck und hoffte, daß der junge Hayward sich bald entfernen würde. Er konnte schließlich nicht wissen, ob die Ablehnung des Vaters vom Sohn geteilt wurde, und er wollte nicht das Risiko eingehen, es bei seinem ersten Wiedersehen mit Diana seit über zehn Jahren zu einem peinlichen Vorfall kommen zu lassen.

Doug wollte sie in den Ballsaal begleiten, doch zu Coles großer Erleichterung lehnte sie ab. »Geh nur schon ohne mich voraus. Ich komme gleich nach. Nur eine Minute. Ich möchte noch etwas frische Luft schnappen.«

»Dann gehe ich halt mit dir auf den Balkon«, erbot sich der junge Hayward.

»Nein, danke. Bitte, Doug, ich muß einfach für einen Moment allein sein.«

»Also gut, wenn du meinst, daß du das jetzt brauchst«, entgegnete er leicht frustriert. »Bleib aber nicht zu lange«, fügte er noch hinzu und verschwand dann in Richtung Ballsaal.

Diana drehte sich um und lief zu einer Tür mit der Aufschrift EXIT.

Cole hatte genug Erfahrungen mit Frauen gesammelt, um zu wissen, wann jemand kurz vor einem Tränenausbruch stand. Da Diana Doug erklärt hatte, allein sein zu wollen, sagte er sich, daß auch er sie nicht dabei stören durfte.

Er wollte sich gerade ebenfalls in den Saal begeben, als ihm eine alte Erinnerung wieder ins Gedächtnis kam. Diana hatte ihm einmal von ihrem Sturz von einem Pferd erzählt.

»Ich habe gar nicht geweint … Nicht einmal, als ich mir das Handgelenk gebrochen hatte und Dr. Paltrona es richtete.«

»Nicht ein kleines bißchen?«

»Nein.«

»Nicht einmal eine Träne?«

»Keine einzige.«

»Dann sind Sie aber sehr tapfer.«

»Eigentlich nicht«, seufzte sie, »ich bin nämlich vorher in Ohnmacht gefallen.«

Als Kind hatte sie tapfer alle Tränen zurückgehalten, aber heute abend war sie als Erwachsene wahrscheinlich so furchtbar verletzt, daß sie sich nicht länger zurückhalten konnte.

Cole zögerte und fühlte sich hin und her gerissen zwischen seinem männlichen Instinkt, der ihm gebot, sich aus allem herauszuhalten, und einem kaum erklärbaren Drang, ihr Trost und seine Schulter anzubieten.

Letzterer Impuls setzte sich schließlich durch, und Cole schritt langsam, aber zielsicher auf die Ausgangstür zu und besorgte auf dem Weg dorthin zwei Gläser Champagner. Eins für sich und eins für sie.

Kapitel 20

Niemand hielt sich auf dem langen, schmalen Balkon auf. Ein paar flackernde Gaslampen verbreiteten kleine Lichtkreise und ließen den Rest in Finsternis zurück. Für Dianas trübe Stimmung war dieses Halbdunkel genau das Richtige und den Lichtern und Dekorationen im Hotel entschieden vorzuziehen. Außerdem ersparte sie sich hier draußen die schmerzliche Ironie, sich vom Orchester ›If I Would Ever Leave You‹ anhören zu müssen.

Diana wollte auch niemandem begegnen, der sich ebenfalls entschlossen hatte, hier draußen frische Luft zu schnappen. So wandte sie sich nach rechts und lief immer weiter, bis sie das Ende des Balkons erreicht hatte. Sie lehnte sich an die Balustrade, preßte die Hände an den kühlen weißen Stein, ließ den Kopf hängen, betrachtete die Finger und stellte fest, wie nackt ihre Linke ohne Dans Verlobungsring aussah.

Zwei Stockwerke unter ihr zog sich eine helle Girlande von Laternen an dem baumbestandenen Boulevard vor dem Hotel dahin. Doch Diana war dafür blind und nahm nichts außer der schrecklichen Leere in sich wahr. In den letzten Tagen hatte ihre Stimmung zwischen lethargischer Hilflosigkeit und plötzlichen Ausbrüchen von wütender Energie hin und her geschwankt. Dann hatte sie sich mit den sinnlosesten Dingen beschäftigt, um nicht mehr an ihre Trübsal denken zu müssen.

Dennoch kehrte ihr regelmäßig ins Bewußtsein zurück, daß Dan verheiratet war. Diese grausame Wahrheit konnte sie einfach noch nicht verarbeiten. Mit einer anderen vermählt. Dabei hatten er und sie noch letzten Monat darüber gesprochen, den White Orchid zu besuchen. Dan hatte sie mehrmals darum gebeten, ihm einen Platz am Tisch der Familie freizuhalten.

Auf der Straße unten kreischten Bremsen, und ein ohrenbetäubendes Hupkonzert setzte ein. Diana wurde aus ihren Gedanken gerissen und machte sich schon auf das Geräusch von gegeneinanderkrachendem Metall und zersplitterndem Glas gefaßt. Als sie über die Brüstung blickte, stellte sie fest, daß es zu keinem Zusammenstoß gekommen war. Sie wollte gerade den Blick wieder abwenden, als ein schwarzes Mercedes Cabrio herangefahren kam. Das gleiche Modell wie Dans Wagen. Der Wagen blinkte nach links, um in die Tiefgarage des Hotels abzubiegen.

Eine schreckliche Sekunde lang glaubte Diana, Dan sei tatsächlich erschienen. Und in diesem kurzen Moment kam ihr sein Auftauchen auch plausibel vor. Er kam, um mit ihr zu reden, sich zu entschuldigen und ihr zu erklären, daß alles ein unglaubliches Mißverständnis sei.

Doch dann holte die Wirklichkeit sie wieder ein. Beim Näherkommen erkannte sie, daß der Mercedes nicht schwarz, sondern dunkelblau war. Und am Steuer saß nicht Dan, sondern ein grauhaariger Mann.

Der tiefe Sturz von neu entfachter Hoffnung in die trübe Realität schleuderte Diana in das schwärzeste Selbstmitleid. Durch einen Tränenschleier beobachtete sie, wie die Beifahrertür aufging und eine atemberaubende Blondine Mitte Zwanzig die sehr langen Beine hinausschob. Sie trug ein engsitzendes, extrem kurzes Kleid.

Diana bemerkte, daß die Schöne sich ihrer erotischen Ausstrahlung sehr bewußt war, und fragte sich, wann Dan dazu übergegangen war, junge, sexy Blondinen konservativen einunddreißigjährigen Rothaarigen vorzuziehen, die nie Zeit für ihn hatten. Sie hatte Bilder von seiner neuen Frau gesehen. Auch wenn ihr davon schlecht wurde, sagte sie sich wieder und wieder, daß Dans Frau zehnmal schöner war als sie und auch mehr Sex zu bieten hatte. Und entschieden weiblicher war, außerdem bedeutend unternehmenslustiger und nicht so langweilig. Dessen war Diana sich jetzt sehr bewußt, aber sie wollte unbedingt erfahren, wann Dan aufgegangen war, daß sie ihm nicht genügte.

Daß sie ihm nicht reichte ...

Denn nur so konnte es sich verhalten. Sonst hätte er sie ja nicht wie ein Paar alter Schuhe weggeworfen. Ja, ohne Zweifel genügte sie seinen Ansprüchen nicht, und bei dieser schrecklichen Selbsterkenntnis drehte sich ihr von neuem der Magen um.

Bevor Dan Diana kennengelernt hatte, war er immer nur mit glamourösen Frauen aus der vornehmen Gesellschaft ausgegangen. Gepflegte Schönheiten, die sich zu bewegen und interessant zu plaudern verstanden – und die mit geradezu religiöser Inbrunst an ihrem Aussehen arbeiteten. Diana hingegen hatte hauptsächlich ihre Arbeit und das Wachsen und Gedeihen ihrer Firma im Sinn.

Wenn sie es recht bedachte, hatte sie nur eines mit diesen Frauen gemeinsam – nämlich, daß sie ebenfalls der Oberschicht entstammte. Auf allen anderen Gebieten konnte sie nicht mit diesen Schönheiten mithalten, und ihre Minuspunkte wurden ihr nun besonders schmerzlich bewußt. Diana war nur ein Meter sechzig groß, ihr Haar war nicht blond, und beim besten Willen konnte sie sich nicht als kurvenreich bezeichnen. Als die Presse einen großen Wirbel um die schädlichen Folgen von Brustimplantaten veranstaltet hatte, hatte Diana Dan scherzhaft erklärt, jetzt könne sie aber wirklich froh sein, daß sie einen solchen Eingriff nie an sich hatte vornehmen lassen. Doch er hatte nicht gelacht und ganz ernsthaft entgegnet, daß eine Reihe von Implantaten sehr sicher seien und sie diese Operation immer noch durchführen lassen könne.

In der Stimmung, in der sie sich jetzt befand und in der sie kein gutes Haar an sich lassen wollte, bereute sie zutiefst, nie den Mut zu einem solchen Eingriff aufgebracht zu haben. Wenn sie eine richtige Frau wäre, hätte sie sich mehr Mühe mit ihrem äußeren Erscheinungsbild gegeben und sich nicht mit dem ›natürlichen‹ Look zufriedengegeben. Und dann hätte sie sich auch nicht darauf verlassen, daß man einen Mann eher mit Intellekt als mit Schönheit halten könne.

Diana hätte sich das Haar färben, stylen oder ganz kurz schneiden lassen können. Vielleicht sogar Strähnen hineinmachen. Und statt dieses langweiligen, knöchellangen Abendgewandes hätte sie es lieber mit den hautengen, superkurzen Minikleidern versuchen sollen, die zur Zeit so sehr in Mode waren.

Die Metalltür fiel knallend ins Schloß, und Diana fuhr erschrocken herum. Ein Mann in einem Frack war gerade auf den Balkon getreten. Ihre erste Erleichterung darüber, daß es sich bei ihm um einen der Gäste und nicht um einen Reporter oder einen Bekannten handeln mußte, wich bald wachsender Irritation, weil der Fremde direkt auf sie zu kam.

Eingehüllt in Schweigen und Halbdunkel, näherte er sich ihr langsam, aber bestimmt. Er trug die Arme angewinkelt, so als hielte er etwas in den Händen. Für einen Moment gaukelte ihr ihre erhitzte Fantasie vor, er richte Pistolen auf sie. Doch dann trat er durch einen der Lichtkreise, und Diana erkannte, was der Fremde mitbrachte – zwei Gläser Champagner.

Sie starrte auf die Getränke und dann auf ihn, während er die letzten Meter zu ihr zurücklegte. Aus der Nähe sah sie, daß der Mann über einen Meter achtzig groß war, breite Schultern, ein hartes, kantiges Gesicht mit einem viereckigen Kinn, eiserne Unterkiefer, gerade, dichte Brauen und leuchtende Augen besaß, die sie leicht amüsiert anschauten.

»Hallo, Diana«, begrüßte er sie mit einer tiefen, resonanten Stimme.

Sie versuchte sich zu fassen und eine Miene der höflichen Verwirrung aufzusetzen, obwohl sie doch viel lieber mit dem Fuß aufgestampft und ihn angeschrien hätte, er solle verschwinden und sie in Ruhe lassen. Doch die guten Manieren hatte sie gleichsam mit der Muttermilch eingesogen, und ihn anzublaffen wäre ihr doch als zu schlechtes Benehmen vorgekommen.

»Tut mir leid«, entgegnete sie daher sorgsam darauf bedacht, sich keine Ungeduld anmerken zu lassen, »aber wenn wir uns schon einmal begegnet sein sollten, so kann ich mich leider nicht daran erinnern.« Warum hielt er sein Gesicht auch im Schatten? Wenn sie ihn deutlicher hätte sehen können, wäre ihr vielleicht etwas an ihm bekannt vorgekommen.

»Wir sind uns schon begegnet«, versicherte er ihr. »Sogar schon sehr viele Male.« Er hielt ihr ein Glas hin. »Champagner?«

Diana lehnte mit einem Kopfschütteln ab und versuchte angestrengt, mehr von seinem Gesicht zu erkennen, weil sie jetzt davon überzeugt war, daß er irgendein dummes Spiel mit ihr betrieb. Obwohl sie Männer mit weicheren Zügen und weniger kräftiger Statur eindeutig vorzog, wußte sie doch, daß sie einen solchen Ausbund an Männlichkeit gewiß nicht vergessen hätte.

»Das glaube ich kaum«, erwiderte sie höflich, aber bestimmt und war fest entschlossen, seinem Spielchen jetzt ein Ende zu setzen. »Vielleicht verwechseln Sie mich mit jemandem.«

»Sie könnte ich nie mit einer anderen verwechseln«, beharrte er. »Diese grünen Augen und die Haare wie die Mähne eines Fuchses habe ich sogar sehr gut im Gedächtnis behalten.«

»Die Mähne eines Fuchses?« stammelte Diana und schüttelte energisch den Kopf, weil sie definitiv keine Lust mehr hatte, sich weiter auf ihn einzulassen. »Ich bin mir jetzt sicher, daß Sie mich für jemand andern halten. Wir beide sind uns noch nie begegnet.«

»Wie geht es denn Ihrer Schwester?« lächelte er. »Reitet Corey immer noch so gern wie früher?«

Diana starrte in das Halbdunkel. Aber entweder aus Vorsatz oder aus Zufall stand er genau am Rand eines Lichtkreises. Allerdings glaubte sie jetzt vage, seine Stimme schon einmal irgendwo gehört zu haben. »Sind Sie vielleicht ein Bekannter meiner Schwester, Mr. ...«

Jetzt trat er in den Schein der Lampe, und in einer Mischung aus Schock und Freude erkannte sie ihn sofort wieder.

»Sie sind aber sehr formell geworden«, grinste er und sah sie mit den vertrauten grauen Augen an. »Früher haben Sie mich immer anders angeredet.«

»Cole!« flüsterte sie. Diana wußte natürlich, daß er heute abend auf dem Ball erscheinen würde, und noch bis vor ein paar Tagen hatte sie sich auch darauf gefreut, ihn wiederzusehen. Aber da war ihr Leben noch kein Trümmerhaufen gewesen, und sie hatte sich noch nicht ausschließlich mit ihrem eigenen Unglück beschäftigen müssen.

Er sah die Freude in ihrem Gesicht, als sie ihn erkannte, und das wärmte ihm so sehr das Herz, daß er für einen Moment seine kalte, zynische Art verlor, die er sich zu eigen gemacht hatte. Unabhängig von dem, was die Haywards ihr als Grund für sein plötzliches Verschwinden genannt haben mochten, und ungeachtet der vielen Jahre, in denen sie getrennt gewesen waren, sah Diana ihn immer noch unverändert als ihren Freund an, wie er jetzt erleichtert bemerkte.

»Cole, sind Sie das wirklich und leibhaftig?« fragte sie und schwankte noch zwischen Schock und Begeisterung.

»In Fleisch und Blut. Besser gesagt, in einem Frack«,

scherzte er und reichte ihr wieder das Glas. Von einem Fremden hatte Diana nichts nehmen wollen, aber von einem alten Freund gern. Als er in ihr schönes Gesicht sah, das offen zu ihm hochschaute, freute er sich mehr, als er sich das selbst erklären konnte.

»Ich glaube, das schreit nach einem Toast, Miß Foster.«

»Dann bringen Sie ihn bitte aus. Ich bin immer noch ganz durcheinander, und mir fällt nichts Gescheites ein.«

Er hob sein Glas. »Auf die glücklichste Frau, die ich kenne.«

Das Lächeln verschwand aus ihrem Gesicht, und sie fing an zu zittern. »Um Gottes willen, bloß das nicht.« Offenbar wußte Cole noch nicht, was ihr widerfahren war, und sie versuchte rasch mit einem Schulterzucken zu verhindern, daß eine peinliche Situation entstand. »Eigentlich wollte ich damit sagen, daß ich schon glücklichere Momente erlebt habe.«

»Wann könnte eine Frau denn glücklicher sein als in dem Augenblick, in dem sie mit knapper Not der Heirat mit einem feigen Mistkerl entronnen ist?«

Dieser Spruch war so unglaublich und gleichzeitig so loyal, daß Diana am liebsten gleichzeitig gelacht und geweint hätte. »Sie haben ja recht«, sagte sie dann aber nur und trank rasch einen Schluck, um ihn nicht ansehen zu müssen.

»Als wir hörten, daß Sie tatsächlich heute abend hier auftauchen wollten, waren wir alle sehr aufgeregt. Alle im Saal sind ganz versessen darauf, Ihnen vorgestellt zu werden. Und auch ich möchte Ihnen am liebsten tausend Fragen stellen. Wo haben Sie die ganzen Jahre gesteckt, und wie ist es Ihnen in all der Zeit ergangen? Ach, ich weiß gar nicht, wo ich anfangen soll.«

»Dann beginnen wir doch am besten mit der allerwichtigsten Frage«, unterbrach er sie, und Diana fühlte sich wieder wie ein Mädchen, das vor einem viel älteren und viel klügeren Mann steht. »Wie wollen Sie das alles heute abend durchstehen?«

Diana glaubte, er meine die Gerüchte über ihre aufgelöste Verlobung, die überall im Saal die Runde machten. »Ach, es wird schon irgendwie gehen«, antwortete sie und ärgerte sich über das leise Zittern in ihrer Stimme. Plötzlich glaubte sie, schon wieder die Tür zu hören, und sie fügte für den Fall, daß noch jemand auf den Balkon herausgetreten war, leise hinzu: »Ich glaube, ich werde das schaffen.«

Cole schien ebenfalls etwas gehört zu haben, denn er warf einen Blick über die Schulter. An der Tür stand ein Mann in einem rotweiß karierten Hemd, der sich sofort in das Halbdunkel zurückzog, als Cole in seine Richtung schaute. Diana sah ihm an, daß er am liebsten auf den Fremden losgegangen wäre, doch dann kam ihm eine neue Idee, und er lächelte. Er hob mit der freien Hand Dianas Kinn an und sagte leise: »Hören Sie mir jetzt bitte genau zu, und rühren Sie sich nicht vom Fleck.«

Diana erstarrte in plötzlichem Schrecken.

»Hinten steht ein Fotograf von einem Schmierenblatt, der unbedingt ein Bild von Ihnen schießen will. Ich würde meinen, wir verhelfen ihm zu einer Aufnahme, die morgen ganz groß auf der Titelseite zu sehen sein wird.«

»Wie? Was?« stammelte sie. »Sind Sie verrückt geworden?«

»Nein. Ich habe vermutlich nur etwas mehr Erfahrung als Sie im Umgang mit negativer Presse und allzu aufdringlichen Paparazzi. Der Bursche wird erst dann verschwinden, wenn er ein Bild im Kasten hat.« Während Cole ihr das mitteilte, beobachtete er den Mann aus dem Augenwinkel.

»Sie haben jetzt die Wahl«, fuhr er fort. »Entweder soll die Welt Sie als verstoßene Verlobte sehen, oder Sie lassen sich von mir küssen, und dann werden sich alle fragen, ob Penworth Ihnen je etwas bedeutet hat und ob Sie nicht längst einen Neuen haben.«

In Dianas Kopf ging es drunter und drüber. Panik, Entsetzen und Freude wirbelten durcheinander, und das

Ganze wurde von den zwei Gläsern Champagner verstärkt, die sie heute abend auf leeren Magen zu sich genommen hatte.

In dem kurzen Moment, in dem sie nicht in der Lage war, eine Entscheidung zu treffen, ergriff Cole die Initiative. »Helfen Sie mir, das Ganze überzeugend aussehen zu lassen.« Er nahm ihr das Glas ab, stellte es zusammen mit seinem auf die Brüstung, legte einen Arm um ihre Hüfte, zog sie an sich und küßte sie.

Zuerst ging alles viel zu schnell, und dann viel zu langsam, als Dianas Oberschenkel gegen die seinen preßten, ihr Busen an seine Brust drückte und seine warmen Lippen sich auf die ihren legten.

Er hob ihren Kopf ein Stück, sah ihr tief in die Augen, und sie hatte das Gefühl, er wolle sie loslassen. Doch er verschob nur seine Hände. Die eine wanderte ihren nackten Rücken hinauf, und die andere zog sie noch enger an sich. Dann beugte er sich zu ihr hinab.

Dianas Herz hämmerte wie wild und immer unregelmäßiger, als sie erneut den Druck seiner Lippen spürte und er die Konturen und Schwünge ihres Mundes mit seinem abtastete. Als seine Zungenspitze ihren Mund teilte, reagierte sofort ihr ganzer Körper darauf. Ein Teil ihres Verstandes verlangte, daß sie sich sofort von diesem Mann entfernen sollte. Aber eine viel stärkere Stimme weigerte sich, so unfair auf seine galanten Bemühungen zu reagieren.

Auf seine zärtlichen Bemühungen.

Auf seine Kunst, sie zu überreden.

Abgesehen davon, sagte sie sich, hatte der Pressefotograf vielleicht noch nicht die richtige Einstellung für die Aufnahme gefunden; oder er wollte noch mehr Bilder schießen, weil er sich nicht sicher war, ob das erste etwas geworden war. Natürlich durfte sie auch Cole nicht allein die ganze Arbeit tun lassen. Ihre Hände wanderten an seinem Rücken bis zu den Schultern hinauf, und sie küßte ihn zurück.

Der Druck seiner Lippen intensivierte sich, während die Hand an ihrem Rücken weiterwanderte und ihre Finger sich in seinem Haarschopf vergruben.

Der Tusch des Orchesters und lauter Applaus aus dem Ballsaal verkündeten, daß der offizielle Teil des Programms jetzt begann. Cole und Diana wurden in die Wirklichkeit zurückgerissen.

Sie löste sich mit einem verlegenen Lächeln von ihm, und er schob die Hände in die Hosentaschen und sah sie mit leisem Stirnrunzeln an. Dann drehte er sich vorsichtig um, weil er nach dem Fotografen sehen wollte, und stellte befriedigt fest, daß der Mann offensichtlich bekommen hatte, was er wollte, und sich verzogen hatte.

»Ich ... ich kann gar nicht glauben, daß wir das wirklich getan haben«, sagte Diana verlegen und strich sich auf dem Weg zur Tür glättend über das Haar.

Er sah sie von der Seite mit einem Blick an, den sie nicht deuten konnte. »Eigentlich wollte ich das schon vor vielen Jahren tun«, erklärte er, während er ihr die Tür aufhielt.

»Das glaube ich nicht.« Sie verdrehte die Augen.

»Von wegen«, grinste er.

Im Gebäude war das Mezzanin menschenleer. Als sie an den Toiletten vorbeikamen, fiel Diana ein, daß sie ihr Haar richten und den Lippenstift nachziehen mußte. »Ich muß mich noch ein bißchen feinmachen«, erklärte sie ihm. »Sie können ruhig ohne mich vorgehen.«

»Ich warte lieber«, entgegnete er mit einer Stimme, die keinen Widerspruch duldete, und postierte sich an einer Säule.

Verblüfft über seine galante Art, warf sie ihm ein zögerndes Lächeln zu und verschwand dann im Toilettenraum. Als sie sich zum Schminkspiegel begab, hörte sie, wie die Insassen von zwei Kabinen sich gerade lebhaft unterhielten.

»Ich kann überhaupt nicht verstehen, warum alle so überrascht tun«, teilte Joelle Murchison ihrer Freundin mit. »Anne Morgan hat gesagt, Dan habe ihr schon vor Monaten mitgeteilt, daß er die Verlobung lösen wolle. Aber Diana wollte ihn unbedingt heiraten und habe ihn angefleht, bei ihr zu bleiben. Anne meinte dann noch, dem armen Dan sei überhaupt nichts anderes übriggeblieben, als heimlich eine andere zu heiraten und Diana vor vollendete Tatsachen zu stellen, weil sie es sonst wohl nie begriffen hätte.«

Diana blieb wie erstarrt stehen, hörte entsetzt, wie aus den anderen besetzten Kabinen Zustimmung laut wurde, und spürte, wie ihr Tränen in die Augen schossen.

Am liebsten hätte sie ihnen zugeschrien, daß Anne Morgan bloß eifersüchtig und eine erbärmliche Lügnerin sei, die immer schon Dan für sich haben wollte, ihn dann aber an Diana verloren hatte ... Aber selbst, wenn sie den Mut aufgebracht hätte, den Frauen das entgegenzuschleudern, wären ihr wahrscheinlich mittendrin die Tränen gekommen.

Joelle schien fertig zu sein und öffnete die Tür. Diana floh in eine freie Kabine und wartete dort, bis alle anderen verschwunden waren. Sie fühlte sich zutiefst von der Boshaftigkeit der Frauen verletzt, denen sie nie irgend etwas zuleide getan hatte. Dann setzte sie sich an den Schminkspiegel und versuchte, die Tränen wegzutupfen, ohne dabei ihr Make-up zu ruinieren.

Cole, der draußen wartete, kam ebenfalls in den Genuß der Gerüchteküche. Einige der Frauen, die aus der Toilette kamen, trafen mit ein paar Freundinnen zusammen und schienen es gar nicht abwarten zu können, ihnen von den Neuigkeiten zu berichten.

»Wir haben gerade erfahren, daß Dan Penworth schon seit langem mit Diana Schluß machen wollte, sie ihn aber nicht gehen ließ.«

»Geschieht ihr recht«, meinte eine. »Die Medien haben sie ja immer wie eine Prinzessin auf Händen getragen. Wenn ihr mich fragt, mir hängt es schon lange zum Hals heraus, ständig hören zu müssen, was für ein wundervolles Magazin sie herausgibt, wie erfolgreich ihr Leben verläuft, wie weit sie es doch gebracht hat und all der andere Mist.«

»Mir tut sie leid«, erklärte eine andere. »Da kannst du sagen, was du willst.«

Cole stand so hinter der Säule, daß die Frauen ihn nicht sehen konnten. Er hingegen verstand jedes Wort und konnte einfach nicht fassen, wie gehässig Frauen untereinander waren. Harrison fragte sich, was Diana wohl mehr weh tun würde: von diesen Weibern verspottet oder von ihnen bedauert zu werden. Er kam zu dem Schluß, daß die Bosheiten ihr nicht so nahe gingen.

Kapitel 21

Als Cole sie herauskommen sah, erkannte er an ihrem bleichen Gesicht, daß sie einiges von dem mitbekommen haben mußte, wie ihre Freundinnen über ihr ›Mißgeschick‹ dachten. Da er ihr keinen echten Trost geben konnte, bot er ihr seinen Arm an. Sie hakte sich bei ihm ein, und als sie den Ballsaal erreichten, hatte man die Türen bereits geschlossen, weil gerade die Eröffnungsansprache abgehalten wurde.

Mit nervöser Miene entzog sie ihm hier ihren Arm, weil sie beim Eintreten nicht noch mehr Aufmerksamkeit auf sich ziehen wollte. Wenn man sie zusammen mit Cole sah, würden sich bestimmt alle Köpfe zu ihr umdrehen. »Ich nehme an, Ihr Tisch ist ganz vorne.«

Als Spender der wertvollsten Gabe stand ihm natürlich ein Platz am Ehrentisch zu, direkt vor dem Podium des Auktionators. »Ja, Tisch eins. Erste Reihe, in der Mitte.«

»Unserer ist in der dritten Reihe«, seufzte Diana. »Warum kann nicht wenigstens einer von uns in der letzten Reihe sitzen? Wie sollen wir jetzt unbemerkt unsere Plätze einnehmen?«

Unglücklich drückte sie die Klinke nach unten, aber er legte seine Rechte auf ihre Hand und hielt sie zurück.

»Warum denn so tun, als wären wir unsichtbar? Warum ihnen nicht jetzt schon vorführen, was sie ohnehin morgen im *Enquirer* lesen können? Nämlich, daß Penworth Ihnen von Herzen egal ist und Sie längst Ihr Herz an mich verloren haben?«

»Niemand, der mich kennt, wird mir auch nur ein Wort davon glauben!« rief sie und rang verzweifelt die Hände.

Coles Miene versteinerte sich. »Natürlich, wie dumm von mir. Ich hatte ganz vergessen, daß wir uns hier auf einer Veranstaltung der Reichen und Müßiggänger aufhalten. Von denen glaubt natürlich keiner, daß Sie einen der Ihren verschmähen und sich statt dessen mit einem gewöhnlichen, einfachen Mann einlassen würden.«

Diana starrte ihn wie vom Donner gerührt und wütend an. »Was reden Sie denn da für ein dummes Zeug! Sie sind doch kein gewöhnlicher, einfacher Mann!«

Er erkannte, daß sie das ernst meinte, und schämte sich für seinen Ausbruch. »Danke«, erklärte er mit einem zuversichtlichen Lächeln, während er ihr gerötetes Gesicht betrachtete. »Zumindest hat der Zorn das Funkeln in Ihre Augen zurückgebracht. Wie schade, daß mein Kuß das nicht bewirken konnte.«

Unwillkürlich starrte sie auf seinen Mund, und als sie ihren Fehler bemerkte, drehte sie gleich den Kopf zur Seite. »Ich bin es eben nicht gewöhnt, mich von Männern küssen zu lassen, die ich kaum kenne – erst recht nicht, wenn auch noch jemand zusieht.«

»Sie sind aber recht pingelig geworden, was?« scherzte er. »Früher haben Sie unentwegt entlaufene Kätzchen und herrenlose Hündchen geküßt.«

Dieser Vergleich kam ihr so absurd vor, daß sie lachen mußte. »Ja, aber nur, wenn ich mir sicher war, daß Sie nicht gerade zugesehen haben.«

Aus dem Saal ertönte höflicher Applaus. Deutliches Zeichen dafür, daß die Eröffnungsansprache vorüber war.

Cole zog die Doppeltür auf, legte eine Hand auf Dianas Ellenbogen und führte sie hinein. An den Tischen setzte sofort Getuschel ein, und tausend Köpfe drehten sich zu dem Ehrengast um, dem legendären Multimillionär, der gerade von *Cosmopolitan* in die Liste der fünfzig begehrtesten Junggesellen aufgenommen worden war. Und dieser Mann spazierte auch noch nonchalant mit Diana Foster in ihre Mitte, der Frau, die gerade von ihrem Verlobten sitzengelassen worden war.

Cole brachte sie zu ihrem Tisch in der dritten Reihe und zog ihr den freien Stuhl zwischen Spencer und Dianas Großvater zurück. Er grüßte mit einem Kopfnicken in die Runde, zwinkerte Corey zu, legte Diana kurz eine Hand auf die Schulter und verabschiedete sich mit einem warmen Lächeln von ihr, um sich an seinen Platz in der ersten Reihe zu begeben.

Diana sah ihm hinterher und fühlte sich von seiner Unbekümmertheit angesichts all der neugierigen Blicke beeindruckt und amüsiert. Sie ließ sich davon aber nichts anmerken und nickte freundlich und als sei überhaupt nichts gewesen ihren Freunden und Verwandten am Tisch zu. Doug saß neben seiner Freundin Amy Leeland zu ihrer Linken, rechts von ihr hatten ihre Mutter und die Großeltern Platz genommen. Corey befand sich zwischen Spence und Doug. Tausend Fragen standen in ihrem Blick, aber sie hielt den Mund.

Natürlich platzten alle am Tisch vor Neugier, aber jeder von ihnen kannte die erste Grundregel des gesellschaftlichen Überlebens: Nach außen hin immer gelassen wirken und Privates nicht nach draußen tragen. So nickten und lächelten sie alle zurück und taten auch sonst so, als sei überhaupt nichts Bemerkenswertes daran, daß Diana nicht nur zu spät, sondern auch am Arm eines Mannes erschienen war, der sich so aufführte, als habe er einige Anrechte auf sie.

Dianas Mutter und ihr Großvater hatten als einzige am Tisch keine Ahnung, um wen es sich bei diesem Gentleman handelte, aber auch sie befolgten die erste Grundregel.

Die Großmutter hingegen, die ungefähr seit ihrem siebzigsten Geburtstag damit aufgehört hatte, ihre Zeit mit gesellschaftlichen Ritualen und Geboten zu verplempern, scherte sich folglich auch nicht um diese eiserne Regel. Sie starrte Harrison unverhohlen hinterher, beugte sich dann vor und verlangte von Diana zu erfahren, wer dieser Mann gewesen sei – und das zwar flüsternd, aber dennoch in einer Lautstärke, daß die Gäste am Tisch hinter ihr alles mitbekamen.

Diana hatte natürlich kein Interesse daran, die ganze dritte Reihe zu unterhalten, und antwortete rasch und knapp: »Cole Harrison, Omi. Du weißt doch, der Mann, der den Klineman gestiftet hat – die Skulptur, die dir vorhin so gut gefallen hat.«

Rose Britton nötigte das einigen Respekt ab, aber nicht genug. Denn in ihrem fortgeschrittenen Alter hatte sie die verstörende Eigenschaft entwickelt, nur noch die Wahrheit gelten zu lassen, und das ungeachtet aller Konsequenzen. »Ich habe sie nicht bewundert«, entgegnete sie laut flüsternd und fand nun auch das Interesse eines weiteren Tisches, »sondern gesagt, daß das Kunstwerk mir unheimlich sei.«

Die Großmutter sah sich in der Runde um und hoffte, Zuspruch oder Einwände zu hören. Aber die anderen am Tisch unterhielten sich lieber miteinander oder schauten demonstrativ in eine andere Richtung. »Und das ist sie auch«, unterstrich Mrs. Britton schließlich ihre Meinung. »Das Ding sieht aus wie ein zu groß geratener Rohrreiniger!«

Diana hätte ihr so gern erklärt, daß es sich bei diesem Cole um denselben handelte, der damals bei den Haywards als Pferdepfleger gearbeitet hatte – aber daran war jetzt natürlich kein Denken mehr. Wer konnte schon ahnen, welche Erinnerungen der alten Dame dann in den Kopf kommen würden. Niemand hier im Saal brauchte zu erfahren, daß die Familie Foster den jungen Mann zu jener Zeit mehr oder weniger durchgefüttert hatte. Schließlich hatte Cole sich heute abend galanterweise zu ihrer Rettung eingefunden, und Diana war fest entschlossen, ihn vor einer solchen Blamage zu bewahren.

Kapitel 22

Zu Dianas großer Erleichterung ließ die allgemeine Unruhe über ihr verdächtiges Zuspätkommen am Arm des Ehrengastes rasch nach. Die Kellner trugen nun den ersten Gang des Menüs auf, das im Preis von eintausend Dollar pro Eintrittskarte enthalten war. Die junge Frau fand jetzt Gelegenheit, die Ereignisse der letzten halben Stunde Revue passieren zu lassen.

Sie konnte noch immer kaum fassen, daß es sich bei dem so selbstbewußt auftretenden und vornehmen Mann in dem eleganten Frack, der wie aus dem Nichts auf dem Balkon aufgetaucht war, tatsächlich um denselben Studenten in Jeans und Baumwollhemd handelte, der in ihrer Jugend bei den Haywards die Pferde versorgt hatte; mit dem sie endlos lange Gespräche geführt hatte; der beim Kartenspiel mit ihr gemogelt hatte; der sich über jedes Freßpaket sehr gefreut hatte, das sie ihm mitbrachte.

Diana griff gedankenverloren nach einem Brötchen, brach es auf und vergaß, es mit Butter zu bestreichen und zu essen ... Cole war immer hungrig gewesen, erinnerte sie sich mit einem warmen Gefühl im Herzen. Ein Lächeln breitete sich auf ihren Lippen aus. Wenn sie den Cole von damals mit dem von heute verglich, hatte er einiges zu sich nehmen müssen, um die jetzige Statur zu erreichen.

Eine freundliche Stimme neben ihr drang in ihre Träumereien und hielt ihr zwei Weinflaschen hin. »Rot oder weiß, Miß?«

»Ja«, antwortete sie geistesabwesend.

Der Kellner sah sie verwirrt und hilflos an, bis Spence ihm und ihr zu Hilfe kam. »Lassen Sie doch beide Flaschen hier.«

Ein weiterer Kellner tauchte in ihrem Blickfeld auf und stellte eine kleine Schale mit überbackenen Shrimps vor sie hin. Überall unterhielten sich die Menschen, hier und da brach man in Gelächter aus, und dazu ertönte das Klirren von Besteck an Porzellan. All dies drang nur wie durch einen dicken Nebel an Dianas Ohr.

Cole hatte sich deutlich verändert, sagte sie sich, bestrich endlich das Brötchen und ließ die beiden Hälften dann achtlos auf dem Teller liegen. Statt dessen nahm sie das erstbeste Glas und trank einen Schluck von dem Chardonnay.

Die Jahre hatten ihn nicht weicher werden lassen, dachte sie ein wenig traurig, sondern eher das Gegenteil bei ihm bewirkt. Als junger Mann hatte er die finstere Entschlossenheit gehabt, das College aus eigener Kraft zu schaffen. Aber er war gleichzeitig freundlich gewesen, und man hatte ihm alle möglichen Probleme anvertrauen können. Wenn er heute sprach, schwang immer ein zynischer Unterton in seiner Stimme mit. Und in seinen Augen befand sich eine unangenehme Kälte. Beides war ihr vor allem aufgefallen, als sie sich vorhin an der Tür zuerst geweigert hatte, mit ihm zusammen den Saal zu betreten.

Er schien noch härter geworden zu sein. Aber er war immer noch höflich und zuvorkommend, hielt sie ihm zugute. Als der Fotograf auf dem Balkon erschienen war, hatte Cole keinen Moment gezögert, sie zu retten. Es war klug, sofort einen Plan zu entwickeln, wie aus ihrer Blamage eine für sie vorteilhafte Situation entstehen konnte.

Und zu diesem Zweck hatte er sie geküßt …

Dianas Hand zitterte, als sie das Weißweinglas an die Lippen setzte. Das hätte sie nie zulassen dürfen! Wie töricht und uncharakteristisch impulsiv von ihr! Aber was war das für ein Kuß gewesen … Zuerst ein ganz weicher Druck … und anfangs etwas für sie, weil sie dabei auf so enge Tuchfühlung mit den Beinen, der Brust und dem Mund eines Fremden kam … Nun gut, eher ein alter Freund. Seine Lippen hatten die ihren erforscht und dann mit einer Intensität geküßt, die merkwürdige Dinge in ihr ausgelöst hatten.

Schließlich war aus dem behutsamen Suchen Verlangen geworden. Nach dem ersten Kuß hatte er ihr tief in die Augen gesehen … und sie dann wieder geküßt … erneut anfangs vorsichtig, aber dann immer – hungriger!

Dianas Wangen brannten, und sie trank das Chardonnayglas leer, um ihre Nerven zu beruhigen. Der zweite Kuß war entschieden zuviel gewesen. Sie war nicht die erste, die man sitzengelassen hatte, aber solche Frauen warfen sich nicht dem Erstbesten in die Arme, der Mitgefühl und starke Schultern versprach.

Oder?

Jetzt, wo sie genauer darüber nachdachte, kam es ihr so vor, als würden verlassene Frauen genau das tun.

Je länger Diana sich alles durch den Kopf gehen ließ, desto deutlicher festigte sich in ihr der Schluß, daß sie mal wieder aus einer Mücke einen Elefanten machte und einem harmlosen Kuß zuviel Bedeutung beimaß, zu dem es doch nur gekommen war, um einem herumschnüffelnden Reporter einen Streich zu spielen. Während sie selbst die Szene immer wieder in Gedanken durchspielte und sich in etwas hineinsteigerte, hatte Cole den ganzen Vorfall vermutlich längst komplett vergessen, weil er ihm viel zu trivial erschienen war. Woher wußte sie denn, ob Harrison nicht selbst mit einer schönen Begleiterin zum Ball gekommen war, die sich jetzt neben ihm an seinem Tisch befand? Und wenn er tatsächlich allein hier aufgetaucht sein sollte, brauchte er sich über mangelnde Aufmerksamkeit der Damenwelt sicher nicht zu beklagen.

Die junge Frau kämpfte hart dagegen an, hinüber zum Ehrentisch zu spähen, und verlor die Schlacht. Sein Tisch befand sich nur zwei Reihen vor ihrem – ein Stück weiter links und direkt unter dem Pult des Auktionators, das auf einem Podium aufgebaut war. Wenn Diana den Kopf etwas nach links oder nach rechts neigte, konnte sie den größten Teil der Personen am Ehrentisch ausmachen.

Wie zufällig hob sie das Glas an den Mund und drehte sich dabei ein wenig. Coles Tisch war größer als der ihre, und an ihm hatten einige Gäste mehr Platz gefunden. Zwei von ihnen erkannte Diana sofort, und gleich wurde ihr das Herz schwer.

Franklin Mitchell war der Präsident des diesjährigen Balls, und so gehörten er und seine Gattin natürlich an den Ehrentisch. Dazu gesellten sich deren Sohn Peter mit seiner Frau Haley, geborene Vincennes. Neben ihnen saß ein weiteres Pärchen, Freunde von Peter und Haley. Bei der älteren Dame mit dem blaugefärbten Haar handelte es sich um Mrs. Canfield, deren Vorfahren den White Orchid Ball einst ins Leben gerufen hatten. Der Mann mit der Halbglatze an ihrer Seite konnte nur ihr Sohn Delbert sein, ein Junggeselle in den mittleren Jahren.

Franklin sagte gerade etwas und erhielt dafür lautes Gelächter von der anderen Seite des Tisches. Diana neigte den Kopf unmerklich in die Richtung und entdeckte dort Conner und Missy Desmond. Alle in der Runde lachten, bis auf ... Dianas suchender Blick kollidierte mit einem Paar eisiger grauer Augen, die zurückstarrten und sie nicht loslassen wollten. Cole interessierte sich offensichtlich weder für das Menü noch für die Tischkonversation. Er lehnte sich jetzt zurück, um Diana besser sehen zu können, und in seinem Blick stand etwas eigenartig Erwartungsvolles.

Die junge Frau konnte sich nicht erklären, warum er sie so anstarrte. Sie glaubte, mit einem höflichen Lächeln am wenigsten falsch machen zu können, und bedachte ihn damit.

Er antwortete mit einem leichten Nicken und einem ebenso frechen wie warmen Lächeln. Diana beunruhigte jedoch viel mehr der berechnende Ausdruck seiner Miene.

Rasch schaute sie in eine andere Richtung und nahm

sich vor, sofort an den hiesigen Tischgesprächen teilzunehmen. Doch ihre Gedanken beschäftigten sich nur mit Haley Mitchell und vor allem mit dem, was sie wohl zu Cole gesagt haben mochte, nachdem sie gesehen hatte, wie er mit Diana Foster den Saal betreten hatte.

Haleys Lieblingsbeschäftigung war bösartiger Klatsch. Wenn ihr gerade keine negativen Neuigkeiten zur Verfügung standen, erfand sie eben etwas und setzte das erbarmungslos gegen denjenigen ein, den sie gerade am wenigsten ausstehen konnte. Und von denen hielten sich heute abend viele hier auf; kurz gesagt, nahezu die gesamte weibliche Hälfte der Gästeschar.

Ganz besonders konnte sie aber Diana nicht leiden, und das wegen eines Vorfalls, der sich vor ein paar Jahren ereignet hatte. Damals waren Peter und Haley noch nicht verheiratet gewesen, und an jenem Abend, einer Hochzeitsfeier, hatte er etwas zu tief ins Glas geschaut. Irgendwann erhob er sich, um einen Trinkspruch auf das frischgebackene Paar auszusprechen, was von ihm als Trauzeugen auch erwartet wurde. Doch statt dessen hatte er Diana, der Trauzeugin, einen Heiratsantrag gemacht. Sie hatte das, so wie alle anderen in der Runde, als Scherz aufgefaßt, aber ihm war das durchaus ernst gewesen, und darüber war Haley erst recht verdrossen, weil sie schon seit Jahren in Peter verliebt war.

Einige Zeit später waren Peter und Haley vor den Traualtar getreten. Aber Haley hatte nie vergessen, daß sie für ihn nur die zweite Wahl war, und er trug Diana immer noch nach, daß sie seinen Antrag abgewiesen hatte. Haley verfolgte Diana seitdem mit Abscheu und Eifersucht, und im Lauf der Jahre wurde es damit immer schlimmer. Hinzu kam, daß es mit der Ehe der beiden schon seit längerem nicht zum besten stehen sollte. Wenn Haley also den Eindruck gewann, daß zwischen Diana und Cole etwas sei, würde sie ohne Zweifel den Abend dazu nutzen, ihre Intimfeindin bei dem Ehrengast so schlecht wie möglich zu machen.

Diese Aussicht erhöhte den Streß nur noch, der vor Diana lag, und sie hatte das Gefühl, versagen zu müssen. Um sich abzulenken, wandte sie sich an Doug und seine Freundin und fragte die beiden, was sie alles während Amys Besuch in Houston unternehmen wollten. Sie nahm sich ein neues Glas Wein und zwang sich zur Konzentration.

Die junge Frau war so fest entschlossen, sich durch nichts aus der erzwungenen Ruhe bringen zu lassen, daß ihr Spencers grimmige Miene entging. Ihr Schwager, der von seinem Platz aus einen direkten Blick auf Cole hatte, verfiel immer mehr in Schweigen. Corey bemerkte bald, daß mit ihrem Mann etwas nicht stimmte, und als das Geschirr des Hauptgangs abgeräumt wurde, lehnte sie sich zu ihm und fragte ihn leise, was denn los sei.

Er wartete, bis ein Kellner ihre Kaffeetassen gefüllt hatte und sich den nächsten am Tisch zuwandte, ehe er in Richtung Ehrentisch nickte und antwortete: »Harrison hat im Lauf des Abends schon mehrere Male nach Diana geschaut, und das gefällt mir nicht.«

Corey überraschte das, freute sie aber auch insgeheim. In der Verfassung, in der sich ihre Schwester zur Zeit befand, mußte ein wenig Bewunderung und Aufmerksamkeit von einem so attraktiven Mann wie Cole ihr guttun und ihren Stolz etwas aufrichten. Nur die Reaktion ihres Mannes war ihr völlig unverständlich. »Was hast du denn dagegen?«

»Ich mag Harrison einfach nicht.«

»Warum das denn?« wollte sie verwirrt wissen.

Er zögerte sehr lange, ehe er das Ganze mit einem Achselzucken abtun wollte. »Neben einigem anderen läuft ihm der Ruf voraus, nur an sich zu denken und Menschen nach seinem Gutdünken auszunutzen. Diana ist sehr verletzt, und ich würde es nicht gern sehen, wenn ihr noch mehr weh getan wird.«

»Spence, Cole ist ein alter Freund von uns, und du machst dir etwas zuviel Sorgen.«

Er legte seine Hand auf die ihre. »Du hast recht.«

Corey hätte gern mehr über seine Antipathie erfahren, kam jedoch nicht dazu, weil gerade der Auktionator die Bühne betrat und sich zu seinem Pult begab. Er klopfte mehrere Male mit dem Hammer, bis alle sich zu ihm umdrehten und ihre Gespräche einstellten. Aufregung machte sich an den Tischen breit.

»Ladys und Gentlemen«, begann der Mann, »wenn wir die Veranstaltung hier hinter uns gebracht haben, steht Ihnen eine halbe Stunde zur Verfügung, in der Sie Ihre schriftlichen Gebote für die Stücke abgeben können, die im Empire Ballroom bei der Stillen Versteigerung zur Auslage kommen.

Damit sind wir jetzt an dem Punkt angelangt, auf den wir alle gewartet haben. Ohne weitere Vorrede möchte ich Sie auffordern, Ihre Herzen ebenso wie Ihre Scheckbücher zu öffnen – und sich daran zu erinnern, daß jeder einzelne Dollar, der hier zusammenkommt, direkt an die Krebsforschung gehen wird. Wenn Sie nun bitte den Katalog zur Hand nehmen möchten, der vor Ihnen auf dem Tisch liegt, so finden Sie darin die komplette Liste aller zur Versteigerung kommenden Stücke nebst einer Beschreibung derselben.«

Überall entstand Rascheln, als die Gäste die Broschüren aufschlugen.

»Ich weiß«, fuhr der Auktionator fort, »daß viele von Ihnen mit der Klineman-Skulptur liebäugeln. Um Ihnen die Wartezeit zu verkürzen und gleichzeitig die Spannung zu erhöhen, haben wir das Stück auf Platz zehn der Liste gesetzt.«

Alle lachten über seinen kleinen Scherz, und der Mann wartete, bis er sich wieder der Aufmerksamkeit aller sicher sein konnte. »Beginnen wir also mit Stück eins, eine kleine Bleistiftzeichnung von Pablo Picasso. Das Anfangsgebot liegt bei vierzigtausend Dollar. Höre ich vierzigtausend?« Einen Moment später nickte der Auktionator zufrieden. »Mr. Certillo hat vierzigtausend geboten. Höre ich einundvierzig?«

Binnen Minuten war die Zeichnung für sechsundsechzigtausend ersteigert, und das nächste Stück kam an die Reihe.

»Bei Gegenstand zwei handelt es sich um eine wunderschöne Tiffany-Lampe, circa 1904. Das Eröffnungsgebot beläuft sich auf fünfzigtausend Dollar. Höre ich fünfzigtausend?«

Kapitel 23

Cole hätte gern auf die Ehre verzichtet, am ›Ersten Tisch‹ sitzen zu dürfen. Der Präsident der Veranstaltung, Franklin Mitchell, war groß und grauhaarig, wirkte distinguiert, war der stellvertretende Vorsitzende einer Ölfirma im Familienbesitz und ging Cole gehörig auf die Nerven. Er hatte seiner Frau, seinem Sohn, seiner Schwiegertochter und einem mit den jungen Leuten befreundeten Pärchen, den Jenkins, einen Platz am Ehrentisch verschafft. Diese sechs Menschen stellten die Form von Hochmut und Anmaßung dar, die Harrison am meisten verachtete.

Ansonsten befanden sich zwei weitere Pärchen an seinem Tisch. Zum einen ein rundlicher Junggeselle in den Fünfzigern mit Namen Delbert Canfield mit seiner Mutter, die er ständig mit ›Mama‹ anredete. Zum anderen Conner und Missy Desmond, ein nettes Ehepaar in mittlerem Alter, die sich, für einige Zeit wenigstens, ehrlich Mühe gaben, ein Gesprächsthema mit Cole zu finden. Leider beschränkten sich die Interessen der beiden auf ihr Golf-Handicap, ihr Tennis und ihren Freundeskreis. Da Harrison weder daran interessiert noch auf diesen Gebieten sonderlich bewandert war, flackerte die Tischkonversation kaum jemals richtig auf und erstarb dann ganz.

Cole wollte den Abend nicht mit ermüdendem Small talk oder dummen Gerüchten vergeuden und ignorierte seine Tischgenossen bald vollständig, um sich lohnenderen Aufgaben zu widmen. Zunächst dachte er an Cals Herzschwäche und sein nur dem Altersstarrsinn entsprungenes Verlangen, sein Neffe solle innerhalb von sechs Monaten heiraten. Hin und wieder erlaubte er sich einen Blick auf Diana, um festzustellen, ob sie immer noch zurechtkam. Schließlich wandte er sich den Problemen zu, deren Lösung ihm möglich war.

Als der erste Gang abgeräumt wurde, hatte er in Gedanken bereits die Tagesordnung für das Jahrestreffen seines Vorstands festgelegt und entschieden, die diesjährige Dividende bereits vor dieser Sitzung bekanntzugeben, um sicherzustellen, daß seine Vorschläge auch durchkamen.

Während des Desserts prahlte Mitchell mit seiner Strategie, mit deren Hilfe er zum Präsidenten des River Pines Country Clubs gewählt werden wollte. Cole legte sich währenddessen seine eigene Strategie zurecht, wie er Cushman Electronics an die Spitze der Computer-Chip-Industrie führen wollte.

Die Versteigerung lief bereits auf vollen Touren und Harrison überlegte sich gerade Alternativen zur Nutzung seiner Neuerwerbung, weil ja immer noch die Möglichkeit nicht auszuschließen war, daß der Cushman-Chip die in ihn gesetzten Erwartungen nicht erfüllte. Da bemerkte er, daß Mitchell ihn angesprochen hatte. Da es dem Ballpräsidenten bislang nicht gelungen war, den Ehrengast in ein Gespräch über dessen Herkunft oder die Chancen der Houston Oilers auf den Superbowl im nächsten Jahr zu verwickeln, war er offensichtlich auf die Idee verfallen, es mit der Jägerei zu versuchen. »Haben Sie schon einmal Tiere geschossen, Cole?«

»Ja, gelegentlich«, antwortete Harrison, warf noch einen verstohlenen Blick auf Diana und drehte sich dann widerwillig zu Mitchell um. Aus irgendeinem Grund hatte Diana gerade viel angespannter ausgesehen als noch vor einer Stunde.

»Ich sollte Sie einmal zur Rotwildjagd auf meine Ranch einladen. Ein tolles Fleckchen, fünfzigtausend Hektar.«

Er hob die weißen Brauen und erwartete von Cole Antwort auf eine Einladung, die eigentlich gar keine gewesen war. Harrison waren solche subtilen verbalen Fallen schon früher untergekommen – und das stets von solchen selbstverliebten Arschlöchern wie Mitchell, die offensichtlich bei gesellschaftlichen Anlässen den ›Neuen‹ immer wieder ihren überlegenen Status demonstrieren mußten.

Da er Cole ja nicht wirklich auf seine ›tolle‹ Ranch eingeladen hatte, würde dieser sich mit jeder zustimmenden Antwort darauf auf die Rolle eines hoffnungsvollen Bittstellers reduzieren. Da Harrison diesen Trick jedoch längst durchschaut hatte, brauchte er mit seiner wahren Meinung auch nicht hinterm Berg zu halten. »Ehrlich gesagt, Frank, bringt es mir wenig, mir beim ersten Büchsenlicht im Wald den Hintern abzufrieren, während ich vergeblich hoffe, daß sich irgendwann ein Hirsch zeigt.«

»Aber nein, aber nein, so läuft das bei uns nicht. Wir haben überall Futtertröge aufgestellt. Das Rotwild weiß, daß es dort jeden Tag etwas zu fressen vorfindet, und kommt ganz von selbst.«

»Wollen Sie damit sagen, Sie liegen einfach bei den Trögen auf der Lauer, bis für die Tiere Essenszeit ist«, entgegnete Cole, ohne eine Miene zu verziehen, »um ihnen dann, während sie gerade äsen, ein Loch in den Pelz zu brennen – und ihnen etwas später den Kopf abzuschneiden, um ihn bei sich zu Hause über den Kamin zu hängen?«

»Nein, so wie Sie es ausdrücken, verhält es sich bestimmt nicht«, erwiderte der Mann irritiert.

»Wie denn dann?«

»Haben Sie vielleicht etwas gegen den Jagdsport?« fragte Mitchell in offensichtlichem Ärger über Harrisons Kritik an seinem Vergnügen. Dabei bedachte er Cole mit einem Blick, als hege er starke Zweifel an seiner Männlichkeit.

»Überhaupt nicht. Aber ich pflege das zu essen, was ich schieße.«

Der Präsident beruhigte sich etwas. »Gut, richtig, so halten wir das ja auch. Was schießen Sie denn am liebsten?«

»Tontauben«, antwortete Cole und ärgerte sich gleich, weil er sich seine Verachtung für die reichen Müßiggänger hatte anmerken lassen. Mitchells Frau und Schwiegertochter schienen die Verlegenheit des Präsidenten jedoch amüsant zu finden.

Die Canfields betrachteten Cole von nun an mit Mißtrauen und Unbehagen. Die Desmonds hatten sich die ganze Zeit über ihre Segelstunden unterhalten und gar nicht mitbekommen, was sich da gerade abgespielt hatte.

Das neunte Stück war gerade für einhundertneunzigtausend Dollar ersteigert worden, und die Stimme des Auktionators schwoll noch einmal an Lautstärke und Aufgeregtheit an, wodurch den Gästen am Ehrentisch willkommene Gelegenheit gegeben wurde, sich ablenken zu lassen.

»Der nächste Gegenstand bedarf wohl keiner eingehenden Beschreibung«, strahlte der Mann voll freudiger Erwartung, verließ sein Pult, trat auf die Bühne und zog einen Vorhang zurück. Dahinter kam der Klineman zum Vorschein, den Cole gespendet hatte. Bewunderndes Seufzen und Raunen ging durch den Saal. Viele unterbrachen ihre Gespräche, um das Kunstwerk zu studieren und sich zu überlegen, wie hoch sie bei dieser Bronzefigur mitbieten konnten.

»Der Moment, auf den Sie alle gewartet haben, ist endlich gekommen, die einmalige Gelegenheit, das Werk von einem Künstler zu erwerben, der leider nicht mehr auf dieser Welt weilt. Das Eröffnungsgebot liegt bei zweihunderttausend Dollar, und wir nehmen nur weitere Gebote ab fünftausend entgegen.«

Der Auktionator hob die Brauen und ließ mit selbstsicherem Lächeln den Blick über die Menge schweifen. Dann fragte er auffordernd: »Wer möchte beginnen?«

Eine Hand hob sich irgendwo in der Mitte des Saals,

und der Mann nickte sofort. »Mr. Selfer eröffnet die Versteigerung mit zweihunderttausend. Bietet jemand mehr? Ja, dort drüben, zweihundertfünf von Mr. Higgins. Und zweihundertzehn von Mr. Altour. Vielen Dank, meine ...«

»Zweihundertfünfzig!« rief Franklin Mitchell.

Cole mußte sich ein Grinsen verkneifen. Wie konnte jemand so idiotisch sein, eine Viertelmillion für einen über einen Meter hohen Klumpen Metall auszugeben, der aussah, als habe jemand Bananen und Körperteile mit Bronze überzogen?

»Zwei-siebzig!« bot der nächste.

Der Auktionator glühte vor Aufregung und sah den Präsidenten fragend an.

»Dreihundert!« rief Mitchell und sank damit in Coles Wertschätzung noch ein Stück tiefer.

»Dreihunderttausend Dollar, meine Damen und Herren, und dabei haben wir gerade erst angefangen!« begeisterte sich der Mann mit dem Hammer, so als stelle er den menschlichen Seismographen in diesem spannungsgeladenen Saal dar. »Vergessen Sie bitte nicht, daß die Erlöse einem wohltätigen Zweck zugeführt werden ...«

»Dreihundertzehn!« brüllte jemand.

»Mr. Lacey hat gerade drei-hundert-und-zehn-tausend Dollar geboten!« rief der Auktionator, nur um sich gleich korrigieren zu müssen, »und Mr. Selfer ist mit vierhunderttausend wieder eingestiegen. Höre ich vierhundertundzehn?« Er sah sich erwartungsvoll um und nickte dann begeistert. »Ja, mittlerweile stehen wir bei vierhundertundzehntausend. Bietet jemand vierhundertzwanzig?«

Am Ende wurde die Skulptur für vierhundertundsiebzigtausend Dollar ersteigert. Der hocherfreute neue Besitzer schrieb rasch seinen Scheck aus und reichte ihn einer der Assistentinnen des Auktionators. Danach erhob er sich, trat an Coles Tisch und bedankte sich bei dem Spender. Dabei handelte es sich um mehr als eine bloße Geste. Das Ritual des persönlichen Dankes stammte noch aus der Anfangszeit des White Orchids und symbolisierte einen akzeptablen Transfer von Eigentum und Verantwortung von Spender auf Neubesitzer.

Als der Dankende sich wieder entfernte, schaute der Altbesitzer auf seine Uhr und warf dann einen Blick in den Katalog, um seine wachsende Ungeduld zu verbergen. Noch vier Kunstwerke würden zur Versteigerung gelangen, ehe die Abteilung ›Für die Ladys‹ anstand, bei der ein Dutzend Schmuckstücke und Pelze unter den Hammer kämen. Die Broschüre begann mit einer zweiseitigen Einführung in Geschichte und Tradition des seit hundert Jahren regelmäßig abgehaltenen Balls, und Cole studierte den enthusiastischen Rückblick mit wachsender Erheiterung.

Laut dieser Einführung hatten auf den ersten Bällen nur die bedeutendsten texanischen Familien Zutritt gefunden, während das Volk weitgehend ausgesperrt geblieben war. Unter den Traditionen fand sich auch der Hinweis, daß seit Einführung der Auktion bis zum heutigen Tag die Stücke, die den Ladys vorbestimmt waren, von eben denselben vorgeführt wurden.

Harrison wollte die Verstimmung beheben, die er vorhin bei Mrs. Canfield, der Erbin der Gründer, und ihrem Sohn hervorgerufen hatte, legte die Broschüre vor sich hin und erklärte: »Nach dem, was ich gerade gelesen habe, vereint dieser Ball einige nette Sitten und Gebräuche in sich.«

Die ältere Dame wirkte erleichtert, daß der Ehrengast nun doch etwas Interesse an der Veranstaltung aufzubringen schien. Sie war mindestens achtzig, hatte ihr Haar blau getönt, besaß die Hautfarbe einer Porzellanpuppe und trug so viele Halsketten, daß kaum ein Stück Haut ihres Ausschnitts unbedeckt blieb. »Viele davon gehen sogar bis auf die Gründerjahre zurück.«

Cole nickte ihr aufmunternd zu. »Dem Katalog ist zu entnehmen, daß die Schmuckstücke und Pelze von Damen vorgeführt werden, die an diesem Ball teilnehmen. Man stellt sie also nicht auf Displays aus?«

»Dahinter steckt eine hübsche Logik«, freute sich die alte Dame wie ein Teenager. »Wissen Sie, in der Anfangszeit war allen Beteiligten bewußt, daß die Trägerin das Stück, das sie vorführte, gern für sich haben wollte. Ihr Mann oder Freund oder was auch immer stand dann in der Pflicht, den Gegenstand für sie zu erwerben.«

»Das hört sich ja wie eine milde Form von Erpressung an«, grinste Harrison.

»Genau das war damit auch beabsichtigt«, bestätigte Mrs. Canfield mit einem breiten Lächeln. »Ganz zu schweigen davon, daß die Summe für jedes einzelne Stück dabei ganz elegant in die Höhe getrieben wurde. Als Delberts Vater und ich gerade verheiratet waren, hatte ich mich in eine wunderschöne Rubinbrosche verliebt, die bei der Auktion vorgeführt wurde. Ich ging natürlich davon aus, daß er sich mit den Traditionen auskannte, aber da hatte ich mich geirrt, und ich habe die Brosche an diesem Abend nicht bekommen. Sie können sich gar nicht vorstellen, wie enttäuscht ich war, gar nicht erst zu reden von der Blamage.«

»Das tut mir leid«, entgegnete Cole, weil ihm nichts Besseres einfallen wollte.

»Nun, Harold hat es noch viel mehr leid getan«, fuhr die alte Frau mit grimmiger Miene fort. »Und das geschah ihm durchaus recht. Schließlich konnte ich mich eine Woche lang bei meinen Freundinnen nicht mehr blicken lassen.«

»Tatsächlich! So lange?« fragte Harrison, und es gelang ihm, seine ernsthafte Miene aufrechtzuerhalten.

Mrs. Canfield nickte. »Ja, denn so lange hat Harold gebraucht, bis er in New York eine ähnliche Brosche auftreiben und mir schenken konnte.«

»Aha.«

Danach fiel ihm nichts mehr ein, und er schlug wieder den Katalog auf, schätzte den Wert der verbliebenen Stükke ab und versuchte auszurechnen, wie lange er noch hier sitzen mußte, ehe er in seine Suite zurückkehren und sich dort der Arbeit widmen konnte, die auf dem Couchtisch ausgebreitet lag. Ja, tatsächlich, die Ladys-Abteilung umfaßte zwölf Stücke. Neben jedem einzelnen stand angegeben, welche Dame es vorführen würde.

Beim zwölften Gegenstand fiel ihm etwas auf. Ein örtlicher Juwelier hatte das Set gespendet, und Diana Foster sollte es präsentieren. Zur Beschreibung stand dort zu lesen:

»Eine kostbare Halskette mit dazu passenden Ohrringen, bestehend aus dunkelroten Amethysten von fünfzehn Karat, die von feinen weißen Diamanten umrahmt sind. Das Ganze eingefaßt in achtzehnkarätiges Gold. Aus der Sammlung der verstorbenen Gräfin Vandermill, circa 1910.«

Cole hob den Kopf und schaute nach Diana. Sie unterhielt sich gerade mit ihrer Schwester und wirkte auf den ersten Blick gefaßt. Doch auf den zweiten stellte er fest, daß sie noch blasser geworden war. Er ahnte, wie sehr sie den Moment fürchtete, in dem sie aufstehen und diese Halskette mit den Ohrringen vorführen mußte.

Missy Desmond, die gerade in ihrem Katalog las, schien zu der gleichen Schlußfolgerung gelangt zu sein. »Diana Foster, die Ärmste. Warum hat sie das Set nicht zurückgegeben und die Leitung gebeten, jemand anderen zu bitten, es vorzuführen?«

Für Cole lag die Antwort auf der Hand. Da Dianas Name bereits im Katalog zu lesen stand, hätte sie durch einen Rückzug verstärktes peinliches Aufsehen erregt.

Auf der anderen Seite des Tisches beobachtete Haley Cole genau. Sie ärgerte sich immer noch darüber, daß Harrison Diana Foster gleich wiedererkannt zu haben schien, sie selbst aber nicht. Auch ihrem Mann, der sich den ganzen Abend an seinem Glas festgehalten hatte, fiel auf, wie oft der Ehrengast zu Diana hinüberschaute. Schließlich beugte er sich zu seiner Frau hinüber und flüsterte: »Diana scheint eine neue Eroberung gemacht zu haben. Harrison kann ja nicht den Blick von ihr wenden.«

»Da seid ihr ja schon zu zweit«, gab sie giftig zurück und ärgerte sich maßlos, weil ihr Mann es gewagt hatte, den verhaßten Namen in ihrer Gegenwart fallenzulassen; und noch viel mehr verdroß es sie, daß er mit seiner Bemerkung über Cole absolut recht hatte. So wandte Haley sich an Missy und erklärte ihr: »Diana Foster hatte überhaupt kein Interesse daran, eine andere die Halskette vorführen zu lassen, weil sie noch nie eine Gelegenheit versäumt hat, im Rampenlicht zu stehen.« Sie drehte sich zur Seite, um auch ihre Freundin Marilee Jenkins an der Verdammung Dianas teilnehmen zu lassen. »Ist dir auch aufgefallen, wie sie heute abend die Rolle der Märtyrerin zu spielen versucht? Sieh nur, was für ein unglaubwürdiges tapferes Lächeln die Foster aufgesetzt hat!«

»Mir tut Diana leid«, wandte Mrs. Canfield ein. »Was Daniel Penworth ihr angetan hat, war unentschuldbar.«

»Nein, vielmehr unvermeidlich«, schoß Haley zurück. »Diana war für ihn doch wie ein Mühlstein am Hals. Er hat sie nie geliebt, und als es nicht mehr ging, hat er versucht, sich in Freundschaft von ihr zu trennen. Aber Diana wollte ihn nicht aus ihren Klauen lassen. Wer sie nicht so gut kennt, hält sie leicht für lieb und freundlich. Doch in Wahrheit hat sie für niemanden etwas übrig, außer für sich selbst und ihr blödes Heimwerker-Magazin!«

Marilee Jenkins pflichtete ihr sofort bei. »Genau, dem armen Dan kann man nicht den geringsten Vorwurf machen.«

Cole wartete, ob jemand an diesem Tisch Diana die Stange halten würde, aber die alte Lady blickte nur betreten drein, und Missy hielt den Kopf gesenkt. Der Auktionator kündete nun das erste Schmuckstück aus der Ladys-Abteilung an, und Harrison drehte sich so um, daß er den giftenden Frauen den Rücken zukehrte.

Ein paar Tische weiter erhob sich eine schlanke Rothaarige unter dem Applaus der Menge und präsentierte ein ausgesucht schönes Diamanten-Collier. Sie trat zwischen die Tische und führte das Stück mit der Grazie von jemandem vor, der wußte, daß er dazu geboren war, von allen bewundert zu werden und solchen Schmuck zu tragen.

Ihr Gatte rief das Eröffnungsgebot, und sofort überbot ein Mann, der an seinem Tisch saß, und grinste, weil er so den Ehemann zwang, höher zu gehen. Und dann mischten sich immer mehr Gentlemen ein. Ihre Gebote wurden oft mit Gelächter begleitet, und Cole ahnte sofort, daß die Freunde des Ärmsten sich einen Spaß daraus machten, ihm finanziell die Haare vom Kopf zu rupfen.

Harrison genoß bald diese Vorstellung, die sich jedesmal wiederholte, wenn eine Ehefrau oder Freundin sich erhob, um ›ihr‹ Stück zu präsentieren. Der betroffene Gatte oder Freund mußte sich dann mit zähneknirschendem Humor darin fügen, wie seine Freunde ihn dazu zwangen, tiefer in die Tasche zu greifen als er wollte.

Cole schaute aber auch immer wieder zu Dianas Tisch hinüber und beobachtete ihre Reaktionen. Als jede der Ladys das von ihr vorgeführte Stück auch erhielt, wurde Dianas Miene immer verschlossener und angespannter.

Der Zeitpunkt rückte näher, an dem sie aufstehen und präsentieren mußte. Diana spielte nervös mit den Steinen und legte dann die Hand über die Halskette. Cole konnte nicht erkennen, ob sie das Stück verdecken oder abreißen wollte. Und als sie dann endlich an der Reihe war, erstarrte sie sichtlich.

»Ladys und Gentlemen, bei dem nächsten Set handelt es sich um ein bemerkenswertes Meisterstück der Juwelierkunst in längst vergangenen Zeiten. Eine ausgesuchte Amethyst-Halskette, die Ihnen nun von Miß Diana Foster vorgeführt wird.«

Harrison begriff jetzt, warum sie sich so sehr davor fürchtete, Gegenstand der unterschiedlichsten Gerüchte zu werden. Aber erst, als sie sich erhob, erkannte er, in welch noch viel peinlicherer Situation sie sich befand, weil Dan Penworth nicht anwesend war, der eigentlich das Set für sie ersteigern sollte. Er beobachtete, wie Diana sich zusammenriß und tatsächlich ein Lächeln zustande brachte. Im selben Moment vernahm er auch schon das animierte Getuschel von den anderen Tischen.

Am Nebentisch scherzte ein Mann gegenüber seiner Nachbarin, daß Penworth wohl deshalb die Italienerin geheiratet habe, um sich vor den Kosten für diese Halskette zu drücken.

Harrison ärgerte sich sehr darüber und verspürte sofort den Wunsch, sie zu beschützen. Beide Emotionen wuchsen noch an, als der Auktionator in die Menge schaute und darauf wartete, daß ihr Liebster ein Eröffnungsgebot rufen würde.

»Wir beginnen bei fünfzehntausend Dollar. Höre ich fünfzehntausend?« Der Mann schaute etwas verwirrt drein, als sich niemand meldete. »Dieses Set ist leicht das Doppelte wert.« Immer noch meldete sich niemand. »Gut, dann beginnen wir bei zehntausend …«

Er schaute sich wieder um und blickte dann erleichtert drein. »Danke, Mr. Dickson. Also, wir haben zehntausend. Höre ich mehr?«

Bei dreizehntausend mußte eine Pause eingelegt werden, damit ein potentieller Bieter sich die Kette genauer ansehen konnte.

»Das arme Mädchen«, meinte Mrs. Canfield zu Cole. »Ich habe ihren Vater gut gekannt. Er hätte ihr das Set sicher ersteigert, um sie aus dieser Peinlichkeit zu erlösen.«

»Diana tut es ganz gut, wenn ihr mal ein Zacken aus der Krone gebrochen wird«, warf Haley ein. »Jeder weiß doch, was für ein hinterhältiges Aas sie ist.«

Franklin besaß wenigstens soviel Größe, angesichts der Ausdrucksweise seiner Schwiegertochter eine etwas indignierte Miene aufzusetzen. Das Gift, das sie verspuckte, schien ihm hingegen nichts auszumachen. Er drehte sich zu seinem deutlich angeheiterten Sohn um, so als erwarte er, daß der einschreiten würde. Doch Peter dachte nicht daran, seiner Frau zu widersprechen. »Diana ist schon immer zu sehr von sich eingenommen gewesen.«

»Das kann man wohl sagen«, bestätigte Mitchells Gattin.

Cole, der natürlich keine Ahnung von den persönlichen Motiven der Personen an seinem Tisch hatte, Diana mit solchem Haß zu verfolgen und sich an ihrer Not zu erfreuen, nahm fälschlicherweise an, daß alle im Saal ähnlich negative Gefühle für sie hegten.

Vor seinem geistigen Auge sah er das liebenswürdige Mädchen wieder, das ihm des öfteren Tüten mit Leckereien mitgebracht hatte. Sie lächelte ihn wie ein Sonnenschein an, als sie seinem ständigen Hunger Abhilfe verschaffen und gleichzeitig seinen Stolz nicht verletzen wollte.

»Glauben Sie, daß Sie diese Gläser und Konserven noch irgendwo unterbringen können? Meine Großmutter ist so versessen aufs Einwecken, daß unser Vorratsschrank langsam überquillt …

Ich hoffe, Sie mögen Hähnchen und Kartoffelsalat, Omi hat gestern soviel davon gemacht, als ginge es darum, eine ganze Kompanie zu versorgen …«

Er erinnerte sich auch an andere Dinge. Zum Beispiel, wie adrett und hübsch sie immer anzuschauen gewesen war, angefangen von den polierten Schuhen bis zu den gepflegten, aber nie lackierten Fingernägeln.

Die dringliche Stimme des Auktionators riß ihn aus seinen Gedanken. »Wir stehen bei dreizehntausend Dollar. Höre ich vierzehntausend?«

»Peter«, meinte Haley schließlich mit ausgesuchter Bosheit, »ersteiger mir doch bitte diese Halskette. Ich glaube, sie gefällt mir.«

»Letzter Aufruf, meine Damen und Herren«, rief der Mann mit dem Hammer.

Peter sah zu Diana hinüber, die immer noch ihr Set vorführte, und rief mit schwerer Zunge: »Einen Moment noch, wir möchten die Halskette gern näher betrachten.«

Cole verfolgte, wie Diana gehorsam näher trat. Er ahnte bereits, daß sie ursprünglich geglaubt haben mußte, ihr Verlobter würde das Stück für sie erstehen. Jetzt erkannte Harrison auch, daß sie das Abendkleid eigens deswegen gekauft hatte, weil es so hervorragend zu den Amethysten paßte.

Nun sah er, wie ihr Lächeln zu ersterben drohte, als sie direkt vor ihm stehenblieb und es über sich ergehen ließ, daß Peter ihr vor allem in den Ausschnitt starrte. Diana hob den größten Stein an, damit er ihn sich genauer ansehen konnte. Dieselben schlanken, langen und weiblichen Finger, die Cole vor vielen Jahren die Essenstüten gereicht hatten.

Peter griff nach den Amethysten und strich dabei wie unabsichtlich über die weiche Haut. Geschickt trat Diana einen Schritt zurück, löste in derselben Bewegung den Verschluß des Colliers, und er hielt die Kette in der Hand.

Ihr aufgesetztes Lächeln erlosch nicht einen Moment, doch sie blickte angewidert auf Peters Finger, schaute dann rasch zu Harrison und drehte schließlich den Kopf zur Seite. Dieser kurze Moment, in dem er in ihren Augen alles hatte lesen können, trieb ihn zu einer sofortigen Entscheidung.

Vielleicht wohnte ihm ja doch etwas von einem Ritter in schimmernder Rüstung inne, der Damen in Not zu Hilfe eilte, und er hatte das nur noch nie bemerkt. Möglicherweise bediente er sich jetzt auch der moderneren Variante eines Steinzeitmannes, der sich nur einer Keule hatte bedienen können, um einem Gegner seine Überlegenheit zu demonstrieren. Oder aber sein Unterbewußtsein nahm wahr, daß das Schicksal ihm hier eine Gelegenheit bot, nicht nur Dianas, sondern auch sein eigenes Problem zu lösen …

Gleich wie, das Ergebnis blieb dasselbe. Als Peter sich zum Auktionator umwandte und »Fünfzehntausend!« rief, überbot Cole ihn, noch bevor der Mann seinen Hammer erheben konnte: »Fünfundzwanzig!«

Der Versteigerer schien für einen Moment seinen Ohren nicht trauen zu wollen, doch dann breitete sich ein verzücktes Lächeln auf seinem Gesicht aus. »Aha, wir haben einen neuen Mitbieter«, verkündete er der Menge triumphierend. »Mr. Harrison ist gerade gleich um zehntausend Dollar gesprungen«, fuhr er fort, um die Aufmerksamkeit und die Scheckbücher der Herren zu erreichen, die sich bislang noch nicht für das Collier interessiert hatten, »dabei hat er sich das Stück noch nicht einmal aus der Nähe angesehen. Miß Foster, wären Sie wohl so freundlich, Mr. Harrison Gelegenheit zu geben, diese unvergleichliche Arbeit und die Farbe der Steine zu begutachten?«

Mit einem kurzen, deutlich erleichterten Lächeln drehte sie sich fort von Peter und eilte zu Cole. Sie hielt ihm das Stück hin, aber er verschwendete keinen Blick darauf, sondern sah sie nur an und fragte mit einem leisen Grinsen: »Gefällt Ihnen die Kette?«

Diana bemerkte die Belustigung in seinen Augen und spürte instinktiv, daß er diesen Moment bewußt verlängerte und damit dem Publikum eine kleine Show bot. Doch sie wollte so rasch wie möglich aus dem Rampenlicht hinaus und erst recht nicht von Hunderten Augenpaaren angestarrt werden. Ihr konnte es egal sein, wer das Set am Ende erstand, wenn diese entsetzliche Farce nur so rasch wie möglich vorüber war. »Sie ist wunderschön«, nickte sie.

Cole lehnte sich zurück, schob die Hände in die Hosentaschen und lächelte, als stünde ihm alle Zeit der Welt zur Verfügung, sich den Erwerb dieses Stückes reiflich zu überlegen. Diana gewann den Eindruck, daß er, im Gegensatz zu ihr, die Aufmerksamkeit aller Gäste im Saal zu genießen schien. »Ja, aber gefällt es Ihnen persönlich?«

»Doch, wirklich, ein schönes Collier!« Dianas hastige Antwort rief bei der neugierig gewordenen Menge freundliches Gelächter hervor.

»Dann meinen Sie also, ich sollte es erwerben?«

»Aber selbstverständlich. Wenn Sie jemanden kennen, dem Sie das Set geben können.«

Der Auktionator spürte, daß das Interesse des Publikums seinen Höhepunkt erreicht hatte und bald abebben würde. »Mr. Harrison, sind Sie zufrieden mit dem, was Sie zu sehen bekommen haben?«

Cole lächelte breit und sah wieder Diana ins Gesicht. »Außerordentlich zufrieden sogar.«

»Dann fahren wir jetzt mit den Geboten fort. Mr. Harrison hat eben fünfundzwanzigtausend gerufen. Höre ich dreißigtausend?« Er sah Peter Mitchell erwartungsvoll an, der auch gleich nickte.

Der Mann mit dem Hammer sah sich im Saal um, ob sich noch jemand beteiligen wollte, und als das nicht der Fall zu sein schien, wandte er sich wieder an Cole. »Mr. Harrison?«

Wenn Diana nicht so verkrampft und verzweifelt gewesen wäre, hätte sie sich vielleicht von Coles Grinsen anstecken lassen, als der eine Hand hob und vier Finger zeigte.

»Vierzigtausend Dollar!« krächzte der Auktionator. »Mr. Harrison hat soeben vierzigtausend geboten, und das alles fließt einem wohltätigen Zweck zu. Mr. Mitchell, höre ich fünfundvierzigtausend?«

Haley stieß ihren Mann in die Seite und nickte heftig, doch der warf Cole einen wütenden Blick zu. Harrison sah ihn herausfordernd an, und Peter stieg mit einem ›Nein‹ aus.

Der Mann klopfte mit dem Hammer. »… und zum Dritten.«

Damit ist das Set für vierzigtausend Dollar an Mr. Harrison verkauft.« Er wandte sich an Cole. »Ich spreche sicher im Namen der Veranstalter dieses Balles, wenn ich erkläre, daß wir Ihnen für die uns erwiesene Großzügigkeit heute abend außerordentlich dankbar sind. Und ich darf meiner Hoffnung Ausdruck geben, daß die glückliche Lady, der Sie die Kette umlegen werden, nicht nur

Ihre Generosität, sondern auch Ihren ausgezeichneten Geschmack zu würdigen weiß.«

»Das hoffe ich auch!« rief Harrison, was im Saal noch mehr Gelächter auslöste. Er grinste auf eine jungenhafte, warme Weise, die im deutlichen Widerspruch zu der frostigen Unnahbarkeit stand, die er den ganzen Abend über ausgestrahlt hatte. »Wollen wir doch mal sehen, was sie dazu zu sagen hat.«

Die Gäste verfolgten hingerissen die Darbietung dieses so sehr von Rätseln umgebenen Tycoons, dem man so etwas nie zugetraut hätte. Ein Reporter hatte einmal über ihn geschrieben, statt eines Gehirns besäße Harrison einen Schaltkreis und an der Stelle seines Herzens säße ein Computer. Gebannt sahen alle zu, wie er sich von seinem Stuhl erhob.

Diana wäre am liebsten sofort zu ihrem Platz zurückgeeilt, als er die Kette aus ihrer Hand nahm. Doch er trat auf sie zu, legte ihr das Collier um den Hals, verschloß es im Nacken und hinderte sie so an der Flucht.

Die junge Frau konnte ihn nur verständnislos anstarren.

Er sah sie schweigend, aber erwartungsvoll an.

Überall im Saal wurde gejohlt und Beifall gespendet, und am Ende leuchteten die Blitzlichter der Kameras auf, als sei ein heftiges Gewitter ausgebrochen.

»Nun, was halten Sie von meinem Geschmack?« grinste Cole und machte damit auch dem letzten klar, wer seine glückliche Lady war.

Diana erkannte jetzt, daß er nur so getan hatte, als würde er ihr das Set überlassen. Genauso wie der Kuß auf dem Balkon nicht ernstgemeint gewesen war, um dem Fotografen etwas vorzumachen. Ein ebenso geschickter wie liebenswerter Schachzug, um ihr weitere Schmach zu ersparen.

»Ich glaube, Sie verfügen über einen ausgezeichneten Geschmack«, antwortete sie mit aufgesetzter Begeisterung und fügte in Gedanken mit ehrlicher Bewunderung hinzu: *Und Sie sind ein ausgezeichneter Schauspieler!*

»Dann darf ich mir doch sicher die Freiheit nehmen, Sie um einen Tanz zu bitten?« fragte er mit ungeahntem Charme. »Ich glaube, ich höre aus dem benachbarten Saal Musik.« Ohne ihre Antwort abzuwarten, führte er sie zwischen den Tischen hindurch zum Ausgang. Die Menge spendete reichlich Beifall, ehe sie begriff, daß die Show und auch die Versteigerung vorüber waren, und sich den beiden anschloß.

Auf halbem Weg blieb Diana stehen. »Warten Sie bitte«, lächelte sie leicht verlegen, »ich möchte Sie meiner Familie vorstellen. Nach allem, was sich heute abend hier getan hat, möchte die Sie bestimmt kennenlernen.« Sie drehte sich um, ging voran und führte ihn gegen den Strom zu ihrem Tisch.

Kapitel 24

Auf dem Weg dorthin fühlte Diana sich immer beschwingter und auch etwas beschwipst. In den letzten Tagen hatte sie sich tapfer der Welt und ihrer Arbeit gestellt und sich bemüht, ihren privaten Schmerz über Dan nicht sichtbar werden zu lassen. Und als wäre das noch nicht genug gewesen, drohte ihr auch noch der Alptraum des White Orchid Ball ... Aber jetzt war die Auktion vorüber, und die hatte sich kein bißchen als Schrecken entpuppt, weil Cole daraus ein Hollywood-Happy-End gezaubert hatte.

Die abrupte und so unerwartete Befreiung von diesem immensen Streß wirkte sich wie ein Schock auf ihr Nervenkostüm aus. Ohne die emotionale Last, die sie eine Woche lang hatte mit sich herumschleppen müssen, fühlte sie sich nahezu schwerelos und in euphorischer Stimmung.

Vor ein paar Stunden noch war sie Dans abgestoßene Verlobte und die Zielscheibe von Mitleid und Spott gewesen. Und in wenigen Stunden würden die Zeitungen voll von ihr und Cole sein und die beiden vermutlich als das neue Traumpaar hinstellen. Das alles war so schnell und unvermittelt gekommen, daß Diana am liebsten ununterbrochen gekichert hätte.

Irgendwie gelang es ihr aber, halbwegs ruhig zu bleiben und ihren ›Neuen!‹ den Großeltern und der Mutter vorzustellen. Doch als sie verfolgte, wie die Familienmitglieder und Freunde, jeder auf seine ganz besondere Art, auf Harrison reagierten, zuckten ihre Mundwinkel doch verdächtig.

Corey strahlte und umarmte Cole gleich. Mutter behandelte ihn nicht so überschwenglich, war aber sehr freundlich. Spencer und Großvater lächelten höflich und gaben ihm die Hand. Großmutter starrte ihm in die Augen, als wolle sie auf den Grund seiner Seele schauen. Amy Leeland lief rot an, als Cole ihr ein Lächeln schenkte.

Anders hingegen Doug Hayward. Er verhielt sich ihm gegenüber nicht nur unhöflich, sondern geradezu beleidigend. Der junge Mann erhob sich und schob gleich die Hände in die Hosentaschen, um Coles Rechte nicht schütteln zu müssen. Dabei erklärte er Amy, ohne den feindseligen Blick von Harrison zu wenden: »Weißt du, dieser Mann hier war früher unser Stallbursche und hat die Boxen ausgemistet. Und heute stiftet er Kunstwerke für Wohltätigkeitsveranstaltungen.« Dann sprach er ihn direkt an. »Ist doch wirklich interessant, wie weit ein Mann es in Amerika bringen kann, nicht wahr, Mr. Harrison?«

Die alte Kälte trat wieder in Coles Blick.

Diana konnte die unerklärliche Animosität zwischen diesen beiden Männern nicht begreifen. Die ganze Familie blickte sie an, damit sie einschreiten möge. Ganz gleich, wie verfahren oder unlösbar eine Situation erscheinen mochte, Diana hatte es stets verstanden, mit ihrer Diplomatie, ihrem Gespür und ihrem Humor zu schlichten und die Wogen zu glätten.

Doch diesmal schien ihr nichts Rechtes dazu einzufallen, oder vielleicht hatte sie auch keine Lust, zwischen die beiden Kampfhähne zu treten. Statt dessen lächelte sie, während Harrison und Doug sich anstarrten wie zwei Duellanten, kurz bevor der Schiedsrichter das Startsignal gibt. »Ich verstehe ja, wie gern ihr zwei von den alten Zeiten schwärmen möchtet, aber das muß leider auf ein anderes Mal verschoben werden, weil Cole und ich etwas Wichtiges vorhaben.«

Damit hakte sie sich bei Harrison ein, griff sich ihre Handtasche und bot ihre ganze Kraft auf, Cole von der Stelle zu bewegen. Der aber hatte das Gefühl, nicht grußlos verschwinden zu dürfen, und erklärte der Familie über die Schulter: »Diana hat eben zugestimmt, ihr Leben der größten Gefahr auszusetzen und sich auf einen Tanz mit mir einzulassen.«

Alle am Tisch sahen den beiden hinterher, und bis auf Großmutter waren alle der Ansicht, daß dieser Abend einen Triumph darstellte und zu einer entscheidenden Wende in Dianas bislang wenig glücklichem Privatleben führen würde.

»Mr. Harrison ist genau der Richtige, um meiner Schwester heute abend zu helfen, über Dan hinwegzukommen«, bemerkte Corey.

»Diana hat Glück, immer wieder auf die Füße zu fallen«, sagte Spence.

»Sie war eben immer schon ein praktisches Mädchen«, fügte der Großvater hinzu. »Diana hat gespürt, daß Dan nicht der Richtige für sie war, und hat ihn jetzt schon halb vergessen.«

»Meine Schwester war immer schon stark und mutig.«

»Diana ist jetzt endgültig nicht mehr zurechnungsfähig«, warf die Großmutter ein.

»Das stimmt nicht, Omi!« erwiderte Corey. »Diana war immer unabhängig und ist mit allen Situationen fertig geworden. Sie bewahrt stets die Ruhe, fährt unter Druck erst zur Hochform auf, und ...«

»Und sie hat meine Handtasche mitgenommen«, unterbrach Mrs. Britton sie und lächelte grimmig, weil sie damit den entscheidenden Beweis für ihre These vorgebracht hatte.

Alle starrten wieder dem Paar hinterher. Jeder in der Familie wußte, wie sehr Diana sich auch um allerkleinste Details kümmerte. Ihr zielsicherer Geschmack und ihre Fähigkeit, sich auch unter den widrigsten Umständen perfekt zu präsentieren, galten allgemein als legendär.

Doch da auf dem Tisch lag Dianas kleine Abendtasche mit dem Judith-Leiber-Logo, einer glitzernden Pflaume mit einem silbernen Stiel und grünen Blättern. Der Umstand, daß sie statt dessen die große schwarze Tasche ihrer Großmutter genommen hatte – das Stück hing deutlich sichtbar an ihrem Arm –, widersprach so vollkommen ihrer Art, daß die Familie sich ernsthafte Sorgen zu machen begann.

»Da, bitte«, erklärte Mrs. Britton, »die Ärmste ist wirklich am Ende.«

Kapitel 25

»Wenn Sie wirklich mit mir tanzen wollen«, scherzte Cole, als sie sich dem Eingang zum Ballsaal näherten, »sollten Sie vorher etwas trinken.« Er blieb am Bankett-Tisch stehen, hob eine Flasche Champagner aus dem Kühleimer und füllte zwei Gläser. Während er ihr das eine reichte, erklärte er grinsend: »Alkohol wirkt nämlich wie ein Anästhetikum. Mit mir zu tanzen könnte sich als schmerzliche und gefährliche Erfahrung erweisen.«

Diana trank einen Schluck und fühlte sich immer noch unendlich erleichtert, daß die schreckliche Prüfung vorüber war. Gleichzeitig war sie Cole so dankbar, daß sie auch mit ihm getanzt hätte, wenn sie barfüßig gewesen wäre und er Bowlingschuhe angehabt hätte. Zufrieden stellte sie fest, daß die Frauen ihr keine mitleidigen oder höhnischen Blicke mehr zuwarfen. In Wahrheit beachteten die Ladys sie kaum noch und schienen nur noch Blikke für Cole zu haben, was Diana ihnen nicht verdenken konnte. Mit seinem vollen schwarzen Haar, seinen auffälligen grauen Augen und seinem athletischen Körperbau war er schon ein Blickfang.

Dieselben männlichen Qualitäten, die damals schon bei ihren Freundinnen die wildesten Fantasien ausgelöst hatten, waren seitdem noch deutlicher entwickelt. Cole hatte immer schon ungezähmte Kraft und latente Sexualität ausgestrahlt, doch heute umgab ihn auch noch eine Aura kühlen Geistes und unbezwinglicher Stärke.

Sie nahm noch einen kleinen Schluck, bis sie in den Tanzsaal gelangten, und verfolgte amüsiert die staunenden Blicke derjenigen, die sie vorher als bedauernswerten Fall abgeschrieben hatten.

Das Orchester spielte gerade ein langsames Lied, und Diana wollte schon ihr Glas abstellen, aber Cole schüttelte den Kopf. »Erst austrinken.«

»Sind Sie wirklich so voller Sorge, mir auf die Füße treten zu können?« fragte sie erheitert und voller Dankbarkeit.

»Bestimmt nicht«, gab er frech zurück. »Aber so verkrampft und steif, wie Sie noch sind, fürchte ich um meine Füße.«

Sie lachte und gehorchte. Dann hakte sie ihren Arm unter seinen und zog Cole an sich. Ihm kam diese Geste sehr besitzergreifend und sehr angenehm vor. Schließlich wollte er eines der wichtigsten Geschäfte mit einer wunderschönen Frau abschließen, die noch nicht wußte, was ihr blühte. Er brauchte ihr Vertrauen, damit sie sich seinen bizarren Vorschlag wenigstens anhörte.

Als er sie auf der Tanzfläche in den Arm nahm, hob sie den Kopf und sah ihn sanft an. »Cole?«

Er erwiderte ihr Lächeln, aber seine Augen betrachteten sie, als ginge in seinem Kopf etwas Bestimmtes vor. »Ja?«

»Hat Ihnen schon einmal jemand gesagt, daß Sie sehr lieb und sehr galant sind?«

»Nein, noch nie. Die meisten bezeichnen mich als kalt, berechnend und hartherzig.«

Das empfand Diana als zutiefst ungerecht. Sie fühlte sich so glücklich, und ihr Bewußtsein schwamm in all dem Wein und Champagner, mit dem sie sich Mut angetrunken hatte, daß sie ihn nur als unglaublich wundervollen und fantasiereichen Mann sehen konnte, als starken Ritter, der zu ihrer Rettung herangestürmt war, alle Feinde vernichtet und sie vor weiterer Demütigung bewahrt hatte. In einer Welt voller Mißgunst und Bosheit ragte er wie ein Leuchtturm des Muts und der edlen Gesinnung hervor. »Wie kann man gerade Ihnen denn so furchtbare Dinge unterstellen?«

»Weil sie vermutlich der Wahrheit entsprechen«, entgegnete er gelassen.

»Lügner«, erklärte sie und mußte wieder kichern.

Cole setzte eine verletzte Miene auf. »Man hat mir alles mögliche vorgeworfen, aber das nun doch nicht.«

»Oh«, machte sie, und es gelang ihr nicht, den nächsten Kicheranfall zu unterdrücken. Dann sagte sie sich aber, daß er nur scherzte, weil ihr Kompliment ihn verlegen machte, und wechselte das Thema. »Für wen haben Sie denn nun wirklich dieses Collier erworben?«

Doch er antwortete nicht gleich, und Diana fragte sich schon, ob er wirklich eine Auserwählte hatte, für die das Set bestimmt war, oder ob er Kette und Ohrringe nur ersteigert hatte, um sie vor den Augen der oberen Zehntausend aufzuwerten – letzteres wäre ihr doch etwas unangenehm gewesen. Seine Antwort befreite sie jedoch von dieser Sorge: »Das Collier soll das Hochzeitsgeschenk für meine zukünftige Ehefrau sein.«

»Wie romantisch! Und wann werden Sie heiraten?«

»Sobald ich ihr einen Antrag gemacht habe.«

Cole klang seiner Sache so sicher, daß Diana dem Drang nicht widerstehen konnte, ihn ein wenig aufzuziehen. »Entweder sind Sie felsenfest davon überzeugt, daß sie ›ja‹ sagen wird, oder aber Sie hoffen, Ihre Angebetete mit diesem Geschenk herumkriegen zu können.«

»Wahrscheinlich trifft etwas von beidem zu. Ja, ich hoffe, sie mit diesem Geschenk beeinflussen zu können, und ja, ich bin mir sehr sicher, daß sie ›ja‹ sagen wird. Vor allem, wenn ich ihr erst einmal dargelegt habe, welche Vorteile mit einer solchen Verbindung verknüpft sind und wieviel Klugheit dahintersteckt.«

»Das hört sich ja an wie eine Geschäftsvereinbarung!« entfuhr es Diana überrascht.

Cole ging rasch in Gedanken den Plan durch, den er sich in der letzten halben Stunde zurechtgelegt hatte, und fand zu einer schnellen, endgültigen Entscheidung. »Als ich das letztemal um die Hand einer Schönen angehalten habe, waren wir beide sechzehn. Offensichtlich muß ich noch ein wenig an meiner Technik arbeiten, Kätzchen.«

Diana fand es ein wenig bestürzend, daß er wohl doch nicht so erfahren gewesen war und sich so gut mit Frauen ausgekannt hatte, wie sie das damals als Teenager geglaubt hatte, als sie verliebt gewesen war.

Aber viel mehr berührte es sie, daß er ihren alten Spitznamen nicht vergessen hatte. Und ihn jetzt auszusprechen erschien ihr besonders reizend, erinnerte ›Kätzchen‹ sie doch an die Zeiten, in denen sie mit ihm im Stall der Haywards, wo es immer so gut nach frischem Heu und geöltem Leder roch, über Gott und die Welt geredet hatte. Damals war ihr Leben so einfach gewesen, und ihre Zukunft schien strahlend hell vor ihr zu liegen und voller Möglichkeiten zu sein.

»Kätzchen«, wiederholte sie leise und senkte die Augen, als ihr bewußt wurde, wie wenig die Zukunftsträume sich bewahrheitet hatten.

Cole bemerkte sofort ihren Stimmungsabfall und dirigierte sie von der Tanzfläche. »Kommen Sie, wir wollen woanders hin und an meiner Antragstechnik arbeiten. Hier ist mir zuviel Publikum.«

»Und ich dachte, daß möglichst viele Menschen uns zusammen sehen sollten.«

»Sie haben genug zu sehen bekommen.«

Er äußerte das mit der Arroganz eines Königs, nahm Diana am Arm und führte sie hinaus aus dem vollen und lärmenden Saal.

Kapitel 26

»Wo wollen wir denn hin?« fragte sie und lachte, während er mit ihr auf die Fahrstühle zuschritt. Wie gut es tat, wieder unbeschwert lachen zu können. Morgen würde die Realität wieder wie ein Felsbrocken auf sie niederstürzen, aber heute nacht bewirkten Cole, der Alkohol, die Halskette – na, halt die gesamte Kombination – eine unerwartete, aber willkommene Auszeit von ihren Nöten, und Diana war wild entschlossen, jede Minute davon auszukosten.

»Wie wär's mit dem Lake Tahoe?« entgegnete er, während er auf den Knopf drückte. »Dort könnten wir heiraten, schwimmen gehen und rechtzeitig zum Frühstück wieder hier sein.«

Sie vermutete, er übte gerade die richtige Ansprache für den Heiratsantrag an seine Liebste, und diesmal hatte sie noch mehr Mühe, nicht über seine unbeholfene und unromantische Art laut lachen zu müssen. »Ist das nicht ein bißchen weit?« fragte sie beschwingt. »Außerdem bin ich dafür nun wirklich nicht passend angezogen.«

Diana blickte an ihrem Abendkleid hinab, und Cole tat es ihr nach. Bewundernd betrachtete er den Ansatz ihrer Brüste und danach die schmalen Hüften. »In diesem Fall fällt mir nur ein Ort ein, an dem ich die geeignete Atmosphäre und Privatheit für mein Vorhaben finde.«

»Und wo soll das sein?«

»In meiner Suite«, antwortete er, lenkte sie schon in den

Aufzug und schob seinen Schlüssel in den Schlitz neben dem Knopf mit der Aufschrift ›Penthouse‹.

Diana warf ihm einen eigenartigen Blick zu, wollte aber keinen Streit anfangen, weil sich noch andere Gäste in der Kabine befanden. Als aber die letzten ausgestiegen waren, drehte sie sich sofort zu ihm um und schüttelte den Kopf. »Ich sollte nicht auf diese Weise den Ball verlassen, schon gar nicht mit Ihnen ...«

»Warum ›schon gar nicht mit mir‹?«

Der Fahrstuhl erreichte den obersten Stock und hielt an. Die Türen öffneten sich zum schwarzen Marmorboden im Penthouse. Doch Cole stieg nicht aus, sondern legte eine Hand an die Tür, um sie daran zu hindern, sich wieder zu schließen.

Diana fühlte sich vom raschen Aufstieg des Fahrstuhls zusätzlich beschwingt, und als sie seine ernste Miene sah, ernüchterte sie das keineswegs, sondern löste neues Kichern in ihr aus. »Sie haben sich soviel Mühe damit gegeben, meinen Ruf zu bewahren«, erklärte sie endlich, »daß Sie, wie ich fürchte, gar nicht dazu gekommen sind, darüber nachzudenken, welchen möglichen Schaden Sie sich selbst zugefügt haben. Eben wollte ich eigentlich folgendes sagen: Ich hätte nicht einfach so mit Ihnen davonrennen sollen, ohne meiner Familie mitzuteilen, daß Sie das Collier gar nicht wirklich für mich gekauft haben. Und stellen Sie sich erst vor, was die Leute sagen werden, wenn die Bilder von uns in der Zeitung erscheinen. Immerhin wollen Sie doch heiraten, und dann lassen Sie sich mit einer anderen ablichten. Man wird sagen, Sie besäßen überhaupt keine persönliche Integrität.«

Jetzt mußte Cole laut lachen. »Sie machen sich Sorgen um meinen guten Ruf?«

»Natürlich«, entgegnete sie spitz, verließ den Aufzug und stand sofort in dem Vorraum seiner Suite.

»Also so etwas erlebe ich wirklich zum erstenmal«, grinste er. Sie betraten gemeinsam das Wohnzimmer, und er schaltete das indirekte Licht ein. »Aber ich habe so das

Gefühl, als würde es heute nacht noch mehr ›erste Male‹ geben.«

Er schaute über die Schulter nach ihr. Diana stand neben dem Couchtisch, betrachtete ihn, hielt den Kopf geneigt und hatte eine Miene aufgesetzt, die eher verwirrt als auf Vorsicht bedacht wirkte. Verwirrung war gut, sagte er sich, Vorsicht wäre schlecht.

Cole trat zur Bar und holte die Flasche Champagner aus dem Kühlschrank. Alkohol im Blutkreislauf dieser Frau, die bereits angeheitert genug war, um vor Dankbarkeit und Erleichterung zu zerfließen, würde ihm helfen, ihre Vorsicht weiter zu dämpfen.

»Erste Male?« fragte sie jetzt. »Was haben Sie denn heute abend alles vor, zu dem Sie früher nie gekommen sind?«

»Nun, zunächst einmal habe ich noch nie mit einer Frau auf dem Balkon dieser Suite gestanden.« Er entkorkte die Flasche und stellte sie in den Eiskübel. »Und die hier könnte man ja auch als eine Art erstes Mal bezeichnen.«

Sie verfolgte, wie er seinen Frack aufknöpfte und dann seine Schleife löste. Danach nahm er den Eiskübel in die Armbeuge, hielt in jeder Hand eine Sektflöte und betätigte mit dem Ellenbogen einen Wandschalter, woraufhin sich die schweren Vorhänge vor dem Balkon zurückzogen. Bei diesem Anblick kam ihr gleich eine Erinnerung aus der Zeit in den Sinn, als er noch in Jeans und kariertem Hemd herumgelaufen war: In den Jahren hatte er ein Pferd mit einer Hand gestriegelt, mit der anderen die Zügel des Tiers gehalten und sich gleichzeitig mit ihr über die Schule unterhalten. Schon damals hatte er sich darauf verstanden, mehrere Dinge gleichzeitig zu tun. Jetzt trat er beiseite, um ihr den Vortritt zu lassen, reichte ihr dann ihr Glas und schenkte ein. Dabei fiel ihm ihr Lächeln auf.

»Habe ich irgend etwas Komisches getan?«

Diana schüttelte den Kopf. »Ich mußte nur gerade daran denken, wie es Ihnen auch früher schon anscheinend mühelos gelungen ist, mehrere Dinge gleichzeitig zu erledigen. Das habe ich immer sehr bewundert.«

Dieses Kompliment überraschte ihn so sehr, daß ihm darauf keine Antwort einfiel.

Die junge Frau trat an die Brüstung und schaute hinaus auf den glitzernden Lichterteppich Houstons. Als dann auch noch leise Musik aus der Stereoanlage ertönte, mußte sie unwillkürlich an Dan denken.

Cole stellte sich neben sie, drehte sich aber zur Seite, so daß er sich auf dem Geländer aufstützen und sie ansehen konnte. »Wenn ich diesen betrübten Blick in Ihren Augen sehe, kann ich nur hoffen, daß Sie an Dan und nicht an mich denken.«

Diana fühlte sich ertappt und reckte das Kinn. »Wir haben im letzten Jahr nicht sehr viel Zeit miteinander verbracht, und eigentlich habe ich ihn schon vollkommen vergessen.«

Er sagte nichts dazu, sah sie aber mit hochgezogenen Brauen skeptisch an. Diana las darin nicht nur, daß er ihr keinen Glauben schenkte, sondern auch, daß er enttäuscht darüber war, wie wenig Vertrauen sie zu ihm hatte.

Nach allem, was Cole heute abend für sie getan hatte, verdiente er eigentlich mehr als eine so dumme Antwort. »Nein, das war gelogen«, gestand sie schließlich seufzend. »Ich habe lediglich akzeptiert, daß die Geschichte aus und vorbei ist. Doch darüber hinaus fühle ich mich furchtbar verletzt und bin unheimlich wütend.«

»Das ist verständlich«, lächelte Harrison. »Immerhin sind Sie gerade von der größten Mistratte auf dieser schönen Welt verlassen worden.«

Diana starrte ihn mit offenem Mund an. Doch ihr Schock währte nur kurz, dann mußte sie laut lachen.

Cole lachte mit, legte einen Arm um Diana und zog sie an sich. Der weiche Stoff streifte ihre bloße Haut, und seine warmen Finger bewegten sich angenehm an ihrem Oberarm auf und ab. Auch wenn sie nur den Ersatz für seine Zukünftige darstellte, tat es ihr doch ungemein gut zu spüren, daß jemand – dazu auch noch ein so gutaussehender und ganz besonderer Mann – sie nett genug fand, um mit ihr ein paar Stunden zu verbringen. Sie fühlte sich in seinem Arm wieder wie ein Mensch, der anderen etwas wert war. Nicht so wie Dan …

Sie setzte das Glas an die Lippen und trank einen großen Schluck, um alle Gedanken an diese ›größte Mistratte‹ zu verscheuchen.

Dann fiel ihr wieder ein, daß Cole ja seine Technik perfektionieren wollte. Und das brachte ihr leider auch ins Gedächtnis zurück, daß sie ein Collier trug, das nicht ihr gehörte.

»Ich glaube, ich nehme das hier jetzt besser ab, bevor ich mich noch daran gewöhne und ganz vergesse, daß …«

»Nein, behalten Sie es an«, unterbrach er Diana. »Ich habe das Set für Sie erworben.«

Ihre Hände, die sich schon am Verschluß befunden hatten, hielten inne. »Nein, Sie haben das Collier für die Frau gekauft, die Sie heiraten wollen.«

»Ja, genau.«

Diana mußte erst einmal heftig den Kopf schütteln, um Klarheit in ihn zurückzubringen. Dann drehte sie sich zu Harrison um, schob sich eine Locke aus der Stirn und sah ihn bekümmert an. »Ich habe heute abend mehr getrunken, als ich gewöhnt bin, und jetzt scheine ich Schwierigkeiten zu haben, unserem Gespräch folgen zu können. Irgendwie kommt es mir so vor, als würden Sie in Rätseln sprechen.«

»Nun gut, dann will ich mich deutlicher ausdrücken: Ich möchte dich heiraten, Diana, und zwar noch heute abend.«

Diana hielt sich mit der freien Hand am Geländer fest und lachte schrill. »Cole Harrison, sind Sie betrunken?«

»Bestimmt nicht.«

Sie sah ihn in unverhohlener Verwirrung an. »Dann muß ich das wohl sein …«

»Nein, aber ich wünschte, du wärst es.«

Diana ließ das Geländer los und setzte ein unsicheres Lächeln auf. »Das mit dem Du lasse ich mir ja gern gefallen, aber das andere ... Nein, das kannst du nicht ernst meinen.«

»Doch, ich meine es sogar sehr ernst.«

Sie mußte wieder kichern. »Ich will ja nicht undankbar … oder überkritisch erscheinen … aber ich glaube … jetzt treibst du es mit der … Galanterie ein wenig zu weit.«

»Das hat überhaupt nichts mit Galanterie zu tun.«

Cole verfolgte mit kühlem Verstand Dianas Ringen darum, endlich das Kichern loszuwerden. Wie unglaublich hübsch sie doch ist, dachte er dabei. Das Bild von ihr in der Zeitung stammte vermutlich aus irgendeinem Pressearchiv und hatte ihr Unrecht getan. Da war eine mehr oder weniger glamouröse und lächelnde Geschäftsfrau zu sehen gewesen. Doch wenn man Diana gegenüberstand, konnte man nicht anders, als sich von ihr gefangennehmen zu lassen. Das Foto hatte nicht einmal annähernd andeuten können, wie bezaubernd ihr Lächeln wirkte, wie das Licht ihr rotes Haar umschmeichelte oder wie ihre smaragdgrünen Augen glitzerten. Und die Aufnahme hatte auch nichts von dem winzigen Grübchen in ihrem Kinn gezeigt.

Als Diana ihm jetzt antwortete, merkte man ihr deutlich an, daß sie immer noch gegen den Lachzwang kämpfte. »Entweder gehst du extrem weit, um meine Pein vergessen zu machen, Cole Harrison, oder aber du spielst nicht mit offenen Karten.«

»Ich bin weder geistig zurückgeblieben noch verrückt«, entgegnete er, »und meine Gründe für diese Ehe haben auch nichts mit Mitleid oder dergleichen zu tun.«

Sie suchte sein Gesicht nach einem Hinweis ab, daß das Ganze nur ein Scherz sein sollte, aber auf seiner Miene war keinerlei Emotion zu entdecken. »Erwartest du wirklich von mir, daß ich deinen Heiratsantrag ernst nehme?«

»Ich versichere dir, daß ich damit nicht scherze.«

»Dann macht es dir hoffentlich nichts aus, wenn ich dir vorher ein paar Fragen stelle, oder?«

Er breitete zum Zeichen seiner Kooperationswilligkeit die Arme aus. »Nur zu, frag, was immer du willst.«

Sie legte den Kopf schief, und über die Verwirrung und den Unglauben auf ihren Zügen blitzte Belustigung.

»Stehst du vielleicht unter dem Einfluß von Drogen?«

»Definitiv nein.«

»Und soll ich davon ausgehen, daß du dich, ähm, schon in mich verliebt hast, als ich noch süße sechzehn war? Und diese Liebe hast du die ganze Zeit in deinem Herzen bewahrt, weswegen du mich jetzt, wo du mich endlich wiedersiehst, gleich heiraten willst?«

»Diese Idee ist genauso albern und weit hergeholt wie die davor.«

»Ach so.« Absurderweise enttäuschte sie diese Antwort sehr. Warum hatte er nicht ein kleines bißchen in sie verliebt sein können, als sie absolut verrückt nach ihm gewesen war?

»Wäre es dir lieber, wenn ich schwindeln und dir sagen würde, daß du mir damals sehr viel bedeutet hast?«

»Nein. Ich würde jetzt aber gern deine wahren Gründe für diese Heirat zu hören bekommen«, entgegnete sie so unbeteiligt wie möglich, um sich nichts anmerken zu lassen.

»Nun, dafür gibt es zwei sehr gute Gründe: Ich brauche eine Frau und du einen Mann.«

»Aha«, erwiderte sie trocken, »und das macht uns zum idealen Paar?«

Cole blickte in ihr Gesicht hinab, sah die leuchtenden Augen und den lachenden Mund und hatte das starke Bedürfnis, sie auf der Stelle zu küssen. »Ja, das glaube ich.«

»Ich weiß nicht, warum du heiraten mußt«, erklärte sie, »aber du kannst mir glauben, eine Ehe wäre das letzte, was ich jetzt haben wollte oder brauchen könnte.«

»Ich fürchte, da irrst du dich. Eine Vermählung wäre die Lösung all deiner Probleme. Ein Idiot hat dich landesweit zum Trottel gemacht, und wenn ich dem glauben darf, was der *Enquirer* schreibt, steht dein Magazin schon seit einem Jahr unter starkem Druck der Konkurrenz, weil du die Segnungen einer Ehe noch nicht für dich in Anspruch genommen hast.

Glaub mir, nach Dans üblem Benehmen wird das schlimmer werden. Der *Enquirer* hat sich ja schon richtiggehend lustig über dich gemacht.« Er schüttelte den Kopf und fuhr dann schonungslos fort: »So etwas nennt man schlechte Presse, Diana. Wenn man die erst einmal hat, wird man sie nicht so leicht wieder los. Mal abgesehen von dem persönlichen Schaden, den man davon bekommt, wirkt sich so etwas auch sehr, sehr schlecht aufs Geschäft aus.

Wenn du jetzt aber zustimmst und mich heiratest, bewahrst du dir nicht nur deinen Stolz, sondern ersparst deiner Firma die Negativpropaganda.«

Sie starrte ihn an wie jemand, dem der beste Freund gerade einen Dolch in den Rücken gestoßen hat. »Wie verzweifelt und am Boden liegend muß ich dir vorkommen, wenn du tatsächlich glaubst, ich würde deinen Antrag annehmen?«

Diana ließ das Geländer los und kehrte zur Suitentür zurück. Aber Cole hielt sie am Arm fest. »Ich bin hier derjenige, der am Boden liegt.«

Die junge Frau sah ihn stirnrunzelnd an. »Und was genau setzt dir so sehr die Pistole auf die Brust, daß du die Erstbeste vom Fleck weg heiraten willst?«

Sein Instinkt und seine Erfahrungen mit dem weiblichen Geschlecht sagten ihm, daß er mit etwas zärtlicher Überredung jetzt sehr viel weiter kommen würde, und er war auch bereit, es auf diese Weise zu versuchen; doch erst dann, wenn Logik und vollkommene Ehrlichkeit ihre Wirkung bei Diana verfehlen sollten.

Vor allem mußte er aber bedenken, wie verletzlich sie zur Zeit war, und er wollte nichts tun oder sagen, was sie zu der Ansicht verleiten würde, er sei lediglich ein Ersatz für die verlorene Liebe und den Verlobten. Darüber hinaus hatte er auch nicht vor, ihre Ehe mit irgendwelchen

Herzensdingen oder körperlichen Intimitäten unnötig zu komplizieren.

So hörte Cole erst einmal nicht auf seine innere Stimme, die ihn dringend aufforderte, die vorwitzige Locke von ihrer Wange zu streichen, und er ignorierte auch den Drang, Diana zu sagen, daß sie weit davon entfernt war, für ihn die Erstbeste zu sein, und daß sie für ihn das Ideal aller Fraulichkeit schlechthin darstellte.

Allerdings hatte er keine moralischen Skrupel, Dianas Widerstand mit viel Alkohol so gut wie möglich zu dämpfen. »Trink erst dein Glas leer, dann erkläre ich dir alles.«

Sie wollte widersprechen, war dann aber doch zu neugierig und nippte zum Kompromiß an ihrem Champagner.

»Mein Problem besteht aus einem alten Mann mit Namen Calvin Downing – der Onkel meiner Mutter. Als ich den Wunsch hatte, die väterliche Ranch zu verlassen und aufs College zu gehen, ist Calvin zu meinem alten Herrn gegangen und hat versucht, ihn davon zu überzeugen, daß nicht der heilige Hochmut in mich gefahren sei und ich auf ihn oder seine Arbeit auch nicht verächtlich hinabblicken würde.

Doch mein Vater wollte nichts davon hören, und so hat mein Großonkel mir das Geld geliehen, das ich für den Collegebesuch brauchte. Einige Zeit zuvor hatte nämlich eine Ölfirma Probebohrungen auf seinem Grund durchgeführt und war fündig geworden. Kein Riesenölfeld, aber doch groß genug, um Cal ein monatliches Einkommen von fünfundzwanzigtausend Dollar zu garantieren.

Als ich dann meinen Abschluß in der Tasche hatte und meinem Onkel meine Zukunftspläne vortrug, für die mir keine Bank der Welt auch nur einen Cent Kredit gewährt hätte, hat er mir seine gesamten Einnahmen aus der Ölförderung überlassen. Cal hat nämlich schon seit ich klein war geglaubt, daß etwas in mir steckt. Als ich dann studiert und mir vorgestellt habe, wie ich es bis nach ganz oben schaffen und sehr reich werden könnte, hat mein Onkel mir aufmerksam zugehört und mich ermutigt.«

Soviel Offenheit faszinierte Diana, und sie konnte sich nicht vorstellen, wie ein so gütiger und liebenswerter alter Mann mit einemmal zu Coles ›Problem‹ hatte werden können. Sie trank noch einen Schluck und wartete darauf, daß er endlich zum Kern käme, doch er sah sie nur an.

»Warum erzählst du nicht weiter? Bis jetzt hört es sich nicht so an, als könnte dieser nette Mann dir Schwierigkeiten bereiten.«

»Er glaubt leider, daß er mit seinem Verlangen ein Problem löst und keineswegs eins schafft.«

»Tut mir leid, aber jetzt verstehe ich gar nichts mehr. Selbst wenn ich heute abend nicht soviel Wein und Champagner zu mir genommen hätte, würde ich kaum aus dem klug werden, was du bis jetzt gesagt hast.«

»Das wundert mich nicht, weil ich dir von dem Wichtigsten ja erst noch berichten muß: Also, nachdem ich meine Ausbildung abgeschlossen hatte, hat Cal mir all seine Ersparnisse als Startkapital überlassen und auch noch seine künftigen Einnahmen mit zweihunderttausend Dollar beliehen, die er mir zusätzlich gab. Natürlich habe ich darauf bestanden, einen Vertrag aufzusetzen und ihn zum Partner in meinem zukünftigen Unternehmen einzusetzen.«

Wenn Diana sich recht erinnerte, hatte im Magazin *Time* gestanden, daß sein Vermögen auf fünf Milliarden Dollar geschätzt würde. Da dürfte ihm Calvins Kredit doch eigentlich keine Kopfschmerzen mehr bereiten. »Ich nehme an, du hast deine Schulden bei ihm längst beglichen?«

Harrison nickte. »Ja, alles bis auf den letzten Cent und mit Zins und Zinseszins, so wie wir es im Vertrag festgelegt hatten.« Er setzte ein grimmiges Grinsen auf. »Man könnte meinen Onkel als Exzentriker bezeichnen. Zu seinen vielen Macken gehört auch ein sagenhafter Geiz, wie du ihn dir wohl kaum vorstellen kannst. Deswegen bin ich ihm erst recht zu Dank verpflichtet, weil er mir sonderbarerweise all sein Geld zur Verfügung gestellt hat.

Ich will dir mal ein paar Beispiele für seine ›übertriebene Sparsamkeit‹ geben: Trotz seines Wohlstands schneidet er immer noch Einkaufsgutscheine aus den Zeitungen aus. Mit den Gas-, Elektrizitäts- und Wasserwerken streitet er sich um jede fünf Cent, die er seiner Ansicht nach zuviel bezahlen muß. Und seine Kleidung kauft er immer noch bei Montgomery Ward. Wenn sein Telefon nicht funktioniert, was in West-Texas mehrere Male im Jahr vorkommt, zieht er den Gegenwert eines Tages von den Gebühren ab.«

»Ich wußte gar nicht, daß man das machen kann!« entfuhr es Diana.

»Na ja, das kann man schon«, entgegnete Cole trocken, »nur schaltet einem dann die Telefongesellschaft den Apparat ab, bis auch der Rest bezahlt ist.«

Diana lächelte angesichts der farbigen Beschreibung dieses sturen und kauzigen alten Mannes mit dem großen Herzen. »Aber ich verstehe immer noch nicht, was dein Problem mit ihm zu tun hat.«

»Nun, wie ich eben schon erwähnte, habe ich den Onkel zu meinem Partner gemacht, und ich konnte es nie über das Herz bringen, ihn darum zu bitten, mir seine Anteile an meinem Unternehmen zurückzugeben. Damit hätte ich ihn bestimmt verletzt oder beleidigt. Auch damals, als ich alle Schulden bei ihm beglich, konnte ich mich nicht dazu überwinden. Davon abgesehen habe ich ihm meinen ganzen Erfolg zu verdanken und würde ihm bedenkenlos mein Leben anvertrauen. Wer hätte denn auch schon ahnen können, daß er die Rückgabe seiner Anteile mit bestimmten Bedingungen verknüpft – und sogar damit droht, sie jemand anderem zu überlassen, wenn ich seinen Forderungen nicht nachkäme?«

Diana ahnte als erfahrene Geschäftsfrau natürlich gleich, welche verheerenden Folgen das für Coles Konzern haben konnte. Dennoch konnte sie nicht so recht glauben, daß dieser im Grunde doch liebenswerte Onkel seinem Neffen, den er immer so unterstützt hatte, mit einemmal so übel mitspielen sollte. »Hast du ihn denn ganz offen aufgefordert, dir seine Anteile zu überlassen?«

»Ja.«

»Und was hat er gesagt?«

Harrison verzog das Gesicht. »Er ist bereit, sie auf mich zu übertragen, wenn ich ein kleines Problem bewältige. Er meint, das sei ich ihm schuldig, um mich guten Gewissens in den Alleinbesitz meiner Firma zu versetzen.«

Als er nicht fortfuhr, fragte Diana, die diese Geschichte immer mehr zu interessieren begann: »Und was ist das für ein kleines Problem?«

»Die Unsterblichkeit.«

Sie starrte ihn an und wußte nicht, ob sie lachen oder weinen sollte. »Unsterblichkeit?«

»Ja, genau. So ungefähr seit sechs oder sieben Jahren und nachdem Cal siebzig geworden ist und es mit seiner Gesundheit stetig bergab ging, verspürt mein Onkel immer stärker den Wunsch, sich eine Quasi-Unsterblichkeit in Form einer weiteren Generation von Nachkommenschaft zu verschaffen. Außer mir hat er leider nur noch einen weiteren Blutsverwandten, Cousin Travis. Er ist mit Elaine verheiratet, und beide sind sehr nett, aber nicht übermäßig mit Intelligenz und Geschäftssinn gesegnet. Sie haben zwei Kinder, die man weder als nett noch als helle bezeichnen kann. Cal kann die beiden Kids nicht ausstehen. Und deswegen verlangt er, daß ich mich verheirate, kluge Kinder in die Welt setze und so die Familientradition fortsetze.«

Diana begriff immer noch nicht so recht, worauf das alles hinauslief. »Und wenn du nicht heiratest, was geschieht dann?«

»Dann überschreibt er seine Anteile an die Kinder von Travis und Elaine.« Er leerte sein Glas auf einen Zug, so als müsse er einen schlechten Geschmack runterspülen. »Elaine und Travis würden als Treuhänder des Vermögens ihrer Kinder in mein Unternehmen eintreten und besäßen genügend Anteile daran, um bei jeder Entscheidung ein gewichtiges Wort mitzureden. Und wenn ihre Kinder volljährig sind, treten sie an deren Stelle …

Cousin Travis arbeitet bereits für mich, als Leiter der Forschungs- und Entwicklungsabteilung. Er verhält sich mir gegenüber sehr loyal und gibt auch sicher sein Bestes, aber es fehlt ihm einfach an Fantasie, Durchsetzungsvermögen und Weitblick, um einen Konzern wie Unified führen zu können. Selbst wenn ich gewillt wäre, ihm den ganzen Laden zu überlassen, würde sein Unvermögen auf diesen Gebieten das von selbst verbieten. Gar nicht erst zu reden von seinen Kindern. Die sind nämlich nicht nur ähnlich ungeeignet für eine Unternehmensleitung wie er, ihnen mangelt es auch an seiner Loyalität, und von der Liebenswürdigkeit ihrer Mutter scheinen sie ebenfalls nichts abbekommen zu haben. Kurz gesagt, die beiden sind raffgierig, egoistisch und hinterhältig. Wahrscheinlich schmieden sie jetzt schon Pläne, wie sie mein Geld ausgeben können.«

Diana biß sich auf die Unterlippe, weil ihr sein Dilemma doch zu komisch erschien: Cole Harrison, der Mann, der mit Milliarden jonglierte, der Löwe der Wall Street, hing am Haken seines alten Großonkels, eines Mannes, der dazu auch noch senil geworden zu sein schien. »Armer Cal«, bemerkte sie spitzbübisch. »Was für ein Drama. Auf der einen Seite hat er einen Großneffen, der sich im Geschäftsleben kaum zurechtfindet, dafür aber über Frau und Kinder verfügt. Und auf der anderen Seite einen der brillantesten Unternehmer unserer Zeit, dem es allerdings an einer eigenen Familie gebricht.«

»Und der auch nicht im geringsten vorhat, eine zu gründen«, fügte er hinzu, weil er der Ansicht war, daß sie die ganze Wahrheit hören sollte. Erleichtert über Dianas Einsicht hob er sein Glas. Seine Zufriedenheit erhielt jedoch einen Dämpfer, weil die Frau vor ihm sich über das alles prächtig zu amüsieren schien.

»Da steckst du ja ganz schön in der Zwickmühle«, meinte sie mit zuckenden Mundwinkeln.

»Und das scheinst du ziemlich komisch zu finden, oder?«

»Na ja, ich muß zugeben, die ganze Geschichte hört sich nach einer Tragödie aus alter Zeit an.«

»Ja, das kann man wohl sagen«, stimmte er grimmig zu.

»Nur verhält es sich bei den alten Romanzen so«, fuhr sie feixend fort, »daß in der Regel die Frau zu einer Ehe gezwungen wird, die sie nicht eingehen will. Ich habe jedenfalls noch nie davon gehört, daß der Mann in solche Nöte gerät.«

»Wenn das ein Versuch sein sollte, mich aufzuheitern, dann ist er dir gründlich mißlungen.«

Cole sah jetzt so verdrossen aus, daß sie sich von ihm wegdrehen mußte, weil sie sonst laut gelacht hätte. Erst nach einigen Momenten wurde ihr dann bewußt, daß die Angelegenheit ja auch sie betraf. So riß sie sich zusammen und erklärte: »Und als du mich heute abend wiedergesehen hast, ist dir gleich eingefallen, daß ich vor kurzem sitzengelassen worden bin. Da hast du dann einfach eins und eins zusammengezählt und dir gesagt, ich würde bestimmt ganz versessen darauf sein, schnellstmöglich zu heiraten. Warum dann nicht gleich dich? Damit hättest du sozusagen zwei Fliegen mit einer Klappe erschlagen. Und um mir zu helfen, mein Gesicht zu wahren, hast du mir dann noch die Halskette gekauft.«

»Ich bin nicht so von mir eingenommen, Diana, und mir ist durchaus bewußt, daß du mir unter anderen Umständen sofort eine Ohrfeige verpaßt hättest. Allerdings solltest du eines bedenken.«

»Und was?«

»Daß ich tatsächlich mit meinem Antrag auch deine Probleme löse.«

»Verstehe«, entgegnete sie, obwohl sie gar nichts begriff. »Könntest du mir das wohl näher erläutern?«

»Sieh die Sache doch einmal logisch. Auch wenn durch die ganze Presse gegangen ist, daß Dan eine andere geheiratet hat, kannst du immer noch dein Gesicht wahren, indem du mich noch heute heiratest. Morgen, spätestens übermorgen, bringen bestimmt alle Zeitungen das Bild, auf dem wir beide zu sehen sind, wie wir uns küssen. Und darunter steht höchstwahrscheinlich auch noch zu lesen, daß ich auf der Auktion das Collier für dich ersteigert habe. Wenn wir nun dafür sorgen, daß unsere Vermählung bekanntgegeben wird, werden alle im Land denken, wir seien schon länger zusammen und in Wahrheit hätte nicht Dan dich, sondern du ihn verlassen.«

Diana zuckte die Achseln, um sich den Ärger und die Verletztheit nicht anmerken zu lassen, die seine wenig sensible Zusammenfassung ihrer Situation in ihr ausgelöst hatte. »Ich mag mir zwar nicht mehr viel Stolz leisten können, aber doch genug, um einen so ungeheuerlichen und unfaßbaren Antrag nicht einmal in Erwägung zu ziehen.«

»Das ist sicher richtig, doch du solltest auch an deine Firma denken. Du warst zwei Jahre lang verlobt, und das kam den Menschen schon ziemlich lange vor. Mittlerweile kannst du dich nicht einmal mehr dahinter verstecken, und die Konkurrenz wird jetzt doppelt so heftig auf dich einprügeln. Und die Medien werden bestimmt mitmachen, verhelfen ihnen solche Geschichten doch zu einer höheren Auflage, beziehungsweise höheren Einschaltquote.«

Diana war so wütend, daß ihre grünen Augen Blitze zu verschleudern schienen, und sie senkte rasch die Lider, weil sie nicht wollte, daß er sehen konnte, was in ihr vorging.

Doch Cole hatte erkennen können, daß sie auf Dans Verrat bei weitem nicht so heftig reagiert hatte wie auf seine Bemerkungen über die Zukunft ihres Unternehmens.

Obwohl sie so zierlich und weiblich wirkte, schien sie doch ihre ganze Energie in die Firma zu stecken. Während er beobachtete, wie eine Brise durch ihr kastanienrotes

Haar fuhr, sagte er sich, daß sie beide wenigstens das gemeinsam hatten – wenn schon nichts anderes.

Er wußte, daß er ihr Zeit lassen mußte, sich diese unangenehmen Wahrheiten durch den Kopf gehen zu lassen. Und während Diana noch überlegte, rief er sich das Wenige ins Gedächtnis zurück, das er über ihr Unternehmen wußte.

Das Ganze hatte offensichtlich als Familienbetrieb angefangen. Die Fosters hatten einen Party-Service für den gehobenen Bedarf unterhalten und sich auf biologisch angebaute Produkte mit selbstangefertigtem, natürlichem Tischschmuck und sonstiger Dekoration spezialisiert. Irgendwann hatte jemand dafür den Begriff ›Foster-Ideal‹ erfunden, und daraus war dann schließlich ein Magazin mit dem Titel *Foster's Beautiful Living* entstanden.

Cole hatte vor ein paar Tagen eine Ausgabe davon am Zeitschriftenkiosk des Flughafens entdeckt und, weil er Diana kurz zuvor auf CNN gesehen hatte, darin geblättert. Hinter den Hochglanzbildern von bunt bemaltem Mobiliar, selbstgefertigten Tapeten und Tischen, die mit handgewebtem Leinen belegt und mit köstlichen Speisen und Dekorationen bedeckt waren, schien die Philosophie des Magazins – eben das Foster-Ideal – zu stehen, daß eine Frau Erfüllung und Zufriedenheit erlangen konnte, wenn sie zur Natur zurückkehrte und deren Möglichkeiten kennenlernte. Darüber hinaus waren Cole vor allem die exzellenten Fotos aufgefallen, für die laut Impressum Dianas Schwester Corey Foster-Addison verantwortlich zeichnete.

Vor allem letzteres hatte ihn eigentlich nicht überrascht, konnte er sich doch nicht daran erinnern, Corey früher jemals ohne Kamera gesehen zu haben. Geradezu amüsiert hatte ihn jedoch der Umstand, daß es sich bei der Gründerin und Herausgeberin dieses Blattes um ein in Reichtum und Luxus aufgewachsenes Mädchen handelte. Dieselbe Diana, die nun ›Zurück zur Natur‹ propagierte, hatte ihm gegenüber einmal zugegeben, während sie angewidert auf einen Fleck an ihrer Hand starrte, daß sie nie wild gewesen sei oder draußen gespielt habe, weil sie es nicht ausstehen könne, sich schmutzig zu machen.

Cole sah sie jetzt von der Seite an, betrachtete ihr vom Mond beschienenes Profil und konnte nicht fassen, daß Dan Penworth so dumm gewesen war, eine solche Frau für ein achtzehnjähriges italienisches Model sitzenzulassen. Schon als junge Heranwachsende hatte Diana außerordentlich viel Esprit, Intelligenz und Freundlichkeit besessen. Als reife Frau hatte sie sich das nicht nur bewahrt, sondern auch noch einige Attribute hinzugewonnen und ragte nun aus der Mittelmäßigkeit wie eine Königin auf einem Schachbrett hervor.

Harrison war mit genug Models ausgewesen, um zu wissen, daß die im Grunde sehr langweilig waren, weil sie sich bis zur Besessenheit nur mit jedem Quadratmillimeter ihres Haars und ihrer Haut zu befassen pflegten. Zugegeben, in Designerkleidern sahen sie hervorragend aus, doch wenn man sie erst einmal neben sich im Bett liegen hatte, kamen sie einem vor wie Skelette, über die Haut gespannt worden war.

Dan war ein Idiot und hatte seine große Chance vertan.

Cole würde nicht so dumm sein und sich diese Gelegenheit sicher nicht entgehen lassen.

Kapitel 27

Nach einer Weile kam er zu dem Schluß, daß Diana nun genug Zeit gehabt hatte, um sich der bitteren Wahrheit zu stellen, und sagte leise: »Ich wollte dich nicht verletzen oder in Verlegenheit bringen, sondern dir nur die Situation beschreiben, die auf dich zukommt.«

Sie schluckte vernehmlich und starrte auf ihre Hände. Die Linke hielt das Champagnerglas, während die Rechte das Geländer so fest umschloß, daß die Knöchel weiß hervortraten. Als ihr auffiel, daß das von Cole nicht unbemerkt bleiben konnte, zog sie rasch die Hand von der Brüstung zurück.

Er erkannte, daß es ihr offensichtlich unangenehm war, wenn andere Zeuge der Emotionen wurden, die sie gerade beherrschten. Schon wieder eine Gemeinsamkeit zwischen ihnen, und die gefiel ihm sogar noch besser, wollte er doch die Verbindung mit ihr so gestalten, daß alle Gefühle außen vor blieben. Im Grunde schwebte ihm eine Geschäftsvereinbarung vor, die während ihrer Dauer nicht durch Emotionen gestört werden durfte. Und nach Ablauf derselben würde man auseinandergehen, ohne sich irgend etwas nachzutragen, weder im Guten noch im Schlechten.

Doch ihr konstantes Schweigen störte ihn, und er versuchte, sie zum Reden zu bewegen: »Diana, wenn du mir etwas vorzuwerfen hast, dann nur, weil ich vielleicht etwas grob und unbeholfen vorgegangen bin. Aber mach mich bitte nicht für dein Unglück verantwortlich.«

Sie atmete tief durch und wirkte auf den ersten Blick ganz normal – doch in ihren Augen standen immer noch Tränen der Wut. »Warum sollte ich dir einen Vorwurf daraus machen, mir meine Situation in aller schonungslosen Offenheit dargelegt zu haben?«

»Ich habe dir nicht nur deine Probleme aufgezeigt«, entgegnete er sanft, »sondern dir auch eine Lösung angeboten.«

»Ja, das hast du. Und ich bin dir für dein Angebot auch sehr dankbar, doch wirklich, das bin ich …«

Ihre Stimme erstarb, und Cole erkannte, daß sie zwar seinen Antrag immer noch als bizarr und unmöglich ansehen mochte, gleichzeitig aber bemüht war, seine Gefühle nicht zu verletzen. Diese Erkenntnis kam ihm sehr lieb vor, aber auch vollkommen naiv; denn seine Gefühle spielten bei diesem Abkommen nicht die geringste Rolle. Im Gegenteil, er würde es vorziehen, sein Leben auch weiterhin im Zustand der emotionslosen Objektivität zu verbringen.

»Das Problem ist nur«, fuhr Diana schließlich in gefaßtem Ton fort, »daß ich noch nicht so ganz erkennen kann, welche Logik dahintersteckt, den Verlobten, den ich geliebt habe, der mich aber nicht wollte, gegen einen Mann auszutauschen, den ich nicht liebe und der für mich auch nichts übrig hat.«

»Aber das macht die ganze Angelegenheit doch erst perfekt!« entgegnete Harrison und legte ihr eine Hand auf den Arm. »Keine Gefühlsverirrungen könnten unsere Ehe verkomplizieren.«

Diana stellte das Glas ab und schlang die Arme um sich, so als ließe die Kälte seiner Worte sie frösteln. »Bist du wirklich so gefühllos und aus Stein, wie du dich anhörst?«

Als er in ihr wunderschönes Gesicht und ihren Ausschnitt sah, war ihm alles andere als kalt zumute. Zum erstenmal, seit er seinen Plan zusammengestellt hatte, wurde ihm bewußt, daß er ein sexuelles Verlangen nach ihr entwickeln könnte, und das würde sich als großer Störfaktor erweisen. Er schwor sich in Gedanken, alle Intimitäten mit ihr strikt zu meiden, um so diese Unwägbarkeit zu umschiffen.

»Ich bin nicht gefühllos«, entgegnete Cole, »sondern nur praktisch. Genau wie du stehe ich vor einem drängenden Problem, das sich nur durch eine Verehelichung lösen läßt. Unsere Ehe soll nicht durch die Höhen und Tiefen einer normalen Zweisamkeit belastet werden, sondern in Form einer Vereinbarung bestehen und nur ein Jahr lang andauern, um dann in aller Stille durch eine Scheidung im gegenseitigen Einvernehmen gelöst zu werden. Wir beide sind in dieser Hinsicht wie füreinander geschaffen. Wenn du in irgendeiner Weise abergläubisch bist, könntest du sogar sagen, das Schicksal selbst habe uns zusammengeführt.«

»Ich traue dem Schicksal nicht mehr. Früher habe ich

nämlich geglaubt, es habe Dan und mich füreinander bestimmt.«

»Das ist der große Unterschied zwischen Penworth und mir«, entgegnete Cole leicht bitter, »ich halte mein Wort, wenn ich es einmal gegeben habe.«

In diesem Moment, in dem er sie mit seinen stahlgrauen Augen direkt ansah und seine Stimme so überzeugend klang, wurde ihr erst so richtig bewußt, wie ernst es Cole mit seinem Vorschlag war. Während sie diesen Schock noch verdaute, hob er ihr Kinn mit zwei Fingern an und zwang sie, ihm ins Gesicht zu schauen.

»Während der zwölf Monate, in denen wir verheiratet sind«, erklärte er ihr mit hypnotischer Kraft, »verspreche ich dir, mich in der Öffentlichkeit so zu geben, als wäre ich der aufmerksamste und treueste aller Ehemänner. Natürlich werde ich auch nichts tun oder sagen, was dir peinlich sein oder dich verärgern könnte. Keine Angst, bei mir hast du es nicht mit einem zweiten Dan Penworth zu tun. Und ich will auch sonst alles tun, damit du unser Abkommen keinen einzigen Augenblick lang bereuen mußt.«

Zu diesem Abkommen darf es niemals kommen! warnte sie eine innere Stimme, aber die kam nicht gegen Coles angenehme Züge, seine tiefe, beschwörende Stimme und seinen starken Körper an, der wie ein Turm über ihr aufzuragen schien. Dieser Mann bot ihr an, sie mit seinen breiten Schultern vor der ganzen Welt zu beschützen. Die Schultern wirkten auch stark genug, um zusätzlich ihre eigenen Probleme zu tragen. All das zusammengenommen entwickelte sich immer mehr zu einer gefährlichen süßen Verlockung, und langsam gefiel ihr auch, daß er kein Wort über Liebe verlor, nicht einmal über Zuneigung.

»Vor aller Welt«, fuhr er fort, und seine Stimme schien noch mehr Kraft zu gewinnen, »wirst du als meine über alles geschätzte Gattin erscheinen, und genau das sollst du auch sein, zumindest während unseres Jahres.«

Über alles geschätzte Gattin ... was für ein altmodischer

Ausdruck ... von dem dennoch etwas Sinnliches und Sentimentales ausging ... Dan hatte so etwas nie zu ihr gesagt ... Und wenn sie es recht bedachte, hätte sie so etwas von Cole zuallerletzt erwartet.

Seine Hände glitten an ihren Armen entlang. Samtene Fesseln, die sie näher an ihn heranzogen, tiefer hinein in diesen sinnlichen Zauberbann, den er mit der Hilfe von Champagner und dem romantischen texanischen Mondschein um sie wob.

»Natürlich erwarte ich das gleiche auch von dir«, fuhr er sanft, aber bestimmt fort. »Kannst du dich damit einverstanden erklären?«

Diana stellte fassungslos fest, daß sie tatsächlich ernsthaft darüber nachdachte und sogar leicht nickte.

»Ich habe noch nicht zu allem ›ja‹ gesagt«, beeilte sie sich dann zu erklären, »nur zu diesen Bedingungen.«

Seine Linke verließ ihren Arm und strich leicht über ihre Wange. »Doch, Diana«, sagte er mit einem wissenden Lächeln, »du hast längst allem zugestimmt, nur ausgesprochen hast du es noch nicht.« Seinen Augen und seiner Stimme war einfach nicht zu widerstehen. »Schon morgen können all deine und all meine Sorgen der Vergangenheit angehören. Du mußt jetzt nur noch zustimmen, und ich sorge dafür, daß wir in einer Stunde mit meinem Privat-Jet nach Nevada fliegen können.«

Wenn Cole sie jetzt geküßt hätte, wäre sie erschrocken zusammengefahren. Wenn er sie losgelassen hätte, wäre sie fortgelaufen und um ihr Leben gerannt ... Doch er legte eine Hand auf ihren Rücken und drückte ihr Gesicht an seine Brust – und Dianas letzter Widerstand brach in sich zusammen. Dieser Mann bot ihr für ein Jahr einen sicheren Hafen an. Er gab ihr seinen Schutz ... Und er wollte sie vor aller Demütigung, allem Streß und allem Dilemma bewahren.

Das alles reichte er ihr dar, ihr, die vorher erschöpft, desillusioniert und wütend gewesen war. Erst jetzt konnte sie die köstliche Mattigkeit richtig genießen, die der reichliche Alkohol in ihr auslöste. Sie hatte heute abend soviel getrunken wie sonst in einem ganzen Monat. Aber nicht nur der Champagner versetzte sie in diese Stimmung, sondern auch Cole Harrison, aus dessen Mund alles so simpel und logisch klang. Der Traum ihrer Jugend war zu ihrer Rettung herangeeilt und wollte sie noch heute abend zur hochgeschätzten Gattin machen.

Diana mußte nur einmal nicken, um das alles wahr werden zu lassen.

Seine Stimme war wie eine verlockende Brise, die über ihr Haar fuhr. »Wir können in einer Stunde fort und zum Frühstück wieder hier sein.«

Sie schluckte und schloß die Augen, um die Tränen wegzublinzeln, unter denen die goldenen Knöpfe an seinem Hemd zu Schemen verschwammen. Diana wollte etwas sagen, doch die Worte blieben unter dem Kloß aus Furcht, Hoffnung und Erleichterung hängen, der sich in ihrer Kehle gebildet hatte.

»Ich verlange von dir nur, daß du mir dein Wort gibst, für ein Jahr das zu tun, was ich dir eben vorgeschlagen habe, genauer gesagt, eine überzeugende Vorstellung zu liefern, daß wir beide glücklich verheiratet sind.«

Diana gelang es irgendwie, ihre Stimme trotz der Lähmung zu aktivieren, die sich von ihrem Magen bis zur Kehle ausbreitete. »Wir beide leben ja nicht einmal in derselben Stadt.« Mehr fiel ihr als Einwand nicht ein.

»Damit können wir doch noch besser so tun als ob. Da wir beide eine Firma zu leiten haben, ist es leider unabdingbar, daß du in Houston bleibst und ich in Dallas. Da beide Städte nur fünfundvierzig Flugminuten auseinander liegen, dürfen die Menschen im Lande getrost annehmen, daß wir uns so häufig wie möglich sehen.«

Diana lächelte dünn und preßte ihre Wange noch fester an sein gestärktes Hemd. »So wie du es sagst, hört sich das alles so einfach an.«

»Natürlich, denn alles ist doch auch ganz einfach. Untereinander müssen wir zu einer freundlichen Zusammenarbeit finden und diese auch aufrechterhalten. Während unserer zwölf Monate wirst du mich als Begleiter für den einen oder anderen gesellschaftlichen Anlaß benötigen. Gib mir nur bitte früh genug Bescheid, dann lege ich meine anderen Termine entsprechend um.«

Diana bemühte sich, darüber nachzudenken, hob dann den Kopf und sah ihn mit einem leichten Grinsen an. »Ganz gleich, wann und wo? Selbst dann, wenn die Presse zugegen sein wird? Ich weiß, du haßt Reporter. Aber die Medien sind nun einmal wichtig fürs Geschäft.«

Cole stellte mit amüsierter Befriedigung fest, daß seine intelligente zukünftige Frau trotz ihres angeschlagenen Zustands nach möglichen Fallstricken Ausschau hielt, ehe sie endgültig zustimmen würde.

Er nickte. »Egal, wann und wo, ich werde an deiner Seite sein, erwarte das gleiche aber auch von dir. Reicht dir das?« Cole hoffte, daß sie jetzt endlich ihr Jawort geben würde.

Doch sie musterte angestrengt sein Gesicht, so als könne sie sich in dem trüben Licht hier draußen und nach dem Alkoholkonsum nicht mehr unbedingt auf ihre Augen verlassen. »Möchtest du sonst noch etwas vorher regeln?«

Cole wollte auf jeden Fall vermeiden, sich jetzt in diversen Detailfragen zu verlieren und damit womöglich von dem Weg abzukommen, den er bis jetzt so erfolgreich beschritten hatte. »Wir können das eine oder andere auch morgen noch bereden. Also, gilt unser Abkommen?«

Wieder mußte er auf eine Antwort warten.

Diana biß sich auf die Unterlippe, dachte sichtlich nach und schüttelte dann bedauernd den Kopf. »Nein, ich glaube, wir sollten lieber jetzt alles festlegen«, entgegnete sie mit einem entschuldigenden Lächeln. Vielleicht, weil sie ihm so viele Umstände machte? »Auf diese Weise kann es zwischen uns auch nicht zu irgendwelchen Mißvergnü..., äh, Mißverständnissen kommen.« War der Versprecher beabsichtigt, oder wurde ihr langsam die Zunge schwer?

Cole lächelte sie bewundernd an. Selbst unter extremen Umständen verhielt Diana sich nicht wie eine Närrin und ließ sich auch nicht zu Unvorsichtigkeiten hinreißen. Er verstand jetzt langsam, wie es ihr gelungen war, aus dem Stand ein so blühendes Unternehmen zu schaffen.

»Also gut«, erklärte er, »es gibt nur zwei wesentliche Punkte, auf die wir uns einigen müssen. Erstens, nach Ablauf des Jahres lassen wir uns rasch und in aller Stille scheiden, und keiner von uns erhebt gegen den anderen irgendwelche finanziellen Ansprüche. Einverstanden?«

Sie zuckte bei dem Wort ›Scheidung‹ zusammen, und Cole bekam ein schlechtes Gewissen, weil er sie zwang, diese Ehe, die ihre erste sein würde, unter solchen Umständen einzugehen. Allerdings konnte sie durch diese Heirat viel gewinnen und hatte weniger zu verlieren als er. Im texanischen Recht galt die Ehe als Zugewinngemeinschaft, und da Cole bei weitem reicher war als seine Braut, würde er gehörig zu bezahlen haben, wenn Diana von dem Ehevertrag zurücktreten oder ihn gar nicht erst unterschreiben wollte, den er nach dem Ehebund aufzusetzen beabsichtigte.

»Ja, einverstanden«, antwortete sie leise.

Harrison redete jetzt noch eindringlicher auf sie ein, weil er endlich abfliegen wollte und die Zeit drängte. »Gut, dann wären da nur noch zwei Punkte zu klären. Erstens wird keiner von uns irgendwem mitteilen, daß es sich bei dieser Heirat nur um eine Geschäftsvereinbarung handelte. Und zweitens ...«

»Nein.«

»Was?« Er starrte sie verwirrt an. »Warum denn nicht?«

»Weil ich meiner Familie die Wahrheit sagen muß. Auf jeden Fall aber Corey. Du kannst dich vielleicht an sie erinnern, oder?«

Cole vermutete, daß sie nun doch richtig betrunken oder weit nervöser war, als er geglaubt hatte. »Ja, ich kann mich an deine Schwester erinnern«, entgegnete er etwas ungehalten.

Hinter ihrem Rücken hob er die Hand mit der Armbanduhr und drehte sie so, daß er im Licht, das aus der Tür drang, das Zifferblatt erkennen konnte. Zehn nach elf. Die Piloten seines Gulfstream-Jets hielten sich im Motel am Flughafen auf und waren beide mit einem Pager ausgerüstet. Seine Limousine stand ohnehin vierundzwanzig Stunden auf Abruf bereit. Wenn die Hochzeitskapelle am Lake Tahoe nachts geschlossen war, würde er es eben in Las Vegas versuchen. Transport und Logistik stellten also kein Problem dar – dafür aber die Braut.

»Ich kann meiner Familie einfach nichts vorspielen. Und Spence soll es auch erfahren, schließlich gehört er dazu.«

»Und wenn ich dagegen bin?«

Sie verdrehte die Augen, als sei das das Dümmste, was sie je gehört habe. »Du erwartest doch wohl nicht, daß sie uns das einfach glauben, wenn wir ihnen erzählen, wir hätten uns heute abend Hals über Kopf ineinander verliebt und wären dann gleich durchgebrannt, oder?«

»Sie können uns nicht das Gegenteil beweisen. Überhaupt würde ich vorschlagen, daß wir bei dieser Geschichte bleiben.«

Diana trat einen Schritt von ihm zurück und hob das Kinn in offenem Widerspruch. »Ich werde meinen Lieben keine Lüge auftischen und dir auch nichts versprechen, was ich nicht einhalten kann.«

Harrison erkannte, daß es ihr damit todernst war. Offensichtlich hatte Diana, die zur texanischen Geschäftsfrau des Jahres gewählt worden war, auf dem Weg nach oben weder ihre Skrupel abgelegt noch ihren jugendlichen Idealismus verloren. Wenn er es recht bedachte, war das etwas sehr Schönes und erfüllte ihn mit Stolz auf sie. »Gut, dann machen wir in dem Fall eine Ausnahme.«

»Ehrlich?« Er hatte sie schon den ganzen Abend verblüfft, aber damit hätte sie jetzt nun wirklich nicht gerechnet. Eben noch hatte er ihr vollkommen ohne Sensibilität und rein praktisch, als halte er einem Geschäftspartner die

Tür auf, eine Heirat vorgeschlagen, und jetzt ging er voller Wärme im Blick auf einen ihrer sentimentalen Einwände ein. Wenn sie jemals wieder einen klaren Kopf bekommen wollte, durfte sie nicht länger in seine hypnotischen Augen sehen. »Du hast von zwei Dingen gesprochen, die zu regeln seien.«

»Ich möchte deine Zusage, daß du für ein paar Tage mit mir auf die Ranch meines Onkels kommst und dich dort so verhältst, daß er keinen Grund zur Sorge haben kann, mit unserer Vermählung sei irgend etwas nicht in Ordnung. Am liebsten würde ich schon nächste oder übernächste Woche zu ihm.«

»Hm, da stehen sicher eine Menge Termine an.« Diana runzelte die Stirn und wirkte wie eine Göttin, die inmitten eines schönen Sommertages angestrengt nachdenken muß. »Aber eigentlich habe ich nie freie Zeit. Nun gut, ich sehe zu, was sich machen läßt. Irgendwann in den nächsten zwei Wochen lassen sich bestimmt ein paar Tage freimachen.«

»Gut, dann wäre wohl alles geklärt.«

Sie war jetzt so nervös, daß sie nur noch stammeln konnte: »Ja, aber sollte ich nicht auch einige Bedingungen stellen?«

»Nur raus damit, sag mir alles, was dir gerade einfällt. Ich habe dir bereits versprochen, daß ich mich mit allem halbwegs Vernünftigem einverstanden erkläre.« Cole war der Ansicht, daß sie nun genug geredet hatten und endlich zur Tat schreiten sollten. Er kehrte in seine Suite zurück, gab den Piloten Bescheid und verständigte den Chauffeur, mit der Limousine sofort am Hoteleingang vorzufahren. Dann rief er seine Sekretärin in Dallas an, um ihr einige Instruktionen zu geben. Die Frau meldete sich schläfrig, wurde aber sofort hellwach, als sie hörte, was er ihr mitzuteilen hatte.

»So, das wäre arrangiert«, erklärte Harrison, als er wieder auf den Balkon hinaustrat. Er nahm die Flasche aus dem Kühler und füllte ihre Gläser auf. »Der Wagen wartet unten, und mein Flugzeug wird gerade aufgetankt. Der rechte Zeitpunkt für einen Toast.« Cole hielt Diana ihr Glas hin.

Aber sie starrte es nur an, und in diesem Moment brach ihr schon wankender Mut endgültig in sich zusammen. »Ich kann nicht!« rief sie und verschränkte die Arme vor der Brust. Während er telefoniert hatte, war sie damit beschäftigt gewesen, die Ursache ihrer Panik vor einer solchen Ehe herauszufinden. Basierte sie auf gesundem Menschenverstand, oder rührte sie von diesem feigen und konservativen Charakterzug in ihr her, den sie so sehr haßte, weil er sie immer im ungünstigsten Moment überkam und sie dann lähmte? Schon einige günstige geschäftliche Angebote waren ihr deswegen durch die Lappen gegangen.

Wortlos stellte Cole die beiden Gläser ab, und ihr Klirren mutete Diana wie ein düsteres Vorzeichen an. Dann stellte er sich vor sie. »Was soll das heißen, du kannst nicht?«

Sie fuhr erschrocken von ihm zurück, um aus seiner Reichweite zu gelangen. »Es geht einfach nicht, nicht heute nacht!« Ihre Stimme zitterte so sehr, daß Diana sie kaum wiedererkannte. In plötzlicher Angst vor ihm wich sie ihm weiter aus, bis sie gegen das Geländer prallte. »Ich brauche einfach noch etwas Zeit.«

Cole versperrte den Weg zur Suite, und sie brachte sicherheitshalber einen Stuhl zwischen sich und ihn. Doch als sie dann seine drängende und traurige Stimme hörte, kam ihr ihre Furcht vor ihm absurd vor. »Zeit ist das einzige, was ich dir leider nicht geben kann.«

Diana glaubte, alles mögliche aus diesen Worten herauszuhören. Von einem verzweifelten Versuch, sie zu erpressen, das Bemühen, irgendwie seinen Stolz zu retten, und pure Angeberei, indem er sie mit seinem sagenhaften Reichtum zu beeindrucken suchte.

»Du hast soviel zu bieten«, entgegnete Diana, während sie die Halskette abnahm, die er ihr ersteigert hatte, »da könntest du leicht jede Menge Frauen finden, die deinem Antrag sofort begeistert zustimmen und hoffen würden, aus dem einen Jahr ließe sich leicht etwas für immer machen. Sogar unten im Ballsaal würdest du auf eine große Auswahl treffen.«

»Damit hast du sicher recht«, sagte er tonlos. »Vermutlich habe ich mich ja nach etwas gestreckt, daß einer wie ich niemals erreichen kann. Doch ich hätte so gern eine Frau für diese Ehe gewonnen, bei der ich stolz sein könnte, daß sie meinen Namen trägt. Und dieser Wunsch reduziert die Schar der Kandidatinnen doch sehr. Im Grunde genommen auf eine einzige, nämlich dich.«

Er klang so beherrscht und emotionslos, daß Diana einen Moment brauchte, um die Bedeutung seiner Worte zu erfassen. »Mich? Warum denn ausgerechnet ich?«

»Aus einer Vielzahl von Gründen«, antwortete er mit einem Achselzucken. »Einer der wesentlichen lautet, daß du dir trotz deiner vornehmen Herkunft damals nicht zu schade gewesen bist, dich mit einem wie mir zu unterhalten, mit jemandem, der anderer Leute Ställe ausmistet.«

Unter diesem Hinweis auf seine niedere Herkunft zog sich Dianas Brust schmerzlich zusammen. Tränen traten ihr in die Augen, als sie diesen dynamischen, bedeutenden Mann vor sich sah, der offensichtlich keine Ahnung von seinem besonderen Wert hatte.

Sein Gesicht war zu herb und zu kantig, um wirklich schön genannt zu werden, und dennoch besaß er die attraktivsten Züge, die sie je bei einem Mann gesehen hatte. Männlicher Stolz und granitharte Entschlossenheit schienen eingemeißelt zu sein. Die zynische Einstellung, die er sich im Lauf der Jahre zugelegt hatte, hatte natürlich ihre Spuren in seinen Augen- und Mundwinkeln hinterlassen, aber in seinem Gesicht waren auch die Male zu entdekken, die Siege und Niederlagen hinterlassen hatten. Und die Sinnlichkeit seiner Lippen war einfach nicht zu übersehen, selbst jetzt nicht, als er sie zu einem bitteren Grinsen verzog.

Auch wenn Cole kein Vermögen angehäuft hätte, hätten sich ihm überall Frauen an den Hals geworfen. Und doch hatte er sich aus irgendeinem unerklärlichen Grund entschlossen, kinderlos zu bleiben und eine Scheinehe einzugehen.

Als Diana zu den Haywards gegangen war, um ihn zu sehen, war sie kaum mehr als ein Kind gewesen, und doch schien er ihre Gesellschaft sehr gemocht zu haben. Zu ihrem sechzehnten Geburtstag hatte er ihr sogar ein Stoffkätzchen gekauft ... daran erinnerte sie sich noch sehr gut. Und während sie damals vor Freude beinahe zerschmolzen wäre, hatte er geglaubt, dieses Geschenk sei nicht gut genug für sie. *Wahrscheinlich besitzen Sie bereits Dutzende von den exotischsten Stofftieren ...*

Cole war ihr in jenen Jahren ein guter Freund und Lehrmeister gewesen – und ihre heimliche große Liebe. Und heute abend war er als ihr Ritter in schimmernder Rüstung erschienen.

Wie dumm sie sich doch gerade verhielt, daß sie ihm mißtraute und eine Gelegenheit ausschlagen wollte, die der Himmel selbst ihr geschickt hatte.

Schuldgefühle wallten in ihr auf, und sie fragte sich schon, seit wann sie eigentlich so zynisch und zickig war. »Cole«, begann sie leise und stellte fest, wie seine Züge beim Klang ihrer Stimme weicher wurden, »es tut mir leid ...« Diana hielt ihm zur Versöhnung die Hand hin. Doch er sah nur die Kette, die immer noch darin lag, und seine Miene wurde hart wie Stein.

»Du kannst sie behalten«, erklärte er hart. »Schließlich habe ich sie für dich gekauft.«

»Nein ...« Als Diana seine Augen sah, wünschte sie, sie hätte doch das Glas Champagner genommen, dann hätte sie sich jetzt Mut antrinken können. »Eigentlich wollte ich dich bitten, mir all die wunderschönen Gründe zu wiederholen, die du mir heute abend genannt hast.«

Cole sah ihren Blick, und irgendwo tief in ihm regte sich noch schwach ein Gefühl, das er schon lange für abgestorben gehalten hatte. Es kam ihm so fremd vor, daß er es nicht auf Anhieb erkennen konnte. Und dennoch zauberte es ein Lächeln auf seine Lippen.

Er streckte eine Hand aus, streichelte ihre Wange und fuhr über eine rote Locke.

»Ich kann mich einfach nicht entscheiden«, gestand sie ihm leise.

»Diana, du hast dich schon längst entschieden.«

Unter seiner Berührung und der Erkenntnis, daß er damit recht hatte, drehte sich alles in ihrem Kopf. Angestrengt versuchte sie, das Ganze ins Scherzhafte zu ziehen. »So, habe ich das? Und was werde ich tun?«

Ein wunderbares Leuchten trat in seine Augen, aber seine Stimme blieb weiterhin ruhig. »Du hast beschlossen, mich heute nacht in Nevada zu heiraten.«

»Tatsächlich.«

»Ja.«

Kapitel 28

»Ich will ... ich will ...« Diana drehte den Kopf auf dem Kissen, aber die Worte folgten ihr und schienen vom anderen Ende eines langen Tunnels widerzuhallen. Und sie brachten sonderbare Bilder mit, die wie ein Kaleidoskop in ihrem Geist durcheinanderpurzelten. Szenen von Ereignissen, Geräusche und Bilder, die allesamt nicht zusammenzugehören schienen.

»Ich will ... ich will ...« In ihrem Traum wurden diese Worte vom unablässigen Dröhnen irgendwelcher Jet-Triebwerke untermalt. Einmal läutete gedämpft ein Telefon. Und wie ein Schatten huschte eine undeutliche männliche Gestalt heran und wieder fort. Ein großer, kräftiger Mann, den Diana in ihrem Traum nur wahrnahm, aber nie genau ausmachen konnte. Wenn er vor ihr aufragte, spürte sie, sich in großer Gefahr zu befinden und gleichzeitig absolut sicher zu sein. Seine Stimme schien nicht die Coles zu sein, und doch löste sie bei ihr Antworten aus.

»Willst du?« Ja, das war eindeutig ihre eigene Stimme, ein Flüstern im sanften Schein einer Lampe neben einem überirdischen Bett, das mit ihr dahinzuschweben schien. Er stand vor ihr, beugte sich über sie und wies sie ab. »Nein.«

Ihre Hände lagen auf seinen Schultern. Sie zog ihn zu sich herab und sah, wie der Widerstand in seinem Blick schwächer wurde. Das Donnern der Triebwerke übertönte seine Stimme, aber sie konnte die Antwort von seinen Lippen ablesen. »Nein.«

Diana schlang die Arme um seinen Hals, und helle Flammen loderten in seinen Augen auf. Sie wußte, daß sie ihn jetzt dort hatte, wo sie ihn haben wollte. »Ja ...«, flüsterte sie, und seine Lippen senkten sich auf die ihren.

Diana hatte alles unter Kontrolle, als sein Mund den ihren bedeckte, ihn erkundete, dann ihre Lippen sanft teilte, seine Zunge tastend hineinschob und sie zwang, ihm den Mund ganz zu öffnen.

Er verlangte die Kontrolle und nahm sie ihr. Sie stöhnte protestierend, während Cole seine Lippen auf die ihren preßte und mit seiner Zunge versuchte, die ihre zu unterwerfen.

Große Hände legten sich auf ihre Brüste und liebkosten sie, als gehörten sie ihm jetzt ganz und gar. Dann glitt sein Mund über ihre Brustwarzen, brachte sie dazu, aufrecht zu stehen, und ließ Diana aufstöhnen.

Nein, sie durfte die Kontrolle nicht verlieren, mußte das verhindern. Er wußte, daß sie ihn zurückhalten wollte – das mußte er doch einfach erkennen –, aber er schob seine Hände in ihr Haar und ruinierte ihre Frisur. Sein gieriger Mund verließ ihre Brüste und bedeckte erneut ihren Mund, während sich sein Körper auf den ihren schob und ihre Hüften sich zu bewegen begannen.

Diana versuchte, seinen erotischen Forderungen, seiner Hitze und dem Druck seines Körpers zu widerstehen, aber er ließ nicht von ihr ab. Als seine Hände ihr Hinterteil hoben, spreizten sich ihre Schenkel wie von selbst, und seine harte Erektion fand unbeirrbar die warme Öffnung zu ihrem Körper.

Er drang in sie ein, und sein Mund verschlang den ihren ... und dann begannen die Stöße, erst langsam, dann immer schneller und kraftvoller werdend. Er trieb sie auf einen Abgrund zu, und sie kämpfte dagegen an und wollte dem Schlund ausweichen.

Cole wußte, daß sie gegen ihre eigene Lust ankämpfte, und er wollte sie nicht allein lassen. Er schob die Arme unter sie und rollte sich auf den Rücken, während sein Körper immer noch heiß und hart mit dem ihren verbunden war.

Nun legte er die Hände auf ihre Hüften und bewegte sie in einem Tempo, bei dem sie ihre ruinierte Frisur, ihre zu kleinen Brüste und die Narbe an ihrem Oberschenkel ganz vergaß.

Sie ritt ihn und ritt ihn immer wieder, weil er sie nicht loslassen wollte. Und weil sie nicht damit aufhören konnte und wollte. Diana war jetzt wie entfesselt, wild und schluchzend vor Leidenschaft. Ihre Hüften bewegten sich im Einklang mit den seinen. Seine Hände bearbeiteten ihre Brüste, und seine Finger drückten ihre Brustwarzen zusammen.

Diana schrie laut, als der Höhepunkt in ihrem Körper explodierte, und er bog den Rücken durch, während seine inneren Erschütterungen ihn noch tiefer und höher in sie hineintrieben.

Die Triebwerke schienen zu brüllen, und das Bett krachte auf die Erde zurück. Diana wurde von ihm abgeworfen. Doch seine Arme preßten sie an sich und hielten sie fest, während blaue Lichter in atemberaubendem Tempo an den Fenstern vorbeizogen.

Unheimliche blaue Lichter ... die sich um sich selbst drehten ... und vorüberwirbelten.

Diana warf den Kopf auf dem Kissen hin und her,

fürchtete sich vor dem Leuchten und wollte den Klauen ihres dämonischen Liebhabers entgehen, der mehr von ihr genommen hatte, als sie ihm je zu geben bereit gewesen war.

Sie wollte sich umdrehen und davonrennen. Aber irgend etwas hielt sie fest und hinderte sie daran, auch nur eine Bewegung zu tun. Ein schreckliches, vierbeiniges Monster, so schwarz wie ein Höllenhund. Riesige Reißzähne ragten aus seinem Maul, und lange, spitz zulaufende Ohren wuchsen aus den Seiten seines Kopfes. Sein Leib aber wirkte ausgemergelt, als habe er schon lange nichts mehr zu essen bekommen.

... Der Satan aus dem Film *Rosemary's Baby* ... und sie war Rosemary!

Im Traum kreischte Diana aus Leibeskräften, aber nur ein Laut kam ihr über die Lippen, ein gurgelndes: »Nein.«

Voller Entsetzen fand sie endlich einen Weg, sich aus diesem Alptraum zu lösen, und schlug die Augen auf. Grelles Licht stach ihr in die Augen und drang bis in ihr Gehirn ein. Sie blinzelte und sah sich in dem großen, aber vollkommen fremden Schlafzimmer um.

Als eine Tür aufging, drehte sie abrupt den Kopf dorthin. Die Bewegung erfolgte zu plötzlich. Der stechende Schmerz in ihrem Kopf nahm sofort an Intensität zu, alles in dem Raum schien sich um sie zu drehen, und ihr Magen ballte sich zusammen.

Ein Mann, den sie nach einem Moment als Cole Harrison identifizierte, spazierte so selbstverständlich herein, als gehöre ihm hier alles. »Ganz ruhig«, gebot er ihr amüsiert und stellte ein Tablett vor sie auf das Bett. »Jetzt nur keine hastigen Bewegungen.«

Diana konnte an nichts anderes mehr denken als an die schlimme Verfassung, in der sich ihr Körper befand. Sie versuchte zu sprechen, aber nur ein heiseres Krächzen kam heraus. Diana schluckte und versuchte es noch einmal: »Was ... was ist mit mir ... geschehen?«

»Dein Nervensystem erleidet vermutlich gerade eine

heftige Attacke von einem Stoff, der sich Acetaldehyd nennt, und zu reich in deinem Innern vorhanden sein dürfte, aber das ist natürlich nur eine Theorie«, erklärte er ihr freundlich. »Bei besonders schweren Fällen kann es dabei zu einer Beeinträchtigung der Sicht, Kopfschmerzen, Übelkeit, unkontrolliertem Zittern am ganzen Leib und einem trockenen Mund kommen. Zumindest arbeitet die pharmazeutische Abteilung von Unified gerade unter dieser Prämisse an einem Gegenmittel. Im Volksmund sagt man dazu auch, du hast einen gewaltigen Kater.«

»Ich? Wieso?« flüsterte Diana und schloß die Augen vor dem gräßlich hellen orangefarbenen Licht, das von der kleinen Lampe auf dem Nachttisch kam.

»Nun, zuviel Champagner.«

»Ich? Wieso?« Anscheinend beeinträchtigte das Acetaldehyd auch erheblich den Wortschatz. Sie wollte wissen, warum sie in diesem Zimmer lag, was Cole hier verloren hatte und wieso sie angeblich zuviel Champagner getrunken haben sollte, aber irgendwo war die Verbindung zwischen ihrem Gehirn und ihren Sprechorganen unterbrochen.

Statt ihr eine Antwort zu geben, hockte er sich auf die Bettkante. Sie stöhnte schmerzerfüllt, als sich unter seinem Gewicht die Matratze unter ihr anhob und sie ein Stück zur Seite rollte.

»Versuch gar nicht erst zu reden«, erklärte er mit strenger Autorität, die so gar nicht zu seinen sanften Bewegungen passen wollte. Er schob einen Arm unter ihre Schultern und hob sie an.

»Aspirin«, erklärte er und gab ihr zwei weiße Tabletten. Dianas Finger zitterten sehr, als sie sie entgegennahm und zwischen ihre Lippen schob.

»Und das hier«, fuhr er fort, nahm ein Glas vom Tablett und hielt es an ihren Mund, damit sie davon trinken konnte, »ist Orangensaft mit etwas ›Hundehaar‹.«

Ihr Magen zog sich noch fester zusammen, als sie sich vorstellte, Hundehaare in ihrem Saft vorzufinden. Aber bevor sie sich weigern konnte, hob er das Glas ein Stück an und zwang sie zu trinken. Erst dann ließ Cole sie auf das Kissen zurücksinken.

»Schlaf jetzt«, sagte er leise, nachdem sie die Augen geschlossen hatte. »Wenn du wieder aufwachst, wirst du dich gleich viel besser fühlen.«

Etwas Kaltes und Nasses legte sich auf ihre Stirn, das sich dort aber wunderbar anfühlte. »Waschlappen«, murmelte er.

Was ist er doch für ein lieber, fürsorglicher Mann, dachte Diana. Ja, das mußte sie ihm unbedingt sagen.

»Vielen Dank für deine Hilfe«, murmelte sie, als sie wieder zurückrollte, weil er sich vom Bett erhob.

»Als dein Ehemann sehe ich es als meine Pflicht an, dir nicht nur bei diesem, sondern auch bei allen zukünftigen Katern beizustehen, Kätzchen.«

»Das ist wirklich sehr lieb von dir.«

»Ich hatte gehofft, du würdest mich heute morgen immer noch in einem so positiven Licht sehen, aber ich war mir nicht ganz sicher.«

Gedämpfte Schritte auf dem Teppich zeigten ihr an, daß er sich anschickte, das Zimmer zu verlassen. Wenig später ging die Tür auf und wieder zu. Diana lag da und wartete darauf, daß die Wirkung des Aspirin einsetzte.

Seine Bemerkungen kamen ihr zuerst wie ein dummer Witz vor, den sie nicht so recht verstand und deswegen abtun wollte. Doch sie ließen sich nicht so leicht verdrängen und lösten zu allem Überfluß auch noch eine Flut von Erinnerungen aus, die in endloser Menge hinter ihren brennenden Augen auftauchten …

… Sie war auf dem White Orchid Ball gewesen und hatte viel Wein und noch mehr Champagner getrunken … da war ein Amethyst-Collier, und sie hatte noch ein Glas zu sich genommen … Aus irgendeinem Grund war sie mit Cole hinauf zu seiner Suite gefahren … und dort hatte es noch mehr zu trinken gegeben … Eine Limousine hatte sie zum International Airport gebracht … Sie gelangte in die Kabine einer Privatmaschine und hatte dort ein gefülltes Champagnerglas vorgesetzt bekommen ... Und dann noch eine Fahrt in einer Limousine ... durch eine Stadt voller Lichter ...

Der rasende Strom von Erinnerungsfetzen verlangsamte sich, und nun fanden sich einzelne Teile zu einem größeren Ganzen zusammen. Sie war ausgestiegen, in ein Haus gegangen und hatte dort unter einem Spalier voller falscher Blumen gestanden.

Ein kleiner, glatzköpfiger Mann, der unentwegt lächelte, hatte zu ihr gesprochen, während sie den Kopf in den Nacken legte und sich überlegte, wie sie diese gräßlichen Kunstblumen entfernen konnte.

Sie mußte aufstoßen, und dem schloß sich Brechreiz an. Diana versuchte, nicht mehr an den kleinen Mann und das Spalier zu denken, aber dieses Bild schien sich in ihrem Bewußtsein festgebrannt zu haben – von Nebel umwabert und irgendwie bedrohlich und unangenehm.

Doch dann fiel ihr ein, daß der glatzköpfige Mann sehr freundlich gewesen war. Er hatte Cole und sie bis an die Tür geleitet, ihnen zugewunken und etwas hinterhergerufen, als sie wieder in der Limousine saßen und sie sich in Bewegung setzte.

Diana hatte sich umgedreht und ihm durch das Fenster zurückgewunken. Er hatte in der Tür des Hauses gestanden, unter einem Spalier aus grünen und pinkfarbenen Neonröhren ... darüber ein paar Neonglocken, und darunter ein Wort ...

Ein Wort in verschnörkelten grünen und pinkfarbenen Neonbuchstaben ...

Ein einziges Wort ...

... in Großbuchstaben ...

HOCHZEITSKAPELLE

Und was hatte der kleine Mann an der Tür ihnen zugerufen: »Viel Glück, Mrs. Harrison!«

Die Erinnerung setzte mit solcher Wucht ein, daß sie

befürchtete, ihr würde der Kopf explodieren. Ihr Magen wollte da natürlich nicht hinten anstehen und geriet in den gefährlichsten Aufruhr.

»Oh, mein Gott!« stöhnte sie laut, drehte sich auf den Bauch und preßte das Gesicht gegen das Kissen, um alle Bilder, Erinnerungen und Vorkommnisse in ihrem Bewußtsein auszulöschen.

Kapitel 29

Als Diana wieder erwachte, hatte jemand die schweren Vorhänge zurückgezogen, und helles Tageslicht drang gefiltert durch die dünnen Gardinen. Irgendwo läutete schrill ein Telefon.

Für ein paar Momente blieb sie mit geschlossenen Augen liegen und führte vorsichtig eine Inventur ihrer diversen körperlichen Beschwerden durch. Sie wagte nicht, sich zu rühren, weil sie befürchtete, daß dann gleich das Nervenflattern wieder einsetzen und der dicke Hammer in ihrem Kopf erneut geschwungen würde.

Die Kopfschmerzen waren noch vorhanden, aber sie hatte nicht mehr das Gefühl, der Kopf drohe zu platzen. Auch sonst fühlte sie sich noch etwas wacklig, doch insgesamt schien sie nicht mehr dem Tod näher als dem Leben zu sein.

Nachdem sie sich dergestalt einen Überblick über ihre körperliche Verfassung verschafft hatte, machte sie sich noch vorsichtiger daran, die sonstigen Folgen ihrer ersten intensiven Begegnung mit dem Alkohol aufzulisten.

Sie hatte Cole Harrison geheiratet!

Ihr Herz fing an, rasend zu schlagen, als ihr bewußt wurde, zu was für einer irrationalen, unentschuldbaren Tat sie sich hatte hinreißen lassen. Diana hatte einen wildfremden Mann geheiratet! Einen herzlosen Opportunisten, der ihre Verwirrung gestern nacht ausgenutzt und sie dazu beschwatzt hatte, mit ihm vor den Traualtar zu treten, weil das angeblich für ihn und sie von großem Vorteil sei.

Sie mußte den Verstand verloren haben.

Genauso wie er.

Sie war eine komplette Närrin.

Und er ein gefährliches Monster.

Sie gehörte in eine geschlossene Anstalt.

Und er vor ein Erschießungskommando.

Irgendwann und irgendwie gelang es ihr, diese nicht gerechtfertigte Tirade abzubrechen und die Schuldgefühle und die Panik zu verdrängen, die dafür verantwortlich waren.

Nein, Diana hatte sich vergangene Nacht nicht vollkommen irrational verhalten, und Cole hatte sie nicht zu einer Ehe gezwungen. Sie bemühte sich, so gut es ging, um Ruhe und rief sich all seine Argumente und ihre Reaktionen ins Gedächtnis zurück, die ihr einfallen wollten.

Bei Tageslicht besehen und ohne die geistdämpfende Wirkung des Alkohols wurde ihr klar, daß Cole über beeindruckende Überredungskünste verfügte. Hinzu kam, daß sie sich von ihren Gefühlen und aus einer gewissen sentimentalen Stimmung heraus zu etwas für ihre Verhältnisse unfaßbar Impulsivem hatte hinreißen lassen.

Doch dann geriet sie ins Grübeln, und je länger sie nachdachte, desto klarer erkannte sie, daß sich durchaus Vernunft und Logik hinter der Abmachung verbargen, die sie mit Harrison getroffen hatte.

Letzte Nacht war Cole noch das Opfer eines im Grunde genommen wohlmeinenden alten Mannes gewesen, der dennoch das Unternehmen bedrohte, das sich ihr frisch angetrauter Gemahl in harter Arbeit aufgebaut hatte. Doch heute morgen war er nicht mehr das Opfer, sondern der Sieger, und sein Onkel, den er genauso liebte, wie dieser ihn, würde sehr glücklich sein.

Gestern abend noch hatten die Glaubwürdigkeit und die finanzielle Zukunft von Foster Enterprises auf Messers Schneide gestanden – ebenso wie Diana Gegenstand von Hohn, Spott und Mitleid gewesen war ... als die abgestoßene Verlobte eines reichen Houstoners. Doch heute morgen war das Weiterbestehen ihrer Firma mehr als gesichert, und sie selbst durfte sich die ›hochgeschätzte‹ Gattin eines gutaussehenden Multimilliardärs nennen.

Diana fühlte sich nun gleich besser, bis ihr die nächste Sorge zu Bewußtsein kam. Wie sollte sie ihre Familie nur davon überzeugen, daß es sich bei Cole nicht um einen Teufel in Menschengestalt handelte und sie vergangene Nacht nicht vollkommen von Sinnen gewesen war?

Um sich von dieser unerquicklichen Vorstellung zu lösen, versuchte sie, sich an das zu erinnern, was geschehen war, nachdem Coles Privat-Jet vom Flughafen in Houston abgehoben hatte. Aber das lag alles wie hinter einem Nebel.

Sie wußte noch, daß die Inneneinrichtung des Flugzeugs sie zutiefst beeindruckt hatte. Diana hatte ihn wohl auch noch gefragt, ob sie nicht nach Las Vegas fliegen könnten, weil sie schon in Lake Tahoe gewesen sei. Doch alles, was sich danach getan hatte, kam ihr nur noch schemenhaft zu Bewußtsein, und sie konnte sich nicht mehr sicher sein, ob sie das geträumt oder wirklich erlebt hatte. O ja, die wildesten Träume hatten sie in ihrem Schlaf geplagt, und ihr Verstand war jetzt noch nicht wieder wach genug, um Wahrheit und Traum auseinanderzusortieren.

Als sie das Laken zurückschob, stellte sie fest, daß sie nichts am Leib trug. Eigenartig, so beschwipst wie sie letzte Nacht gewesen war, konnte sie kaum glauben, daß es ihr gelungen war, das Abendkleid und die Unterwäsche auszuziehen. Vermutlich hatte Cole ihr dabei geholfen ... aber diese Vorstellung war einfach zu demütigend, um sich damit jetzt auseinandersetzen zu können.

In diesem Moment wurde Diana bewußt, daß sie überhaupt nichts zum Anziehen dabei hatte, bis eben auf das Abendkleid. Sie befand sich hier in Coles Suite im Grand Balmoral, und dieses Hotel war berühmt für seine Sonntagnachmittagsveranstaltungen. Die Aussicht, in demselben Kleid, das sie schon gestern abend angehabt hatte, durch die Lobby zu laufen, traf sie wie ein Schlag, und sie lag einen Moment vollkommen regungslos.

Diana konnte nicht mal ihre Familie anrufen und jemanden bitten, ihr ein paar Sachen vorbeizubringen, denn dann hätte sie erklären müssen, was sie in Coles Suite verloren hatte. Mit einem resignierten Seufzer stand sie auf.

Kapitel 30

Cole hob den Kopf, als sie mit nassem Haar und in einen hoteleigenen Morgenmantel von Hals bis Fuß eingehüllt aus dem Badezimmer kam. Ihre bloßen Zehen lugten unter dem Saum des Stoffs hervor, und die Schulterpartien des Gewands hingen ihr bis auf die Ellenbogen herab.

Letzte Nacht hatte er geglaubt, daß sie nicht begehrenswerter als in dem Abendkleid aussehen könne, doch jetzt mußte er sich korrigieren. Angetan in einem viel zu großen Morgenmantel, das Haar naß herabhängend und das Gesicht von allem Make-up gereinigt, erschien sie ihm frisch und taubenetzt wie eine Rose am frühen Morgen.

Er legte sofort die Sonntagsausgabe des *Houston Chronicle* auf den Tisch und erhob sich. »Du siehst schon viel besser aus.«

Sie lächelte kläglich. »Ich habe beschlossen, ganz furchtbar mutig zu sein und mich dem Leben wieder zu stellen.«

Grinsend winkte er sie zu dem leinenbedeckten Tisch, auf dem mehrere Schüsseln mit Speisen standen. »Als ich hörte, wie die Dusche aufgedreht wurde, habe ich sofort beim Roomservice etwas zu essen bestellt.«

Diana starrte unsicher auf Rührei, gebratenen Speck und Pfannkuchen und schüttelte sich. »Ich fürchte, mit meinem Mut ist es doch nicht so weit her.«

Cole ging nicht darauf ein, sondern zog einen Stuhl für sie zurück. »Du mußt aber etwas zu dir nehmen.«

Seufzend tappte sie zum Tisch, ließ sich auf dem Stuhl nieder und faltete ihre Serviette auseinander.

»Wie geht es dir?« fragte er und setzte sich ihr gegenüber.

»Genauso wie ich aussehe.« Während sie das sagte, rutschte der Morgenmantel ein Stück herab und entblößte ihre linke Schulter. Sofort bedeckte sie die freie Stelle wieder.

»So gut fühlst du dich?«

Die Wärme seiner dunklen Stimme und die offene Bewunderung für sie in seinem Blick lösten erstaunliche Dinge bei ihrem Herzschlag und Blutkreislauf aus. In Folge davon fingen ihre Wangen an zu brennen. Mit einem flüchtigen Lächeln senkte sie den Blick und erinnerte sich daran, daß er nur seinen Teil des Vertrages erfüllte. Er hatte ihr versprochen, sie während der Dauer ihrer Vereinbarung immer glücklich zu machen. Das Problem war nur, wie sollte sie ihrer Familie das beibringen, und zwar so, daß die es auch verstand?

Diana nahm sich eine Scheibe Toast, verfiel in Schweigen und stellte sich die Reaktion ihrer Leute vor. Cole hatte darauf bestanden, sie zu begleiten, wenn sie dem Rest der Fosters eröffnen wollte, daß sie geheiratet hatte. Diana war froh über sein ehrenwertes Angebot, mit ihr zusammen die verbalen Prügel einzustecken, die unweigerlich auf sie einprasseln würden. Im Grunde erwartete sie nicht, daß man ihr zu Hause eine Szene machen und sie anschreien würde. Aber Großmutter hatte bestimmt das eine oder andere dazu zu sagen, und sie würde dabei sicher auf Cole keine Rücksicht nehmen. Wozu auch, schließlich hatte er ja das Ganze angestiftet.

Er betrachtete sie und registrierte, wie ihre Miene von Minute zu Minute finsterer wurde. »Kann ich dir irgendwie helfen?« erbot er sich schließlich.

Diana sah ihn verdattert an. »Ich fürchte, nein.« Aber

als er sie weiterhin wartend musterte, erinnerte sie sich an seine vorherigen Worte und eröffnete ihm, was ihr auf der Seele lag.

»Ich weiß einfach nicht, wie ich das meiner Familie beibringen soll. Aus einem Impuls heraus habe ich einen Fremden geheiratet, und das auch noch aus rein praktischen Erwägungen. Na gut, sobald sie sich beruhigt haben, werden sie sicher langsam begreifen. Zwar nicht die Tatsache als solche akzeptieren, aber wenigstens Verständnis dafür aufbringen.«

»Ja, aber wo ist denn dann das Problem?«

»Ich fürchte mich davor, wie sie reagieren, sobald ich es ihnen gesagt habe. Damit bereite ich ihnen bestimmt den Schock ihres Lebens.«

»Nicht unbedingt.«

»Was meinst du damit?«

»Zum Beispiel, daß du aus meinem Flugzeug telefoniert hast.«

Sie starrte ihn aus weit aufgerissenen Augen an. »Mit wem?«

»Marge Crumbaker.«

Diana atmete erleichtert aus. »Marge ist eine alte Freundin der Familie.« Für den Fall, daß er das nicht wußte, fügte sie rasch hinzu: »Crumbaker war früher die Klatschkolumnistin bei der *Houston Post.* Aber das Blatt ist schon lange eingestellt. Also brauchen wir uns wegen ihr keine Kopfschmerzen zu machen.«

»Nachdem du ihr alles erzählt hattest, hast du Maxine Messenger angerufen.«

»Oh, das ist nicht so gut.« Ihr sank das Herz, als er den Namen der Gesellschaftsreporterin beim *Houston Chronicle* nannte. Doch dann kam ihr gleich die rettende Idee. »Habe ich sie gebeten, die Sache vertraulich zu behandeln?«

»Ich fürchte, nein.« Das Wechselspiel der Emotionen auf ihrem Gesicht faszinierte ihn. »Aber es hätte ohnehin wenig Sinn, Maxine zu bitten, etwas vertraulich zu behandeln, oder?«

»Jetzt sag bloß nicht, daß ich von noch jemandem die Nummer gewählt habe.«

»Nun ja.«

Diana beäugte ihn mißtrauisch. »Ich habe also noch mehr telefoniert?«

»Iß etwas, dann geht es dir gleich besser.«

Sie nahm tapfer einen Löffel in die Hand, nahm dann die Kirsche von der halben Grapefruit und führte sie bis zum Mund, aber nicht weiter.

»Mit wem?«

»Larry King.«

Das wollte sie nicht glauben, und sie schämte sich gleichzeitig furchtbar. Nach einem Erstickungslaut fragte sie krächzend: »Soll das etwa heißen, ich habe mitten in der Nacht bei CNN angerufen und mit Larry King gesprochen?«

»Ja und nein. Er war nämlich nicht da.«

»Dem Himmel sei Dank.«

»Deswegen hast du alles einem Redakteur in der Nachrichtenredaktion erzählt.«

Diana schüttelte heftig den Kopf und suchte verzweifelt nach einem Grund, trotzdem optimistisch zu bleiben, aber ihr fiel nur eine lahme Ausrede ein. »Foster ist ein weitverbreiteter Name, und außerdem kennen die meisten Männer nur meinen Großvater. Ich hingegen gebe ein Magazin heraus, das hauptsächlich von Frauen gelesen wird. Irgendein Redakteur bei CNN wird wohl kaum gewußt haben, wen er mit ›Diana Foster‹ vor sich hatte.«

»Gut möglich«, bemerkte Cole, »aber du hast ihm auch berichtet, daß du mich geheiratet hast, und Cole Harrison dürfte ihm bestimmt ein Begriff gewesen sein.«

»Warum hast du mich nicht aufgehalten!« jammerte sie. »Du hättest mir das Telefon aus der Hand reißen sollen, nein, noch besser, mich gleich aus dem Jet schubsen. Dann wäre ich nämlich längst tot und würde mich nicht so schlecht fühlen wie jetzt.«

Er grinste und deutete auf den Teller, der vor ihr stand.

»Iß deine Grapefruit, trink deinen Orangensaft, und dann kannst du noch etwas von dem Ei probieren. Bis du das nicht alles zu dir genommen hast, rede ich kein Wort mehr.«

Diana studierte angewidert ihren Teller und schüttelte sich. »Das alles sieht so ... *gelb* aus, und diese Farbe tut mir in den Augen weh.«

»Das kommt davon, wenn man am Abend vorher zu tief ins Glas geschaut hat.«

»Vielen herzlichen Dank für eine weitere unerwünschte Lektion zu einem Thema, über das ich mittlerweile eine Doktorarbeit schreiben kann.«

»Keine Ursache«, lachte er. »Dann iß meinetwegen eine Scheibe Toast. Der ist braun und dürfte deinen Augen nicht schmerzen.«

»Aber da ist Butter drauf, und die hat auch eine gelbe Farbe.«

»Jetzt hör endlich auf, Diana«, grinste er. »Mir geht es heute morgen auch nicht so besonders, aber ich weigere mich, mich am ersten Tag als dein Ehemann schlecht zu fühlen und nur herumzujammern.«

»Tut mir leid.« Sie schnitt ein Stück von dem Toast ab, sah ihn dann aber so besorgt an, daß es ihm gleich leid tat, sich über sie lustig gemacht zu haben. »Was ist denn?« fragte er deutlich freundlicher.

»Sag mir die Wahrheit: Wie habe ich mich am Telefon angehört? Glücklich – oder sturzbetrunken?«

»Du hast glücklich und so geklungen, als hättest du ein oder zwei Glas Champagner getrunken«, antwortete Cole diplomatisch, »und ich kann mir nicht vorstellen, daß das irgendwem sonderlich aufgefallen ist. Viele Bräute nehmen nämlich in ihrer Hochzeitsnacht gern Champagner zu sich.«

»Ein Glas oder zwei?« entgegnete sie zerknirscht. »Ich habe mich richtiggehend vollaufen lassen.«

»Nein, so schlimm war es nicht«, erklärte er mit einem leisen Zucken der Mundwinkel.

Ein wenig erleichtert fuhr sie fort: »Aber ich war sinnlos betrunken.«

»Nein, so würde ich das nicht nennen.«

»Ich war so zu, daß ich irgendwann im Flugzeug in Ohnmacht gefallen bin.« Diana knabberte vorsichtig an dem Stück Toast, steckte es sich dann ganz in den Mund und schob den Teller weit von sich.

»Nein, du bist friedlich eingeschlafen, weil du einen sehr langen und stressigen Abend hinter dir hattest.«

»Von wegen, es ist ja schon ein Glück, daß ich mich nicht übergeben habe«, bemerkte sie und rechnete fest damit, daß er sie auch in diesem Punkt beruhigen würde.

Doch Cole legte die Stirn in Falten und schwieg.

»Ich habe doch nicht etwa ...«, keuchte sie und schlug die Hände vors Gesicht.

»Danach ist es dir aber gleich besser gegangen.«

Diana ließ die Hände wieder sinken, atmete tief durch und fragte: »Habe ich sonst noch etwas angestellt?«

»Du hast mir ein paar sehr komische Witze erzählt.« Er füllte sich zum zweitenmal den Teller.

»Weißt du, ich hatte die ganze Nacht über merkwürdige Träume. Die waren zwar irgendwie sehr lebendig, aber auch so etwas wie Halluzinationen. Ich kann mich aber kaum an sie erinnern, und ich bin mir nicht sicher, ob ich manche Dinge nur geträumt habe oder ob sie sich wirklich ereignet haben ... Eigentlich will ich folgendes sagen: Gibt es noch irgend etwas Wichtiges, das ich wissen sollte?« Sie zog den Teller wieder heran, nahm tapfer die angeschnittene Scheibe Toast in die Hand, biß aber nicht hinein, sondern starrte Cole an.

›Dann solltest du vorher definieren, was du unter wichtig verstehst‹, dachte er und erinnerte sich, wie Diana sich kurz nach dem Start zum Rückflug nach Houston auf seinem Schoß zusammengerollt hatte. Dabei hatte sie ihm Kinderlieder mit albernen Quatschreimen vorgesungen und sich dabei vor Lachen ausgeschüttet.

Harrison wußte auch noch, wie sie ihn geküßt hatte,

nicht sehr intensiv, aber immerhin. Als er sie zurückgeküßt hatte, diesmal mit mehr Leidenschaft, waren ihre Hände unter seine Jacke geglitten, hatten sich in seinem Nacken verschränkt und so dafür gesorgt, daß er seinen Mund nicht von ihrem lösen konnte.

Als der Jet seine Flughöhe erreicht hatte und nach Osten auf die Morgendämmerung zugeflogen war, hatte er alle Hände voll damit zu tun gehabt, nicht alles außer Kontrolle geraten zu lassen, während seine neue und stark angeheiterte Frau spielerisch und erstaunlich effektiv ausgetestet hatte, wie weit seine Selbstbeherrschung ging.

Sie hatte sich dann auf dem Sofa ausgestreckt, ihn auf sich gezogen, und er die Kontrolle verloren ...

Heute morgen hatte er Mühe damit, all das zu verdrängen, an das sie sich nicht mehr erinnern konnte. Doch vielleicht war es auch besser so, daß sie von nichts mehr wußte, denn zu einer Wiederholung der zurückliegenden Nacht durfte und würde es nie mehr kommen.

»Nein, nichts Wichtiges«, antwortete er daher.

»Ich weiß aber vage, daß ich noch irgendwas anderes getan habe. Wir sind an den Casinos vorbeigefahren, und ich fand die vielen Lichter ganz toll und aufregend.« Sie biß ein kleines Stück vom Toast ab und spürte tatsächlich, daß es ihr schon etwas besser ging.

Cole hingegen konnte nicht länger ernst bleiben. Sofort wieder nervös, verschränkte sie die Arme vor der Brust und fragte: »Ich habe etwas in Las Vegas angestellt, stimmt's?« In ihrer Fantasie malte sie sich die schrecklichsten Dinge aus – wie sie in ihrem vornehmen Abendkleid versucht hatte, auf die Tanzbühne zu steigen, um sich zu den Stripperinnen zu gesellen ... Hatte sie das wirklich getan, und wie weit war sie gegangen? »O Gott, ich habe etwas Unmögliches getan, oder?« wollte sie kleinlaut wissen.

»Kommt ganz drauf an. Hast du moralische oder religiöse Vorbehalte gegen das Glücksspiel?«

»Nein.«

»Dann hast du nichts Unmögliches angestellt.«

Diana verdrehte die Augen zum Himmel und klatschte erleichtert in die Hände. »Ich habe an Spielautomaten gedaddelt!«

Innerhalb weniger Stunden hatte Cole verfolgen dürfen, wie sie von düsterer Betrübnis zu Panik, zu Erleichterung und zu guter Laune umschalten konnte, und er sagte sich, daß er ihre Gesellschaft wirklich genoß, ganz gleich in welcher Stimmung sie sich gerade befinden mochte. Aber eigentlich war das ja auch schon damals so gewesen.

Lächelnd nahm Diana jetzt die Gabel und schob sich ein Stück Rührei in den Mund. »Und, wie habe ich mich gemacht?«

»Gar nicht mal sooo schlecht.«

»Ich habe also verloren«, schloß sie gleich messerscharf und kicherte. Ihre gute Laune und ihr Appetit ließen sich von Spielverlusten offensichtlich nicht beeinträchtigen. Als Cole nickte, trank sie einen Schluck Orangensaft. »Und wieviel bin ich losgeworden?«

»Wo? Am Roulettetisch? Beim Baccarat? Oder am Einarmigen Banditen?«

Diana stellte verdutzt das Glas ab. »Ich habe überall verloren?«

»Ja. Aber ich habe dich zurückgehalten, als du dich auch noch an einen Poker-Tisch mit sehr hohen Einsätzen setzen wolltest.« Cole trank Kaffee.

»Äh, wie lange waren wir denn in dem Casino?«

»Nicht lange, vielleicht eine halbe Stunde.«

»Ach, dann geht's ja. Soviel kann man in dreißig Minuten schließlich nicht verlieren.« Die rechte Erleichterung wollte sich jedoch nicht einstellen, vor allem nach einem Blick auf seine Miene nicht. »Nun gut, wieviel?«

»Alles in allem, dreitausend Dollar.«

Diana verlor alle Farbe aus dem Gesicht. Als sie sich ein wenig von ihrem Schrecken erholt hatte, erklärte sie sehr förmlich: »Ich schreibe dir einen Scheck aus.«

»Das ist nicht nötig.«

»Doch, ich bestehe darauf. Eine Lady muß stets ihre Spielschulden begleichen«, fügte sie so ernsthaft hinzu, als habe sie das auf der Schule für höhere Töchter gelernt.

Diana war nicht nur schön, intelligent und witzig, erkannte Cole, sondern auch stur wie ein Esel. Aber mit ihm verhielt es sich ja kaum anders. »Und ein Ehemann muß immer für die Flitterwochen aufkommen.«

Das hätte er wohl besser nicht gesagt. Indem er den halbstündigen Casinoaufenthalt als Flitterwochen hinstellte, verspottete er damit diesen Begriff und rief unangenehme Erinnerungen an die abrupte und unromantische Hochzeit hervor. Das wurde Cole schon bewußt, kaum daß er die Worte ausgesprochen hatte, und Diana erging es ebenso. Ihr Lächeln erstarb, aber er stellte zu seiner Beruhigung fest, daß sie nicht gleich wütend oder traurig wurde. Statt dessen kehrte sie in die Realität zurück und bemerkte nur: »Du hättest mich daran hindern sollen, all diese Telefonate von deinem Flugzeug aus zu machen.«

»Ich habe dich bewußt nicht aufgehalten, denn es kann für dich und deine Firma nur von Nutzen sein, wenn die Öffentlichkeit möglichst früh erfährt, daß du mich zum Mann genommen hast.« Das stimmte aber nur zur Hälfte. Cole hatte sie auch deshalb nicht zurückgehalten, aller Welt ihre Verehelichung kundzutun, weil sie dadurch heute morgen, sobald sie wieder nüchtern wäre, nicht mehr von der Vereinbarung zurücktreten konnte. Das behielt er jedoch lieber für sich, und zu seinem Glück wechselte Diana das Thema.

»Wenigstens verstehe ich jetzt, warum ich soviel von Spielautomaten geträumt habe. Nur war der Apparat in meinem Traum gewaltig. Noch größer als du und mindestens anderthalb Meter breit.«

»Das war kein Traum.«

»Wirklich?« fragte sie weniger aus Interesse als mehr aus Höflichkeit. Diana hatte sich wieder hinter ihre gewohnte Mauer der höflichen Reserviertheit zurückgezogen, und Cole schaltete sofort auf den Geschäftsmann um, die Rolle, in der er sich am wohlsten fühlte.

»Wir haben noch einige praktische Dinge zu regeln, aber das können wir auf dem Weg zu deiner Familie besprechen.«

Sie nickte, warf einen Blick auf ihre Uhr und erhob sich. »Hm, vor siebzehn Uhr schaffen wir das wohl nicht. Corey mußte noch ein paar Fotos für das Magazin schießen. Wenn wir dort ankommen, wird ihr Team wohl gerade beim Zusammenpacken sein.«

Vor der Schlafzimmertür blieb sie stehen und drehte sich zu ihm um: »Gestern nacht habe ich aus Versehen Großmutters Handtasche genommen. Wie hat man uns eigentlich trauen können, wo ich doch gar keine Papiere bei mir hatte?«

Harrison goß sich Kaffee nach und sah sie mit einem feinen Lächeln an. »Das hat uns in der Tat vor ein Problem gestellt. Doch das ließ sich nach ein paar Minuten lösen. Die Gattin des Trauungsbeamten hat dich wiedererkannt, und mit der Hilfe eines Hundertdollarscheins ließ sich auch ihr Mann von deiner Identität überzeugen.«

Diana nickte kurz, weil sie längst mit einer anderen Schwierigkeit beschäftigt war, ihrer Garderobe nämlich. »Wie klug von mir, meinen Wagen letzte Nacht auf dem Hotelparkplatz zu lassen, sonst könnte ich jetzt wohl kaum ungesehen in meine Wohnung fahren und mich umziehen.«

Kapitel 31

Eine halbe Stunde später trug Diana eine weiße Leinenhose und weiße Sandalen zu einer lilafarbenen Bluse, die sie am Bauch zusammengeknotet hatte, und befand sich auf dem Weg zum Haus der Fosters am Inwood Drive.

Da sie sich noch nicht ganz auf der Höhe fühlte, saß Cole am Steuer ihres Wagens. Als er über die ihm von früher bekannten Boulevards fuhr und die Villen wiedererblickte, die hinter großen Gärten und hohen Bäumen lagen, kam ihm das alles sehr unwirklich vor. Wie viele oft bizarre und unvorhersehbare Drehungen und Wendungen hatte sein Leben genommen, seit er zum letztenmal auf diesen Straßen gewesen war? Und wer hätte je für möglich gehalten, daß er einmal zusammen mit Diana Foster als seiner Frau hierher zurückkehren würde?

Seine frischgebackene Gemahlin bemerkte nichts von seinen Erinnerungen und Betrachtungen, weil sie grübelte, wie sie der Familie am besten die Neuigkeit beibringen konnte. Irgendwie mußte sie Mutter, den Großeltern und den anderen einen Optimismus vorspielen, den sie gar nicht empfand, und sie gleichzeitig davon überzeugen, daß diese Verbindung nicht nur vernünftig, sondern sogar ein Wink des Himmels war.

Sie hatte sich schon eine Strategie zurechtgelegt, ging in Gedanken noch einmal ihre Eröffnung durch und überlegte gerade, wann sie am besten damit herausrücken sollte, als Cole in die Innentasche seines marineblauen Blazers griff und einen zusammengefalteten Bogen vom hoteleigenen Briefpapier herauszog. Er reichte ihn ihr und erklärte: »Während du heute morgen geschlafen hast, habe ich die wesentlichen Punkte unserer mündlichen Vereinbarung aufgeschrieben. Hier steht vor allem, daß unsere Ehe ein Jahr anhalten wird. Nach Ablauf dieser zwölf Monate werden wir uns gütlich und in aller Stille trennen. Und keine Seite erhebt dann finanzielle Forderungen an die andere.«

Eine Fahrradfahrerin fuhr mitten auf der Straße, und Harrison schwieg, bis er sie überholt hatte, ehe er fortfuhr: »Selbstverständlich bleiben alle Geschenke, die wir einander machen, im Besitz des Empfängers. Das schließt auch die Kette, die ich dir letzte Nacht ersteigert habe, und die Eheringe mit ein.«

»Was denn für Eheringe?« fragte sie verwundert.

Er griff wieder in seine Jacke und hielt einen Moment später zwei einfache goldene Ringe in der Hand. »Diese Eheringe.«

»Wann hast du die denn besorgt?«

»Die Silver Bells Hochzeitskapelle ist gut sortiert und mit allem ausgestattet. Ich habe sie dort gekauft, und während der Trauung haben wir sie einander an den Finger gesteckt.« Mit gespielter Enttäuschung fügte er hinzu: »Wie rasch manche Menschen doch die schönsten und rührendsten Momente des Lebens vergessen.«

Diana nahm den kleineren Ring aus seiner Handfläche, hielt ihn zwischen Daumen und Zeigefinger. »War das denn wirklich ein rührender Moment?« fragte sie und sah ihn von der Seite an.

Er grinste schon wieder. »Für dich sicher, denn du hast während der ganzen Trauung geweint.«

»Bei Hochzeiten kommen mir immer die Tränen«, verteidigte sie sich.

»Nun, bei unserer Vermählung hast du anscheinend dein Bestes gegeben«, meinte er uncharmant. »Die Zeremonie wurde zweimal unterbrochen, weil du dir die Nase putzen mußtest.«

Dianas erstes Entsetzen wich rasch einem Lachanfall, als sie sich vorstellte, wie sie als betrunkene Braut im Abendkleid schwankend dastand und sich abwechselnd die Seele aus dem Leib heulte und sich die Nase putzte. Sie krümmte sich auf dem Sitz, weil ein unbezwingbarer Lachanfall sie schüttelte.

»Bevor es losging, warst du schon zu Tode betrübt, weil dir die Einrichtung so kitschig und unecht vorkam.«

Diana mußte sich den Bauch halten.

Doch ein paar Momente später ruinierte Cole ihre Heiterkeit und brachte sie dazu, wieder nüchtern zu werden und sich gerade aufzurichten. »Lies dir bitte die Liste durch und sag mir, wenn du noch Fragen oder etwas anzumerken hast.«

Sie faltete das Blatt auseinander und studierte seinen Text. Seine Handschrift war schwungvoll und raumgreifend, aber dennoch gut lesbar.

»Ich habe mich recht direkt ausgedrückt.«

»Ja, ziemlich.«

»Gib es deinem Anwalt, damit der einen richtigen Vertrag aufsetzen kann. Sobald das geschehen ist, fax mir das Dokument bitte nach Dallas durch, in mein Haus.«

Während seine Linke das Steuer hielt, zückte er mit der Rechten seine Brieftasche und entnahm ihr eine weiße Visitenkarte. Die reichte er ihr, und Diana wurde sich bestürzt des Umstands bewußt, daß sie einen Mann geheiratet hatte, von dem sie nicht einmal die Adresse und die Telefonnummer kannte.

»Hast du einen Anwalt, dem du vertrauen kannst und der die Angelegenheit rasch und diskret erledigt?«

Diana konnte sich damit natürlich nicht an die Kanzlei wenden, die die Interessen von Foster Enterprises vertrat. Anwälte waren untereinander die reinste Nachrichtenbörse. Sie konnte sich also nicht sicher sein, daß die dortigen Rechtsvertreter die Sache wirklich für sich behalten würden – ganz abgesehen natürlich davon, daß sie nicht wußte, ob sie wirklich den Mut aufbringen würde, irgendeinem Außenstehenden die Wahrheit zu erzählen.

Der einzige Rechtsbeistand, dem sie sowohl persönlich wie auch geschäftlich trauen konnte, war Doug Hayward. Er hatte seine Anwaltskarriere aufgegeben und war in die Politik gegangen. Wenn es zu einem Rechtsstreit zwischen ihm und Coles Anwälten kommen sollte, hätte Doug natürlich keine Chance. Aber erst einmal ging es ja nur darum, einen einfachen Vertrag aufzusetzen.

Eheverträge wurden immer populärer, wie Diana wußte, doch sie war sich ziemlich sicher, daß denen in der Regel ein Vor-Ehevertrag vorausging. Nach ihrer Kenntnis schlossen im allgemeinen reiche Personen in den mittleren Jahren, die Kinder aus einer früheren Ehe mitbrachten oder denen Wohltätigkeitsbelange am Herzen lagen, solche Vereinbarungen, weil diese vor Gericht deutlich mehr Bestand hatten als die vorehelichen Verträge.

Dougs Vater Charles würde vermutlich eine Menge Paare kennen, die sich zu einer solchen Abmachung entschlossen hatten, und ihr und Doug ein paar gute Ratschläge geben können. Nach dem Tod ihres Vaters hatte er Diana schon in manch schwierigen Fragen zur Seite gestanden.

»Ja, ich kenne jemanden«, antwortete sie.

Cole bog von der Inwood auf die Allee ab, die zum Haus der Fosters führte. Früher, als Diana ihn oft im Stall besucht hatte, war sie hier zu Hause gewesen. Mehrere Wagen standen vor dem Eingang. »Ihr scheint Besuch zu haben.«

»Der Explorer gehört Corey und der BMW Spence. Die beiden sind gekommen, weil die Familie, so oft es eben geht, sonntags zusammen ißt. Die anderen Autos gehören wohl den Leuten vom Team meiner Schwester. Ich habe dir doch erzählt, daß sie ein paar Fotos machen wollte.«

Kapitel 32

Beim Haus der Fosters handelte es sich um ein stattliches Anwesen. Viele dieser Villen waren Ende der fünfziger oder Anfang der sechziger Jahre gebaut worden. Cole hatte früher etliche davon von innen gesehen, doch die Räume, in die Diana ihn führte, besaßen ein deutlich anderes Ambiente. Einige Zimmer waren in formeller Schönheit eingerichtet, andere wirkten eher gemütlich, doch in allen fühlte er sich gleich zu Hause.

Die Küche war riesig, und offenbar hatte man sie für die vielen Kochprojekte umgestaltet. Zwei Herde fanden sich hier, dazu zwei Ausgüsse, ein riesiger Kühlschrank, eine Kühltruhe und Kupferkessel und Pfannen, die in allen Formen und Größen von der Wand hingen.

Eine Frau in mittleren Jahren, die Cole für die Haushälterin oder Köchin hielt, schnitt gerade auf einem Hackbrett eine Melone auf. Als das Paar hereinkam, nickte sie in Richtung Hintertür. »Die sind alle noch bei der Arbeit.« Mit Blick auf Diana und leiser Verärgerung in der Stimme fügte sie dann hinzu: »Dein Großvater meint, mit seinem neuen Biodünger bekäme man noch größere Melonen. Was hat er nur mit diesen Dingern? Dauernd will er noch größere und dickere züchten! Wir haben bald keinen Platz mehr, all die eingeweckten Monster, oder was man sonst noch damit anstellen kann, irgendwo unterzubringen. Auch die Vorratskammern sind bereits bis zum Rand gefüllt. Wenn deine Mutter und deine Oma sich nicht bald ein Rezept für Meloneneis einfallen lassen, können wir beim besten Willen nichts mehr von dem Zeugs gebrauchen.«

»Wir könnten sie anmalen«, schlug Diana vor.

Cole versuchte sich immer noch vorzustellen, was man mit Massen von bemalten Melonen anfangen konnte, als sie ihn nach draußen führte und er in eine vollkommen unbekannte Welt gelangte. Der Garten maß mindestens drei Hektar, und jedes seiner Segmente war so angelegt, daß es sowohl das Auge erfreute als auch den Bedürfnissen der Familie entgegenkam. Überall hielten sich Menschen auf.

Während zwei Assistenten mit Leuchtern und Reflektoren am Rand warteten, bewegte sich Corey inmitten einer größeren Gemüseanlage und versuchte, ihre Großmutter in die richtige Position zu bringen. Die alte Frau trug einen Parka und hielt einen Kürbis in den Händen. Vor ihren Füßen waren Mengen von Eichenlaub ausgebreitet. Mary Foster, Dianas Mutter, stand mit einem Farbtopf und einem Pinsel bewaffnet ein Stück weiter und bemalte das Gesicht einer Vogelscheuche. Alle drei Frauen fuhren zusammen, als Diana zusammen mit Cole hier auftauchte, aber er stellte fest, daß sie keine strenge oder enttäuschte Miene aufsetzten. Also war die Nachricht noch nicht zu ihnen vorgedrungen.

»Dauert nicht mehr lange«, rief die Schwester. »Ich muß nur noch eine Aufnahme in den Kasten kriegen.«

Spence stand neben einer ausgebreiteten Decke und verteilte seine Aufmerksamkeit gleichmäßig auf Corey und die beiden eineiigen Zwillinge, die auf der Decke hinter einem Ball herkrabbelten. Er drehte sich um und lächelte Diana zu. Als er Cole bemerkte, nickte er nur, und von dem Lächeln war nichts mehr zu sehen.

»Wir arbeiten gerade an der Oktober-Ausgabe«, erklärte sie Harrison.

»Deine arme Großmutter muß sich in dem Parka doch fühlen, als würde sie gegrillt«, bemerkte Cole.

Rechts auf dem Rasen hatte man vor einer Werkstatt, die wie ein Bauernhaus aus einem Märchenbuch aussah, ein paar Tische aufgestellt. Zwei Frauen dekorierten einen davon mit Kränzen und Gebinden aus Tannenzapfen, Beeren und, wie Cole amüsiert feststellte, bemalten Früchten.

Am nächsten Tisch beschäftigten sich ein junger Mann und eine Frau damit, alte Messingtürklopfer von Firnis zu reinigen. Drei Türen in verschiedenen Stadien der Renovierung lehnten an der Werkstatt. »Wir bereiten ein Feature mit dem Titel ›Wie man seiner Tür eine eigene Persönlichkeit gibt‹ vor«, erklärte ihm Diana. Schon erschienen zwei Männer mit farbbeschmierten Arbeitskleidern aus dem Schuppen und trugen die Türen hinein.

»Vorsicht, daß nichts an die Türblätter kommt«, rief Großvater Britton von seiner Werkbank vor dem Cottage. Sein Tisch war mit Zeichnungen übersät. Ihre Ränder wurden von Kisten in mehreren Größen festgehalten, damit der Wind sie nicht fortwehen konnte. Cole hatte allerdings keine Ahnung, was sie enthalten mochten.

Als der alte Mann die beiden Neuankömmlinge bemerkte, winkte er ihnen gleich, sich zu ihm zu gesellen. Mr. Britton wischte sich die Rechte an der Arbeitsschürze ab und schüttelte Cole die Hand. Dann wandte er sich an seine Enkelin, und man konnte seinen leuchtenden Augen ansehen, daß er ihr unbedingt etwas berichten wollte. »Diana, mir spukt da schon seit Wochen etwas im Kopf herum, und jetzt glaube ich, den Dreh gefunden zu haben. Sieh dir das doch bitte mal an.«

Sie blickte auf die Zeichnungen, die vor ihm lagen, und dann auf die hölzernen Beschwerer. »Was soll das denn werden?«

»Vogelhäuschen«, antwortete er. »Die werden bestimmt der Hit! Das sind keine gewöhnlichen Vogelhäuschen, sondern richtige kleine Burgen oder Bauernhöfe mit strohgedeckten Dächern und Miniaturställen. Und hier habe ich sogar eines dieser Anwesen, wie sie sich früher die Plantagenbesitzer im Süden gebaut haben. Natürlich könnte ich auch etwas Moderneres basteln, schmucke Stadt- oder Apartmenthäuser.«

Corey, Mutter und Großmutter waren mit den Aufnahmen fertig und näherten sich der Gruppe. »Henry Britton«, schimpfte Omi gleich, »habe ich das richtig gehört? Du willst für Vögel Apartmenthäuser bauen?«

»Nein, das habe ich niemals gesagt. Ich zeige Diana hier nur gerade ein paar Entwürfe für Vogelhäuschen.«

»So etwas haben wir aber schon vor zwei Jahren gebracht, Dad«, wandte die Mutter besorgt ein, weil ihr natürlich bewußt war, daß das Magazin ständig mit originellen Neuheiten aufwarten mußte.

»Das sind ja eigentlich auch keine Häuschen nur für Vögel, Mary«, entgegnete der Großvater und hörte sich etwas frustriert an. »Die mögen zwar so aussehen, dienen aber ebenso dazu, das Menschenauge zu erfreuen. Ich stelle sie mir als Dekoration für den Garten vor. Donner und Doria!« Er schlug sich begeistert auf den Oberschenkel. »Stellt euch nur einmal vor, man hat mehrere davon in einer Reihe oder Gruppe im Garten stehen. Das sähe doch bestimmt wunderbar aus!«

Seine Frau war davon nicht sonderlich beeindruckt. »Du meinst also, man soll sich eine richtige kleine Stadt für Vögel aufbauen?«

Er sah sie ungnädig an. »Corey könnte sie hübsch arrangieren, mit etwas Grün und ein paar bunten Blumen oder Kräutern dazwischen. Das gäbe sicher auch ein paar wunderbare Aufnahmen fürs Magazin.«

»Ich glaube kaum, daß Abonnenten sehr begeistert von Vogelhäuschen sein dürften, die eigentlich gar nicht für unsere gefiederten Freunde gedacht sind.«

»Doch, das werden sie schon, verlaß dich drauf. Zu jedem Weihnachtsfest verbringst du zwei geschlagene Tage unterm Baum, um die kleinen Porzellanhäuschen so aufzuhängen, daß sie wie auf einer Norman-Rockwell-Zeichnung aussehen – und in denen wohnt schließlich auch niemand. Deswegen glaube ich fest daran, daß meine Miniaturhäuser im Garten sehr schmuck und hübsch wirken.«

Alle sahen Diana an und erwarteten von ihr eine Entscheidung in dieser Angelegenheit.

Corey war zwar verantwortlich für die künstlerische Präsentation im jeweiligen Heft, und die anderen hatten auch ihre Projekte und Bereiche, aber auf Dianas Schultern ruhte die Last für den Gesamteindruck des Magazins und auch dafür, die Käufer und Abonnenten zufriedenzustellen; denn nur eine hohe Auflage garantierte den finanziellen Erfolg und das Weiterbestehen des Familienunternehmens.

Diana hatte eigentlich etwas ganz anderes im Sinn gehabt, als sie hierhergekommen war, und jetzt mußte sie sich konzentrieren, um die richtige Entscheidung zu treffen. »Im Grunde genommen halte ich Großvaters Idee für gut. Wir könnten sogar Gartenschmuck und -dekoration zum Schwerpunkthema einer der nächsten Ausgaben machen.«

Henry nickte zufrieden und konnte endlich etwas zur Sprache bringen, das ihm noch mehr am Herzen lag. »Gestern abend haben wir beide doch über biologischen Anbau gesprochen und wollten das ebenfalls in einer der kommenden Ausgaben als Schwerpunkt präsentieren.

Bioanbau ist sehr populär. Vielleicht könnten wir die Gartenhäuschen ja damit kombinieren.«

Als sie nicht gleich darauf reagierte, weil ihre Gedanken sich längst wieder mit ihrem eigentlichen Anliegen beschäftigten, fuhr er fort: »Wenn dir die Idee zusagt, setze ich gleich morgen eine Liste mit den Artikeln auf, die ich dafür vorsehen würde.«

Diana aber überlegte gerade, wo sie die Familie versammeln sollte, um sie von ihrer Hochzeit in Kenntnis zu setzen. »Hört sich großartig an, Opi, genauso machen wir's.« Das klang nicht sehr nach ihr, und die drei Frauen starrten sie verwundert an.

»Aber wir haben den biologischen Anbau doch schon vor gar nicht so langer Zeit gefeatured«, wandte ihre Schwester ein.

»Stimmt, das hätte ich ja beinahe vergessen«, entgegnete Diana mechanisch. »Aber da standen doch Obst und Gemüse im Vordergrund. Diesmal kommen eben Blumen an die Reihe.« Sie hob den Kopf und entdeckte, daß sie jetzt auch von den männlichen Familienmitgliedern angestarrt wurde. »Hört mal, ich muß euch etwas sagen. Kommt doch bitte alle ins Wohnzimmer.«

Corey schirmte die Augen mit der Hand ab und sah in den Himmel. »Ich warte schon den ganzen Nachmittag darauf, daß die Sonne so wie jetzt durch die Äste da drüben scheint. Laß mir bitte noch zehn Minuten, um Spence und die Zwillinge unter dem Baum zu versammeln. Das soll nämlich eine Aufnahme nur für mich und meine Familie werden.«

»Du kannst dir ruhig eine halbe Stunde Zeit lassen«, sagte Diana, weil ihr klar geworden war, daß Coreys Team bestimmt so lange brauchte, um alles zusammenzupacken und abzufahren. Außerdem würde ihre Familie sich bestimmt vorher waschen und umziehen wollen.

»Ach, übrigens«, meinte ihre Schwester noch, »Cindy Bertrillo hat angerufen, und Glenna hat die Nachricht entgegengenommen. Sie möchte, daß du so rasch wie möglich zurückrufst. Irgendwas ist zu klären, sie wollte aber nichts Genaueres sagen.«

Cindy war die Public-Relations-Verantwortliche des Magazins, und wann immer ein Medienvertreter etwas erfahren wollte, wandte er sich an sie. Diana hatte eine ziemlich genaue Vorstellung, um was es bei diesem Anruf ging. »Gut, ich melde mich später bei ihr.«

Cole betrachtete immer noch das Treiben im Garten. Ein organisiertes Chaos brach aus, als die Firmencrew ihre Sachen zusammensuchte und die Familie dabei half. »Der Ausdruck ›Familienbetrieb‹ ist mir zwar geläufig«, erklärte er jetzt mit einiger Bewunderung, »aber so etwas wie das hier hätte ich mir nie vorgestellt. Du kannst sehr stolz auf das sein, was du geschaffen hast.«

»Ich habe mein ganzes Kapital in das hier gesteckt und es vermarktet, aber geschaffen habe ich es nicht«, antwortete sie und nickte in Richtung ihrer Familie, »diese Ehre gebührt ihnen.«

Diana wußte, daß er ihr das nicht glauben würde, aber sie würde ihm erst später alles erklären können, weil jetzt dafür wirklich keine Zeit war. Schon lange bevor ihr Vater die Tochter der Brittons geheiratet und sie und Corey hierher nach Houston geholt hatte, waren diese Leute längst Selbstversorger gewesen und hatten alles mit ihren eigenen Händen hergestellt.

Kapitel 33

»Also gut«, sagte Diana mit einem nervösen Lächeln, als die Familie ins Wohnzimmer kam, wo in der einen Ecke der Flügel stand und ihm gegenüber der große offene Kamin angebracht war. »Dann setzt euch mal und macht es euch bequem.«

Mitten in dem Raum befand sich ein langer, beschnitzter Mahagonitisch, und an dessen Seiten standen zwei lange Sofas mit burgunderroter Polsterung und goldfarbenen Bordüren. Darauf lagen etliche changierende Kissen, die das Zimmer zusätzlich einladend und warm gestalteten.

Diana zeigte mit einer weiten Handbewegung auf die Couchen und die Sessel, die vor dem Flügel aufgestellt waren. Sie selbst stellte sich vor die Tastatur des Musikinstruments.

Cole begab sich ans andere Ende des Flügels, von dem aus er die Vorgänge in aller Ruhe verfolgen konnte, ohne in deren Mittelpunkt stehen zu müssen. Er beobachtete mit leisem Amüsement, wie seine Frau sich an das Instrument lehnte und nervös die Handflächen aneinanderrieb. Auch sonst sah sie so aus, als stelle diese Familienzusammenkunft für sie so etwas wie das Jüngste Gericht dar.

Von seinem Standpunkt aus gesehen, und der basierte auf seiner Erziehung und seinen Familienerfahrungen, war Diana eine erwachsene Frau, der man ruhig zutrauen durfte, vor einem Schritt die Risiken abzuwägen und diesen dann zu gehen. Dabei durfte man aber nicht mit echter Unterstützung von seiten der Verwandten rechnen. Im Grunde hatte es der Familie auch herzlich egal zu sein, wen sie wann oder wo heiratete.

Die Mutter und die Großmutter ließen sich auf dem einen Sofa nieder, Corey und Spencer auf dem anderen. Der Großvater aber baute sich hinter den Sesseln auf und blieb stehen.

»Nein, Opa, setz dich bitte auch.«

»Tut mir ganz gut, auf den Beinen zu bleiben.«

»Wenn du das jetzt zu hören bekommst, wirst du dich aber lieber setzen wollen.«

»Ich kann es ja kaum erwarten, die Überraschung zu vernehmen, für die du gesorgt hast«, grinste er, hockte sich dann aber hin. Nachdem er nun ihren Wunsch erfüllt hatte, sah er sie gespannt an, weil er Dianas Nervosität fälschlicherweise auf ihre Aufregung zurückführte und der festen Ansicht war, sie könne nur etwas wirklich Erfreuliches zu berichten haben.

»Also, jetzt haben wir uns alle hier versammelt«, meinte er, »und jeder sitzt auf seinem Platz. Schieß endlich los.«

Diana sah sich in der Runde um, bemerkte, daß alle Blicke auf sie gerichtet waren, verspürte wieder das Bedürfnis, die Hände aneinanderzureiben, und begann dann mit einem erstickten Lachen: »So nervös bin ich nicht mehr gewesen, seit ich mit sechzehn vor euch treten und euch gestehen mußte, daß ich den Wagen zu Schrott gefahren hatte, den Dad mir gerade zum Geburtstag geschenkt hatte.«

Corey erkannte, daß ihre Schwester die größte Mühe hatte, ihr ruhiges Äußeres aufrechtzuerhalten, und sprang rasch ein, um ihr die Zeit zu verschaffen, in der sie sich fassen konnte. »Eigentlich war das gar nicht Diana«, gestand sie mit einem frechen Lächeln, »vielmehr habe ich damals den Wagen zu Bruch gefahren.«

Die Familienmitglieder ließen sich tatsächlich ablenken und starrten Corey ungläubig an. Nur die Großmutter war weniger an der Aufklärung der Vergangenheit interessiert. Sie runzelte die Stirn und fragte mit einer unguten Vorahnung: »Ist wieder etwas mit deinem Wagen, Kind? Hast du uns deswegen hier zusammengerufen?«

»Nein, mit dem Auto ist alles in Ordnung«, antwortete Diana, *nur mit meinem Leben ganz und gar nicht.* Sie warf einen Seitenblick auf Cole. Er hob die Brauen, um sie aufzufordern, nun endlich zur Sache zu kommen, und sie gehorchte schweren Herzens.

»Also gut, dann lege ich mal los … Gestern abend habe ich euch doch nach der Auktion Cole Harrison vorgestellt, nicht wahr?«

Mutter und die Großeltern nickten synchron.

»Nun gut, bis dahin war er euch fremd, aber Corey, Spence und ich kannten ihn schon ziemlich lange. Sehr lange sogar«, fügte sie mit besonderer Betonung und in dem wenig tauglichen Versuch hinzu, ihre überhastete

Vermählung ein wenig durch den Umstand abzumildern, daß Cole ein alter Jugendfreund war. »Für uns, also für mich jedenfalls, ist er sozusagen ein alter Freund der Familie.«

»Das wissen wir doch«, sagte ihre Mutter und bedachte den ›alten Familienfreund‹ mit einem freundlichen Lächeln. »Gestern abend auf der Heimfahrt hat Corey uns alles über dich und Cole erzählt. Sie haben doch, glaube ich, für die Haywards gearbeitet, und Diana, Corey und Spence waren ja häufiger dort und haben Sie getroffen.«

Harrison bemerkte, daß sie bewußt kein Wort über seine genaue Tätigkeit bei den Haywards verlor. Nur die Großmutter sah keinen Sinn darin, sich mit Halbwahrheiten aufzuhalten oder etwas unter den Tisch fallen zu lassen.

»Diana hat viel von Ihnen erzählt, als sie noch ein junges Ding gewesen ist«, erklärte sie unumwunden. »Sie haben doch wohl bei den Haywards im Stall gewohnt und deren Pferde versorgt. Und Sie hatten immer Hunger, weil Sie nie genug zu essen bekommen haben. Ich habe Diana selbst dabei geholfen, Ihnen ein paar Tüten mit Nahrungsmitteln zusammenzupacken. Die hat sie Ihnen ja auch wohl recht häufig mitgebracht.«

Zu Coles Belustigung waren die anderen Familienmitglieder so empört über die Taktlosigkeit der Großmutter, daß sie alle etwas zu seiner Verteidigung vorbrachten und ihn mit Komplimenten überhäuften. Ihre Bemerkungen flogen wie ein Ball bei einem Volleyball-Turnier durch den Raum.

Corey vollführte den ersten Abwurf: »Omi, die Stallungen der Haywards sind viel prächtiger ausgestattet als so manches Wohnhaus.«

Sie gab an Spencer ab, und der fing den Ball auch auf. »Als ich noch das College besuchte, bin ich selbst oft bei den Haywards gewesen und habe alles gegessen, was dort zu haben war. Wenn man ein junger Mann und zwanzig ist, hat man immer großen Appetit, nicht wahr, Henry?«

Abspiel an den Großvater. Der war zwar nicht mehr so wendig und geschickt im Auffangen, aber aufs Dribbeln verstand er sich immer noch. »Daran kann nicht der geringste Zweifel bestehen. Ich selbst konnte Roses Küche auch noch nie widerstehen. Und nicht nur das, ich habe auch schon oft genug in unserem Pferdestall geschlafen. Damals, als unsere alte Stute krank geworden war und nicht mehr fressen wollte. Corey und ich haben die ganze Nacht bei ihr verbracht, weil wir sie nicht allein sterben lassen wollten. Rose hat uns etwas zu essen gebracht, und etwas von dem Nachtisch haben wir der Stute abgegeben. Der Bratapfel hat ihr wohl so gut geschmeckt, daß sie beschloß, noch ein Weilchen weiterzuleben. Denn gleich danach hat Pearl sich aufgerappelt und ist stehengeblieben.

Danach fing sie jedesmal an zu wiehern, wenn irgendwo ein Apfel in der Nähe war, und sie ist dann noch zweiundzwanzig Jahre alt geworden.«

Hochzufrieden mit sich klopfte Mr. Britton sich auf die Schenkel und warf den Ball seiner Tochter zu, die darauf nicht vorbereitet war. »Nun, Mary«, drängte der Großvater, als er bemerkte, daß sie nur rot anlief, aber kein Wort über die Lippen brachte, »weißt du noch, wie begeistert Robert immer war, wenn Mutter gekocht hat oder es ihr Eingemachtes gab? Dann konnte er einfach nicht genug kriegen.«

»Aber ja, das stimmt!« beeilte Mrs. Foster sich, ihrem Team zu Hilfe zu kommen. »Mein Mann hat zwanzig Pfund zugenommen, nachdem meine Eltern zu uns gezogen sind. Abends gab es immer ein großes Dinner, und er hat sich mitten in der Nacht noch einmal zu einem Mitternachtshappen heruntergeschlichen, auch wenn er gar nicht richtig hungrig war. Diana wußte, wie sehr er unsere Küche liebte, und hat sich bestimmt gedacht, das wäre doch auch etwas für den armen Cole.«

Nachdem sie nun ebenfalls einen Beitrag geleistet hatte, sah sie sich nach einem Mitspieler um, der noch nicht im Ballbesitz gewesen war – und entdeckte nur ihre Mutter. Nein, da spielte Mrs. Foster doch lieber Cole direkt an. »Mr. Harrison, Sie wissen doch, wie verrückt Teenager sein können. Wahrscheinlich hatten Sie irgendwann mehr als genug und wünschten sich insgeheim, Diana würde nicht immer solche Berge anschleppen. Und meine Tochter hatte sich lediglich in den Kopf gesetzt, Sie vor dem Verhungern zu bewahren. Sie haben sich ihr gegenüber jedoch weiterhin höflich verhalten und sich gesagt, daß das junge Mädchen einfach eine zu lebhafte Fantasie habe.«

Alle sahen Cole erwartungsvoll an, so als hinge von seiner Antwort die Entscheidung in diesem Match ab. Ihm wurde rasch klar, welche Verantwortung jetzt auf seinen Schultern lastete, und er beschloß, dem Spiel mit seinem Urteil ein Ende zu setzen: »Diana war wirklich freundlich zu mir, und ich habe das sehr zu schätzen gewußt.«

Bislang hatte Mrs. Britton das Spiel wie eine unbeteiligte Zuschauerin verfolgt, aber als sie Harrisons Schiedsrichterspruch hörte, schüttelte sie erheitert den Kopf.

»Diana ist immer aufmerksam und freundlich gewesen, aber hinter Ihrer Versorgung mit Lebensmitteln steckte noch etwas ganz anderes. Sie hatte sich nämlich bis über beide Ohren in Sie verliebt. Allein aus diesem Grund hat meine Enkelin ständig Tüten voller Nahrungsmittel zu Ihnen geschleppt. Wir alle hier haben natürlich gewußt, warum sie all die Mühe auf sich genommen hat.«

Die Großmutter lehnte sich mit einem erinnerungsseligen Lächeln zurück. »Allerdings muß ich Diana zugute halten, daß sie ihre Verliebtheit nie so offensichtlich gezeigt hat wie ihre Schwester. Als Corey sechzehn war, hatte sie statt Tapete Bilder von Spencer an den Wänden. Ihr ganzes Zimmer war wie ein Schrein für ihren Herzallerliebsten. Diana hat so etwas nie getan, aber meiner Meinung nach war sie genauso verrückt nach Ihnen wie Corey nach ihrem jetzigen Ehemann. Zumindest hat sie sämtliche Symptome eines verliebten Mädchens aufgewiesen, und wir haben uns schon gefragt…«

»Mutter!« unterbrach Mrs. Foster sie mit leiser, warnender Stimme, »das ist jetzt weder der rechte Zeitpunkt noch der Ort für solche Dinge.«

»Die Wahrheit bleibt immer die Wahrheit, ob die Gelegenheit nun günstig ist oder nicht«, entgegnete Rose Britton und sah dann ausgerechnet Diana hilfesuchend an: »Ich habe mich doch nicht geirrt, oder, Liebes?«

Dianas erste Bestürzung über die allzu offenen Worte ihrer Großmutter war längst tiefer Erleichterung gewichen. Stundenlang hatte sie sich überlegt, mit welchem Argument sie ihre Heirat nicht gar so überstürzt erscheinen lassen konnte. Und Mrs. Britton schien ihr gerade die beste Erklärung auf dem Silbertablett zu präsentieren, auch wenn die gute Frau sicher keine Ahnung davon hatte.

»Ja, es stimmt, ich war in ihn so verliebt, wie eine Heranwachsende das nur sein kann«, gab Diana zu und warf einen raschen Seitenblick auf Cole, um festzustellen, wie der auf diese Eröffnung reagierte. Doch Harrison hob nicht einmal eine Braue. Er stand groß und beeindruckend da, hatte die Arme vor der Brust verschränkt, und seine Füße standen leicht nach außen. Aber er beobachtete sie, und auch von den Reaktionen der anderen schien ihm nichts zu entgehen.

Ein wenig verschnupft darüber, daß er bei solchen Enthüllungen so gelassen bleiben konnte, kehrte sie nun zum eigentlichen Thema zurück. »Nun gut, wenn ihr euch alle noch so deutlich daran erinnern könnt, was Cole mir in meiner Jugend bedeutet hat, dann wird die Überraschung sicher nicht ganz so groß, wenn ihr hört, was ich euch jetzt zu sagen habe ...«

Die Menschen, die sie am meisten auf der Welt liebte, sahen sie fröhlich an und erwarteten wohl, gleich etwas besonders Schönes zu hören zu bekommen. Diana verließ der Mut, und sie wußte nicht, wie sie weitermachen sollte.

»Na, komm schon«, drängte ihr Schwager mit einem

breiten Grinsen, »was für eine Überraschung steht uns denn bevor?«

Diana atmete tief ein und ergab sich ins Unvermeidliche. »Na ja, letzte Nacht, nach der Auktion, also da haben Cole und ich noch etwas getanzt. Und dann ... Und dann ...«

»Ja, was war dann?« fragte der Großvater, als seine Enkelin sich schon wie eine Schallplatte mit einem Sprung anzuhören begann.

»Dann sind wir in Coles Suite hinaufgefahren ... Und dort haben wir etwas getrunken ... Und wir haben uns unterhalten ... über alles mögliche ...« Diana starrte auf den Tisch, der zwischen den Sofas stand, und wünschte, er würde sich erheben und sich wie ein Schild vor sie stellen.

»Ja, was war denn nun?« wollte die Großmutter wissen und sah abwechselnd Cole und ihre Enkelin an.

Jetzt mußte alles heraus. Diana sprudelte los: »Und dann sind wir ... haben wir das Hotel verlassen ... und sind ... mit dem Jet nach Las Vegas geflogen ... und sind ... und haben dort geheiratet!«

Das angespannte Schweigen, das nun einsetzte, zerrte an Dianas Nerven wie Fingernägel, die über eine Schiefertafel kratzen. »Ich kann mir gut vorstellen, daß ihr jetzt alle ein wenig schockiert seid«, erklärte sie leise den fünf ganz und gar fassungslosen Gesichtern.

Mr. Britton fand als erster seine Sprache wieder, sah Cole strafend und wütend an und erklärte bitter: »Mister, Sie müssen ja ein unglaublicher Überredungskünstler sein. Zu diesem Zweck haben Sie Diana auch hinauf in Ihr Hotelzimmer gelockt. Und sicher war Ihnen auch sehr bewußt, daß der jungen Lady gerade das Herz gebrochen worden war und sie an jenem Abend mehr Alkohol getrunken hatte, als ihr bekam.«

»Nein, einen Moment mal!« rief Diana dazwischen und war zutiefst erschrocken, daß ihr sonst so gütiger und milder Großvater so zornig werden konnte. »So ist es überhaupt nicht gewesen, Opa. Cole und ich haben vielmehr eine Vereinbarung getroffen, die uns beiden sowohl persönlich wie auch geschäftlich äußerst nützlich sein wird.

Indem ich mit ihm vor den Traualtar getreten bin, habe ich etwas von meiner Würde zurückerlangen können. Aber noch viel wichtiger ist, daß ich damit die Zukunft unseres Magazins gerettet habe. Cole stand ebenfalls vor einem Problem, das sich durch seine Verheiratung mit mir aber lösen ließ. Er ist auch darauf gekommen, wie günstig sich eine rasche Vermählung für ihn wie für mich erweisen würde. Wir haben dann alles gründlich besprochen und uns für eine zeitlich befristete Vereinbarung entschieden. Die kommt unseren Bedürfnissen nämlich am nächsten.«

»Was habe ich mir denn unter einer zeitlich befristeten Vereinbarung vorzustellen?« fragte Spence mit schneidender Kälte.

»Eine einjährige Ehe, nur auf dem Papier, allein aus geschäftlichen Gründen«, entgegnete Harrison in einem Tonfall, der Spencers in nichts nachstand.

»Das ist alles?« entfuhr es Coreys Mann, und er klang jetzt eher verwirrt als wütend.

»Ja, das ist alles«, bestätigte Cole.

»Und vor welchem Problem haben Sie gestanden, das nur durch eine Ehe mit Diana gelöst werden konnte?« wollte Spence jetzt wissen.

»Das geht Sie rein gar nichts an.«

»Vielleicht nicht ihn«, mischte sich der Großvater gereizt ein, »aber mit Sicherheit mich, junger Mann!«

Diana hätte nie erwartet, daß die Sache so furchtbar laufen könnte, und sie wollte schon alle bitten, sich doch zu beruhigen. Doch zu ihrer Überraschung antwortete Cole knapp, aber dennoch höflich: »Um es kurz zu machen, ich habe einen Großonkel, sozusagen mein Ersatzvater, der im Alter sehr krank geworden ist und sich nichts sehnlicher wünscht, als mich vor seinem Ableben verheiratet und als Vater zu sehen.«

»Und wie beabsichtigen Sie, bei einer Ehe Vater zu werden, die nur auf dem Papier besteht?«

»Vater zu werden habe ich nicht vor«, entgegnete Harrison ungerührt. »Aber das muß mein Onkel ja nicht wissen. Und leider wird er auch nicht mehr lange genug leben, um das zu erfahren.«

»Sie haben sich ja wirklich alles ganz wunderbar ausgerechnet, nicht wahr?« erklärte Mr. Britton mit unverhohlener Verachtung und wandte sich dann an seine Enkelin: »Ich begreife einfach nicht, wie du dich von einem so hinterlistigen Ränkeschmied zu einer solchen Tat beschwatzen lassen konntest.«

»Er mußte mich überhaupt nicht beschwatzen, Großvater. Ich habe euch doch schon gesagt, daß die Vermählung mit Cole einen ganzen Strauß höchst vertrackter Probleme löst. Nicht nur seine und meine, sondern auch die von uns allen.« Sie umfaßte in einer weiten Handbewegung die versammelte Runde.

»Wie sollte deine Familie etwas davon haben, wenn du dich mit einem schönrednerischen Lumpen einläßt, den du seit Jahren nicht mehr gesehen hast?« rief der Großvater erbost.

»Doch, sie profitiert davon!« gab Diana unnachgiebig zurück und war so darauf konzentriert, der Familie alles zu erläutern, daß ihr erst ein paar Momente später auffiel, mit ihrer Entgegnung dieser wenig schmeichelhaften Beschreibung ihres Gatten zugestimmt zu haben.

»Alles, was Foster Enterprises zugute kommt, ist auch für uns von Vorteil, denn wir *sind* dieses Unternehmen! Und so sieht es auch die Öffentlichkeit. Die Frauen im Lande schalten ein, wenn du, Omi, Mom und Corey in der Sendung *The Foster Way* zu sehen sind. Sie lieben euch nicht nur wegen dem, was ihr zeigt und vorführt, sondern auch wegen dem, wofür ihr steht. Das beweisen auch die vielen Briefe, die uns erreichen.

Die Zuschauer schreiben, wie sehr sie es lieben, wenn du Omi aufziehst und sie ›Rosie‹ nennst. Und sie mögen es erst recht, wenn sie verfolgen können, wie Mom mit euch arbeitet und welche Zuneigung unter euch herrscht. Ihre unschlagbare Lieblingsfolge war die, als Corey ihre Zwillinge mit in die Sendung brachte und demonstrierte, wie man am besten Schnappschüsse von Babys macht. Das hat ihnen sehr gefallen, und sie haben auch gern die Tricks und Kniffe gelernt, aber am schönsten war für alle Zuschauer, wie die kleine Molly die Arme ausgestreckt hat, damit Omi sie hochnimmt. Oder als Mary versuchte, eines von Moms Plätzchen zu stibitzen.

Wenn du aber Omi ein blaues Auge schlagen würdest oder Corey wegen Trunkenheit am Steuer eingesperrt würde oder Mom beim Ladendiebstahl erwischt würde – ja, dann würden die Medien einen Riesenaufstand veranstalten, und die Quote für die Sendung würde in den Keller rasseln.

Als Dan mich sitzengelassen hat, hat die Presse mich wie einen Trottel dastehen lassen und alles, wofür ich stehe, niedergemacht. Versteht ihr jetzt, warum ich Cole heiraten mußte?«

»Nein, überhaupt nicht!« antwortete Mr. Britton.

»Gut, dann will ich es euch anders erklären. Die Öffentlichkeit identifiziert euch vier mit *The Foster Way*, aber ich repräsentiere das Magazin. Ganz gleich, von welcher Seite man es sehen will, jeder Artikel und auch Coreys wunderbare Fotos stehen im Grund für häusliche Harmonie und Schönheit.

Und genau das ist mein Problem: Als Herausgeberin und Repräsentantin des Magazins sollte ich nicht nur an Harmonie und Schönheit glauben, sondern auch ein dementsprechendes Leben führen. Aber ich kann keinen Ehemann vorweisen und erst recht kein Kind. Irgendwann im letzten Jahr hat ein Reporter herausgefunden, daß ich mehr Zeit im Büro als in meiner Wohnung verbringe. Wenn ihr euch noch erinnern könnt, sein Artikel endete mit der Bemerkung, daß ich mit meiner Art zu leben besser zu Zeitschriften wie *Working Woman, Vogue* oder

Bazaar als zu *Foster's Beautiful Living* passen würde – und da war ich noch mit Dan verlobt.

Doch dann hat er mich fallengelassen und sich für ein achtzehnjähriges italienisches Model entschieden. Das hat meinem Prestige und meiner Glaubwürdigkeit in der Öffentlichkeit einen schweren Schlag versetzt. Für die Presse war das natürlich ein gefundenes Fressen. Den Spott und die Häme, die in den folgenden Wochen über mich ausgeschüttet worden wären, hätten direkte Auswirkungen auf unser Magazin gehabt. Zuerst hätten viele Abonnenten uns gekündigt, und wenig später hätten wir auch immer mehr Anzeigenkunden verloren.« Erschöpft atmete sie aus und sah ihren Großvater an, der nicht zögerte, seine Meinung zu diesen Punkten zu äußern.

»Wenn unsere Abonnenten und Anzeigenkunden so wankelmütig sind, daß sie unsere Zeitschrift gleich fallenlassen, bloß weil du dich in den falschen Mann verliebt hast, dann können sie uns gestohlen bleiben. Da draußen gibt es noch genug andere. Sollen die alten abhauen, wir finden schon neue.«

»Wir sollen die Abonnenten einfach ziehen lassen? Uns einfach so neue Anzeigenkunden besorgen?« Diana konnte es nicht fassen. Frustration und innerer Aufruhr trieben sie, der Familie Dinge klarzumachen, die sie ihr in den vergangenen zehn Jahren lieber verborgen hatte.

»Ich glaube, keiner von euch macht sich eine Vorstellung davon, wie hart es für mich gewesen ist, Foster Enterprises am Leben zu halten und gedeihen zu lassen. Nun gut, ich habe nie ein Wort darüber verloren, weil ich es für besser hielt, euch nicht damit zu behelligen. Bei Gott, ich habe meine ganzen Erwachsenenjahre in dieses Unternehmen investiert. Als Daddy gestorben ist, hatte ich gerade das College hinter mir und war erst zweiundzwanzig …«

Diana starrte an die Decke, um sich davor zu bewahren, in Tränen auszubrechen. »Verdammt, damals wußte ich doch überhaupt nichts vom Geschäftsleben. Mir war nur klar, daß ich irgendeine Möglichkeit finden mußte, um unseren Lebensstandard zu halten und die Familie nicht auseinanderbrechen zu lassen. Ich weiß, damals dachtet ihr alle, ich sei so gescheit, geschäftstüchtig und mit ausreichend Selbstvertrauen gesegnet, daß das mit dem Party-Service und all den anderen Sachen, die ich euch vorgeschlagen habe, schon laufen würde. Aber so bin ich nicht gewesen. Ich hatte furchtbare Angst vor meinem ersten eigenen Unternehmen und war in vielen Momenten zutiefst verzweifelt.«

Diana war so in Fahrt geraten, daß sie zunächst gar nicht mitbekam, wie die Empörung und Verachtung auf den Mienen ihrer Familienmitglieder allmählich vergingen und Mitgefühl und Bedauern Platz machten. Als sie fortfuhr, hob sie um Verständnis bittend die Hände: »Ich weiß, ihr habt immer angenommen, nachdem Daddy und seine Freunde doch so erfolgreiche Geschäftsleute waren, hätte ich einiges davon erben müssen, sozusagen den Instinkt mitbekommen, wie man erfolgreich eine Firma aufbaut und leitet. Aber dem war nicht so, ganz gewiß nicht.«

Sie schwieg für einen Moment, um wieder zu Atem zu kommen. Großmutter nutzte die Pause, um ruhig und freundlich festzustellen: »Doch hast du genau das vollbracht.«

Diana war so überdreht, daß ihre Tränen sofort versiegten und sie am liebsten schrill gelacht hätte. »Fragt mich nicht, wie das am Ende doch noch gutgehen konnte!« rief sie. »Das einzige, was ich von meinem Dad geerbt habe, war die Furcht vor der Armut. Und das Wissen darum, wie kalt und herzlos die Reichen werden können, wenn einer von ihnen aus dem Tritt gerät und scheitert. Man wird dann nämlich geschnitten und wie ein Paria behandelt. Dieses Schicksal wollte ich Corey und euch anderen ersparen. Leider war ich keine wagemutige Unternehmerin, eher das Gegenteil, und so habe ich mich auf ein Risiko eingelassen, ein ziemlich großes sogar.

Alles, was wir damals noch besaßen, war dieses Haus.

Als ich eine Hypothek darauf aufgenommen hatte, war mir danach totschlecht vor Angst. Aber ich wußte mir keinen anderen Rat, wie ich uns als Familie zusammenhalten und davor bewahren konnte, am Hungertuch zu nagen.«

Die junge Frau holte tief Luft, um ihnen jetzt vom ganzen Ausmaß ihrer jugendlichen Unerfahrenheit zu berichten: »Ich habe mir ein paar teure Fehler geleistet, vor allem am Anfang. Darunter waren einige, die ich wohl bis ans Ende meiner Tage bereuen werde. Um Privatinvestoren zu gewinnen, habe ich Anteile an unserer Firma verkauft. Die sind heute ein Vielfaches von dem wert, was sie mir damals eingebracht haben. Und auch andere Dummheiten habe ich begangen, mich manchmal zu lange zurückgehalten und gezögert, wo ein mutiger Schritt nach vorn uns allen gutgetan hätte.«

Damit war das Schlimmste heraus, und sie fügte reuevoll hinzu: »Daß aus Foster Enterprises schließlich etwas geworden ist, kann man nicht dem Werk eines Genies zuschreiben. Vielmehr ist dieser Erfolg das Resultat von endloser Sorge und Arbeit – und einer gehörigen Portion Glück.«

Der einzige im Raum, der angesichts dieser Eröffnung nicht fassungslos dasaß, war Cole; dafür bewunderte er Dianas Leistung um so mehr. Bislang war er immer davon ausgegangen, *Foster's Beautiful Living* sei mehr oder weniger ein Hobby gewesen, und Dianas Vater habe das noch zu seinen Lebzeiten aus der Taufe gehoben, um der Familie Gelegenheit zu geben, ihren ungewöhnlichen Lebensstil unters Volk zu bringen. Damit wäre natürlich auch für seine Töchter gesorgt gewesen: Corey hätte ein Forum für ihr fotografisches Talent gefunden, und Diana könnte ihre ersten Gehversuche als Chefredakteurin unternehmen.

Aber nie im Traum hätte er sich vorgestellt, daß dieses Blatt nicht aus Langeweile oder Eitelkeit, sondern aus schierer finanzieller Not entstanden sei. Und erst eben hatte er erfahren, daß Diana die Gründerin des Magazins war und nicht nur sein Aushängeschild.

Ebenso erstaunte es ihn, daß sie mit gerade einmal zweiundzwanzig Jahren solche Verantwortung mit allen damit verbundenen Risiken auf sich genommen hatte. Er hatte auch in so jungen Jahren seinen Aufstieg begonnen, aber da lag bereits ein hartes Leben hinter ihm, das ihn Skandale, Widrigkeiten und Opposition gelehrt hatten. Diana hingegen war wohlbehütet aufgewachsen und hatte sich um nichts Sorgen machen müssen.

In dem Schweigen, das nun einsetzte und in dem die Familienmitglieder den zweiten großen Schock des Tages verdauen mußten, schien niemand mehr auf Cole zu achten. Offenbar hatten alle seine Anwesenheit vergessen, und das war ihm durchaus recht so. Am besten hätte er sich jetzt mit dem Hinweis entschuldigt, daß solche Angelegenheiten nur im Rahmen der Familie diskutiert werden sollten. Dieser Taktik hatte er sich schon mehrfach erfolgreich bedient, wenn eine Frau, mit der er gerade ging, ihm eine Diskussion über ihre Kinder, ihre Eltern, ihren Ex-Mann oder seine Familie hatte aufzwingen wollen. Bei solchen Gesprächen fühlte er sich nämlich immer wie ein Außerirdischer oder jemand, der die ersten Jahrzehnte seines Lebens weitab von jeder menschlichen Gesellschaft in einer Höhle verbracht hatte.

In seiner Jugend hatte er nie auch nur den geringsten Einblick in die Dynamik einer normalen Familie erhalten und daher auch nicht die geringste Vorstellung, wie Verwandte, die sich untereinander liebten, miteinander verkehrten.

Endlich meldete sich wieder der Großvater zu Wort, und man hörte ihm deutlich seine Schuldgefühle an. »Diana, du hättest nie um unseretwillen soviel auf dich nehmen dürfen. Schließlich warst du doch nicht für uns verantwortlich, und wir hätten uns auch so durchgeschlagen. Deine Mutter, deine Großmutter und ich wären eben nach Long Valley zurückgekehrt und hätten unser früheres Leben wieder aufgenommen. Corey hätte tagsüber als Fotografin arbeiten und eine Abendschule besuchen können.«

Cole erwartete, daß Diana jetzt explodieren würde, weil man ihre Bemühungen und Opfer als unnötig hinstellte, doch sie lächelte nur und schüttelte den Kopf. »Du scheinst nicht zu verstehen, Opi. So etwas hätte ich niemals zugelassen, ohne wenigstens vorher eine andere Möglichkeit ausprobiert zu haben. Corey besitzt ein überragendes Talent, aber es mangelte ihr an einer Möglichkeit, das unter Beweis zu stellen. Vielleicht hätte sie die Chance nie erhalten, wenn sie bei einem Fotografen angefangen hätte, der sie nur Fotos von Hochzeitspaaren hätte machen lassen, und das wahrscheinlich für einen Hungerlohn.«

Diana sah jetzt ihre Mutter und Großeltern an. »Ich glaube, keiner von euch weiß so recht, welche wunderbaren Gaben er besitzt. Ihr alle versteht auf eure Weise, die schönsten Dinge zu bewirken, und dafür lieben euch und euren Lebensstil Millionen von Lesern. Ihr drei scheint immer noch zu glauben, was ihr da betreibt, sei nicht mehr als ein Hobby, daß ihr nur zum Spaß im Garten, in der Werkstatt oder in der Küche herumwerkelt. Aber ihr leistet viel, viel mehr. Ihr vermögt in den einfachsten Dingen Schönheit zu sehen und anderen auch nahezubringen. Außerdem demonstriert ihr den Menschen, wieviel Freude und Harmonie entstehen, wenn man selbst schöpferisch tätig wird.

Ihr habt die Hausfrauen daran erinnert, daß die Aufgabe einer Gastgeberin nicht vornehmlich darin besteht, mit ihrem Heim oder ihren Anschaffungen anzugeben, sondern jedem einzelnen Gast das Gefühl zu vermitteln, gern gesehen und etwas Besonderes zu sein. Die Menschen sehen im Fernsehen, wie ihr miteinander arbeitet und lacht, und deswegen glauben sie an euch.«

Dianas Stimme zitterte vor Emotionen, als sie hinzufügte: »Ihr vier habt einer großen Anzahl Menschen, jungen wie alten, Männern wie Frauen, gezeigt, daß man wirklich etwas verändern kann, wenn man nur seine Haltung und seine Prioritäten überprüft. Die Politiker mögen noch soviel darüber reden, wie wichtig es sei, zu den traditionellen Werten und unseren Wurzeln zurückzukehren. Ihr aber habt den Menschen den Weg dorthin gewiesen und ihnen demonstriert, daß er gar nicht einmal schwer zu beschreiten ist.«

Damit hatte sie alle Argumente und Erklärungen vorgebracht, die ihr einfallen wollten, und sie hielt es für an der Zeit, zum eigentlichen Grund für diese Versammlung zurückzukehren: »Ob ihr mir das nun glauben könnt oder nicht, so müßt ihr mir doch wenigstens das abnehmen: Cole hat mich nicht überredet oder überlistet, ihn zu heiraten. Im Gegenteil, meiner Meinung nach hat er mir die beste aller Möglichkeiten vorgeschlagen, und ich bin sehr froh, daß er mir genug Vertrauen entgegengebracht hat, das überhaupt mit mir zu versuchen. Ich weiß, daß er alles tun wird, um seinen Teil der Vereinbarung zu erfüllen, genauso wie auch ich alles Erforderliche geben werde.«

Sie spürte, daß sie die Familie jetzt besser für eine Weile allein ließ, damit sie das alles verdauen konnte. So sah sie Cole an und sagte: »Wir sollten jetzt gehen.«

Harrison war immer noch darüber verblüfft, wie Diana ihn gegen die Opposition ihrer ganzen Familie unterstützt hatte, und folgte ihr jetzt gehorsam nach draußen. Als er die Tür erreichte, sprach die Großmutter eine Einladung an seine Adresse aus, die allerdings ein wenig knurrig ausfiel: »Junger Mann, beabsichtigen Sie, mit uns zu Abend zu essen?«

Diana wollte Cole eine weitere Prüfung ersparen und antwortete: »Heute wohl nicht, aber sicher ein anderes Mal.«

Doch zu ihrer großen Verblüffung drehte Cole sich lächelnd zu Mrs. Britton um: »Ich wußte gar nicht, daß man mich dazu einladen würde.«

»Dann betrachten Sie sich jetzt als eingeladen.«

Dianas Mutter glaubte, das Ganze etwas freundlicher vorbringen zu müssen: »Bitte, seien Sie unser Gast, Mr. Harrison.«

Henry war der Ansicht, die Einladung komplett machen zu müssen: »Schließlich haben Sie Rosies Küche schon viele Jahre nicht mehr genießen können.«

»Vielen Dank«, sagte Cole. Er sah Corey an und glaubte in ihren Augen den noch zögernden Wunsch lesen zu können, die alte Freundschaft fortzusetzen. »In diesem Fall nehme ich natürlich gern an.«

Diana hielt es immer noch für geboten, mit ihm nach draußen zu verschwinden, damit die Familie sich an die Vorstellung gewöhnen konnte, daß auch die zweite Tochter verheiratet war, wenngleich auf reichlich unorthodoxe Weise. Die Familienmitglieder hatten jetzt schon ihre Haltung deutlich verändert. Die Einladung zum Abendessen sprach deutlich dafür. Natürlich glaubte sie fest daran, daß Cole ein ausgesprochen angenehmer Abend bevorstand, aber davon konnte er natürlich nichts wissen, und deswegen freute es sie um so mehr, daß er angenommen hatte.

Kapitel 34

Draußen im Garten hatte man die Arbeitstische und all das andere Gerät längst weggeräumt, und so bot sich der Garten dem Auge in seiner natürlichen und gepflegten semitropischen Pracht.

Palmen wurden von duftenden Gardenien umstanden und beugten sich am Pool über Liegestühle, während ihre langen Wedel leise im Wind schaukelten. Schlingpflanzen verliehen mit ihren hellrosafarbenen oder weißen Blüten hübsche Farbtupfer zu den Asternbeeten in Rosa und Rot. Dazu steuerten Hibiskussträucher Blüten von der Größe von Salatköpfen in den Farben Orange, Gelb und Rot bei.

Da Diana wußte, daß Männer mehr die Werkstatt ihres Großvaters interessierte, wo es die unterschiedlichsten Werkzeuge, einige Maschinen und die diversen Holzprojekte in den verschiedenen Stadien der Fertigung zu bestaunen gab, führte sie Cole zuerst dorthin. Er gab sich auch die größte Mühe, an allem interessiert zu erscheinen, aber sie sah ihm an, daß er sie lediglich nicht enttäuschen wollte.

Sie lud ihn zu einem Spaziergang ein, betrat schließlich das Treibhaus und gelangte zum Schluß mit ihm zu den Gemüsebeeten.

Doch als er immer noch nicht die rechte Begeisterung aufbrachte, sagte sie sich, daß die Szene vorhin im Wohnzimmer ihn doch stärker beschäftigen mußte, als er sich das anmerken lassen wollte. Wenn sie bedachte, mit welchen Ausdrücken man ihn belegt hatte, konnte sie ihm das auch nicht verdenken.

Schließlich blieb sie kurz vor dem Pool stehen und war fest entschlossen, ihn dazu zu bringen, jetzt alles herauszulassen. Sie lehnte sich an eine Palme und erklärte: »Tut mir leid, wenn da eben ein paar häßliche Ausdrücke gefallen sind. Ich kann dich nur bitten, das meinem Großvater nachzusehen und ihm sein hohes Alter zugute zu halten.«

»Genau das habe ich getan.«

»Aber die Sache beschäftigt dich immer noch, oder?«

Er schüttelte den Kopf. »Nein, überhaupt nicht.«

»Dann bist du sauer.«

»Ich bin nicht sauer.«

»Was bist du dann?«

»Beeindruckt.«

»Wovon denn?« war das einzige, was sie in ihrer Verblüffung hervorbringen konnte.

»Von euch.«

Diana verdrehte verdutzt die Augen. »Für einen beeindruckten Mann siehst du aber ziemlich grimmig aus.«

»Vielleicht, weil ich mich nicht oft beeindrucken lasse und an das Gefühl nicht so recht gewöhnt bin.«

Sie begriff jetzt, daß es ihm damit durchaus ernst war, und für einen Moment war sie vor Freude und Verwunderung sprachlos.

»Davon abgesehen war das auch nicht mein ›grimmiger‹ Gesichtsausdruck.«

»Nein?« fragte sie. »Wie sieht der denn aus?«

»Das möchtest du lieber nicht wissen.«

»Och, komm schon, nur einmal ...«

Harrison war es nicht gewohnt, daß man ihm mit frechen und kessen Bemerkungen kam oder ihn aufzog. Er lachte laut, und Diana kam es so vor, als klinge sein Lachen ein wenig eingerostet.

»Du hast mich noch gar nicht gefragt, was mich so sehr an euch beeindruckt hat.«

Diana tat so, als würde sie angestrengt darüber nachdenken. »Nun, ich gehe mal davon aus, daß es nicht Großvaters Werkstatt war. Zu seinem wunderbar geschnitzten Mahagonistück hast du nur ›Brett‹ gesagt. Und ich habe irgendwie den Eindruck, du kannst auch eine Rose nicht von einem Hibiskus unterscheiden.«

»Ich bekenne mich in beiden Anklagepunkten für schuldig. Aber mit der Führung eines Geschäfts kenne ich mich ein wenig aus. Mir ist schon vorher aufgefallen, daß dein Magazin ein großer Erfolg ist, aber ich hätte nie gedacht, daß du aus eigener Kraft deine Stiefmutter und ihre Eltern zu nationalen Berühmtheiten gemacht hast. Und so etwas darf man durchaus beeindruckend nennen.«

»Ich habe sie aber nicht zu den Persönlichkeiten gemacht, als die sie heute dastehen«, entgegnete sie lächelnd. »Diese Menschen waren schon einzigartig, als ich sie kennengelernt habe, und seitdem haben sie sich nicht verändert. Man könnte sagen, sie waren die Vorläufer eines Trends, der erst noch entstehen mußte.«

»Wie meinst du das?«

»Einen Monat, nachdem mein Vater meine Stiefmutter geheiratet hatte, haben sie Corey und mich nach Long Valley mitgenommen. Die Großeltern waren ›Selbstversorger‹, auch wenn dieser Ausdruck mir damals noch nichts gesagt hat. Opi war Gemeindevorsteher eines kleinen Orts mit siebentausend Einwohnern. Seine Freizeit und die Wochenenden hat er jedoch ausschließlich im Garten verbracht, wo er ständig daran herumexperimentierte, die besten Blumen und größten Gemüse in ganz Westtexas zu züchten, ohne sich dabei auf Insektizide oder Kunstdünger zu verlassen.

Wenn er nicht gerade Samenkataloge wälzte oder alte Gartenanbauwerke studierte, um natürliche Methoden zu finden, mit Schädlingen und Pflanzenkrankheiten fertigzuwerden, hielt er sich in seiner kleinen Werkstatt hinter dem Haus auf, wo er alles selbst gebaut hat. Puppenhäuser, Möbel, die für die kleine Corey die richtige Größe hatten, bis zu hölzernen Schmuckkästchen. Oder auch einem Schaukelstuhl für Omi.

Die Werkstatt kam mir immer wie ein verzauberter Ort vor, und ich habe alles an ihm geliebt, von den Sägespänen auf dem Boden bis zu dem Geruch seiner – natürlich biologisch unbedenklichen – Holzlasuren. Als ich zum erstenmal dort war, bin ich auf ein kleines Stück Holz getreten. Das war nur ein paar Quadratzentimeter groß, und ich dachte, das würde nicht mehr gebraucht. So habe ich es aufgehoben und wollte es in den Abfallkorb werfen, aber Großvater hat gelacht, das Stück wieder herausgeholt und mich gefragt, warum ich denn einen Kuß fortwürfe. Damals war ich erst vierzehn und er schon über fünfzig – für mich ein uralter Mann. Als er dann meinte, ein kleines Holzklötzchen sei ein Kuß, dachte ich schon, er sei senil geworden und hier!« Sie tippte sich beziehungsreich an die Schläfe.

»Aber das war er natürlich nicht«, lachte Cole und genoß ihre Geschichte, das Glitzern der untergehenden Sonne in ihrem Haar und das Leuchten in ihren Augen, das immer dann auftrat, wenn sie von ihren Lieben erzählte. Diese junge Frau gehörte eindeutig zur amerikanischen Oberschicht, aber von ihr ging eine freundliche Sanftheit und menschliche Verbundenheit aus, die ihn immer wieder aufs neue verblüffte. Und heute sogar noch mehr als früher, weil er endlich begriffen hatte, wie selten eine solche Kombination anzutreffen war.

»Nein, er war natürlich nicht verrückt. Opa hat ein kleines Messer in die Hand genommen und rasch aus dem Stück Holz ein kleines Herz geschnitzt, und das hat er dann in ein buntes, glänzendes Stück Papier eingewickelt, so daß es aussah wie eine Praline. Das hat er mir dann gegeben und gesagt, siehst du, da hast du einen süßen Kuß, aber einen ohne Kalorien. Später ist mir dann aufgefallen, daß überall im Haus solche Holzpralinen als Verzierung angebracht waren.«

»Und was haben deine Mutter und deine Großmutter getan?« fragte er, als Diana sich über einen Gardenienstrauch beugte.

Sie hob kurz den Kopf, um ihn anzusehen, und wandte sich dann wieder der Pflanze zu. »Meine Stiefmutter hat in einer Fabrik als Sekretärin gearbeitet, bevor sie meinen Vater kennenlernte. Aber in ihrer Freizeit hat sie Omi bei allem möglichen geholfen, Backen, Einwecken und Kochen. Großmutter war darin immer schon unermüdlich.«

Diana brach einen Zweig von dem Strauch ab und drehte sich wieder zu ihrem Mann um. Ihre Hände umschlossen einen Kranz aus glänzenden dunkelgrünen Blättern, aus deren Mitte eine Blüte ragte, die so weich und weiß wie frischgeschlagene Sahne wirkte.

»Erzähl doch weiter«, forderte Harrison sie auf und beobachtete, wie sie die Blüte an die Nase hielt.

»Omi hat die Früchte und Gemüse genommen, die Opi in seinem Garten züchtete, und damit Rezepte ausprobiert, die in ihrer Familie schon seit Generationen von der Mutter auf die Tochter übergegangen waren. So trug auch jedes Rezept den Namen einer teuren Verblichenen oder eines Ereignisses, das mit ihr im Zusammenhang stand. Da gab es zum Beispiel ›Großmutter-Sarahs-Dreibohnensalat‹ oder ›Urgroßmutter-Cornelias-Kirsch-Zimt-Auflauf‹. Dann auch den ›Erntemondkuchen‹ und die ›Drescher-Schinkenrollen‹.«

Diana lächelte verlegen. »Bis zu meiner ersten Reise nach Long Valley habe ich tatsächlich noch geglaubt, Erdbeeren würden auf Bäumen wachsen und Gemüse käme aus der Fabrik, nämlich in Form von Konservendosen. Du kannst dir nicht vorstellen, wie verwundert ich war, als ich bei den Großeltern Pfirsichbäume zu sehen bekam, auf denen diese Früchte tatsächlich wuchsen und man sie abpflücken und essen konnte. Das war für mich unglaublich exotisch.«

Er lächelte sie schelmisch an. »Du hast wirklich geglaubt, Erdbeeren wüchsen auf Bäumen?«

»Ja, sissser«, lispelte sie, drehte die Füße nach innen, legte den Kopf schief und klimperte mit den Wimpern, bis sie wie eine dumme Göre aussah. »Und isss habe auch immer gedacht, Geflügel käme vom Nordpol, weil man dasss im Sssupermarkt doch nur in der Tiefkühltruhe findet. Und wenn isss ehrlisss bin, glaube isss dasss heimlisss immer noch, weil dasss andere mir viel sssu komplisssiert issst.«

Dann wurde sie wieder ernst und fuhr mit ihrer Geschichte fort: »Damals dachte ich, meine Großeltern hätten ein Haus wie im Märchen. Und als sie dann zu uns nach Houston gezogen sind, haben sie unser Heim auf ebenso magische Weise verändert. Angefangen vom Garten, der bis dato nur den Swimmingpool und ein paar Palmen vorzuweisen hatte, bis zu den einzelnen Räumen im Haus.«

Diana hielt ihm die Blume wie eine unbezahlbare Kostbarkeit hin. »Sie ist wunderbar, nicht wahr?«

›Du bist noch viel wunderbarer‹, dachte er und schob die Hände in die Hosentaschen, um der Versuchung zu widerstehen, ihre Hände zu umschließen, die Blüte an sein Gesicht zu führen und dann festzustellen, wie ihre Finger an seinen Lippen schmeckten. Früher war es ihm nie schwergefallen, sexuelle Gelüste im Zaum zu halten oder sich auf das zu konzentrieren, was sein Gegenüber zu sagen hatte, oder sentimentalen Stimmungen nicht nachzugeben. Doch nun mußte er feststellen, daß diese Fähigkeit in allen drei Punkten versagt hatte – und das nicht zum erstenmal in den letzten vierundzwanzig Stunden. Er konnte sich nicht anders helfen, als etwas zu rauh vorzubringen: »Und dann ist es dir gelungen, einen Markt für die Talente und die Philosophie der Brittons zu schaffen. Du bist wirklich sehr gescheit.«

Seine Art, die romantische Stimmung zu zerstören, verletzte sie etwas, aber es gelang ihr mit leiser und doch fester Stimme zu antworten. ›Genau wie ihr Körper‹, schoß es Cole durch den Sinn, und er ärgerte sich sofort über den Weg, den seine Gedanken schon wieder einschlugen.

»Den Markt mußte ich gar nicht erst schaffen, denn der war längst vorhanden und ist eigentlich von Jahr zu Jahr gewachsen. Nur scheint das damals noch niemandem so recht aufgefallen zu sein.«

»Erklär mir das bitte etwas genauer.«

»Wir leben in einer Zeit, in der viele Amerikaner das Gefühl haben, ihre Wurzeln zu verlieren, von ihren Mitmenschen getrennt zu sein und keinen Kontakt mehr zu ihrer natürlichen Umgebung zu besitzen. Und wir leben in einer Welt, die vollkommen unpersönlich geworden ist. Wenn man nach Hause kommt, gerät man in einen Vorort mit identischen Häusern und Straßen. In jedem Heim findet sich die gleiche Einrichtung aus Massenproduktion – die gleichen Kühlschränke, die gleichen Kleinigkeiten. Wir haben nichts mehr, das uns ein Gefühl von Zeitlosigkeit, Stabilität oder wahrer Identität geben könnte. Die Menschen haben ein großes Bedürfnis, wenigstens ihre unmittelbare Umgebung persönlicher zu gestalten, weil ihnen das mit der Welt draußen schon lange nicht mehr möglich ist. Das Foster-Ideal steht dafür, den Spaß, die Erfüllung und die Bedeutung eigenen schöpferischen Tuns zu entdecken.«

»Und ich dachte, die Frauen heute wären mehr daran

interessiert, Mittel und Wege zu finden, auf der Karriereleiter möglichst weit nach oben zu gelangen.«

»Das sind wir auch, aber anders als die Männer lernen wir schon frühzeitig, daß wir uns nicht allein über unseren beruflichen Erfolg definieren können. Wir verlangen mehr vom Leben und haben auch viel mehr zu geben.«

Cole runzelte nachdenklich die Stirn. »Willst du damit sagen, daß die karrierebewußten Frauen einen Großteil eurer Leserschaft ausmachen?«

Diana nickte und freute sich, ihn so verwirren zu können. »Die Zusammensetzung unserer Leserschaft wird dich sicher überraschen. Auf der Grundlage mehrerer Markterhebungen handelt es sich bei fünfundsechzig Prozent unserer Käuferinnen und Abonnentinnen um Frauen mit College-Abschluß, die gerade Karriere machen oder diese bereits hinter sich haben.

Unter den amerikanischen Frauen ist schon seit Jahren der Trend erkennbar, das Kinderkriegen auf die Dreißiger zu verschieben und vorher im Beruf möglichst weit aufzusteigen. Wenn es dann soweit ist, legen sie eine Pause ein, um während der prägenden Jahre ihres Nachwuchses zu Hause zu bleiben – und das verläuft meist über einen deutlich längeren Zeitraum als den, was per Gesetz mit Babyjahr oder Erziehungsurlaub gestattet wird. Diese Frauen stürzen sich dann mit dem gleichen Eifer und der gleichen Entschlossenheit in die Kindererziehung, wie sie vorher ihre berufliche Karriere verfolgt haben.

Solche Frauen haben oft in leitender Position gestanden und sind es gewohnt, wichtige Entscheidungen zu treffen, egal ob sie nun in irgendeinem kreativen Beruf, im Bankgewerbe oder in der freien Wirtschaft gearbeitet haben. Diese kreativen und organisatorischen Erfahrungen bringen sie zwar in ihre neue Rolle ein, aber ihnen bleibt nur wenig Möglichkeit, sie zu nutzen. Also wenden sie sich ihrem Haus zu und suchen nach Möglichkeiten, das Heim zu verschönern, funktionaler zu gestalten oder persönlicher aussehen zu lassen. Das Bedürfnis dieser

Frauen, sich selbst auszudrücken, verbindet sich mit dem natürlichen Wunsch, das Geld nicht zum Fenster hinauszuwerfen. Irgendwann stoßen sie dann auf *Foster's Beautiful Living* und stellen fest, wie sie all diese Veränderungen im Haus durchführen und gleichzeitig zu sich selbst finden können.«

»Ein ziemlich hohes Ziel, das euer Blatt sich da gestellt hat«, bemerkte Cole und war etwas verdrossen, weil er ihr nicht nur immer lieber zuhörte, sondern dabei auch darauf achtete, wie sie sich bewegte und wie sie aussah.

»Foster Enterprises tut aber noch viel mehr, als nur einmal im Monat eine Zeitschrift herauszugeben. Wir veröffentlichen eine Buchreihe mit Tips und Tricks zur Verschönerung des Heims, und wir bringen in Zusammenarbeit mit bestimmten Firmen umweltverträgliche und auf natürlichen Grundlagen basierende Reinigungsmittel auf den Markt. Darüber hinaus kann man über uns ›Do-it-yourself‹-Kästen beziehen, die unter Aufsicht meines Großvaters zusammengestellt werden.

Irgendwann haben wir an den Feiertagen beim Sender CBS TV-Specials gemacht, mit Gartentips und so weiter. Die Quoten waren so hervorragend, daß der Sender uns einen Exklusivvertrag für sechs solcher Specials im Jahr angeboten hat. Das habe ich aber abgelehnt, weil ich der Ansicht war, daß wir uns finanziell besser stünden, wenn wir selbst ein wöchentliches Programm produzieren, daß dann von verschiedenen TV-Stationen und Lokalsendern übernommen und ausgestrahlt wird. Unsere Produktionskosten sind relativ gering, und das Angebot von CBS wäre für uns nur interessant gewesen, wenn wir ein kostenintensiveres Programm, wie zum Beispiel eine Sit-Com oder eine Talk-Show, hätten machen wollen.«

»Hört sich ganz so an, als hättest du es geschafft.«

»Ja, so mag es sich anhören, aber so ist es nicht. In Wahrheit stehen wir ununterbrochen unter enormem Druck. Dafür ist nicht nur die Konkurrenz verantwortlich. Überall entwickeln sich ähnliche Projekte, die alle darauf aus sind, sich ein Stück von dem Kuchen abzuschneiden. Der Druck kommt auch von unserem Publikum selbst, das von uns ständig erwartet, besser als alle anderen zu sein. Du kannst mir glauben, daß wir uns gehörig anstrengen müssen, um diesen Anspruch zu erfüllen. Von Mal zu Mal müssen wir uns etwas Neues einfallen lassen, damit jede Ausgabe des Magazins, jedes Buch und jedes TV-Programm genauso gut, wenn nicht besser ausfällt als das vorangegangene. Und daneben sind wir verpflichtet, auch noch ständig besser und neuer auszusehen und mehr zu bieten als die Konkurrenz. Früher hat uns das noch keine Kopfschmerzen bereitet, als wir noch die einzigen auf diesem Gebiet waren. Wir haben sogar in den letzten Monaten zwei ›Spione‹ rausgeschmissen, die unsere Mitbewerber bei uns eingeschleust hatten.«

Cole sah sie verblüfft an. »Und ich dachte immer, Wirtschaftsspionage beschränke sich allein auf die Bereiche Elektronik und Waffentechnik.«

»Das habe ich früher auch geglaubt, bis ich eines Besseren belehrt wurde. Und nicht zu vergessen ein weiteres Problem: unser Image in der Öffentlichkeit. Das aufrechtzuerhalten kann sich manchmal zum Alptraum auswachsen – nicht nur für mich, sondern für uns alle. Bei allem, was wir sagen oder tun, dürfen wir unseren Ruf nicht vergessen und müssen darauf achten, in welcher Gesellschaft wir uns gerade befinden.« Natürlich spukte ihr bei diesen Worten Dan im Kopf herum, aber sie weigerte sich standhaft, seinen Namen auszusprechen.

»Ihr alle?« fragte Harrison. »Ich dachte, das sei hauptsächlich dein Problem, weil man vor allem dich mit dem Magazin identifiziert.«

»Diesen Eindruck habe ich eben im Wohnzimmer verbreitet, aber leider trifft der nicht so ganz zu. Wir alle werden mit dem Foster-Ideal identifiziert. Unser Magazin steht von Anfang an einzigartig da, und das läßt sich vornehmlich darauf zurückführen, daß wir ein Familienunternehmen sind. Das hat der Öffentlichkeit stets gefallen und hilft uns vermutlich immer noch dabei, die Nummer eins zu bleiben.

Dummerweise stehen wir aus genau diesem Grund aber auch im Brennpunkt der Öffentlichkeit. Wir dürfen uns während der Aufzeichnung unserer TV-Shows nicht einmal über Kleinigkeiten streiten, sonst steht am nächsten Tag sofort so etwas wie ›Hängt bei den Fosters der Haussegen schief?‹ oder ›Bröckelt das Ideal?‹ in den Zeitungen.

Meine Mutter schreibt im Magazin regelmäßig eine Kolumne, und die steht in der Beliebtheit ziemlich weit oben. Darin berichtet sie von Kindheitserinnerungen, zum Beispiel, wie sie bei ihren Großeltern zu Besuch war, was ihre Mutter ihr beigebracht hat und so weiter. Oder sie amüsiert sich über ihre Ängste, als sie ihre erste Party gegeben hat. Mutter bringt auch Geschichten über ihre Eltern oder über Corey und mich in unserer Teenagerzeit. Jedes Familienmitglied ist mehrfach mit Foto abgebildet worden, und die Leserschaft glaubt mittlerweile, uns alle genau zu kennen. Für unsere Käufer sind wir längst so etwas wie Freunde geworden. Als Corey und Spencer geheiratet haben, sind ganze Wagenladungen von selbstgemachten Glückwunschkarten bei uns eingetroffen. Als die Zwillinge geboren waren, erreichten uns Tausende von Babysachen, die unsere Leser alle selbst angefertigt hatten. Und ähnlich verhielt es sich, als Opa sich das Bein gebrochen hatte. Für die Öffentlichkeit müssen wir daher auch weiterhin die große, glückliche Familie bleiben, die das gesunde und gesegnete Leben führt, das wir in unseren Magazinen und Shows propagieren.«

Während er aufmerksam zuhörte, listete er in Gedanken alles auf, was diese Frau geleistet hatte. Und es verdroß ihn etwas, daß jemand, der so viel zustande gebracht hatte, und das ohne Hilfe von außen und mit wenig finanziellen Mitteln, sein eigenes Tun so gering einschätzte.

Cole trat auf sie zu und stützte sich mit einer Hand über ihrem Kopf an einen Baum. »Jetzt mußt du mir aber mal eines erklären: Warum mißt du deinen Fehlern immer noch so große Bedeutung bei und übersiehst dabei die großen Erfolge, die dir gelungen sind? Eben im Wohnzimmer hast du all deinen Geschäftssinn und all deine Leistungen heruntergespielt und all das, was dir gelungen ist, so hingestellt, als habe ein blindes Huhn auch einmal ein Korn gefunden.«

Diana zuckte unter diesen Worten zusammen und drehte den Kopf zur Seite. »Weil du dir nicht vorstellen kannst, welche wirklich blöden Fehler mir unterlaufen sind – und auch nicht, wie viele.«

»Dann zähl sie mir doch auf, und ich entscheide, ob sie wirklich unverzeihlich waren. Du kannst dich darauf verlassen, daß ich vollkommen unparteiisch urteilen werde.«

Diana genoß die Gelegenheit, so viel Zeit mit ihm verbringen zu können und daß sie sich besser kennenlernten. Aber sie wünschte, er würde nicht auf diesem Thema beharren. Schließlich seufzte sie und lehnte sich unter seiner Hand an den Stamm. »Die meisten habe ich ja schon vor der Familie gebeichtet. Einige wunderbare Chancen sind mir durch die Lappen gegangen, weil ich mich nicht getraut habe, das damit verbundene Risiko einzugehen. Ehrlich gesagt, lange Zeit hatte ich Angst, wir könnten zu schnell groß werden, und mir würde alles über den Kopf wachsen.«

Sie sah zu ihm hinauf, und er sah zu ihr hinab. Diana schien ihm jetzt so natürlich und offen wie damals bei ihren Gesprächen im Stall. Er wußte nicht, ob er sich darüber freuen durfte, daß sie sich diese Art bewahrt hatte. Ihre Ehe mußte nicht unbedingt zur beiderseitigen Zufriedenheit enden, und er wollte nicht dort weitermachen, wo Dan aufgehört hatte, nämlich sie in eine kalte Zynikerin zu verwandeln.

»Ich glaube, jetzt bekomme ich gerade deinen steinernen Gesichtsausdruck zu sehen«, scherzte Diana.

»Nein«, entgegnete er mit einem leichten Lächeln, »das war nur noch einmal meine beeindruckte Miene.« Bevor sie ihn danach fragen konnte, reagierte er lieber auf ihre Ausführungen. »Schon viele Firmen sind untergegangen, weil jemandes Träume nicht mit den finanziellen Möglichkeiten Schritt halten konnten. Ich halte es für viel vernünftiger, eine eher konservative Geschäftspolitik zu verfolgen.«

»Ja, wenn ich das wenigstens getan hätte, aber ich bin von einem Stolperstein zum nächsten geschlittert. Eines meiner größten Versäumnisse war sicher, so lange zu warten und erst vor zwei Jahren unsere Produktpalette zu erweitern. Als wir die Bücher und Kästen auf den Markt gebracht haben, sind sie wie die sprichwörtlichen ›warmen Semmeln‹ weggegangen.«

»Du hattest sicher Gründe dafür zu warten, und die hatten zu ihrer Zeit bestimmt ihre Berechtigung«, entgegnete Cole.

»Ja, das stimmt. Vor allem haben mich die Qualitätskontrolle, die Entwicklungskosten und die Lagerhaltung abgeschreckt. Als ich mich dann aber doch getraut habe, wurden die Bücher und all die anderen Produkte zu einem gewaltigen Erfolg. Mit anderen Worten, wir haben in all der Zeit, in der ich zögerte, viel Geld verschenkt.«

»Späte Einsicht ist immer noch besser als gar keine Einsicht«, bemerkte er.

Diana ärgerte sich darüber, von ihm so von oben herab behandelt zu werden, verschränkte die Arme vor der Brust und erwiderte gereizt: »Hättest du denn gewartet und der Konkurrenz den Vortritt gelassen?«

Harrison hatte ihr versprochen, ehrlich seine Meinung zu sagen, und so mußte er jetzt antworten: »Nein.«

»Na, siehst du! Du verfügst ja auch über Risikobereitschaft und Voraussicht.«

»Nein, das läßt sich nun wirklich nicht miteinander vergleichen. Als ich mit Unified Industries angefangen habe, stand mir ausreichend Startkapital zur Verfügung, und für geschäftliche Expansionen hätte ich mir noch mehr besorgen können. Bei dir war das aber ganz und gar nicht so.«

Ihre Verkrampfung löste sich ein wenig. »Ich habe aber auch noch andere Dinge getan, die ich am liebsten ungeschehen machen würde.«

»Was denn zum Beispiel?« wollte er wissen. Cole verspürte das starke Bedürfnis, sie zu beruhigen und zu trösten, auch wenn er dazu ständig nachbohren mußte.

»Na ja, wie ich schon eben vor der Familie zugab, habe ich die Anteile an unserem neuen Unternehmen geradezu verschleudert, um an Startkapital zu gelangen und die Firma am Laufen zu halten.«

Harrison hätte ihr jetzt am liebsten die Wange gestreichelt. Doch er beherrschte sich und erklärte sanft: »Mich verwundert sehr, daß eine Zweiundzwanzigjährige eine Bank dazu bewegen kann, Geld in ihr Vorhaben zu stekken. Ganz zu schweigen von Privatinvestoren.«

Diana zuckte die Achseln. »Die Bank ist kein großes Risiko eingegangen, weil ich unser Haus als Sicherheit gestellt habe.«

Cole spürte, daß sie immer noch damit beschäftigt war, ihr eigenes Licht unter den Scheffel zu stellen, und das wollte er nicht länger zulassen. »Ach so, und wie ist es dir dann gelungen, Privatpersonen dazu zu bringen, ihr harterworbenes Kapital in solch ein Hochrisiko zu stecken, das auf absehbare Zeit keinen Profit abzuwerfen versprach?«

»Ach, das«, lachte sie. »Ich habe alle Kalkulationen und Projektentwürfe in meinen Aktenkoffer gepackt und bin damit bei den Freunden meines Vaters Klinken putzen gegangen. Keiner von ihnen hat wohl geglaubt, daß aus meinem Vorhaben etwas werden könne, aber weil mein Dad gerade gestorben war, habe ich ihnen wohl leid getan. Da haben sie mir über den Kopf gestreichelt und mir fünf- oder zehntausend gegeben. Vermutlich haben sie sich gesagt, daß sie diese Summe als Subventionsverlust von der Steuer abziehen könnten. Im Gegenzug habe ich diesen Männern dann Anteile an meiner Firma überlassen.«

Diana seufzte und starrte ihre Füße an. »Kurz gesagt, ich habe so viele Anteile unter die Leute gebracht, daß uns irgendwann nur noch fünfzig Prozent an unserem eigenen Unternehmen geblieben sind.«

»Hattest du denn eine andere Möglichkeit?«

»Wenn ich mir nur hätte vorstellen können, was für ein Erfolg das Foster-Ideal einmal werden würde ...«

»Jetzt kehren wir wieder zu deinem Anfang zurück«, entgegnete er streng. »Stand dir damals wirklich eine Alternative zur Verfügung, an Startkapital zu gelangen?«

Sie zögerte und schüttelte dann den Kopf. »Nein.«

»Dann hör auf damit, dir Vorwürfe zu machen, weil du nicht über die Gabe der Hellseherei verfügst, und fang endlich damit an, dich darüber zu freuen, so viele Hürden genommen zu haben, und das ganz aus eigener Kraft. Du kannst mir glauben, daß viele angehende Unternehmer daran schon gescheitert sind, selbst solche, die keine Traumtänzer waren.«

Diana sah in sein Gesicht und erkannte, daß er das absolut ernst meinte. »Aus deinem Munde ist das vermutlich ein hohes Lob.«

»Dann nimm es auch an«, grinste er. »Mir wäre eine Ehefrau nicht recht, die sich überall selbst niedermacht. Das ließe nämlich negative Rückschlüsse auf mein Urteilsvermögen zu und würde vermutlich zu einem Einbruch von Unified an der Börse führen.«

»Gott, die ganze Wall Street bräche zusammen«, kicherte Diana, weil sein Lächeln und sein Zuspruch sie so sehr mit Wärme erfüllten.

Kapitel 35

Corey stand in der Küche an der Anrichte, putzte Salat und beobachtete aus dem Fenster das Pärchen am Pool. Sie war so in die Szene und in ihre Überlegungen vertieft, welche Möglichkeiten sich daraus ergeben mochten, daß sie vor Schreck alles fallen ließ, als ihr Mann hinter sie trat und die Arme um sie legte. »Wo sind denn alle hin?«

»Vermutlich ruhen sie sich vor dem Abendessen aus. Glenna und ich haben hier alles unter Kontrolle.«

»Ich habe die Zwillinge zu Bett gebracht und ihnen einen Kuß von ihrer Mommy gegeben. Da wäre ich jetzt auch gern«, flüsterte er und rieb seine Lippen über ihre Halsseiten. »Im Bett. Mit dir.«

Corey drehte den Kopf, um ihn zu küssen. In diesem Moment platzte die Haushälterin in die Küche, und die beiden fuhren sofort wie zwei Teenager auseinander, die man bei etwas Verbotenem erwischt hat.

»Macht ruhig weiter«, sagte Glenna. »Laßt euch von mir nicht stören. Ich versuche ja nur, ein Sechs-Gänge-Menü für sieben Personen zusammenzuzaubern.«

Spence sah ihr stirnrunzelnd hinterher, als sie die Küche wieder verließ. »Wie schafft diese Frau es nur, mir immer wieder ein schlechtes Gewissen einzujagen?« Automatisch griff er zu einem Messer und fing an, grüne Paprikaschoten in Streifen zu schneiden. »Das gelingt ihr bei mir schon seit fünfzehn Jahren.«

Corey lächelte, schaute aber weiter zum Fenster hinaus. »Das tut sie allein aus dem Grund, weil sie damit stets Erfolg hat. Immerhin hilfst du ja jetzt beim Salat mit, oder?« Sie reichte ihm ein sauberes Küchentuch. »Wenn du dir das in den Hosenbund steckst, machst du dich auch nicht schmutzig.«

Der ehemalige Starquarterback der Southern Methodist University starrte das Tuch verächtlich an. »Richtige Männer tragen keine Schürzen.«

»Dann stell dir vor, es sei ein Lendenschurz.«

So arbeiteten sie gemeinsam und schweigend, und auch er richtete seine Aufmerksamkeit auf die beiden draußen im Garten.

Diana lehnte an einer Palme. Cole stand vor ihr und stützte sich mit einer Hand an den Stamm. Sie sagte irgend etwas, das ihn zum Lachen brachte.

»Als wir noch Teenager waren«, bemerkte Corey mit einem erinnerungsseligen Lächeln, »war mein Herz so für dich entflammt, daß ich überhaupt nicht verstehen konnte, warum all meine Freundinnen Cole für wahnsinnig sexy hielten.«

»Aber heute bist du ihrer Ansicht?«

Corey nickte. »Ich würde ihn zu gern eines Tages fotografieren. So ein Gesicht findet man selten. All die Kanten und rauhen Flächen.«

»Für mich sieht er aber nicht wie ein typisches männliches Model aus.«

»Oh, das ist er auch nicht, überhaupt nicht. Von ihm geht dafür zuviel rauhe Männlichkeit aus. Und noch mehr ... etwas Raubtierhaftes.«

Sie warf eine Handvoll Salatblätter in eine Schüssel, nahm sich dann ein Büschel Spinat vor, fing an, dessen Blätter kleinzuschneiden, und meinte gedankenversunken: »Ich würde ihn natürlich vor einem Hintergrund aufnehmen, der seiner Ausstrahlung entspricht.«

Spence blickte verdrossen nach draußen, weil ihm die Faszination und die Bewunderung seiner Frau für einen anderen Mann nicht gefielen. »Und was wäre das für ein Hintergrund?« fragte er und fing an, eine rote Zwiebel zu schneiden.

»Irgendein rauhes, naturbelassenes Gelände. Vielleicht eine Wüste unter heißer Sonne, und am Horizont unbewachsene Berge.«

Ein Gebirge ohne Bäume oder Schnee kam Spence besonders häßlich vor, und so nickte er sofort. »Ja, würde perfekt zu ihm passen.«

Corey ahnte nichts von den wahren Gründen hinter seinen zustimmenden Worten und studierte statt dessen weiterhin ihr zukünftiges Foto-Objekt.

»Sag mir doch«, meinte Spence jetzt, »wie würdest du denn seine Augen verbergen?«

»Wie bitte? Warum sollte ich das denn wollen?« fragte sie und drehte sich zu ihm um.

»Weil sie so kalt und so hart sind wie Granit. Ich habe ihn heute nachmittag im Wohnzimmer beobachtet und bin zu dem Schluß gelangt, daß ihm kein Funke Gefühl oder Wärme innewohnt.«

»Ja, er sieht viel härter aus, als ich ihn in Erinnerung hatte«, gab Corey zu, »aber ich glaube nicht, daß er so kalt ist. Denk doch nur daran, wie er Diana auf der Auktion die Halskette ersteigert hat, damit alle glauben sollten, er habe sich in sie verliebt. Und jetzt sieh dir die beiden an, wie sie dort am Pool stehen. Mir kommt da gleich der Märchenprinz in den Sinn, der auf dem Ball Aschenbrödel zu Hilfe geeilt ist.«

Spence schaute mit skeptischer Miene aus dem Fenster. Corey fiel bald auf, daß er schwieg, und sie spürte, daß er anderer Ansicht war. »An was erinnert dich denn die Szene dort draußen?«

»An Rotkäppchen und den Wolf.«

Sie lachte, weil er ebenfalls ein Märchen bemüht hatte, doch die Heiterkeit verging ihr rasch, als er fortfuhr. »Nach allem, was ich über ihn gehört oder gelesen habe, kann ich dir versichern, mein Schatz, daß es sich bei diesem Mann, dessen Äußeres dich so in Verzückung versetzt, vermutlich um den gefühlskältesten Kerl handelt, der dir je untergekommen sein dürfte. Und man darf ihn sicher auch als den Unternehmer bezeichnen, der am bedenkenlosesten über Leichen geht.«

Corey vergaß ihren Salat. Obwohl sie mit der Börsenentwicklung und der Hochfinanz längst nicht so vertraut war wie ihr Mann, so verfolgte sie doch die Fernsehnachrichten. »Wie kannst du nur so etwas sagen? Vor gar nicht so langer Zeit hat man ihn überall gefeiert, weil er irgendeine Computerfirma gekauft hat. Es hieß sogar, er habe einen großen Coup gelandet. Aber nie war die Rede davon, Cole habe irgend etwas Illegales angestellt.«

»Die Firma hieß Cushman Electronics«, klärte er sie auf, »und man hat die Übernahme deswegen einen Coup genannt, weil kurz vorher Gerüchte an der Wall Street aufkamen, Cushmans neuer Computer-Chip, der sich noch in der Testphase befindet, bereite Probleme. Daraufhin sind die Aktien der Firma von achtundzwanzig auf vierzehn Dollar gefallen. Cole Harrison ist dann gleich auf den Plan getreten und hat Cushman, die gut und gerne dreihundert Millionen wert waren, für die Hälfte eingesackt.«

»Das war doch ziemlich clever von ihm. Du sagst doch immer, man soll die Aktien kaufen, die tief stehen und vermutlich wieder steigen werden.«

»Was glaubst du denn, wer die Gerüchte in die Welt gesetzt hat? Und wem gehört wohl das unabhängige Test-Institut, bei dem Cushman seinen neuen Chip auf Herz und Nieren prüfen ließ?«

Corey starrte ihn an. »Gibt es denn Beweise dafür, daß Coles Leute die Testergebnisse gefälscht oder solche Gerüchte aufgebracht haben?«

»Sobald man ihm etwas nachweisen kann, wandert er sofort ins Gefängnis.«

Ein Frösteln überkam die junge Frau, das jedoch nicht lange hielt, weil sie sich daran erinnerte, wie er einmal im Stall einen kranken Dreijährigen beruhigt hatte. Und sie mußte nur aus dem Fenster blicken und feststellen, wie er ihre Schwester ansah »Solange man ihm nichts nachweisen kann, ist das bloße üble Nachrede.«

»Seltsam, solche Gehässigkeiten folgen ihm, wohin er auch geht oder kommt«, bemerkte Spence sarkastisch. »Und er scheint ständig irgendwelche Pläne zu verfolgen. Letzte Nacht zum Beispiel brauchte er dringend eine Ehefrau, damit sein armer Onkel in Ruhe von dieser Welt scheiden kann. Als er Diana gesehen hat, ist ihm sogleich aufgegangen, welche Möglichkeiten deine Schwester bietet. Also hat er auf der Auktion für sie den edlen Ritter gespielt – und natürlich sichergestellt, daß die Presse auch schön alles mitbekommt –, und während Diana schon angeheitert war und ihr das Herz vor Dankbarkeit überquoll, hat er die Gelegenheit beim Schopf ergriffen, ist mit ihr nach Las Vegas geflogen und hat sie dort geheiratet, ehe sie wieder zur Besinnung kommen konnte. Wahrhaftig, ein weiterer großer Coup von ihm! Binnen zwölf Stunden erschleicht er sich seinen Weg in unsere Familie, und jetzt treibt er uns auch noch alle in den Wahnsinn, weil wir nicht dahinterkommen, was er wirklich beabsichtigt.«

Corey lächelte, weil ihr seine Mutmaßungen so dumm vorkamen. Sie legte alles, was sie geschnitten oder kleingehackt hatten, in die Holzschüssel. »Abgesehen davon, daß Cole gut aussieht und sehr sexy ist, besitzt er auch ein Milliardenvermögen, und man hat ihn schon mit vielen schönen Frauen gesehen. Glaub mir, Spence, dieser Mann hat es nicht nötig, all das auf sich zu nehmen, was er letzte Nacht getan hat, bloß um an eine Ehefrau zu kommen.«

»Harrison hat mit Diana ja auch viel mehr als eine schöne Ehefrau bekommen«, widersprach ihr Mann bitter. »Letzte Nacht ist ihm etwas geradezu Unmögliches gelungen: Er hat sich mit deiner Schwester ein wunderbares neues Image in der Öffentlichkeit erworben.«

»Was meinst du damit?«

»Wenn die Bilder, die die Pressefotografen gestern nacht geschossen haben, in den Zeitungen und den Fernsehnachrichten gezeigt werden, glauben doch alle im Land, Cole Harrison habe nur einen Blick auf die Frau werfen müssen, um sich sofort in sie zu verlieben. Die Frau, die von ganz Amerika verehrt wird und dennoch von ihrem Verlobten verlassen wurde. Ein Märchen ist Wirklichkeit geworden: Cole hat die Schöne aus ihrer größten Not gerettet, sie mit Edelsteinen überhäuft und noch in derselben Nacht geheiratet. Wart's nur ab, am Ende der Woche steht Harrison als der edelste und romantischste Held unserer Zeit da.«

»Ich kann einfach nicht glauben, daß er so schlecht sein soll, wie du ihn hinstellst. Als Cole noch für die Haywards gearbeitet hat, war er doch immer so nett.«

Spence wusch sich über dem Ausguß die Hände und trocknete sie an seinem ›Lendenschurz‹ ab. »Ich möchte doch stark bezweifeln, daß er damals wirklich so nett gewesen ist.«

»Warum sagst du das jetzt?«

»Weil sich unter seinen zahlreichen Feinden auch Charles und Doug Hayward befinden. Die beiden hassen ihn aus tiefstem Herzen.«

Corey konnte sich nicht rühren. »Doug hat sich aber nie etwas davon anmerken lassen.«

»Dann hast du letzte Nacht schlecht aufgepaßt. Als die Versteigerung vorüber war, hat Diana Harrison an unseren Tisch geführt. Kannst du dich erinnern, was dann geschehen ist?«

»Ja, natürlich. Doug hat irgend etwas gesagt, was ich für unmöglich und taktlos hielt. Aber mir war auch aufgefallen, daß er sich schon den ganzen Abend in einer merkwürdigen Stimmung befand.«

»Nein, Doug war so wie immer. Das hat sich erst geändert, als Diana zusammen mit Harrison den Saal betreten hat. Als sie ihn zu unserem Tisch gebracht hat, hat Doug sich ja auch geweigert, ihm die Hand zu geben.«

»Ja, aber ...«

»Hör mir bitte zu, Schatz. Gestern abend warst du richtig euphorisch, weil Cole deine Schwester aus großem Ungemach befreit hat. Deswegen wollte ich dir den Ball nicht verderben und habe geschwiegen. Aber jetzt sollte ich dir wohl alles sagen. Die Haywards hassen Harrison bis aufs Blut. Ich erzähle dir das nur, damit du oder Diana euch nicht zu sehr in eure Träumereien hineinsteigert und später aus allen Wolken fallt, weil diese Ehe sich als das entpuppt, was Cole die ganze Zeit mit ihr vorgehabt hat.«

»Sie hassen ihn bis aufs Blut?« flüsterte Corey. »Aber dafür muß es doch einen Grund geben. Womit könnte Cole die Haywards so gegen sich aufgebracht haben?«

»Ich habe dir alles gesagt, was mir bekannt ist. Und davon weiß ich auch nur, weil Doug mich vor einigen Jahren einmal in Newport besucht hat. Er kam gerade von Barbara, die in New York im Krankenhaus lag. Doug war ziemlich aufgebracht, weil es ihr noch nicht besser ging. Ich habe ihn dann zu einer Segel-Tour mitgenommen und bin abends mit ihm essen gegangen, um ihn abzulenken und aufzuheitern.«

Spence trat zum Vorratsschrank und nahm je eine Flasche Weinessig und Olivenöl heraus. Die stellte er neben den Salat, öffnete sie und füllte damit einen kleinen Meßbecher. »Wir haben einiges getrunken und schließlich beschlossen, den Rest des Abends bei mir zu verbringen. Später gingen wir dann in die Bibliothek, um uns die Nachrichten anzuschauen. Die neueste Ausgabe von *Newsweek* lag dort auf dem Tisch, und Harrison war auf dem Cover abgebildet. Als Doug das Bild sah, hat er einen Wutanfall bekommen und sich wie ein Wahnsinniger gebärdet. Glaub mir, so hast du ihn noch nie erlebt.«

Er goß das Öl und den Essig über den Salat. »Doug schrie etwas von furchtbarer Rache und wie lange sein Vater und er schon auf eine günstige Gelegenheit dazu warteten. Irgendwann kam er dann auf Barbara, und ich fürchtete schon, er würde einen Nervenzusammenbruch erleiden. Doch wenig später hat er sich irgendwie wieder in den Griff bekommen und ist dann gleich zu Bett gegangen. Am nächsten Morgen hat er sich dafür entschuldigt, so ausgerastet zu sein, und meinte, er habe zuviel getrunken und ich solle seinem im Suff ausgestoßenen Gebrabbel keine weitere Beachtung schenken.«

»Vielleicht war es ja auch wirklich nur das«, meinte Corey hoffnungsfroh. »Du weißt doch, daß Doug noch nie viel vertragen hat.«

»Das kann man wohl sagen«, entgegnete Spence grimmig. »Als ich noch auf der Southern Methodist University war, ist er immer zu mir ins Burschenschaftshaus gekommen, wenn er sich gerade in Dallas aufhielt. Bis zum heutigen Tag habe ich nie mehr erleben dürfen, wie Doug sich plötzlich für Superman hielt und über ein Hochhaus springen wollte – dabei hatte er nicht mehr als drei Rum-Cola getrunken.«

Seine Frau nickte, betrachtete aber wieder das Paar an der Palme. Sie beobachtete Cole genau und stellte fest, daß er allem lauschte, was Diana zu sagen hatte. Ohne sich dessen bewußt zu werden, sprach Corey ihre Gedanken laut aus. »Nein, das kann ich einfach nicht glauben.«

Spence war lange genug mit ihr verheiratet, um zu wissen, daß er ihr jetzt besser nicht widersprach. Erst letzten Monat hatte sie schon ›einfach nicht glauben‹ können, daß einer der Angestellten Werkzeug stahl – selbst dann nicht, als man ihn erwischte und der entwendete Schraubenschlüssel aus seiner Gesäßtasche lugte.

Doch auch Corey hielt den Mund und erinnerte ihren Mann nicht daran, daß er große Stücke auf Dan gehalten hatte, und als was hatte diese Ratte sich entpuppt? Doch warum das Spence vorhalten, wo doch eigentlich alle in der Familie von ihm begeistert gewesen waren?

»Kannst du ihm gegenüber nicht wenigstens den alten Rechtsgrundsatz gelten lassen, im Zweifel für den Angeklagten? Das würde uns hier einiges einfacher machen.«

Spence sah ihre betrübte Miene und lächelte sie lüstern an. »Okay, aber das kostet dich etwas«, sagte er und wandte sich zum Gehen. Corey hielt ihn am Arm zurück. »Im Lendenschurz siehst du verdammt sexy aus«, grinste sie und riß ihm das Tuch aus dem Hosenbund.

Er fuhr sofort zu ihr herum, umfaßte mit beiden Händen ihr Hinterteil und knabberte an ihrem rechten Ohr. »Dein Po ist aber auch nicht ohne.«

Die Haushälterin schlurfte auf ihren orthopädischen Schuhen mit Gummisohle herein. »Ich hole jetzt lieber die Ente aus dem Backofen, bevor sie noch zu Kohle verbrennt«, erklärte sie seufzend und mit Leidensmiene.

Corey erstarrte, und Spence nahm sofort die Hände von ihr. Doch dann zog er sie um so fester an sich, lachte und küßte sie trotz Glennas Anwesenheit.

Kapitel 36

Als Cole mit Diana an seiner Seite den Speiseraum betrat, glaubte er erkennen zu können, daß ihre Familie beschlossen hatte, die plötzliche Heirat sei ein Grund zum Feiern – und nicht, sich auf den schurkischen Bräutigam zu stürzen.

Eine große Schale mit gelben Rosen stand mitten auf dem Tisch und wurde von brennenden Kerzenständern flankiert. Man hatte das beste Porzellan gedeckt und das silberne Besteck aufgelegt. Auf einer großen Platte lagen Scheiben von gebratener Entenbrust, daneben fand sich ein Berg von flockigen Buttermilch-Biskuits, und zwei weitere Schüsseln enthielten frische Kartoffeln, die in Olivenöl und Rosmarin gebraten waren, und dampfenden, frisch gestochenen Stangenspargel.

Die anwesenden Damen bemühten sich, Harrison freundlich zuzulächeln, und sogar der Großvater nickte ihm höflich zu, als er sich am Kopfende der Tafel niederließ und Cole bedeutete, er solle zu seiner Rechten Platz nehmen. Doch als Diana um den Tisch herumlief, um sich neben ihren Mann zu setzen, sagte die Großmutter: »Corey, warum begibst du dich nicht an die Seite von Mr. Harrison. Wenn Spencer dann zu mir kommt, erhalten wir alle die beste Chance, einander besser kennenzulernen.«

Mrs. Foster ließ sich am anderen Ende des Tisches nieder, und für Diana blieb nur noch der Platz zwischen ihrer Mutter und Spencer. Cole bemerkte, wie Dianas Mutter etwas verwirrt über die ungewöhnliche Sitzordnung dreinblickte, doch ein Blick in die Runde belehrte ihn rasch, daß die Großmutter es geschickt verstanden hatte, ihn auf den ›heißen Stuhl‹ zu plazieren. Er saß eingekesselt zwischen Großvater, Großmutter und Spencer. Diana, seine einzige Verbündete, war weit weg von ihm.

Cole wäre sich wie der größte Heuchler vorgekommen, wenn er jetzt zusammen mit den anderen einem Gott, an den er nicht glaubte, für die Dinge dankte, die Er gar nicht bewirkt hatte; und dann die Idiotie auf die Spitze zu treiben, indem man Ihn um etwas bat, das zu gewähren Er überhaupt nicht die Macht besaß, und wenn doch, wahrscheinlich Besseres im Sinn hatte. Harrison mochte zwar manchen Fehler haben, aber solche Unehrlichkeit gehörte nicht dazu. Deshalb senkte er nur unmerklich den Kopf, während die anderen beteten, betrachtete die aufgestickte gelbe Rose an seiner Serviette und rüstete sich für das inquisitorische Kreuzverhör, das gleich über ihn hereinbrechen würde.

Henry Britton gehörte nicht zu den Menschen, die sich mit langen Vorreden aufhielten: »Amen. – Nun, Cole, wie sehen Ihre weiteren Pläne aus?«

Aber bevor Harrison seine wohlüberlegte Antwort geben konnte, mischte sich schon Diana ein. »Corey möchte unbedingt alles über die Trauung erfahren. Ich habe sie lange genug warten lassen, weil ich euch erst beisammen haben wollte.«

Ihre Schwester wußte gleich, was von ihr verlangt wurde, und sagte: »Bitte, Opi, laß uns erst von der Hochzeit hören. Wenn wir die dann hinter uns haben, können wir immer noch an die Zukunft denken.« Sie wandte sich an Cole und fragte: »Das ist Ihnen doch recht, oder?«

In diesem Moment gelangte er gleich zu mehreren bedeutenden Schlußfolgerungen:

– Großmutter war nicht, wie er vorher angenommen hatte, eine ältliche Frau mit einigen liebenswerten Schrullen, die kein Blatt vor den Mund nahm, sondern noch sehr rüstig, sehr offen, sehr exzentrisch und verschlagen wie ein Fuchs.

– Corey war stets und überall zuerst Dianas Verbündete. Was ihn anging, so verhielt sie sich noch neutral.

– Diana selbst war unabhängig von ihren feinen Zügen und ihrer wunderbaren Stimme eine geborene Diplomatin und ein Trumpf für jede Runde, sei es nun ein gemeinsames Dinner oder eine Aufsichtsratsitzung.

Er beobachtete sie genau, wie sie nun begeistert und in

den glühendsten Farben von einer eigentlich eher unromantischen und abrupten Hochzeit berichtete, von der sie sich an so gut wie gar nichts mehr erinnern konnte. Diana verstand es dennoch, ihre Zuhörer mit allerlei Details zu fesseln.

»Wir haben das Hotel in Coles Limousine verlassen und sind gleich zum Flughafen gefahren. Cole hat einen eigenen Gulfstream, Großvater, und das ist ein viel größeres Flugzeug als so ein kleiner Learjet. Dieses Modell solltest du in das Mobile aufnehmen, das du für Jungszimmer vorgestellt hast. Als wir an Bord kamen, stand da schon eine Magnumflasche Champagner in einem Eiskübel bereit, und einer der Piloten war bereits im Cockpit damit beschäftigt, na ja, eben mit dem, was Piloten so tun müssen, ehe das Flugzeug starten darf«, erklärte sie und winkte mit ihren grazilen Fingern all das ab, was zur Startbereitschaft mitsamt seinen vielen Checks und Überprüfungen gehörte. »Ein paar Minuten später traf dann auch der andere Pilot ein. Der hieß übrigens Jerry Wade. Was soll ich dir sagen, Omi«, flocht sie rasch ein, um die Großmutter abzulenken, weil diese schon die ganze Zeit Cole intensiv anstarrte, »im Dunkeln sieht er deinem Lieblingsfilmstar zum Verwechseln ähnlich. Ich habe ihm gesagt, er müsse uns unbedingt einmal besuchen kommen.«

Harrison verfolgte mit leiser Belustigung, daß Rose Britton tatsächlich auf dieses Manöver hereinfiel. Er kannte zwar seinen ersten Piloten, brachte ihn aber mit keinem Filmstar in Verbindung. Gespannt wartete er jetzt darauf, wem dieser Mann denn nun ähnlich sehen sollte.

»Tatsächlich?« entgegnete die Großmutter halb zweifelnd und halb begeistert. »Da besteht tatsächlich eine Ähnlichkeit zwischen ihm und Clint Eastwood?«

»Wenn er wie der heutige Eastwood aussehen soll«, warf Großvater irritiert ein, »dann hat er eine Glatze und kann nur noch krächzen.«

Corey beugte sich zu dem immer amüsierteren Cole

hinüber, scheinbar um ihm Spargel aufzutun, in Wahrheit aber, um ihm zuzuflüstern: »Omi ist ganz verrückt nach diesem Westernhelden, und Opi wird regelmäßig eifersüchtig, wenn die Sprache auf ihn kommt. Die beiden sind richtig süß, nicht wahr?«

»Mom, dir würde bestimmt gefallen, wie Cole das Innere seines Jets eingerichtet hat«, fuhr Diana fort. »Man hat das Gefühl, ein richtig vornehmes Wohnzimmer zu betreten. Alles ist in hellgrauem Leder gehalten, und die Verzierungen bestehen aus Messing und Gold. Zwei halbkreisförmige Sofas stehen einander gegenüber, und dazwischen befindet sich ein zierlicher Tisch, eine kostbare Antiquität, nebst passendem Büfett mit Kupfergriffen.«

Diana verstand es ausgezeichnet, die verschiedenen künstlerischen Interessen der Familienmitglieder anzusprechen, indem sie äußerst lebendig jeden Einrichtungsgegenstand in der Hauptkabine beschrieb, angefangen von den Waterford-Kristallampen an der Decke bis zum Orientteppich auf dem Boden. Cole fielen bei ihrem Bericht zwei Dinge besonders auf: zum ersten, daß sie eine ausgesprochene Begabung für farbige Beschreibungen besaß; und zum zweiten, daß sie kein Wort über die zweite Kabine verlor, die das ebenfalls geschmackvoll eingerichtete Schlafzimmer beherbergte.

Vor seinem geistigen Auge sah er Diana wieder, wie sie in all ihrer Schönheit quer auf der Satindecke des Betts lag. Sie stützte sich auf einem Ellenbogen ab. Und trug ein dunkles lilafarbenes Seidennachthemd, das ihm einen hocherotischen Einblick auf ihren Busen gestattete. Sie sah ihn so an, daß er sie einfach küssen mußte. Doch als er sich dem Bett näherte, zögerte er. Sein Verstand rang hart mit seiner erwachten Leidenschaft, und am Ende siegte die Vernunft, so wie es bei ihm immer schon der Fall gewesen war. Nicht ohne Bedauern, aber bestimmt flüsterte er: »Nein.« Und zog sich von ihr zurück.

Diana hob die Hände. Ihre Finger wanderten über seinen Nacken und die Schultern und tasteten sich schließlich in sein Brusthaar, das aus seinem geöffneten Hemdkragen lugte. Ihre Augen strahlten wie nasse Jade, und sie wirkte verletzt wie ein Kind.

»Nein«, sagte er wieder, doch diesmal mit mehr Zögern und Bedauern – und das entging ihr nicht …

Sie berichtete ihren Lieben gerade, wie es im Cockpit ausgesehen hatte, hob dabei aber vor allem die Farben und die Einrichtung hervor. Cole fragte sich, warum sie das Schlafzimmer aussparte. Aus Taktgefühl, aus Scham oder weil sie es völlig vergessen hatte? Wie eigenartig, wenn sie sich daran erinnerte, daß die Sitzmöbel in der Kabine mit hellgrauem Leder bezogen waren, während vom Bett nichts in ihrem Gedächtnis haftengeblieben sein sollte?

Auf der anderen Seite hatte sie die bewußte zweite Kabine erst nach der Trauung zu sehen bekommen – und da lagen bereits der Streß der Zeremonie in der grellbeleuchteten Hochzeitskapelle, der Besuch im Kasino und noch mehr Champagner hinter ihr. Von ihren Verlusten an den Spieltischen hatte sie heute schon nichts mehr gewußt, und auch von der Zeremonie der Heirat war ihr einiges entfallen. Cole vermutete, daß sie die Stunden also ebenso vergessen hatte, die sie letzte Nacht mit ihm im Schlafzimmer verbracht hatte.

Diana legte eine kurze Pause ein, weil gerade die Platte mit der gebratenen Entenbrust bei ihr anlangte. Großmutter ergriff die Gelegenheit, ihre Fragen loszuwerden. »Erzählen Sie uns doch etwas über sich, Mr. Harrison.«

»Nennen Sie mich doch bitte Cole, Mrs. Britton.«

»Also gut, Cole, erzählen Sie uns doch etwas über sich.« Er bemerkte, daß sie zwar auf seinen Vorschlag einging, von ihm aber weiterhin verlangte, sie mit Mrs. Britton anzusprechen.

»Ich lebe in Dallas, bin aber oft auf Geschäftsreise. Wenn ich alles in allem zusammenrechne, bin ich die Hälfte des Jahres unterwegs«, antwortete er und verzichtete bewußt darauf, etwas über seine Vergangenheit oder Herkunft preiszugeben.

Großmutter ging nicht weiter darauf ein, starrte ihn über den Rand ihrer Brille an und fragte dann sehr direkt: »Gehen Sie sonntags in die Kirche?«

»Nein, tue ich nicht«, entgegnete er ebenso direkt und ohne den leisesten Versuch, sich irgendwie dafür zu entschuldigen.

Sie hob enttäuscht die Brauen und fuhr dann fort: »Ach so. Und wie steht es mit Ihrer Familie?«

»Die geht ebenfalls nicht zur Kirche.«

Mrs. Britton starrte ihn einen Moment lang verwirrt an. »Ich wollte eigentlich etwas mehr über Ihre Herkunft erfahren.« Großmutter bestrich sich ein Biskuit mit Butter. »Wollen Sie uns nicht verraten, wo Sie aufgewachsen sind und wie Sie Ihre Jugend verbracht haben?«

Das war ihm absolut unmöglich, und schon die bloße Vorstellung löste Abscheu in ihm aus. So versuchte er, Zeit zu schinden, indem er etwas von dem Salat zu sich nahm und dabei die Menschen betrachtete, die sich an diesem Tisch versammelt hatten. Eine nette Familie, für die es nichts Ungewöhnliches war, sonntags zum Essen zusammenzusitzen, und das an einer gedeckten Tafel mit Porzellan und dem guten Besteck – und mit einem Teppich unter den Füßen statt nacktem Lehmboden.

Cole sah kurz zu Diana, die so frisch und perfekt wirkte wie eine höhere Tochter in einer Familienidylle. Dann zu Addison, dem im Leben wohl kaum etwas Schlimmeres widerfahren war, als im Country-Club ein Tennis-Match zu verlieren. Und schließlich zu Mary Foster, der es auf unvergleichliche Weise gelang, Würde, Grazie und allgemeine Freundlichkeit auszustrahlen.

Der Großvater zu seiner Linken roch nach frischer Seife und Old Spice, aber nicht nach Schweiß. Und ihm gegenüber saß die Großmutter, die ihn aus wachen haselnußbraunen Augen musterte. Sie hatte die Brauen in Erwartung seiner Antwort leicht hochgezogen. Ihr volles weißes Haar war so kurz geschnitten, wie sie es für ihre Arbeit am sinnvollsten hielt. Die Brille mit dem Goldrahmen stand ihr sehr gut, und überhaupt wirkte sie wie eine grundanständige Frau, die mit beiden Beinen im Leben stand.

Harrison wäre es leichter gefallen, ihr seine exotischsten erotischen Abenteuer in allen Details zu schildern, als ihr die Wahrheit über seine Familie und seine frühen Jahre zu verraten. Um diesen guten Menschen nicht alle Illusionen über den neuen, wenn auch zeitlich befristeten Schwiegersohn zu nehmen, antwortete er mit den Aussparungen und halben Wahrheiten, die er sich für solche Fälle zurechtgelegt hatte.

»Ich stamme aus einer kleinen Stadt in West-Texas mit dem schönen Namen Kingdom City. Ich hatte zwei ältere Brüder, doch die sind schon tot, und ein paar Vettern, die im Lauf der Zeit fortgezogen sind und zu denen ich jeden Kontakt verloren habe. Das heißt, mit einem von ihnen verkehre ich noch regelmäßig.

Ansonsten habe ich noch einen Großonkel, von dem ich ja bereits sprach. Mein Vater wollte, daß ich auf der Ranch bleibe und dort arbeite. Onkel Cal meinte aber, ich sei gescheit genug, aufs College zu gehen, und hat mich so lange beschwatzt, bis ich selbst davon überzeugt war. Ich glaube, Diana wird ihm sehr gut gefallen, und ich freue mich schon darauf, sie ihm nächste Woche vorzustellen.«

»Ich möchte ihn auch gern kennenlernen«, warf Diana rasch ein, weil ihr die Kälte und die emotionale Distanz nicht entgangen waren, mit denen Cole auf Fragen nach Herkunft zu reagieren pflegte. Sie erinnerte sich noch gut an die Zeit, in der er als Pferdepfleger gearbeitet hatte. Damals hatte er ebenso vage geantwortet, wenn sie etwas über ihn herausfinden wollte.

»Mein Onkel wohnt westlich von Kingdom City, und das liegt etwa achtzig Meilen von San Larosa entfernt. Dort befindet man sich zwar noch nicht in der typischen

Hügellandschaft, aber die Gegend dort ist auch schön und unverdorben.«

»San Larosa«, wandte die Großmutter sich an ihre Tochter. »Habt ihr da nicht haltgemacht, als du und Robert mit den Mädchen zum Yellowstone Park gefahren seid?«

»Ja, dort zieht es viele Camper hin«, bestätigte Harrison und war froh darüber, endlich nicht mehr im Mittelpunkt zu stehen. »Soviel ich weiß, ist die Gegend aber nur erfahrenen Wanderern und Zeltern zu empfehlen.«

Aus irgendeinem ihm unbekannten Grunde löste das bei den anderen große Heiterkeit aus.

»Nun, man konnte uns nicht gerade als ›erfahrene Camper‹ bezeichnen«, erklärte ihm dann Mrs. Foster. »Corey und ich hatten zwar schon ein paarmal gezeltet, und Robert war in seiner Jugend bei den Pfadfindern gewesen. Aber, na ja, die Mädchen und ich glaubten, die Sache würde ein Riesenspaß, und so sind wir zu unserer dreiwöchigen Reise aufgebrochen. Wir waren alle fest davon überzeugt, für das Leben im Freien gerüstet zu sein.«

Cole konnte sich Diana kaum als begeisterte Camperin vorstellen, nicht einmal mit vierzehn Jahren. Sie hatte doch immer so sehr auf ihr Äußeres geachtet, angefangen von den makellos weißen Tennisschuhen bis zu den sorgfältig manikürten Fingernägeln. »Tut mir leid, aber dich habe ich nie als jemanden gesehen, den es in die unberührte Natur zieht.«

»Wir hatten alle viel Spaß, und ich habe diesen Urlaub geliebt«, entgegnete sie, ohne eine Miene zu verziehen.

Harrison glaubte ihr trotzdem nicht, und dann kam ihm plötzlich eine Unterhaltung wieder in den Sinn, die sie damals im Stall geführt hatten. »Haben wir nicht einmal bei den Haywards über die Dinge gesprochen, die dir am wenigsten gefallen?«

Weil Diana damals so vernarrt in ihn gewesen war, hatte jedes Beisammensein mit ihm bei ihr so etwas wie ein mittleres Erdbeben ausgelöst. Alle ihre Unterhaltungen hatten sich tief in ihr Gedächtnis eingegraben, und sie ahnte gleich, worauf er jetzt anspielte. Andererseits freute es sie natürlich, daß er sich noch daran erinnern konnte, und beschloß, nicht weiter darauf einzugehen. »Tatsächlich?« fragte sie, setzte eine Unschuldsmiene auf und machte sich dann über eine Kartoffel her.

Doch Cole ließ sich nicht täuschen. »Du mußt das doch noch wissen«, entgegnete er lächelnd. »Auf deiner Negativliste standen Dreck und Zelten ganz oben.«

»Nein, Schlangen und Zelten«, verbesserte sie ihn mit einem belustigten Funkeln in den Augen. »Dreck stand erst auf Platz drei.« Sie sah ihre Schwester an. »Man kann über diesen Trip denken, wie man will, auf jeden Fall waren wir auf alle Eventualitäten vorbereitet, nicht wahr?«

Corey begriff sofort, daß Diana von ihr verlangte, die Erzählung fortzuführen, und sie war auch sofort bereit dazu, weil diese Geschichte besonders dazu geeignet schien, die Stimmung bei Tisch aufzulockern.

»Unser Vater hatte jedem von uns vor der Reise einen genauen Aufgabenbereich übertragen. Er selbst übernahm den Transport und die Finanzen. Mom hatte sich um Essen und Trinken zu kümmern. Diana oblag der gesamte Sicherheits- und Handbuchbereich. Ich selbst verwaltete die Kamera und den Erste-Hilfe-Kasten. Wir Mädchen durften darüber hinaus alles mitnehmen, was uns zu unserem Wohlbefinden als unabdingbar erschien, mußten uns aber selbst darum kümmern.

Nun, ich dachte mir, Heftpflaster und etwas Sonnenmilch dürften vollauf genügen und habe mich dann nur noch anhand von Fachbüchern kundig gemacht, welche Tiere wir wohl antreffen würden und wie man die am besten vor die Linse bekäme. Diana meinte jedoch, das sei noch nicht genug, und schon Wochen vor unserem Aufbruch sah man sie nur noch hinter Büchern wie *Wie man in der Wildnis überlebt, Was der Camper unbedingt wissen sollte* oder *Der unentbehrliche Ratgeber fürs Zelten im Freien.*«

»Nicht zu vergessen den Sanitärkatalog von L. L. Bean«, fügte Diana prustend hinzu. »Aus dem habe ich alles bestellt, was mir für mich und meine Schwester sinnvoll und nützlich erschien.«

Corey sah, wie Cole jetzt Diana ansah und seine Miene sich deutlich aufhellte, ehe sie fortfuhr: »Am Tag, bevor es losgehen sollte, holte Dad den mobilen Camper bei einer Leihfirma ab, und Diana und ich haben unsere ›persönlichen Belange‹ heruntergetragen. Meine Schwester hatte Unmengen Zeugs bestellt und das zwischenzeitlich in der Dachkammer gelagert. Als Dad dann zurückkehrte, mußten wir mit dem Einladen nach der großen Liste vorgehen, die sie anhand ihrer Fachliteratur zusammengestellt hatte.«

»Die beiden Mädchen sind mindestens fünfzehnmal die Treppen hinauf und wieder hinunter gelaufen«, warf die Großmutter amüsiert ein.

»Der arme Robert mußte dann auch noch einen Anhänger besorgen, damit alles untergebracht werden konnte«, schmunzelte der Großvater. »Das Dumme war nur, daß er noch nie ein längeres Fahrzeug als den Cadillac seines Vaters gesteuert hatte. Als es dann endlich losging, hat er mit dem Anhänger den Briefkasten mitsamt seinem Pfahl abgerissen und beides noch eine ganze Weile auf der Straße hinter sich hergezogen.«

»Henry und ich haben so lachen müssen, daß wir gar nicht dazu kamen, hinter ihnen herzulaufen und den Briefkasten samt Pfahl zu bergen.«

Harrison vergnügte sich so sehr über diese Geschichte aus Dianas Vergangenheit, daß er gar nicht mehr das Gefühl hatte, sich hier auf feindlichem Territorium zu befinden. »Was hat Ihre Schwester denn alles eingepackt, daß ihr dafür auch noch einen Anhänger mieten mußtet?«

Corey zögerte.

»Nun erzähl's ihm schon«, forderte Diana sie lachend auf. »Er gehört doch jetzt irgendwie zur Familie, also hat er auch ein Anrecht auf die ganze Wahrheit.«

»Na ja, das war nicht alles Dianas Kram«, versicherte Corey loyal, »denn sie hatte ja gleich für mich mitbestellt. Wenn sie nicht die ganze Planung übernommen hätte, wäre ich wohl mit nicht mehr als meinem alten Schlafsack, ein paar Shorts und T-Shirts, meiner Kameraausrüstung, zwanzig Filmen und einer Schachtel Heftpflaster aufgebrochen.

Meine Schwester hatte jedoch entschieden andere Vorstellungen von dem, was man zum Zelten brauchte, um ein Minimum an Komfort und körperlicher Sicherheit bewahren zu können. Sie hatte ein weißes Zelt mit einem blauen, weißen und einem rotgestreiften Vorzelt bestellt. Diese Farben sind wichtig, denn in denen erhielten wir auch unseren jeweiligen Schlafsack, unsere Freizeitkleidung, unsere Laternen und unsere Taschenlampen. Diana hat alles Blaue bekommen, ich alles Rote. Sogar die Plastikflaschen mit unseren diversen Cremes, Lotions oder Tabletten waren auf diese Weise klassifiziert und geordnet.«

Corey hatte wohl plötzlich das Gefühl, sich über ihre Schwester lustig zu machen, goß sich noch etwas Eistee nach und schwieg lieber.

»Du hast die Schutzmittel ganz vergessen«, nahm Diana gluckernd den Faden auf. »Damit wir nun auch ja rundum geschützt sein würden, habe ich gleich ein Dutzend Schutzmittel besorgt, und davon nicht nur ein Fläschchen, sondern gleich die Kurpackung. Gegen Moskitostiche, gegen Wespenstiche, gegen Insektenbisse, gegen Krabbelwesen und gegen diverses Fluggetier. Selbstredend hatte ich auch etliche Großflaschen Anti-Schlangenmittel nicht vergessen. Jedesmal, wenn wir irgendwo unser Zelt aufgebaut haben, habe ich diese Flüssigkeit großzügig und im weiten Umkreis verspritzt.«

»Ein Mittel, um Schlangen abzuwehren? Im Yellowstone Park?« entfuhr es Cole, und er erstickte beinahe an seinem Lachen. »Wie hat es euch denn in dem Nationalpark gefallen?«

»Das kommt ganz darauf an, wen von uns du fragst«, antwortete Diana trocken, und wieder lachte die ganze Familie.

Mrs. Foster wischte sich die Lachtränen aus den Augen und berichtete: »Gleich am ersten Tag im Yellowstone haben wir eine Wanderung unternommen. Corey konnte ein paar Bilder von Bergziegen knipsen, und ich habe ein paar hübsche Landschaftsbilder gezeichnet. Diana hingegen ist mit Giftefeu in Berührung geraten, und Robert bekam einen allergischen Schock.«

»Dafür hatten wir in den Nächten aber großen Spaß«, wandte Corey ein. »Wir haben über offenem Feuer gekocht, Marshmallows in die Flammen gehalten und Lieder gesungen.«

»Und wenn wir uns alle schlafengelegt hatten, kamen die Waschbären und sind über unsere Abfalltüten hergefallen«, bemerkte Diana, während sie ein Stück von ihrer Scheibe Entenbrust abschnitt. »Ich glaube, im Umkreis von zehn Meilen mußte kein einziger Waschbär hungern. Und dann waren da noch die Bären, die nachts auf ihre Gelegenheit gelauert haben, einen von uns zu verspeisen.«

»Wenn ich so daran zurückdenke«, grinste ihre Schwester, »waren die Rollen bei diesem Urlaub doch recht unterschiedlich verteilt. Während ich nach Herzenslust durch Wald und Flur gestreift bin und nur eines im Sinn hatte, nämlich ein perfektes Motiv zu finden, stolperte Diana unermüdlich hinter mir her, schleppte sich mit ihren diversen Schutzmitteln ab und las dabei in ihren Handbüchern, wie man sich verhalten soll, wenn einem plötzlich ein Elch in der Brunft über den Weg läuft oder man unvermittelt einem unfreundlichen Bären gegenübersteht.«

»Du solltest froh sein, daß deine Schwester diese Mühe auf sich genommen hat«, ermahnte Mrs. Foster sie.

»Ja, das stimmt«, erklärte Corey Cole. »Denn an dem Tag, an dem wir wieder nach Hause fahren wollten, habe ich mich noch vor Sonnenaufgang mit meiner Kamera auf den Weg gemacht. Und das gegen Dads ausdrückliche Anordnung, der alle gewarnt hatte, das Lager niemals allein zu verlassen. Weißt du, ich wollte unbedingt an einem Fotowettbewerb in der Kategorie Naturaufnahmen teilnehmen, aber bislang war mir noch kein außergewöhnlicher Schnappschuß gelungen.

Am Tag zuvor hatte ich etwas gesehen, das mir jeden Aufwand wert schien. Anderthalb Meilen vom Lager entfernt durchquerten ein paar Elche nahe bei einem Wasserfall, der von einem bewaldeten Hügel kam, einen Bach. Wenn ich die im Kasten hätte, möglichst mit der Sonne direkt über dem Hügel, hätte ich die besten Aussichten, den Wettbewerb zu gewinnen. Also bat ich Daddy, mich dorthin zu begleiten, aber er meinte, bei all dem Schnaufen, Keuchen und Husten, das die Allergien bei ihm auslösten, würde er die Tiere verscheucht haben, bevor wir nahe genug heran wären. Und da habe ich eben beschlossen, am nächsten Morgen allein aufzubrechen.«

»Warum hast du denn nicht deine Mutter gefragt?« wollte Cole wissen.

»Ach, die hat am Abend alles zusammengepackt und gesagt, sie sei viel zu erledigt für eine solche Unternehmung.«

»Und was war mit deiner Schwester?«

»Die wollte ich lieber nicht fragen. Die Ärmste war von Kopf bis Fuß mit Quaddeln, Sonnenbrand und Zinksalbe bedeckt. Außerdem hatte sie sich am Tag zuvor den Fuß vertreten. Aber sie hörte an dem betreffenden Morgen, wie ich aus dem Zelt schlich, und hat mir gleich die Liste der möglichen Gefahren vorgetragen, die einem unerfahrenen Wanderer allein in der Wildnis zustoßen können. Ich bin trotzdem aufgebrochen, nur mit Kamera und Taschenlampe bewaffnet.

Einige Minuten später hörte ich, wie etwas hinter mir durchs Unterholz brach. Aber dann roch ich das Zinkoxid und wußte gleich, wer mir auf der Fährte war. Da humpelte sie auch schon heran, den Fuß in einer elastischen

Binde, und hatte natürlich ihren unentbehrlichen Notfallkoffer und die Taschenlampe dabei, selbstredend alles in Blau.

Das war vielleicht ein Morgen!« lachte Corey. »Als wir zu der Stelle gelangten, wo ich mein Foto schießen wollte, mußte ich entdecken, daß die Lichtverhältnisse auf unserer Seite des Bachs zu schlecht waren. Also mußten wir eine flache Stelle im Wasser finden, auf die andere Seite übersetzen und dann den ganzen Weg zum Wasserfall zurück.«

»Und, hast du dein Foto von den Elchen bei Sonnenaufgang bekommen?«

»Nein. Statt dessen haben wir uns verirrt. Schließlich war es noch dunkel draußen, und irgendwie haben wir einen ganz anderen Bach überquert und sind zu einem falschen Hügel gelangt. Das wußten wir zu jenem Zeitpunkt aber noch nicht. Frohgemut habe ich mein Stativ aufgebaut und mich auf die Lauer gelegt. Irgendwann ging dann die Sonne auf – nur von den Elchen ließ sich keiner blicken. Also ließ ich Diana bei der Kamera zurück, für den Fall, daß die Tiere doch noch auftauchen sollten. Ich bin dann zum Rand der Lichtung und auf Händen und Knien in den Wald gekrochen, bis ich an den Bach stieß. Meine Augen mußten sich erst an das Wechselspiel von grauen Schatten und dem ersten Sonnenlicht, das vom Wasser reflektiert wurde, gewöhnen. Vom Wasserfall war nirgends etwas zu sehen, was mich bei diesen Lichtverhältnissen aber nicht weiter beunruhigt hat.

Ich hockte mich also hin und zog die Tüte mit den Marshmallows aus der Tasche, die von letzter Nacht übriggeblieben waren. Und plötzlich sah ich ihn. Er kam direkt auf mich zu.«

»Wer, der Elch?« fragte Cole.

»Nein, ein Bär. Ein Jungtier und kleiner als ich, was ich aber nicht gleich erkennen konnte, weil er sich auf allen vieren bewegte. Ich dachte natürlich, er wolle mich angreifen, und ich wollte flüchten. Aber bevor ich auf den Füßen stand, war er schon da. Ich habe geschrien, und er ist stehengeblieben. So standen wir uns beide Auge in Auge gegenüber, und ich weiß nicht, wer von uns mehr Angst gehabt hat. Dann hat er sich auf seine Hinterbeine aufgerichtet, und ich habe ihm meine Marshmallow-Tüte entgegengeschleudert. Anschließend bin ich in eine Richtung losgerannt und er in die andere.

Irgendwie habe ich zu Diana zurückgefunden. Wir haben uns gleich auf den Rückweg gemacht und erst später festgestellt, daß wir ganz falsch waren. Je weiter wir gingen, desto fremder kam uns alles vor. Meine Schwester hat immer wieder gesagt, in allen ihren Büchern stünde zu lesen, daß man an einem Ort bleiben solle. Aber ich wollte nicht auf sie hören, und irgendwann hat sie dann so getan, als könne sie mit dem verletzten Knöchel keinen Schritt mehr tun. So ist es dann Nacht geworden, und mit den Streichhölzern aus ihrem Notkoffer konnten wir uns wenigstens ein Feuer machen, damit die Suchtrupps uns leichter finden würden.

Natürlich hatte ich auch vergessen, die Batterien in meiner Taschenlampe auszuwechseln. Als ich glaubte, Wölfe heulen zu hören, und in die Dunkelheit leuchtete, gaben sie ihren Geist auf. Diana wollte mir ihre Taschenlampe nicht geben, obwohl sie, wie könnte es auch anders sein, noch am Morgen die Batterien ausgewechselt hatte. Meine liebe Schwester meinte nämlich, wir bräuchten das Gerät noch für den Fall, daß Flugzeuge über uns hinwegzögen; denn dann könnten wir ihnen Leuchtsignale geben. Natürlich wußte ich, daß sie recht hatte, und so blieb mir nichts anderes übrig, als das Feuer zu vergrößern und so mehr Licht zu schaffen. Doch je öfter ich das unheimliche Heulen hörte, desto stärker näherte ich mich einem hysterischen Schreikrampf.

Irgendwann bibberte ich am ganzen Leib und bekam keinen vernünftigen Ton mehr heraus. Dann habe ich auch noch den Kopf weggedreht, damit meine Schwester nicht sehen konnte, wie mir die Tränen die Wangen hinabliefen.

Was kam ich mir in diesen Stunden wie eine Närrin vor! Vor allem auch deshalb, weil ich Diana immer mit allem möglichen aufgezogen hatte. Daß sie sich einen hübschen Blumenstrauß zusammenpflücken wollte und dabei an wilden Efeu geraten war; daß sie so große Angst vor Schlangen hatte; oder daß sie keinen Schritt ohne ihren blöden Notfallkoffer tat.

Und jetzt hockte ich wie ein Häufchen Elend da und habe wie ein dummes kleines Mädchen geheult, während Diana ganz ruhig dasaß und alles veranlaßte, was zu unserem Überleben und zu unserer Rettung notwendig war. Ich hatte die Fachbücher keines Blickes gewürdigt, Diana aber hatte sie von der ersten bis zur letzten Seite studiert.

Deswegen konnte sie mir auch meine Angst vor den Wölfen nehmen. Ja, als sie mir alles erklärt hatte, konnte ich sogar über mich selbst lachen. Irgendwann sind wir eingeschlafen, und am nächsten Morgen hat man uns gefunden. Sie hat mich nie wegen meiner törichten Furcht aufgezogen, und eigentlich haben wir seit damals auch nie wieder über diese komischen Wölfe geredet.«

Als Corey damit offensichtlich am Ende ihrer Geschichte angelangt war, fragte Harrison erstaunt: »Komische Wölfe? Ja, was war das denn nun für ein Heulen?«

»Offensichtlich hast du das *Yellowstone Camping Manual* genauso wenig gelesen wie ich«, lächelte Corey. »Weißt du, zu jener Zeit haben sich dort, wo wir lagerten, überhaupt keine Wölfe aufgehalten. Die Parkverwaltung hatte sie in einem anderen Teil des Yellowstone eingezäunt, und zwar weit weg von allen Campern. Trotzdem haben sie so laut geheult, daß man sie bis zu uns hören konnte.«

Cole kam das sehr merkwürdig vor. Eigentlich hätten die Mädchen von den Wölfen nichts hören dürfen, und außerdem widersprach ein solches Wegsperren einer ganzen Tierart jeglicher Nationalpark-Philosophie. »Soll das etwa heißen, die Forstverwaltung hat alle Wölfe im Yellowstone zusammengetrieben und dann hinter einen Zaun gesperrt?«

Er sah die beiden jungen Frauen an. Diana schien sich ganz darauf zu konzentrieren, das Muster ihres Messers mit dem Zeigefinger nachzuziehen.

Corey aber entgegnete: »Nein, natürlich nicht. Die Parkverwaltung hatte festgestellt, daß die Wolfspopulation zu stark angewachsen war. Und dafür war vor allem das Fehlen des natürlichen Feindes dieser Tiere verantwortlich. Der schwarze Rocky-Mountains-Ozelot war im Gebiet des Yellowstone nahezu ausgestorben, und deswegen hat man einige Paare dieser Gattung aus Kalifornien kommen lassen und im Park freigesetzt. Diese Ozelots haben die Wölfe dann gejagt und immer tiefer in die Berge getrieben.«

Diana spürte Coles Blick auf sich, und als sie dem nicht länger standhalten konnte, sah sie ihn schließlich an und bemerkte das erheiterte Glitzern in seinen Augen. »Eine sehr überzeugende Erklärung«, bemerkte Harrison.

»Ja, das dachte ich mir damals auch«, brachte sie noch hervor, ehe sie an einem Lachanfall zu ersticken drohte.

Corey sah die beiden verblüfft an und dachte über die schwarzen Rocky-Mountains-Ozelots nach. Damals hatte sie diese Erklärung gern geglaubt. Aber heute, nachdem sie das Ganze selbst erzählt hatte, kam sie ihr doch recht merkwürdig vor. »Diana, das hast du dir alles nur ausgedacht, oder?«

»Sie hat dich ganz schön hinters Licht geführt, Mädchen!« freute sich der Großvater. »Mich wundert nur, daß du ihr so eine Geschichte abgekauft hast.«

Insgeheim hielt Cole Dianas erfundene Geschichte für einen genialen Einfall, aber als neues und zeitlich befristetes Familienmitglied hatte er wohl nicht das Recht, hier eine solche Meinung zu äußern. Also wechselte er das Thema: »Und da mußten Sie eine Nacht voller Angst und Schrecken durchmachen und konnten nicht einmal am Fotowettbewerb teilnehmen?«

»Doch, ich habe mitgemacht und sogar den zweiten Preis gewonnen. Allerdings in der Kategorie ›Versteckte Kamera‹.«

»Meinen Glückwunsch.«

»Der gebührt eigentlich nicht mir, weil ich das Foto nicht geschossen habe. Ich war nur darauf zu sehen.«

»Und wer war dann der Glückliche?«

»Diana. Als ich den Bär sah und fliehen wollte, glaubte sie, ich hätte den Elch entdeckt. Da sie nicht genau wußte, wie sie den Apparat handhaben sollte, hat sie die Automatik aktiviert, und die Kamera hat Bild um Bild geschossen. Als wir wieder zu Hause waren, habe ich den Film herausgenommen und fortgeworfen, aber Diana hat ihn gerettet. Sie ließ ihn entwickeln, hat drei Bilder ausgesucht und die dann an den Wettbewerb eingesandt.«

»Genau«, lachte Mrs. Foster. »Das *National Photographic* hat sogar die Zeilen übernommen, die Diana daruntergeschrieben hatte.«

»Und was stand da zu lesen?«

»Auf dem ersten Bild sieht man den Bären und mich Auge in Auge und auf gleicher Höhe«, antwortete Corey. »Da hat meine Schwester unten auf den Rand geschrieben: ›Auf die Plätze ...‹ Das zweite zeigt das Tier und mich, wie wir beide uns umdrehen und davonrennen wollen. Dort steht zu lesen: ›... fertig ...‹. Und das dritte präsentiert uns, wie wir zwei in verschiedenen Richtungen davonsausen. Wie unschwer zu erraten ist, hat Diana darunter ›... los!‹ notiert.«

Kapitel 37

Diana und Corey lösten mit ihrer Geschichte eine wahre Lawine aus, und als alle ihren Nachtisch aufgegessen hatten, war jeder am Tisch einmal Mittelpunkt einer komischen und manchmal auch verräterischen Geschichte gewesen. Irgendwann war dann auch Cole in die Familienrunde aufgenommen worden und wurde von den anderen nicht länger als Eindringling gesehen.

Die letzte Geschichte drehte sich um Rose Britton und ihre giftige Antwort in der Oprah-Winfrey-Show auf eine Verehrerin ihres Mannes, die davon schwärmte, wie gern sie mit Henry verheiratet wäre. Nachdem alle über diese Anekdote gelacht hatten, sagte Dianas Mutter zu Cole: »Ich fürchte, jetzt kennen Sie bald alle unsere dunklen Geheimnisse.«

»Keine Bange, bei mir sind sie gut aufgehoben«, entgegnete er mit vergnügtem Lächeln. Innerlich mußte er jedoch die Zähne zusammenbeißen, wenn er die harmlosen ›Sünden‹ dieser Familie mit den wirklichen Untaten seiner eigenen verglich. Trotzdem war er erleichtert, daß dieses gemeinsame Mahl so glimpflich für ihn abgelaufen war, ihn niemand mehr mit bohrenden Fragen behelligte und überhaupt alle ihn als neuen Freund der Familie bei sich aufgenommen hatten.

Mit einer Ausnahme: Spencer Addison.

Coreys Mann verhielt sich ihm gegenüber nicht einmal neutral. Coles Instinkt signalisierte ihm eindringlich, daß Addison immer noch entschieden gegen seine Verbindung mit Diana eingestellt war. Spencer ließ sich natürlich offen nichts davon anmerken. Er war viel zu wohlerzogen, um der Familie seiner Frau einen netten Abend zu verderben.

Nach Harrisons Erfahrung konnten Menschen wie Addison nur ihresgleichen wirklich akzeptieren, ganz gleich wie dumm, langweilig oder bösartig ihre Oberschichtfreunde auch sein mochten. Dank seiner Geburt und Erziehung sah er Cole als natürlichen Feind an. Harrison war auch schon in anderen Situationen auf solche Menschen getroffen und hatte die gleichen Reaktionen erlebt. Im Grunde genommen konnte er deren Haltung sogar verstehen.

Im Geschäftsleben hatte Cole sich schon einige Male ein

Vergnügen daraus gemacht, solche Gegner zu zwingen, offen Farbe zu bekennen, sie in Situationen gebracht, in denen sie sich nicht mehr hinter ihren Ritualen und ihrer Arroganz verstecken konnten. Es gefiel ihm, wenn sie sich vor ihm wanden und sich immer weiter entblößen mußten; denn erst dann konnte sich entscheiden, wer von beiden den gerisseneren Verstand besaß.

Doch hier sah Harrison keine Veranlassung, Addison dazu zu bringen, aus seiner passiven Reserviertheit herauszukommen und seine Feindschaft offen zu bekennen. Diana hatte ihn bereits geheiratet, und Cole war sich ziemlich sicher, daß sie die Vereinbarung nicht brechen würde.

Er beobachtete Diana, wie sie sich mit Corey unterhielt, und stellte überrascht fest, daß er ihr vertraute. Diese Erkenntnis verstörte ihn zutiefst. Aber dann stellte er sich vor, wie sie hinter Corey durch den Busch stolperte, sich mit ihrem verletzten Knöchel abmühte und dabei auch noch pflichtbewußt ihren blauen Notfallkoffer mitführte – und er mußte lächeln.

Trotz der Harmonie und der Fröhlichkeit, die an der Tafel geherrscht hatten, verlief der Abschied deutlich verkrampft.

Normalerweise verließen Jungverheiratete das Elternhaus der Braut unter einem Regen von Reiskörnern und begleitet von allen möglichen Glück- und Segenswünschen. Doch das schien hier unangebracht zu sein, auch wenn man Harrison im Lauf des Abends das ›Du‹ angeboten hatte. Die Familie versuchte, das Beste aus der Situation zu machen, und das machte sie in Coles Augen noch liebenswerter.

Dianas Mutter reichte ihrem neuen Schwiegersohn zum Abschied die Hand und sagte etwas unglücklich: »Es war sehr schön, dich nach all den Jahren einmal persönlich kennenzulernen. Werden wir dich denn in Zukunft häufiger zu sehen bekommen?«

»Das will ich meinen.«

Großvater schüttelte ihm ebenfalls die Hand. »Willkommen im Kreis – du bist hier jederzeit gern gesehen.«

»Danke.«

Spencer Addison gab sich gar nicht erst die Mühe, so zu tun, als sei er begeistert. Doch er verabschiedete sich nicht in Feindschaft, sondern nahm das Ganze mehr von der heiteren Seite. »Ich wußte gar nicht, daß Diana Angst vor Dreck und Schlangen hat. Was hast du denn mit der Schlange angestellt, die bei den Haywards im Stall gelebt hat?«

Diana schien die Gelegenheit sofort ergreifen zu wollen, ihrem Schwager zu beweisen, wie liebenswürdig und fürsorglich Cole damals schon gewesen war. »Er hat sie darauf dressiert, sich sofort zu verkriechen, wenn ich gekommen bin.«

»Tatsächlich?« Spencer zog amüsiert die Brauen hoch und reichte Cole die Hand. »Wie hast du das denn angestellt?«

»Ich habe mir einen schwarzen Rocky-Mountains-Ozelot kommen lassen, und der hat die Schlange dann immer in die hinterste Ecke getrieben.«

»Dann hast du mich ja angeschwindelt!« lachte Diana.

Corey umarmte ihn zum Abschied.

Großmutter hatte ihm längst eine große Tüte mit Plätzchen und einem selbstgebackenen Brot vollgepackt.

Kapitel 38

Die Verkrampftheit, die schon in der Diele des Elternhauses geherrscht hatte, steigerte sich noch, als die beiden endlich im Wagen saßen. Diana zermarterte sich das Hirn, wie sie und Cole jetzt in angemessener Weise auseinandergehen konnten, ohne sich die Möglichkeit eines Wiedersehens zu verbauen. Er hatte, bevor sie zu ihren Eltern gefahren waren, im Balmoral ausgecheckt, sein Gepäck befand sich im Kofferraum ihres Wagens, und seine Piloten warteten am Flughafen auf einen Anruf von ihm, für wann sie den Jet startklar machen sollten.

Die lokalen Fernsehsender hatten die Bilder von Harrison sicher schon längst gezeigt, wie er ihr die Halskette erstand. Und am Montag würden die Zeitungen voll davon sein. Die ersten Blätter würden bestimmt auch schon berichten können, daß die beiden noch am selben Abend geheiratet hatten. Diana fühlte sich so erschöpft, daß die nächste Zukunft ihr gefährlich und noch anstrengender vorkam.

Die Uhr am Armaturenbrett zeigte 19:15 Uhr an, und die Aussicht, den Abend allein in ihrem Apartment zu verbringen, frustrierte sie noch mehr. Geradezu Depressionen löste die Vorstellung aus, die ganze Zeit an den morgigen Ansturm von Anrufen, Kommentaren und Blikken von Freunden, Bekannten, Mitarbeitern und Reportern denken zu müssen.

Als sie den San Felipe erreichte, beschloß sie, Cole noch auf einen Drink zu sich einzuladen. Schließlich standen ja noch eine ganze Menge Fragen an, die erörtert werden wollten.

Harrison beobachtete sie während der Fahrt und verfolgte, wie ihre Miene sich von nachdenklich über ernst bis zu unglücklich wandelte, und ahnte, was sie bewegte. »Warum lädst du mich nicht einfach noch auf ein Glas zu dir ein?«

Sie grinste. »Genau das hatte ich gerade vor.«

Dianas hochgelegene Wohnung verfügte über Fensterwände, durch die man eine wunderbare Aussicht genießen konnte. Schon auf den ersten Blick erkannte man, daß die Einrichtung von jemandem mit einem guten Auge und einem besonderen Geschmack bewerkstelligt worden war. Die dünnen, geschwungenen Gardinen harmonierten mit dem dicken hellen Teppichboden und den einladenden weißen Sitzgruppen. Die Tischdekoration aus Seidenblumen und die verschiedenen Sofakissen lockerten das Weiß mit mauvefarbenen und hellgrünen Farbtupfern auf. Eigentlich hatte Cole sich ihr Apartment aber doch etwas anders vorgestellt. Hier fehlten die Überschwenglichkeit und Heimeligkeit, die im Familienhaus so überdeutlich gewesen waren.

Auf dem Tisch neben einer der Couchen blinkte ihr Pager, und auch das rote Lämpchen am Anrufbeantworter leuchtete. »Mach es dir doch gemütlich«, forderte Diana ihn auf, während sie mit der einen Hand den Pager aufnahm und mit der anderen gleich die angegebene Nummer wählte. »Cindy Bertrillo hat angerufen, das ist unsere PR-Verantwortliche.«

»Eigentlich könnte ich mich ja um die Drinks kümmern«, schlug er vor.

Sie lächelte ihm kurz dankbar zu und wartete darauf, daß am anderen Ende jemand abhob. »In der Küche findest du diverse Getränke. Für mich bitte nur eine Coke ohne alles.«

Bei Cindy meldete sich niemand. Diana legte auf und hörte den Anrufbeantworter ab.

Elf Nachrichten hatten sich dort angesammelt, davon zehn von Bekannten und Freunden, die sich nach ihrer Hochzeit erkundigten. Einige bezogen sich auf die Achtzehn-Uhr-Nachrichten, wo man in einer kurzen Einspielung gezeigt hatte, wie Cole ihr die vierzigtausend Dollar teure Halskette umlegte. Diana hörte sich die meisten Anrufe gar nicht bis zu Ende an und schaltete dann gleich weiter.

Der letzte Anruf war von der PR-Verantwortlichen. Das Display zeigte an, daß sie sich vor zwanzig Minuten gemeldet hatte.

»Diana, hier ist Cindy. Ich bin gerade von meiner Schwester in Austin zurück und finde auf meinem Anrufbeantworter ein paar wirklich verrückte Anrufe von Reportern vor. Da habe ich bei deiner Familie angerufen, und die haben mir gesagt, du seist auf dem Weg in dein Apartment.

Ich muß dir unbedingt die Pressemappe mit unseren Feiertagsideen zeigen, die wir bald herausbringen wollen. Deswegen springe ich jetzt schnell bei dir vorbei und erzähl dir alles, was die Pressefritzen von mir erfahren wollen. Du bist bestimmt platt, wenn du hörst, welche Geschichten über dich im Umlauf sind. Aber keine Bange, ich habe deinen Eltern nichts davon gesagt. Wenn du nicht da sein solltest, gebe ich die Unterlagen beim Hausmeister ab. Tschüs.«

Die Meldung war noch nicht ganz abgelaufen, als es schon an der Tür klingelte. Diana machte sich darauf gefaßt, jetzt einiges erklären zu müssen. Cindy und sie reisten immer zusammen, wenn Diana im Fernsehen oder Radio auftreten mußte, und im Lauf der Jahre war aus dem geschäftlichen Verhältnis zwischen ihnen eine echte Freundschaft erwachsen.

Cindy war bestens über das Privatleben ihrer Chefin informiert. Sie wußte von dem Bruch mit Dan, mit dem Diana zwei Jahre lang verlobt gewesen war, und sie war auch über jeden Mann informiert, mit dem Diana vor Dan ausgewesen war. Aber der Name Cole Harrison war in diesem Zusammenhang nie gefallen.

Linda rauschte wie eine frische Brise herein. Sie strahlte über das ganze Gesicht, und man sah ihr deutlich an, daß sie dringend etwas loswerden mußte. »Diesmal hat die Gerüchteküche sich selbst übertroffen«, platzte es dann auch gleich aus ihr heraus. Sie schob die Sonnenbrille ins Haar und folgte Diana zum Sofa. Doch keine der beiden ließ sich nieder – Diana, weil sie viel zu angespannt, und Cindy, weil sie viel zu aufgekratzt war. So standen sie sich am Couchtisch gegenüber, und die PR-Verantwortliche konnte sich keine zwei Sekunden zurückhalten: »Wenn ich dir das erzähle, wirst du es einfach nicht glauben! Was hast du gestern nacht getan? Mit Cole Harrison getanzt oder ihm nur kurz zugelächelt?«

»Ja«, antwortete Diana leise und spürte, wie ihr Mut

sank. Sie würde erst dann mit der vollen Wahrheit herausrücken, wenn ihr keine andere Möglichkeit mehr blieb. »Ich meine, ich habe beides getan.«

»Dann mach dich mal auf das gefaßt, was die Medien daraus zusammengerührt haben!« Cindy mußte hart an sich halten, um nicht laut loszulachen. »Auf meinem Anrufbeantworter haben sich der Wirtschaftsredakteur des *Chronicle,* ein Reporter von *Associated Press* und ein leitender Redakteur des *Financial News Network* versammelt, und sie alle wollen von mir bestätigt haben, daß Foster Enterprises und Unified Industries sich zusammentun!« Jetzt konnte die Freundin nicht länger an sich halten. Sie lachte drauflos und riß die Arme hoch. »Das ist ungefähr genauso, als wollten sich ein Guppy und ein Haifisch zusammenschließen!«

Cindy fiel auf, daß ihre Chefin immer wieder einen Blick in Richtung Küche warf, aber sie dachte sich nichts dabei. »Jetzt setz dich hin, denn das Beste kommt ja noch. Irgendeine Frau, die sich als Diana Foster ausgegeben hat, rief CNN, Maxine Messenger und was weiß ich wen sonst noch an, um mitzuteilen, sie habe gerade Cole Harrison geheiratet! Ist das denn zu fassen?«

»Nein«, entgegnete Diana wahrheitsgemäß, »das ist wirklich nicht zu fassen.«

»Der Redakteur meinte, die Frau, die sich bei ihm gemeldet habe, habe sich angehört, als sei sie betrunken gewesen. Na ja, den Rest kannst du dir denken. Alle unsere vier lokalen TV-Stationen wollen die ganze Geschichte haben. Tja, was soll ich denen denn bloß sagen?«

Cole erschien in der Küchentür und verfolgte belustigt, wie Dianas Wangen erst rosarot anliefen und sich dann immer dunkler verfärbten. Cindy hingegen hatte noch gar nichts mitbekommen und fuhr ungerührt fort: »Soll ich durchgeben, das seien bloß dumme Gerüchte – oder das sei ausgemachter Blödsinn? Vielleicht wäre es aber auch klüger, nicht ganz so harsch zu reagieren.«

Eine dunkle Männerstimme ließ Cindy herumfahren.

»Ich persönlich würde dafür votieren, nicht ganz so harsch zu reagieren.«

Ein dunkelhaariger Mann stand da und hielt ein Glas vor den Mund. Cindy stand so sehr unter Schock, daß sie für einen Moment ihre guten Manieren vergaß. »Was würden Sie? Wer sind Sie denn überhaupt?«

Cole ließ das Glas sinken und antwortete: »Ich bin der Hai, der letzte Nacht den Guppy geheiratet hat.«

Cindy sackte wie ein Stein auf das Sofa. »Aufhängen ist noch viel zu gut für mich«, stöhnte sie.

Doch nach einem Moment hatte sie sich wieder gefangen und erhob sich rasch, als Harrison näher trat und einen Arm um Dianas Hüfte legte.

»Ich bin Cindy Bertrillo«, stellte sie sich mit rauher Stimme vor, »die ehemalige PR-Verantwortliche bei Foster Enterprises.«

Cole erwartete einen scharfen Tadel von Diana; denn unter ähnlichen Umständen hätte er seinen Untergebenen zurechtgewiesen. Doch als er der Frau die Hand schüttelte, tat sie ihm irgendwie leid.

Diana und er klärten sie kurz über das auf, was sich in den letzten vierundzwanzig Stunden ereignet hatte, und Cindy lief danach zu Höchstform auf und entwarf gleich eine Stellungnahme für die Öffentlichkeit. Bald kamen die drei überein, wie am besten vorzugehen sei, und man einigte sich darauf, morgen vormittag eine Pressekonferenz abzuhalten.

Obwohl Cindy kein Wort darüber verlor, spürte Harrison doch, wie sehr sie sich darüber freute, daß Diana das Stigma von Dans Verrat losgeworden war. Eigentlich war ihre Vermählung vom Public-Relations-Standpunkt aus die genialste Lösung. Und Cindy freute sich als Profi natürlich besonders über die Mitteilung, daß ihre Chefin und Cole sich schon seit vielen Jahren kannten.

Als alles besprochen war, brachte Diana Cindy zur Tür und kehrte dann gleich in die Küche zurück. »Wo willst du denn heute nacht schlafen?« fragte sie ihn.

Er drehte sich zu ihr um. »Wie? Hab' ich denn mehrere Möglichkeiten?«

»Hier oder im Balmoral.«

»Hm, dann doch lieber hier.«

Diana nickte. »Dann ruf doch deine Piloten an und sag ihnen, daß du deine Pläne geändert hättest. Und während du dann dein Gepäck hochbringst, richte ich das Gästezimmer her.«

Kapitel 39

Während Diana das Bett im Gästezimmer mit frischen Laken bezog, gingen ihr ungebeten wieder die Erinnerungen an den verrückten Traum von letzter Nacht durch den Kopf. Alles war ihr so real erschienen, und doch konnte es nicht so gewesen sein … das eigenartig schwebende Bett … der Teufel, der sich auf sie gelegt und sie zu Dingen bewegt hatte, die sie normalerweise nie tun würde … die beharrlichen Lippen, die sanften Hände … so zärtlich, und gleichzeitig so rauh …

Diana schüttelte den Kopf, faltete den Kopfkissenbezug auf, schämte sich ihrer Gedanken und schob das Kissen in den Bezug. Doch die Erinnerungen waren wieder da, so als lauerten sie am Rand ihres Bewußtseins und nutzten jede Gelegenheit, ins Zentrum vorzustoßen.

Blaue Lichter … eine niedrige Decke … und überall Rauch oder Nebel … auf jeden Fall etwas, unter dem alles verschwommen und grau erschien … Grau?

Cole kam leise mit einem schwarzen Koffer und einer Aktentasche herein. »Wo kann ich die hinstellen?«

Diana stieß einen schrillen Schrei aus, wirbelte zu ihm herum, griff sich ans Herz und mußte dann lachen.

»Ach, du bist's …«

Er sah sie besorgt an, stellte seine Sachen ab und fragte. »Wen hast du denn erwartet, Jack the Ripper?«

»So etwas Ähnliches«, entgegnete sie trocken und schlug dann die Bettdecke auf.

»Macht es dich etwa nervös, wenn ich hierbleibe?«

Cole zog sich die Jacke aus, und sie starrte wie hypnotisiert auf diese im Grunde doch ganz gewöhnliche Handlung. »Nein, natürlich nicht«, versicherte sie ihm wider besseres Wissen. Er sah ihr die ganze Zeit über ins Gesicht, während er die Jacke über einem Stuhl aufhängte, den Knoten seiner Krawatte löste und sie schließlich abnahm. Für einen schrecklichen Moment glaubte Diana, er wollte sich vor ihr vollständig entkleiden.

Ein wissendes Lächeln umspielte seine Lippen, als er den obersten Knopf seines Hemds öffnete. »Ich glaube, ich mache dich doch etwas nervös.«

Diana suchte rasch nach einer Ausrede und entschloß sich dann, ihm wenigstens einen Teil der Wahrheit zu gestehen. »Nein, das hat nichts mit dir zu tun, wirklich nicht. Als du dein Gepäck von unten geholt hast, ist mir dieser merkwürdige Traum von letzter Nacht wieder in den Sinn gekommen. Ein ganz merkwürdiger Traum, so irreal und doch auf der anderen Seite unheimlich echt ...«

Er öffnete den zweiten Knopf, und ein eigentümliches Glitzern trat in seinen Blick. »Was hast du denn geträumt?«

»Kannst du dich an einen alten Horrorfilm mit dem Titel *Rosemary's Baby* erinnern?«

Harrison überlegte, und ihm fiel ein, daß der Streifen irgend etwas mit dämonischer Besessenheit zu tun gehabt hatte. Er nickte. »Ja, hat man da nicht eine junge Frau unter Drogen gesetzt und sie dann gezwungen, mit dem Teufel zu schlafen?«

Diana nickte und schob den Stecker der Nachttischlampe in die Buchse. »Na ja«, sagte sie dann auf dem Weg zur Tür, »in dem Traum ist mir auch so etwas widerfahren.«

Coles Finger erstarrten am dritten Knopf.

Sie hatte keine Ahnung von dem Tiefschlag, den sie ihm gerade versetzt hatte, rauschte aus dem Raum und drehte sich an der Tür noch einmal zu ihm um. »Dein Badezimmer ist gleich dort drüben rechts. Kann ich dir noch irgend etwas holen, bevor ich ins Bett gehe?«

»Ein großes Heftpflaster wäre nett.«

Die junge Frau sah ihn verwirrt an, und ihr Blick wanderte von seinen breiten Schultern über das weiße Hemd und die dunkle Hose bis hinab zu seinen schwarzen Schuhen. »Wofür denn?«

»Für mein Ego.«

In diesem Moment kam es in Dianas Kopf zu einem Kurzschluß. Alle Verbindungen zwischen den Ohren und den Gehirnpartien, die das Gehörte verarbeiteten, wurden unterbrochen. Sie nickte nur, sagte: »Dann wünsche ich noch eine gute Nacht«, und schloß die Tür hinter sich.

Als Diana sich in der Sicherheit ihres eigenen Schlafzimmers befand, bewegte sie sich wie ein Roboter und machte sich rein automatisch fürs Bett fertig.

Unter der Dusche zählte sie alle Artikel in den letzten drei Ausgaben von *Beautiful Living* auf.

Beim Haarefönen rief sie sich die Namen aller Mitschüler in der siebenten Klasse ins Gedächtnis zurück.

Als sie den Pyjama anzog, stellte sie die Liste ihrer Weihnachtseinkäufe zusammen.

Und als sie vor dem Nachttisch stand und den Wecker stellte, brach sie in Tränen aus.

Diana bewaffnete sich mit einer ganzen Handvoll von Papiertaschentüchern, marschierte zu der Chaiselongue am anderen Ende des Raums, ließ sich darauffallen und ließ den Tränen freien Lauf, die sich schon seit Tagen in ihr angesammelt hatten.

Zum erstenmal, seit sie im *Enquirer* von Dans Heirat gelesen hatte, gab sie sich dem Selbstmitleid hin. Stürzte sich geradezu hinein. Sie hielt die Hände vors Gesicht, preßte die Tücher gegen die Augen, zog die Knie bis zur Brust an und schaukelte schluchzend vor und zurück.

Diana dachte daran, wie Dan ihr Komplimente über ihren Verstand und ihr Aussehen gemacht hatte. Und wie er durch sein Schweigen Kritik an ihrem Körper und daran geübt hatte, wie sie im Bett gewesen war.

»Bastard!« flüsterte sie und weinte noch mehr.

All die Jahre, die sie verschwendet und hart darum gerungen hatte, ihren Terminplan mit seiner freien Zeit in Einklang zu bringen – nur damit er dann irgend so ein junges Ding heiratete.

»Monster!« heulte sie und schaukelte heftiger vor und zurück.

Dann hatte sie Hals über Kopf Cole Harrison geheiratet.

»Wahnsinnige!« stieß sie schluchzend hervor.

Was war das für eine Hochzeit gewesen, in der sie sich stinkbesoffen kaum noch auf den Füßen hatte halten können und sich mittendrin umgedreht hatte, um das kitschige Spalier neu zu arrangieren.

»Idiotin!« stöhnte sie.

Jetzt mußte sie an Cole denken, wie er ihr durch ihren Kater geholfen und grinsend und gutmütig all die Kapriolen aufgezählt hatte, die sie sich gestern nacht in ihrem betrunkenen Zustand geleistet hatte.

Der Traum, der gar keiner gewesen war, von dem Schlafzimmer in grauem Nebel an Bord eines Gulfstream-Jets, das über den Himmel jagte und endlich aufsetzte – vorbei an den blauen Landungslichtern.

Diana dachte an den Mann, der sich anfangs ihren dämlichen Verführungsversuchen widersetzt hatte – und ihnen schließlich erlegen war. Vorher hatte er ihr deutlich klargemacht – und sie hatte sich einverstanden erklärt –, daß es zwischen ihnen weder zu körperlichen noch zu emotionellen Intimitäten kommen dürfe.

Und doch hatte sie sich ihm bei erster sich bietender Gelegenheit an den Hals geworfen und zu sich herabgezogen. Und weil Cole so freundlich und lieb war, hatte er seine persönlichen Aversionen gegen ein solches Tun verdrängt und ihr zuliebe mitgemacht.

Aber wie hatte sie ihm seine Freundlichkeit, seine Besonnenheit und seine Selbstaufopferung gedankt? Mit einer Beleidigung, die sich durch nichts mehr übertreffen ließ, hatte sie seine Zärtlichkeiten doch mit der schrecklichen Szene aus dem Film *Rosemary's Baby* verglichen. Dabei war er doch so empfindlich, wenn man auf ihre unterschiedliche Herkunft zu sprechen kam.

Nicht nur, daß sie vollkommen vergessen hatte, daß sie miteinander geschlafen hatten, sie hatte mit ihrer dummen Bemerkung auch noch zusätzlich Salz in seine Wunden streuen müssen.

Neue Tränen schossen ihr in die Augen. Sie legte den Kopf auf die Knie, und ihre Schultern zitterten vor Scham und Kummer.

Diana weinte, bis sie Kopfschmerzen bekam und keine Tränen mehr kommen wollten. Dann wischte sie sich die Augen trocken und putzte sich die Nase. Die Minuten vertickten, in denen sie auf das Bild an der gegenüberliegenden Wand starrte, ihre Vergangenheit zu ordnen und neue Pläne für die Zukunft zu schmieden versuchte.

Sie würde die Management-Abteilung personell verstärken, ihre Arbeit mehr delegieren und sich mehr Freizeit gönnen. Am besten einen achtwöchigen Urlaub antreten, in dem sie sich so richtig erholen und alles vergessen konnte. Griechenland kam ihr in den Sinn, eine Luxuskreuzfahrt durch die Ägäis, von Insel zu Insel. Oder sie konnte Freunde in Paris besuchen, Rom erkunden und sich Ägypten ansehen. Natürlich auch ein flüchtiges sexuelles Abenteuer haben. Vielleicht auch zwei. Wenn sie sich mit anderen modernen Frauen verglich, lebte sie ja schon seit längerem praktisch wie eine Nonne. Sie hatte ein Anrecht darauf, sich auch solche Freiheiten zu nehmen. Jawohl, ein sehr großes Anrecht sogar! Natürlich würde sie dabei darauf achtgeben, die Vereinbarung mit Cole nicht zu verletzen oder ihn in Verlegenheit zu bringen.

Cole.

Diana dachte noch ein oder zwei Minuten darüber nach, stand dann auf, lief zum Kleiderschrank und zog sich einen Morgenmantel an. Sie würde sich aufrichtig bei ihm entschuldigen. Das hatte er mehr als verdient.

Cole lag auf dem Bett, lehnte mit den Schultern an der Wand und preßte die Zähne aufeinander. Er hörte das Schluchzen aus dem Nebenzimmer, und das ging ihm zu Herzen.

Er war ein Paria, beschimpfte er sich voller Abscheu. Ein Dämon, der jeden zerstörte, der in seine Nähe kam. Eben ein echter Harrison. Bei anständigen Menschen hatte er nichts verloren, und er durfte sich nicht länger einbilden, weiter und höher zu kommen als die anderen aus seiner Familie.

Nun gut, er konnte mehr Geld verdienen als die Harrisons, sich auch besser kleiden, seinen Akzent ablegen und auch sonst auf sein äußeres Erscheinungsbild achten, aber er würde nie den Schmutz von Kingdom City verlieren, der an seiner Seele klebte, das ihm in den Genen mitgegeben war.

Zahllose Frauen hätten ihm zur Verfügung gestanden, um diese Scheinehe durchzuführen. Schauspielerinnen, Kellnerinnen oder auch eine von diesen gelangweilten Schönheiten aus der Oberschicht, die moralisch und geistig genauso verkommen waren wie er.

Aber nicht Diana Foster. Sie war etwas Besonderes. Sie gehörte nicht zu dieser Schickeria. Sie war von innerem Adel und rein.

Und unwiderstehlich …

Cole hatte letzte Nacht kein Recht gehabt, sich ihr zu nähern – und schon gar nicht, sie zu einer Ehe mit ihm zu beschwatzen. Nur ein dreckiger Mistkerl wie er konnte dann auch noch ihre Lage ausnutzen, um über sie herzufallen und mit ihr zu schlafen.

Er hatte nie beabsichtigt, es so weit kommen zu lassen. Wie hatte er sich davon zu überzeugen versucht, daß das nie geschehen würde. Und seine Selbstkontrolle, auf die er sich immer so viel einbildete, hatte nicht einmal einen Tag gehalten.

Und eben hatte er ihr vorgeworfen, sein Ego verletzt zu haben. Als ob ausgerechnet er so etwas zu ihr sagen dürfte!

Harrison dachte daran, was seine Frau alles in ihrem Leben erreicht hatte, und er war so stolz auf sie, daß es ihm die Brust zusammenzog. Unvermittelt klopfte es an die Tür.

»Cole, kann ich dich bitte für einen Moment sprechen?«

Er erhob sich und bat sie einzutreten. Als sie hereinkam, trug sie einen weißen Seidenmorgenmantel mit einem blauen Monogramm auf der Tasche und zerdrückte in einer Hand ein Taschentuch. In diesem Moment erwachte sein längst abgestorben geglaubtes Gewissen und machte ihm die schwersten Vorwürfe.

Noch vor vierundzwanzig Stunden war sie mit der Haltung und dem Aussehen einer Königin ins Hotel geschwebt. Und nach nur einem Tag Ehe mit Cole Harrison wirkte sie schon wie eine freudlose, vom Leben gebeutelte Frau. Wenn sie das vertraglich vereinbarte Jahr mit ihm durchstand, würde Diana wahrscheinlich aussehen wie seine Mutter kurz vor ihrem Tod.

»Diana«, sagte er und bemühte sich, seiner Stimme nichts von dem anmerken zu lassen, was in ihm vorging.

Sie schüttelte den Kopf, damit er nicht weiterredete, und ihr Haar schimmerte im Lampenlicht wie Kupfer.

»Setz dich doch bitte«, forderte sie ihn mit zitternder Stimme auf und bewegte sich auf die Sesselgruppe zu. »Da sind ein paar Dinge, über die ich mit dir reden möchte«, erklärte sie und wartete, bis er Platz genommen hatte.

Cole spürte, daß sie die Vereinbarung aufkündigen wollte. »Ich glaube, ich weiß schon, was du sagen willst.« Er stützte die Ellenbogen auf die Knie.

»Zuallererst möchte ich mich dafür entschuldigen, wie

kindisch ich mich die ganze Zeit über verhalten habe. Mir ging es nur darum, was andere zu unserer Verbindung sagen werden, und im nachhinein kommt mir das sehr absurd vor. Ich schäme mich dafür. Glaub mir, ich bin in Wahrheit sehr stolz, mit dir verheiratet zu sein, und von morgen an wirst du keinen Grund mehr haben, an mir zu zweifeln.«

Cole sah ihre bleiche Miene, und er runzelte fassungslos die Stirn.

Diana starrte auf ihre Hände, die sie im Schoß gefaltet hatte. Dann schien sie allen Mut zusammenzunehmen, hob den Kopf und sah ihn direkt an: »Und als nächstes möchte ich dir sagen, wie sehr ich all das bedauere, was im Flugzeug vorgefallen ist.«

»Ich möchte ja nicht das Risiko eingehen, mir selbst etwas vorzumachen und mir etwas zusammenzuspinnen«, entgegnete er, »aber könnte es nicht sein, daß das letzte Nacht nur geschehen konnte, weil wir beide aufeinander fliegen? Ich weiß genau, daß ich dich unbedingt wollte. Und es sah ganz danach aus, daß du mich auch gewollt hast.« Sein plötzliches Lächeln wirkte fast noch mehr als sein Eingeständnis. »Außerdem habe ich aus gewöhnlich gut unterrichteter Quelle gehört, daß du vor langer Zeit einmal ziemlich verrückt nach mir gewesen sein sollst.«

Diana erhob sich langsam und er ebenfalls. »Ich bereue nichts von letzter Nacht«, sagte er sanft. »Wir wollten einander. So einfach war das. Wir sind verheiratet, und wir werden einige Tage miteinander verbringen.«

Sie spürte, wie sie wieder unter den Bann dieser tiefen männlichen Stimme geriet.

»Und was noch viel wichtiger ist, wir mögen uns, und wir sind Freunde. Habe ich bis jetzt irgend etwas gesagt, dem du nicht zustimmen könntest?«

»Nein«, antwortete sie und sah suchend in sein Gesicht. »Was schlägst du also vor?«

»Ich möchte dich bitten, darüber nachzudenken, ob wir

richtige Flitterwochen verbringen wollen. Du mußt mir jetzt noch keine Antwort geben, nur darüber nachdenken. Wirst du das tun?«

»Ja«, entgegnete sie nach einem Moment des Zögerns.

»In diesem Fall«, grinste er und gab ihr einen brüderlichen Kuß auf die Stirn, »solltest du rasch aus diesem Zimmer verschwinden, weil mir sonst noch einfallen könnte, daß mein Onkel ja noch eine weitere Bedingung gestellt hat.«

Kapitel 40

Cole hatte sich längst daran gewöhnt, daß Männer und Frauen ihm hinterhersahen, sobald sie ihn erkannt hatten. Doch so etwas wie heute, als er das Gebäude von Foster Enterprises betrat, hatte er noch nie erlebt. Binnen Minuten wurde ihm klar, daß Diana einen viel lockereren Umgang mit ihrer Belegschaft pflegte, als das in seiner Firma üblich war. Außerdem fiel ihm auf, daß die Mitarbeiter sie deutlich mehr mochten, als das die Chefs anderer Unternehmen von sich behaupten konnten – was in ganz besonderem Maße auch auf ihn selbst zutraf.

Harrison war es gewohnt, daß man ihm mit Respekt, der entweder aus Bewunderung oder aus Furcht herrührte, oder mit klarer Feindschaft begegnete. Doch niemals hatte sich ihm jemand freundschaftlich genähert, allerdings auch nie unverschämt.

Diana stellte ihn allen Mitarbeitern in den einzelnen Abteilungen vor, und die Männer und Frauen reagierten auf ihn entweder mit ernstgemeinten Ermahnungen, gut für seine neue Frau zu sorgen, oder aber sie gaben freche Bemerkungen über den Größenunterschied zwischen den beiden von sich. Einige meinten, bei seiner Körpergröße sei er ja schon automatisch das Familienoberhaupt, andere scherzten gutmütig, aber offen über seine körperlichen

Attribute. Zuerst erstaunte ihn solches Verhalten, aber bald konnte er mit diesen Menschen lachen.

Ein vorwitziger junger Mann aus der Layout-Abteilung lobte seine Krawatte, und ein Künstler, der im Rollstuhl saß, fragte ihn, wie lange er jeden Tag trainieren müsse, um in so ausgezeichneter Form zu bleiben. Als sie die Buchhaltung verließen, rief eine Frau Harrison etwas zu, von dem er zuerst glaubte, er müsse sich verhört haben.

»Was hat sie gesagt?« fragte er Diana leise.

Sie hielt sich eine Hand vor den Mund, weil sie so kichern mußte. »Daß du einen knackigen Hintern hättest.«

»Oh, dann habe ich also doch richtig gehört.« Nach einem Moment bemerkte er: »Die Frau da in der letzten Abteilung, die mit der Tusche an den Fingern, der hat meine Krawatte gefallen. Vielen Dank, daß du sie mir geliehen hast.«

Am Morgen hatte er nämlich festgestellt, daß er nur einen schwarzen Binder in Reserve dabeihatte. Diana hatte ihm aus seiner Not geholfen, indem sie mit einer Schachtel zu ihm gekommen war. »Die Krawatte hier hat mir auf Anhieb gefallen, und da habe ich sie sofort gekauft – für jemanden.«

Cole vermutete natürlich gleich, daß Penworth der Glückliche hätte sein sollen. Der Schlips war zwar viel bunter als die konservativen Krawatten, die er bevorzugte, aber er war trotzdem froh, ihn sich um den Hals binden zu können.

»Die ist nicht geliehen, sondern ein Geschenk«, antwortete sie, »und keine Bange, das Stück sollte nicht für Dan sein. Wenn ich etwas Hübsches sehe, kaufe ich es. Dann habe ich etwas in der Hand, wenn einmal eine passende Gelegenheit kommt.«

Die Pressekonferenz sollte in Dianas großem Büro stattfinden. Dort hatten sich bereits dreißig Reporter und Fotografen versammelt. Kurz vor der Tür blieb sie stehen und zog seinen Krawattenknoten gerade – eine typische

Ehefrauengeste, die ihm in diesem Moment, angesichts der Umstände ihrer Verbindung, doch etwas eigenartig anmutete. »Perfekt«, verkündete sie.

Harrison konnte dieses Kompliment nur zurückgeben, sah sie doch in ihrem zitronengelben Seidenkleid mit dem weißen Kragen und den weiten Ärmeln einfach hinreißend aus. Die offene Bewunderung in seinem Blick sagte ihr das deutlicher als alle Worte, und sie drückte seine Hand, als sie die Tür öffnete und ihr überfülltes Büro betrat.

Cole bemerkte, daß ihre Mutter, die Großeltern und Corey bereits vorn am Schreibtisch Platz genommen hatten. Die Familie wollte ihre Solidarität beweisen. Zuerst verblüffte ihn das, doch dann fühlte er sich davon sehr bewegt, während er unter Blitzlichtern und surrenden Kameras nach vorn schritt.

Wenig später fiel ihm auf, wie sehr sich die Atmosphäre dieser Pressekonferenz von denen unterschied, die er gewohnt war. Niemand trat hier feindselig oder mißtrauisch auf. Die Familie wurde auch nicht mit Fragen voller böser Anspielungen bombardiert. Statt dessen ging es hier geradezu gemütlich zu, und so mancher Scherz wurde in die Runde geworfen – etwa über Cole, den man doch eigentlich für einen eingefleischten Junggesellen gehalten habe; oder über Diana, die wohl das Recht aller Frauen in Anspruch genommen habe, ihre Meinung zu ändern. Diese in ihrer Keßheit doch irgendwie auch charmante Art, Dans Verrat außen vor zu lassen, gefiel Harrison, während Diana all diese Bemerkungen mit nie erlahmendem Lächeln über sich ergehen ließ.

»Wie lange kennen Sie beide sich eigentlich schon?« wollte jemand wissen.

»Wir sind uns zum erstenmal begegnet, als Cole noch aufs College ging«, erklärte Diana. Cindy hatte mit den beiden verabredet, daß sie abwechselnd antworten sollten.

»Und wann geht's in die Flitterwochen?«

»Ende dieser Woche, sobald wir beide in unseren Terminplänen etwas Platz schaffen können«, sagte Harrison.

»Und wo fahren Sie hin?«

Diana öffnete schon den Mund, aber Cole war schneller. »Das werden wir ausgerechnet Ihnen auf die Nase binden«, antwortete er scherzhaft und so ganz entgegen seiner gewohnten feindseligen Art.

Die Veranstaltung verlief friedlich, bis ein schmächtiger, bebrillter Mann in der ersten Reihe Cole direkt ansprach: »Mr. Harrison, sagen Sie doch bitte etwas zu den Gerüchten, die Bundes-Börsenaufsicht habe aufgrund einiger Unregelmäßigkeiten im Zusammenhang mit der Cushman-Übernahme Ermittlungen gegen Sie eingeleitet.«

Cole spürte, wie Diana neben ihm erstarrte, und er selbst verspürte den starken Drang, das Männlein zu pakken und aus dem Fenster zu schleudern. Doch zu aller Verblüffung ergriff Mrs. Britton das Wort und ging, wenn auch nur verbal, sofort auf den Störenfried los: »Junger Mann«, donnerte sie den Mittvierziger an, »ich muß feststellen, daß Sie mit Ihrer Nahrung zu viele schädliche Chemikalien zu sich nehmen. Die haben offensichtlich Ihr Denkvermögen beeinträchtigt.«

Alle in dem Raum brachen in Gelächter aus. Die Pressekonferenz war damit beendet. Die Reporter eilten nach draußen, und Cole mußte fort. Seine Limousine wartete vor dem Gebäude auf ihn, um ihn sofort zum Flughafen bringen zu können. In anderthalb Stunden mußte er in Dallas an einer Besprechung teilnehmen.

Harrison ärgerte sich immer noch über den aufdringlichen Reporter, freute sich aber gleichzeitig über den Beistand der Familie, besonders der Großmutter. Als er vor ihnen stand, um sich zu verabschieden, fiel ihm nichts ein, wie er ihnen gegenüber seine Dankbarkeit ausdrücken konnte. So beließ er es bei einem Lächeln, küßte Diana auf die Wange und sagte: »Dann bis Donnerstag.«

Als die Fosters und Brittons wenig später unter sich waren, ergriff der Großvater das Wort. »Ich frage mich«, meinte er mit Blick auf die Tür, durch die Harrison gerade verschwunden war, »wann jemand zum letztenmal für ihn Partei ergriffen hat.«

Corey blieb im Büro, um ihrer Schwester beim Aufräumen zu helfen. Spencers abfällige Bemerkungen über Coles angebliche Geschäftspraktiken waren ihr gleich wieder in den Sinn gekommen, als der Reporter die Frage nach den Ermittlungen der Börsenaufsicht gestellt hatte – und geisterten jetzt immer noch durch ihren Kopf.

Sie hob eine Kaugummiverpackung und ein Stück Papier vom hellblauen Teppichboden auf. Als sie dann vier Stühle zurechtrückte, hockte sich Diana auf die Schreibtischkante und sah ihre Schwester an. »Corey?«

Die junge Frau drehte sich lächelnd um, nahm einen Pfau, ein Stück aus Dianas Steuben-Kristall-Sammlung, aus dem Regal und stellte ihn auf seinen richtigen Platz zurück, der exakten Mitte des langen Konferenztisches. »Ja?«

»Was ist los?«

Corey trat einen Schritt zurück, um festzustellen, ob der Pfau auch im rechten Abstand zu der kristallenen Schüssel mit den gläsernen Süßigkeiten stand. Dann kehrte sie zurück und schob die Schüssel vier Zentimeter nach links. »Nichts. Was soll sein?«

»Falls du es vergessen haben sollst, ich bin von uns beiden diejenige mit dem Ordnungszwang. Du hingegen bist die Chaotin, die ohne Unordnung nicht leben kann.«

Corey riß sofort die Hand aus der Schüssel, wo sie gerade die Steine nach ihrer Farbe geordnet hatte. »Ach, du weißt doch, daß die Medienvertreter mich immer etwas nervös machen.«

»Besonders dann, wenn sie deinem neuen Schwager schlimme Dinge unterstellen, was?«

»Ja, ganz besonders dann«, gab Corey seufzend zu. Sie hätte es nie über sich gebracht, ihrer Schwester zu berichten, daß ihr Mann sehr an Harrisons Integrität als Geschäftsmann zweifelte. Aber sie konnte Diana auch nicht vollkommen im Unwissen lassen. »Spence hat da gestern etwas gesagt. Von wegen, Cole habe sich im Lauf der Jahre viele Feinde gemacht.«

»Ja, natürlich hat er das«, entgegnete Diana sorglos. »Die einzige Art, sich keine Feinde zu schaffen, besteht wohl darin, die Hände in den Schoß zu legen und gar nichts zu tun.«

Das erschien Corey sinnvoll, und wieder einmal bewunderte sie die Art ihrer Schwester, zu einem solchen Zeitpunkt vollkommen ruhig und logisch zu bleiben. Wie sie dort mit ihrer tadellosen Frisur und dem hübschen Seidenkleid auf dem Schreibtisch hockte, wirkte sie eher wie ein Model als die Chefin einer großen Firma.

Diana hatte ein blühendes Unternehmen geschaffen und dabei nichts von ihrer Weiblichkeit oder ihrer Menschlichkeit verloren.

Sie lächelte und sprach das aus, was sie dachte: »Du erfüllst uns Frauen mit Stolz, Schwester«, lächelte sie und zog sich dann mit einem fröhlichen Salut aus dem Raum zurück.

Als Diana allein war, starrte sie verträumt in die Leere und dachte an die zärtlichen und unvergeßlichen Dinge, die Cole ihr letzte Nacht gesagt hatte. Sie freute sich schon auf die Flitterwochen, die am Donnerstag beginnen sollten. Irgendwann warf sie einen Blick auf ihre Uhr und stellte fest, daß ihr jetzt keine Zeit mehr blieb, Doug anzurufen. Das würde eben bis nach dem Meeting in der Herstellung warten müssen.

Als Diana von der Besprechung zurückkehrte, lief Doug bereits wie aufgekratzt in ihrem Büro auf und ab. Seiner finsteren Miene war anzusehen, daß er ihr keinen Höflichkeitsbesuch abstatten wollte. Vorsichtshalber schloß sie die Tür, und kaum hatte sie das getan, explodierte er auch schon.

»Von allen dämlichen und blödsinnigen Dingen, die du … Ich kann einfach nicht fassen, daß du diesen Drecksack wirklich geheiratet hast! Du mußt komplett den Verstand verloren haben! Gott, am liebsten würde ich dich packen und durchschütteln!«

Diana hatte ursprünglich vorgehabt, mit ihm ruhig und sachlich zu argumentieren, weil sie wußte, daß er nicht die beste Meinung von ihrem Mann hatte. Doch seine wüste Beschimpfung verdroß sie so sehr, daß sie sich hinter ihren Schreibtisch stellte und in verärgertem Schweigen zusah, wie er weiterhin durch ihr Büro stürmte und sich die Haare zerzauste.

»Du mußte ihn sofort loswerden. Noch heute! Gib eine Pressemitteilung heraus, daß er dich unter Drogen gesetzt hat oder irgendwas! Egal, nur wirf ihn aus deinem Leben, und halt dich in Zukunft von ihm fern. Harrison ist nicht würdig, sich mit dir im selben Raum aufzuhalten. Nur zum Pferdemist ausschaufeln. Ja, das ist das einzige, wozu dieser Mann taugt!«

»Was soll das heißen, du Snob!« empörte sie sich.

»Wenn man ein Snob ist, bloß weil man einen Wirtschaftskriminellen und Gangster verabscheut, dann bin ich wohl einer!«

»Wie kannst du es wagen, so über ihn zu sprechen?« explodierte jetzt auch Diana. »Für wen hältst du dich eigentlich?«

Doch statt ihn mit dieser Bemerkung zur Besinnung zu bringen, erreichte sie damit nur das Gegenteil.

Der Senator stürmte zu ihrem Schreibtisch, knallte die Hände darauf, beugte sich vor und erklärte ihr mit gefletschten Zähnen. »Diana, ich bin dein Freund. Und wenn ich dich je um einen Gefallen gebeten habe, dann um diesen: Schieß den Mistkerl in den Wind!«

»Du verhältst dich vollkommen irrational.«

Doug lief erneut wie ein verwundeter Stier auf und ab. »Wie kann ich dich nur zur Einsicht bringen?« Unvermittelt blieb er stehen und drehte sich zu ihr um. »Harrisons Treiben auf dem Aktienmarkt wird nun endgültig ein Riegel vorgeschoben! Die Bundes-Börsenaufsicht wird ihm das Handwerk legen, und das ist erst der Anfang.

Wenn die mit ihm fertig ist, wird er vor ein ordentliches Gericht gestellt. Und das sperrt ihn ins Gefängnis, wo er auch hingehört, wie die großen Börsenmanipulateure Ivan Boesky und Michael Milken. Und der Staat Texas wird ihm auch den Prozeß machen. Wenn Harrison das alles hinter sich hat, wird er ein gebrochener Ex-Zuchthäusler sein.«

In Diana brodelte es, doch es gelang ihr, äußerlich ruhig zu bleiben. »Warum sagst du so etwas?«

»Weil die Cushman-Übernahme zum Himmel stinkt. Harrison hat den Deal manipuliert und mit unsauberen Tricks gearbeitet. Deswegen ist er ein Betrüger und ein Schwein!«

»Sag mir sofort, wie du darauf kommst. Kannst du wenigstens einen Beweis für deine Anschuldigungen vorbringen?«

»Nein, das kann ich nicht«, entgegnete er gepreßt.

»Dann hör bitte damit auf, soviel auf Gerüchte zu geben.« Sie hielt ihm die Hand hin. »Vertrau meinem Urteilsvermögen, und freu dich mit mir über mein Glück.«

Anscheinend war sein Zorn verraucht, doch die Traurigkeit, die er nun an den Tag legte, war ihr noch unerträglicher als sein Wutanfall.

»Diana, wenn du mich darum gebeten hättest, hätte ich mich für dich vor einen Lkw gestellt. Aber bei dieser Ehe kann ich mich beim besten Willen nicht mit dir freuen, und wenn du mit ihm zusammenbleiben solltest, kann ich dir nicht einmal mehr helfen.«

»Ich habe aber vor, mit ihm zusammenzubleiben«, erwiderte Diana mit einer Festigkeit, die sie selbst am meisten überraschte.

Er prallte zurück, als hätte sie ihn ins Gesicht geschlagen. »Dieser Bastard kann wirklich Frauen jeden Alters um den Finger wickeln. Sogar dich. Paß nur auf, Harrison bringt dich noch dazu, Dinge zu tun, die du eigentlich gar nicht willst.«

Sie vermutete, er spiele darauf an, daß alle ihre Freundinnen damals heiß in den Pferdepfleger verliebt gewesen waren. Diana beschloß, darauf nicht einzugehen, genausowenig wie auf seine letzte Schmähung. Ihre Kehle zog sich zusammen, als sie sah, wie ihr lebenslanger Freund jetzt das Büro verließ, vermutlich für immer.

»Doug«, rief sie ihm hinterher.

»Was?« antwortete er mit gepreßter Stimme.

»Alles Gute«, flüsterte sie.

Kapitel 41

Als Cole durch die Eingangstür des Verwaltungsgebäudes seiner Unified Industries lief, konnte er kaum glauben, was sich alles in den Tagen entwickelt hatte, seit er zum letztenmal hiergewesen war. Er hatte Diana Foster geheiratet. Ja, er hatte es wirklich getan. Die Vorstellung zauberte ein Lächeln auf seine Lippen, und die Empfangsdame sah ihm entsetzt hinterher.

Harrison kam sich zusätzlich wie im falschen Film vor, weil sich alles verändert zu haben schien. Als er vor ein paar Minuten auf das Firmengelände gelangt war, erinnerte ihn der sorgfältig gepflegte Rasen plötzlich an samtenen Smaragd – genauso wie der See an blauglitzernde Kristalle. Seinem Chauffeur gegenüber hatte er bemerkt, was heute doch für ein außergewöhnlich schöner Tag sei. Der Mann am Steuer hatte zwar sofort genickt, aber vor Schreck alle Farbe aus dem Gesicht verloren, weil sein stets schweigsamer Chef unvermittelt das Wort an ihn gerichtet hatte – und dann auch noch, um etwas so wenig Sachliches von sich zu geben.

Cole sagte sich, daß seine Umgebung einfach nicht in der Lage war, die vielfältigen Veränderungen wahrzunehmen.

Zu deren Entschuldigung mußte er allerdings zugeben, daß diese Menschen ja auch nicht gerade Diana Foster geheiratet hatten. Sie konnten nicht ahnen, wie schön und witzig diese Frau war, wie süß und mutig. Die Ehefrauen seiner Mitarbeiter hatten vermutlich noch nie kanisterweise Mittel zum Verscheuchen von Schlangen auf einen Campingurlaub mitgenommen; oder sich auf ihrer Hochzeit kaum gerade auf den Beinen halten können; oder sich im Flugzeug ihrem Mann auf den Schoß gesetzt und ihm Witze erzählt. Diese Ehefrauen hatten sicher auch noch nie ein lilafarbenes Abendkleid getragen, um wie eine Königin auf einem Ball zu erscheinen; dann mehr getrunken, als sie vertragen konnten ... und schließlich CNN angerufen, um ihre Vermählung kundzutun ...

Ein Management-Meeting ging gerade zu Ende, als er auf dem Weg zu seinem Büro an den Plätzen der Sekretärinnen vorbeikam. Ein Dutzend seiner leitenden Angestellten strömte aus dem Konferenzraum, unter ihnen auch Gloria Quigley, Dick Rowse und Allan Underwood. Sie alle blieben unsicher stehen, bis Underwood als erster seine Sprache wiederfand. »Was für eine Überraschung!«

Harrison wußte natürlich, daß er damit seine Vermählung ansprach. Die anderen fielen sofort in den Reigen der Gratulanten ein.

»Herzlichen Glückwunsch, Cole.«

»Großartig.«

»Eine gute Wahl.«

»Ausgezeichnet.«

»Wunderbar.«

Cole befand sich in einer Stimmung, in der er nichts ernst nehmen konnte. »Dann gefällt Ihnen also meine neue Krawatte?«

»Ihre was?« fragte Gloria verwirrt.

»Meine Krawatte«, entgegnete er ernst, konnte dann aber doch nicht verhindern, daß seine Mundwinkel zuckten. »Sie ist etwas heller und bunter als die Binder, die ich sonst zu tragen pflege.«

»Ich meinte eigentlich mehr ...«

»Was denn?«

»Ihre Frau.«

»Ach so«, entgegnete Harrison und konnte das Grinsen endgültig nicht länger zurückhalten. »Ja, sie hat mir dieses schöne Stück geschenkt.«

Damit verschwand er rasch in seinem Büro.

Die Manager standen zusammen und starrten sich fassungslos an. »Hat er das mit seiner Krawatte ernstgemeint?« formulierte Underwood das, was sich alle fragten.

Gloria verdrehte die Augen. »Nein, das war ein Witz.«

»Cole macht niemals Witze«, entgegneten die anderen im Chor.

»Anscheinend müssen wir uns nun auf eine neue Zeit gefaßt machen«, entgegnete Gloria.

»Meinen herzlichen Glückwunsch, Mr. Harrison«, begrüßte ihn seine Sekretärin und folgte ihm gleich mit Block und Stift. »Ich bin ein großer Fan der Foster-Familie.«

»Ich auch«, lächelte Cole und holte die Akten aus seiner Tasche, die er während der letzten Tage bearbeitet hatte. Leider wartete nun die Arbeit, und er konnte seine Gedanken nicht länger ausschließlich auf Diana richten. »Geben Sie bitte John Nederly Bescheid, daß ich ihn sehen möchte.«

»Er hat bereits zweimal angerufen, weil er Sie dringend sprechen muß.«

»Mein Segen zu deiner Ehe, Cole«, sagte Nederly gleich beim Eintreten. »Ist vor einer Stunde in den Nachrichten gekommen, und meine Frau hat mich gleich angerufen. Sie freut sich schon sehr darauf, eines Tages Miß Foster persönlich begegnen zu können, weil sie ein großer Fan ihrer Arbeit ist.«

Harrison wollte keine Zeit mit dem Austausch von Nettigkeiten verlieren. »Schließen Sie bitte die Tür«, forderte er den Firmensyndikus auf. »Und jetzt erzählen Sie mir, was, verdammt noch mal, eigentlich vorgeht.« Er lehnte sich in seinen Schreibtischsessel zurück und studierte den Mann ausgesprochen ungnädig, der sein Jura-Studium in Harvard als einer der Besten seines Jahrgangs abgeschlossen hatte. »Heute morgen hat ein Reporter auf einer Pressekonferenz erwähnt, die Bundes-Börsenaufsicht ermittle gegen mich.«

Nederly schüttelte den Kopf. »Das tut sie nicht.«

Coles Falten auf der Stirn vergingen, doch nur für einen kurzen Moment, bis sein Rechtsberater nämlich fortfuhr.

»Jedenfalls noch nicht. Das Bundesamt hat die New Yorker Börse gebeten, die Cushman-Übernahme zu überprüfen. So etwas ist der erste Schritt, sozusagen der Vorläufer, bis es zur Einleitung von Ermittlungen kommt.«

»Wie geht es weiter?«

»Die Bundes-Börsenaufsicht ist direkt dem Kongreß unterstellt, ist also New York übergeordnet. Ganz gleich, was die New Yorker Aufsicht herausfindet, das Bundesamt wird die Angelegenheit noch einmal prüfen und dann seine Entscheidung fällen.«

»Verstehe. Und weiter?«

»Wenn das Bundesamt zu der Ansicht gelangt, daß Hinweise dafür vorliegen, bei der Cushman-Sache sei es nicht mit rechten Dingen zugegangen, erhalten Sie die Aufforderung, zu einer Anhörung vor dem Gericht der Börsenaufsicht zu erscheinen. Sollte der dortige Richter gegen Sie entscheiden, gibt er den Fall an ein ordentliches Bundesgericht weiter, und dann bekommen Sie eine richtige Vorladung und müssen sich in einem Prozeß vor einer Jury verantworten.

Natürlich kann man jetzt noch nicht sagen, was man Ihnen zur Last legen wird. Börsenmanipulation dürfte allerdings mit Sicherheit darunter zu finden sein, und das zählt bei uns als schwerer Betrug. Ich glaube kaum, daß man Sie auch der Verbreitung falscher Informationen anklagen wird, es sei denn, man kann uns nachweisen, wir hätten die Ergebnisse des Testlabors gefälscht.«

»Jetzt sagen Sie mir doch einmal«, entgegnete Cole mit gefährlich leiser Stimme, »ist dieser letzte Punkt nicht ein wenig sehr weit hergeholt?«

Nederly blickte auf seinen Anzug hinab und entfernte ein imaginäres Staubkorn von seinem Hosenbein. »Vielleicht wollte ich nur mit meiner guten Ausbildung protzen«, versuchte er es mit einem Scherz.

»Vielleicht aber auch nicht, oder?«

Der Anwalt seufzte. »Nun gut. Ich habe kein gutes Gefühl bei dieser Sache. Die New Yorker treiben ihre Untersuchungen ungewöhnlich rasch voran, und ich habe aus einer für gewöhnlich verläßlichen Quelle erfahren, daß diese Ermittlungen reine Formalität seien, weil das Bundesamt längst der Überzeugung ist, genug gegen Sie in der Hand zu haben, um Sie ihrem Richter vorzuführen.«

»Was habe ich mir denn darunter vorzustellen, ›genug gegen mich in der Hand zu haben‹?«

»Na ja, erst steht der Cushman-Aktienkurs bei achtundzwanzig Dollar und sieht ganz gesund aus, weil die Firma einen neuen Mikroprozessor entwickelt. Und dann kommen urplötzlich Gerüchte an der Wall Street und in den Medien auf, dieser neue Chip tauge nichts. Der Cushman-Kurs fällt in den Keller, halbiert sich innerhalb einer Woche von achtundzwanzig auf vierzehn Dollar. Gleich darauf treten Sie auf und legen der Firma ein Kaufangebot vor. Selbst jemandem, der mit der Börse nichts am Hut hat, muß so etwas verdächtig vorkommen.«

»Wir wollen aber nicht vergessen, daß ich nicht nur vierzehn, sondern neunzehn Dollar pro Aktie bezahlt habe.«

»Das mußten Sie tun, um das gesamte Unternehmen zu bekommen. Ich will ja hier gar nicht in Abrede stellen, daß die Cushman-Aktionäre dank Ihnen einen guten Schnitt gemacht haben. Und das um so mehr, als Sie alles so arrangiert haben, daß ihr Gewinn steuerfrei geblieben ist.«

»Warum beschweren sie sich denn jetzt?«

»Na ja, wie ich schon sagte, auf den ersten Blick betrachtet, sieht das Ganze schon etwas merkwürdig aus.«

»Mich interessiert nicht, wie die Geschichte auf den ersten Blick aussieht ...«

Nederly schüttelte den Kopf. »Ich glaube, Sie sollten sich langsam um einen Rechtsbeistand bemühen.«

»Ist das der beste Rat, den Sie mir geben können?«

»Im Moment sind uns die Hände gebunden.«

»Von wegen«, knurrte Cole und drückte einen Knopf auf der Gegensprechanlage. »Shirley, stellen Sie mir bitte eine Verbindung mit Carrothers und Fineberg in Washington her. Ist mir egal, wen von beiden ich an den Hörer bekomme.«

Der Syndikus lächelte, als er den Namen der teuersten und einflußreichsten Kanzlei in Washington hörte. »Ich habe die Herren bereits gebeten, für Sie aktiv zu werden. Vielleicht kann man das Bundesamt ja vorab überzeugen, daß sie sich in eine Sache verrennen.«

Harrison informierte seine Sekretärin, daß das Telefonat sich erledigt habe. Zufrieden darüber, daß die Kombination von bestem juristischen Sachverstand und Mangel an Beweisen die Börsenaufsicht dazu bringen würde, die Sache fallenzulassen, lehnte er sich in seinen Sessel zurück und sah seinen Syndikus nachdenklich an.

»Haben Sie sonst noch etwas auf dem Herzen?« fragte Nederly.

»Ihre Krawatte.«

Der Anwalt wirkte genauso entsetzt über einen möglichen Makel an seinem perfekten Äußeren wie vorhin über die Bedrohungen, denen sich Unified gegenübersah. »Was stimmt nicht mit meiner Krawatte?«

»Die ist viel zu konservativ.«

»Aber Sie tragen doch auch immer konservative Krawatten.«

»Von heute an nicht mehr.« Die Entdeckung belustigte ihn sehr, daß dieser so vornehme Anwalt ihn offensichtlich imitiert hatte.

Kapitel 42

Um neunzehn Uhr dreißig arbeitete die Mehrzahl seiner leitenden Angestellten immer noch. Cole konnte sie hören, wie sie draußen hin und her liefen. Er selbst hatte noch eine Stunde zu tun und freute sich schon darauf, Diana anzurufen. Das wollte er lieber von zu Hause aus tun, wo er offener und mit mehr Muße zu ihr reden konnte. Acht Stunden war er nun schon von ihr getrennt und konnte es kaum abwarten, ihre Stimme wiederzuhören. Irgendwann kam es ihm in den Sinn, daß er sich wie ein verliebter Schuljunge aufführte, aber diese Vorstellung amüsierte ihn eher, als daß sie ihn verdroß.

Cal hatte am Nachmittag angerufen, nachdem er aus den Nachrichten von Coles Hochzeit erfahren hatte. Der Onkel hatte von der Sekretärin verlangt, seinen Neffen unverzüglich aus einem Meeting zu holen, weil er dringend mit ihm zu reden habe.

Doch statt einen freudigen Onkel zu hören zu bekommen, mußte der Neffe einen Zornesausbruch über sich ergehen lassen, weil er ›einfach losgezogen und die Erstbeste vor den Traualtar geschleppt‹ habe, um so an Cals Unterschrift zu gelangen.

Der Onkel hatte dann noch angedroht, daß Cole damit ihrer Abmachung zuwidergehandelt habe, weil doch vereinbart worden sei, daß der Neffe eine Familie gründe. Erst nach einigen Minuten war es Cole gelungen, den Mann zu beruhigen und ihn darüber aufzuklären, wen er zur Frau genommen habe.

Cal hatte am Mittwochmorgen einen Termin bei seinem Herzspezialisten in Austin. Cole bestand darauf, mit ihm dorthin zu fliegen und sich selbst davon zu überzeugen, was der Arzt zu sagen hatte. Er hoffte, nach dem Termin Diana in Houston abholen zu können. Doch wie er bei einem kurzen Zwischenanruf erfuhr, hatte sie dummerweise an dem Tag einige besonders wichtige Termine, die sich unmöglich absagen ließen. Sie könne frühestens Donnerstag fort.

Also mußte er noch einen Tag länger warten. Vierundzwanzig weitere Stunden, ehe sie zusammensein konnten. Zum Beispiel im Bett. Als er daran dachte, daß sie sich diesmal freiwillig und nüchtern zu ihm legen würde, bekam er sofort eine Erektion. Und er hatte die größte Mühe, sich wieder auf den Vertrag zu konzentrieren, den er dringend durchgehen mußte.

Harrison hatte gerade seinen Namen unter das Dokument gesetzt, als sein Vetter Travis hereinkam. Er trug ein Polohemd und eine ganz normale Hose. »Du bist noch hier!« rief er und schloß gleich die Tür hinter sich. »Dem Himmel sei Dank.«

Der Mann war Anfang Vierzig, hatte ein ansprechendes Gesicht – wenn er nicht gerade besorgt war, was recht häufig vorkam – und besaß einen athletischen Körperbau, der davon herrührte, daß er jeden Morgen vor der Arbeit sechs Meilen weit joggte.

Travis arbeitete hart, und wenn er auch vielen der hier beschäftigten Wissenschaftler geistig kaum das Wasser reichen konnte, so war er doch in seiner zuverlässigen Art der geeignete Mann für die Leitung der Forschungs- und Entwicklungsabteilung.

Der Vetter besaß einen gesunden Menschenverstand, wirtschaftete in seinem Bereich sparsam und günstig und verhielt sich Cole gegenüber absolut loyal. Aus all diesen Gründen vertraute Harrison ihm mehr als jedem anderen in seinem Unternehmen.

»Ja, ich bin noch hier«, bestätigte Cole mit einem leichten Grinsen, während Travis sich gleich an die Bar begab. »Aber dafür solltest du nicht mir danken, sondern demjenigen, der diesen Vertrag hier aufgesetzt hat. Es hat mich fast eine Stunde gekostet, mich da durchzukämpfen.«

Der Vetter starrte ihn verständnislos an, während er sich ein großes Glas Bourbon einschenkte, und fragte dann vorsichtig: »Oh, das war ein Witz, oder?«

»Offensichtlich kein zündender«, sagte Harrison und legte seinen Füllfederhalter beiseite. »Also, was gibt's?«

»Das weiß ich nicht so genau. Und deswegen bin ich zu dir gekommen und genehmige mir diesen Drink.«

Selbst von Travis war man solche Nervosität nicht gewohnt. »Und ich dachte, du wolltest auf meine Hochzeit anstoßen.«

Der Mann trat mit dem Glas in der Hand vor den Schreibtisch und setzte eine beleidigte Miene auf. »Du heiratest und hältst es nicht einmal für nötig, Elaine und mir Bescheid zu geben? Ganz zu schweigen davon, uns zu der Hochzeit einzuladen?«

Cole berührte es sehr, daß Travis darüber nicht erfreut war. Er schüttelte den Kopf. »Die Hochzeit war ja auch nicht geplant und kam ganz plötzlich. Diana und ich haben uns am Samstagabend dazu entschlossen und sind gleich nach Las Vegas geflogen, damit sie sich die Sache nicht noch anders überlegen konnte. Aber jetzt zu dir, was hat dich denn in den Alkoholismus getrieben?«

Der Vetter trank zwei große Schlucke, ehe er antworten konnte: »Ich werde verfolgt.«

Wer sollte jemanden wie Travis verfolgen, fragte sich Harrison, konnte sich dann aber dennoch einer gewissen bohrenden Unruhe nicht erwehren. »Warum glaubst du das?«

»Ich glaube das nicht, ich weiß es. Als ich gestern das Haus verließ, ist mir ein Mann aufgefallen. Er saß ein Stück die Straße hinunter in einem schwarzen Chevrolet und ist mir bis hierher gefolgt. Als ich heute abend die Firma verlassen habe, sah ich den Wagen schon wieder. Er parkte vor dem Tor auf der anderen Straßenseite. Und ist mir wieder gefolgt. Bis vor meine Haustür. Ich habe mich rasch umgezogen und bin dann zu Fuß zurück. Querfeldein, damit er mir nicht folgen konnte. Er hat es trotzdem versucht.«

Cole sah ihn streng an. »Könnte es vielleicht sein, daß du dir ein Verhältnis zugelegt hast?«

»Dazu fehlt mir sowohl die Zeit wie auch der Drang. Davon abgesehen würde Elaine mich umbringen.«

Ja, vor allem im letzten Punkt hatte der Vetter recht. »Es wäre doch auch denkbar, daß Diebe bei dir einbrechen wollen und dich erst ausspionieren, um deine Gewohnheiten kennenzulernen.«

Travis leerte sein Glas. »Dann können sie sich aber auf ein paar Überraschungen gefaßt machen. Wir haben zu Hause zwei Wachhunde, eine supermoderne Alarmanlage, Außenkameras und elektrische Tore.«

»Aber was sollte es denn sonst für einen Grund geben, dir überallhin zu folgen?«

Der Mann ließ sich in einen Sessel fallen. »Könnte das vielleicht etwas mit den Ermittlungen der Börsenaufsicht zu tun haben?«

Die Unruhe, die Cole vorhin erstmals gespürt hatte, verdichtete sich zu Wut. »Wenn das der Fall sein sollte, dann vergeuden diese Leute nur ihre Zeit.«

Als Cole an diesem Abend nach Hause fuhr, schaute er mehrmals in den Rückspiegel. Kein Zweifel, ein dunkelblauer, ziemlich neuer Ford folgte ihm bis vor das Eingangstor und verschwand dann hinter einer Kurve.

Er war noch nicht durch die Tür, als sein Telefon läutete. Harrison hob ab und hörte ein kaum verständliches Flüstern, das er erst nach einem Moment als die Stimme seines Vetters identifizieren konnte. »Cole, es gibt Ärger. Hier geht irgend etwas vor.«

»Wovon redest du überhaupt? Wo steckst du, und warum sprichst du nicht lauter?«

»Ich befinde mich in meinem Büro, und ich habe das ungute Gefühl, mich nicht allein hier aufzuhalten.«

Frustriert warf Cole seinen Mantel ab. »Was soll das heißen, du hast ein ungutes Gefühl?« Travis' Büro lag im Forschungs- und Entwicklungsgebäude und befand sich auf der Etage, in der auch die Labors untergebracht waren. Von dort aus hatte er einen weiten Blick auf den ganzen Firmenkomplex.

Der Vetter atmete tief durch, und seine Stimme klang jetzt etwas normaler, wenn auch immer noch voller Panik. »Nachdem ich dich verlassen hatte, war ich viel zu aufgedreht, um wieder nach Hause zu gehen. So beschloß ich, mich in meinem Büro mit dem Papierkrieg zu befassen. Nun gut, ich schaltete die Deckenbeleuchtung ein, und während die Lampen eine nach der anderen angingen, kam es mir so vor, als würde ein Schatten um eine Ecke verschwinden. Ich bin nach draußen auf den Flur gelaufen, konnte aber niemanden mehr entdecken. Wahrscheinlich ist er zum anderen Ende raus und über die Südtreppe nach draußen gelaufen.«

Cole band sich die Krawatte los, die Diana ihm geschenkt hatte. »Bist du dir denn absolut sicher, dort jemanden gesehen zu haben?«

»Nein.«

Erleichtert nahm sich Harrison die Notizen vor, die seine Haushälterin ihm neben das Telefon gelegt hatte.

»Aber ich bin mir verdammt sicher, meine Diskettenschränke verschlossen zu haben – und einer davon steht jetzt offen!«

»Ich kümmere mich darum«, versprach Cole. Natürlich mußte man immer mit Firmenspionage rechnen, aber Unified verfügte über ein ausgeklügeltes Sicherheitssystem mit einigen Zusatzsperren, die einem Dieb die Arbeit fast unmöglich machten.

»Befanden sich denn dort Dateien, für die sich einer unserer Konkurrenten interessieren könnte?«

»Nein, eigentlich nicht.«

»Gut. Dann geh jetzt nach Hause. Ich veranlasse alles Nötige.«

Als sein Vetter aufgelegt hatte, rief Cole Joe Murray, den Sicherheitschef seines Unternehmens, an und wartete ungeduldig, während Mrs. Murray ihren Mann rief, der sich gerade im Fernsehen ein Basketballspiel anschaute.

Joe war Mitte Fünfzig, ein ehemaliger Marinesoldat mit dem Körperbau eines Footballspielers. Seine tiefe Stimme entsprach vollkommen seinem kräftigen Äußeren. Der Mann kaute unentwegt Kaugummi, lachte über seine eigenen Witze, während er anderen über die Schulter sah, und vermittelte überhaupt den Eindruck eines ganz gewöhnlichen Wachmannes, dem irgendein ungnädiges Schicksal einen Schreibtischjob verpaßt hatte, der ihn völlig überforderte.

Doch in Wahrheit hatte er früher für das FBI als Undercover-Agent gearbeitet, und die lange Liste an Verhaftungen, die er vorweisen konnte, verdankte er vor allem seiner Begabung, nicht allzu intelligent zu erscheinen. Dank dieses Talents war es ihm bei vielen Gelegenheiten gelungen, in den inneren Führungskreis seines Opfers zu gelangen. Hier bei Unified verdiente er im Jahr zweihundertfünfundzwanzigtausend Dollar und erhielt darüber hinaus Firmenanteile und einen alljährlichen Bonus.

Als er sich endlich meldete, antwortete er nicht auf seine übliche unbedarfte Art. »Was haben wir für ein Problem?«

»Vor etwa einer halben Stunde hielt sich ein Eindringling in unserer Forschungs- und Entwicklungsabteilung auf«, teilte Harrison ihm mit. »Travis war noch einmal in sein Büro zurückgekehrt, um einiges aufzuarbeiten. Dabei entdeckte er einen aufgebrochenen Diskettenschrank. Darin hat sich aber wohl nichts allzu Wichtiges befunden, und anscheinend fehlt auch nichts.«

»Hat er jemanden gesehen?«

»Travis meint, ja. Einen Schatten, der verschwunden ist, als er das Licht anmachte.«

»Könnte er vergessen haben, den Schrank vorher abzuschließen?«

»Das würde ihm nicht ähnlich sehen.«

»Ja, da haben Sie recht. Ich fahre gleich hin und überzeuge mich selbst. Wenn die Sicherheitsmänner unten am Eingang etwas gesehen haben oder wenn ich selbst etwas herausfinde, melde ich mich sofort bei Ihnen.«

»Ja, bitte. Und von morgen an möchte ich rund um die Uhr einen Mann am Außentor postiert sehen.«

»Ich habe Ihnen doch schon mehrfach vorgeschlagen, rund um das Gelände Elektrozäune aufzustellen und es nicht bei einem Wachhäuschen zu belassen.«

Tagsüber saß ein Rentner in dem Wachhäuschen, der einen Blazer mit dem Firmen-Logo auf der Brusttasche trug. Seine Hauptaufgabe bestand darin, Besuchern den Weg zu weisen.

Die eigentlichen Wachmänner trugen die gleichen Jacketts, saßen aber im Empfang der einzelnen Firmengebäude. Nur die Hauptverwaltung bildete darin eine Ausnahme. Um die Illusion von Eleganz und Luxus aufrechtzuerhalten, saß dort eine Frau am Empfang. Allerdings hielt sich stets ein Mann in einem Blazer unauffällig in ihrer Nähe auf.

Cole mußte daran denken, wie oft er schon mit Murray darüber diskutiert hatte. Und auch jetzt entschied er sich wieder gegen dessen Vorschlag. »Ich habe ein Vermögen dafür ausgegeben, das Unified-Gelände in einen der schmucksten Orte auf der Welt zu verwandeln. Deswegen habe ich ganz gewiß nicht vor, dieses Fleckchen mit Zäunen zu umgeben, hinter denen schwerbewaffnete Wächter patrouillieren. Das käme mir so vor, als hätte ich dort ein Hochsicherheitsgefängnis errichtet.«

»Okay, Cole, Sie sind der Boß«, sagte Joe, und Harrison hörte ihm an, daß er am liebsten gleich aufbrechen wollte. »Gibt's sonst noch was?«

»Ja, Travis und ich werden verfolgt. Er von einem schwarzen Chevrolet, ich von einem dunkelblauen Ford.«

»Haben Sie irgendeine Ahnung, wer dahinterstecken könnte?«

»Nein«, antwortete er, weil er sich nicht vorstellen konnte, daß die Börsenaufsicht sich solcher Mittel bediente. Aber was kam sonst in Betracht? Plante hier jemand eine gewaltsame Entführung? Nun, mit dieser Möglichkeit mußte man natürlich immer rechnen, aber Cole hielt das doch für zu weit hergeholt. Damit blieb nur noch eins übrig, und das wollte er nicht mit Murray besprechen. »Ich glaube, diese Herrschaften verschwenden nur ihre Zeit. Indem sie mir überallhin folgen, werden sie wohl kaum etwas Belastendes über mich herausfinden.«

»Wissen Sie, wie Sie einen Verfolger loswerden können?«

»Ich schaue mir gern Krimis an«, antwortete Harrison spöttisch. »Nein, ich glaube, ich weiß mir schon zu helfen.«

Nachdem Cole aufgelegt hatte, mixte er sich einen Drink und begab sich damit ins Wohnzimmer, wo man durch die Bodenfenster einen ausgezeichneten Blick auf den riesigen, asymmetrischen Swimmingpool komplett mit Pavillon und einer Brücke hatte, die sich quer über das Becken spannte. Am hinteren Ende des Gartens befand sich ein Wasserfall. Zweitausend farbige Glasfaserstränge steckten hier in langen Plastikröhren. Das Wasser floß über die Felsen und durch die Röhren und erschuf so den Eindruck, ein Feuerwerk regne auf die Erde hernieder.

Cole legte die Füße auf die Couch und wählte Dianas Nummer. Sie hob schon beim zweiten Läuten ab, und ihre warme und muntere Stimme hüllte ihn sofort wunderbar ein. »Wie war dein Tag?« fragte er.

Diana weigerte sich, auch nur einen Gedanken an Dougs Besuch zu verschwenden. »Großartig. Und deiner?«

Cole verdrängte die lästigen heutigen Ärgernisse wie die Ermittlungen der Börsenaufsicht, die drohende Vorladung und den blauen Ford, der ihn verfolgte. »Einfach toll. Alle haben meine neue Krawatte bewundert.«

Kapitel 43

Der blaue Ford folgte Cole im Abstand von fünf Autos, als sein Chauffeur auf das Firmengelände von Unified einbog. Der fremde Wagen fuhr weiter geradeaus, doch Harrison konnte sein Nummernschild erkennen. Wer auch immer ihm folgte, er wollte offensichtlich nicht das Risiko eingehen, auch noch Unified-Terrain zu betreten.

»Seien Sie bitte um siebzehn Uhr wieder hier«, erklärte er seinem Fahrer. »Wenn ich bis siebzehn Uhr dreißig nicht herausgekommen sein sollte, können Sie nach Hause zurück.«

»Ja, Mr. Harrison.«

Murray wartete schon vor Coles Büro und unterhielt gerade Shirley und Gloria mit einer Geschichte aus seiner Zeit in der ›Little League‹, der Baseball-Liga für Junior-Mannschaften. Als Harrison erschien, folgte der Sicherheitschef ihm gleich in dessen Büro. Kaum hatte sich die Tür hinter ihnen geschlossen, bemerkte Murray: »Gloria Quigley glaubt insgeheim, Sie könnten über Wasser wandeln, und Shirley bestärkt sie in dem Glauben, um Ihr Image aufrechtzuerhalten.«

»Wirklich?« Das überraschte Cole nun doch etwas, weil er nie eine andere als eine Arbeitsbeziehung zu den beiden unterhalten hatte und seines Wissens auch sonst nie etwas unternommen hatte, um sie zu dieser Meinung zu bewegen. »Ich frage mich, wie sie darauf kommen.«

»Loyalität«, bemerkte Murray. »Mitarbeiter schenken demjenigen ihre uneingeschränkte Loyalität, den sie voll und ganz respektieren. Ein nicht seltenes Phänomen. Die beiden Frauen weisen übrigens die gleiche Persönlichkeitsstruktur auf.«

Statt weiter darauf einzugehen, notierte Cole rasch etwas auf einen Block und riß das Blatt dann ab. »Das ist das Kennzeichen des blauen Fords.«

»Überprüfe ich gleich.« Der Sicherheitschef faltete den Zettel zusammen und steckte ihn in die Tasche seines schwarzgrauen Jacketts. »Wo wir gerade bei Persönlichkeitsstrukturen sind, Ihr Vetter macht auf mich einen sehr nervösen Eindruck. Wissen Sie vielleicht, was ihm so zu schaffen machen könnte?«

»Nun, da fallen mir mehrere Gründe ein«, antwortete Harrison mit einem grimmigen Lächeln. »Die New Yorker Börse ermittelt auf Ersuchen der Bundes-Behördenaufsicht gegen uns. Travis wird ebenso wie ich verfolgt. Und letzte Nacht hat sich jemand an seinen Dateienschränken zu schaffen gemacht.«

»Verstehe. Übrigens ist den Wächtern im Gebäude der Forschung und Entwicklung letzte Nacht nichts Ungewöhnliches aufgefallen. Nach achtzehn Uhr hat niemand mehr den Komplex betreten, und bei denen, die herauskamen, handelte es sich ausnahmslos um Angestellte, die ihnen vom Sehen her bekannt waren. Um neunzehn Uhr schalten wir in den Treppenhäusern regelmäßig die Alarmanlagen ein. Das heißt, nur jemand mit einem Sicherheitsausweis kann dort durch, ohne einen Alarm auszulösen. Davon abgesehen kann dank dieser Maßnahme niemand von außen in ein Treppenhaus gelangen.«

»Wie ist unser Eindringling denn hereingekommen?«

»Er könnte nach der Mittagspause mit den anderen Angestellten hereingeschlüpft sein und hat sich dann bis Feierabend irgendwo im Gebäude versteckt, weil er ja keinen Besucherausweis besaß. Allerdings halte ich diese Möglichkeit für ausgesprochen unwahrscheinlich. Andererseits kann der Betreffende nur mit einem Sicherheitsausweis in Travis' Abteilung gelangt sein. Und das kann nur eines heißen.«

»Einer unserer Angestellten«, schloß Cole sofort.

»Wir sollten das in Betracht ziehen. Auch die Möglichkeit, daß es sich gar nicht um einen Mann, sondern um eine Frau gehandelt haben könnte. Schließlich ist Travis sich ja nicht sicher, was er überhaupt gesehen hat. Vielleicht ist er auch nur einer optischen Täuschung zum Opfer gefallen. Er sah irgendeinen Schatten, den allein das Licht erzeugte, entdeckte den aufgebrochenen Schrank und hat dann nach dem erstbesten Strohhalm gegriffen, der ihm einfiel. Wie ich bereits sagte, der Mann ist ziemlich nervös. Ich habe Fingerabdrücke vom Schrank genommen und lasse die gerade untersuchen. Sobald ich Ihr Büro verlassen habe, nehme ich mir das Wagenkennzeichen vor. Könnte aber ein oder zwei Tage dauern.«

Er erhob sich und ging zur Tür, als Coles irritierte Frage ihn zurückhielt: »Warum nicht ein oder zwei Stunden?« Murrays Zögern vorhin war ihm nicht entgangen, und er hegte bereits einen Verdacht.

»Sie und Ihr Vetter haben die Verfolger ohne Schwierigkeiten entdeckt«, entgegnete der Sicherheitschef. »In beiden Fällen haben diese Fahrzeuge auf der anderen Straßenseite gewartet – also ziemlich auffällig.«

»Stimmt.«

Murray seufzte. »Leider bedienen sich nur Gesetzeshüter solch tolpatschiger Observationsmethoden. Ich weiß nicht, aber irgendwie scheinen diese Leute zu glauben, sie seien von Natur aus unsichtbar.«

Coles Augen wurden kalt wie Eis, und er fragte gefährlich leise: »Soll das etwa heißen, daß die Polizei uns verfolgt?«

»Da würde ich drauf wetten. Ich gebe Ihnen sofort Bescheid, wenn ich die Nummer hier überprüft habe.«

Nachdem der Sicherheitschef gegangen war, führte Harrison drei Telefonate. Das erste mit einer Leihwagenfirma, die ihm versprach, am Nachmittag eine unauffällige, viertürige Limousine vor seinem Büro abzustellen.

Für das zweite wählte er eine nichtregistrierte Nummer in Fairfax, Virginia, und wurde mit einem langjährigen

Mitglied des US-Senats verbunden. Der Mann besaß angeblich das Ohr des Präsidenten, saß im Finanzausschuß und hatte einen enormen politischen Einfluß. Außerdem waren ihm bei seinem letzten Wahlkampf dreihunderttausend Dollar aus Spenden zur Verfügung gestellt worden, die maßgeblich von Cole Harrison zusammengetragen worden waren. Natürlich hoffte der Senator, bei der nächsten Wahl mit ähnlicher Unterstützung rechnen zu dürfen.

Seine Frau Edna teilte Cole mit, daß Senator Samuel Byers gerade in einer Ausschußsitzung säße. Harrison hinterließ eine Nachricht, konnte aber nicht gleich weitertelefonieren, weil sie ihm lang und breit schilderte, wie begeistert sie von *Foster's Beautiful Living* sei. Er mußte ihr versprechen, Diana zur nächsten Weihnachtsfeier in Fairfax unbedingt mitzubringen.

Als drittes wählte Cole eine Nummer, von der nur er wußte, daß sie existierte. Er trommelte nervös mit den Fingern auf der Schreibtischplatte, und als Willard Bretling sich endlich meldete, sagte er nur: »Ich komme heute abend um achtzehn Uhr.«

»Wer spricht denn da?« fragte Bretling mit rauher Stimme, so als benutze er sie nur selten.

»Was glauben Sie denn?« gab Harrison unwirsch zurück.

»Ja, natürlich. Entschuldigung. Ich spiele schon den ganzen Abend mit unserem kleinen Spielzeug«, erklärte der Einundsiebzigjährige.

Senator Byers meldete sich um sechzehn Uhr auf Coles Privatnummer, gleich nachdem dieser mit Diana telefoniert hatte.

»Tut mir leid, daß Sie solchen Ärger haben, Cole«, meinte Sam, und es schien ihm damit ernst zu sein. »Ich schätze aber, die Angelegenheit wird in ein oder zwei Wochen vergessen sein.«

»Da bin ich mir gar nicht so sicher.«

»Was kann ich für Sie tun?«

»Herausfinden, wer, verdammt noch mal, hinter dieser Geschichte steckt und wie weit er schon vorangekommen ist.«

»Ich kümmere mich darum«, versprach der Senator, zögerte einen Moment und fügte dann vorsichtig hinzu: »Solange dieser Sturm im Wasserglas noch nicht vorüber ist, würde es sich empfehlen, daß Sie mich nicht anrufen, weder privat noch in meinem Büro. Ich melde mich bei Ihnen. Und grüßen Sie Ihre neue Frau bitte ganz herzlich von mir.«

Cole fluchte leise über Byers' Scheinheiligkeit. Dann lehnte er sich in seinem Sessel zurück, schloß die Augen und versuchte sich von den chaotischen Ereignissen des Tages zu erholen, indem er sich Dianas Bild ins Gedächtnis zurückrief. Er sah sie, wie sie mit ihm durch den Garten spaziert war, nachdem sie ihre Familie von der Hochzeit in Kenntnis gesetzt hatte.

Diana hatte ihn gefragt, warum er ein so versteinertes Gesicht mache. Cole hatte ihr geantwortet, daß das seine beeindruckte Miene sei. Daraufhin hatte sie wie ein kleines Mädchen gedrängt, ihr seine ›Versteinerung‹ genauer zu zeigen …

Bei der Erinnerung mußte Harrison laut lachen.

Kapitel 44

Corey zeigte auf die Hochglanzfotos, die sie auf Dianas Schreibtisch ausgebreitet hatte. »Welches hältst du für besser? Das hier vorn oder das hier links?«

»Was?« fragte ihre Schwester, die immer noch aus dem Fenster schaute und einem Jumbo zusah, der eine weite Schleife flog und dann zur Landung niederging.

Corey legte ihr eine Hand auf den Arm. »Diana, du bist mit deinen Gedanken ganz woanders und scheinst dich heute überhaupt nicht auf die Arbeit konzentrieren zu können. Warum fährst du nicht gleich zu Coles Onkel, statt damit bis morgen zu warten?«

Sie schüttelte den Kopf. »Nein, ich habe ihm gesagt, daß ich heute nicht von hier fortkomme. Die nächste Woche habe ich mir freigenommen, und bis dahin muß ich noch so viel erledigen. Außerdem hat Cole gesagt, daß er mich morgen hier abholt.«

»Meinst du nicht, es würde ihn besonders freuen, wenn du heute schon zu ihm kämst?«

»Ja, das würde es sicher«, lächelte Diana. Er war enttäuscht gewesen, daß sie sich erst morgen sehen konnten, hatte aber Verständnis dafür gezeigt, daß seine Frau nicht eher konnte. »Davon abgesehen befindet er sich zur Zeit mit seinem Onkel auf dem Weg nach Austin. Selbst wenn ich Coles Sekretärin anriefe, um mitzuteilen, daß ich doch schon heute könne, würde Cal bestimmt nicht allein von seinem Herzspezialisten hierher und dann erst zu sich nach Hause fliegen wollen.«

Corey spürte, wie ihre Schwester unsicher wurde, und das machte sie glücklich, weil das Gefühl ihr sagte, daß Harrison genau der Richtige für Diana sei. »Du könntest dir doch von Coles Sekretärin die Adresse des Onkels geben lassen, dorthin fliegen und ihn unterwegs anrufen, daß er dich am Flughafen abholen soll.«

»Führ mich bloß nicht in Versuchung«, warnte Diana. Sie erhob sich und lief vor dem Fenster auf und ab. Die Aussicht und auch der Wunsch, auf der Stelle nach Jeffersonville zu können, nahm sie so gefangen, daß sie das Mercedes-Cabrio, das gerade unten vorfuhr, zuerst gar nicht wahrnahm.

Als sie dann doch hinschaute, fiel ihr zuerst die junge Frau auf, die aus dem Wagen stieg. Sie konnte höchstens Anfang Zwanzig sein und trug einen hautengen und superkurzen pinkfarbenen Mini, der ihre langen, schönen Beine betonte, und ein trägerloses Strick-Top, das sich stramm über ihre vollen Brüste spannte. Alles an ihr wirkte perfekt, bis hin zu dem fließenden langen

Haar und dem Schmollmund mit den geschwungenen Lippen.

Neben ihr saß ein Mann am Steuer, der nach ihrer Hand griff und sie wieder in das Cabrio zog, so als wollte er nicht, daß sie mit ihm komme. Dann stieg er selbst aus.

Dianas Stimme sank zu einem kaum wahrnehmbaren Flüstern. »Dan ist da unten. Und er hat seine Frau mitgebracht.«

»Was?« Corey raste zum Fenster. Das Model verließ nun trotzig wieder den Wagen. Dan lachte und schob sie auf ihren Sitz zurück. Corey konnte einen ziemlich genauen Blick auf sie werfen und empörte sich gleich. »Ist das denn zu glauben? Die sieht ja aus wie ein frühreifer Teenie!«

In Diana flammten kurz Eifersucht und Verletztheit auf, vergingen jedoch rasch wieder. »Für ihn ist sie genau die Richtige«, sagte sie dann. »Offensichtlich paßt es ihr überhaupt nicht, daß er allein heraufkommen will, und sie fühlt sich unsicher. Ihm gefällt dieses kleine Spielchen. Hast du gesehen, wie er gelacht hat?«

»Dieses Schwein!« schimpfte ihre Schwester wütend. »Offensichtlich braucht er andauernd eine Bestätigung für seine Männlichkeit. Bedeutende Gespräche wird er mit dieser Lolita ja wohl nicht führen können!«

Diana dachte an die Zeit zurück, in der sie noch eine Beziehung gehabt hatten. Dan hatte zwar immer gesagt, er sei stolz auf all das, was sie erreicht habe, doch dabei hatte er ihr unterschwellig immer das Gefühl vermittelt, daß es dafür bei ihr auf anderen Gebieten haperte. »Deine Karriere nimmt dir einfach zuviel«, hatte er mindestens tausendmal gesagt.

Zugegeben, auch ohne Karriere besaß Diana nicht die vollen Brüste und die langen Beine dieses Mädchens da unten. Und selbst wenn sie über so etwas verfügt hätte, wäre es ihr im Traum nicht eingefallen, sich in einem solchen Outfit blicken zu lassen.

»Wie konnte ich nur so blind sein?« murmelte sie und kehrte zu ihrem Schreibtisch zurück.

»Wirst du ihn empfangen?«

»Nur für einen Moment«, antwortete Diana und rief über die Gegensprechanlage ihre Sekretärin.

»Möchtest du, daß ich bleibe?« fragte Corey.

»Das überlasse ich ganz dir. Dan will sich von aller Schuld befreien, indem er mir vorschlägt, doch Freunde zu bleiben.«

Die Sekretärin meldete sich, und Diana bat sie, Coles Vorzimmerdame anzurufen und sich von ihr Cals Adresse und Telefonnummer geben zu lassen. Sally sollte darüber hinaus auch Mr. Harrison verständigen, daß seine Frau auf dem Weg zu ihm sei, und ihr dann Flugtickets besorgen. Kaum hatte sie alles durchgegeben, meldete die Sekretärin flüsternd: »Mr. Penworth kommt gerade aus dem Fahrstuhl.«

»Diana!« rief er wenige Momente später. Er wirkte sonnengebräunt, sein Haar war etwas vom Wind zerzaust, und von seiner leicht zerknirschten Miene ging durchaus etwas Charmantes aus. »Ich bin gestern zurückgekommen und habe mich, sobald es mir möglich war, gleich auf den Weg zu dir gemacht.«

Diana lehnte sich an ihren Schreibtisch und verschränkte die Arme vor der Brust. »Das sehe ich«, entgegnete sie milde. Statt Schmerz und Zorn spürte sie nur Erleichterung und Verachtung. Sie hatte keinen wunderbaren Menschen verloren. Dan war vielmehr schwach, selbstsüchtig und ein Feigling. Cole hatte vollkommen recht gehabt mit dem, was er auf dem Hotelbalkon über ihn gesagt hatte.

»Ich wünschte, du würdest etwas sagen, was mir die Situation etwas erleichtern könnte«, sagte Dan und wirkte angesichts ihrer mangelnden Hilfsbereitschaft ehrlich enttäuscht. »Ich verstehe ja, daß es dich ziemlich getroffen haben muß, als es so kam, wie es eben gekommen ist.«

»Ja, es hat mich etwas verwundert«, entgegnete sie, und er fühlte sich von diesen Worten geschmeichelt. »Immerhin«, fügte sie hinzu und konnte sich ein Lächeln kaum verkneifen, »bin ich ohne mein Zutun den größten Abschaum auf dieser Erde losgeworden.«

Das schien ihm nun doch zu weit zu gehen, und ohne ein weiteres Wort verließ er das Büro. Als die Tür sich hinter ihm geschlossen hatte, sah Diana zu ihrer Schwester, die hinter dem Schreibtisch an der Wand lehnte. Corey grinste und fing dann an, laut zu applaudieren.

Kapitel 45

Diana mußte ihre Pläne zum erstenmal in Austin und dann noch einmal in San Larosa ändern. Natürlich war sie nicht so naiv zu glauben, zwischen San Larosa und Ridgewood Field, dem nächsten Flughafen bei Kingdom City, würde ein Jumbo-Jet verkehren. Aber sie hätte auch nie für möglich gehalten, eine halbe Meile auf hochhackigen Schuhen über das Flugfeld laufen zu müssen, um zu einer kleinen Propellermaschine, deren Anstrich vielfach ausgebessert war, zu gelangen, die sie unter anderen Umständen vielleicht als ›niedlich‹ empfunden hätte.

Je näher sie kam, desto winziger wirkte das Flugzeug mit der stolzen Aufschrift ›Texas Airline‹. Dazu bewegte sie sich in einer Art Laufschritt, weil der Kofferträger, der sich auch schon am Schalter um alle Formalitäten gekümmert hatte, es offensichtlich eilig hatte.

Irgendwann schien ihm dann das Klappern ihrer Stökkelschuhe aufzufallen, denn er blieb stehen und drehte sich zu ihr um. »Hier entlang. Wir sind gleich da, Miß Foster – oder sollte ich eher sagen, Mrs. Harrison? Ich habe Sie und Ihren Mann nämlich in den Nachrichten gesehen.«

Dianas Aufmerksamkeit wurde aber eher von dem kleinen, wenig beruhigend aussehenden Flugzeug in Anspruch genommen, dem sie sich offensichtlich anvertrauen sollte. »Kann das Ding denn fliegen?«

»Ich halte große Stücke auf es«, antwortete der junge Mann mit einem Lächeln.

»Ja, gut, aber würden Sie auch damit fliegen?«

»Oh, das tue ich andauernd.«

Das Innere der Maschine entsprach ihrem Äußeren, nur daß es hier zusätzlich noch schmuddelig war. Dianas Sitz wackelte nach links und nach rechts, als sie darin saß, und so suchte sie rasch auf dem Boden nach den Schlössern für die beiden Sicherheitsgurte. Als das erledigt war, besaß der Sitz tatsächlich ein wenig mehr Halt. Der Tiketverkäufer/Träger zwinkerte ihr zu, als er sich durch die Luke schob und sich auf den Pilotensitz quetschte. Dann setzte er sich eine Fliegerbrille auf und nahm eine weitere Rolle ein – die des Piloten.

Die Maschine rumpelte über das Rollfeld, der Motor protestierte lautstark und spuckend dagegen, angelassen zu werden, das Flugzeug schwankte so heftig nach beiden Seiten, daß Dianas Sitz sich wieder etwas löste, und im letzten Moment erhob die Nase sich mit unüberhörbarem Ächzen in die Höhe – der Flieger strebte langsam der Sonne entgegen.

Wenn die Mühle es schon schaffte, nach oben zu gelangen, würde sie auch wieder nach unten kommen, sagte sich Diana grimmig und öffnete den Umschlag mit den Anweisungen, wie sie zu Cals Ranch gelangen konnte. Dummerweise beging sie den Fehler, nach vorn zu schauen, als der Pilot gerade seine Augen mit einer Hand abschirmte und den Horizont absuchte, erst von rechts nach links, dann von links nach rechts.

Kein Radar!

Diana wollte es nicht glauben. Sie klammerte sich mit beiden Händen an ihrem Sitz fest, verfolgte gebannt, wie der Mann weiterhin am Himmel nach anderen Flugkörpern Ausschau hielt, und fing unwillkürlich an, ihn in seiner Suche zu unterstützen. Sie beugte sich vor, spähte, so gut es ging, oben, unten, links und rechts nach weiterem Flugverkehr und spürte, wie ihr das Herz bis zum Hals schlug.

Eine Stunde später setzte die Maschine unsanft auf Ridgewood Field auf und galoppierte hüpfend zum Terminal. Als der Flieger stand, löste der Pilot seinen Gurt und lächelte dem Fluggast stolz und zufrieden zu. Er stieß die Luke auf, zog die Leiter heraus und reichte Diana eine Hand. »Ich hoffe, Sie hatten einen angenehmen Flug.«

Die junge Frau spürte wieder festen Boden unter den Füßen und konnte zum erstenmal seit einer Stunde ruhig durchatmen. »Wenn Sie eine Sammlung veranstalten, um sich ein Radargerät zuzulegen, würde ich gern eine größere Spende tätigen.«

Der Mann lachte und nickte über die Schulter. Am Ende der Rollbahn erhob sich Coles Gulfstream inmitten der anderen Maschinen wie ein König unter Bauern.

»Natürlich, wenn Sie schon einmal in so was geflogen sind, kommt Ihnen alles andere klein und lahm vor. Wird Mr. Harrison Sie hier abholen?«

»Ich muß ihn erst noch anrufen.«

Im Innern des Terminals, einer besseren Wellblechbude, herrschten unerträgliche Temperaturen. Neben einem Schalter mit der Aufschrift ›Leihwagen‹ stand ein Schokoriegelautomat. Eine Frau in einer Kellnerinnenuniform, deren Namensschild sie als ›Roberta‹ auswies, unterhielt sich gerade mit zwei Männern, die an einer kleinen Theke hockten und Kaffee aus Plastikbechern zu sich nahmen. An der gegenüberliegenden Wand zeigten sich die beiden Toilettentüren, und dazwischen war ein öffentlicher Fernsprecher angebracht.

Nachdem Diana zwanzig Minuten lang nur das Besetztzeichen erhalten hatte, rief sie bei der Vermittlung an, damit diese feststellen sollte, ob die Leitung gestört sei. Sie erhielt die Auskunft, daß die Verbindung zur Zeit außer Betrieb sei, vermutete, daß Coles Onkel mal wieder etwas von der Rechnung abgezogen hatte, und beschloß, sich einen Leihwagen zu nehmen.

»Tut mir leid, Miß«, sagte Roberta und schien das tatsächlich zu bedauern, »aber wir haben hier nur zwei Wagen. Den mit dem kaputten Auspuff hat heute jemand von einer Bohrfirma genommen, und der mit den abgefahrenen Reifen ist letzte Woche liegengeblieben und befindet sich gerade in der Werkstatt.«

»Dann sagen Sie mir doch bitte, wo ich ein Taxi finden kann.«

Die beiden älteren Herren an der Theke fingen an zu lachen, und einer sagte: »Mädchen, Sie sind hier nicht in St. Louis. Noch nicht einmal in San Angelo. So was wie einen Taxistand haben wir hier nicht.«

Das frustrierte Diana, aber noch gab sie sich nicht geschlagen. »Wann geht denn der nächste Bus nach Kingdom City?«

»Morgen vormittag.«

Die junge Frau beschloß herauszufinden, ob die texanischen Männer tatsächlich alle solche Kavaliere seien, wie ihnen immer nachgesagt wurde. »Ich bin hierhergekommen, um mich mit meinem Mann zu treffen. Wir haben gerade letztes Wochenende geheiratet und wollen hier unsere Flitterwochen verbringen.«

Das rührte Robertas Herz zutiefst. »Ernest«, wandte sie sich an einen der Thekenhocker, »du könntest die junge Lady doch nach Kingdom City bringen, oder? Das liegt nur ein paar Minuten von deiner Route. Wenn du das machst, bekommst du vierzehn Tage lang bei jedem Besuch einen Gratiskaffee.«

Ernest kaute nachdenklich auf seinem Zahnstocher herum und nickte schließlich. »Sagen wir drei Wochen, Bobbie, und die Sache ist geritzt.«

»Also gut, drei Wochen.«

»Dann wollen wir mal«, meinte Ernest, rutschte von seinem Hocker und schaukelte in Richtung Ausgang.

»Vielen Dank«, sagte Diana erleichtert und reichte ihm die Hand. »Ich bin Diana Foster.« Er schüttelte ihre Rechte rasch und stellte sich als Ernest Taylor vor. Sein Kavaliertum reichte aber nicht bis zum Koffertragen. Er warf nur einen Blick auf ihr Gepäck und sagte dann: »Wir treffen uns draußen. Ich fahre mit dem Wagen heran, damit Sie die Sachen da nicht über den ganzen Parkplatz schleppen müssen.«

»Das ist wirklich sehr nett von Ihnen«, entgegnete Diana mit unüberhörbarem Sarkasmus und machte sich daran, den ersten ihrer drei Koffer nach draußen zu befördern. Als sie den dritten fast soweit hatte, schob sie sich die Haare aus dem Gesicht, weil sie nicht glauben konnte, was sie dort zu sehen bekam. Wenn Diana nicht so müde und erledigt gewesen wäre, hätte sie sich jetzt auf den ersten ihrer Louis-Vuitton-Koffer gesetzt und gelacht, bis ihr die Tränen gekommen wären.

Ein rostiger dunkelblauer Pick-up mit einem Aufkleber, Ronald Reagan zu wählen, an der Heckklappe und haufenweise Ölfässer, Angelzeug, Werkzeugkisten und Kabeltrommeln auf der Ladefläche. »Der Verschluß an der Heckklappe ist leider kaputt. Werfen Sie Ihre Sachen einfach hinten drauf«, forderte Ernest sie aus dem Mundwinkel auf, in dem der Zahnstocher gerade nicht steckte.

Diana wußte, daß ihr das unmöglich gelingen würde. »Könnten Sie mir vielleicht dabei helfen?« fragte sie ihn.

Ernest öffnete die Fahrertür, schob einen Fuß hinaus und hielt dann inne. »Wieviel wäre Ihnen meine Mühe denn wert? Sagen wir, fünf Dollar?«

Ursprünglich hatte sie vorgehabt, ihm für die Fahrt einen Zwanziger zu geben. Doch mittlerweile war ihre Großzügigkeit doch deutlich geschrumpft. »Gut.«

Der Mann schob sich aus seinem Wagen und warf die drei Louis-Vuitton-Stücke, die zusammen etwa fünftausend Dollar wert waren, zwischen die Kisten und schmutzigen Lappen. Als er dann den dritten zwischen zwei Kanister schieben wollte, stieß Diana einen Schrei aus. »Könnten Sie damit bitte etwas vorsichtiger umgehen? Die Koffer waren sehr teuer.«

»Was, das hier?« fragte er kopfschüttelnd, hob den Koffer hoch und betrachtete ihn sich aus der Nähe. »Kann ich mir nicht vorstellen. Für mich sieht das aus wie Segeltuch mit Plastikverstärkung an den Seiten.«

Diana wußte, daß es zwecklos war, über solche Dinge mit einem Mann zu debattieren, dem nicht einmal der Zustand seines Wagens etwas auszumachen schien. Deshalb beschloß sie, gar nichts dazu zu sagen.

Ernest aber mißverstand ihr Schweigen und glaubte, ihr sei gerade erst klargeworden, auf was für einen Ramsch sie sich da eingelassen hatte. So entschloß er sich, ihr die weiteren Nachteile aufzuzählen. »Allein schon diese Farbzusammenstellung. Richtig krank. Braun mit grünlichen Buchstaben überall auf dem Stoff. LV, wohin man sieht, nichts anderes.« Er legte aber den dritten Koffer nicht zwischen, sondern auf die Kanister und kehrte hinter sein Lenkrad zurück. Dort wartete er, bis Diana den Beifahrersitz von Straßenkarten, Angelzeug und einer Öldose befreit hatte. »LV«, meinte er dabei, »das ist doch nicht einmal ein Wort.«

Die junge Frau gewann den Eindruck, daß er den Motor erst dann anlassen würde, wenn diese Frage endgültig geklärt war. So antwortete sie mit Vorbehalt: »Das sind Initialen.«

»Haben Sie wohl Secondhand gekauft, was?« schloß er, warf den Gang ein und steuerte den Wagen vom Flughafen auf die Landstraße. »Jetzt möchten Sie sicher wissen, wie ich darauf gekommen bin, was?«

Dianas Irritation legte sich und machte Heiterkeit Platz. »Wie haben Sie das bloß erraten?«

»Weil Ihre Initialen nicht LV sind.«

»Ja, das stimmt.«

»Und wem haben diese furchtbaren Dinger gehört, bevor Sie damit gestraft worden sind?«

»Louis Vuitton.«

»Kein Scheiß?«

»Bei meiner Ehre.«

Er trat das Bremspedal durch und legte einen niedrigeren Gang ein, als sie vor ein Stoppschild gerieten. »Ist das vielleicht ein Verflossener von Ihnen?«

Vielleicht lag es an der klaren Bergluft, vielleicht aber auch daran, Cole schon so nahe gekommen zu sein, jedenfalls hatte Diana plötzlich nicht mehr die geringste Lust, sich von irgend etwas ärgern zu lassen. »Nein.«

»Das freut mich aber echt für Sie.«

Diana drehte den Kopf und betrachtete Ernests Profil. Seine Haut wies die Farbe und die Beschaffenheit von gegerbtem Leder auf, und dazu paßten die braunen Augen, die eingefallenen Wangen und der Zahnstocher in seinem Mundwinkel. »Warum freut Sie das?«

»Weil es nirgendwo einen richtigen amerikanischen Mann gibt, der sich irgendwo mit einem Koffer erwischen lassen möchte, der über und über mit seinen Initialen bedruckt ist. Ja, Ma'am, das können Sie mir glauben.«

Die junge Frau erinnerte sich an die Männer, die sie schon in Louis-Vuitton-Geschäften gesehen hatte, um sich genau so etwas zu kaufen. Sie unterdrückte ein Kichern und nickte: »Da haben Sie hundertprozentig recht!«

Kapitel 46

»Da wären wir. Links von uns liegt Kingdom City«, erklärte Ernest, streckte die Hand zum Fenster hinaus und zeigte so an, daß er nach links abbiegen wollte. »Wir sind jetzt auf der Hauptstraße.«

Aufregung durchlief Diana. Das hier war Coles Heimat. Sie versuchte, soviel wie möglich davon in sich aufzunehmen. Die Innenstadt setzte sich aus zehn Blocks mit Geschäftsniederlassungen und Läden zusammen. Natürlich fehlte auch ein Kino nicht: Das Capitol Theater lag genau zwischen einem Drugstore und einer Eisenwarenhandlung. Gegenüber befanden sich das Hard Luck Café, die Niederlassung einer Landwirte-Versicherung, die Kingdom City Bank, eine Bäckerei und drei Mini-Kaufhäuser, die alles, vom Kassettenrekorder bis zum Pferdesattel, zu führen schienen.

Ernest ließ Diana am Hard Luck Café heraus, damit sie Cal anrufen konnte. Zu ihrer großen Enttäuschung war die Leitung immer noch besetzt. Sie hatte bereits entdeckt, daß diese Stadt ein Taxiunternehmen besaß, und war entschlossen, halt unangemeldet auf der Ranch aufzutauchen.

Doch als sie an der Ampel vor Wilson's Feed & Grain anhalten mußten, schob Ernest den Zahnstocher in den anderen Mundwinkel und fragte: »Haben Sie sich schon Gedanken darüber gemacht, wie Sie von hier weiterkommen?«

»Ja, ich nehme ein Taxi.«

»Das ist kaputt.« Zum Beweis nickte er in Richtung des freien Platzes vor Gus' Autowerkstatt. Darauf standen Fahrzeuge aller Art dicht an dicht und warteten darauf, repariert zu werden. In der Reihe am Bürgersteig befand sich ein weißer Mercury mit geöffneter Motorhaube und der schwarzen Aufschrift TAXI.

Der Mann am Steuer hatte ihr bereits deutlich zu verstehen gegeben, daß er sie unmöglich bis nach Jeffersonville bringen könne. Damit hatten sich Dianas Möglichkeiten auf zwei reduziert: entweder fuhr sie per Anhalter, oder sie bot jemandem Geld dafür, sie zum Ziel zu bringen. Beides erschien ihr nicht sonderlich erfolgversprechend.

»Ernest«, begann sie mit Miene und Stimme einer vollkommen hilflosen Frau, »jetzt weiß ich wirklich nicht mehr weiter. Aber Sie finden doch bestimmt eine Lösung. Gibt es hier vielleicht jemanden, der mir seinen Wagen vermieten würde?«

»Nö.«

»Ich würde auch sehr großzügig bezahlen.«

Bislang hatte der Mann nicht zwingend den Eindruck erweckt, Dianas Problem in seiner ganzen Tragweite zu begreifen, und sich auch kaum den Kopf darüber zerbrochen, eine Lösung für sie zu finden. Doch als er jetzt die beiden Schlüsselworte ›großzügig‹ und ›bezahlen‹ vernahm, unterzog sich seine Haltung einer tiefgreifenden Verwandlung.

»Wieviel blättern Sie denn normalerweise für einen Leihwagen hin?« fragte er und sah sie aus Augen an, hinter denen bereits eifrig gerechnet wurde.

Die junge Frau erinnerte sich an einen Lincoln Town Car, den sie einmal für ein paar Tage in Dallas geliehen hatte. »Ich glaube, so zwei- oder dreihundert Dollar. Warum fragen Sie? Ist Ihnen etwas eingefallen?«

»Ich brauchte nur eine Summe«, verkündete er mit überraschendem Enthusiasmus, trat auf die Bremse, wendete den Kleinlaster, fuhr sofort zur Autowerkstatt, hielt mitten auf der Auffahrt an und versperrte allen anderen den Weg. »Mal sehen, was ich für Sie in die Wege leiten kann.«

Diana war ihm so dankbar, daß sie ihm beinahe eine Hand auf den Arm gelegt hätte. Aber der Mann war schon draußen und machte sich nicht einmal die Mühe, die Tür zu schließen. Sie schaukelte quietschend in ihrer Aufhängung.

Nach einem erfreulich kurzen Zeitraum erschien ein Mann in einem hellblauen Hemd und einer dunklen Arbeitshose aus der Werkstatt. Ein ölverschmierter Lappen hing aus seiner Gesäßtasche. Ein ovales Namensschild auf seiner Hemdtasche kennzeichnete ihn als Gus. Er kam direkt auf den Pick-up zu und wischte sich im Gehen die Hände an dem Lappen ab. »Erfreut, Sie kennenzulernen. Ernest meinte, Sie seien an dem Ford interessiert. Er holt ihn gerade.«

Hinter der Werkstatt ertönten jetzt metallisches Kreischen, das Spotzen eines Motors und dann – nichts. Der zweite Startversuch brachte aber Erfolg. Diana öffnete ihre Handtasche und hoffte, Gus würde auch Kreditkarten nehmen.

»Da kommt er schon.«

Diana wußte nicht, ob sie lachen oder weinen sollte. Sie konnte nur sprachlos auf den verrosteten orangefarbenen

Pick-up starren, der da auf sie zurumpelte und sich, wenn das überhaupt möglich war, in einem noch erbärmlicheren Zustand befand als das Fahrzeug, mit dem sie hierhergekommen war. Eine dicke Dreckschicht bedeckte ihn ringsum und war vermutlich verantwortlich dafür, daß die Karre nicht längst auseinandergefallen war. Der vordere Kotflügel war mit Kordel zusammengebunden, und das Fenster auf der Beifahrerseite wurde von Klebeband zusammengehalten. Ernest stieg aus und strahlte sie an.

»Sie machen wohl Witze«, sagte Diana. »Was, um alles in der Welt, soll ich denn damit?«

»Kaufen«, antwortete er, als sei das selbstverständlich. Er zeigte auf das gute Stück und hob dann wie zum Jubel die Arme. »Sie kaufen den Wagen für fünfhundert. Wenn Sie uns wieder verlassen, können Sie ihn ja behalten oder sonstwem weiterverkaufen.«

Die junge Frau wußte, daß sie in der Falle saß. Aber noch weigerte sie sich zu glauben, daß es keinen Ausweg geben sollte. Die Vorstellung, fünfhundert Dollar für diese zerfallende Rostlaube hinblättern zu müssen, widersprach allem, was ihr heilig war. »Dieses Ding da ist doch wohl keine fünfhundert wert.«

»Fährt aber noch wie 'ne Eins«, versicherte Ernest ihr – mit der bemerkenswerten Fähigkeit, diverse Kleinigkeiten zu übersehen.

Diana spürte, daß es keinen Ausweg mehr gab. »Also gut, dann nehme ich ihn«, sagte sie unglücklich und reichte Gus ihre Kreditkarte. Der verschwand damit in seinem Laden und kehrte nach ein paar Minuten mit der Quittung und einer Handvoll Bargeld zurück. Während Diana unterzeichnete, besaß Ernest die Freundlichkeit, ihre Koffer auf die Ladefläche des orangefarbenen Wracks zu wuchten.

»Das wäre geklärt«, sagte er dann und streckte die Hand aus, aber nicht, um sie ihr zu reichen, sondern um sich von Gus das Bare geben zu lassen. Der Mechaniker zählte ihm vierhundertneunzig Dollar ab.

»He, da fehlen aber noch zehn«, beschwerte Ernest sich.

»Die warst du mir noch für den Reifen neulich schuldig.«

Diana erkannte erst jetzt, daß man sie hereingelegt hatte. Da Gus sie in keiner Weise gedrängt hatte, die verdammte Karre zu kaufen, wandte sie sich mit zusammengekniffenen Augen an Ernest, der noch immer vergnügt dreinschaute. »Soll das etwa heißen, daß Sie mir gerade Ihren eigenen Wagen angedreht haben?«

»Aber klar«, grinste er fröhlich, stieß sie in die Seite und erklärte: »Ich hätte mich auch mit zweihundertfünfzig zufriedengegeben.«

Diana kochte zwar innerlich, erzählte ihm dann aber eine dicke Lüge, von der sie hoffte, daß sie diesem räuberischen Schuft eine Menge schlafloser Nächte bereiten würde: »Und ich hätte auch eintausend ausgegeben.« Ernests enttäuschtes Gesicht wirkte so komisch, daß ihr Zorn sofort verrauchte und endgültig verging, als sie Gus' Lachen vernahm.

Der betrogene Betrüger war aber dennoch so freundlich, ihr die Fahrertür aufzuhalten, während sie vorsichtig einstieg und sich noch zögerlicher auf den schmutzigen und zerrissenen Vinylsitz niederließ. Das Lenkrad wirkte riesengroß, doch sie bekam es erstaunlich gut zu fassen.

Als ihr Fuß nach der Bremse suchte, stellte sie fest, daß dieser Wagen drei Pedale besaß. Und auch der Schaltknüppel hielt eine Überraschung bereit, zeigte er doch ein H-Diagramm statt der gewohnten Automatic-Bezeichnungen Drive, Park und Reverse. Das Herz rutschte ihr bis zum Magen hinab.

»Ich wette, daß Sie mit einer normalen Gangschaltung nicht klarkommen.«

»Ach wo«, gab sie kühn zurück, blickte über die Schulter nach hinten und fürchtete sich. Es gab nur einen Ausweg: Sie mußte rückwärts das Gelände verlassen, um die Straße zu erreichen.

Diana tat so, als warte sie, bis zwei Frauen mit Kinderwagen vorbeigelaufen waren, und versuchte sich derweil daran zu erinnern, wie das Wechselspiel von Kupplung, Gas und Bremse funktionierte. Doug hatte ihr das nämlich früher einmal beigebracht.

Als der Weg hinter ihr frei war, trat sie die Kupplung, legte den Gang ein und zuckte unter dem metallischen Kreischen zusammen. Dann ließ sie das Pedal zu früh kommen und trat aufs Gas. Der Wagen machte einen Satz und schoß mit wachsender Geschwindigkeit rückwärts auf die Straße. Diana drehte verzweifelt das Lenkrad, Gus schrie unentwegt Warnungen, und Ernest schüttete sich aus vor Lachen.

Aber irgendwann stand der Pick-up auf der Straße. Nur dummerweise in der falschen Richtung. Der Stolz gebot Diana, lieber um den Block zu fahren, als sich vor diesen Männern auf ein Wendemanöver einzulassen.

Kapitel 47

Als der Pick-up nach fünf Meilen noch nicht auseinandergefallen war, entspannte sich Diana deutlich und hatte sogar Muße, sich die Landschaft anzuschauen. In diesen Teil von Texas kam sie zwar nur selten, aber jeder, der schon einmal einen Western gesehen hatte, erkannte die Szenerie gleich wieder. Hinter endlosen Meilen von Zäunen, die die einzelnen Weiden von den sich windenden Landstraßen abgrenzten, staksten neugeborene Kälber um ihre Mütter herum oder brachen noch wacklige Fohlen zu kurzen Galoppsprints aus, während die Stuten über sie wachten.

Diana versuchte sich vorzustellen, wie es hier im Frühjahr aussehen mochte, wenn überall die Blumen erblüht waren und sich wie ein bunter Teppich über die Hügel und die Täler zogen.

Einmal hielt sie an einer Tankstelle an, um nach dem Weg zu fragen, weil sie nicht sagen konnte, ob sie schon zu weit gefahren war. Die Hausnummern waren hier nämlich auf die Briefkästen gemalt, und die meisten von denen befanden sich in einem ähnlichen Zustand wie ihr Fahrzeug und waren in hohem Gras untergetaucht.

Ein Stück weiter glaubte sie, die richtige Adresse gefunden zu haben. Vorsichtig verlangsamte Diana die Fahrt, weil sie befürchtete, der Motor könne absterben und nicht wieder anspringen. Er stotterte tatsächlich ein paarmal, als sie von der Straße abbog, und das Getriebe heulte auf, als sie einen niedrigeren Gang einlegte. Aber der Pick-up rollte weiter. Doch zum erleichterten Ausatmen bestand noch kein Anlaß, denn nun ging es über einen buckeligen Kiesweg, schließlich durch Bäume hindurch, deren Äste anscheinend noch nie beschnitten worden waren, und endlich steil hügelaufwärts.

»Sie müßte jetzt jeden Moment kommen«, erklärte Cole seinem Onkel nach einem wiederholten Blick auf die Armbanduhr. »Wenn Diana nicht bald auftaucht, fahre ich ihr entgegen.« Er hatte in seinem Büro angerufen und dabei erfahren, daß seine Frau bereits auf dem Weg hierher war. Danach hatte er die Nummer des Flughafens gewählt, und die Frau, die sich dort meldete, versicherte ihm, daß Mrs. Harrison eingetroffen und von einem, wie sie sich ausdrückte, ›sehr zuverlässigen Gentleman‹ mitgenommen worden sei.

»Du hättest dich längst auf die Suche nach ihr machen sollen«, ermahnte Cal ihn besorgt. »Man läßt eine Frau doch nicht ganz allein durch unsere Hügel stolpern, schon gar nicht, wenn sie hier fremd ist. Zu meiner Zeit hat man Frauen nicht so behandelt.«

»Wenn ich wüßte, welche Straße der Mann befährt, der sie mitgenommen hat, wäre ich schon längst auf dem Weg dorthin«, entgegnete Cole geduldig. Er wunderte sich ohnehin schon die ganze Zeit, wie nervös sein Onkel war, seit er erfahren hatte, daß die Frau seines Neffen bald käme.

Cal wollte noch etwas sagen, aber seine Worte gingen in einem ohrenbetäubenden Knall aus Richtung Auffahrt unter, der sich anhörte, als sei gerade ein Gewitter ausgebrochen.

»Was war denn das?« rief der Onkel und eilte Cole hinterher, der bereits durch die Tür war.

»Vermutlich Dianas Mitfahrgelegenheit«, bemerkte der Neffe, der auf der Veranda stehengeblieben war und ungläubig auf einen orangefarbenen Pick-up starrte, an dem mehr kaputt als heil zu sein schien. Der Wagen rumpelte mit knirschendem Getriebe und rhythmischen Fehlzündungen auf das Haus zu.

Cal verfolgte dieses Treiben mit offenem Mund, riß sich dann aber zusammen, weil er auf das neue Familienmitglied einen guten ersten Eindruck machen wollte. Er strich sich die Haare glatt und zog an seinem Krawattenknoten.

»Cole«, meinte er plötzlich zögernd, »meinst du, Diana wird mich mögen?«

Berührt von dieser bislang unbekannten Seite seines Onkels, versicherte er ihm: »Sie wird dich sicher in ihr Herz schließen.«

Der Pick-up gab wieder Geknalle von sich und hüpfte unvermittelt ein Stück vor. »Anscheinend hat da jemand endlich den zweiten Gang entdeckt«, meinte Cal. »Kannst du erkennen, ob deine Frau bei ihm sitzt?«

Dank seiner jüngeren Jahre besaß Cole natürlich bessere Augen als sein Onkel. Der Wagen rollte immer näher, und fassungslos starrte er in die Züge seiner Frau. »Nein, sie sitzt am Steuer«, antwortete er und rannte schon die Verandastufen hinunter, dicht gefolgt von Cal.

Diana war so froh, Cole wiederzusehen, daß sie die Pedale verwechselte und statt auf die Bremse aufs Gas trat.

»Achtung!« schrie ihr Mann, brachte sich mit einem kühnen Hechtsprung in Sicherheit und riß den Onkel mit sich. Der Pick-up verfehlte sie um wenige Zentimeter, rollte noch ein Stück, spuckte und schwieg.

Die junge Frau legte die Stirn aufs Lenkrad und zitterte vor Schreck, weil sie beinahe die beiden Männer überfahren hätte. Cole war schon auf dem Weg zur Fahrertür, um ihr herauszuhelfen. Als er die Klinke hinunterdrükken wollte, löste sie sich vom Rest des Wagens. Er griff durch das offene Fenster, um die Tür von innen zu öffnen. »Wem gehört denn dieser Haufen Schrott, diese Mistkarre?«

Cole bekam die Tür auf und hielt ihr seine Hand entgegen. Ganz Dame, die sie nun einmal war, hob sie elegant ihr Hinterteil von den beiden vinylbedeckten Stangen, zwischen denen sich nun ein gähnender Riß befand, und ließ sich hinaushelfen.

Draußen nahm sie sich einen Moment Zeit, um Schmutz von ihrer Kleidung zu klopfen, lächelte Onkel Cal an, der neben ihrem Mann stand, und antwortete an diesen gewandt: »Diese Mistkarre gehört uns.«

Cal brüllte vor Lachen.

»Das ist mein Heim«, erklärte der Onkel, führte sie ins Haus und bestand darauf, daß sie sich auf seinen Sessel setzte, weil der der bequemste sei. Dann verschwand er sofort in der Küche, um ihr ein Glas Limonade zu besorgen. Überall standen oder lagen Bücher und Zeitschriften aus den verschiedensten Fachbereichen herum, und auf dem Couchtisch prangte deutlich sichtbar die neueste Ausgabe von *Foster's Beautiful Living*.

Diana konnte kaum glauben, daß dieser zuvorkommende und wirklich liebenswerte ältere Herr, der sie die ganze Zeit über anstrahlte, als sei mit ihr die Sonne in sein Leben getreten, derselbe sein sollte, der seinen Neffen zu dieser Ehe erpreßt haben sollte – wenn auch ›nur zu seinem Besten‹.

»Wir bleiben hier nur kurz, um uns zu erfrischen«, versicherte Cal ihr, als er mit der Limonade zurückgekehrt war. Er baute sich vor ihr auf, als befürchte er, sie brauche Hilfe beim Trinken. Dann schien er überzeugt zu sein, daß sie das auch alleine konnte, setzte sich zu Cole auf die Couch und teilte ihr das weitere Tagesprogramm mit. »Gleich fahren wir hinüber zum anderen Haus. Dort essen wir zu Abend, und danach bleibst du mit Cole dort, während ich hierher zurückkehre.«

Diana hatte ihn auf der Stelle liebgewonnen. »Ach, und ich dachte, wir würden bei dir bleiben«, entgegnete sie und warf Cole einen fragenden Blick zu, »damit wir einander besser kennenlernen können.«

»Das andere Haus befindet sich hier auf der Ranch«, versicherte er ihr und strahlte, weil er sie offensichtlich interessierte.

Nach ein paar Minuten führte er sie durch sein Haus und erklärte dann, es sei Zeit, aufzubrechen.

Das erste Haus stand mitten auf einer weiten Lichtung und war eher zweckmäßig als formschön. Doch das ›andere‹ Haus, das ein Stück die Straße hinunter und hinter einer weiten Kurve lag, wirkte durchaus schmuck und wohnlich. »Wie schön!« rief Diana, als sie aus Coles Kombiwagen stieg.

Das Anwesen erhob sich auf einem bewaldeten Hügel, der über einem flachen Tal aufragte, und war aus Stein und Zedernholz gebaut. An drei Seiten zog sich eine Veranda entlang, deren Unterseite von starken Balken getragen wurde. Das Innere war rustikal eingerichtet. Die eine Wand wurde von einem gewaltigen offenen Kamin eingenommen, und die ihr gegenüberliegende wies Schiebetüren auf, durch die man auf die Veranda hinausgelangte. Zwei große Räume gingen vom Wohnzimmer aus, und von der Küche hatte man einen weiten Ausblick über das Hügelland.

»Das ist Letty«, stellte Cole die Haushälterin vor, eine pummelige Frau, die sich das Haar zu einem Knoten zusammengebunden hatte, und zog sie aus der Küche ins

Wohnzimmer. Die ältere Frau schien sich fast ebenso wie der Onkel über das neue Familienmitglied zu freuen.

»Abendessen gibt's um sechs«, sagte Letty und verschwand schon wieder in Richtung Küche. »Ist aber nichts Besonderes. Und sicher nicht so toll, wie man es auf den Bildern in Ihrem Magazin sehen kann.«

»Ich selbst bin keine gute Köchin«, gestand Diana.

»Gut«, sagte die Haushälterin nur, zwinkerte ihr aber zu.

Die junge Frau sah sich um und entdeckte Cole, der ihre Koffer vor einem riesigen Bett abstellte. Er drehte sich um, sah, daß sie ihn beobachtete, und eine elektrische Entladung schien von ihm auszugehen und in sie zu fahren. Als er Diana seinem Onkel vorgestellt hatte, hatte er ihr den Arm um die Schultern gelegt. Aber bis auf diese Geste hatte er sich in nichts anmerken lassen, daß er sich auf die Flitterwochen freute oder wie er überhaupt darüber dachte.

Diana konnte nicht entscheiden, ob er glaubte, diese Zeit gehöre nun einmal zu einer Hochzeit dazu und sei damit Bestandteil der Abmachung, oder ob die ganze Sache ihn nicht weiter beschäftigte.

Doch das änderte sich schlagartig, als alle gegessen hatten und der Onkel noch ein wenig mit ihnen plauderte.

Kapitel 48

Der Sonnenuntergang strich den Himmel in lavendelblauen, lilafarbenen und hellroten Bahnen an. Alle waren satt, und Letty räumte das Geschirr ab.

Die erste Nervosität des Großonkels hatte sich gelegt, und er behandelte sie, als gehöre sie von nun an zur Familie. Diana kam sich dabei nicht sehr glücklich vor. Sie fühlte sich wie eine Betrügerin. Dann stellte Cal ihr auch noch allerlei Fragen, wie sie denn ein Baby bekommen und gleichzeitig ihre Firma weiterleiten wolle. Die ganze Zeit über hatte sie den Verdacht, der Onkel spüre, daß sie sich darüber noch keine Gedanken gemacht hatte, und das schien leisen Argwohn in ihm auszulösen.

Erst recht verdroß es sie aber, daß Cole im Gegensatz zu ihr weder ein schlechtes Gewissen noch Schuldgefühle zu entwickeln schien. Eigentlich trug er durch seine Art noch dazu bei, daß sie sich schlecht fühlte, und sie konnte sich des Eindrucks nicht erwehren, daß er sich mit Absicht so verhielt. Während er nur so tat, als würde er dem Gespräch folgen, sah er sie mit halbgesenkten Lidern unentwegt an, ließ den Blick über ihre Figur wandern und machte sie damit ganz nervös, so daß sie sich ständig irgendwelche imaginären Strähnen aus der Stirn oder von der Wange strich.

Cole hatte die langen Beine ausgestreckt und die Füße übereinandergeschlagen. Der fantastische Sonnenuntergang schien ihm ganz egal zu sein, solange er nur Diana anschauen konnte. Er bewegte keinen Muskel und sprach nicht ein Wort, und dennoch ging von ihm eine so starke Ausstrahlung aus, daß sie die mit Händen zu greifen können glaubte.

Davon ganz abgesehen schien keiner der beiden Männer zu erkennen, daß einiges von dem, was hier beredet wurde, Diana unangenehm war. Als würden die beiden es darauf anlegen, tauchten gewisse Themen immer wieder auf.

Sie machte ein Kompliment über den handgeschmiedeten Tisch, an dem sie gerade saßen, und schon erklärte ihr Cal, daß Cole ein riesiges Bett bestellt habe, und das sei vor vier Tagen hier eingetroffen. Wenig später erwähnte der Onkel, als er gerade aufzählte, welches weitere Mobiliar neu angeschafft worden sei, ein L-förmiges Sofa im Wohnzimmer, auf dem mehr Kissen lägen als auf jedem Bett, das er je gesehen habe.

Als Diana dann bemerkte, die Landschaft rings um das Haus sei wirklich sehr schön, bekam sie zu hören, daß

Cole eine ganze Armee von Handwerkern damit beschäftigt habe, hier alles herzurichten. Die Männer seien erst eine Stunde vor ihrem Eintreffen fertig geworden. »Vorher sah es hier nämlich nicht unbedingt wie ein Ort aus, an dem man seine Flitterwochen verbringen möchte.« Dann nickte er in Richtung Veranda, auf der sich eine Doppelliege befand. »Cole hat die aus Dallas kommen lassen, extra für dich. So ein Ding habe ich noch nie gesehen, du etwa?«

Sie schaute hin und nickte. »Ja, einmal.«

»Da sieht man's mal wieder, ich scheine überhaupt nichts von der Welt mitbekommen zu haben. Mir kam das jedenfalls wie ein Bett vor. Na gut, ein Bett auf einer Veranda habe ich schon ein paarmal gesehen«, fügte er scherzhaft hinzu, »aber bei denen kamen schon die Sprungfedern raus, und daneben befanden sich meist alte Zeitungen, ausrangierte Waschmaschinen und dergleichen.«

Diana schaute noch einmal hin und runzelte die Stirn. Das ›Ding‹ sah tatsächlich aus wie ein Bett.

»Cal«, sagte Cole leise.

Sie war der Meinung, daß sein Einwand zu schwach war und entschieden zu spät kam. Wenn sie sich schon damit einverstanden erklärt hatte, hier die ›Flitterwochen‹ zu verbringen, wonach ihr ja durchaus immer noch der Sinn stand, dann wäre es ihr doch deutlich lieber, alles behutsamer und vor allem nicht im Beisein von Dritten anzugehen.

Um Punkt zwanzig Uhr dreißig schaute Cole seinen Onkel wieder an, und der blickte auf seine Uhr, erhob sich rasch und erklärte: »Tja, für mich wird's höchste Zeit, mich wieder an die Arbeit zu machen.«

Da er nicht mehr arbeitete und es außerdem draußen schon dunkel war, gelangte Diana zu dem auf der Hand liegenden Schluß, daß Cole den Zeitpunkt für gekommen hielt, eine der vielen ›Liegeflächen‹ im Haus zu nutzen. Der Onkel erhoffte sich ja bald einen Urgroßneffen.

Diana erhob sich ebenso rasch wie Cole. »Ich glaube,

ich dusche jetzt und ziehe mir danach etwas ... Saubereres an.«

Er sah ihr nach, bis sie hinter der Tür verschwunden war. Ihre Reaktion darauf, mit ihm allein zu sein, verwirrte ihn zutiefst. Cole war sich so sicher gewesen, daß sie ebenso mit ihm schlafen wollte wie er mit ihr. Jetzt hoffte er, daß sie das immer noch wollte ...

... und eigentlich war er sich da überhaupt nicht mehr sicher.

Nach ein paar Minuten ging er in die Küche, um sich ein Glas Eistee zu besorgen. Dabei fiel ihm auf, daß die Tür zum Schlafzimmer offenstand. Und einer ihrer Koffer stand nicht mehr am Bett. Sie benutzte das Bad im anderen Raum. Er goß sich ein Glas ein und überlegte, was das wohl zu bedeuten hatte. Getrennte Badezimmer waren in Dianas Kreisen gang und gäbe. Entweder verhielt sie sich ganz normal. Oder sie war schüchtern. Oder sie wollte ihm aus dem Weg gehen ...

Normalerweise konnte Cole selbst die komplexesten Situationen binnen Minuten erfassen und verarbeiten. Doch heute nacht schien er nicht einmal in der Lage zu sein, die Gedanken dieser Frau zu erraten. Stirnrunzelnd begab er sich ins Schlafzimmer, weil er sich die Zeit genausogut mit Duschen vertreiben konnte.

Als er sich das Hemd auszog, fiel ihm ein, daß er erst kurz vor ihrer Ankunft unter der Brause gestanden hatte. Jetzt stellte er sich wirklich wie eine nervöse Braut an.

Cole kehrte in die Küche zurück und kippte den Eistee aus, weil ihm nach etwas Härterem zumute war. Zusammen mit dem neuen Glas trat er auf die Veranda hinaus und legte sich auf die Doppelliege.

Er wußte verdammt genau, daß Diana ihn wollte.

Sie beide zogen sich wie magisch an. Sehr magisch sogar.

Cole hatte ihr angeboten, selbst die Entscheidung zu treffen. Entweder war sie sich jetzt noch immer nicht im klaren, oder sie war zu einem Schluß gelangt, der ihm nicht gefallen würde, und wußte nicht, wie sie es ihm beibringen sollte – weswegen sie sich jetzt lieber einsperrte.

Die Sterne erschienen einer nach dem anderen am Himmel, und als die Nacht ganz schwarz war, funkelten sie wie Edelsteine am Firmament.

Im Gästezimmer stand Diana vor dem Spiegel, bürstete sich ein letztes Mal durchs Haar und überlegte, was sie anziehen sollte. Für das Nachthemd kam es ihr noch etwas zu früh vor, vor allem für das halbdurchsichtige, das sie eingepackt hatte. So entschied sie sich für weiße Shorts und eine hellgrüne Seidenbluse. Cole erwartete von ihr sicher etwas, das mehr offenbarte als verhüllte. Womöglich ein Negligé. Auf jeden Fall etwas mit wenig Stoff und viel Spitze.

Während sie einen Hauch Lippenstift auftrug, dachte sie daran, daß Cole heute sicher mit einer Wiederholung ihrer Hochzeitsnacht rechnete. Dabei fing sie so an zu zittern, daß ihr beinahe der Lippenstift aus der Hand gefallen wäre. In der Nacht nach dem Ball war sie so alkoholisiert gewesen, daß sie nicht mehr gewußt hatte, wer oder wo sie war und wie ihr geschah.

Aber heute war ihr das alles sehr wohl bewußt, und ihr Magen krampfte sich nervös zusammen.

Was tat sie eigentlich hier? Wie hatte sie sich nur darauf einlassen können? Sie nahm die Bürste wieder auf und fing von vorn an. Auf dem Papier mochte er ja ihr Ehemann sein, in Wahrheit aber war er ihr fremd. Ein unbekannter Riese, der berggroße Hindernisse einfach überstieg, ohne im Schritt innezuhalten oder einen Gedanken an die Konsequenzen zu verschwenden.

Diana hingegen machte sich Gedanken, und zwar für sie beide zusammen. Nun gut, sie konnte nicht abstreiten, mindestens tausendmal am Tag an ihn gedacht zu haben, seit sie sich in Houston getrennt hatten, und nur sehr Prickelndes und Angenehmes war ihr dabei in den Sinn gekommen. Und sie mußte sich auch eingestehen, daß sie bei der Vorstellung, mit ihm hier die ›Flitterwochen‹ zu verbringen, regelmäßig weiche Knie bekommen hatte – das wollte ja selbst heute abend nicht aufhören.

Aber jetzt saß sie hier, und irgend etwas stimmte nicht. Sicher, sie waren offiziell verheiratet, aber eben nur auf Zeit, das war für beide Seiten Vorbedingung gewesen. Cole selbst hatte darauf bestanden, auf körperliche und andere Zuneigung zu verzichten, weil das ihre Abmachung nur unnötig komplizieren würde. Doch kaum waren sie verheiratet, hatte er ihr vorgeschlagen, sich hier auf der Ranch eine Woche lang von der Außenwelt abzukapseln und sich nur noch dem Rausch der Sinne hinzugeben.

Damals hatte er ihr noch angeboten, sich das durch den Kopf gehen zu lassen, und sich ihrer Entscheidung zu beugen.

Aber jetzt, in den ›Flitterwochen‹, mußte sie feststellen, daß er fest von ihrem ›Ja‹ ausging und beabsichtigte, seinen Willen durchzusetzen. Diana beschloß jetzt, dem nicht zuzustimmen. Zumindest heute nacht nicht.

Nein, sie würde sich die Kontrolle nicht entgleiten lassen. Diana war es gewohnt, die Kontrolle über ihr Leben zu behalten. Normalerweise funktionierte das auch hervorragend. Nur wenn Cole auf den Plan trat, klappte das irgendwie nicht. Er brachte alles durcheinander und kehrte das Unterste zuoberst. Damit mußte jetzt Schluß sein. Und diese Lektion wollte sie ihm beibringen.

An diesem Punkt angelangt, legte sie entschlossen die Bürste auf den Tisch zurück und verließ das Gästezimmer.

Im Haus war es dunkel, und nur im Schlafzimmer brannte Licht. Sie sagte sich, daß er wohl unter der Dusche stehe, und wollte auf der Veranda auf ihn warten.

Diana trat hinaus, schloß die Tür hinter sich, stellte sich an das Geländer und betrachtete die Hügel, die im Mondlicht gebadet wurden. Nach ungefähr einer Minute fragte eine dunkle, verführerische Stimme: »Möchtest du nicht zu mir kommen?«

Sie fuhr erschrocken herum. Cole lag auf der Liege. Mit

freiem Oberkörper. In dem Zustand, in dem sie sich befand, kam ihr das als besonders provokatives Manöver von ihm vor.

Ihr Blick richtete sich wie gebannt auf die bronzefarbene Haut, die sich über die breite Brust und die sehnigen Schultern spannte – und wanderte schließlich hinauf zu seinen Augen.

Cole wollte, daß sie sich zu ihm auf die Liege begab. Er hatte hier draußen auf sie gewartet. Ihr verräterisches Herz fing an, schneller zu schlagen.

Aber Diana erinnerte sich fest an ihren Entschluß. »Ich glaube, kaum«, entgegnete sie mit einem Lächeln, das blasiert wirken mußte, auch wenn sie das gar nicht beabsichtigte. Doch da sie das nicht loswerden konnte, behielt sie es eben auf. »Jetzt hole ich mir ein Glas Limonade.«

Doch als sie an ihm vorbeikam, hielt er sie fest und drehte sie zu sich herum. Schweigend studierte er ihr Gesicht, als suche er darin eine Antwort. Und während sie sich davon ablenken ließ, zog er sie langsam zu sich herab. Seine Stimme klang so sanft, daß Diana darunter auch noch ihr inneres Gleichgewicht verlor: »Spiel nicht mit mir, Kätzchen.«

Sie landete direkt auf ihm. Ihre Stirn auf seinem Kinn und seine Linke auf ihrem Oberarm. Sie stützte die Hände neben seinen Schultern auf das Polster, hob langsam ihre Brust von der seinen und starrte ihn zornig und ungläubig an. Seine Rechte legte sich auf ihren anderen Arm und streichelte langsam ihre bloße Haut, während sein Blick den ihren festhielt.

Die Botschaft stand so deutlich in seinen grauen Augen zu lesen, als hätte er sie geflüstert: *Entscheide dich.*

Diana entdeckte, daß seine sinnlichen Lippen sich nur wenige Zentimeter von den ihren befanden. Was für ein einladender Mund. Was für ein zärtliches Lächeln.

Entscheide dich.

Wie aus eigenem Antrieb senkte sich ihr Kopf, und ihr Herz hämmerte wie verrückt.

Entscheide dich.

Diana schloß langsam die Augen und atmete seufzend aus. Sie küßte ihn sanft und spürte, wie er sie zurückküßte. Seine Lippen legten sich warm auf die ihren, während seine Hände über ihre Arme fuhren und sie schließlich festhielten.

Diana brach den Kuß ab, und er zog sie nicht zurück, aber sie sah das Glitzern in seinen Augen und spürte, wie unter ihr seine Erregung wuchs. Cole berührte sie mit der Handfläche an der Wange, strich sanft darüber und legte sie schließlich auf ihren Nacken, damit ihre Lippen sich wieder vereinten.

Ihre Arme wurden schwach, und ihr Busen drückte sich gegen seine Brust, als sein Mund sich zu einem tiefen, verlangenden Kuß öffnete. Seine Finger schoben sich in ihr Haar – sie war gefangen. Sein Arm legte sich über ihre Hüfte. Diana wurde langsam zur Seite gedreht, und er beugte sich über sie.

Seine Zunge erforschte mit wachsender Leidenschaft ihre samtene Mundhöhle, und seine Oberschenkel preßten sich hart und fordernd gegen sie.

Ihre Hände zogen ihn enger an sich, und ihr Körper suchte nach noch mehr Nähe. Er löste seinen Mund lange genug von ihrem, um ihre Bluse aufzuknöpfen. Was er dort zu sehen bekam, steigerte seine Lust unermeßlich. Harte Brustwarzen ragten von zwei perfekten Halbkugeln, die die ideale Proportion zum Rest des Körpers aufwiesen.

Er berührte eine der Knospen, die sich daraufhin noch steiler aufrichtete. Er beugte den Kopf darüber, küßte die harte Knospe und saugte sie in den Mund. Ihre Finger verkrallten sich sofort in seinem Haar, und sie bog den Rükken durch.

Ihr Begehren stimulierte ihn noch mehr, und sein Körper brannte vor Verlangen, mehr von ihr zu bekommen. Mit sichtlicher Anstrengung zwang er sich innezuhalten und zog Diana wieder auf sich. Zu seiner Verwunderung zog sie die Bluse mit einer Hand zusammen und wollte sich auf ihn setzen. Er hielt sie zurück, als sie sich genau über seiner Erektion befand.

Diana glaubte zu wissen, warum er zögerte. Sie senkte den Kopf, um seine Augen nicht sehen zu müssen, und fing an, die Bluse über den zu kleinen Brüsten zuzuknöpfen.

Ein rauhes ›Nicht!‹ ließ sie innehalten.

Sie sah ihn an, und er zog ihre Hand zurück, damit die Bluse sich wieder öffnete und er alles zu sehen bekam. »Einfach wunderbar«, flüsterte er und streifte ihr den Stoff von den Schultern. Dann legte er seine Hände um ihre Brüste und fing an, sie zu liebkosen.

Dianas Herz hämmerte, als sich Schock, Verlegenheit und exquisites Vergnügen in ihr mischten.

Cole war nun so eins mit ihr, daß sein Herz ebenfalls zu rasen begann, und er erkannte plötzlich, daß sein Körper tatsächlich die Reaktionen des ihren spürte. Als er mit den Daumen über ihre Brustwarzen rieb, verhärteten sich auch seine Warzen. »Berühr mich«, forderte er sie heiser auf und fürchtete sich schon halb vor dem, was geschehen würde, wenn sie seinem Wunsch nachkam.

Der eigenartige Klang seiner Stimme ließ sie beben, als sie sich über ihn beugte, die Lippen über seine Brustwarze legte und sie mit der Zungenspitze umspielte.

Als er scharf einatmete, spürte sie plötzlich einen harten Stoß seiner Hüften, so als wäre er in sie eingedrungen. Im nächsten Moment wurde sie herumgedreht und lag unter ihm. Beide bestanden nur noch aus streichelnden Händen, gierigen Mündern und zuckenden Gliedern, während sie sich gegenseitig von den restlichen Kleidungsstücken befreiten.

Ihre Brüste waren wunderbar. Sein Körper war wie eine Skulptur. Er war ihr Herr, und er war ihr Sklave. Sein Stöhnen war ihre Musik, sein Seufzen ihre Segnung.

Unbewegt lagen sie aufeinander, während ihr Körper seine langsam eindringende Hitze willkommen hieß. Was als sanftes Schaukeln begann, endete in wilden, drängenden Stößen. Sie preßte sich immer fester an ihn, und er stieß wieder und wieder in sie hinein, um sie mit ihm zum Höhepunkt zu führen. Als sie den Gipfel erreichte, schrie sie voller Lust und umklammerte ihn, bis er ebenfalls unter gutturalem Stöhnen seinen Orgasmus erreichte.

Danach lag sie vollkommen erschöpft in seinen Armen, und Tränen tropften auf seine Brust. Er spürte sie dort, während sein Blick in die Ferne gerichtet war, wo die ehemals hellen und klaren Sterne nun vor seinen Augen verschwammen.

Cole senkte die Lider, fiel vor dem Himmel auf die Knie und senkte das Haupt.

Er bot ihm Geld, versuchte ihn zu bestechen und gab ihm Versprechen.

Doch als er keine Antwort erhielt, flüsterte er nur: *»Bitte.«*

Er legte eine Hand auf ihre feuchte Wange, und sie schmiegte sich an die Handfläche. »Ich liebe dich«, flüsterte Diana.

Er war gesegnet.

Diana lag in dem Riesenbett, und ihr Kopf ruhte auf seiner Brust, während sie in die Dunkelheit hineinlächelte und darauf wartete, daß Cole etwas sagte. Sie hatte den starken Verdacht, daß er gerade in Gedanken ihr weiteres Leben plante, und das mit derselben Entschlossenheit und Tatkraft, mit der er bislang alles andere angegangen war.

Die junge Frau war neugierig zu erfahren, wie er einige der Hindernisse zu umschiffen gedachte, die ihre Ehe aufgestellt hatte. Er liebte sie, und sie liebte ihn, und auf mehr kam es doch eigentlich nicht an. Dummerweise ergaben sich dennoch einige klitzekleine Komplikationen, die ihr im Geist präsent waren:

Diana lebte in Houston und leitete dort ein großes Unternehmen.

Cole lebte in Dallas und leitete dort einen Riesenkonzern.

Sie wollte seine Kinder bekommen.

Er wollte keine Kinder.

Die junge Frau fuhr mit der Fingerspitze die Muskelkonturen an seinen Rippen nach und kam zu dem Schluß, daß es zur Lösung der Probleme keines erfahrenen Steuermanns, sondern eines ausgewachsenen Wunders bedurfte.

Sie schloß die Augen und war gewillt, sich auf ein Mirakel einzustellen. Als sie ein paar Minuten später aus dem leichten Schlummer erwachte, brannte die Nachttischlampe. Er hielt ihre Hand, und ihrer beider Finger hatten sich ineinander verschränkt.

»Ich habe gerade nachgedacht«, eröffnete er ihr, »und bin dabei zu einigen Schlüssen gelangt.«

Diana lächelte, weil diese Ankündigung sie nun wirklich nicht mehr überraschen konnte. Als sie ihr Grienen wieder unter Kontrolle hatte, hob sie den Kopf, um ihn anzusehen und festzustellen, wie weit er mit seinen Überlegungen gediehen war, ohne sie auch nur einmal um Rat gefragt zu haben.

»Wir stehen vor einem logistischen Problem«, begann Cole. Als er das Amüsement in ihren Augen entdeckte, zog er sie näher an sich. Und noch mehr, weil er das Gefühl hatte, ihr nicht nahe genug sein zu können. »Schatz, ich fürchte, du mußt nach Dallas ziehen. Ich kann mit Unified nicht nach Houston kommen. Das geht aus verschiedenen Gründen nicht, und finanzieller Selbstmord wäre es obendrein.«

Diana täuschte ein Seufzen vor. »Unsere ursprüngliche Abmachung sah aber vor, daß jeder von uns in seiner Stadt bleiben soll und wir uns nur zu gesellschaftlichen Anlässen treffen.«

Cole glaubte tatsächlich, sie meine das ernst. »Das geht doch jetzt nicht mehr.«

»So haben wir es aber in unserem hieb- und stichfesten mündlichen Abkommen festgelegt.«

Er winkte lächelnd ab. »So etwas wie ein hieb- und

stichfestes mündliches Abkommen gibt es doch gar nicht. Das wäre ja widersinnig.«

»Dann sind hiermit also alle Vereinbarungen hinfällig?«

Cole sah sie an und stellte fest, daß die Unschuld in den grünen Augen nicht echt war. »Diana«, flüsterte er, »du bist wunderschön, und ich habe den Eindruck, daß du auf etwas Bestimmtes hinauswillst. Also, heraus mit der Sprache.«

»Ich könnte mich unter Umständen bereitfinden, mit der Verwaltung und der Buchhaltung von Foster Enterprises nach Dallas umzuziehen. Aber die Art-Abteilung und die Herstellung bleiben unter Coreys Leitung in Houston.«

»Dann wäre damit ja alles geklärt«, verkündete er zufrieden und beugte sich über sie, um sie zu küssen. Sein Körper war schon wieder voller Feuer, und er freute sich darauf, sie ein weiteres Mal lieben zu können.

Sie spreizte die Finger und strich damit über seinen flachen Bauch. Gleichzeitig sah sie ihn hoffnungsvoll und bittend an.

»Was immer du verlangst, wenn du mich so anschaust, du sollst es bekommen«, versprach er ihr.

»Ich verlange Babys. Deine Babys.«

Er preßte die Lippen zusammen und runzelte die Stirn. »Wie viele?«

Ihr Lächeln war wie die Morgenröte, und ihre Augen funkelten wie der Achtkaräter, den er ihr im Schlaf an den Finger gesteckt hatte. Cole hatte den Ring hierher mitgebracht, weil er gehofft hatte, daß es zu einer Vereinigung kommen würde. Nein, eigentlich hatte er nicht zu hoffen gewagt, daß es so weit kommen würde.

»Ich möchte drei Kinder«, informierte sie ihn.

»Eins«, hielt er hart dagegen.

»Du bekommst meinen Parkplatz und einen Anteil an meiner Rentenversicherung, wenn wir uns auf zwei einigen.«

»Abgemacht«, grinste er.

Kapitel 49

Cals Haustür stand offen, und so trat Diana ein. Cole hatte sie lange schlafen lassen und ihr die Nachricht hinterlassen, sobald sie auf wäre, gleich zum Onkel zu kommen. Diana hörte, wie die beiden sich in der Küche unterhielten, während Letty das Frühstück auftrug.

»War es denn falsch von mir, dir nicht früher davon zu erzählen?«

»Nein«, entgegnete Cole ungerührt. »Und jetzt, da du es mir gesagt hast, könnte mich kaum etwas weniger interessieren.«

Der Onkel klang erleichtert. »Würde es dir denn was ausmachen, diese Besorgungen für mich zu erledigen? Du könntest bei deinem alten Haus vorbeifahren und nachsehen, ob da noch irgend etwas drin ist, das du behalten möchtest. Liegt ja auf deinem Weg.«

Gerade als Cole unterkühlt antwortete: »Ich weiß genau, wo es steht«, betrat Diana die Küche.

Die beiden Männer saßen am Tisch, und Cal lächelte ihr zur Begrüßung freundlich zu, ehe er sich wieder an seinen Neffen wandte, weil es offensichtlich noch etwas zu bereden gab. Diana begab sich zu Letty, um ihr dabei zu helfen, die Teller mit Rührei und welche mit Biskuits, die in weißer Country-Sauce schwammen, auf den Tisch zu tragen.

»Wo steht was?« fragte die junge Frau.

»Das Haus meiner Eltern?« antwortete ihr Mann mit Abwehr in der Stimme. Als sie eine Hand auf seine Schulter legte und ihm mit der anderen einen Teller vorsetzte, spürte sie seine Verkrampftheit. »Fein, dann komme ich mit. Das möchte ich natürlich auch gerne sehen.«

»Nein!« erwiderte er so abrupt, daß Diana zusammenzuckte. Cole nahm aber gleich ihre Hand und drückte sie an seine Schulter, und sie wußte, daß er sich damit dafür entschuldigen wollte, sie so angefahren zu haben.

Die beiden Männer warteten, bis Diana am Tisch Platz

genommen hatte, dann nahm Cal den Faden wieder auf. Sie ahnte jetzt, woher Cole seine Hartnäckigkeit hatte. »Wenn du mal etwas anderes als Börsenvorhersagen und Finanzberichte lesen würdest, wüßtest du auch über Trauerarbeit und Techniken Bescheid, mit dem Verlust eines Menschen fertig zu werden. Geh die Sache am besten gleich an, sagen die Psychologen, sonst stößt du später immer wieder darauf. Kannst du alles bei mir im Wohnzimmer nachlesen. Ich habe Fachbücher darüber und auch diverse Artikel in Magazinen.«

»Im letzten Jahr wollte er mich mit aller Gewalt dazu bringen«, erklärte Cole seiner Frau mit einem schiefen Grinsen, »meine weibliche Seite herauszulassen.«

Diana verschluckte sich an ihrem Kaffee.

Sie konnte sich bereits zusammenreimen, daß jemand hier in der Gegend gestorben sein mußte. Aber da dessen Tod Cole völlig kaltzulassen schien, hielt sie die Sache auch nicht für weiter wichtig. Als der Onkel dann versuchte, wieder auf dieses Thema zu kommen, blockierte der Neffe ihn gleich: »Ich möchte nicht, daß wir diese Angelegenheit vor Diana bereden.«

Cole verschwand gleich nach dem Frühstück, weil er für Cal einiges erledigen sollte. Er sagte, daß er nur zwei Stunden fort sein würde, und bestand darauf, daß sie solange bei seinem Onkel bliebe. Dann strich er Diana übers Haar, küßte sie auf die Wange und zog sie am Handgelenk hinter sich her. Lachend folgte sie ihm, erhielt draußen auf der Veranda einen leidenschaftlichen Kuß und wurde dann wieder ins Haus geschickt.

Cal folgte dieser kleinen Szene mit finsterer, fast schon mißbilligender Miene. Diana fühlte sich ein wenig verletzt, bekam aber gleich ein schlechtes Gewissen und trat zum Kaminsims, wo etliche eingerahmte Fotos aufgestellt waren. Sie verschränkte die Hände hinter dem Rücken, betrachtete die Aufnahmen, von denen einige ziemlich alt waren, und spürte die ganze Zeit über Cals bohrenden Blick im Rücken.

»Ist das Cole?« fragte sie, nahm eines der Fotos und setzte sich zu ihm aufs Sofa.

Er warf nur einen flüchtigen Blick auf das Bild und sah sie dann so streng an, daß ihr mulmig wurde. »Warum unterhalten wir beide uns nicht über etwas anderes als Fotos?« entgegnete der Onkel in einem ernsten Tonfall, der ihr zweierlei bewies: Calvin Downing besaß noch immer einen scharfen Verstand, und er ließ sich von niemandem etwas vormachen.

»Worüber möchtest du denn mit mir reden?« fragte Diana vorsichtig.

»Über dich und Cole, wenn dir das recht ist.«

Sie nickte, und er fuhr fort: »Gut. Je eher, desto besser.«

Diana gehörte nicht zu den Menschen, die sich leicht einschüchtern ließen. »Sollten wir damit nicht bis zu Coles Rückkehr warten?«

»Du siehst nicht nur sehr gut aus, du bist auch nicht auf den Mund gefallen. Gut so. Ich möchte aber gern wissen, ob du auch ein Herz hast.«

»Wie bitte?«

»Und wenn du ein Herz hast, wem gehört es dann?«

Diana starrte ihn an, als wäre sie im falschen Film. »Ich fürchte, ich verstehe nicht recht.«

»Okay, ich will dir zugute halten, daß die Sache auch für mich ein bißchen kompliziert ist. Vor knapp zwei Wochen hielt ich eine Ausgabe des *Enquirer* in der Hand, und da war ein Bild von dir auf der Titelseite. Darunter stand zu lesen, daß dein Verlobter, irgend so ein reicher Fatzke, dich sitzengelassen hätte. Aber schon eine Woche später heiratest du meinen Neffen.«

Noch vor fünf Tagen wäre es ihr peinlich gewesen, an diesen Artikel erinnert zu werden, aber heute spielte nur ein vergnügtes Lächeln um ihre Lippen. »Ja, stimmt, und ich glaube, ich verstehe, daß das ein wenig eigenartig aussehen muß.«

»Zumindest in dem Punkt stimmen wir also überein«,

entgegnete er hart. »Cole war an besagtem Abend außer sich vor Wut. Und ich habe ihm dein Bild in der Zeitung gezeigt, um ihm einen Stoß zu versetzen. Ich glaube, er hat ihn mir zurückgegeben, als er dich dann heiratete, um sein Aktienpaket zu bekommen. Doch er erklärte mir, du wärst das junge Mädchen, mit dem er sich in seiner Collegezeit oft unterhalten habe. Mir fiel dann ein, daß er früher von einer Diana Foster gesprochen hatte. Daher weiß ich, daß er mir in diesem Punkt nichts vorgemacht hat. Kannst du mir so weit folgen?«

»Bis jetzt noch, ja.«

»Gut. Ich habe mir also gesagt, ihr beide seid alte Freunde. Nun fügte es sich, daß du gerade verlassen worden bist und er dringend eine Ehefrau brauchte. Weil ihr zwei euch anscheinend immer noch gut versteht, habt ihr euch zusammengetan und einen Handel abgeschlossen. Na, wie hört sich das für dich an?«

Diana starrte ihn an und gab dann zu: »Nicht schlecht.« Ihr Lächeln hatte alle Selbstsicherheit verloren.

»Gut. Ich weiß auch, daß Cole sich um mein krankes Herz sorgt. Nachdem sein Zorn über meine Bedingungen verraucht war, sagte er sich wohl, meiner Gesundheit sei es förderlicher, wenn ihr zwei vor mir so tätet, als wäret ihr euch von Herzen zugetan. Kannst du mir immer noch folgen?«

Diana wagte nur noch zu nicken.

»Gut, denn jetzt kommen wir zu dem Teil, der mir wirklich angst macht.«

»Was meinst du damit?«

»Gestern ist Cole wie eine aufgescheuchte Raubkatze hier herumgelaufen und hat alle in den Wahnsinn getrieben, weil er hier alles für dich so schön wie möglich herrichten wollte. An jeder Kleinigkeit hat er herumzumäkeln gehabt, und niemand konnte es ihm recht machen. Mein Neffe kam mir dabei tatsächlich wie ein Mann vor, dem seine Frau sehr viel bedeutet. Mich hat er damit angesteckt, und je näher der Zeitpunkt rückte, an dem du kommen würdest, desto nervöser wurde ich. Gestern abend konnte Cole die Augen nicht von dir lassen.

Aber ich will dir eines gleich geradeheraus sagen, Diana, ich habe bei unserem Abendessen nicht zwingend den Eindruck gewonnen, als würdest du seine Gefühle teilen. Doch heute morgen war mein Neffe wie ausgewechselt. Er scheint sein Herz an dich verloren zu haben. Und jetzt denke ich mir, letzte Nacht muß irgend etwas geschehen sein.«

Der Onkel legte eine Kunstpause ein, um seinen Worten mehr Nachdruck zu verleihen, ehe er auf das zu sprechen kam, was ihm anscheinend wirklich auf der Seele brannte: »Mädchen, du darfst nicht mit seinen Gefühlen spielen, niemals. Entweder nimmst du sein ganzes Herz oder gar nichts. Aber nicht hiervon etwas und davon etwas, ganz wie es dir gerade in den Sinn kommt – falls du überhaupt etwas von ihm willst. Ich glaube nicht, daß es dir besonders liegt, grausam oder gemein zu sein, aber manchmal passiert so etwas eben, vor allem dann, wenn eine Frau nicht weiß, wie der Mann wirklich fühlt.«

Diana lachte so sehr, daß sie sich kaum noch aufrecht halten konnte, und preßte dabei Coles Bild an ihre Brust. Danach drehte sie sich zu dem Mann um, der ihren Gatten so sehr liebte, und erklärte ihm ohne falsche Scham: »Ich muß sein Herz nehmen, denn immerhin hat er meins schon ganz und gar im Besitz.«

Cal wirkte mit einemmal fünfzehn Jahre jünger … und plötzlich sehr verlegen. Er suchte nach einer Möglichkeit, aus der Situation herauszufinden, die er selbst heraufbeschworen hatte. Schließlich erhob er sich und trat zum Kaminsims. »Das Bild, das du da in Händen hältst, zeigt ihn mit sechzehn Jahren. Hier sind zwei andere Aufnahmen von ihm.«

Er reichte ihr die beiden Fotos, als handele es sich dabei um große Kostbarkeiten, und Diana nahm sie ebenso vorsichtig entgegen. Schon beim Blick auf den ersten Schnappschuß verging ihr das Lächeln und wurde ihr das

Herz schwer. Während ihrer Herausgebertätigkeit hatte Diana genug Bilder zu sehen bekommen, um einen Blick für das Wesentliche zu entwickeln. So fiel ihr gleich der Gesichtsausdruck des kleinen Jungen auf, der da seine Rechte in das dichte Fell eines kaum reinrassig zu nennenden Collies geschoben hatte: sehr ernst. Eigentlich viel zu ernst für einen Sechs- oder Siebenjährigen. Sie warf einen Blick auf das zweite Foto.

»Da war er neun«, teilte der Onkel ihr mit. Wieder war der Collie zu sehen und daneben ein Hund von undefinierbarer Rasse. Cole versuchte hier zu lächeln, doch in seiner Miene und in seinen Augen war keinerlei Heiterkeit zu entdecken. Auf beiden Bildern trug er eine Hose mit viel zu kurzen Beinen. Hier war er vor einer einfachen Schaukel zu erkennen, nicht mehr als ein Autoreifen, der an einem Strick von einem Ast hing, und auf dem ersten vor einer alten Scheune.

Diana kam eine Idee, und sie sagte sich, daß der Großonkel ihr sicher einiges über Coles Vergangenheit berichten konnte. »Schon früher, als ich noch ein Mädchen war«, eröffnete sie ihm lächelnd, »hat dein Neffe frustrierend wenig von sich preisgegeben. Erzähl mir doch bitte etwas von ihm. Wie war er als Kind, was hat seine Mutter so gemacht und, na ja, eben alles?«

»Was hat Cole dir denn schon gesagt?«

»Im Grunde genommen nichts. Ich weiß, daß er zwei Brüder hatte, der eine zwei, der andere drei Jahre älter, und beide sind wohl bei einem Unfall ums Leben gekommen, kurz nachdem Cole aufs College gewechselt war. Und kaum war er ein Jahr dort, ist seine Mutter wohl an Krebs gestorben. Über seinen Vater hat er jedoch nie ein Wort verloren. Der Ärmste hat wohl viel Leid erdulden müssen.«

Sie wartete, daß Cal jetzt etwas dazu sagen würde, doch der Mann hockte nur nachdenklich und irgendwie unglücklich da, so als wisse er nicht, wo und wie er beginnen sollte.

»Ich befasse mich viel mit Psychologie«, erklärte er schließlich, auch wenn das mit dem Thema wenig zu tun zu haben schien. »Hältst du auch etwas davon?«

»Selbstverständlich.«

»Bist du dann der Ansicht, daß ein Mann seine schlimmen Erfahrungen in sich einschließen und die sogar vor der Frau verbergen sollte, die er liebt? Ja, daß er das alles bis an sein Ende in sich bewahren sollte?«

Diana befürchtete mit gutem Grund, daß Cal von seinem Neffen sprach. Natürlich hatte sie mehr von Coles Leben erfahren wollen, aber sich immer gesagt, daß sie ihm dafür Zeit geben müsse.

»Nun ja, ich wollte Cole nicht das Gefühl geben, in offenen Wunden herumzubohren.«

»Nein, so würde ich das nicht nennen, viel eher eine Eiterblase aufstechen.«

»Ich mag keine Wunden, die nicht verheilen wollen«, entgegnete sie. »Die Frage ist nur, wie kann ich ihm helfen?«

»Ein Versuch könnte nicht schaden.«

Diana betrachtete das Foto, das sie immer noch in der Hand hielt, und dachte daran, wie sie letzte Nacht in Coles Armen gelegen hatte. Er hatte soviel Liebe zu geben, und sie wollte alles davon haben. Die junge Frau scheute das Risiko, auch nur etwas von seiner Liebe zu verlieren. »Wenn das, was du mir zu berichten hast, wirklich so schlimm ist, wie wird Cole denn reagieren, wenn er erfährt, daß ich Bescheid weiß?«

»Dann muß er sich wenigstens keine Sorgen mehr darüber machen, daß du dich von ihm abwenden könntest. Und er braucht sich auch nicht mehr zu fragen, wie du wohl reagieren würdest. Dr. Richenblau nennt so etwas ›Katharsis‹. Nun, so furchtbar lang ist die Geschichte gar nicht, die ich dir zu erzählen habe. Was du dann daraus machst, bleibt aber deine Sache.«

Diana atmete tief ein und nickte dann. »Schieß los, Cal.«

»Gut. Du hast ja eben selbst gesagt, daß der Ärmste viel

Leid habe erdulden müssen. Seine größte Tragödie ist wohl, mit dem Namen Harrison auf die Welt gekommen zu sein.«

Damit hatte die junge Frau nun wirklich nicht gerechnet. »Was meinst du damit?«

»Weil dieser Name in Kingdom City, der Stadt, in der Cole aufgewachsen ist, mit einem Fluch beladen ist. Solange die Menschen dort zurückdenken können, waren die Harrisons immer rohe und wertlose Gesellen. Trunkenbolde, Schläger, Betrüger und überhaupt Gesindel, einer wie der andere. Und Cole mußte mit diesem Stigma aufwachsen.

Als Coles Mutter mit Tom Harrison durchbrannte, hat mein Bruder bittere Tränen vergossen, weil er einfach nicht glauben konnte, daß sein kleines Mädchen sich mit einem solchen Kerl eingelassen hatte. Später stellte sich dann heraus, daß Tom sie geschwängert hatte, und zur damaligen Zeit, und besonders in dieser Gegend hier, mußte eine werdende Mutter unbedingt heiraten. Da führte leider kein Weg drum herum.«

Diana sah ihn an, aber er strich ein paar Zeitschriften glatt, weil er offensichtlich seinen ganzen Mut sammeln mußte, um weitersprechen zu können.

»Coles zwei Brüder starben tatsächlich, kurz nachdem er sich auf dem College eingeschrieben hatte. Sie hielten sich gerade in Amarillo auf, hatten sich dort mächtig vollaufen lassen und wollten weitertrinken, hatten aber kein Geld mehr. Also haben sie einer älteren Frau aufgelauert und sie halb totgeschlagen, bloß um an ihre Handtasche zu kommen. Dann haben sie einen Wagen aufgebrochen und sind damit geflüchtet. Dabei haben sie eine rote Ampel überfahren, und gleich war die Polizei hinter ihnen her. Die beiden hatten über hundert Sachen drauf, als sie frontal gegen einen Laternenpfahl prallten. Coles Brüder waren auf der Stelle tot. Damals habe ich schon gesagt, fort mit Schaden, und heute würde ich das genauso sagen.

Sam hat die beiden Jungs aber sehr geliebt. Sie waren eben wie er. Der Apfel fällt nun einmal nicht weit vom Stamm.«

»Aber Cole war anders«, warf die junge Frau rasch ein, als er eine Pause einlegte.

»Das kann man wohl sagen. Er ist, im positiven Sinne, vollkommen aus der Art geschlagen. Außerdem war er intelligenter als Vater und Brüder zusammen. Das ist ihnen natürlich nicht verborgen geblieben, und deswegen haben sie ihn gehaßt. Die einzigen Freunde, die der Junge in jener Zeit besaß, waren seine Hunde. Gleich ob Hunde, Katzen oder Pferde, alle Tiere haben ihn auf Anhieb gemocht, und er hat sie ebenfalls geliebt. Vielleicht haben die Viecher ja gespürt, wie hilflos und allein man sich fühlt, wenn man niemanden hat, an den man sich wenden kann.«

»Dann war Cole also der einzige aus der Familie, der das College besuchte?« fragte Diana.

Cal lächelte humorlos. »Er war auch der einzige von ihnen, der die zehnte Klasse geschafft hat.« Der Onkel drehte sich unvermittelt zu ihr um. »Ist dir der Collie auf dem einen Bild aufgefallen?«

»Ja, warum?«

»Ungefähr eine Woche, bevor Cole aufs College ging, haben die Brüder ihm ein ganz besonders gemeines Abschiedsgeschenk gemacht.«

Die junge Frau ahnte, daß sie jetzt etwas Furchtbares zu hören bekommen würde, aber das, was nun folgte, traf sie dennoch unvorbereitet.

»Sie haben den Collie in der Scheune aufgehängt.«

Diana stöhnte, sprang auf und riß sich entsetzt die Hand vor den Mund. Erst nach einem Moment konnte sie sich wieder setzen.

»Danach haben sie sich verdrückt und sind erst wiedergekommen, als Cole fort war. Wenn er sie erwischt hätte, hätte er sie wohl umgebracht.«

»Konnte Cole denn nicht woanders hingehen?«

»Nun ja, er hätte hier bei mir leben können, aber sein

Vater wollte ihn auf der Ranch behalten, damit er echte Männerarbeit lernte. Mindestens tausendmal hat Tom gedroht, wenn Cole sein Zuhause verlasse, würde seine Mutter das zu spüren bekommen. Und seine Mom wollte diesen Dreckskerl nicht verlassen, mochte sie auch immer kränker und schwächer werden. Als Cole dann aufs College ging, war ihr schon nicht mehr zu helfen. Die arme Frau wußte die halbe Zeit nicht, wo oder wer sie war. Mit anderen Worten, Tom hatte keine Lust mehr, sich an ihr zu vergreifen.«

Diana war immer noch ganz schlecht von dem, was die Brüder mit dem Hund gemacht hatten. »Und was ist mit Coles Vater? Lebt der denn noch?«

»Er ist vergangene Woche gestorben.«

Diana begriff jetzt, daß es vorhin zwischen den beiden darum gegangen sein mußte, als sie in die Küche gekommen war.

»Ich habe Cole heute morgen gesagt, er solle dort vorbeischauen. Könnte doch sein, daß seine Mom etwas für ihn hinterlassen hat. In Wahrheit wollte ich allerdings, daß er sich als Erwachsener dem Ort seiner Kindheit stellt. In einem meiner Fachbücher steht geschrieben, wenn ein Erwachsener mit den schlimmen Dingen seiner Jugend konfrontiert werde, fühle er sich besser und könne das Geschehene gezielter verarbeiten. Ob er nun tatsächlich dorthin gefahren ist oder nicht, ich würde es für eine gute Idee halten, wenn Cole sich sicher sein dürfte, daß du das Haus gesehen hast. Doch ich habe irgendwie das Gefühl, daß er heute diese Kurve noch nicht nimmt.«

»Zeichne mir bitte ein Wegskizze«, sagte sie und küßte ihn auf die Wange. »Ich lauf' nur zurück ins Haus und hole die Schlüssel von dem Pick-up.«

Cal hätte ihr ja gern Lettys Wagen angeboten, weil Cole mit seinem losgefahren war, aber die Haushälterin war zum Einkaufen unterwegs.

Kapitel 50

Cole stand vor dem Vorgarten seines Geburtshauses, einer vierzimmrigen Hütte mit einem verrotteten Dielenboden, ein häßlicher Fleck auf einem verfluchten Stück Boden.

Hier war er aufgewachsen, und von diesem Ort stammte er.

Der junge Mann war sich nicht sicher, warum er überhaupt zu diesem Haus gefahren war. Seine Mutter war gestorben, deswegen hatte er hier nichts mehr verloren. Vielleicht wollte er sich aber auch nur den Geistern dieses Ortes stellen und dann alles niederbrennen.

Dieses alte Grundstück hielt keine wunderbaren Erinnerungen für ihn bereit. Das einzig Schöne an diesem Haus war seine Mom gewesen, und die war kurz nach ihrem zweiundvierzigsten Geburtstag gestorben. Vor ihrem Tod hatte er sie jedoch noch einmal gesehen. Per Anhalter war er damals in die Stadt gefahren, um ihr ein Geburtstagsgeschenk zu kaufen, und daher erst recht spät nach Hause gekommen.

Als er eingetreten war, hatte ihn Stille empfangen, und für einen Moment hatte er sich der trügerischen Hoffnung hingegeben, sein Vater läge wieder betrunken in der Scheune – vielleicht sogar an einem noch entfernteren Ort.

Fast hatte er die Tür zum Zimmer seiner Mutter erreicht, als Toms Stimme wie ein Peitschenhieb aus einer dunklen Ecke des Wohnzimmers ertönte. »Wo hast du die ganze Zeit gesteckt, verdammter Bengel?«

Cole suchte nach dem Lichtschalter, während er in Gedanken abzuschätzen versuchte, in welcher Stimmung sein Vater sich befand. Aufgrund seiner langen Erfahrung, die auch dringend nötig war, wenn er sich oder seine Mutter nicht dafür büßen lassen wollte, erkannte er, daß Tom zwar schlechte Laune hatte, aber noch nicht gewalttätig war.

»Ich hatte was in der Stadt zu erledigen.«

»Du verdammter Lügner. Warst wieder in Jacksonville, bei deinem Onkel, diesem Arschloch, damit er dir wieder den Kopf mit seinen verrückten Ideen vollstopfen kann. Ich habe dir doch gesagt, was dir blüht, wenn du noch einmal zu ihm gehst. Aber wer nicht hören will, muß fühlen!«

Cole korrigierte seine Einschätzung: Sein Vater befand sich in potentiell gewalttätiger Stimmung. Als Kind hatte er sich in Momenten wie diesen vor lauter Angst übergeben müssen. Später hatte er die Furcht nur mit der Vorstellung ertragen, diesen Mann eines Tages zu ermorden, auch wenn er dafür den Rest seines Lebens ins Gefängnis wanderte.

Tom starrte auf das in Geschenkpapier eingewickelte Päckchen, das Cole in der Hand hielt, und vergaß den Grund für seinen Zorn. »Was soll das denn da sein?«

»Ein Geschenk für Mom. Zu ihrem Geburtstag.«

Das schien seinen Vater zu amüsieren, und er griff danach. »Was hast du ihr denn gekauft?«

Der junge Mann hielt das Päckchen außerhalb der Reichweite seines Vaters. »Nichts, womit du etwas anfangen könntest. Eine hübsche Haarbürste und einen Handspiegel.«

»Was hast du getan? Der alten Krähe eine Haarbürste und einen Spiegel gekauft? Das ist ja noch komischer als die Vorstellung, daß aus dir mal ein richtiger College-Student werden könnte.« Damit schien er sich zufriedenzugeben, wandte sich wieder seiner Whiskeyflasche zu, und der Junge konnte weitergehen.

Er betrat das Zimmer seiner Mutter. Sie döste und hatte den Kopf zur Seite gedreht. Auf dem mit Schrammen übersäten Nachttisch stand ein Teller mit einem halbgegessenen Sandwich. Cole schaltete das Licht ein und hockte sich zu ihr auf die Bettkante. »Ist das alles, was du heute abend gegessen hast?«

Mom drehte sich zu ihm um, sah ihn an und blinzelte, weil das Licht ihren Augen weh tat. »Ich hatte nicht mehr

Hunger«, lächelte sie. »Habe ich eben wirklich deinen Vater schimpfen gehört, oder war das nur ein Traum?«

»Doch, er hat gebrüllt.«

»Du solltest ihn nicht immer so aufregen, Junge.«

Cole hatte nie verstehen können, weshalb sie sich ihr Leben lang der Übellaunigkeit Sams unterworfen und sich auch seine Schläge gefallen lassen hatte. Genauso ärgerte er sich darüber, daß sie ständig um Verständnis für ihn warb und Entschuldigungen für ihn vorbrachte. Nicht selten mußte Cole arg an sich halten, um ihr keine Vorwürfe zu machen, warum sie sich nicht endlich zur Wehr setzte. Aber seine Mutter wollte ihren Mann nicht verlassen, und der Junge konnte es wiederum nicht ertragen, sie in seiner Gewalt zu wissen.

»Ich habe dir ein Geburtstagsgeschenk mitgebracht.«

Sie strahlte über das ganze Gesicht, und für einen Moment konnte der junge Mann ihre Schönheit erahnen, von der Cal ihm berichtet hatte. Mom nahm das Päckchen, schüttelte es, um den Moment der Aufgeregtheit zu verlängern, und wickelte es dann aus. »Oh, wie wunderbar!« rief sie, nachdem sie die Schachtel geöffnet hatte. »Aber, Junge, wo hast du denn das Geld dafür her?«

»Warum für etwas bezahlen, wenn ich es genausogut stehlen kann?«

»Nein, Cole, bitte nicht!«

»War doch nur ein Scherz, Mom. Wenn ich es wirklich gestohlen hätte, meinst du, dann wäre ich damit noch zur Kasse gegangen, um es als Geschenk einpacken zu lassen?«

Sie sank in ihr Kissen zurück und hielt den Spiegel hoch. In mädchenhafter Eitelkeit gestand sie ihm: »Weißt du, als junges Ding war ich immer sehr stolz auf meine Schönheit.«

»Die besitzt du doch immer noch. Mom, hör mir jetzt bitte zu. In ein paar Jahren, wenn ich das College abgeschlossen habe, wird sich so manches zum Besseren wenden. Ich habe nämlich große Pläne geschmiedet, und Onkel Cal meint, wenn ich mich nur mächtig genug anstrenge, könnte ich meine Ziele auch erreichen. Weißt du, dann werde ich dir ein schönes Haus auf Cals Ranch bauen, eins aus Stein und mit vielen Fenstern. Ich errichte es oben auf einem Hügel. Und auf allen Seiten wird es eine Veranda haben, damit du den ganzen Tag draußen sitzen und die wunderbare Aussicht genießen kannst.«

Aber ihre Finger krallten sich in seinen Arm. »Verlier dich nicht in solchen Träumen, Cole. Denn wenn sie sich nicht erfüllen, endest du so wie dein Vater. Deswegen ist er heute so. Früher hatte er nämlich auch Träume und Ziele.«

»Ich bin aber nicht wie Dad!« entfuhr es ihm, weil er mit einer solchen Reaktion nicht gerechnet hatte. »Ich bin ganz anders als er!« Tom sprach nur von Träumen, wenn er sich wieder vollaufen lassen wollte und ihm keine bessere Ausrede einfiel.

Den orangefarbenen Pick-up verließ mit einem spuckenden Röcheln sein bißchen Leben, als sie von der Straße abbog. Diana ließ ihn einfach stehen und legte den Rest des Weges zu Fuß zurück, was gar nicht so einfach war, weil sie tiefe Schlaglöcher und Rinnen umgehen mußte. Zehn Minuten später sah sie Cole, als sie um eine Wegbiegung kam.

Ein großer, einsamer Mann stand dort mit gereckten Schultern und absolut reglos – bis auf die Brise, die mit seinem Haar spielte. Nach ein paar Schritten konnte sie auch sein Geburtshaus erkennen. Als sie es näher betrachtete, wäre ihr beinahe wieder schlecht geworden. Natürlich hatte sie nur ein einfaches Haus erwartet, aber nicht eine solche Bruchbude. Die Holzwände verfaulten, der Zaun rings herum war an mehreren Stellen eingebrochen, und in den vergangenen Jahrzehnten schien sich niemand die Mühe gemacht zu haben, Ausrangiertes und sonstigen Müll wegzuräumen.

Aus diesem Bild des Verfalls ragte Cole wie ein Fremdkörper heraus. Alles an ihm saß perfekt, und seine braunen Schuhe waren auf Hochglanz poliert. Jetzt schob er eine Hand in den Nacken, um die dortigen Muskeln zu massieren, und das makellos weiße Oxford-Hemd spannte sich über seinen breiten Schultern. Wie gern hätte Diana die Arme um ihn gelegt und ihre Wange an ihn gepreßt.

Er schien nichts von ihrer Anwesenheit zu bemerken, bis sie direkt hinter ihm stand. Dann sagte er: »Du hättest nicht kommen sollen.«

Cole drehte sich zu ihr um, und die junge Frau mußte schlucken, als sie sah, wie er sich verwandelt hatte. Seine Miene war vollkommen ausdruckslos und hart wie Stein. Seine Augen glänzten wie kalter Stahl. Doch jetzt erkannte Diana, wo sein eiserner Kern herstammte – hier, an diesem Ort war er geschmiedet worden. Gleichzeitig hatte er ihm die Kraft gegeben, sich von diesem Haus zu befreien und fortzukommen.

»Ich mußte hierher«, sagte sie und verfolgte, wie seine Züge langsam weicher wurden. »Du solltest wissen, daß ich diesen Ort mit eigenen Augen gesehen habe.«

»Ja«, entgegnete er, und Zärtlichkeit erfüllte sein Herz. »Jetzt hast du ihn gesehen und kannst mir sagen, was du davon hältst.« Er kehrte dem Haus den Rücken zu, marschierte fort und erwartete, daß sie mit ihm käme.

Ja, was hielt sie davon? Zur Antwort tat sie das einzige, was ihr einfiel, um ihrer Wut ein Ventil zu verschaffen. Sie hob einen Stein vom Boden auf und schleuderte ihn mit aller Kraft gegen den Bretterverschlag.

Cole drehte sich genau in dem Moment um, in dem unter dem Aufprall eine Fensterscheibe zerbarst. Mit offenem Mund starrte er in ihr gerötetes, wütendes Gesicht und dann auf das zerschmetterte Fenster zu der Hölle, in der er großgeworden war.

»Genau das halte ich davon«, antwortete sie und wischte sich den Staub von den Händen.

Ihr Mann lachte so laut, als wolle er den Knall der zerplatzenden Scheibe übertönen. Er fühlte sich jetzt so frei, daß er sie mit beiden Händen packte und sich wie einen Sack Mehl über die Schulter warf.

»Laß mich sofort runter!« lachte sie.

»Erst, wenn du mir etwas versprochen hast.«

»Was denn?« keuchte sie.

»Daß du nie wieder so wütend wirst und mich dann womöglich mit etwas bewirfst.«

»Wie soll ich dir etwas versprechen, das ich nicht halten kann«, entgegnete sie in gespieltem Ernst.

Er versetzte ihr einen Klaps auf den Hintern, marschierte mit ihr die Auffahrt hinunter und fing irgendwann an zu pfeifen. Sie mußte immer wieder kichern.

Diese fröhlichen Geräusche trieben zurück zu dem Holzhaus, und die letzte Scherbe, die noch im Fensterrahmen steckte, fiel nach innen und zerbarst auf dem Boden.

Die Tage verbrachten sie in fröhlicher Verliebtheit, die Nächte mit glühender Leidenschaft, doch irgendwann ging auch die schöne Zeit auf der Ranch des Onkels zu Ende.

Als der Abschied kam, fuhr Cal sie zum Flughafen und blieb dort, bis das Flugzeug abgehoben hatte, um den beiden bis zum letzten Moment hinterherzuwinken. Das Herz in seiner Brust war ihm schwer, weil auch er die Zeit mit dem jungen Paar genossen hatte, aber es fühlte sich nicht mehr schwach und alt an, sondern wieder stark und jung.

Dianas Herz klopfte hingegen nicht vor Freude, als Cole ihre Wohnung verließ, weil er nach Washington mußte. »Ich vermisse dich jetzt schon. Diese Doppelwohnsitz-Vereinbarung funktioniert nicht!«

Er hob mit zwei Fingern ihr Kinn. »In ein paar Tagen regeln wir alles von vorn. Sobald ich aus der Hauptstadt zurück bin. Wart's nur ab, die Zeit bis dahin wird wie im Flug vergehen.«

Sie legte die Stirn in Falten. »Wie kannst du das nur sagen?«

»Weil ich uns beide davon zu überzeugen versuche.«

»Klappt aber irgendwie nicht.«

»Bei mir auch nicht.« Er umarmte sie.

»Vergiß ja nicht, mich anzurufen!«

Er lächelte, weil ihm die bloße Idee völlig absurd vorkam. »Wie könnte ich das denn je vergessen, mein Schatz?«

Kapitel 51

Sam Byers saß in seinem Wagen und ließ den Motor im Leerlauf summen. Die Scheibenwischer liefen auf der höchsten Stufe, als Coles Gulfstream sich aus dem Himmel senkte und auf dem Dulles International Airport aufsetzte, über den gerade eine ergiebige Regenfront zog.

Der Senator verfolgte, wie die Maschine an einer Rollbahnkreuzung anhielt und auf Instruktionen aus dem Tower wartete. Endlich wendete sie um neunzig Grad, rollte auf ihn zu und an ihm vorbei. Als das Flugzeug schließlich stand, schlug Byers den Kragen hoch und lief durch die Pfützen zu ihm.

»Wirklich eine Schande, daß wir uns unter solchen Umständen treffen müssen«, schnaufte der Sechzigjährige, als er die letzte Stufe hinter sich gebracht hatte und sich gleich auf die breite Couch in der Kabine fallen ließ, »aber ich wollte Ihnen dieses Material lieber persönlich geben. Und es wäre immer noch für uns beide nicht ratsam, zusammen gesehen zu werden.« Er griff in seinen Mantel und zog einen großen braunen Umschlag heraus.

Cole nahm ihn entgegen und reichte dem Senator ein Glas Wodka mit Eis und Zitrone – Byers' Lieblingsdrink.

Während der Mann die Erfrischung genoß, sah er sich bewundernd in der luxuriös eingerichteten Kabine um.

»Sie haben wirklich Stil und Geschmack, Cole«, bemerkte er, und als Harrison sich ihm gegenüber niedergelassen hatte, fügte er hinzu: »Leider besitzen Sie auch einen mächtigen Feind.«

»Wen?«

Byers hob das Glas, als wolle er ihm zuprosten, und antwortete: »Der neue Senator unseres glorreichen Staates Texas – Douglas J. Hayward. Er scheint es zu seiner persönlichen Angelegenheit gemacht zu haben, Ihnen Ihren Konzern zu nehmen und Sie hinter Gitter zu bringen.«

Der Mann trank noch einen Schluck, ehe er fortfuhr: »Unser Freund macht sich große Hoffnungen auf das Präsidentenamt. Vermutlich wird er es eines Tages auch bis dorthin bringen. Der junge Mann besitzt das gute Aussehen und das Charisma eines der verstorbenen Kennedys.«

Erst jetzt schien dem Senator bewußt zu werden, daß sein Gegenüber nach einer solchen Eröffnung sicher nicht in der Stimmung für launige Spekulationen war. »Haben Sie Hayward irgend etwas getan, oder paßt ihm einfach Ihre Nase nicht?«

Die einzige Erklärung, die Cole einfiel, betraf Dougs Mutter Jessica und eine Nacht vor langer Zeit, als ihr Ehemann Charles überraschend früher nach Hause gekommen war. Doch es wäre ihm irrsinnig vorgekommen, wenn Doug nach über zehn Jahren einen Kreuzzug zur Verteidigung der nicht vorhandenen Ehre seiner Mutter starten wollte. »Alles, was mir in den Sinn kommt, taugt nicht als Motiv für einen Rachefeldzug.«

»Das dürfte ihn wohl kaum davon abhalten, Sie weiter zu verfolgen«, bemerkte Byers. »Jeder Aspirant auf das Präsidentschaftsamt braucht einen Gegner, eine Art Drachen, den er publikumswirksam erschlagen kann. Dadurch erhält er die Publicity, die er braucht, um es bis ganz nach oben zu schaffen. Reagan hatte die Ajatollahs, Kennedy seinen Hoffa, wenn Sie verstehen, was ich meine.«

»Ja, verstehen tue ich das schon, auch wenn die Analogien mir nicht sonderlich behagen«, entgegnete Cole eisig.

»Dann hören Sie mir bitte bis zum Ende zu, ehe der Zorn Sie übermannt und Sie sich noch auf mich stürzen«, grinste der Senator. »Wenn Politiker mit solch hochtrabenden Zielen keinen tauglichen Gegner finden können, erschaffen sie sich eben einen. Und aus irgendwelchen Gründen hat Douglas Hayward Ihnen diese Ehre zukommen lassen.«

Er trank noch einen Schluck und fuhr dann fort: »Der Aufsichtsrat von Cushman steht natürlich voll hinter ihm und bedrängt ihn täglich, in seinem ›Kreuzzug für die Gerechtigkeit‹ nicht nachzulassen. Diese Herrschaften besitzen eigene politische Verbündete, die sie ins Feld führen können. Diese vereinte Streitmacht hat es vollbracht, die New Yorker Börse, die Börsenaufsicht und natürlich auch sich selbst davon zu überzeugen, daß Sie diese Gerüchte in Umlauf gebracht hätten. Sie wissen schon, von wegen ihr Mikroprozessor sei fehlerhaft – woraufhin ihr Aktienkurs in den Keller fiel und Sie die Firma für einen Appel und ein Ei aufkaufen konnten.

Aber das wissen Sie ja längst. Neu dürfte Ihnen hingegen folgendes sein: Die Cushman-Leute wollen Sie vor Gericht bringen und Ihnen den Prozeß machen. Neben einigen hundert Millionen Dollar Schadensersatz versprechen sie sich davon einen höchstrichterlichen Urteilsspruch, der ihnen alle Profite zuspricht, die Unified mit diesem Mikroprozessor erwirtschaftet. Darüber hinaus erhoffen sie sich auch Ihre zukünftigen Profite, die auf jedes andere Gerät, Design oder jegliche Formel zurückzuführen sind, die Ihnen durch die Übernahme der Firma zugänglich gemacht worden sind. Soweit ich von meinen Gewährsleuten erfahren konnte, freuen die Cushmans sich ganz besonders auf letzteres.«

Er leerte sein Glas und betrachtete dabei Harrisons Miene. Als er sich schließlich eingestehen mußte, daß sie nicht zu deuten war, zuckte er die Achseln. »Mir kommt das alles ein wenig sonderbar vor, aber ich bin ja auch nur ein Junge vom Land. Doch selbst einer wie ich kann eines erkennen: Wenn die Börsenaufsicht Sie auch nur in einem der Anklagepunkte schuldig befinden sollte, haben Ihre Gegner den Prozeß vor dem ordentlichen Gericht schon so gut wie gewonnen.«

»Was befindet sich in dem Umschlag?«

»Nichts, was Ihnen dabei helfen könnte, Hayward kaltzustellen, falls Sie sich darauf Hoffnung gemacht haben sollten. Aber diese Dokumente zeigen Ihnen, wie es um Sie steht und mit wem Sie es zu tun haben.

William C. Gonnelli, der zuständige Richter der Börsenaufsicht für Ihren Fall, ist bereits jetzt schon so sehr von Ihrer Schuld überzeugt, daß er mit dem Staatsanwalt berät, ob man den langen Weg gehen oder lieber den kürzeren beschreiten und gleich einen Haftbefehl gegen Sie erwirken soll. In dem Umschlag finden Sie eine Kopie der Vorladung von der Börsenaufsicht. Die wird Ihrem Anwalt morgen zugestellt werden. Natürlich gibt die andere Seite das auch gleich an die Presse weiter. Ich fürchte, von da an können Sie keinen Schritt mehr vor die Tür machen, ohne daß man Ihnen ein paar Mikrofone unter die Nase hält.«

Soviel Information und Kooperation hatte Cole eigentlich nicht von dem Senator erwartet, und es berührte ihn eigenartig, daß jemand wie Byers sich um seinetwillen solcher Mühe unterzogen hatte. Schließlich mußte doch auch ihm klar sein, daß die Aussicht auf weitere Wahlkampfspenden eher gering sein dürfte.

Der Mann schien Harrisons Gedanken zu erraten, denn er erhob sich jetzt und schüttelte ihm die Hand. »Sie haben mir schon bei unserer ersten Begegnung gut gefallen, Cole, und was ich danach von Ihnen gehört und gesehen habe, hat mir richtiggehend imponiert.« Er grinste und fügte hinzu: »Außerdem hat mir noch nie jemand einen Scheck über dreihunderttausend Dollar gegeben und mir ins Gesicht gesagt, er hätte den auch einem Gorilla überreicht, wenn der als Kandidat der Republikaner aufgestellt worden wäre.«

»Dafür möchte ich mich entschuldigen, Senator«, entgegnete Cole formell, auch wenn es ihm damit ernst war. »Und ich bin Ihnen für alles dankbar, was Sie für mich getan haben.«

»Ich habe Ihre offene und direkte, aber stets ehrliche Art immer als erfrischend empfunden. So etwas erlebt man nämlich nur selten, und in meinem Gewerbe so gut wie nie.«

Byers begab sich zum Ausgang, drehte sich dort aber noch einmal um. »Wenn Sie meine Meinung hören wollen, ich halte Sie für unschuldig. Unglücklicherweise kann ich mich von nun an nicht mehr mit Ihnen treffen. Das verstehen Sie doch hoffentlich, oder?«

»Natürlich«, entgegnete Harrison, ohne sich etwas von seinen Gefühlen anmerken zu lassen.

Doch in seinem Innern brodelten die Emotionen. Als er sich den Inhalt des Umschlags vornahm und die Vorladung sah, auf der sein Name stand, verspürte er eine Wut, wie er sie noch nie erlebt hatte. Normalerweise hätten ihm Vorladungen, Prozesse oder falsche Anschuldigungen wenig ausgemacht, aber dank der Macht, die sich auf der Gegenseite zusammengefunden hatte, würde sein Name in zwei Tagen gleichbedeutend mit Betrug sein.

Und Dianas Name würde, weil sie mit ihm in Verbindung gebracht wurde, ebenfalls in den Dreck gezogen werden.

Ein Lachen des Zorns kam ihm aus tiefster Kehle. Diana hatte ihn geheiratet, um ihren Stolz und ihre Würde zu retten. Und jetzt geriet sie vom Regen in die Traufe. Cole Harrison würde ihr Leben mehr ruinieren, als das Penworth je vermocht hätte.

Letzte Woche hatte Diana ihn geliebt und an ihn geglaubt.

Nächste Woche würde sie ihn hassen und verachten.

Cole lehnte sich auf der Couch zurück, schloß die Augen und zermarterte sich das Gehirn nach einem Weg, Diana aus allem herauszuhalten ... und sie nicht zu verlieren. Als ihm nichts einfallen wollte, zog sich alles schmerzhaft in ihm zusammen.

Kapitel 52

Diana sah auf ihre Uhr, starrte dann das Telefon an und versuchte, es per Willenskraft zu bewegen, endlich zu klingeln. Inzwischen dürfte Coles Treffen in Washington doch längst beendet sein, und er mußte sich auf dem Rückflug befinden. Aber er hatte sich noch nicht bei ihr gemeldet, und instinktiv wußte sie, daß etwas nicht stimmte. Schließlich schaltete sie das Fernsehgerät ein, um die Stille zu vertreiben, aber sie konnte sich nicht recht darauf konzentrieren.

»Und jetzt zu den Wirtschaftsnachrichten. Die Börse schloß heute unterschiedlich ...«

Natürlich glaubte sie felsenfest an Coles Unschuld, aber ihre überhitzte Fantasie ließ ständig neue Schrekkensbilder vor ihrem geistigen Auge entstehen. Cole vor Gericht, verfolgt von Reportern und Fotografen und der schlimmsten Dinge angeklagt. Er hatte ihr versprochen, daß es nie dazu kommen würde, aber das entsetzliche Gefühl beschlich sie, daß die Dinge diesmal seiner Kontrolle entglitten.

Cole hatte so hart darum gerungen, das Stigma seiner Jugend loszuwerden, und nun erwartete ihn doch das Schicksal seiner Familie ... nur würde der Skandal, den er hervorrief, weltweit Beachtung finden.

»Der größte Verlierer des heutigen Tages war Unified Industries, dessen Kurs auf den tiefsten Stand seit zweiundfünfzig Wochen fiel. Börsenanalytiker führen diesen Sturz auf Gerüchte zurück, nach denen der Vorstandsvorsitzende des Konzerns, Cole Harrison, in den nächsten Tagen vor ein Gericht des Bundesamtes für Börsenaufsicht vorgeladen werden soll. Gewöhnlich gut unterrichtete Kreise meinen dazu, die dortige Anhörung sei eine bloße Formalität, und Mr. Harrison müsse sich vor einem ordentlichen Gericht verantworten ...«

Von irgendwoher kam Diana plötzlich in den Sinn, Doug anzurufen und ihn um Hilfe zu bitten. Nein, im Grunde wollte sie ihn anflehen, seinen Einfluß einzusetzen und diesem Treiben ein Ende zu machen ...

Aber er würde ihr nicht helfen, und schon gar nicht, wenn es um Cole ging. Sein vollkommen irrationales Verhalten neulich hatte ihr das bewiesen. Diana dachte an seine haßerfüllten Worte. Er hatte sie dringend aufgefordert, sich sofort von Cole zu trennen, und ihr vorgeworfen, daß er jede Frau, gleich welchen Alters, um den Finger wikkeln könne, sogar sie.

Gleich welchen Alters ... Diese Bemerkung brachte sie ins Grübeln. Hatte Cole etwa damals das Herz einer ihrer Freundinnen erobert, in die Doug bis über beide Ohren verliebt gewesen war? Auf jeden Fall war sein Haß auf Cole so riesengroß, daß er selbst Diana darin einschloß, bloß weil sie ihn geheiratet hatte. Nein, sie würde auf taube Ohren stoßen, wenn sie Doug jetzt um Hilfe bat. Immerhin hatte er sie gewarnt und im Grunde das vorhergesagt, was jetzt eingetreten war.

Diana richtete sich langsam auf, als ihr eine Möglichkeit in den Sinn kam, die sie unter anderen Umständen als zu obszön verscheucht hätte. Doug hatte sie gewarnt ... und ihr gesagt, was geschehen würde ... Seine Abscheu gegen Cole war dabei fast körperlich spürbar gewesen ...

Die junge Frau nahm Handtasche und Wagenschlüssel und fuhr zu dem einzigen Menschen, der darüber wissen dürfte.

Ihre Schwester öffnete die Haustür, und Diana merkte ihr gleich an, daß sie die Nachrichten gesehen hatte. »Corey, ich muß dich etwas fragen, und das ist furchtbar wichtig. Hat Spence dir gegenüber irgendwann einmal erwähnt, daß Doug Cole nicht leiden kann?«

»Ja, als ihr beiden zur Familie gekommen seid, um uns mitzuteilen, daß ihr geheiratet habt, hat er mal etwas in dieser Richtung erwähnt. Aber du warst glücklich, und ich mochte Cole immer noch, und deswegen habe ich seinen Worten keine weitere Beachtung geschenkt.«

»Ich muß Spence unbedingt sprechen.«

»Er ist draußen am Pool.«

Der junge Mann reparierte gerade die Leiter am Ende des Beckens. »Hallo, Diana, was ist denn los?«

»Das möchte ich von dir erfahren. Ein paar Stunden nach der Pressekonferenz, auf der Cole und ich unsere Vermählung bekanntgegeben haben, kam Doug in mein Büro und hat mir sehr drastisch klargemacht, was er von Cole hält. Aber er wollte mir nicht sagen, warum er ihn so haßt. Ihr beiden seid doch schon von klein auf Freunde. Du mußt also wissen, was er gegen Cole hat.«

»Ach, Diana, hast du nicht schon genug Probleme? Was kümmert dich da noch Doug Hayward?« Er zog die letzte Schraube an.

»Ich glaube, diese Probleme rühren hauptsächlich von Doug her«, entgegnete sie bestimmt.

»Wovon redest du eigentlich?«

Sie zog ihn zu der Doppelliege. »An dem Tag, an dem Doug in meinem Büro auftauchte, war er außer sich, weil ich Cole geheiratet habe. Er wütete, Cole bediene sich unehrenhafter Geschäftsmethoden, und hat sich so hineingesteigert, daß ich mir dachte, er hege einen persönlichen Groll gegen ihn.«

»Worauf willst du hinaus?«

»Er hat an jenem Tag noch mehr gesagt. Nämlich daß die Börsenaufsicht gegen Cole ermittle und die den Fall dann an ein ordentliches Gericht weitergeben würde, wo man Cole den Prozeß machen werde.«

Für einen Moment hatte Diana den Eindruck, Spence

verstehe kein Wort, doch dann entgegnete er leise: »Das alles hat er schon gewußt, obwohl es doch noch gar nicht eingetreten war?«

»Genau. Er war sich dessen absolut sicher, und tatsächlich ist es ja jetzt genau so gekommen! Hast du irgendeine Ahnung, warum Cole ihm so sehr verhaßt ist?«

Zu ihrer Erleichterung tat Spence ihre Erregung nicht als lächerlich ab. »Sein Vater Charles ist vermutlich der einzige außer Doug, der darüber Näheres wissen dürfte. Doug war damals ziemlich betrunken, als er darüber zu mir gesprochen hat. Aber irgendwie hatte ich das Gefühl gewonnen, die Sache habe etwas mit Barbara zu tun.«

»Mit seiner Schwester?«

»Er redete im Suff, und deswegen bin ich mir natürlich nicht sicher.«

Diana erhob sich. »Gut, dann werde ich die Wahrheit eben bei Charles herausfinden.«

Ihr Schwager stand ebenfalls auf. »Ich komme mit dir.«

Sie nagte an ihrer Unterlippe und fragte sich, ob Spence ihr in diesem Fall wirklich eine Unterstützung wäre. »Nein, ich glaube, ich komme bei Dougs Vater weiter, wenn ich ihn allein aufsuche.«

Kapitel 53

Charles Hayward saß in seinem Arbeitszimmer, hielt die Fernbedienung seines Videorecorders in der Hand und spielte sich wieder und wieder den CNN-Nachrichtenausschnitt über Cole Harrison vor, als Jessica mit Diana hereinkam. »Charles, Diana würde gern mit dir reden.«

Hayward senior drehte sich in seinem Sessel herum und nickte. »Hallo«, sagte er und nickte in Richtung Couch, »setz dich doch.«

Fassungslos verfolgte die junge Frau, wie er die Nachrichten vor ihr wieder ablaufen ließ und dabei sogar in sich hineinlächelte. Der väterliche Freund kam ihr wie ein Monster vor, das sich am Unglück eines anderen weidete. Und Jessica, die noch in der Tür stand und ebenfalls fasziniert hinsah, verstärkte bei Diana dieses Gefühl. Sie wußte aber, daß sie nur hier die Möglichkeit haben würde, das dunkle Geheimnis herauszufinden und etwas dagegen zu unternehmen. »Wäre es wohl möglich, daß ich dich unter vier Augen sprechen könnte, Charles?«

»Aber selbstverständlich«, sagte Jessica und zog sich zurück.

»Was gibt es denn so Wichtiges, meine Liebe?« fragte Charles, schaltete den Videorecorder aus und legte die Fernbedienung beiseite. Er sah sie erwartungsvoll an, und seiner Miene war nichts mehr von der teuflischen Freude anzumerken, die er eben noch empfunden hatte.

Diana beschloß, ihr Gegenüber vorsichtig anzugehen. »Charles, nachdem mein Vater gestorben war, habe ich mich immer an dich wenden können, wenn ich dringend einen Rat brauchte.«

Der alte Mann nickte und schien sich zu freuen, das zu hören.

»Als ich dann beschloß, meine Firma zu gründen, hast du zu denjenigen gehört, die mir einen Startkredit gegeben haben.«

»Nein, ich habe in ein vielversprechendes Unternehmen investiert«, korrigierte er sie taktvoll. Auf diese Weise reagierte er stets, wenn sie ihm für seine Bemühungen zu danken versuchte.

»Jetzt benötige ich schon wieder deine Hilfe. Und zwar bei einer Sache, die mir noch viel wichtiger ist. Es geht um Cole.«

Seine Miene erstarrte, und seine Augen verwandelten sich in Eis. »In diesem Fall kann ich dir nur einen Rat geben, und zwar den besten, den du je von mir erhalten hast: Werde den Kerl so schnell wie möglich los!«

»Das kann und werde ich nicht!«

Er sprang auf und ragte über ihr auf, bis sie sich ebenfalls erhob. »Im Moment sehe ich dich noch als unschuldiges Opfer, Diana. Aber wenn du dich nicht von ihm trennst und aus der Schußlinie trittst, bekommst du auch etwas von den Wunden ab, die wir ihm schlagen werden. Der Kongreß kontrolliert die Börsenaufsicht, und wir haben genug Material gegen Harrison in der Hand, um ihn fertigzumachen!«

»*Wir?*« platzte es aus ihr heraus. »Du gehörst doch nicht einmal dem Kongreß an. Nur dein Sohn Doug.«

»Wir werden ihn erst öffentlich kreuzigen und danach alles zertrümmern, was mit seinem Namen verbunden ist«, erwiderte Charles ungerührt.

»Warum wollt ihr das tun?« rief Diana. »Was hat Cole euch getan, daß ihr ihn so haßt?« Sie riß sich zusammen und bemühte sich, nicht länger aggressiv, sondern vernünftig zu klingen. »Hilf mir bitte, das zu verstehen. Erst dann kann ich mir überlegen, ob ich deinen Rat beherzigen werde.«

Dem alten Mann gelang es nicht, sich im Zaum zu halten. Unter den Erinnerungen, die jetzt in ihm aufstiegen, explodierte er: »Du willst wissen, was Harrison uns angetan hat? Dann sage ich es dir: Er hat meine Familie zerstört! Dieser stinkende Drecksack hat wohl geglaubt, er sei der Hengst in meinem Stall! Gott allein mag wissen, wie viele von Barbaras kleinen Freundinnen er noch sexuell belästigt haben mag!«

»Sexuell belästigt?« keuchte Diana entsetzt.

Charles packte sie an den Schultern. »Du wolltest es wissen, jetzt sollst du auch alles erfahren. Erinnerst du dich an meine wunderschöne Tochter? Ja kennst du sie noch?« Er schüttelte sie.

Die junge Frau befreite sich von ihm und trat einen Schritt zurück. »Natürlich erinnere ich mich an Barbara«, entgegnete sie mit zitternder Stimme.

»Dieser Unhold hat meine kleine Tochter geschwängert. Ich habe die beiden eines Nachts beinahe ertappt und ihn gleich davongejagt. In dem Moment wußte ich noch nicht, daß er meiner Kleinen seinen Willen aufgezwungen hatte!«

Diana schüttelte den Kopf. »Nein, Charles, das kann nicht sein, da mußt du dich irren!«

»Ich soll mich irren?« brüllte er. »Dann frag doch mal das Monster, das du geheiratet hast! Als Barbara feststellte, daß sie schwanger war, befand sie sich bereits im fünften Monat! Sie hat das ihrer Mutter gebeichtet, und Jessica ist gleich mit ihr zu einer Abtreibungsklinik. Ich hätte wahrscheinlich nie etwas davon mitbekommen, wenn nicht drei Dinge eingetreten wären. Willst du die auch noch erfahren?«

Diana schluckte und konnte nur nicken.

»Ich habe davon erfahren, weil Barbara bei dem Eingriff fast das Leben verloren hätte. Die Gebärmutter mußte ihr entfernt werden, um das Schlimmste zu verhindern. Seitdem verbringt mein armes Mädchen ihr Leben damit, von einem Seelenklempner zum nächsten gereicht zu werden! Und soll ich dir auch noch das Dritte nennen?«

»Ja ...«

»Enkelkinder! Ich habe keine. Dieses Schwein, das du geheiratet hast, hat meiner Tochter die Möglichkeit genommen, Kinder zu bekommen, und mir damit die Enkel verwehrt.«

Charles zeigte jetzt zur Tür und erklärte mit bebender Stimme: »Raus mit dir! Verlaß mein Haus, und laß dich hier nie wieder blicken!«

Kapitel 54

Diana fuhr in einem betäubungsähnlichen Zustand nach Hause und wußte nachher nicht mehr, wie sie es bis dorthin geschafft hatte. Um dreiundzwanzig Uhr saß sie immer noch unbeweglich in ihrem Sessel, mit eingezogenen

Beinen und einer Decke um die Schultern, um die Kälte abzuwehren, die ihre Hände in Eis verwandelte und sie unentwegt zittern ließ.

Corey meldete sich alle Viertelstunde am Telefon. Diana ließ sie auf den Anrufbeantworter sprechen, weil sie sich nicht vom Fleck rühren konnte.

Cole rief nicht ein einziges Mal an.

Die junge Frau konnte weder Tränen vergießen noch sich übergeben. Sie war einfach vollkommen leer.

Cole rief überhaupt nicht an.

Um dreiundzwanzig Uhr fünfzehn meldete sich ihre Schwester wieder. Doch jetzt klang sie nicht mehr besorgt, sondern wütend. »Diana, wenn du jetzt nicht sofort abhebst, komme ich gleich bei dir vorbei.«

Die junge Frau zwang sich, die Hand zum Hörer auszustrecken. Doch als es ihr endlich möglich war, ihn aufzunehmen, hatte Corey schon längst aufgelegt.

In Rekordzeit erreichte sie das Apartmenthaus und ließ sich und Spence mit dem Ersatzschlüssel ein, den ihre Schwester ihr gegeben hatte.

»Diana?« Corey trat vorsichtig zu ihr. Diana beobachtete das uninteressiert und fragte sich schon, ob die beiden glaubten, sie hätte den Verstand verloren. Spence ging vor ihr in die Hocke. Wie liebevoll und rührend er sie ansah. »Diana?«

»Was hat Charles Hayward dir erzählt?«

Corey kniete sich neben ihren Mann und verkrampfte eine Hand auf seiner Schulter, um sich gegen das zu wappnen, was sie jetzt zu hören bekommen würde.

Diana hob den Kopf und sah die beiden eigenartig an. Nachdenklich antwortete sie dann ganz sachlich und unbeteiligt: »Charles sagte, Cole habe Barbara vergewaltigt. Die ist davon schwanger geworden und mußte eine Abtreibung vornehmen lassen. Jetzt kann sie keine Kinder mehr bekommen und befindet sich bis zum heutigen Tag in psychiatrischer Behandlung.«

»Was?« schrie Corey und sprang hoch.

Ihre Schwester folgte mit den Augen ihrer Bewegung, legte den Kopf in den Nacken und fragte leise: »Ist das nicht erstaunlich?«

»›Erstaunlich‹?« Corey warf Spence, der sich jetzt ebenfalls wieder erhob, einen besorgten Blick zu. »Du findest das also erstaunlich, ja?«

Dann geschah das, wovor Diana sich unbewußt schon seit Stunden fürchtete: Sie bekam einen Lachkrampf und konnte nicht mehr damit aufhören. »Cole hätte Barbara niemals angerührt. Er hatte eine Heidenangst, daß eine von uns eines Tages zu weit gehen würde. Weißt du noch, wie wir uns alle angestrengt haben, ihn zu provozieren?«

»Ja, daran erinnere ich mich«, entgegnete Corey, wirkte jetzt aber noch nervöser als vorher und ließ ihre Schwester nicht aus den Augen.

»Das ist so komisch, so unglaublich komisch.«

»Was ist komisch?« fragte Corey vorsichtig, wußte jetzt aber, daß Diana durchaus noch klar denken konnte, was sie beim Hereinkommen stark bezweifelt hatte.

»Na, die Wette!« grinste Diana. »Zum Totlachen. Ich muß es wissen, weil ich schließlich die Einsätze aufbewahrt habe.«

»Was für Einsätze?«

»Die von der Wette«, prustete ihre Schwester. »Alle in unserer Clique, auch Barbara, haben ihren Einsatz bei mir abgegeben. Diejenige von uns, die zuerst einen Kuß von Cole bekommen würde, sollte den ganzen Pott erhalten.« Diana lachte schriller. »Ich war die Schatzmeisterin, und keine hat sich jemals bei mir gemeldet, um das ganze Geld einzustreichen ...«

Diana drehte sich im Sessel, vergrub das Gesicht im Polster und fing an zu schluchzen. »Keine hat gewonnen! Sie versuchen, ihn zu vernichten ... Niemand hat gewonnen!«

Kapitel 55

Am nächsten Morgen rief Diana bei Cole zu Hause an. Der Mann, der sich dort meldete, erklärte ihr, Mr. Harrison sei in der Firma. Seine Sekretärin teilte ihr mit, Mr. Harrison halte sich nicht im Hause auf.

Für Diana lag die Antwort klar auf der Hand: Männer betrachteten sie nur als Vergnügungsobjekt und ließen sie fallen, wenn sie mit ihr ihren Spaß gehabt hatten. So auch Cole. Während sie auf der Ranch seines Onkels Flitterwochen gespielt hatten, hatte er sich von ihr genommen, was er kriegen konnte. Aber danach war der Alltag zurückgekehrt, und er hatte sich gleich um andere Dinge gekümmert. Entweder war Diana ihm jetzt nur noch lästig, oder er hatte sie schon vollkommen vergessen. Ihr Verstand konnte diese Erklärung akzeptieren, aber ihr Herz schmerzte um so schlimmer.

Irgendwie gelang es ihr, den Arbeitstag bis zum Feierabend durchzustehen. Aufgrund ihres neu gefaßten Entschlusses, sich weniger persönlich um alles zu kümmern und mehr Verantwortung zu delegieren, verbrachte sie den Großteil des Nachmittags zusammen mit zweien ihrer leitenden Angestellten und sorgte eigentlich nur dafür, daß die Mitarbeiter bei den verschiedenen Fragen genauso dachten wie sie. Wohin sie sich im Firmensitz auch wandte und wem immer sie auch begegnete, stets setzte sie ihr freundliches Gesicht auf.

Coles Name und das, was ihm drohte, wurde mehrfach in ihrer Gegenwart angesprochen, aber nicht um schmutzige Details zu hören zu bekommen. Die Menschen, die mit ihr zusammenarbeiteten, wollten ihr vielmehr Trost und Zuspruch geben.

In ruhigeren Momenten mußte sie sich in Gedanken eingestehen, daß die jetzige Situation noch gar nicht die eigentliche Katastrophe, sondern lediglich das Vorspiel dazu war.

Gegen siebzehn Uhr dreißig verließ Diana ihr Büro und

fuhr zu ihrer Familie, weil die darauf bestanden hatte, gemeinsam zu Abend zu essen. Doch schon bald mußte sie feststellen, daß es in der Firma nicht so schlimm gewesen war wie hier. Anders als die Angestellten zögerten Mutter und Großeltern nicht, Fragen zu stellen oder ihre Meinung zum Ausdruck zu bringen. Nur Corey und Spence nahmen nicht daran teil und unterstützten Diana, wo sie nur konnten. Selbst Glenna hatte zu dem Thema das eine oder andere beizutragen, aber irgendwie gehörte sie ja auch zur Familie. Davon abgesehen hatte sie sich immer schon gerne eingemischt.

Als alle nach dem Essen am Pool saßen, kam die Haushälterin mit einem tragbaren Telefon zu ihnen und teilte Diana mit, daß der Anruf für sie sei. Alle dachten natürlich, daß Cole sich endlich gemeldet habe.

Doch Glenna machte diese Hoffnung gleich zunichte. »Ein Reporter ist dran.«

»Ich habe jetzt keine Lust, mit der Presse zu sprechen«, erklärte Diana. »Wo kriegen die bloß immer meine Nummer her? Ich fürchte, wir müssen eine neue beantragen.«

»Der Mann will etwas über deine Scheidung wissen«, teilte die Haushälterin mit.

Alle Gespräche verstummten, und jeder starrte Glenna an. »Worüber?«

»Er meinte, er wolle von dir erfahren, aus welchen Gründen du die Scheidung einreichen willst.«

Diana nahm den Apparat entgegen, meldete sich mit ›Hallo‹ und lauschte dann für einen Moment. »Wo haben Sie das denn her?« fragte sie schließlich. »Nun, Mr. Godfrey, ich glaube nicht, daß das bereits allgemein bekannt sein dürfte, denn ich selbst weiß noch nichts davon. Guten Tag!«

Sie erhob sich und rannte ins Haus zum nächsten Fernsehgerät. Die Familie folgte ihr geschlossen. Als der Schirm aufleuchtete, war das Moderatoren-Duo eines Houstoner Senders zu sehen und zu hören, das gerade das zur Sprache brachte, was der Reporter Diana eben gefragt hatte.

»… kam es zu einer neuen Entwicklung im Fall Cole Harrison und Unified Industries«, teilte die Moderatorin ihrem männlichen Gegenpart mit. »Diana Foster, gerade erst zwei Wochen die Gattin von Mr. Harrison, beantragte heute die Scheidung. Welche Gründe sie dafür vorgebracht hat, ist leider noch nicht bekannt geworden.«

»Die Ehe hat ja nicht sehr lange gehalten«, entgegnete der Moderator.

Seine Co-Moderatorin nickte. »Ein Sprecher der Harrison-Gruppe hat die Scheidungsgerüchte vor einer Stunde bestätigt. Allem Anschein nach will Mrs. Foster sich und ihre Firma von ihm lösen, um nicht von dem Skandal erfaßt zu werden, der gerade in Washington ins Rollen gekommen ist. Wie Sie, liebe Zuschauer, sich sicher erinnern, soll es bei der Übernahme von Cushman Electronics durch Mr. Harrison zu einigen Unregelmäßigkeiten gekommen sein.«

Der Großvater starrte seine Enkelin empört an. »Hast du das tatsächlich vor, Diana?«

Sie schüttelte langsam den Kopf und lächelte dünn. »Nein, aber genau das verlangt Cole von mir. Charles und Doug Hayward haben mich dringend aufgefordert, mich schleunigst von ihm zu trennen, damit ich nicht mit ihm in den Strudel der Ereignisse gerate. Und Cole scheint nun ebenfalls zu diesem Schluß gelangt zu sein.«

Corey sah ihren Mann streng an und erklärte: »Soviel zu deiner Behauptung, er habe meine Schwester nur geheiratet, um sein Image in der Öffentlichkeit zu verbessern. Gerade zerstört er es, um sie zu retten.«

Diana bekam davon nichts mit, weil sie schon eifrig Pläne schmiedete.

»Was willst du denn jetzt tun?« fragte die Großmutter, aber Dianas Mutter wußte bereits die Antwort. Sie legte ihrer Tochter einen Arm um die Schultern und lächelte: »Diana begibt sich natürlich nach Dallas.«

Ja, das hatte sie wirklich vor, und für eine Frau, die vorher ohne ausgefeilten Plan keinen Schritt tun konnte und die selbst bei Kurz-Trips vorher Seidenpapier zwischen jedes Kleidungsstück gelegt hatte, das mit sollte, kam sie nun erstaunlich rasch voran.

Ihre Schwester, die sie nach Hause begleitet hatte, stand fassungslos da und sah zu, wie sie alle Kleidungsstücke, die sie greifen konnte, in zwei Koffer warf. Die Toilettenartikel flogen einfach obendrauf. »So, das wäre erledigt«, erklärte sie schließlich, nachdem sie den zweiten prall gefüllten Koffer mühsam geschlossen hatte. Dann rief sie ihre beiden leitenden Manager an und teilte ihnen mit, daß sie sich während ihrer Abwesenheit um die Firma kümmern sollten. Wenn es Fragen oder Probleme gebe, könne man sie unter einer von Coles Nummern erreichen.

Damit drehte sie sich zu Corey um und erklärte ihr: »Gib Sally doch bitte Bescheid, daß sie alle meine Termine absagen soll.«

»Und mit welcher Begründung?«

»Sie soll allen sagen«, entgegnete sie und hievte die schweren Gepäckstücke von ihrem Bett, »daß ich in Dallas bin, bei meinem Ehemann.«

Um Viertel vor acht setzte Corey sie am Flughafen ab. Diana stand schon in der Reihe, um an Bord der Zwanzig-Uhr-Maschine zu gelangen, als Spence auf sie zugehetzt kam.

»Gib das hier Cole«, erklärte er ihr und zog einen Umschlag aus der Jackentasche. »Sag ihm, das sei ein verspätetes Hochzeitsgeschenk von mir. Er soll es benutzen, wenn er mit dem Rücken an der Wand steht.«

»Was ist denn da drin?« fragte Diana und rutschte mit der Schlange weiter.

»Das Ende von Dougs politischer Karriere«, antwortete ihr Schwager ernst.

Kapitel 56

Der Mann am anderen Ende der Gegensprechanlage, der sie jetzt durch die Überwachungskamera vor dem Eingang zu Coles Haus beäugte, ließ sich schnell davon überzeugen, daß Mrs. Harrison ihren Mann überraschen wolle und deswegen ohne Anmeldung eingelassen werden müsse. Der Wachmann schien sich sogar darüber zu freuen und führte sie durch das stille Haus zur Verandatür vor dem riesigen Swimmingpool.

Cole stand ganz allein da, hatte die Hände in den Hosentaschen vergraben und starrte in den Himmel, als würden die Sterne ihm auf seine Fragen Antwort geben können. Diana öffnete leise die Tür und trat behutsam hinaus. Sie überlegte, wie sie das vorbringen konnte, was sie ihm zu sagen hatte, wo sie doch am liebsten sofort in seine Arme geflogen wäre.

Die junge Frau wollte ihm klarmachen, daß sie eisern an seiner Seite stehen und alles gemeinsam mit ihm durchfechten wolle. Natürlich würde er das nicht wollen, aber sie war fest entschlossen, es mit allen Mitteln zu versuchen – egal ob durch Bitten, Diskussionen oder ultimatives Verlangen. Wenn das alles nichts nützte, würde sie sogar Tränen einsetzen.

Doch jetzt, da der entscheidende Moment gekommen war, wußte sie nicht, wie sie überhaupt anfangen sollte. Diana trat hinter ihn, und sie merkte, wie er erstarrte. »Cole?« Er drehte sich nicht zu ihr um und schwieg. »Was machst du hier?«

»Ich bete.«

Tränen schossen ihr in die Augen, weil sie daran denken mußte, wie Harrison einmal Religion und alles, was damit zusammenhing, als letzte Zuflucht für Narren und Dummköpfe hingestellt hatte. »Worum betest du denn?«

»Für dich«, antwortete er mit rauher Stimme.

Diana trat vor ihn, und die beiden fielen sich in die Arme. Er riß sie an sich und bedeckte ihren Mund mit lauter kleinen Küssen. Danach hielt er sie fest, und sein Kinn ruhte auf ihrem Kopf, so als fürchte Cole, wenn er sie nur einen Moment losließe, würde sie für immer verschwinden. Diana fand nichts schöner, als in seinen Armen zu sein, und rieb ihre Wange an seiner starken Brust. »Ich liebe dich.«

Seine Rechte streichelte ihren Rücken, und er küßte sie auf die Schläfe. »Das weiß ich, sonst wärst du jetzt nicht hier.«

»Mir ist bekannt, welchen Ärger du mit der Börsenaufsicht hast. Charles Hayward hat es mir erzählt.«

Sie spürte, wie er sich wieder verkrampfte. »Wann?«

»Gestern abend. Ich war bei ihm. Er sagte mir, du hättest Barbara verführt. Sie sei davon schwanger geworden und hätte abtreiben müssen. Dabei ist wohl einiges schiefgegangen, und jetzt kann seine Tochter keine Kinder mehr bekommen. Und seit damals befindet sie sich in psychiatrischer Behandlung.«

»Das hat er dir gesagt?« Sein Oberkörper löste sich von ihr, und er starrte sie ungläubig an. »Und trotzdem bist du zu mir gekommen?«

Diana lächelte ihn im Mondlicht an und nickte. Dann schmiegte sie sich wieder an seine Brust. »Ich weiß doch, daß das nicht stimmt.«

»Weil du an mich glaubst?« fragte er vollkommen verwirrt.

»Ja. Und weil wir Mädels damals gewettet haben, welche von uns es als erste schaffen würde, dich zu küssen.«

Cole grinste schief. »Und keine von euch hat gewonnen«, stellte er fest, weil er sofort begriff, was sie hatte sagen wollen. »Wieviel hast du denn gesetzt?«

Sie öffnete die Knöpfe seines Hemds und küßte seine Brust. »Gar nichts. Wenn ich schon Geld zum Fenster hinauswerfe, dann höchstens in Las Vegas.«

Die beiden befanden sich schon auf dem Weg zum Schlafzimmer, als Diana einfiel, daß sie ihm ja etwas mitgebracht hatte. Als er ihre Koffer ans Fußende des Bettes stellte, reichte sie ihm den Umschlag und eine selbstgestrickte Tasche.

»Was ist denn das?«

Zuerst öffnete er das Kuvert. Spencer schickte ihm darin eine Aufstellung der Anzeigen, die Doug Hayward sich wegen Alkohol am Steuer eingehandelt hatte. Darunter auch eine wegen fahrlässiger Körperverletzung – seine Beifahrerin hatte bei einem seiner Unfälle schwere Gesichtsverletzungen erlitten.

Der große Beutel enthielt selbstgebackene Schokoladenkekse von Großmutter.

Nachdem sie sich geliebt hatten, konnte Diana trotzdem nicht einschlafen. Ihr Kopf ruhte in seiner Armbeuge, und sie betrachtete durch das Bodenfenster im Schlafzimmer den farbigen Wasserfall.

»Früher warst du danach immer völlig erschöpft«, neckte Cole sie. »Und jetzt liegst du noch wach und tust nur so, als würdest du schlafen. Kein gutes Vorzeichen für die nächsten fünfzig Jahre.«

»Was wird bei der Anhörung vor der Börsenaufsicht passieren?« fragte sie und klang hellwach und äußerst besorgt.

»Würde es etwas nützen, wenn ich dir sagte, du brauchst dir darüber keine Gedanken zu machen?«

»Überhaupt nichts.«

Cole widerstrebte es, ihr Einzelheiten von der Falle mitzuteilen, in der er gerade steckte. Aber Diana hatte ein Recht darauf, alles zu erfahren, damit sie verstehen konnte, in welcher Lage er sich befand. Ausgehend von den Familiengeschichten über den Camping-Trip zum Yellowstone Nationalpark, wußte er, daß das Unbekannte ihr mehr Furcht einflößte als eine sichtbare Bedrohung.

»Ich weiß, das hört sich jetzt dumm an«, erklärte sie leise, »aber dein Konzern hätte doch auch ganz gut ohne den Cushman-Chip auskommen können. Nach allem, was passiert ist, wünschte ich, du würdest ihnen den

Chip und ihren ganzen verdammten Laden einfach zurückgeben.«

»Ich habe die Firma nicht wegen ihres neuen Mikroprozessors gekauft. Auf dem Gebiet ist Intel längst der Marktführer. Und was die Nischen und die Spezialanfertigungen angeht, da wird unser Markt mittlerweile von ausländischen Produkten überschwemmt, die den Kuchen untereinander in immer kleinere Stücke aufteilen müssen. Meiner Meinung nach braucht die Welt nichts weniger als einen neuen Computer-Chip-Hersteller.«

Die junge Frau rollte sich auf die Seite, stützte den Kopf auf einer Hand auf und sah ihn an. »Aber warum, in Dreiteufelsnamen, hast du denn dann die ganze Mühe auf dich genommen, diese Firma in deinen Besitz zu bringen?«

»Mir ging es um einige Patente, die bei Cushman lagen. Die Leute haben sie zwar besessen, aber nichts damit anzufangen gewußt. In ihren Händen lag das letzte Puzzleteil, das wir brauchten, um das Produkt herzustellen, auf das die Welt wirklich schon seit langem wartet. Uns fehlten nur noch ihre Patente.«

»Und was ist das für ein sagenhaftes Produkt?«

»Eine ultralanglebige Batterie, mit denen sich Laptops oder Handys nicht mehr nur für Stunden, sondern tagelang betreiben lassen. Mehrere Firmen arbeiten daran, und manche unserer Konkurrenten sind schon ziemlich weit gekommen. Aber wer damit zuerst auf den Markt kommt, räumt ab. Die Profite, die dabei zu erzielen sind, sind gigantisch.

Der Wissenschaftler, der für mich an dem Projekt arbeitet, war früher bei Cushman beschäftigt und wußte daher um die Patente. Er führt seine Forschungen nicht auf dem Firmengelände durch, sondern arbeitet an einem geheimen Ort und dort auch nur mit einigen handverlesenen Assistenten, von denen keiner so genau Bescheid weiß, worum es eigentlich geht. Wenn ich ehrlich sein soll, ich habe auch keine Ahnung, was der Mann da eigentlich treibt. Seine Mitarbeiter glauben, er arbeite an einem superflachen Fernseh- oder Computermonitorbildschirm. Das tut er zwar, allerdings meist in seiner Freizeit.«

»Könntest du den Cushmans denn nicht ihren Chip zurückverkaufen und die Patente behalten?«

»So dumm sind die nicht, weiß Gott nicht«, grinste er freudlos. »Die Cushmans haben überhaupt kein Interesse mehr an ihrem Chip. Von einem Gewährsmann habe ich kürzlich erfahren, daß sie viel mehr auf die Profite scharf sind, die ich mit der Batterie erzielen werde. Die einzige Chance für diese Leute, die einstreichen zu können, besteht darin, das Gericht zu überzeugen, ich hätte sie betrogen und durch einen schmutzigen Trick ihren Aktienkurs fallen lassen, um die Firma günstig übernehmen zu können.

Anders verhält es sich hingegen bei den Patenten. Die werden nämlich beim Patentamt notiert und gelten als Allgemeingut – nur die Rechte daran liegen eben für eine gewisse Frist beim jeweiligen Besitzer. Da können die Cushmans mich also nicht drankriegen und mir unterstellen, ich hätte Insiderkenntnisse gegen sie eingesetzt.«

Diana strich über seine straffen Bauchmuskeln. »Und was kannst du tun, um deinen Kopf aus der Schlinge zu ziehen?«

»Eine Gruppe Anwälte arbeitet gerade daran, und die finden sicher einen Weg«, antwortete Cole voller Überzeugung.

Zufrieden und überzeugt, daß er es schon schaffen würde, rollte sie sich an seiner Seite zusammen und schlief gleich ein.

Harrison aber lag bis zum Morgengrauen wach, denn er wußte insgeheim, daß es keinen ›Weg‹ gab. Seine Anwälte hatten ihm bereits mitgeteilt, daß er sich darauf gefaßt machen solle, sich vor einem ordentlichen Gericht wegen Betrugs zu verantworten.

Nur ein Wunder konnte ihn noch davor bewahren, dachte er grimmig. Aber immerhin lag Diana jetzt an seiner Seite und in seinem Bett – war das denn nicht auch schon ein Wunder? Sie war sogar in dieser Situation zu ihm gekommen, wo jede andere Frau schleunigst das Weite gesucht hätte. Und das bedeutete viel mehr als ein Wunder.

Kapitel 57

Gegen Mittag des nächsten Tages – bis zur Vorladung vor die Börsenaufsicht waren es noch achtundvierzig Stunden – stellte Cole sicher, daß sein ›Aufpasser‹ gerade nicht in der Nähe war und fuhr dann mit Diana zu den Labors von Willard Bretling.

Die Anlage befand sich in einem heruntergekommenen Viertel der Stadt und sah von außen aus wie ein abbruchreifes ehemaliges Lagerhaus, um das sich ein an mehreren Stellen eingerissener Maschendrahtzaun spannte. Die wenigen Autos, die davor abgestellt waren, wirkten noch altersschwächer als das Gebäude.

Doch im Innern traf man äußerst gepflegte Räumlichkeiten an, in denen die modernste elektronische Ausrüstung aufgebaut war.

»Das sieht ja hier drinnen aus wie in einem James-Bond-Film!« rief Diana. Willard Bretling war ein schmaler, großer Mann mit vorgebeugten Schultern, einer Brille mit Kassengestell und einem ebenso häufigen wie unnachvollziehbaren Stirnrunzeln. Er stand gerade an einem Tisch in einer Ecke des Laboratoriums und stritt sich mit seinen Assistenten darüber, wie man den neuen Toaster in Gang bekommen konnte.

»Ach, Cole!« rief er. »Wissen Sie vielleicht, wie so ein verdammter Kasten funktioniert?« Er entschuldigte sich gleich bei Diana für seine Ausdrucksweise, die sich nicht anmerken ließ, wie sie über sein Dilemma dachte. »Solches Wissen scheint wohl Menschen mit weniger ausgebildetem Verstand vorbehalten zu sein«, bemerkte der Forscher unglücklich und lächelte Diana dann verlegen an. Eine solche Miene hatte Harrison bei dem alten Exzentriker noch nie zu sehen bekommen.

»In dem Fall dürfte ich genau die Richtige sein«, bemerkte Diana und verkniff sich gerade noch ein Grienen. Einer der brillantesten Wissenschaftler der Welt machte ihr sofort Platz, reichte ihr seinen gefüllten Toast und sah voller Erwartung zu, wie Diana es in den Schlitz des Gerätes schob und einen an der Seite angebrachten Schalter nach unten drückte. Doch nichts tat sich.

»Sag' ich doch, ein vollkommen sinnloser Apparat«, erklärte Bretling.

»Einen Moment noch«, widersprach Diana, die den Fehler gefunden hatte. Sie stellte die Bräunungszeit auf den erforderten Wert ein und drückte dann noch einmal den seitlichen Schalter nach unten. Schon einen Moment später stach allen der typische Geruch von einem Elektrogerät in die Nase, das zum erstenmal in Funktion tritt.

»Wie haben Sie das bloß gemacht?« wollte der Wissenschaftler mit leicht beleidigter Miene wissen.

Diana stellte sich neben ihn, legte eine Hand auf seinen Ärmel und flüsterte ihm das große Geheimnis ins Ohr, weil sie natürlich gespürt hatte, wie empfindlich der Wissenschaftler darauf reagierte, vor seinen Untergebenen als Trottel dazustehen.

Immerhin hatte Bretling Cushman Electronics verlassen, weil er sich dort nicht ernstgenommen fühlte. Die Firmenleitung hatte ihm nicht erlaubt, an den Patenten zu arbeiten, und ihm schließlich noch einen jüngeren und weniger begnadeten Wissenschaftler vor die Nase gesetzt. Dianas Verhalten verwandelte den sonst so leicht reizbaren Mann jetzt jedoch in einen folgsamen Teddybären, wie Cole amüsiert feststellte.

Bretling führte Diana durch die Anlage und redete unentwegt auf sie ein. Harrison hatte keine Vorstellung, was die beiden alles zu bereden haben mochten. Er hielt es normalerweise keine Stunde mit dem Wissenschaftler aus und hatte dann schon das Gefühl, sein Kopf würde von Bretlings Fachchinesisch platzen.

Auf einem Tisch an der linken Wand befand sich das Ergebnis von Bretlings Hobbyforschung: ein ultraflaches Fernsehgerät mit einem gestochen scharfen Bild. Cole wollte diese Neuentwicklung bald auf den Markt bringen und damit den kaum halb so guten Apparat verdrängen, den Mitsubishi gerade neu herausgebracht hatte.

Auf der anderen Seite des Saals füllten die Einzelteile die Tische, aus denen bald die ultralanglebigen, wiederaufladbaren Batterien entstehen sollten.

Der Wissenschaftler bemerkte Harrisons Unruhe und erklärte Diana: »Ihr Ehemann besitzt nur wenig Geduld, aber er ist ein Visionär.«

Sie nickte und verfolgte, wie der Mann mit seinen arthritischen Händen einen Draht von der Dicke eines Menschenhaars einstöpselte. »Er hat von Ihnen eine ebenso hohe Meinung.«

Bretling hielt in seinem Tun inne und sah sie über den Brillenrand aus seinen alten blauen Augen an. »Warum sagen Sie das?«

Die junge Frau berichtete ihm alles, was Cole ihr auf dem Weg hierher erzählt hatte, und der Wissenschaftler wirkte ehrlich erstaunt darüber, wie verständig diese junge Frau die komplizierten Zusammenhänge begriff. »Mein Mann meint, mit dieser neuartigen Batterie könnten Sie in absehbarer Zeit das Universum retten.«

»Erst der Flachbildschirm, dann die Batterie«, beharrte der alte Mann stur. »Die Japaner haben bereits einen Flachbildschirm auf den Markt geworfen, aber dessen Bildqualität ist längst nicht so gut wie bei einem herkömmlichen Gerät. Wir haben dieses Problem gelöst.«

Diana hatte den Eindruck, daß der Wissenschaftler sich von niemandem dreinreden lassen wollte, nicht einmal von seinem Chef. »Cole braucht die Batterie aber wirklich sehr dringend.«

Bretling gab ihr darauf zunächst keine Antwort, sondern beugte sich über ein Mikroskop und betrachtete darunter etwas, das Diana nicht erkennen, nicht einmal erahnen konnte. »Jeder Unternehmer hat seine eigenen Vorstellungen von dem, was wichtig ist. Die Cushmans wollten unbedingt ihren blöden Computer-Chip herstellen und haben aus meiner Abteilung die Leute abgezogen, die ich dringend für meine eigenen Projekte benötigte. Und dann haben sie mir auch noch die Testreihen an dem Chip übertragen. Ich bin ein kreatives Genie, aber niemand, der irgendwelche Tests durchführt!«

Die junge Frau war schon einigen Menschen mit einem äußerst hohen IQ begegnet. Ihnen allen – Bretling bildete darin keine Ausnahme – schien eigen zu sein, sehr empfindlich auf jede Form von Opposition zu reagieren. Daher antwortete sie ihm jetzt so, wie sie ein frustriertes Kind getröstet hätte: »Das hat Sie aber sicher sehr getroffen, könnte ich mir vorstellen.«

Er schob ein neues Glasplättchen unter die Linse, ohne Diana eines Blickes zu würdigen. »Ich habe den Leuten gesagt, daß das so nichts werden könne. Da haben sie mich gefeuert. Der alte Cushman war ein guter und ehrlicher Chef, aber seine Söhne … Nichtsnutze und Einfaltspinsel. Vierzig Jahre habe ich für die Firma gearbeitet, und da setzen sie mich einfach vor die Tür. Sie haben mich sogar zum Ausgang begleitet, so als fürchteten sie, ich könne ihnen etwas stehlen!«

Diana glitt von dem Laborhocker, auf dem sie gesessen hatte, und legte dem Mann beschwörend eine Hand auf den Ärmel. »Sie haben also ihren Mikroprozessor getestet und herausgefunden, daß er nichts taugt?«

»Ja, genau.«

Die junge Frau hätte am liebsten laut geschrien. »Haben Sie das auch meinem Mann gesagt?«

»Ich habe ihm erklärt, der Chip sei unbrauchbar.«

»Aber haben Sie ihm auch mitgeteilt, daß Sie die Tests durchgeführt haben?«

»Warum soll ich anderen gegenüber herausstellen, daß man mir eine Handlangertätigkeit übertragen hat? Ich habe ihm nur erklärt, das Ding tauge nichts.«

»Mr. Bretling, lesen Sie denn keine Zeitung? Schauen Sie Nachrichten im Fernsehen? Oder hören Sie Radio?«

»Nein, niemals. Ich höre mir nur klassische Musik an. Die wirkt sehr beruhigend auf einen kreativen Geist.« Jetzt hob er den Kopf und warf ihr einen kurzen Blick zu. Doch bevor er sich wieder seiner Arbeit zuwandte, starrte er sie noch einmal an. »Sagen Sie mal, warum laufen Ihnen denn Tränen übers Gesicht?«

Kapitel 58

Während der verbleibenden zwei Tage blieb Cole zu Hause, aber Diana hatte nicht viel von ihm, weil er ständig telefonierte oder sich mit irgendwelchen Leuten traf. Die Besucher betraten und verließen das Haus unter den wachsamen Augen eines neuen Sicherheitsmannes, der draußen am Tor stand und Reporter und jeden anderen, der hier nichts verloren hatte, zurückhalten sollte.

Harrison fühlte sich nicht länger gefangen, sondern hatte jetzt endlich wieder eine Aufgabe. Seine Energie und Tatkraft waren ungeheuerlich, und es war beeindruckend, ihn in Aktion zu erleben. Diana sah gerne zu, wenn er in seiner Bibliothek hinter dem Schreibtisch saß, die Finger vor sich verschränkt hatte, dem Rat seiner Anwälte aus Dallas lauschte, das meiste davon verwarf und ihnen eigene Vorschläge unterbreitete.

Er beriet sich auch mit seinen Washingtoner Anwälten und arbeitete mit ihnen neue Strategien aus. Des weiteren schmiedete er mit seinem Sicherheitschef Murray Pläne, und so ganz nebenbei leitete er auch noch von zu Hause aus seinen Konzern.

Aber immer, wenn Diana am wenigsten damit rechnete, tauchte er unvermittelt neben ihr auf, zog sie an sich, küßte sie lang und intensiv und kehrte dann wieder zum Telefonapparat oder zu einer Besprechung zurück.

Die junge Frau liebte es, ihn bei der Arbeit zu beobachten, doch auch sie blieb während dieser Zeit nicht untätig. Diana führte mehrere Telefonate, bis sie Barbara Hayward in Vermont ausfindig gemacht und mit ihr gesprochen hatte.

Darüber hinaus hielt sie natürlich auch Verbindung mit ihrer Firma und versicherte des weiteren ihren einzelnen Familienmitgliedern, daß alles unter Kontrolle sei und die Aussichten gut stünden. Und weil das nicht reichte, mußte sie Schwester, Mutter und Großeltern auch ein zweites und ein drittes Mal beruhigen.

Zweimal meldete sie sich auch bei Willard Bretling, weil sie gerade das unbestimmte Gefühl hatte, der Wissenschaftler fühle sich einsam und ließe sich mit einigem Lob und sanftem Druck dazu bewegen, sich bei seinen Projekten zu beeilen.

Dann kam der Morgen, an dem sie aufbrechen mußten. Diana und Cole machten sich auf den Weg nach Washington und rechneten damit, höchstens zwei Tage dort zu verbringen.

Kapitel 59

Willard Bretling, Joe Murray, Travis, Cole und Diana flogen in Harrisons Privat-Jet zum Dulles International Airport. Seine Anwälte mußten einen Linienflug nehmen. Diana hatte schon bei anderen Gelegenheiten entdeckt, daß so etwas zu seinen Marotten gehörte. Cole konnte Anwälte nicht leiden, selbst seine eigenen nicht. An Bord befanden sich außerdem vier Männer in maßgeschneiderten Anzügen der besonderen Art, enthielten sie doch unauffällig Platz für eine Schußwaffe.

Cole erklärte ihr, sein Sicherheitschef habe darauf bestanden, aber Diana wußte es besser. Joe Murray war davon überzeugt, daß die Cushmans eine Agentur beauftragt hatten, den Wissenschaftler ausfindig zu machen. Und wenn die Brüder erfuhren, was Cole mit ihrem ehemaligen Forschungsleiter vorhatte, würden sie sicher nicht zögern, ihn umbringen zu lassen.

Harrisons Washingtoner Anwälte trafen sich mit ihm um acht Uhr morgens in seiner Hotel-Suite und machten sich dann gemeinsam mit ihm auf den Weg zu der Anhörung, die für elf Uhr angesetzt war. Cole beharrte auf seinem Entschluß, die Anhörung für Kongreßmitglieder und die Mitglieder der Börsenaufsicht öffentlich zu machen. Die Anwälte widersprachen ihm zwar entschieden, doch er ließ sich nicht beirren.

Zwanzig Meilen entfernt von dem Hotel, in dem Cole und Diana abgestiegen waren, betrat Barbara Hayward das Stadthaus ihres Bruders in Washington, D. C. Charles öffnete die Tür. »Barbara!« rief er. »Was führt dich denn her?«

Sie schaute an ihm vorbei in die Diele und suchte nach Doug. Der kam gerade und knöpfte sich die Ärmel zu. Als er sie erblickte, blieb er abrupt stehen, und auf seiner Miene breitete sich eine Freude aus, die Barbara in ihrem Entschluß schwanken ließ. »Ist Mutter da?« fragte sie und trat ein.

»Hier bin ich, Liebes«, flötete Jessica schon und kam in einem der seidenen Morgenmäntel die Treppe herunter, die sie immer schon gern getragen hatte. »Viel wichtiger aber dürfte die Frage sein, warum du gekommen bist.«

Barbara beschlich das unangenehme Gefühl, daß ihre Mutter bereits die richtigen Schlußfolgerungen zog, während ihr Vater und ihr Bruder noch völlig ahnungslos waren. Sie erhielt sogar Gewißheit in ihrer Befürchtung, als Jessica jetzt mit ihr wie mit einer Debilen redete, um den Worten ihrer Tochter jede Glaubwürdigkeit zu nehmen. Dabei hatte Barbara endlich ihr Leben in den Griff bekommen und einen guten Mann gefunden, mit dem sie seit einiger Zeit verheiratet war.

»Warum bist du denn nicht in deinem süßen, kleinen Häuschen in Vermont?« fragte die Mutter und goß ihr gleich eine Tasse Tee ein. »Du weißt doch, daß große Städte dich immer aufregen. Und Washington ist eine große Stadt. Nun sag schon, was führt dich her?«

Die junge Frau ließ sich auf dem Sofa nieder und wußte, daß nun der schreckliche Moment gekommen war, vor dem sie sich seit ihrem fünfzehnten Lebensjahr fürchtete. Von Jessica konnte sie nur erbitterten Widerstand erwarten. Mutter würde alles daran setzen, ihre Tochter als Schwachsinnige oder wenigstens als Lügnerin hinzustellen. Doug und Vater würden ihr kein Wort glauben und sie für einen hoffnungslosen Fall halten. Damit hätte niemand in der Familie sie mehr lieb, und sie wäre ganz allein auf der Welt ...

Mit einem ärgerlichen Kopfschütteln brachte Barbara die panikerfüllte Stimme in ihrem Innern zum Schweigen, die ihr dieses Lied früher wieder und wieder vorgesungen hatte, bis sie darüber bald tatsächlich den Verstand verloren hatte.

»Ich bin gekommen, um mit euch eine Tasse Tee zu trinken«, begann Barbara mit einem ruhigen Lächeln und klopfte neben sich auf die Couch. Doug setzte sich neben sie, während die Eltern in den Sesseln Platz nahmen. »Und ich bin hier, um ein Unrecht wiedergutzumachen, das Mutter vor fünfzehn Jahren begangen hat und bei dem ich ihr helfen mußte.«

Jessica schoß sofort hoch. »Du hast wieder einen deiner Anfälle, Liebes. Warte, ich habe Tranquilizer in meiner Handtasche.«

»Dann nimm sie doch, wenn du sie unbedingt brauchst«, verstand sie ihre Mutter bewußt miß und wandte sich dann an Charles: »Dad, Cole Harrison hat mich niemals auch nur angefaßt. Mutter war in jener Nacht bei ihm im Stall. Als du vorzeitig zurückgekehrt warst, ist sie in mein Zimmer gerannt gekommen und hat mich angefleht, mit ihr die Kleider zu tauschen.«

»Ja, ist das denn zu glauben?« rief Jessica schrill. »So einen schlimmen Rückfall hast du ja schon seit Jahren nicht mehr gehabt!«

Ihr Vater rieb sich müde die Stirn. »Barbara, Liebes, tu dir das doch nicht an. Die Sache ist nun einmal geschehen. Dieser Mistkerl hat dich geschwängert.«

Vielleicht lag es an Barbaras beherrschter Art, daß Charles und Doug langsam erste Zweifel kamen, vielleicht aber auch an ihrem traurigen Lächeln.

»Der Vater meines Babys war irgendein Junge, den ich auf einem Rock-Konzert kennengelernt hatte, Daddy. Ich habe ihn nicht einmal nach seinem Namen gefragt. Mir ging es nur darum, ihn zu verführen. Ich wollte es einfach ausprobieren, wollte mir etwas beweisen«, Barbara wandte den Blick abrupt ihrer Mutter zu, »nämlich daß ich es genauso gut kann wie du!«

Kapitel 60

»Wie ist es gelaufen?« fragte Diana, als Cole spät am Nachmittag allein zurückkehrte.

Er zog sie gleich in seine Arme. »Unentschieden, würde ich sagen«, antwortete er grinsend. »Wir haben etwas gegeben und dafür etwas bekommen. Und dann haben wir darauf bestanden, daß die Anhörung auf morgen elf Uhr vertagt wird.«

»Und was habt ihr gewonnen?«

»Wir konnten den Richter dazu bewegen, mir das Recht einzuräumen, Mitglieder des Kongresses und der Börsenaufsicht zu der Anhörung zu laden, natürlich auf freiwilliger Basis. Schließlich untersteht die Börsenaufsicht ja direkt dem Kongreß. Außerdem darf ich morgen gleich zu Anfang eine Stellungnahme abgeben.«

Sie zog den Knoten der Krawatte gerade, die sie ihm geschenkt hatte.

»Ich verstehe nur nicht, warum dir eine solche öffentliche Anhörung so wichtig ist.«

»Weil mein Name und der meines Unternehmens im Zusammenhang mit dem Cushman-Deal durch den Dreck gezogen worden sind. Die Gründe dafür gefallen mir nicht. Auch die Methoden, die dabei angewandt wurden, passen mir nicht. Und erst recht habe ich etwas gegen die Mitspieler.«

Er räusperte sich, um nicht mehr ganz so hart zu klingen, und fuhr dann fort: »Die Cushmans sind eine alteingesessene und sehr einflußreiche amerikanische Familie. Sie haben enormen politischen und sonstigen Einfluß mobilisiert, um mich zu Fall zu bringen. Wie ich heute erfahren durfte, wollen sie sogar das Finanzamt gegen mich aktiv werden lassen. Politiker und Presse beschimpfen mich. Am meisten aber widert mich die Heuchelei dahinter an.«

Wenn sie in den letzten Tagen etwas über ihren Ehemann herausgefunden hatte, dann den Umstand, daß er für einen Geschäftsmann, dem man nachsagte, keine Skrupel zu kennen und notfalls über Leichen zu gehen, über einige sehr stark entwickelte moralische Überzeugungen verfügte, an denen er nicht rütteln ließ.

»Und glaubst du«, fragte sie mit einem Anflug von Furcht in der Stimme, »daß du morgen etwas dagegen unternehmen kannst?«

»Möglicherweise wird es mir gelingen, die ganze Bande vorzuführen.«

Diana konnte sich keinen Grund dafür nennen, aber das unbestimmte Gefühl beschlich sie, jetzt besser nicht weiterzufragen, weil sie sich sonst noch mehr Sorgen machen würde.

So meinte sie nur: »Jetzt hast du mir gesagt, was du bekommen hast. Aber was mußtest du dafür geben?«

»Wenn ich morgen meine Stellungnahme abgebe, verwirke ich damit das Recht, mich auf den Fünften Verfassungszusatz zu berufen.«

»Gott, das hört sich ja an, als hielten sie dich für einen Mafiaboß!« Diana schüttelte sich. »Was genau besagt denn der Fünfte Verfassungszusatz?«

»Der garantiert mir, daß man mich nicht zwingen kann, etwas auszusagen, das gegen mich verwendet werden kann. Außerdem beinhaltet er das Recht, daß man mich nicht ein zweites Mal für etwas vor Gericht stellen kann, das bereits in einem anderen Verfahren abgehandelt wurde.« Er grinste schräg. »Aber du hast recht, man hat mich tatsächlich wie einen Mafioso behandelt.« Cole zog sie an sich und knabberte an ihrem Ohr. »So ergeht es eben einem Nobody, der in die Oberste Liga vordringt und dort mit den Jungs in den Brooks-Brothers-Anzügen spielen will.«

»Du trägst doch gar keine Brooks-Brothers-Anzüge«, kicherte sie, als er nicht von ihrem Ohrläppchen ablassen wollte.

»Richtig«, gluckste er, »und genau das ärgert sie ja so sehr. Diese Herrschaften wissen nicht, wie sie mit meinesgleichen umgehen sollen. Menschen wie ich sind für sie unberechenbar, weil wir nicht ihre Uniform tragen.«

An seiner Stelle wäre Diana angesichts der Aussicht von Sinnen gewesen, vor ein Gericht gestellt, aufgrund falscher Anschuldigungen abgeurteilt und dann ins Gefängnis geworfen zu werden. Doch Cole besaß eine solche Kraft, die er aus sich selbst bezog, daß jede neue Herausforderung ihn nur noch stärker zu machen schien.

Sie strich über sein Kinn. »Bist du dir wirklich im klaren darüber, was morgen passiert?«

»Nein. Ich weiß nur, was geschehen könnte, und das möchte ich sehr gern erleben.«

»Und was ist das?«

Harrison küßte sie und antwortete mit einem leichten Lächeln: »Ich möchte dein Gesicht auf dem Kissen neben mir sehen, wenn ich mich zu Bett lege, und auch, wenn ich morgens aufwache. Und vor allem anderen möchte ich dir alles geben, was du dir wünschst.«

»Auch dich?« schlug sie vor und sah, wie seine grauen Augen sich veränderten.

»Ja, auch mich«, flüsterte er heiser.

Doch da läutete das Telefon, und es kostete Diana einige Überwindung, sich aus seinen Armen zu lösen. Immer noch beschwingter Stimmung, fragte sie, bevor sie abhob: »Da dir heute abend so viele Erleuchtungen über die menschliche Natur gekommen sind, setz jetzt all deine übersinnlichen Kräfte ein, und sag mir, wer am anderen Ende ist.«

Cole antwortete mit dem ersten Namen, der ihm in den Sinn kam: »Doug Hayward.«

Er selbst erschrak am allermeisten, als sich tatsächlich Doug Hayward meldete.

Diana legte eine Hand auf die Sprechmuschel und flüsterte: »Er möchte heraufkommen.«

Harrison schob die Hände in die Hosentaschen und nickte nur kühl.

Kapitel 61

Dianas sofort aufkeimende Hoffnung, Doug sei gekommen, um sich für alles zu entschuldigen und mitzuteilen, daß die Anhörung ausgesetzt war, zerstob so schnell, wie sie entstanden war. Erstens stand das jenseits seiner Möglichkeiten, und zum anderen hatte er das auch gar nicht vor.

Die beiden Männer standen sich wie Todfeinde gegenüber. Cole behielt die Hände in den Hosentaschen und zog nur fragend eine Braue hoch.

Hayward verhielt sich ähnlich distanziert. »Ich bleibe nicht lange«, erklärte er, »und ich bin auch nur gekommen, um mich bei euch beiden für alle Vorwürfe und Beschimpfungen zu entschuldigen. Das alles rührte nur daher, weil ich fälschlicherweise geglaubt habe, Barbara sei von Ihnen ein großes Unrecht angetan worden.«

»Soll das etwa heißen, daß Sie mir nicht mehr die Hölle heiß machen wollen?« fragte Harrison spöttisch.

Doug schien diese Frage als Zumutung zu empfinden. »Zu früh gefreut«, gab er voller Verachtung zurück. »Sie haben sich Ihr Imperium darauf aufgebaut, solide, angesehene und alteingesessene Firmen wie Cushman zu schlucken, die sich gegen Sie und Ihre Methoden nicht zur Wehr setzen können.«

»Sind Sie wirklich so scheinheilig oder einfach nur einfältig?« fragte Cole mit beleidigendem Unterton.

Diana sah, wie Hayward die Hände zu Fäusten ballte.

Cole nahm ebenfalls Kampfstellung ein und provozierte sein Gegenüber noch mehr: »Mir erscheint es höchst interessant, daß Sie bei Ihren Ausführungen die Menschen unerwähnt gelassen haben, die bei einer meiner Firmenübernahmen profitieren. Sie wissen schon, die Aktionäre dieser ›soliden, angesehenen‹ Firmen mit ihrem lausigen Management und ihrer antiquierten Ausstattung, bei denen vorher nur die Leute ihre Schäfchen ins trockene bringen konnten, die oben im Aufsichtsrat gesessen haben; und deren Hauptinteresse bestand darin, alle Profite in die eigene Tasche zu wirtschaften, bevor zuviel davon an die Aktionäre zurückfließen kann.

Ihnen ist es doch scheißegal, wie meine Motive aussehen oder welcher Methoden ich mich bediene. Ihnen geht es nur um einen Gegner, um eine Zielscheibe für Ihre hochfliegenden politischen Pläne. Doch als Sie sich dafür mich ausgesucht haben, haben Sie damit Ihren größten Fehler begangen. Wenn ich Ihnen beweisen könnte, daß ich in jedem einzelnen Punkt der Anklageschrift unschuldig bin, die Sie gegen mich zusammengetragen haben, würden Sie dennoch morgen Himmel und Hölle in Bewegung setzen, damit das Gericht gegen mich entscheidet?«

»Sagt Ihnen der Begriff ›üble Nachrede‹ etwas?« erwiderte Hayward gefährlich leise.

»Klar«, grinste Cole trocken, »er sagt mir vor allem, daß Sie sich den in den Hintern schieben können.«

»Aufhören!« rief Diana und erkannte jetzt, daß Doug schon lange nicht mehr der sorglose junge Mann war, der einmal versucht hatte, ihr das Fahren mit Gangschaltung beizubringen. »Cole ist in allem unschuldig, was du ihm vorwirfst. Ich habe die entsprechenden Gegenbeweise mit eigenen Augen gesehen, verdammt noch mal!«

»An Beweisen ist der doch gar nicht interessiert«, entgegnete Harrison und betrachtete sein Gegenüber verächtlich von Kopf bis Fuß. »Ihm geht es nur darum, für sein großes Ziel Pluspunkte zu sammeln.«

Doch aus irgendeinem Grund schien Doug jetzt schwankend zu werden. »Soll das heißen, Sie können beweisen, daß nicht Sie diese Gerüchte in Umlauf gebracht haben, woraufhin die Cushman-Aktien die Hälfte ihres Wertes verloren?«

Cole verschränkte die Arme vor der Brust und betrachtete den Mann weniger mit Zorn als vielmehr mit Verachtung. »Sie sind doch Staatsanwalt. Beweisen Sie mir doch einmal, daß Sie nicht irgendwann in den letzten drei Monaten irgendeiner Frau gesagt haben, sie sei schön. Na los, zeigen Sie mir, wie Sie das beweisen wollen.«

Als Hayward schwieg, fuhr Harrison fort. »Die Leute, die morgen wirklich auf die Anklagebank gehören, sind die Gebrüder Cushman und ihre Spießgesellen.« Cole wollte es dabei bewenden lassen, doch als er einen letzten Blick auf Doug warf, fiel ihm auf, daß etwas Ehrliches in seiner Miene stand, daß der frischgebackene Senator von Texas doch noch so etwas wie Aufrichtigkeit zu besitzen schien.

»Nur aus Neugier«, fragte er milder, als Hayward sich zum Gehen wandte, »was würden Sie tun, wenn ich Ihnen beweisen könnte, daß die Gebrüder Cushman schuldig sind wie die Nacht finster?«

Doug war fest davon überzeugt, hier manipuliert zu werden, und zwar von einem Meister seines Fachs. Doch er wollte auch gern erfahren, worauf Harrison hinauswollte, und so blieb er stehen und antwortete: »Ich würde den zuständigen Richter noch heute nacht aus dem Bett klingeln und ihn dazu bringen, gegen die Cushmans eine Vorladung zu erwirken. Und danach würde ich es zu meiner persönlichen Angelegenheit machen, dafür zu sorgen, daß die Brüder hinter Gitter wandern, unter anderem auch wegen Irreführung der US-Regierung.«

Cole amüsierte sich in Gedanken über diese ebenso offene wie formelle Entgegnung Haywards und beschloß, seinen kleinen Bluff noch ein wenig weiterzutreiben – und auch nur aus dem Grund, um sich für das Ungemach zu rächen, das Doug Diana in den letzten zwei Wochen bereitet hatte. »Sind Sie sich absolut sicher, daß Sie das tun würden?«

»Unbedingt, und das wäre erst der Anfang.«

»Also gut, dann folgen Sie mir bitte.«

Harrison führte ihn nach draußen auf den Hotelflur, wo zwei Männer in maßgeschneiderten Anzügen so vor einer Zimmertür standen, als warteten sie darauf, daß ein Freund zu ihnen herauskäme. Als Cole auf die beiden zuging, traten sie sofort beiseite.

»Ich möchte Ihnen Mr. Bretling vorstellen«, erklärte Harrison dem Senator, als er die Tür öffnete. »Mr. Bretling wird Ihnen alles über die sauberen Machenschaften der Cushmans berichten. Und wenn Sie das hinter sich haben, lasse ich Sie einen Blick auf Mr. Bretlings ›Baby‹ werfen. Das befindet sich in dieser Jumbo-Pizzaschachtel da drüben auf dem Tisch.«

Gegen neunzehn Uhr dreißig, als Diana sich gerade zum Dinner umzog, hörte sie, wie ihr Mann und ihr Jugendfreund in die Suite zurückkehrten. Sie konnte es vor Spannung nicht aushalten und öffnete die Tür einen Spalt weit.

Doug wirkte sehr verärgert. Er riß mit der Rechten den

Hörer von der Gabel und öffnete sich mit der Linken den Krawattenknoten. Dann führte er endlos Telefonate. Diana wurden beim Zuhören vor Erleichterung die Knie weich.

Sie hätte es wirklich nicht gern gesehen, wenn Cole gezwungen gewesen wäre, Spencers Material gegen Doug einsetzen zu müssen. Doug war nämlich nicht nur ein berufener und anständiger Politiker, seine Alkoholprobleme waren auch auf eine seltene Allergie zurückzuführen und nicht darauf, daß er Trinker war.

Cole kam ins Schlafzimmer und legte die Arme um sie. Während er seine Hände in ihrem Rücken verschränkte, breitete sich ein breites Grinsen auf seinen kantigen Zügen aus, und er beantwortete ihre unausgesprochene Frage: »Der Herr Senator würde gern mit uns zusammen das Dinner einnehmen.«

»Was hast du ihm geantwortet?« Diana klang sehr vorsichtig.

»Die Höflichkeit zwang mich, seinem Wunsch zu entsprechen«, antwortete er mit Unschuldsmiene.

»Natürlich, etwas anderes hätte ich von dir auch nie erwartet«, entgegnete sie ebenso scheinheilig.

»Aber ich habe erst zugesagt, als er angeboten hatte, die Rechnung zu übernehmen.«

Kapitel 62

Um Punkt zehn Uhr dreißig am nächsten Tag schoben sich Kendall und Prentice Cushman zusammen mit drei weiteren Männern, die im Prozeß gegen Cole Harrison und Unified Industries als Nebenkläger auftreten wollten, durch die Menge in den Saal, in dem die Anhörung stattfinden sollte.

Ihre Freunde und Mitstreiter, die Senatoren Longtree und Kazinski aus dem Staat New York, hatten ihnen in der ersten Reihe Plätze freigehalten.

Gegen zehn Uhr vierzig trat ein Mitarbeiter von Senator Hayward zu der Gruppe und überreichte den beiden Vertretern des Bundesstaates New York, den Gebrüdern Cushman und den drei anderen je einen Umschlag gleichen Inhalts. Darin befand sich eine richterliche Vorladung, die von ihnen verlangte, während der gesamten heutigen Anhörung anwesend zu sein.

»Was soll das denn bedeuten?« fragte Senator Longtree Prentice Cushman.

Doch der hörte nicht hin, weil er auf einen bekannten alten Mann mit vorgebeugten Schultern starrte, der eben den Mittelgang herunterkam und sich dann an Harrisons Tisch setzte.

Diana verfolgte das Geschehen von der Rückwand des Saals aus, wo sie zusammen mit Senator Byers stand, der vorhin die Sicherheitsbeamten davon überzeugt hatte, daß die Dame zu seinem persönlichen Stab gehöre und als Beobachterin an der Sitzung teilnehmen müsse. Hin und wieder legte er kurz eine Hand auf ihren Arm und drückte ihn.

Zu Anfang kam alles nur in quälender Langsamkeit voran. Coles Anwälte erklärten, wenn der Richter bei der Darstellung des Falls eine gewisse Flexibilität zuließe, könne die ganze Angelegenheit schnell ihren Abschluß finden. Der Richter ließ wiederholt den Blick über die zweihundert Menschen schweifen, die sich in seinem Gerichtssaal drängelten, und schien festen Willens zu sein, alles zu tun, um den Fall rasch hinter sich zu bringen. Diana wußte aber ebenso, daß Seine Ehren bereits fest von der Schuld des Angeklagten überzeugt war.

Nun war Cole an der Reihe, seine Erklärungen abzugeben. Er stellte gleich zu Beginn fest, daß er die Gerüchte über die mangelnde Zuverlässigkeit des Cushman-Chips weder ins Leben gerufen noch verbreitet habe. Als er bei der Übernahme neunzehn Dollar pro Aktie geboten habe, die doch nur noch vierzehn wert gewesen war, sei er im Gegenteil fest von der Funktionsfähigkeit des neuen Mikroprozessors überzeugt gewesen. Außerdem hätten ihm Vorstand und Aufsichtsrat von Cushman Electronics versichert, an den Gerüchten über die Mangelhaftigkeit ihrer Neuentwicklung sei nichts dran; immerhin hätten ihre Testreihen bewiesen, daß ihr Chip deutliche Verbesserungen gegenüber allen anderen auf dem Markt erhältlichen besitze.

Der Richter unterbrach Harrison zweimal und zweifelte Coles Ausführungen an, was Diana sehr wütend machte. Der Senator mußte ihr beruhigend eine Hand auf den Arm legen.

Am Ende seiner Erklärung eröffnete der Angeklagte, die Cushmans hätten die Testergebnisse ihres Chips gefälscht. Dem Richter kam das lachhaft vor, und er trommelte mit dem Bleistift auf seinen Tisch, als er erwiderte: »Nur damit ich Sie nicht falsch verstehe, Mr. Harrison: Sie behaupten hier, die Gebrüder Cushman hätten genau gewußt, daß ihr Mikroprozessor nichts tauge?«

Cole bestätigte das, und der Richter schüttelte den Kopf. »Hätten Sie dann die Güte, mir zu verdeutlichen, warum die ehemaligen Besitzer von Cushman Electronics Anklage gegen Sie erhoben haben und mit diesem Verfahren erreichen wollen, daß sie die Rechte an ihrem Chip zurückbekommen? Und wenn Sie schon dabei sind, Sir, erklären Sie mir doch bitte auch noch, warum Sie ihn nicht wieder hergeben wollen?«

Harrison entgegnete, daß weder er noch die Gegenseite irgendein Interesse an dem Chip hätten. Nach dieser Aussage kehrte augenblicklich Stille im Saal ein. Der Richter runzelte ärgerlich die Stirn. »Was wollten Sie denn überhaupt damit gewinnen, Mr. Harrison, als Sie diese Firma übernahmen?«

»Zwei Patente.«

Die Anwälte Coles stellten nun den Antrag, Willard Bretling in den Zeugenstand zu rufen. Der alte Wissenschaftler bestätigte sämtliche Ausführungen Harrisons. Er beschuldigte seinerseits die Cushmans, die Testergebnisse manipuliert zu haben. Mit wachsendem Zorn berichtete Bretling, wie man seine Abteilung immer weiter geschwächt und, trotz seiner Proteste, sogar ihn selbst abgezogen habe. Als er sich zum wiederholten Mal gegen diese Firmenpolitik wandte, habe man ihn fristlos entlassen. Der alte Mann berichtete weiter, daß er Mr. Harrison dringend vor dem neuartigen Chip gewarnt habe.

Diana sah sich besorgt in dem Raum um. Der Wissenschaftler mußte allen Anwesenden wie ein gefeuerter Mitarbeiter vorkommen, der sich an seinen ehemaligen Arbeitgebern rächen und seinen neuen Chef über den grünen Klee loben wollte.

Coles Anwälte unterbrachen Bretling denn auch bald und teilten dem Richter mit, daß die fraglichen Patente für jedermann einsehbar seien und man sie daher nicht unter den Tatbestand des ›Insiderwissens‹ fassen könne.

Seine Ehren winkte aber nur ab und wollte von dem Wissenschaftler hören, warum Mr. Harrison die Vorteile dieser beiden Patente erkannt habe, die den Vorbesitzern doch offensichtlich entgangen wären.

»Eine Neuentwicklung kann man mit einem Puzzle vergleichen«, erklärte der alte Mann, als habe er ein Kind vor sich. »Mr. Harrison hatte es so gut wie fertig – ihm fehlten nur noch zwei Teile.«

»Um was zu bekommen, wenn ich fragen darf?«

»Das will ich Ihnen jetzt zeigen.«

Mit sichtlichem Stolz trat der Wissenschaftler zu dem Tisch, auf dem die Beweismittel lagen, und zog wie ein Magier die Decke von einem flachen, quadratischen und sehr bunten Objekt. Alle im Saal beugten sich vor, um Genaueres zu erkennen. Der Richter hatte den besten Blick darauf und fragte: »Wollen Sie dem Gericht etwa erklären, Sie hätten Patente im Wert von hundertfünfzig Millionen Dollar erworben, um daraus eine Pizza herzustellen?«

Unter dem Gelächter, das jetzt ausbrach, konnte niemand die Geräusche hören, die der flache Kasten von sich gab. Der Wissenschaftler nahm das Gerät heraus, stellte es aufrecht hin und drehte es zum Publikum.

Augenblicklich wurde es im ganzen Saal mucksmäuschenstill.

Auf dem Bildschirm des ultraleichten Fernsehapparats waren gestochen scharfe, glasklare Bilder zu erkennen. Die Vorderseite war fünfzig Zentimeter hoch, und der Bildschirm maß diagonal siebzig Zentimeter. Und das ganze Gerät wies eine Tiefe von lediglich fünfzehn Zentimetern auf.

Eine der üblichen Vormittags-Talk-Shows wurde gerade gesendet, und trotzdem beugten sich alle auf ihren Sitzen vor. Niemand wagte zu tuscheln oder sich zu rühren.

»Ein Flachbildschirm-Fernsehgerät«, sagte der Richter anerkennend. »Ich muß zugeben, daß das wirklich eine sinnvolle Neuentwicklung ist.«

»Das Gerät von Mitsubishi kann da nicht mithalten«, erklärte Willard. »Und natürlich muß der Apparat der Konkurrenz immer noch ans Stromnetz angeschlossen werden.«

»Wie? Dieses Gerät wird mit Batterien betrieben?« staunte der Richter. »Wie lange läuft es denn damit?«

»Ungefähr fünf Tage.«

Ein Mann in der letzten Reihe erhob sich langsam und bewegte sich zum Ausgang. Ein zweiter folgte ihm. Dann verließ eine ganze Reihe geschlossen den Saal. Diana mußte an eine Kirche denken, wenn dort ein langer Gottesdienst gerade zu Ende gegangen war. Binnen Minuten hatte sich der Raum zu drei Vierteln geleert. Der Rest blieb wohl nur, um sich weiter die Oprah-Winfrey-Show anzusehen.

Senator Byers lehnte sich an die Wand, verschränkte die Arme vor der Brust und grinste über das ganze Gesicht. Er nickte in Richtung Cole, der sich gerade mit seinen Anwälten unterhielt, und erklärte Diana: »Ihr Gatte ist ein außergewöhnlich brillanter Mann. Und man sollte sich davor hüten, ihn zum Gegner zu haben.«

Diana aber wunderte sich eher über die menschliche Natur. All die Zuschauer waren gekommen, weil sie Zeuge eines Spektakels werden wollten. Und nun, als offenbar geworden war, daß es keinen Skandal geben würde, hatten sie es plötzlich eilig, diesen Ort wieder zu verlassen. So entgegnete sie dem Politiker: »Sobald die Leute hier gemerkt haben, daß doch niemand öffentlich hingerichtet wird, verlieren sie jegliches Interesse und verziehen sich.«

Byers lachte so herzlich, daß sein Bauch wackelte. »Ach, Diana, sie haben es aus ganz anderen Gründen plötzlich so eilig. Jeder von ihnen will möglichst rasch an ein Telefon und seinen Börsenmakler beauftragen, möglichst viele Unified-Anteile zu kaufen.«

»Ach so, verstehe.«

»Nein, ich glaube, Sie verstehen noch nicht ganz. Ihr Gatte hat gerade ein gewaltiges moralisches Dilemma geschaffen, in das sich rund hundert Kongreßmitglieder verwickeln werden. Die hier anwesenden Politiker werden sich mit der Börsenaufsicht herumzanken müssen, und der eine oder andere hat sich höchstwahrscheinlich einer Anhörung zu stellen.«

»Wieso?«

»Die heutige Anhörung war teilweise öffentlich. Mit anderen Worten, die Anwesenheit von Mitgliedern des Kongresses und der Börsenaufsicht war ausdrücklich erwünscht – auf Antrag Ihres Mannes. Diese Leute haben es nach dem, was sie gerade gesehen und gehört haben, jetzt plötzlich furchtbar eilig, so viele Aktien wie möglich zu erwerben. Und das aufgrund eines Tatbestands, den man durchaus ›Insiderwissen‹ nennen darf.«

Der Senator schüttelte anerkennend den Kopf. »Mr. Harrison hat zum vernichtenden Schlag ausgeholt und es allen seinen Gegnern gezeigt.«

Epilog

4. Juli

Den Himmel über ihnen überzogen Schauer von tanzenden Lichtern und wirbelnden Formen, die einander jagten und dann in einem schimmernden Wasserfall hinabfielen.

Diana lag auf einer Decke, ihr Kopf ruhte auf der Schulter ihres Mannes, und sie betrachtete das wundervolle Spektakel. Die beiden befanden sich am Ufer des Sees auf dem Firmengelände von Unified und waren ganz allein.

»Glaubst du, Cal kann das Feuerwerk auch sehen?«

»Ja.«

»Meinst du, es gefällt ihm?«

Cole grinste. »Wohl kaum. Er wollte es sich lieber mit uns zusammen anschauen.«

»Dann hätten wir ihn doch mitbringen sollen.«

»Nein, bloß nicht.« Er küßte sie auf die Schläfe. »Erinnerst du dich noch daran, wie er unbedingt einen Erben wollte?«

»O ja.«

»Jetzt hat er ja einen. Und das Feuerwerk kann er sich zusammen mit Conner und seinem Kindermädchen ansehen. Dann hat er seinen geliebten Jungen wenigstens die ganze Zeit in seiner Nähe.«

»Aber …«

Cole erstickte ihren Einwand unter einem Kuß, rollte sie auf den Rücken und hielt sie fest. »Du hast dich einmal bei mir darüber beschwert, daß ich nie etwas über meine Jugend von mir geben würde.«

»Ja, daran erinnere ich mich.« Sie strich ihm über das Gesicht, während über ihnen die Feuerwerksraketen explodierten.

»Und weißt du, was ich mir in meiner Jugend immer am allermeisten gewünscht habe?«

»Nein.«

»Einmal mit einer Frau zu schlafen, die sich gerade mit mir ein Feuerwerk anschaut.«

Diana lächelte, aber sie erinnerte sich an ganz andere Dinge. Zum Beispiel, wie er vor drei Monaten zum erstenmal seinen Sohn im Arm gehalten hatte. Er hatte ihn zum Fenster getragen und nach draußen gezeigt. »Conner, das ist die Stadt Dallas. Daddy schenkt sie dir.«

Cole sah sie an. »Woran denkst du gerade?«

»Ach, mir sind nur ein paar Erinnerungen in den Sinn gekommen.«

»Möchtest du noch etwas haben, das dir ewig im Gedächtnis bleiben wird?« grinste er.

Die junge Frau wandte den Blick von dem Spektakel am Himmel ab und nickte glücklich. »Ja, mit Vergnügen!«